U0654652

聊斋志异

文白对照（图文版）

（清）蒲松龄　著

于立文　主编

第四卷

吉林文史出版社

聊斋志异

王 货 郎

【原文】

济南业酒人某翁，遣子小二如齐河索贳价。出西门，见兄阿大。时大死已久，二惊问："哥那得来？"答云："冥府一疑案，须弟一证之。"二作色怨讪。大指后一人如皂状者，曰："官役在此，我岂自由耶！"但引手招之，不觉从去，尽夜狂奔，至泰山下。忽见官衙，方将并入，见群众纷出。皂问："所事何如矣？"一人曰："勿须复入，结矣。"皂乃释令归。大忧弟无资斧。皂思良久，即引二去，走二三十里，入村至一家檐下，嘱云："如有人出，便使相送；如其不肯，便道王货郎言之矣。"遂去。二冥然而僵。既晓，第主出，见人死门外，大骇。守移时微苏，扶入饵之，始言里居，即求资送，主人难之，二如皂言。主人惊绝，急雇骑送之归。偿之不受，问其故亦不言，别而去。

【译文】

济南有个卖酒的老头儿，派他的儿子小二到齐河去收取赊欠的酒钱。小二出了西门，遇到了哥哥阿大，这时阿大已经死了好久了。小二惊讶地问道："哥哥，你怎么会到这儿来呢？"阿大回答道："阴间有一桩疑案，须要你前往作证。"小二变了脸色，责怪兄长。阿大指着身后一个差役打扮的人说："这位是官府的差役，岂是我能自作主张呢？"于是，他抬手招呼小二，小二便不由自主地跟着走了。

他们狂奔了一整夜，来到泰山脚下。忽然看见一座官府衙门，他们正要一齐进去，却见一群人纷纷走了出来。差役上前拱手问道："那件案子怎么样呢？"

其中一个人回答说："不必再进去了，已经结案。"差役于是放了小二，让他回家。

阿大担心弟弟没有回去的路费。差役考虑了很久，便领着小二走了。走了二三十里地，他们进了一个村庄，来到一户人家的屋檐下。差役嘱咐说："如果有人出来，你就让他送你回家；他如果不同意，你就说是王货郎让他这么做的。"说完，差役就走了。

小二昏沉沉地睡死过去。天亮以后，房屋的主人出来，见一个人死在门外，大为惊骇。他在身旁守候了一阵子，就见小二渐渐醒了过来，于是将他扶进屋里，喂了他一些东西。小二这才告诉他自己的居处，然后就求主人出钱送他回去。主人很犯难，小二就按照差役教的说了一遍。主人听了，惊慌失色，急忙租了车马送小二回家。小二要还给他钱，主人不肯接受。问他其中的原因，他也不肯说，只是告辞而去。

疲 龙

聊斋志异（图文版）

【原文】

胶州王侍御出使琉球。舟行海中，忽自云际堕一巨龙，激水高数丈。龙半浮半沉，仰其首，以舟承颔；睛半含，嗒然若丧。阖舟大恐，停桡不敢少动。舟人曰："此天上行雨之疲龙也。"王悬敕于上，焚香共祝之，移时悠然遂逝。舟方行，又一龙堕如前状。日凡三四。又逾日，舟人命多备白米，戒曰："去清水潭不远矣。如有所见，但掺米于水，寂无哗。"俄至一处，水清澈底。下有群龙，五色，如盆如瓮，条条尽伏。有蜿蜒者，鳞鬣爪牙，历历可数。众神魂俱丧，闭息含眸，不惟不敢窥，并不能动。惟舟人握米自撒。久则见海波深黑，始有呻者。因问掷米之故，答曰："龙畏蛆，恐入其甲。白米类蛆，故龙见辄伏，舟行其上，可无害也。"

【译文】

胶州有位王侍御，奉旨出使琉球国。船正行进在海上，忽然从云间掉下一条巨龙，将海水激起几丈高。龙的身子一半浮在水面上，一半沉在水里，昂着脑袋，把下巴搁在船上，眼睛半睁半闭，好像要死了一样。全船的人都大为惊恐，停止了划桨，一动也不敢动。船夫说："这是一条在天上行雨的疲龙。"王侍御便将圣旨悬挂在船上，点上香，与众人一起祈祷。过了一阵子，那龙便悠然消失了。

船刚刚行进，又有一条龙掉了下来，情况和先前一模一样。一天里竟发生了三四次这种情况。又过了一天，船夫让大家多多准备白米，并且告诫说："这里离清水潭已经不远了，如果看到些什么，只管把米撒到水中，千万要安静，不可大声喧哗。"

不一会儿，船来到一处地方，海水清澈见底。只见水下有一群龙，五颜六色，有的像盆一样粗，有的则像瓮一样粗，一条条都蜷伏着。有的龙蜿蜒曲折，身上的鳞、鬣、爪、牙，都看得清清楚楚。大家吓得魂飞魄散，屏住呼吸，闭上眼睛，不只是不敢偷看，连动也不敢动。只有船夫抓起白米向水中抛撒。过了很久，见到海水变成深黑色了，才有人敢哼出声来。于是便问船夫为什么要往水中撒米，船夫回答道："龙害怕蛆，唯恐蛆爬进它的鳞甲，白米的形状像蛆，所以，龙一见就会趴伏在那里，船在上面行进，就可以不受伤害了。"

真　生

【原文】

长安士人贾子龙，偶过邻巷，见一客风度洒如，问之则真生，咸阳侨寓者也。心慕之。明日往投刺，适值其出；凡三谒皆不遇。乃阴使人窥其在舍而后过之，真走避不出；贾搜之始出。促膝倾谈，大相知悦。贾就逆旅，遣僮行沽。真又善饮，能雅谑，乐甚。酒欲尽，真搜箧出饮器，玉卮无当，注杯酒其中，盎然已满；以小盏挹取入壶，并无少减。贾异之，坚求其术。真曰："我不愿相见者，君无他短，但贪心未净耳。此乃仙家隐术，何能相授。"贾曰："冤哉！我何贪？间萌奢想者徒以贫耳！"一笑而散。由此往来无间，形骸尽忘。每值乏窘，真辄出黑石一块，吹咒其上，以磨瓦砾，立刻化为白金，便以赠生；仅足所用，未尝赢余。贾每求益。真曰："我言君贪，如何，如何！"贾思明告必不可得，将乘其醉睡，窃石而要之。一日饮既卧，贾潜起，搜诸衣底。真觉之，曰："子真丧心，不可处也！"遂辞别，移居而去。

后年余，贾游河干，见一石莹洁，绝类真生物。拾之，珍藏若宝。过数日真忽至，瞪然若有所失。贾慰问之，真曰："君前所见，乃仙人点金石也。曩从抱真子游，彼怜我介，以此相贻。醉后失去，隐卜当在君所。如有还带之恩，不敢忘报。"贾笑曰："仆生平不敢欺友朋，诚如所卜。但知管仲之贫者，莫如鲍叔，君且奈何？"真请以百金为赠。贾曰："百金非少，但授我口诀，一亲试之无憾矣。"真恐其寡信。贾曰："君自仙人，岂不知贾某宁失信于朋友者乎！"真授其诀。贾顾砌石上有巨石，将试之。真掣其肘，不听前。贾乃俯掬半砖置砧上曰："若此者非多耶？"真乃听之，贾不磨砖而磨砧；真变色欲与争，而砧已化为浑金。反石于真。真叹曰："业如此，复何言。然妄以福禄加人，必遭天谴。如道我罪，施材百具、絮衣百领，肯之乎？"贾曰："仆所欲得钱者，原非欲窖藏之也。君尚视我为守钱虏耶？"真喜而去。

贾得金，且施且贾，不三年施数已满。真忽至，握手曰："君信义人也！别后被福神奏帝，削去仙籍；蒙君博施，今以功德消罪。愿勉之，勿替也。"贾问真："系天上何曹？"曰："我乃有道之狐耳。出身綦微，不堪孽累，故生平自爱，一毫不敢妄作。"贾为设酒，遂与欢饮如初。贾至九十余，狐犹时至其家。

长山某卖解砒药，即垂危灌之无不活。然秘其方，不传人。一日以株累被逮。妻弟饷狱食，隐置砒霜。坐待食已乃告之，不信。少顷腹中溃动，始大惊，骂曰："畜生！速向城中物色薜荔爪为末，清水一盏将来！"妻弟如言。觅至，某已呕泻欲死，急服之，立刻而愈。其方始传。此亦犹狐之秘其石也。

【译文】

长安有一个读书人，名叫贾子龙。一天，他偶然经过邻近的一条巷子，见到一位风度潇洒自如的客人，上前一问，原来他叫真生，是咸阳人，旅居长安，贾子龙心中颇为敬慕。第二天，他便前往拜见，不巧真生正好出去了。贾子龙一共去了三次，都没有见到。他便暗中派人看到他在家了，然后前往拜访。真生故意躲着不出来，贾子龙进去搜寻，真生才出来相见。两人促膝而坐，倾心相谈，两人引为知己，心中都很高兴。

贾子龙到旅店，派了个小书僮去买来酒，真生又很能喝酒，而且擅长说风雅的笑话，两人很是开心。酒快要喝光时，真生从竹箱里搜出了一个酒器，是个没有底的白玉杯。真生往里面倒了一杯酒，一下子就满了，然后再用小酒杯从中舀酒倒进酒壶，但玉杯中的酒却丝毫没有减少。贾子龙看了，觉得很神奇，一定要真生将这个法术教给他。真生说："我之所以不愿与你相见，就因为你没有别的短处，但是贪心还没除净呀。这是仙家的秘密法术，怎么能够传授给你呢？"贾子龙说："冤枉啊！我有什么贪心呀，只不过偶然萌生一点儿奢望，也是因为贫穷的缘故罢了。"两人相视一笑，便分手了。

从此，两人来往频繁，亲密无间，无拘无束。每到贾子龙没钱窘困的时候，真生就拿出一块黑石头，往上面吹一口气，再念几句咒语，然后用它去磨瓦砾，瓦砾马上就会变成银子。真生就将银子送给贾子龙，但仅仅是够贾子龙用的，从来不会有赢余。贾子龙每次想多要一点儿，真生就说："我说你贪心吧，怎么样，怎么样！"贾子龙想，明着跟他要，肯定要不到，不如乘他喝醉了睡着时，把黑石偷来再要挟他。一天，两人喝完酒以后睡觉，贾子龙悄悄地起身，在真生的衣服下面搜寻黑石。真生一下子惊醒，说道："你真是没良心，我不能再和你相处了。"于是真生辞别，搬到别的地方去住了。

后来，过了一年多，贾子龙在河边游玩，看到一块晶莹洁净的石头，极像真生的那块，他便捡起来，像宝贝似的珍藏起来。过了几天，真生忽然来了，一副神情恍惚、若有所失的样子。贾子龙上前一面安慰，一面问他发生了什么事。真生说："你从前见到的那块石头，就是仙人的点金石。当年我跟随抱真子游学，他喜爱我的耿直，把那块石头送给了我。不久前我喝醉酒将它丢失了，暗自一算，发现它应该在你这里。如果你能将它还给我，我绝不敢忘恩不报。"贾子龙说；"我平生从来不敢欺骗朋友，确实如你所算，石头在我这里。但是知道管仲非常贫穷的，莫过于他的好友鲍叔，你打算怎么对待我呢？"真生便答应送他一百两银子。贾子龙说："一百两银子确实不算少，但是希望你教给我口诀，让我亲自一试，也就没有遗憾了。"真生担心他不守信用，贾子龙说："你是个仙人，难道还不知道贾某从来不对朋友失信吗？"真生便将口诀传授给他。贾子龙见台阶上有一块大石头，便想用它来试。真生拉住他的胳膊，不让他上前去点。贾子龙于是弯腰捡起半块砖头，放在大石头上，说："像这么大一块，不算多吧？"真生于是同意了。没想到，贾子龙不去磨砖而是磨大石头，真生脸色大变，刚想上前争夺，那大石头已经变成一块白金了。贾子龙把点金石还给真生，真生叹息道："事已至此，还有什么话可说呢？但是我随便赐人福禄，一定会受到天帝的惩罚。如果你肯帮我解脱这个罪过，你就施舍一百具棺材，一百领棉衣，你肯答应吗？"贾子龙说："我之所以想要这么多钱，本来就不是要将它们藏在地窖里的。你难道把我看成一个守财奴吗？"真生这才高兴地离去了。

贾子龙得了这么一大笔钱，一边施舍，一边做生意，不到三年的时间，施舍的数字就满了。一天，真生忽然来了，他握着贾子龙的手说："你真是个守信用的人啊！上次一别后，我被福神向天帝参奏，削去了仙籍。幸好蒙您广为布施，到今天才得以功德抵消了罪过。希望你继续自我勉励，不要有所懈怠。"贾子龙问真生："你是天上的什么官员？"真生说："我是得道的狐狸，出身低微，不堪承受罪孽，所以生平自重自爱，不敢有一丝一毫的妄为。"贾子龙便为他摆酒设宴，两个人又像从前一样快乐地喝起酒来。

贾子龙活到九十多岁时，狐仙还常常到他家里来做客。

长山有一个人，专卖能解砒霜的药。即使是已经喝了砒霜、生命垂危的病人，只要服下他的解药，没有活不过来的，但他秘藏药方，从来不传给别人。

一天，这人受到株连被捕入狱，他的妻弟到狱中送饭，悄悄地在饭里放了砒霜，他的妻弟在一旁坐着，等他吃完了，才把实情告诉他，这人不相信。过了一会儿，肚子里闹腾起来，他这才大惊失色，骂道："畜生！快到城里去找薛荔爪，磨成粉末，还有一盏清水，快点儿弄来！"他的妻弟按照他说的将东西弄来，这时他已经连吐带泻，快要死去了，急忙取过解药服下，一下子就好了。从此以后，他的解毒秘方也就传开了。这个故事和狐仙秘藏他的点金石是一样的。

［但明伦］乃搜之不得者，竟以无心得之，或者福禄本其所应有者乎？

布 商

【原文】

布商某至青州境，偶入废寺，见其院宇零落，叹悼不已。僧在侧曰："今如

方奇

赂遗难盈秃子心
心借将佛面无多金
金若非菩萨慈悲
慈恩力防海将军

何垠寻

有善信，暂起山门，亦佛面之光。"客慨然自任。僧喜，邀入方丈，款待殷勤。僧又举内外殿阁，并请装修；客辞不能。僧固强之，词色悍怒。客惧，请倾囊倒装，悉以授僧。欲出，僧止之曰："君竭资实非所愿，得毋甘心于我乎？不如先之。"遂握刀相向。客哀求切，不听。请自经，许之。逼置暗室，且迫促之。适有防海将军经寺外，遥自缺墙外望见一红裳女子入僧舍，疑之。下马入寺，遍搜不得。至暗室所，严扃双扉，僧不肯开，托有妖异。将军怒，斩关入，则见客缢梁上。救之，复苏，诘得其情。又械问僧女子所在，实为乌有，盖神佛现化也。杀僧，财物仍以归客。客重募修庙宇，从此香火大盛。赵孝廉丰原言之最悉。

【译文】

有一个卖布的商人来到青州境内，偶然走进一座荒废的寺庙，只见庙堂零落破败，他不由心中十分感慨。一个和尚在旁边说："你如果能发善心，哪怕只是修建山门，也是为佛门增光的义举啊！"布商很爽快地答应了下来。

和尚大喜，便邀请布商进入方丈，对他的款待很是殷勤。然后，和尚又一一列举内外的殿堂楼阁，请布商一并装修，布商推辞说力不能及。和尚强硬地让他同意，言词凶悍，神色愤怒。布商很是害怕，只得同意，马上将身上带的财物全都拿出来，交给和尚，他刚起身要走，和尚拦住他说："你倾囊而出，其实你心里并不愿意，你会就此甘心吗？不如先把你杀了。"说完，和尚握刀逼上前来。布商苦苦地哀求，和尚也不答应。布商只好要求自杀，和尚答应了，便将他逼到一间暗室中，催促他赶紧自尽。

这时，正好有一位防海将军从寺外经过，远远地从断墙外看到一位穿红衣的女子走进僧舍，心中生疑。将军于是下马走进寺中，到处搜寻了一番，却没有找到。来到那间暗室前，只见双门紧锁，和尚不肯开门，推说里面有妖怪，将军发

聊斋志异（图文版）

卷十

怒，砍开锁冲进去，只见布商吊在房梁上，急忙上前抢救。过了一会儿，布商苏醒过来，将军查明了实情，又给和尚上刑，问那红衣女子在什么地方，原来并没有什么红衣女子，而是神佛显灵要救布商。

将军杀了和尚，把财物仍旧归还给布商，布商更加筹募钱财，修建庙宇。从此，这座寺庙的香火大盛。

赵丰原孝廉讲这件事最为详尽。

[何守奇] 古人戒不游寺院，有以也，未必处处有神。

[但明伦] 假佛营私，持刀恶慕。将军何由而至？女子奚自而来？菩萨化身，真有不可称量、不可思议者。

彭二挣

【原文】

禹城韩公甫言：与邑人彭二挣并行于途，忽回首不见之，惟空蹇随行，但闻号救甚急，细听则在被囊中。近视囊内累然，虽偏重不得堕。欲出之，而囊口缝纫甚密；以刀断线，始见彭犬卧其中。出而问之，亦不自知其何以入。盖其家有狐为祟，乃狐之所为也。

【译文】

禹城的韩甫公说：有一次，我和同乡彭二挣一起在路上行走，忽然，一回头却不见他的踪影，只剩那头驴还在跟着走。只听见呼喊救命的声音非常急迫，仔细一听，原来是从行李中传出来的。我走近一看，行李里面鼓鼓囊囊的，虽然重得偏在一边，倒也不会掉下来。我想把他救出来，但行李的口缝得很细密，只好用刀割断线，这才看见彭二挣像条狗似地趴在里面。等他出来以后，我问他怎么会进去的，他也一脸茫然，不知是怎么回事。大概是他家有狐狸作祟，类似这样的事情发生过很多次。

[何守奇] 此狐亦恶作剧。

何仙

【原文】

长山王公子瑞亭，能以乩卜。乩神自称何仙，乃纯阳弟子，或云是吕祖所跨鹤云。每降，辄与人论文作诗。李太史质君师事之，丹黄课艺，理绪明切；太史揣摹成，何仙力居多焉，故文学士多皈依之。每为人决疑难事，多凭理，不甚言休咎。

辛未，朱文宗案临济南，试后，诸友请决第等。何仙索试艺，悉月旦之。有乐陵李忭，乃好学深思之士，其相好友在座，出其文代为之请。乩批云："一等。"少间，又批云："适评李生，据文为断。然此生运气大晦，应犯夏楚。异哉！文与数适不相符，岂文宗不论文耶？诸公少待，试往探之。"少顷，又书云："适至提学署中，见文宗公事旁午，所焦虑者殊不在文也。一切置付幕客，客六七人，粟生、例监都在其中，前生全无根气，大半饿鬼道中游魂，乞食于四方者也。曾在黑暗狱中八百年，损其目之精气，如人久在洞中，乍出则天地异色，无正明也。中有一二为人身所化者，阅卷分曹，恐不能适相值耳。"

众问挽回之术，书云："其术至实，人所共晓，何必问？"众会其意，以告李。李惧，以文质孙太史子未，且诉以兆。太史赞其文，为解其惑。李心益壮，乩语不复置怀。案发，竟居四等。太史大骇，取其文复阅之，殊无疵摘。评云："石门公祖素有文名，必不悠谬至此。此必幕中醉汉，不识句读者所为。"于是众益服何仙之神，共焚香祝谢之。

乩又批云："李生勿以暂时之屈，遂怀断作。当多写试卷，益暴之，明岁可得优等。"李如言。久而署中亦闻，悬牌特慰之。科试果列前名，其灵应如此。

异史氏曰："幕中多此辈客，无怪京中丑妇巷中，至夕无闲床也。"

【译文】

长山的王瑞亭公子，能够扶乩占卜。那乩神自称为何仙，是吕洞宾的弟子，也有说是吕洞宾所骑的仙鹤。他每次降临人间，就和别人讨论文章，写作诗赋。李质君太史以他为师，诸如诗文之事，倒也论说得明明白白。李太史能够举业成功，依靠何仙的帮助实在不少。所以，许多读书人都归到他的门下。但何仙替别人解疑排难，大多根据事理推断，并不太讲吉凶祸福。

辛未年间，朱文宗到济南主持科考。考试后，一帮生员请求何仙判定各人的等第。何仙便要来各人的试卷，一一加以评判。在座的有一位是乐陵人李忭的好朋友——李忭是一位好学深思的学生，大家都很推崇他——拿出李忭的文章，替他请何仙评判。何仙评道："一等。"过了一会儿，又写道："刚才所评的李生，是根据他的文章作的评判。但这个书生运气实在不好，命中注定要触犯刑罚，真是奇怪啊！文章和运数正好不符，难道是朱文宗不评判文章吗？诸位稍等片刻，我前往探看一番。"

过了一会儿，何仙又写道："我刚才到了提学署中，只见朱文宗公事繁忙，他所焦虑的事情根本不在文章上，这一切事务全都交给六七个幕客处理，一些靠捐钱取得监生资格的人也在其中。这些人前世全无根基，大半是饿鬼道中的游魂，在四面八方讨食的乞丐。他们曾在黑暗狱中呆了八百年，眼睛里的精气已经损伤了，就好比人长时间在暗洞中，突然走出来，会觉得天地的颜色都变了，没有了正常的视力，他们中虽有一两个是人身转世，但评判试卷分别进行，恐怕不一定正好让他们评判李生的试卷。"众人询问可有挽回的办法，何仙写道："这个办法太明白了，是大家都知道的，又何必问呢？"

众人明白了他的意思，就把这事告诉了李忭。李忭很害怕，就拿着自己的文章请孙子未太史审阅，并且告诉他扶乩的内容。孙太史称赞他的文章，于是解除了他心中的疑惑。李忭认为孙太史是海内的文章大家，胆气也就更壮了，也就不再把扶乩的话放在心上了。

等到发榜时，李忭竟然只列在四等。孙太史大为惊骇，取来他的文章又读了一遍，确实挑不出一点儿毛病。他于是评论道："石门公祖素来享有文名，一定不会谬误到如此地方。这一定是幕僚中的醉汉、不懂得文章的人干的好事。"于是众人更加佩服何仙的神明，一起焚香祷告致谢。何仙又写道："李生不要因为暂时受的委屈，便惭愧起来，还应当多写文章，更加努力，显示自己的才华，明年可得优等。"

第二年，李忭果然名列优等。何仙的灵验就是如此。

异史氏说：官府的幕中多有这样的人，难怪京城丑妇巷中，到晚上没有空闲的床铺。呜呼！

神 女

【原文】

米生，闽人，偶入郡，饮醉过市，闻高门中有箫声。询知为开寿筵者，然门庭殊清寂。醉中雅爱笙歌，因就街头写晚生刺，封祝寿仪投焉。人问："君系此翁何亲？"米云："并非。"人又云："此流寓于此，不审何官，甚属骄倨。既非亲属，又将何求？"生悔之，而刺已投矣。

未几两少年出迎，华裳眩目，丰采都雅，揖生入。见一叟南向坐，东西列数筵，客六七人，皆似贵胄；见生至，俱起为礼，叟亦杖而起。生久立，待与周旋，叟殊不离席。两少年致词曰："家君衰迈，起拜良难，予兄弟代谢高贤之枉驾也。"生逊谢。遂增一筵于上，与叟接席。未几女乐作于下。座后设琉璃屏，以幛内眷。鼓吹大作，座客无哗。筵将终，两少年起，各以巨杯劝客，杯可容三斗；生有难色，然见客受，亦受。顷刻四顾，主客尽醺，生不得已亦强尽之。少年复斟；生觉惫甚，起而告退。少年强挽其裾。生大醉逃地，但觉有人以冷水洒面，恍然若寤。起视，宾客尽散，惟一少年捉臂送之，遂别而归。后再过其门，则已迁去矣。

自郡归，偶适市，一人自肆中出，招之饮。并不识；姑从之入，则座上先有里人鲍庄在焉。问其人，乃诸姓，市中磨镜者也。问："何相识？"曰："前日上寿者，君识之否？"生曰："不识。"诸曰："予出入其门最稔。翁，傅姓，不知其何籍、何官。先生上寿时，我方在墀下，故识之也。"日暮饮散。鲍庄夜死于途。鲍父不识诸，执名讼生。检得鲍庄体有重伤，生以谋杀论死，备历械梏；以诸未获，罪无申证，颂系之。年余直指巡方，廉知其冤，释之。

家中田产荡尽，衣巾革褪，冀其可以辨复，于是携囊入郡。日将暮，休憩路侧。遥见小车来，二青衣夹随之。既过忽命

神女
探陌衣冠狠介身�. 中
慈赠亦前因为卿风夜
蒙霜露不惜珠
苍持与人

停舆，车中命一青衣问生："君非米姓乎？"生曰："诺。"问："何贫窭若此？"生告以故。问："安往？"又告之。青衣向车中语；复返，请生至车前。车中以纤手搴帘，微睇之，乃绝代佳人也。谓生曰："君不幸得无妄之祸，甚为太息。今日学使署非白手可以出入者，途中无可为赠……"乃于髻上摘珠花一朵授生，曰："此物可鬻百金，请缄藏之。"生下拜，欲问官阀，车发已远，不解何人。执花悬想，上缀明珠，非凡物也。珍藏而行。至郡投状，上下勒索甚苦；生又不

忍货花，遂归依于兄嫂。幸兄贤，为之经纪，贫不废读。

过岁赴郡应试，误入深山。时值清明，游人甚众。有数女骑来，内一女郎，即向年车中人也。见生停骖，问："何往？"生具对。女惊曰："君衣顶尚未复耶？"生惨然出珠花，曰："不忍弃此，故未复也。"女郎晕红上颊，嘱云："且坐待路隅。"款段而去。久之一婢驰马来，以裹物授生，曰："娘子说：如今学使之门如市，赠白金二百，为进取之资。"生辞曰："娘子惠我多矣！自分掇芹不难，重赐所不敢受。但告以姓名，绘一小像，焚香供之，足矣。"婢不顾，委金于地，上马而去。生得金，终不屑夤缘。旋入邑庠第一。乃以金授兄；兄善行运，三年旧业尽复。适有巡抚于闽者乃生祖门人，优恤甚厚。然生素清鲠，虽属通家，不肯少有干谒。

一日有客裘马至门，家人不识。生出视，则傅公子也。揖入，各道间阔。治具相款，肴酒既陈，公子起而请问；相将入内，公子拜伏于地。生惊问故，则怆然曰："家君适罹大祸，欲有求于抚台，非兄不可。"生力辞曰："渠虽世谊，而以私干人，生平从不为也。"公子伏地哀泣。生厉色曰："小生与公子，一饮之知交耳，何遂以丧节强人！"公子大惭，起而别去。越日方独坐，有青衣人入，视之即山中赠金者。生方惊起，青衣曰："君忘珠花耶？"生曰："不敢忘。"曰："昨公子，即娘子胞兄也。"生闻之窃喜，伪曰："此难相信。若得娘子亲见一言，则油鼎可蹈耳；不然，不敢奉命。"青衣乃驰马去。

更半复返，扣扉入曰："娘子来矣。"言未几，女郎惨然入，向壁而哭，不出一语。生拜曰："小生非娘子，无以有今日。但有驱策，敢不惟命！"女曰："受人求者常骄人，求人者常畏人。中夜奔波，生平何解此苦，只以畏人故耳，亦复何言！"生慰之曰："小生所以不遽诺者，恐过此一见为难耳。使卿夙夜蒙露，吾知罪矣！"因挽其袪，隐抑搔之。女怒曰："子诚敝人也！不念畴昔之义，而欲乘人之厄。予过矣！予过矣！"忿然而出，登车欲去。生追出谢过，长跪而要遮之。青衣亦为缓颊，女意稍解，就车中谓生曰："实告君：妾非人，乃神女也。家君为南岳都理司，偶失礼于地官，将达帝庭；非本地都人官印信不可解也。君如不忘旧义，以黄纸一幅为妾求之。"言已，车发遂去。

生归，悚惧不已。乃假驱祟言于巡抚。巡抚以事近巫蛊，不许。生以厚金赂其心腹，诺之，而未得其便。及归，青衣候门，生具告之，默然遂去，意似怨其不忠。生追送之曰："归告娘子：如事不谐，我以身命殉之！"归而终夜思维，计无所出。适院署有宠妾购珠，生乃以珠花献之。姬大悦，窃印为生嵌之。怀归，青衣适至。笑曰："幸不辱命。然数年来，贫贱乞食所不忍鬻者，今仍为主人弃之矣！"因告以情。且曰："黄金抛置，我都不惜；寄语娘子：珠花须要偿也。"逾数日，傅公子登堂申谢，纳黄金百两。生作色曰："所以然者，为令妹之惠我无私耳；不然，即万金岂足以易名节哉！"再强之，生色益厉。公子惭退，曰："此事殊未了！"翼日青衣奉女郎命，进明珠百颗，曰："此足以偿珠花否耶?"生曰:"重花者非贵珠也。设当日赠我万镒之宝,直须卖作富家翁耳;什袭而甘贫贱何为乎?娘子神人,小生何敢他望,幸得报洪恩于万一,死无憾矣!"青衣置珠案间,生朝拜而后却之。

越数日公子又至。生命治酒。公子使从人入厨下,自行烹调,相对纵饮,欢若一家。有客馈苦糯,公子饮而美,引尽百盏,面颊微颏。乃谓生曰:"君贞介士,愚兄弟不能早知君,有愧裙钗多矣。家君感大德,无以相报,欲以妹子附为婚姻,恐以幽明见嫌也。"生喜出非常,不知所对。公子辞出,曰:"明夜七月初九,新月钩辰,天孙有少女下嫁,吉期也,可备青庐。"次夕果送女郎至,一切无异常人。三日后,女自兄嫂以及仆妇,皆有馈赏。又最贤,事嫂如姑。数年不育,劝纳妾,生不肯。

适兄贾于江淮,为买少姬而归。姬,姓顾,小字博士,貌亦清婉,夫妇皆喜。见髻上插珠花,酷似当年故物;摘视,果然。异而诘之,答云:"昔有巡抚爱妾死,其婢盗出鬻于市,先人廉其值,买归。妾爱之。先父止生妾,故与妾。后父死家落,妾寄养于顾媪家。顾,妾姨行,见珠屡欲售去,妾死不肯,故得存也。"夫妇叹曰:"十年之物,复归故主,岂非数哉。"女另出珠花一朵,曰:"此物久无偶矣!"因并赐之,亲为簪于髻上。姬退,问女郎家世甚悉,家人皆讳言之。阴语生曰:"妾视娘子非人间人也,其眉目间有神气。昨簪花时得近视,其美丽出于肌里,非若凡人以黑白位置中见长耳。"生笑之。姬曰:"君勿言,妾将试之:如其神,但有所须,无人处焚香以求,彼当自知。"女郎绣袜精工,博士爱之而未敢言,乃即闺中焚香祝之。女早起,忽检箧中出袜,遣婢赠博士。生见而笑。女问故,以实告。女曰:"黠哉婢乎!"因其慧,益怜爱之;然博士益恭,昧爽时必薰沐以朝。

后博士一举两男,两人分字之。生年八十,女貌犹如处子。生病,女置材,倍加宽大。及死,女不哭;男女他适,女已入材中死矣。因合葬之。至今传为"大材冢"云。

异史氏曰:"女则神矣,博士而能知之,是遵何术欤?乃知人之慧,固有灵于神者矣!"

【译文】

米生是福建人,讲这个故事的人忘了他的名字和籍贯。一次,米生偶然进城,喝醉了酒经过闹市,听到高门大院里传来幽远的箫声。他向附近人家打听,说是正在举行祝寿宴会,然而这家大门前却十分的冷清。米生听着嘹亮的笙歌,醉意朦胧中倒是非常爱听。他也不问这是一户什么人家,就在街头买了祝寿的礼物,以晚生的名义投进一张名片。有人见他穿着很是简陋,便问:"你是这老翁的什么亲戚?"米生答道:"没有亲戚关系。"又有人说:"这家是从外地来侨居此地的,不知道是个什么官,看上去很尊贵傲慢,你既然不是亲戚,又有什么可求的呢?"米生听了,很是懊悔,但名片已经递进去了。

不一会儿,两个少年出来迎接客人。只见他们穿着令人炫目的华丽衣裳,丰采高雅,向米生行礼后请他进去。米生进了门,只见一位老者面南而坐,东西两侧排列几桌筵席,有六七位客人,看上去都是贵族子弟。他们一见米生来到,都起立向他行礼,老者也拄着拐杖站起来。米生站了很久,准备与老者应酬,但老者却不离开座位。两位少年上前说道:"家父年老体衰,起身答礼很是艰难,我们兄弟二人代他感谢大驾屈尊光临。"米生谦逊地回了礼。于是又增加了一桌筵席,与老者的座席紧挨着。

不久堂下表演伎乐。座席后面设有琉璃屏风,用来遮住内眷。一时间,鼓乐之声大作,座中客人不再倾谈。酒宴将要结束时,两位少年起身,各自用大杯来向客人劝酒,一杯可以容纳三斗。米生面有难色,但是见别的客人都接受了,也只好接受。顷刻间,米生四下环顾,只见主人和客人都已经一饮而尽,迫不得已,他也只得勉强喝干了。两少年又来斟酒,米生觉得十分疲惫,便起身告退,少年强行拉着他的衣襟。米生大醉,瘫倒在地上,只觉得有人往脸上洒冷水,他恍恍惚惚好像醒了过来,站起身一看,宾客都已经走光了,只有一个少年扶着他的手臂送他,米生便告辞回家了。后来,米生再经过这家门前,发现他们已经搬走了。

米生从郡城回来,偶然经过集市,有一个人从店铺出来,邀请他一起喝酒。米生一看,并不认识,姑且跟着他进了店铺。进去才发现,同乡鲍庄已经坐在席间。米生问鲍庄那人是谁,原来那人姓诸,是集市上的磨镜者。米生问诸某:"你怎么会认识我呢?"诸某反问道:"前日去给拜寿的人,你认识吗?"米生回答说:"不认识。"诸生说:"我经常出入他家,对他家最熟了,那位老者姓傅,不知道他是哪个省的人,做什么官。你去给他拜寿时,我正坐在堂下,所以我认识你。"

眼看天色已晚,他们喝完酒就散去了。这天夜里,鲍庄在路上被人杀死。鲍庄的父亲不认识诸某,便写了状子告米生,官府验尸后发现鲍庄身有重伤,米生被以谋杀罪判处死刑,受尽了各种刑具的拷打。因为诸某未被抓获,没有人作为旁证,于是米生就被关了起来。过了一年多,一位直指巡方来此地巡察,深知米生是被冤枉的,将他释放了。

米生回到家中,田产已经荡然无存,秀才的身份也被革除。他希望将来能洗清罪名,恢复身份,便打点行囊进了郡城。这时天色将晚,米生走得很累,在路旁休息。他远远地看见一辆小车行来,还有两个青衣女子在车旁随行,车子已经过去,车中人忽然命令停车,不知说了些什么。一会儿工夫,一位青衣女子问米生道:"你不是姓米吗?"米生吃惊地起身回答说是。女子又问道:"到什么地方去呀?"米生又告诉了她。青衣女子走到车旁,向车中人说了几句话,又转身回来,请米生走到车前。车中伸出一只纤细的手撩起帘子,米生微微一看,竟是一位绝代佳人。这女子对米生说："你不幸遭受飞来横祸，令人叹息不已。当今的学使署，不是空着手可以随便进出的。路途之中也没有什么好送给你的……"说着，她从发髻上摘下一朵珠花，递给米生说："这东西能卖百两银子，请妥善收藏。"米生行礼致谢，刚想问问女子出自何门，不料马车走得很快，已经走了很远，到底也不知她是什么人。米生拿着珠花，细细思量，珠花上镶嵌着明珠，绝非普通物件。他将珠花小心藏好，继续前行。到了郡中，他上官府投递诉状，府里的官吏向他苦苦勒索。米生取出珠花端详，不忍心拿它去换财物，只好回家去了。他回到家乡，但家已经没了，只得寄居在哥嫂家。幸好哥哥很贤良，替他打点生计，虽然很贫穷，倒也没让他荒废学业。

过了一年，米生到郡里参加秀才考试，却迷路走进了深山。此时正值清明节，游玩的人很多，只见几位女子骑马而来，其中一位女郎正是当年车中的那个女子。她一见米生，便停住马，问他到哪里去。米生如实告诉了她，女子惊讶地说："你的功名还没有恢复吗？"米生心中凄凉，从衣服里取出珠花，说："我不忍心拿它换钱，所以到现在还是童生。"女子脸上显出红晕，嘱咐米生坐在路边等候，缓缓地骑马走了。过了好久，一个丫鬟骑马奔来，交给米生一个包裹，说："我们家娘子说：今日学使署门前就好比市场一样，没有钱办不成事。赠送给你二百两银子，作为你参加考试的资费。"米生推辞说："你家给我的恩惠太多了！我自认考取功名不是难事，这笔重金我万不敢接受，只请你告诉我你家娘子的芳名，我回家画一幅小像，焚香供奉，也就心满意足了。"那丫鬟不理他这些话，将包裹扔在地上就走了。自此，米生的生活颇为充裕，但是终究不屑于花钱买功名的事情。后来，他在郡学考取第一，把钱都给了他哥哥。哥哥善于积聚财富，只三年时间，原先的家业全都恢复了。

恰好这时闽中巡抚是米生祖父的门生，对米生家的抚恤很是丰厚，米家因此成为巨富人家。但是米生向来清高耿直，虽然和大官有世交，却从来没有上门拜访过。

一天，有位穿着华服的客人骑马来到米家，但府上没有人认识他。米生出来一看，原来是傅公子。米生行礼请他入内，两人互相寒暄一番。米生设酒宴款待，傅公子推辞说事务繁忙，但也不告辞离去。一会儿工夫，酒菜端了上来，傅公子起身，请求米生到另一间屋子商谈。两人先后入内，傅公子忽然倒地叩拜，米生吃惊地问是怎么回事。傅公子悲伤地说："我父亲正遭受大祸，想有求于抚台大人，这件事非你不可。"米生推辞说："他和我家虽然是世交，但为了私事去求人，是我平生不愿干的事情。"傅公子趴在地上哀声痛哭。米生板着脸说："小生和公子不过是喝过一次酒的朋友罢了，为什么强迫人丧失节操呢？"傅公子非常惭愧，起身告辞而去。

第二天，米生正一个人坐着，一位青衣女子走了进来，米生一看，正是在山里赠送白银的那个丫鬟。米生吃惊地站起来，那丫鬟说："您忘记珠花了吗？"

米生说:"哪里,哪里,不敢忘记。"那丫鬟说:"昨天来的公子就是我家娘子的亲哥哥。"米生听了,暗自高兴,假装说:"此话实难相信,如果能让你家娘子亲自前来,说明此事,即使前面有油锅我也敢跳下去,否则的话,我还是不敢奉命。"那丫鬟出了门,飞驰而去。

到了半夜,那丫鬟又回来了,敲开门走进来,说:"我家娘子来了。"话音未落,女子神色惨然地进来,面对着墙壁哭泣,一句话也不说。米生行礼说道:"小生如果不是小姐照顾,就不会有今天。不管小姐有什么指示,我怎敢不遵命。"女子说:"被人求的人常常对人很傲慢,求人的人常常很畏惧。连夜奔波,我平生哪里受过这样的苦,只是为了求人的原因,又有什么话可说呢?"米生安慰她道:"小生之所以不马上答应,是担心失去这次机会,以后再见小姐就很难了,让你连夜奔波,遭受霜露,确实是我的过错。"说完,上前拉着小姐的袖口,暗暗地摸弄着。女子生气地说:"你真是个薄情之人!你不念当日对你的帮助,却想乘人之危,是我自己的错啊!是我自己的错啊!"说完,忿忿不平地出门,登上车就要离去。米生急忙追出来赔礼道歉,挺直身子跪在地上拦住她,那个丫鬟也为他说情。女子的怒气稍微有所消解,在车里对米生说:"实话告诉您吧,我不是人,而是神女。我的父亲是南岳都理司,因为偶然对土地失礼,土地将他上告到天帝那里,如果没有人间地方长官的官印,就不能消除此难,您如果不忘旧日的情义,用一张黄纸,替我求大人盖上官印。"说完,车子便离去了。

米生回家后,心中恐惧不已。于是他假装驱赶妖祟,向巡抚请求盖上官印。巡抚认为这事近似于巫师弄蛊,不肯答应。米生便用重金贿赂巡抚的心腹,心腹答了,但是找不到机会下手,等他回家一看,那丫鬟已在门口等候了,米生告诉她实际情况,丫鬟没有说一句话就走了,看她的样子好像很怨恨他不诚心。米生追上去送她,说:"回家告诉你家娘子,如果办不成这件事,我会以死来报答。"米生回到家中,整夜翻来覆去睡不着,却也想不出什么好办法。

恰好巡抚宠爱的小妾购买珠宝,米生便把那朵珠花献给了她。小妾大为高兴,便偷出官印替他盖上了。米生将盖了印的黄纸揣在怀里带回家,那丫鬟正好也到了,米生笑着说:"幸不辱命,但我几年来甘受贫贱、乞讨食物也不忍心卖掉的宝贝,今天为了它的主人还是失去了。"于是把情况告诉了丫鬟,接着又说:"把黄金扔掉,我倒是一点儿也不可惜,不过请转告你家娘子,珠花却是要她偿还的。"

过了几天,傅公子来到米府表示感谢,并且献上一百两黄金。米生脸色一变,说:"我之所以这么做,是因为你妹妹曾给我无私的帮助;否则的话,即使万两黄金又何足让我改变名节!"傅公子再三请他收下,米生的声色更加严厉。傅公子斩愧地离去,说:"这件事还没有完。"

第二天,丫鬟奉女子的命令,送上一百颗明珠,问道:"这足以偿还那颗珠花了吧?"米生说:"我看重的是那颗珠花,并不看重明珠。假如当日赠送我的是价值万金的宝物，我只要卖掉做个富翁就行了。但我宁可将珠花珍藏起来而自甘贫贱，为的是什么啊？娘子是神人，小生哪敢有什么奢望，只是希望能报答大恩的万分之一，也就死而无憾了。"丫鬟将明珠放在桌子上，米生对明珠拜了拜，又还给了丫鬟。

过了几天，傅公子又来了。米生命人准备酒宴，傅公子便命令随从到厨房自行烹调。两人相对纵情饮酒，欢乐得好像一家人。有客人赠送给米生苦糯酒，傅公子喝了觉得很甘美，一下子喝了上百杯，脸上微微显出红晕，便对米生说："您是一位忠贞正直的君子，我们兄弟不能早认识您，比起我妹妹还差得很多。家父感谢您的大恩大德，没有什么可报答您，想把妹子许配给您，只怕您因为人神两世而有所嫌弃。"米生听了，既高兴又惶恐，不知道怎么回答。傅公子告辞出门，说："明天晚上是七月初九，新月初升的时候，是织女的小女儿下嫁凡尘的良辰，你可以准备迎娶新娘的洞房。"

第二天晚上，傅小姐果然被送来了，一切和正常人没什么不同。三天后，自兄嫂以及仆妇下人，傅小姐一一给予馈赠。傅小姐又最为贤惠，像对待婆婆一样侍奉嫂子。

过了几年，傅小姐没有生育，便劝米生纳妾，米生不肯答应。恰好米生的哥哥到江淮一带做生意，替他买回一个年轻女子。女子姓顾，小名博士，相貌也清雅秀丽，米生夫妇都很喜欢。只见博士的发髻上插着一朵珠花，极像当年的那朵，摘下来一看，果然就是此物。米生夫妇很奇怪，问她是怎么回事。博士回答说："从前，有个巡抚的爱妾死了，她的丫鬟偷出珠花，拿到集市上卖，我的先父见价钱便宜，就买回来了，我很喜欢它，先父没有儿子，只生了我一个女儿，所以凡是我想要的没有得不到的，后来，家父去世，家道中落，我被寄养在顾妈妈家里。顾妈妈是我的远房姨娘，见到珠花后，好几次都想拿出去卖了，我投井寻死也不肯卖掉，所以能将它保存到现在。"米生夫妇叹息着说："十年前的旧物，今日又复归旧主，这难道不是天意吗？"傅小姐又拿出另一朵珠花，说："这朵花很早就没有伙伴了！"说完，一并送给了博士，而且亲自替她簪在发髻上。

博士离开房间后，很详细地打听傅小姐的家世，但是家人们都不肯明说。博士私下里对米生说："我看大娘子绝不是凡间的人，因为她的眉宇间有一股神气，昨天她给我簪花时，我就近观察。发现她的美丽是出自肌肤内部，不像一般人只是以表面长得好看见长。"米生听了，只是发笑。博士说："您不必笑话，我倒要试一试，如果她真是神女，只要你有所需求，找个没人的地方焚香向她请求，她一定会知道的。"

傅小姐绣的袜子非常精美，博士很喜欢，但不敢明说，于是就在她自己的屋里焚香向她祷告。傅小姐早上起来，忽然翻找竹箱，找出袜子，派丫鬟送给博士。米生见了，不由笑了起来。傅小姐问他为什么笑，米生便将实情告诉她。傅小姐说："这丫头真是狡猾啊！"她看博士很聪慧，于是更加喜爱她。而博士对她也更加恭敬，每天早上起床，必定沐浴一番去向她行礼问候。后来，博士生了一对双胞胎男孩，分别由傅小姐和博士两人抚养。

米生八十岁的时候，傅小姐的容貌还像个年轻女子，米生得了病，傅小姐找来好些工匠做棺材，要求做得比普通的棺材大一倍。米生死后，傅小姐并不流泪，等到别人走了以后，她也跳进棺材死了。于是，人们就将他们合葬在一起，至今还有人传说那是一座大棺材坟。

异史氏说：傅小姐确实是一位神女，不过博士居然能够知道，用的是什么法术呢？由此可见，凡人的智慧也有比神仙更灵异的！

[何守奇]女既神矣，乌得又死乎？

湘　裙

【原文】

晏仲，陕西延安人。与兄伯同居，友爱敦笃。伯三十而卒，无嗣；嫂亦继亡。仲痛悼之，每思生二子，则以一继兄后。甫举一男，而仲妻又死。仲恐继室不恤其子，将购一妾。邻村有货婢者，仲往相之，略不称意，被友人留酌醉归。

途中遇故窗友梁生，握手殷殷，邀至其家。竟忘其已死，随之而去。入其门，并非旧第，疑而问之。曰："新移于此。"入谋酒，又告竭，嘱仲坐待，挈瓶往沽。仲出立门外以俟之。忽见一妇人控驴而过，有八九岁童子随之，其面目神色，绝类其兄。心恻然动，急委缀之，便问："童子何姓？"童曰："姓晏。"仲惊，又问其父名。曰："不知。"叙问间，已至其家，妇人下驴入。仲执童子曰："汝父在家否？"童子入问。少顷一媪出窥，则其嫂也。讶叔何来。仲大悲，随之而入。见庐落整顿，问："兄何在？"嫂曰："责负未归。"问："骑驴者何人？"曰："此汝兄妾甘氏，生两男矣。长阿大赴市未返；汝所见者阿小。"坐久酒渐醒，始悟所见皆鬼。然以兄弟情切，亦不甚惧。嫂治酒饭。仲急欲见兄，促阿小觅之。良久哭而归，云："李家负欠不还，反与父闹。"仲闻之，与阿小奔去，见两人方摔兄地上。仲怒，奋拳直入，当者尽蹖。急救兄起，敌已俱奔。追捉一人，捶楚无算，始起。执兄手，顿足哀泣；兄亦泣。既归，举家慰问，乃具酒食，兄弟相庆。忽一少年入，年约十六七。伯呼阿大，令拜叔。仲挽之，哭向兄曰："大哥地下有两子，而坟墓不扫；弟又无妻子，奈何？"伯亦凄恻。嫂曰："遣阿小从叔去，亦得。"阿小闻言，依叔肘下，眷恋不去。仲抚之，问："汝乐从否？"答云："乐从。"仲念鬼虽非人，慰情亦胜无也，因为解颜。伯曰："从去但勿娇惯，宜唻以血肉，驱向日中曝之，午过乃已。六七岁儿，历春及夏，骨肉更生，可以娶妻育子；但恐不寿耳。"

言间有少女在门外窥听，意致温婉。仲疑为兄女，因问兄。兄曰："此名湘裙，吾妾妹也。孤而无归，寄食十年矣。"问："已字否？"伯曰："尚未。近有媒议东村田家。"女在窗外小语曰："我不嫁田家牧牛子。"仲颇心动，未便明言。既而伯起，设榻于斋，止弟宿。仲本不欲留，意恋湘裙，将探兄意，遂别兄就寝。时方初春，天气尚寒，斋中夙无烟火，森然冷坐。思得小饮，俄见阿小推扉入，以杯羹斗酒置案上。仲问："谁为？"答曰："湘姨。"酒将尽，又以灰覆盆火置床下。仲问："爹娘睡乎？"曰："睡已久矣。""汝寝何所？"曰："与湘姨同榻耳。"阿小俟叔眠，乃掩门去。仲念湘裙慧而解意，愈爱慕之；且能抚阿小，欲得之心更坚，辗转床头，终夜不寐。

早起，告兄曰："弟孑然无偶，愿大哥留意。"伯曰："吾家非一瓢一担者，物色当自有人。地下即有佳丽，恐于弟无所利益。"仲曰："古人亦有鬼妻，何害？"伯会意，曰："湘裙亦佳。但以巨针刺人迎，血出不止者，便可为生人妻，何得草草。"仲曰："得湘裙抚阿小，亦得。"伯但摇首。仲求不已，嫂曰："试捉湘裙强刺验之，不可乃已。"遂握针出门外，遇湘裙，急捉其腕，则血痕犹湿。盖闻伯言时，已自试之矣。嫂释手而笑，反告伯曰："渠作有意乔才久矣，尚为之代虑耶？"妾闻之怒，趋近湘裙，以指刺眶而骂曰："淫婢不羞！欲从阿叔奔走耶？我定不如其愿！"湘裙愧愤，哭欲觅死，举家腾沸。仲乃大惭，别兄嫂，率阿小而出。兄曰："弟姑去；阿小勿使复来，恐损其生气也。"仲曰："诺。"

既归，伪增其年，托言兄卖婢之遗腹子。众以其貌酷肖，亦信为伯遗体。仲教之读，辄遣抱书就日中诵之。初以为苦，久而渐安。六月中，几案灼人，而儿戏且读，殊无少怨。儿甚慧，日尽半卷，夜与叔抵足，恒背诵之。仲甚慰。又以不忘湘裙，故不复作"燕楼"想矣。

一日双媒来为阿小议姻，中馈无人，心甚躁急。急甘嫂自外入曰："阿叔勿怪，吾送湘裙至矣。缘婢子不识羞，我故挫辱之。叔如此表表而不相从，更欲从何人者?"见湘裙立其后,心甚欢悦。肃嫂坐;具述有客在堂,乃趋出。少间复入,则甘氏已去。湘裙卸妆入厨下,刀砧盈耳矣。俄而肴蔌罗列,烹饪得宜。客去,仲入,见湘裙凝妆坐室中,遂与交拜成礼。至晚,女仍欲与阿小共宿。仲曰:"我欲以阳气温之,不可离也。"因置女别室,惟晚间杯酒一往欢会而已。湘裙抚前子如己出,仲益贤之。

一夕夫妻款洽,仲戏问:"阴世有佳人否?"女思良久,答曰:"未见。惟邻女葳灵仙,群以为美;顾貌亦犹人,要善修饰耳。与妾往还最久,心中窃鄙其荡也。如欲见之,顷刻可致。但此等人,未可招惹。"仲急欲一见。女把笔似欲作书,既而掷管曰:"不可,不可!"强之再四,乃曰:"勿为所惑。"仲诺之。遂裂纸作数画若符,于门外焚之。少时帘动钩鸣,吃吃作笑声。女起曳入,高髻云翘,殆类画图。扶坐床头,酌酒相叙间阔。初见仲,犹以红袖掩口,不甚纵谈;数盏后,嬉狎无忌,渐伸一足压仲衣。仲心迷乱,魄荡魂飞。目前唯碍湘裙;湘裙又故防之,顷刻不离于侧。葳灵仙忽起搴帘而出;湘裙从之,仲亦从之。葳灵仙握仲趋入他室。湘裙甚恨,然而无可如何,愤愤归室,听其所为而已。既而仲入,湘裙责之曰:"不听我言,后恐却之不得耳。"仲疑其妒,不乐而散。次夕葳灵仙不召自来。湘裙甚厌见之,傲不为礼;仙竟与仲相将而去。如此数夕。女望其来则诟辱之,而亦不能却也。月余仲病不能起,始大悔,唤湘裙与共寝处,冀可避之;昼夜之防稍懈,则人鬼已在阳台。湘裙操杖逐之,鬼忿与争,湘裙荏弱,手足皆为所伤。仲浸以沉困。湘裙泣曰:"吾何以见吾姊乎!"

又数日,仲冥然遂死。初见二隶执牒入,不觉从去。至途患无资斧,邀隶便道过兄所。兄见之,惊骇失色,问:"弟近何作?"仲曰:"无他,但有鬼病耳。"实告之。兄曰:"是矣。"乃出白金一裹,谓隶曰:"姑笑纳之。吾弟罪不应死,请释归,我使豚子从去,或无不谐。"便唤阿大陪隶饮。返身入家,便告以故。乃令甘氏隔壁唤葳灵仙。俄至,见仲欲遁,伯揪返骂曰:"淫婢!生为荡妇,死为贱鬼,不齿群众久矣;又祟吾弟耶!"立批之,云鬓蓬飞,妖容顿减。久之一妪来,伏地哀恳。伯又责妪纵女宣淫,呵詈移时,始令与女俱去。

伯乃送仲出,飘忽间已抵家门,直至卧室,豁然若寤,始知适间之已死也。伯责湘裙曰:"我与若姊谓汝贤能,故使从吾弟,反欲促吾弟死耶!设非名分之嫌,便当挞楚!"湘裙惭惧啜泣,望伯伏谢。伯顾阿小喜曰:"儿居然生人矣!"湘裙欲出作黍,伯曰:"弟事未办,我不遑暇。"阿小年十三,渐知恋父;见父出,零涕从之。伯曰:"从叔最乐,我行复来耳。"转身便逝,从此不复相闻问矣。

后阿小娶妇,生一子,亦三十而卒。仲抚其孤如侄生时。仲年八十,其子二十余矣,乃析之。湘裙无出。一日谓仲曰:"我先驱狐狸于地下可乎?"盛妆上床而殁。仲亦不哀,半年亦殁。

异史氏曰:"天下之友爱如仲几人哉!宜其不死而益之以年也。阳绝阴嗣,此皆不忍死兄之诚心所格；在人无此理，在天宁有此数乎？地下生子，愿承前业者想亦不少；恐承绝产之贤兄贤弟，不肯收恤耳！"

【译文】

晏仲是陕西延安人，和兄长晏伯住在一起，兄弟两人友爱和睦。晏伯三十岁时去世，没有留下后代，妻子也随后死去了。晏仲伤心地怀念兄嫂，常常想能生两个儿子的话，就让一个作为兄长的后代。但他刚生下一个儿子，妻子却又死了。晏仲担心继室不能照顾好这个儿子，便想再买一个妾。

邻村有人卖使女，晏仲前往相看，但不是很满意，心里觉得很无聊，恰好又被朋友留住喝酒，喝得醉醺醺地回家了。途中遇到原来的同学梁生，两人热情地握手，梁生邀请晏仲到他家做客，晏仲还在醉中，忘记梁生已经去世，就跟着他去了。一进梁生家的门，晏仲就发现这不是他原来的家，便疑惑地问他。梁生回答道："新搬到这儿来的。"进屋后，梁生就找酒，但家中酿的酒已经喝完了，便嘱咐晏仲坐着等会儿，自己拿着瓶子去打酒。

晏仲走出来，站在门外等候，只见一位妇人骑着驴打他面前经过，后面跟着个小孩。小孩大约八九岁，面貌神情极像晏仲的哥哥，晏仲心中怦然一动，急忙跟在他们后面，问小孩姓什么，小孩答道："姓晏。"晏仲更加惊奇，又问："你父亲叫什么名字？"小孩答道："不知道。"

说着话的工夫，已经来到了小孩家门前，妇人下了驴走进门。晏仲接着小孩问道："你父亲在家吗？"小孩答应着就进了家门。过了一会儿，一个妇人出来探看，晏仲一看，正是他的嫂子。她也惊讶地问叔叔怎么会到这里来。晏仲非常悲痛，跟着嫂子进了屋。只见院落也已经收拾好了，于是问道："哥哥在什么地方？"嫂子回答说："出去收债还没回来。"又问："骑驴的妇人是什么人？"嫂子答道："是你哥哥的妾甘氏，已经生了两个男孩。大的叫阿大，去集市上还没有回来，你见到这个是阿小。"

晏仲坐了好一会儿，酒也慢慢地醒了，这才明白过来，自己见到的原来都是鬼。不过因为兄弟感情深厚，心中倒也不害怕。嫂子温上酒，摆好餐具，晏仲急于见到哥哥，便催促阿小去找。过了好久，阿小哭着跑回来说："李家欠债不还，反而和爸爸闹将起来。"晏仲一听，便和阿小飞奔前去，只见有两个人正把哥哥推倒在地。晏仲大怒，握着拳头直扑上前，来阻挡的人都被他打翻在地。晏仲急忙救起哥哥，那些坏人都已跑了，他追上去捉住一个，痛打了一顿才罢手。晏仲拉住哥哥的手，跺着脚伤心地哭泣，哥哥也流下了眼泪。

他们回到家里，全家都上前慰问，于是准备好酒食，兄弟饮酒相庆。过了不一会儿，一个年轻人走进来，大约十六七岁的样子。晏伯叫他阿大，让他拜见叔叔。晏仲扶起阿大，哭着对哥哥说："大哥在地下有两个男孩，但地上的坟墓却无人打扫；弟弟的孩子还小，而且现在还是一个人，怎么办呢？"晏伯听了，也觉得凄凉。嫂子对晏伯说："让阿小跟叔叔去吧，也算是个办法。"阿小听了，便依附在叔叔的肘下，一副恋恋不舍的样子。晏仲抚摸着阿小，心中更加觉得辛酸，问道："你愿意跟我去吗？"阿小答道："愿意去。"晏仲想虽然阿小是鬼不是人，毕竟是哥哥的儿子，有总比没有好，想到这里，也就开心起来。晏伯说："可以跟着去，但是不可娇惯，要吃些血肉的食物，而且让他在中午太阳下曝晒，过了中午才可以停止，他现在六七岁，经过春天和夏天，骨肉可以重新长出来，日后也可以娶妻生子，只怕不会长寿。"

他们正说着话，门外有个少女在偷听，看上去文静温柔。晏仲疑心是哥哥的女儿，便向哥哥打听。哥哥说："这个女孩叫湘裙，是我妾的妹妹。单身一人，无家可归，寄养在这里十年了。"晏仲问："已经订亲了吗？"哥哥答道："还没有。最近跟媒人商量嫁给东村的田家。"那女孩在窗外小声地说："我才不嫁给田家的放牛娃呢。"晏仲听了，很有点儿动心，但不便开口明说。

过了一会儿，晏伯起身，在书房中安好床铺，留弟弟过夜。晏仲并不愿意留下来，但心中恋着湘裙，打算设法窥探一下哥哥的意思，便向哥哥告辞上床睡觉。这时正值初春时节，天气还比较寒冷，书斋中从来没有生过火，晏仲觉得阴森森的，身上直起鸡皮疙瘩，他只好对着烛火冷清地坐着，想着能喝点儿酒就好了。一小会儿工夫，阿小推开门进来，把酒杯等酒具放在桌上。晏仲高兴极了，问："是谁给准备的？"阿小道："是湘姨。"酒快喝完时，阿小又将炭灰盖在火盆上，放到床底下。晏仲问他："你爸妈睡了吗？"阿小说："已经睡了很久了。"那么你睡在哪里呢？"阿小答道："我和湘姨睡在一起。"阿小等叔叔上床后，才关上门离去。晏仲想，湘裙不仅贤惠，而且善解人意，心中更加爱慕她；又觉得她还能照顾阿小，便更加坚定了娶她的想法。他在床上翻来覆去，一整夜也没有睡着。

第二天早上起来，晏仲对哥哥说："小弟孤身一人，没有配偶，欲请大哥替我留意。"晏伯说："我家不是穷苦人家，想要物色当然能找着合适的。不过就算地下有漂亮的女子，只怕会对弟弟有所不利。"晏仲说："古代人也有鬼妻，有什么不好的呢？"晏伯好像明白了弟弟的意思，便说道："湘裙也是个好姑娘，只要用一根大针刺她的人迎穴，如果出血不止，才可以做活人的妻子，怎么能草率行事呢？"晏仲又说："如果能娶湘裙照顾阿小，也是挺好的嘛。"晏伯只是摇头。晏仲不住地请求，嫂子说："试着把湘裙抓来，强行用针刺，试验一下，如果不行也就断了念头吧。"说完，握着针出了门，正好遇上湘裙，急忙捉住她的手腕，只见手上的血痕还是湿的。原来，湘裙听到晏伯的话以后，自己早就试过了。嫂子放开湘裙的手，笑着回来告诉晏伯说："原来这鬼丫头早就有这份心意了，我们还替她担心什么？"

晏伯的妾甘氏听说后很愤怒，赶到湘裙面前，用手指着她的眼眶骂道："不要脸的丫头，真是不害羞！想跟阿叔私奔吗？我一定不会让你如愿的！"湘裙听了，又羞愧又气愤，哭着就要寻死，闹得全家都沸腾起来。晏仲也觉得很不好意思，便向兄嫂告别，带着阿小出了门。哥哥说："弟弟，你先回家去，阿小不要让他再回来，恐怕会伤了他的生气。"晏仲答应了。

晏仲回到家，把阿小的年龄加了些，假称说他是哥哥卖掉的丫鬟生下的遗腹子，邻居们见阿小的相貌酷似晏伯，也都相信他是晏伯的遗腹子。

晏仲教阿小读书，让他抱着一卷书在太阳下诵读。起初阿小觉得很辛苦，久而久之，也就觉得习惯了。六月的暑天里，桌子热得烫人，而阿小一边玩一边读书，倒是没有一点儿怨言。阿小非常聪明，白天里能读完半卷书，晚上和叔叔抵足而卧，常常能背诵出来，晏仲心里感到很安慰。又因为忘不掉湘裙，所以他也不再想续弦的事了。

一天，两个媒人来为阿小商议娶妻的事情，但晏仲家却没有女子主持家务，因此心中焦躁不安。忽然，她的小嫂甘氏从外面走进来说："阿叔不要怪我，我把湘裙给送来了。当初因为这丫头不知羞耻，我才故意地羞辱她一番。阿叔如此的仪表堂堂，她不嫁给你，还想嫁给什么样的人呢？"晏仲见湘裙站在小嫂身后，心中非常高兴。他恭请小嫂坐下，说明还有客人在堂上，然后急忙走了出去，等他过了一会儿再进来时，小嫂某氏已经走了，而湘裙卸了妆下了厨房，只听见一阵阵刀板声，很快，桌上就摆满了菜肴，烹饪的水平很是不错。

客人走了以后，晏仲回到屋里只见湘裙又梳妆打扮坐在那里，于是两人交拜成礼。到了晚上，湘裙还是想和阿小一起睡觉，晏仲说："我想用阳气来温暖他，他还不能离开我。"说完，就把湘裙安置在别的屋里，只是晚上吃饭时与湘裙喝酒欢会而已。湘裙像对待自己的孩子一样抚养晏仲前妻生的孩子，晏仲越发觉得她贤惠。

一天晚上，晏仲夫妻亲热的时候，晏仲开玩笑地问："阴间有美人吗？"湘裙想了很久，回答道："我没有见过。只是邻家女子葳灵仙，大家认为她很美。看她的容貌和常人差不多，倒是善于打扮自己。她和我交往的时间最长，但我心中暗自看不起她的淫荡。你如果想见她，马上就可以把她叫来。但她这样的人，最好不要招惹。"晏仲急于见葳灵仙一面，湘裙提起笔好像要写信，但还是扔下笔说："不行，不行！"晏仲再三强求，湘裙只好说："你可不要被她迷惑了。"晏仲答应了。湘裙于是撕开纸，作了几张像符一样的画，拿到门外烧了。

只一会儿工夫，门帘响动，传来一阵"吃吃"的笑声。湘裙起身拉进一个人来，只见她梳着高高的发髻，像是画中的美人。湘裙扶着她坐在床头，一边饮酒，一边谈论别后的情况。开始时，葳灵仙见到晏仲，还用红袖子掩着嘴巴，话说得不是很多；喝了几杯酒以后，她也就无所顾忌地嬉笑起来，渐渐地伸出一只脚踩住晏仲的衣服。晏仲意乱情迷，魂都不知飞到哪里去了。只是碍于湘裙在眼前，而且湘裙又有意提防着他，一刻也不离开他的身边。葳灵仙忽然站起身来，掀开帘子走了出去，湘裙跟了出去，晏仲也跟在她的后面。葳灵仙一下子握住晏仲的手，快速跑到另一间屋子里。湘裙虽然很气愤，但也无可奈何，只得愤愤地回到自己的屋中，听任他们胡为了。过了一会儿，晏仲走进来，湘裙责备他道："你不听我的话，只怕以后你想摆脱她也不可能了。"晏仲疑心湘裙嫉妒，两人不欢而散。

第二天，葳灵仙不等召唤就自己来了，湘裙很厌恶见到她，不礼貌地对待她。葳灵仙竟然和晏仲一起出去。这样过了几个晚上，湘裙一见到葳灵仙来，就辱骂她，但是也不能阻止她来。

过了一个多月，晏仲一病不起，这才深深地懊悔，叫来湘裙和他住在一起，希望这样就能避开葳灵仙了。虽然昼夜提防，但稍一松懈，葳灵仙又与晏仲纠缠在一起，湘裙拿起棍子赶葳灵仙，她却忿忿地和湘裙争斗起来。湘裙身体弱小，手脚都被她打伤了，晏仲的病渐渐沉重起来，湘裙哭着说："我怎么去见我的姐姐呀！"

又过了几天，晏仲昏沉沉地死去了。开始，只见两个差役拿着文书进来，晏仲不知不觉地跟着他们走了。走到半路，晏仲担心没有路费，便邀请差役顺路到他哥哥家。哥哥一见晏仲，不由地大惊失色，问道："弟弟近来做了什么事了？"晏仲说："没有别的，只是染上鬼病罢了。"便把实情告诉了哥哥。晏伯说："我知道了。"说着，拿出一包白银，对差役说："且请笑纳，我弟弟罪不至死，请求放他回去，我叫犬子跟着去。不会有什么不妥的。"说完，叫来阿大陪差役饮酒，自己转身进了里屋，把情况告诉了家人，然后让甘氏到隔壁去把葳灵仙叫来。

不一会儿，葳灵仙来了，一见晏伯就想逃走。晏伯一把将她揪回来，骂道："你这个淫贱的女人！活着的时候是个荡妇，死了变成贱鬼，被众人看不起已经很长时间了，竟敢又去祸害我弟弟！"说完，就打她，直打得葳灵仙头发蓬散，容颜顿改。过了好久，来了一个老妇人，趴在地上苦苦恳求。晏伯又斥责老妇人放纵女儿淫荡，痛骂了好一阵子，才让她带着女儿离开。

晏伯于是送晏仲出门，飘然之间已经到了家门，径直抵达卧室。晏仲一下子醒了过来，才知道刚才自己已经死了。晏伯责怪湘裙说："我和你姐姐，觉得你贤惠能干，才让你跟从我弟弟，没想到你反而想催我弟弟早死！假如不是有名分之嫌，真该打你一顿！"湘裙又羞又怕，低声地哭泣，向晏伯下跪谢罪。晏伯转身看到阿小，高兴地说："我儿居然已经成为活人了！"湘裙要出去做饭，晏伯推辞说："弟弟的事情还没有办妥，我没时间多呆了。"阿小已经十三岁了，渐渐知道留恋父亲，见父亲出来，流着眼泪跟在后面。晏伯说："跟着叔叔最开心了，我走了以后还会再来的。"说完，一转身就不见了，从此以后再也没有消息往来。

后来，阿小娶了媳妇，生了一个儿子，也活到三十岁时死了。晏仲抚养他的孤儿，就像侄子生前一样。晏仲八十岁时，阿小的儿子也二十多岁了，晏仲就把家产分给他，让他单过。

湘裙没有生孩子。一天，她对晏仲说："我先到地下去驱赶狐狸，可以吗？"说完，她换了盛装，上床死去了。晏仲也不悲伤，过了半年也死去了。

异史氏说：天下像晏仲这样对兄长如此友爱的，有几个人啊！难怪他命不该死反而增添了阳寿。阳间断后，阴间却给续上，这都是由于他不忍兄长亡死的诚心感动了上天。在人世间没有这个道理，在天上难道就有这个命数吗？在地下生的儿子，愿意继承前代家业，想来也为数不少，只怕那些继承了没有后代之人产业的好兄弟，不肯收养抚恤这些孤儿吧！

[何守奇] 葳灵仙一招，未免多事。

三 生

【原文】

湖南某，能记前生三世。一世为令尹，闱场入帘。有名士兴于唐被黜落，愤懑而卒，至阴司执卷讼之。此状一投，其同病死者以千万计，推兴为首，聚散成群。某被摄去对质。阎王问曰："尔既衡文，何得黜佳士而进凡庸？"某辨曰："上有总裁，某不过奉行之耳。"阎罗即发一签，往拘主司。勾至，阎罗即述某言。主司曰："某不过总其大成；虽有佳章，而房官不荐，吾何由见之？"阎罗曰："此不得相诿，其失一也，例合笞。"方将施刑，兴不满志，戞然大号；两墀诸鬼，万声鸣和。阎罗问故，兴抗言曰："笞罪太轻，是必掘其双睛，以为不识文字之报。"阎罗不肯，众呼益厉。阎罗曰："彼非不欲得佳文，特其所见鄙耳。"众又请剖其心。阎罗不得已，使人褫去袍服，以白刃劙胸，两人沥血鸣嘶。众始大快，皆曰："吾辈抑郁泉下，未有能一伸此气者；今得兴先生，怨气都消矣。"哄然而散。

某受剖已，押投陕西为庶人子。年二十余，值土寇大作，陷入盗中。有兵巡道往平贼，俘掳甚众，某亦在中。心犹自揣非贼，冀可辨释。及见堂上官亦年二十余，细视则兴也。惊曰："吾合休矣！"既而俘者尽释，惟某后至，不容置辨，立斩之。某至阴司投状讼兴。阎罗不即拘，待其禄尽。

迟之三十年兴方至，面质之。兴以草菅人命罚作畜。稽某所为，曾挞其父母，其罪维均。某恐后世再报，请为大畜。阎罗判为大犬，兴为小犬。某生于顺天府市肆中。一日卧街头，适有客自南携金毛犬来，大如狸。某视之，兴也。心易其小，龁之。小犬咬其喉下，系缀如铃。大犬摆扑嗥窜，市人解之不得。两犬俱毙。

并至阴司，互有争论。阎罗曰："冤冤相报，何时可已？今为若解之。"乃判兴来世为某婿。某生庆云，二十八举于乡。生一女，娴静娟好，世族争委禽焉；皆不许。过临郡，值学使发落诸生，其第一卷李生，即兴也。遂挽至旅舍优待之。问其家适无偶，遂订姻好。人皆谓怜才，而不知其有夙因也。及完婚，相得甚欢。然婿恃才辄侮翁，恒隔岁不一至其门。翁亦耐之。后婿中岁淹蹇，苦不得售，翁为百计营谋，始得连捷。从此和好如父子焉。

异史氏曰："一被黜而三世不解，怨毒之甚至此哉！阎罗之调停固善；然墀下千万众，如此纷纷，毋亦天下之爱婿，皆冥中之悲鸣号动者耶？"

【译文】

湖南某人，能记得自己前生三世经历的事情。第一世他做了地方长官，参与科举考试的评判工作。当时有一位名士叫兴于唐。考试没有得中，心中愤愤不平，郁闷而死。他到了阴间就写了状子告某人，这份状子一递上去，那些因为考试不中而病死的鬼，以千万计数，推举兴于唐为首，聚集在一起。某人的魂魄被摄到阴间，与这些告状的鬼当面对质。

阎王问道："你既然负责审阅文章，为什么黜退有水平的人，而让平庸之人得以录取？"

某人辩解道："我上面还有主考官，我不过是奉命行事罢了。"

阎王马上发下一支签子，派人去抓主考官。过了很久，主考官被抓来了，阎王便把某人说的话告诉主考官。

主考官："我只不过负责总其大成；即使有好的文章，但同考官不推荐上来，我又怎么能看得见呢？"

阎王说："这件事你们不可互相推诿，两个人同样是失职，按照规矩要一起打板子。"

正要对二人施刑，兴于唐对这一判罚很不满意，放声大哭起来，站在两边阶下的冤鬼们也齐声响应。阎王问怎么回事，兴于唐争辩道："打板子太轻了，一定要把他们的两只眼睛挖掉，作为他们不识文章好坏的报应。"阎王不肯答应，众鬼越发厉害地喊叫。阎王说："他们并不是不想得到好文章，只是他们的水平太差罢了。"众鬼又请求挖出他们的心来。阎王迫不得已，让人脱去他们的官服，用雪亮的刀剖开胸膛，两人鲜血直流，嘶声惨叫。众鬼这才觉得大快，都说："我们这些人在九泉之下含冤受屈，没有人能替我们出这口气，如今全靠兴先生，让我们的怨气都消了。"说完，一哄而散。

某人被剖心以后，差役将他押往陕西，投生到一个普通人家当儿子。他二十多岁时，正值当地闹土匪，他又陷身在土匪群中，有位将军前往平定贼寇，抓住了很多土匪，某人也在其中。某人心里还想，反正自己不是贼，希望能够说明情况，获得释放。等他见了堂上坐着的官员，也是二十多岁的年纪，再仔细一看，原来就是兴于唐，他不由大吃一惊，说："我命该绝了！"过了一会儿，俘虏全都被释放了，只剩下最后一个某人，兴于唐也不容他辩解，竟然就将他斩了首。

某人到了阴间，投了状子告兴于唐。阎王不马上拘捕兴于唐，要等他的禄命尽了。这样，推迟了三十年，兴于唐才来到，与某人当面对质。兴于唐以草菅人命罪，被罚作畜牲。阎王又检查某人的所作所为，发现他曾打过父母，他的罪孽和兴于唐也差不多。某人唯恐来生再有什么报应，请求转世做大牲畜。阎王便将他判为大狗，而兴于唐为小狗。

某人出生在北顺天府的集市上。一天，他正卧在街头，有个客人从南方来，带着一条金毛犬，和狸猫差不多大。某人一看，原来是兴于唐。某人见它很小，好欺负，便扑上去咬它。那小狗反过来咬在某人的喉下，像是系在他脖子上的铃铛，直咬得大狗左右乱摆，嗥叫着到处乱窜，集市上的人想把它们分开也不行。一会儿工夫，两只狗都死了。

两人一起来到阴曹地府告状，各执一词，争论不休。阎王说："你们这样冤冤相报，什么时候才能结束呢？我今天替你们化解了吧。"于是判定兴于唐来世做某人的女婿。

某人投生到庆云府，二十八岁时中了举人，他生有一个女儿，性情娴淑文静，容貌姣好，当地的世族争相和某人订亲，某人全都不答应。偶然有一次，他经过邻近郡城，正碰上学使在为考生评判试卷，取在第一卷的考生姓李，实际上就是兴于唐。某人便将他拉到旅舍，给他优厚的招待，并问他成家没有，而他恰好没有结婚，于是两人订了婚事。旁人都认为某人是爱惜人才，却不知他们有一段宿缘。兴于唐将某人的女儿娶回去，夫妻俩相得甚欢。

但是，女婿自恃有才，动不动欺侮岳父，常常一两年不到某人家拜望。某人也能够容忍他。后来，女婿中年时命运窘迫，苦于不能够中第，岳父为他千方百计地打点，这才使他在名利场上得志。从此以后，两人和好，如同父子一般。

异史氏说：一世被黜，竟然使得三世都不能和解，怨毒之情竟然厉害到如此地步！阎王调停的方法虽然妥善，但是殿阶下千万大众，如此纷纷不安，不也是天下人的爱婿，却都在阴曹地府中悲愤号叫吗？

[何守奇] 此亦不得志于时者之言。

[但明伦] 讥仙似过刻，然君子必取之而常以为鉴。

长　亭

【原文】

石太璞，泰山人，好厌禳之术。有道士遇之，喜其慧，纳为弟子。启牙签，出二卷，上卷驱狐，下卷驱鬼，乃以下卷授之曰："虔奉此书，衣食佳丽皆有之。"问其姓名，曰："吾汴城北村玄帝观王赤城也。"留数日，尽传其诀。石由此精于符策，委赞者接踵于门。

一日有叟来，自称翁姓，炫陈币帛，谓其女鬼病已殆，必求亲诣。石闻病

危，辞不受赘，姑与俱往。十余里入山村，至其家，廊舍华好。入室，见少女卧縠幨中，婢以钩挂帐。望之年十四五许，支缀于床，形容已槁。近临之，忽开目云："良医至矣。"举家皆喜，谓其不语已数日矣。石乃出，因诘病状。叟曰："白昼见少年来，与共寝处，捉之已杳；少间复至，意其为鬼。"石曰："其鬼也驱之不难；恐其是狐，则非余所敢知矣。"叟曰："必非必非。"石授以符，是夕宿于其家。夜分有少年入，衣冠整肃。石疑是主人眷属，起而问之。曰："我鬼也。翁家尽狐。偶悦其女红亭，姑止焉。鬼为狐祟，阴鸷无伤，君何必离人之缘而护之也？女之姊长

亭，光艳尤绝。敬留全璧，以待高贤。彼如许字，方可为之施治；尔时我当自去。"石诺之。是夜少年不复至，女顿醒。天明，叟喜告石，请石入视。石焚旧符，坐诊之。见绣幕有女郎，丽如天人，心知其长亭也。诊已，索水洒幨。女郎急以碗水付之，蹀躞之间，意动神流。石生此际，心殊不在鬼矣。出辞叟，托制药去，数日不返。鬼益肆，除长亭外，子妇婢女俱被淫惑。又以仆马招石，石托疾不赴。

明日，叟自至。石故作病股状，扶杖而出。叟问故，曰："此鳏之难也！曩夜婢子登榻，倾跌，堕汤夫人泡两足耳。"叟问："何久不续？"石曰："恨不得清门如翁者。"叟默而出。石送嘱曰："病瘥当自至，无烦玉趾也。"又数日叟复来，石跛而见之。叟慰问曰："顷与荆人言，君如驱鬼去，使举家安枕，小女长亭，年十七矣，愿遣奉事君子。"石喜，顿首于地。乃曰："雅意若此，病躯何敢复爱。"立刻出门，并骑而去。入视祟者既毕，石恐负约，请与媪盟。媪出曰："先生何见疑也？"随拔长亭所插金簪，授石为信。石喜拜受，乃遍集家人，悉为祓除。惟长亭深匿不出；遂写一佩符，使持赠之。是夜寂然，惟红亭呻吟未已，投以法水，所患若失。石起辞，叟挽留殷恳。至晚，肴核罗列，劝酬殊切。漏二下，主人辞去。石方就枕，闻叩扉甚急；起视，则长亭掩入，仓皇告曰："吾家欲以白刃相仇，可急走！"言已径返身去。石战惧失色，越垣急窜。遥见

火光，疾奔而往，则里人夜猎者也。喜，待猎已，从与俱归。心怀怨愤，无路可伸，欲往汴城寻师治之。奈家有老父，病废在床，日夜筹思，进退莫决。

忽一日双舆至门，则翁媪送长亭至，谓石曰："曩夜之归，胡再不谋？"石见长亭，怨恨都消，故隐不发。媪促两人庭拜讫。石欲设筵，媪曰："我非闲人，不能坐享甘旨。我家老子昏瞢，倘有不悉，郎肯为长亭一念老身，为幸多矣。"登车遂去。盖杀婿之谋，媪不与闻；及追之不得而返，媪始知之。心不能平，与叟日相诟谇。长亭亦涕泣不食。媪强送女来，非翁意也。长亭入门，诘之，始知其故。过两三月，翁家取女归宁。石料其不返，禁止之。女自此时一涕零。年余生一子，名慧儿，雇乳媪哺之。儿好啼，夜必归母。一日翁家又以舆来，言媪思女甚。长亭益悲，石不忍复留之。欲抱子去，石不可，长亭乃自归。别时以一月为期，既而半载无耗。遣人往探之，则向所僦宅久空。

又二年余，望想都绝；而儿啼终夜，寸心如割。既而父又病卒，倍益哀伤；因而病愈，苦次弥留，不能受宾朋之吊。方昏愦间，忽闻妇人哭入。视之，则缞绖者长亭也。石大悲，一恸遂绝。婢惊呼，女始辍泣，抚之良久渐苏。曰："我疑已死，与汝相聚于冥中。"女曰："非也。妾不孝，不得严父心，尼归三载，诚所负心。适家人由东海过此，得翁凶信。妾遵严命而绝儿女之情，不敢循乱命而失翁媳之礼。妾来时，母知而父不知也。"言间，儿投怀中。言已，始抚而泣曰："我有父，儿无母矣！"儿亦嗷啕，一室掩泣。女起，经理家政，柩前牲盛洁备，石乃大慰。然病久，急切不能起。女乃请石外兄款洽吊唁。丧既闭，石始能杖而起，相与营谋斋葬。葬已，女欲辞归，以受背父之谴。夫挽儿号，隐忍而止。未几，有人来言母病，乃谓石曰："妾为君父来，君不为妾母放令归耶？"石许之，女使乳媪抱儿他适，涕演出门而去。去后数年不返。石父子渐亦忘之。

一日昧爽启扉，则长亭飘入。石方骇问，女戚然坐榻上，叹曰："生长闺阁，视一里为遥；今一日夜而奔千里，殆矣！"细诘之，女欲言复止。固诘之，乃哭曰："今为君言，恐妾之所悲，而君之所快。迩年徙居晋界，僦居赵缙绅之第。主客交最善，以红亭妻其公子。公子数逋荡，家庭颇不相安。妹归告父；父留之半年不令还。公子忿恨，不知何处聘一恶人来，遣神绾锁缚老父去。一门大骇，顷刻四散矣。"石闻之，笑不自禁。女怒曰："彼虽不仁，妾之父也。妾与君琴瑟数年，止有相好而无相尤。今日人亡家败，百口流离，即不为父伤，宁不为妾吊乎！闻之忭舞，更无片语相慰藉，何不义也！"拂袖而出。石追谢之，亦已渺矣。怅然自悔，拚已决绝。

过二三日，媪与女俱来，石喜慰问。母女俱伏。惊问其故，又俱哭。女曰："妾负气而去，今不能自坚，又要求人，复何颜面！"石曰："岳固非人；母之惠，卿之情，所不敢忘。然闻祸而乐，亦犹人情，卿何不能暂忍？"女曰："顷于途中遇母，始知絷吾父者，乃君师也。"石曰："果尔，亦大易。然翁不归，则卿之父子离散；恐翁归，则卿之夫泣儿悲也。"媪矢以自明，女亦誓以相报。

石乃即刻治任如汴，询至玄帝观，则赤城归未久。入而参拜，师问："何来？"石视厨下一老狐，孔前股而系之，笑曰："弟子之来，为此老魅。"赤城诘之，曰："是吾岳也。"因以实告。道士谓其狡诈不肯轻释；固请，始许之。石因备述其诈，狐闻之，塞身入灶，似有惭状。道士笑曰："彼羞恶之心未尽亡也。"石起，牵之而出，以刀断索抽。狐痛极，齿龈龈然。石不遽抽，而顿挫之，笑问之曰："翁痛乎？勿抽可耶！"狐睛唊闪，似有愠色。既释，摇尾出观而去。石辞归。

三日前，已有人报曳信，媪先去，留女待石。石至，女逆而伏。石挽之曰："卿如不忘琴瑟之情，不在感激也。"女曰："今复迁还故居矣，村舍邻迩，音问可以不梗。妾欲归省，三日可旋，君信之否？"曰："儿生而无母，未便殇折。我日日鳏居，习已成惯。今不似赵公子，而反德报之，所以为卿者尽矣。如其不还，在卿为负义，道里虽近，当亦不复过问，何不信之与有？"女去，二日即返。问："何速？"曰："父以君在汴曾相戏弄，未能忘怀，言之絮叨；妾不欲复闻，故早来也。"自此闺中之往来无间，而翁婿间尚不通吊庆云。

异史氏曰："狐情反复，谲诈已甚。悔婚之事，两女而一辙，诡可知矣。然要而婚之，是启其悔者犹在初也。且婿既爱女而救其父，止宜置昔怨而仁化之；乃复狎弄于危急之中，何怪其没齿不忘也！天下之有冰玉而不相能者，类如此。"

【译文】

石太璞是泰山人，喜欢用画符来驱赶鬼神的法术。有一个道士碰到他，很赏识他的聪慧，将他收做徒弟。道士打开书匣，从中取出两卷书，上卷专门讲驱狐，下卷专门讲驱鬼。道士便将下卷交给他，说："只要你能虔诚地学好这本书上讲的法术，你一生的衣食美女就都有了。"石太璞问他的姓名，道士说："我是汴城北村玄帝观的王赤城。"石太璞留道士住了几天，道士把驱除鬼神的秘诀全都传授给了他。石太璞从此以后精通了驱鬼的法术，上门给他送礼的人接踵而至。

一天，来了个老头，自称姓翁，炫耀地摆开许多钱财，说他的女儿被鬼缠身，已经病得快死了，一定要请石太璞亲自上门解救。石太璞听说他女儿病危，坚决不肯接受钱财，就和老头一起上路了。

走了十几里路，他们进入一座山村，来到翁老头家，只见他家房屋很华丽美观。石太璞进到室内，见一个少女躺在纱帐里，丫鬟用帐钩把帐子挂起来，石太璞向里一看，那少女十四五岁的样子，精神萎靡地躺在床上，面容枯槁，身体消瘦。石太璞刚走近前，少女忽然睁开眼睛，说道："良医来啦。"全家人都很高兴，说她已经好几天不说话了，石太璞于是走出屋子，询问少女的病情。

翁老头说："白天能见到一个少年前来，跟她在一起睡觉，要捉他时已经不见了；但不一会儿他又回来，我们猜他可能是鬼。"

石太璞说："要真是鬼，赶走他并不困难，只怕他是狐狸，那可不是我能解决的问题了。"

翁老头说："肯定不是狐狸，肯定不是。"

石太璞把一道符交给翁老头，当天晚上就住在了他家。到了半夜，有一个少年进来，穿戴得很是齐整。石太璞以为是主人的家属，便起身询问。那少年说："我是鬼，翁老头一家都是狐狸。我偶然间喜欢上他的女儿红亭，才停留在他家。鬼迷惑狐狸，并不伤阴德，您又何必离间我们的姻缘而袒护她家呢？红亭的姐姐长亭，长得更加光艳照人，我一直虔诚地保全她的身体，等待高明贤良的人。他家如果答应将长亭许配给您，您才可以替红亭治病，到那时我自然会离去。"石太璞答应了他。这一夜，少年没有再来，红亭顿时醒过来了。

天亮以后，翁老头很高兴，来告诉石太璞，请他进去诊视。石太璞将原来那道符烧掉，才坐下来为红亭诊断。只见绣幕后面有一位女郎，美得像是仙女，石太璞心里知道她就是长亭。诊断完毕，石太璞索要清水洒帐，那女郎急忙端来一碗水交给他。只见她轻举莲步，风韵动人，眉目传情，到了这个时候，石太璞的心思已经全不在鬼上了。他出了内室，向翁老头告辞，假称要去制药，好几天都不回来。

那鬼趁石太璞不在，更加放肆，除了长亭以外，翁家的媳妇丫鬟，全都被他迷惑奸淫了。翁老头又让仆人骑着马去请石太璞，他却推说有病，不肯前往。第二天，翁老头又亲自赶来。石太璞故意装作腿上有病的样子，拄着拐杖走出来。翁老头行完礼，问他怎么得的病。

石太璞说："这就是独身一人的难处啊！昨天晚上丫鬟上床时，不留神跌倒，把汤婆子打翻，把我两只脚烫伤了。"

翁老头问："那你为什么这么久不续娶一房呢？"

石太璞说："只恨碰不上像您家这样清高的门第呀。"

翁老头听了，默默地走出了门。石太璞赶出来相送，说道："等我病好了自然会去，就不劳您再跑了。"

又过了几天，翁老头又来了，石太璞跛着脚见他。翁老头慰问了几句，接着说："我来之前和老伴商量过了，你如果能将鬼赶走，让我们全家恢复安宁，我家女儿长亭，今年十七岁了，愿意让她做您的妻子。"石太璞听了，十分高兴，趴在地上叩头，并对翁老头说："您有如此美意，我又怎么敢顾惜病体？"说完，立刻出门，和翁老头一同上马而去。

石太璞来到翁家，看完病人，生怕翁家会背叛信约，便请求和老太太签订婚约。老太太急忙出来说："先生怎么怀疑我们呢？"说完，就将长亭头上插的一支金簪交给石太璞作为信物。石太璞高兴地接了过来，然后又将翁家人全都叫来，替她们驱除了邪气。家中只有长亭一个人深藏不露踪迹。石太璞于是写了一道佩符，派人拿去送给她。这天夜里，寂静无声，鬼的踪影全无，只听见红亭还在呻吟，石太璞往她身上洒了法水，病一下子就好了。

第二天早上，石太璞准备辞行，翁老头恳切地挽留他。到了晚上，摆上丰盛的酒席，极为殷勤地请他喝酒。直到二更天时，主人才向客人告辞去了。石太璞刚刚上床，就听到急促的敲门声。他起来一看，只见长亭闪身进来，说话的口气非常急迫，说："我家人想拿刀杀你，你赶紧逃跑吧！"说完，就转身走了。

石太璞战战兢兢，吓得面无人色，急忙跳过墙逃窜。远远地看见有火光，他迅速地奔过去，原来是他村里夜间打猎的人，石太璞很高兴，等他们打猎完毕，就跟着一起回家了。他心中满含怨愤，却也无可发泄，想要到汴城去找王赤城，无奈家中还有老父，卧病在床已经很久了。他日夜筹划思量，也不知道怎么办才好。

忽然有一天，两辆车子来到门前，原来是翁家老太太送长亭来了，她对石太璞说："那天夜里回来以后，怎么再也不上我家来呢？"石太璞一见长亭，心中的怨恨全都消了，所以也就忍住不发作了。老太太催促两人就在庭院里拜了天地。石太璞准备设宴招待，老太太说："我不是清闲的人，不能在这儿享受美食了，我家老头子是个老糊涂，如果有什么不妥的地方，请郎君为了长亭，念在老身的份上，不要计较，我也就深感荣幸了。"说完，便上车走了。

原来，杀女婿的想法，老太太并不知情，等到老头追杀不成回到家中，老太太才知道这事，心中很是不高兴，天天和老头吵架。长亭也流泪，不肯吃饭。老太太硬是将女儿送来，并不是老头的主意。长亭进门以后，石太璞盘问她，才知道其中的实情。

过了两三个月，翁家将女儿接回去省亲。石太璞料想长亭去了就不会回来，便阻止她不让走，长亭从此不时地伤心流泪。过了一年多，长亭生下一个儿子，名叫慧儿，雇了一个奶妈喂着她。但慧儿爱哭，夜里一定要跟妈妈睡。

一天，翁家又派车来接长亭，说是老太太想女儿想得很厉害。长亭听了，更加悲伤，石太璞也就不忍心再留她了。长亭想带儿子回家，石太璞不同意，长亭只好一个人回去了。临别的时候，说好一个月就回来，但过了半年，却没有一点儿音讯。石太璞派人去打听，翁家原来租住的房子早就没人住了。又过了两年多，石太璞的希望和幻想都破灭了，而慧儿还是整夜啼哭，石太璞的心像刀割一样。不久，父亲病逝，他更是悲伤不已，自己也病倒了，居丧时病情加重，连宾客朋友来吊唁也不能接待。

石太璞正在昏昏沉没之际，忽然听见有妇人哭着进来，他抬头一看，原来是穿着一身孝服的长亭，他心中大为悲伤，大哭一声就昏死过去。丫鬟吓得惊叫起来，长亭这才停止哭泣，轻轻地抚弄了好久，石太璞才渐渐地苏醒过来。他怀疑自己已经死了，以为大家是在阴间相聚。长亭说："不是。我不孝，不能讨得老父的欢心，回家三年，他也不让我回来，确实辜负了你，恰好家人从海东经过这里，这才得知公公去世的消息，我遵照父亲的指示，虽然断绝了儿女私情，但也不敢听他不合理的命令，丧失身为儿媳的礼节。我来的时候，我母亲知道但父亲不知道。"说话之间，慧儿已经钻到母亲的怀中。长亭说完，才抚摸着慧儿，哭着说道："我倒有父亲，可怜我儿却没有妈妈啊！"慧儿也嚎啕大哭起来，一屋子的人都掩面而泣。

长亭站起身来，开始料理家务，在灵柩前摆下完备而整洁的祭品，石太璞心中大感安慰。但由于他病了很久，一下子也不能起床。长亭于是请石太璞的表兄代为接待前来吊唁的宾客。丧礼结束以后，石太璞才拄着拐杖能起床了，与长亭一起商量下葬老父的事情。安葬完毕，长亭准备告辞回家，去接受父亲对她违抗父命的谴责。石太璞拉着她不放，慧儿大哭不止，她只好暂时忍着不回去了。过了不久，有人来告诉长亭说她母亲病了。长亭于是对石太璞说："我是为你父亲而来的，夫君难道不能为了我的母亲放我回去吗？"石太璞答应了她的要求。长亭于是让奶妈抱着慧儿到别的地方去玩，她自己流着眼泪出门而去。长亭走了以后，好几年都没有回来，石太璞父子渐渐地已经把她忘了。

一天，天刚亮，石太璞打开窗户，长亭飘然而至。石太璞大为惊骇，刚要发问，长亭满脸忧愁地坐在床上，叹息着说："我从小在闺阁中长大，一里地都觉得很遥远，如今一天一夜就奔行上千里，真是累死了！"石太璞细细地盘问她，长亭欲言又止。石太璞坚持要她说，长亭才哭着说："今天我要对你说的事，恐怕是虽令我伤悲，却让你感到痛快的事。近年来，我家搬到山西境内，借居在赵员外的家中。主客两家交往十分友善，父亲就把红亭嫁给了赵公子，不料赵公子散漫放荡，弄得家庭很不和睦。妹妹回家告诉父亲，父亲把她留在家中，过了半年也不让她回去。赵公子又气又恨，不知从什么地方请来一个恶人，叫来神仙将父亲连捆带锁地抓走了。全家人都很害怕，顷刻间就四处逃散了。"石太璞听完，情不自禁地笑了起来。长亭生气地说："他虽然不够仁慈，毕竟还是我的父亲。我和你结婚几年，只有相好，并无互相怨恨。今天我人亡家破，上百口人流离失所，你纵然不替我父亲伤心，难道不为我表示一点儿同情吗？听了以后，你竟然高兴得手舞足蹈，更没有说一两句安慰我的话，真是何等没有情义啊！"说完，长亭拂袖而去。石太璞急忙追出去赔礼道歉，长亭已经消失得无影无踪了。石太璞心中怅然若失，很是后悔，豁出去了要和长亭彻底分手。

过了两三天，翁老太和女儿一起来了，石太璞见了，高兴地上前慰问。翁家母女突然一起跪在地上，石太璞大吃一惊，忙问是怎么回事，母女二人全都哭了起来。

长亭说："那天我赌气走掉了，现在却又不能坚持，还是想来求你，又有什么脸面呢？"

石太璞说："岳父虽然不是个人，但是岳母大人的恩惠，你的情意，我是不会忘记的。不过，听到他遇到祸事就高兴起来，这也是人之常情，你当时为什么不能稍微忍一下呢？"

长亭说："刚才我在路上遇到母亲，才知道抓走我父亲的，原来就是你的师父。"

石太璞说："果真如此的话，那就太容易了，但是，如果你父亲回不来，就是你们父女离散；只恐怕他回来以后，会让你的丈夫哭泣儿子悲伤啊！"

翁老太听完，发誓表明心迹，长亭也发誓说要报答。石太璞于是立即准备行装前往汴城，找到了赤帝观，王赤城刚回来不久。石太璞进门参见师父，王赤城便问他："你来干什么？"石太璞见灶下有一只老狐狸，前腿被绳子穿透绑着，便笑着说："弟子此次前来，就是为这只老妖精。"王赤城问他是怎么回事，石太璞答道："他是我的岳父。"接着便将实情告诉了师父。王赤城说这只狐狸阴险狡诈，不肯轻易就放了他。石太璞再三请求，这才答应。石太璞于是详细叙述了他岳父狡诈的行为，狐狸听了，将自己的身子塞到灶膛里，好像心中有愧的样子。王赤城笑着说："看来他的羞耻之心倒还没有全部丧失。"石太璞站起来，牵着狐狸出了门，用刀割断绳索并往外抽。狐狸疼死了，牙齿咬得"格格"作响。石太璞不一下子就抽出来，而是一停一顿地往外抽，还笑着问："岳父大人疼吗？不抽可以吗？"狐狸的眼睛里闪着光，好像生气的样子。等绳子解开了，狐狸就摇着尾巴出观而去。

石太璞向师父辞别回家。三天前，已经有人报信说老头被释放了，翁老太便一个人先走了，留下长亭等石太璞。石太璞刚一到家，长亭就迎上前跪倒在地。

石太璞将她拉起来，说："你如果不忘我们的夫妻之情，倒不在如此的感激我。"

长亭说："现在我家又搬回原来的地方住了，离这儿也不远，音讯也不至于阻塞了。我想回家看望一下我父亲，三天后就可以回来，你能相信我吗？"石太璞说："慧儿生下来就没有母亲的照顾，倒也没有夭折；我长时间一个人住，也已经习惯了。如今我不像赵公子，反而以德相报，对你可以说做到仁至义尽了。如果你不回来，在你就是负义。两个村子虽然离得很近，我也不会再去找你了，何必信不信你呢？"

长亭第二天离去，只两天就回来了。石太璞问道："为什么这么快就回来？"长亭说："父亲因为你在汴城时曾经戏弄他，一直不能忘怀，整天絮絮叨叨的，我不想再听下去，就早回来了。"从此以后，长亭和她母亲的往来倒是不断，但翁老头和石太璞之间还是互不问候。

异史氏说：狐狸生性反复无常，阴险狡诈到极点。在悔婚这件事上，两个女儿简直如出一辙，它的狡猾也就可想而知了。但是，石太璞用要挟的方法娶了长亭，使得翁老头一开始就有悔婚的想法。而且，身为女婿，既然因为爱长亭而去救她父亲，只应该将往日的仇怨搁在一边，用仁义来感化他，不应该在他危急的时候还戏弄他，难怪翁老头没齿不忘这个耻辱啊！天底下岳父女婿不能和睦相处，情况和这个故事很相似。

[何守奇] 有挟而求，石固未是；以怨报德，翁斯忍矣。至狐仍畏鬼，似亦创闻。

席方平

【原文】

席方平，东安人。其父名廉，性戆拙。因与里中富室羊姓有隙，羊先死；数年，廉病垂危，谓人曰："羊某今贿嘱冥使榜我矣。"俄而身赤肿，号呼遂死。席惨怛不食，曰："我父朴讷，今见凌于强鬼；我将赴冥，代伸冤气矣。"自此不复言，时坐时立，状类痴，盖魂已离舍。

席觉初出门，莫知所往；但见路有行人，便问城邑。少选，入城。其父已收狱中。至狱门，遥见父卧檐下，似甚狼狈。举目见子，潸然流涕，曰："狱吏悉受赇嘱，日夜捞掠，胫股摧残甚矣！"席怒，大骂狱吏："父如有罪，自有王章，岂汝等死魅所能操耶！"遂出，写状。趁城隍早衙，喊冤投之。羊惧，内外贿通，始出质理。城隍以所告无据，颇不直席。席愤气无伸，冥行百余里至郡，以官役私状，告诸郡司。迟至半月始得质理。郡司扑席，仍批城隍复案。席至邑，备受械梏，惨冤不能自舒。城隍恐其再讼，遣役押送归家。役至门辞去。

席不肯入，遁赴冥府，诉郡邑之酷贪。冥王立拘质对。二官密遣腹心与席关说，许以千金。席不听。过数日，逆旅主人告曰："君负气已甚，官府求和而执不从，今闻于王前各有函进，恐事殆矣。"席犹未信。俄有皂衣人唤入。升堂，见冥王有怒色，不容置词，命笞二十。席厉声问："小人何罪？"冥王漠若不闻。席受笞，喊曰："受笞允当，谁教我无钱也！"冥王益怒，命置火床。两鬼捽席下，见东墀有铁床，炽火其下，床面通赤。鬼脱席衣，掬置其上，反复揉捺之。痛极，骨肉焦黑，苦不得死。约一时许，鬼曰："可矣。"遂扶起，促使下床着衣，犹幸跛而能行。复至堂上，冥王问："敢再讼乎？"席曰："大冤未伸，寸心不死，若言不讼，是欺王也。必讼！"王曰："讼何词？"席曰："身所受者，皆言之耳。"冥王又怒，命以锯解其体。二鬼拉去，见立木高八九尺许，有木板二仰置其上，上下凝血模糊。方将就缚，忽堂上大呼"席某"，二鬼即复押回。冥王又问："尚敢讼否？"答曰："必讼！"冥王命捉去速解。既下，鬼乃以二板夹席缚木上。锯方下，觉顶脑渐辟，痛不可忍，顾亦忍而不号。闻鬼曰："壮哉此汉！"锯隆隆然寻至胸下。又闻一鬼云："此人大孝无辜，锯令稍偏，勿损其心。"遂觉锯锋曲折而下，其痛倍苦。俄顷半身辟矣；板解，两身俱仆。鬼上堂大声以报，堂上传呼，令合身来见。二鬼即推令复合，曳使行。席觉锯缝一道，痛欲复裂，半步而踌。一鬼于腰间出丝带一条授之，曰："赠此以报汝孝。"受而束之，一身顿健，殊无少苦。遂升堂而伏。冥王复问如前；席恐再罹酷毒，便答："不讼矣。"冥王立命送还阳界。隶率出北门，指示归途，反身遂去。

席念阴曹之昧暗尤甚于阳间，奈无路可达帝听。世传灌口二郎为帝勋戚，其神聪明正直，诉之当有灵异。窃喜二隶已去，遂转身南向。奔驰间，有二人追至，曰："王疑汝不归，今果然矣。"捽回复见冥王。窃疑冥王益怒，祸必更惨；而王殊无厉容，谓席曰："汝志诚孝。但汝父冤，我已为若雪之矣。今已往生富贵家，何用汝鸣呼为。今送汝归，予以千金之产、期颐之寿，于愿足乎？"乃注籍中，嵌以巨印，使亲视之。席谢而下。鬼与俱出，至途，驱而骂曰："奸猾贼！频频反复，使人奔波欲死！再犯，当捉入大磨中细细研之！"席张目叱曰："鬼子胡为者！我性耐刀锯，不耐挞楚耶！请反见王，王如令我自归，亦复何劳相送。"乃返奔。二鬼惧，温语劝回。席故蹇缓，行数步辄憩路侧。鬼含怒不敢复言。约半日至一村，一门半开，鬼引与共坐；席便据门阈，二鬼乘其不备，推入门中。

惊定自视，身已生为婴儿。愤啼不乳，三日遂殇。魂摇摇不忘灌口，约奔数十里，忽见羽葆来，幡戟横路。越道避之，因犯卤簿，为前马所执，絷送车前。仰见车中一少年，丰仪瑰玮。问席："何人？"席冤愤正无所出，且意是必巨官，或当能作威福，因缅诉毒痛。车中人命释其缚，使随车行。俄至一处，官府十余员，迎谒道左，车中人各有问讯。已而指席谓一官曰："此下方人，正欲往诉，宜即为之剖决。"席询之从者，始知车中即上帝殿下九王，所嘱即二郎也。席视二郎，修躯多髯，不类世间所传。九王既去，席从二郎至一官廨，则其父与羊姓并衙隶俱在。少顷，槛车中有囚人出，则冥王及郡司、城隍也。当堂对勘，席所言皆不妄。三官战栗，状若伏鼠。二郎援笔立判；顷刻，传下判语，令案中人共视之。判云：

"勘得冥王者：职膺王爵，身受帝恩。自应贞洁以率臣僚，不当贪墨以速官谤。而乃繁缨棨戟，徒夸品秩之尊；羊狠狼贪，竟玷人臣之节。斧敲斫，斫入木，妇子之皮骨皆空；鲸吞鱼，鱼食虾，蝼蚁之微生可悯。当掬西江之水，为尔涮肠；即烧东壁之床，请君入瓮。城隍、郡司，为小民父母之官，司上帝牛羊之牧。虽则职居下列，而尽瘁者不辞折腰；即或势逼大僚，而有志者亦应强项。乃上下其鹰鸷之手，既罔念夫民贫；且飞扬其狙狯之奸，更不嫌乎鬼瘦。惟受赃而枉法，真人面而兽心！是宜剔髓伐毛，暂罚冥死；所当脱皮换革，仍令胎生。隶役者：既在鬼曹，便非人类。只宜公门修行，庶还落蓐之身；何得苦海生波，益造弥天之孽？飞扬跋扈，狗脸生六月之霜；骧突叫号，虎威断九衢之路。肆淫威于冥界，咸知狱吏为尊；助酷虐于昏官，共以屠伯是惧。当以法场之内，剁其四肢；更向汤镬之中，捞其筋骨。羊某：富而不仁，狡而多诈。金光盖地，因使阎摩殿上尽是阴霾；铜臭熏天，遂教枉死城中全无日月。余腥犹能役鬼，大力直可通神。宜籍羊氏之家，以偿席生之孝。即押赴东岳施行。”

又谓席廉：“念汝子孝义，汝性良懦，可再赐阳寿三纪。”使两人送之归里。席乃抄其判词，途中父子共读之。既至家，席先苏；令家人启棺视父，僵尸犹冰，俟之终日，渐温而活。又索抄词，则已无矣。

自此，家道日丰，三年良沃遍野；而羊氏子孙微矣，楼阁田产尽为席有。即有置其田者，必梦神人叱之曰：“此席家物，汝乌得有之！”初未深信；既而种作，则终年升斗无所获，于是复鬻于席。席父九十余岁而卒。

异史氏曰：“人人言净土，而不知生死隔世，意念都迷，且不知其所以来，又乌知其所以去；而况死而又死，生而复生者乎？忠孝志定，万劫不移，异哉席生，何其伟也！”

【译文】

席方平是湖南东安人。他的父亲名叫席廉，生性迂直诚实，因而与街坊上姓羊的富户人家有仇冤。姓羊的先死了，过了几年，席廉病重，临终前对家人说：“羊某现在买通了阴间差役鞭打我呢。”过了不久，就浑身红肿，大声惨叫着死去了。

席方平悲痛得吃不下饭，他说：“我父亲是个老实人，不善言词，如今被强横的鬼欺凌，我要到阴曹地府，代我父亲去伸冤气。”从此以后，他时而坐着，时而站着，样子像是痴呆了，原来他的灵魂已经出窍了。

他觉得自己刚出家门，不知道上哪儿能找到他父亲，只要在路上看见行人，就询问县城在什么地方。没多久，他进了城。他的父亲已经被关在狱中。他来到牢门口，远远看见父亲躺在屋檐下，看上去疲惫不堪。席廉抬眼看见儿子，一下子流出眼泪，就对他说：“狱吏都被买通了，没日没夜地拷打我，两腿已经被摧残得很厉害了！”

席方平听完大怒，大骂那些狱吏：“父亲如果有罪，自然有王法，哪里能容你们这些死鬼任意操纵！”然后他出了监狱，抽出笔来写了份状子。

写完后，正碰上县城隍早上升堂，席方平便口喊冤枉，将状子投进去。那姓羊的得知后心里害怕，又里里外外贿赂打点以后，才出来和他对质。县城隍认为席方平控告没有证据，说他没道理。

他一腔怨气无处发泄，连夜走了一百多里黑路，到了郡城，将县城隍差役的种种劣迹，向府城隍告了一状。拖了半个月，状子才得到审理。府城隍将他打了一顿板子，仍旧将案子交回县城隍复审。席方平被押到县衙，受尽了各种刑罚，悲惨的冤情得不到申诉。县城隍唯恐他再上诉，就派差役将他押送回家。差役送到门口，就离去了。

席方平不甘心就这样回家，又偷偷地跑到阎王府去，控诉郡县城隍的残酷贪婪。阎王马上将郡、县城隍拘来对质。这两个地隍秘密派遣心腹，来和席方平说情，许愿给他一千两金子，席方平不予理会。

过了几天，旅店的主人对他说："您赌气得太过分了，连官府来跟您讲和都坚决不答应。我听说他们在阎王面前都有了成箱的礼物，恐怕您这事不太妙了。"席方平只把他的话当作风言风语，并不是很相信。

不多会儿，有个穿着黑衣的差役来传他过堂。他一上堂，只见阎王脸露怒色，不容他争辩，就命令打他二十大板，席方平大声问道："小人有什么罪。"阎王面无表情，好像没有听见。席方平挨着板子，喊道："这板子应该打，谁叫我没有钱啊！"阎王更加恼怒，命人摆上火床。

两个小鬼将席方平揪下堂，只见东边台阶上放了一张铁床，下面烈火熊熊，床面上被烧得通红。小鬼脱掉席方平的衣服，将他扔到床上，反复地揉捺他。他痛彻心肺，骨头皮肉都给烤得焦黑了，只恨不能一下子死掉。约摸过了一个时辰，小鬼说："可以了。"就把他扶起来，催他下床穿上衣服，幸好还能一跛一跛地走路。

他又被带到堂上，阎王问道："你还敢再告状吗？"他说："这么大的冤枉还没有伸雪，我的心就不会死，如果我说不告了，就是欺骗您，我一定要告！"阎王又问："你要告什么？"席方平说："我亲身经历的事情，都要说出来。"阎王又发怒，命令用锯子锯他的身体。两个小鬼把他拉出去，只见一根八九尺高的木柱，有两块木板在柱子下面冲上放着，上下都是血迹模糊。刚要将他捆起来，忽然堂上高喊"席方平"，两个小鬼把他重新押回去。阎王又问他："你还敢告状吗？"他回答说："我一定要告！"阎王命令将他捉下去马上锯开。

等下了殿堂，小鬼就用两块木板将席方平夹住，将他捆在木柱上。锯子才拉下来，他就觉得脑壳渐渐锯开了，痛得实在忍不住，但是他也硬忍住不喊出声来，只听小鬼说："这个汉子真棒啊！"锯子呼隆呼隆地，一会儿就锯到了胸口。又听一个小鬼说："这个人很孝顺，又没有罪，锯得稍微偏一点，不要弄坏了他的心。"他就觉得锯锋歪斜着往下走，更感到痛苦不堪。过了一会儿，人就被锯成了两半。绳子一解开，两半身子都跌倒在地上。

小鬼上堂去大声报告，堂上传下话来，叫将席方平的身子合起来拉上堂去。两个小鬼就把他的身子推起来合上，拖着他往上走。席方平觉得从上到下一条锯缝，疼得像要重新裂开，刚走了半步就摔倒了。一个小鬼从腰间抽出一条丝带递给他说："送给你这条丝带，来表彰你的孝心。"他接过带子往腰上一系，全身顿时觉得很舒服，一点儿也不痛苦了。他走上堂去，趴倒在地。阎王还用刚才的话问他，他深怕再遭毒手，便答道："不告了。"阎王马上下令将他送回阳界。差役们带着他出了北门，指点给他回去的路，然后转身离去了。

席方平想，阴曹地府比阳间官府还要黑暗，无奈没有办法让玉皇大帝知道这些。世人传说灌口的二郎神是玉皇大帝的亲戚，为神聪明正直，上他那儿告状，应该会有特别的效果。他暗自高兴那两个差役已经离去了，便转身向南走。正匆匆地赶路，有两个人追了上来，说："大王就怀疑你不会回去，如今果然不错！"便将他抓回去见阎王。

席方平暗暗想，这次阎王会更加发怒，受到的祸害会更惨。不料，阎王一点儿怒容也没有，对他说："你确实很孝顺。但是你父亲的冤屈，我已经替他昭雪了。如今已经到富贵人家投胎了，哪里还要你到处鸣冤呢？现在送你回家，赐你千金的家产、百岁的寿命，能满足你的愿望吗？"说完，便写在生死簿上，盖上了大印，让他亲自过目。席方平道谢以后，下了堂。

小鬼跟他一起出门，一到路上，便赶他往前走，骂道："你这个奸猾的贼！频频地生出事端，害得我们跟着奔波，累得要死。如果再犯，我们就把你捉进大磨里，细细地磨你！"席方平圆睁双眼，呵斥道："你们这些小鬼想干什么！我天生就喜刀砍锯扯，不耐烦打板子。咱们一块回去见阎王，他如果让我自己回家，又何必烦劳你们送我！"说完，就往回跑。那两个小鬼很害怕，就好言好语劝他回去。席方平故意装作脚不便，走得很慢，走几步，就停在路边休息。小鬼心中发火，但也不敢再说什么了。

大概走了半天，到了一个村庄。有一家门半开着，小鬼拉他一块坐下，他就坐在门槛上，小鬼乘他不防备，把他推到门里去了。他惊魂刚定，一看，自己已经变成了一个婴儿。他生气地放声啼哭，不吃奶，才三天就死掉了。

他的灵魂飘飘摇摇，念念不忘要去灌口。约摸跑了有几十里地，忽然见一辆五彩装饰的车子过来，旗子和长枪横在路上。他穿过道路想避开车队，不料还是冲犯了仪仗队，被前导的马队抓住，捆起来后送到那车子前面。

席方平抬头一看，只见车子里坐了一个青年人，仪表堂堂，很是魁伟。那人问席方平："你是什么人？"席方平满腔冤屈愤怒正无处发泄，而且猜测他一定是个大官，或许能够行使权力，于是详细地控诉了自己所遭受的苦难。车里的青年人命令给他松绑，让他跟在车后面走。

不一会儿，来到一个地方，路边上有十几个官员前来迎接，那青年跟他们一一打招呼。然后，他指着席方平对一个官员说："这个是下方的人，正要到你那儿去告状，应该马上替他明断是非。"席方平向侍从一问，才知道车子里面坐的是玉皇大帝的皇子九王爷，他嘱咐的官员就是二郎神。席方平看那二郎神，身躯修长，长着络腮胡子，并不像世间传说的那样。

九王爷离开后，席方平跟着二郎神来到一处衙门，只见他父亲和那姓羊的，以及那些阴曹地府的差役都在。过了一会儿，从囚车里又走出来几个人，却是阎王以及郡城隍和县城隍。经过当堂的对质，席方平所说的都不假。那三个官员吓得战战兢兢，像是卧在地上的老鼠。二郎神提起笔，马上作了判决。

没多久，堂上传下判词，命令涉及此案的人一同来看，判决如下：

查得阎王：担任地府的王爵，身受玉皇大帝的恩赐。本来应该廉洁奉公，作为官僚们的表率，不应当贪赃枉法，招来非议。耀武扬威，徒然夸耀自己官爵的尊贵，狠毒贪妄，竟然玷辱人臣的操守。斧砍刀削，剥削敲诈，弱小的百姓的皮骨都被榨尽了；像鲸吞鱼食一样，恃强凌弱，百姓的生命像蝼蚁一样可怜。只当引来西江的水，为你洗肠子；就应烧红东墙的铁床，请你尝尝作法自毙的滋味。

郡城隍、县城隍：身为百姓的父母官，奉上帝的命令来管理民众。虽然官职低微，但是鞠躬尽瘁的人不避折腰；即使有时被上司的势力逼迫，但有志气的人不应该屈服。但你们上下勾结，像凶恶的鹰鸷，不顾念百姓的贫困；又飞扬跋扈，像狡猾的猴子，连瘦弱的饿鬼也不放过。只会贪赃枉法，真是人面兽心！就应该将你们剔骨髓，刮毛发，暂且处以阴间死刑；应该剥去人皮，换上兽皮，转世投胎成畜牲。

差役：既然在阴曹地府当差，就不是人类。只应该在衙门里做善事，或许还能再生为人；怎么可以在苦海中兴风作浪，更加犯下弥天大罪？恃强横暴，脸上像蒙上了霜一样冷酷无情；横冲直撞，疯狂号叫，像猛虎一样堵住了大道。在阴间大发淫威，使人们都知道狱吏的尊贵；助长昏官的残酷暴虐，使大家都像怕屠伯一样害怕昏官。应当在法场上，剁掉你们的四肢，更扔到大锅里熬煮，捞出你们的筋骨。

羊某：为富不仁，狡猾多诈。用金钱的闪光笼罩整个地府，使阎罗殿上，尽是阴暗的风沙；铜臭熏天，使枉死城中，全无日月的光华。残余的铜臭还能够驱使小鬼，力大简直可以通神。应该查抄没收羊氏的家产，来奖赏孝顺的席方平。以上罪犯马上押赴东岳大帝那里施行刑罚。二郎神又对席廉说："念你儿子孝顺，有义气，你生性善良而懦弱，再赐给你阳间寿命三十六年。"然后，就派两个人送他们回家。席方平便抄下判决书，一路上父子俩共同诵读。

到了家，席方平先苏醒过来，让家人打开父亲的棺材来看，僵冷的尸体还像冰一样，等了整整一天，身体渐渐温暖，复活过来了，等再找那份判决书，却已经没有了。

从此以后，席家日益富裕起来，三年的工夫，良田遍地都是。而羊家的子孙后代却衰败了，楼房田产都被席家拥有。乡里的人有的想买他家的田产，夜里梦见神人喝斥道："这是席家的东西，你怎么能够拥有！"开始，并不很相信，等到耕种以后，一年下来却颗粒无收，只好又卖给席方平家。席方平的父亲活到九十多岁才去世。

异史氏说：人人都说有西方极乐世界，却不知道生和死是两个世界，意识知觉都模糊了，而且不知道从什么地方来，又不知道到什么地方去，何况还有死而又死，生而又生的变化呢？忠诚孝顺的志向确定了，永远也不会改变，奇特啊，席方平，是多么的伟大！

[何守奇] 人言冥府无私者妄也。冥府无私，宁尚有埋忧地下者哉！千金期颐，皆可以为贿祝之具，以是知阳世颠倒，皆冥府之愤愤有以致之也。

[但明伦] 赴地下而诉，至冥王力已竭矣，冤可伸矣；乃关说不通，而私函密进，钱神当道，木偶登堂，甚且卧以焦肉之床，碎以解身之锯：壮哉此汉！毒矣斯刑！

素 秋

【原文】

俞慎字谨庵，顺天旧家子。赴试入都，舍于郊郭。时见对户一少年，美如冠玉。心好之，渐近与语，风雅尤绝。大悦，捉臂邀至寓所，相与款宴。问其姓氏，则金陵俞士忱也，字恂九。公子闻与同姓，更加浃洽，订为昆仲；少年遂减名字为忱。

明日过其家，书舍光洁；然门庭蹴落，更无厮仆。引公子入内，呼妹出拜，年约十三四，肌肤莹澈，粉玉无其白也。少顷托茗献客，家中似无臧获。公子异之，数语遂出。自后友爱如胞。恂九无日不来，或留共宿，则以弱妹无伴为辞。公子曰："吾弟流寓千里，曾无应门之僮，兄妹纤弱，何以为生？计不如从我去，有斗舍可共栖止，如何？"恂九喜，约以场后。试毕，恂九邀公子去，曰："中秋月明如昼，妹子素秋具有蔬酒，勿违其意。"竟挽入内。素秋出，略道温凉，便入复室，下帘治具。少间自出行炙。公子起曰："妹子奔波，情何以忍！"素秋笑入。顷之寨帘出，则一青衣婢捧壶；又一媪托桦进烹鱼。公子讶曰："此辈何来？不早从事而烦妹子？"恂九微笑曰："妹子又弄怪矣。"但闻帘内吃吃作笑声，公子不解其故。既而筵终，婢媪撤器，公子适嗽，误咳婢衣；婢随唾而倒，碎碗流炙。视婢，则帛剪小人，仅四寸许。恂九大笑。素秋笑出，拾之而去。俄而婢复出，奔走如故，公子大异之。恂九曰："此不过妹子幼时，卜紫姑之小技耳。"公子因问："弟妹都已长成，何未婚姻？"答云："先人即世，去留尚无定所，故此迟迟。"遂与商定行期，鬻宅，携妹与公子俱西。既归，除舍舍之；又遣一婢为之服役。

公子妻，韩侍郎之犹女也，尤怜爱素秋，饮食共之。公子与恂九亦然。而恂九又最慧，目下十行，试作一艺，老宿不能及之。公子劝赴童试，恂九曰："姑为此业者，聊与君分苦耳。自审福薄，不堪仕进；且一人此途，遂不能不戚戚于得失，故不为也。"居三年，公子又下第。恂九大为扼腕，奋然曰："榜上一名，何遂艰难若此！我初不欲为成败所惑，故宁寂寂耳。今见大哥不能发舒，不觉中热，十九岁老童当效驹驰也。"公子喜，试期送入场，邑、郡、道皆第一。益与公子下帷攻苦。逾年科试，并为郡、邑冠军。恂九名大噪，远近争婚之，恂九悉却去。公子力劝之，乃以场后为解。

无何，试毕，倾慕者争录其文，相与传颂；恂九亦自觉第二人不屑居也。及榜发，兄弟皆黜。时方对饮，公子尚强作噱；恂九失色，酒盏倾堕，身仆案下。扶置榻上，病已困殆。急呼妹至，张目谓公子曰："吾两人情虽如胞，实非同族。弟自分已登鬼篆。衔恩无可相报，素秋已长成，既蒙嫂抚爱，媵之可也。"公子作色曰："是真吾弟之乱命也！其将谓我人头畜鸣者耶！"恂九泣下。公子即以重金为购良材。恂九命舁至，力疾而入，嘱妹曰："我没后即阖棺，无令一人开视。"公子尚欲有言，而目已瞑矣。公子哀伤，如丧手足。然窃疑其嘱异，俟素秋他出，启而视之，则棺中袍服如蜕；揭之，有蠹鱼径尺僵卧其中。骇异间，素秋促入，惨然曰："兄弟何所隔阂？所以然者非避兄也；但恐传布飞扬，妾亦不能久居耳。"公子曰："礼缘情制，情之所在，异族何殊焉？妹宁不知我心乎？即中馈当无漏言，请勿虑。"遂速卜吉期，厚葬之。

初，公子欲以素秋论婚于世家，恂九不欲。既殁，公子商于素秋，素秋不应。公子曰："妹子年已二十，长而不嫁，人其谓我何？"对曰："若然，但惟兄命。然自顾无福相，不愿入侯门，寒士而可。"公子曰："诺。"不数日，冰媒相属，卒无所可。先是，公子妻弟韩荃来吊，得窥素秋，心爱悦之，欲购作小妻。谋之姊，姊急戒勿言，恐公子知。韩心不释，托媒风示公子，许为买乡场关节。

聊斋志异（图文版）

公子闻之，大怒诟骂，将致意者批逐出门，自此交往遂绝。又有故尚书孙某甲，将娶而妇卒，亦遣冰来。其甲第人所素识，公子欲一见其人，因使媒约，使甲躬谒。及期，垂帘于内，令素秋自相之。甲至，裘马骈从，炫耀闾里；人又秀雅如处子。公子大悦，而素秋殊不乐。公子竟许之，盛备装奁。素秋固止之；公子亦不听，卒厚赠焉。既嫁，琴瑟甚敦。然兄嫂系念，月辄归宁。来时，奁中珠绣，必携数事付嫂收贮。嫂不解其意，亦姑听之。

甲少孤，寡母溺爱太过，日近匪人，引诱嫖赌，家传书画鼎彝，皆以鬻偿戏债。韩荃与有瓜葛，日招甲饮而窃探之，愿以两妾及五百金易素秋。甲初不肯；韩固求之，甲意摇动，恐公子不甘。韩曰："彼与我至戚，此又非其支系，若事已成，彼亦无如我何；万一有他，我身任之。有家君在，何畏一俞谨庵哉！"遂盛妆两姬出行酒，且曰："果如所约，此即君家人矣。"甲惑之，约期而去。至日，虑韩诈谖，夜候于途，果有舆来，启帘验照不虚，乃导去，姑置斋中。韩仆以五百金交兑明白。甲奔入，诳素秋曰："公子暴病相呼。"素秋未遑理妆，草草遂出。舆既发，夜迷不知何所，遵行良远，殊不可到。忽见二巨烛来，众窃喜其可以问路。及至前，则巨蟒两目如灯。众大骇，人马俱窜，委舆路侧；将曙复集，则空舆存焉。意必葬于蛇腹，归告主人，垂首丧气而已。

数日后，公子遣人诣妹，始知为恶人赚去，初不疑其婿之伪也。陪娶婢归，细诘情迹，微窥其变，忿极，遍诉郡邑。某甲惧，求救于韩。韩以金妾两亡，正复懊丧，斥绝不为力。甲呆憨无所复计，各处勾牒至，俱以赂嘱免行。月余，金珠服饰典货一空。公子于宪府究理甚急，邑官皆奉严令，甲知不能复匿，始出至公堂，实情尽吐。宪票拘韩对质。韩惧，以情告父。父时已休职，怒其所为不法，执付隶。及见官府，言及遇蟒之变，悉谓其词枝梧；家人榜掠殆遍，甲亦屡被敲楚。幸母日鬻田产，上下营求，刑轻得不死，而韩仆已瘐毙矣。韩久困囹圄，愿助甲赂公子千金，哀求罢讼。公子不许。甲母又请益以二姬，但求姑存疑案以待寻访；妻又承叔母命，朝夕解免，公子乃许之。甲家綦贫，货宅办金，而急切不能得售，因先送姬来，乞其延缓。

逾数日，公子夜坐斋中，素秋偕一媪，蓦然忽入。公子骇问："妹固无恙耶？"笑曰："蟒变乃妹之小术耳。当夜窜入一秀才家，依于其母。彼亦识兄，今在门外。"公子倒屣出迎，则宛平名士周生也，素相善。把臂入斋，款洽臻至。倾谈既久，始知颠末。初，素秋昧爽款生门，母纳入，诘之，知为公子妹，便欲驰报。素秋止之，因与母居。甚得母欢，以子无妇，窃属意素秋，微言之。素秋以未奉兄命为辞。生亦以公子交契，故不肯作无媒之合，但频频侦听。知讼事已有关说，素秋乃告母欲归。母遣生率一媪送之，即嘱媪为媒。公子以素秋居生家久，亦有此心；及闻媪言大喜，即与生面订姻好。先是，素秋夜归，欲使公子得金而后宣之。公子不可，曰："向愤无所泄，故索金以败之耳。今复见妹，万金何能易哉！"即遣人告诸两家罢之。又念生家故不甚丰，道又远，亲迎殊难，因

聊斋志异（图文版）

移生母来，居以恂九旧第；生亦备币帛鼓乐，婚嫁成礼。

一日，嫂戏素秋曰："今得新婚，从前枕席之爱犹忆之否？"素秋笑顾婢曰："忆之否？"嫂不解，研问之，盖三年床笫皆以婢代。每夕以笔画其两眉，驱之去，即对烛独坐，婿亦不之辨也。益奇之，求其术，但笑不言。次年大比，生将与公子偕往。素秋曰："不必。"公子强挽而去。是科，公子中式，生落第归。逾年母卒，遂不复言进取矣。一日，素秋谓嫂曰："向求我术，固未肯以此骇物听也。今将远别，请秘授之，亦可以避兵燹。"嫂惊问故，答曰："三年后此当无人烟。妾荏弱不堪惊恐，将蹈海滨而隐。大哥富贵中人，不可以偕，故言别也。"乃以术悉授嫂。数日又告别，公子留之不得，至泣下，问："何往？"又不言。鸡鸣早起，携一白须奴，控双卫而去。公子阴使人尾送之，至胶莱之界，尘雾幛天，既晴，已迷所往。

三年后闯寇犯顺，村舍为墟。韩夫人剪帛置门内，寇至，见云绕韦驮高丈余，遂骇走，以是得保无恙。后村中有贾客至海上，遇一叟似老奴，而髭发尽黑，猝不能认。叟停足笑曰："我家公子尚健耶？借口寄语：秋姑亦甚安乐。"问其居何里，曰："远矣，远矣！"匆匆遂去。公子闻之，使人于所在遍访之，竟无踪迹。

异史氏曰："管城子无食肉相，其来旧矣。初念甚明，而乃持之不坚。宁知糊眼主司，固衡命不衡文耶？一击不中，冥然遂死，蠹鱼之痴，一何可怜！伤哉雄飞。不如雌伏。"

【译文】

俞慎，字谨庵，是顺天府的世家子弟。一次，他赴京赶考，住在城外，时常见到对面人家的一个年轻人，丰姿俊拔，面如美玉。俞慎心里很喜欢他，渐渐地与他接近交谈，更觉得他风流高雅，谈吐不俗。俞慎大为高兴，便拉着他的手，邀请到自己的住所，摆下酒宴款待他，问起姓名，年轻人自称是金陵人，姓俞，名士忱，字恂九。俞慎一听他和自己同姓，更加觉得亲近，于是和他结拜为兄弟，那年轻人于是把"士"字去掉，单名俞忱。

第二天，俞慎来到俞忱前拜望，只见他家书斋房舍很是整洁，但是门庭颇为冷落，连个仆人也没有。俞忱领着俞慎进到内室，叫妹妹出来拜见，只见她大约十三四岁的年纪，肌肤晶莹洁白，就连粉玉也无法相比。过了一会儿，她端上茶来递给俞慎，可见家里也没有丫鬟仆妇。俞慎感到很奇怪，说了几句话就告辞走了。

从此以后，俞慎和俞忱便亲兄弟一样友爱。俞忱没有哪一天不到俞慎的住所，有时要留他一起睡觉，俞忱就推辞说妹妹还小没有人照顾。俞慎说："我弟离家千里，流落至此，竟然没有一个应门的童仆，兄妹二人又很柔弱，以什么为生呢？我想，你们不如跟我回去，我倒是有间房可以让你们兄妹一起居住，怎么样?"俞忱听了很高兴，约定考试以后前往。

考试结束后，俞忱邀请俞慎去他那儿，说："时值中秋佳节，月光亮如白昼，我妹妹素秋已经准备好酒菜，希望不要辜负了她的好意。"说着，就拉着俞慎进了内室。素秋出来，略微寒暄了几句，便走进套间，放下帘子，准备酒席。不一会儿，她亲自出来端上酒菜。俞慎起身说道："让妹子如此操劳，我怎么忍心呢?"素秋笑着进去了。一会儿工夫，门帘撩起，却见一个身穿青衣的丫鬟捧着酒壶走出来，又有一个老妇人托着一盘鱼端上来。

俞慎惊讶地说："这些人从哪里来的?为什么不早点儿干活，劳烦妹子亲自动手?"

俞忱微笑着说："素秋又在作怪了。"

只听见帘子里传来"吃吃"的笑声，俞慎弄不明白是怎么回事。等到酒宴结束，丫鬟仆如来撤席，恰好俞慎咳嗽，唾液不小心沾到丫鬟的衣服上。那丫鬟唾液一上身就倒下了，碗砸得粉碎，汤流了一地。再看那丫鬟，原来是用帛剪的小人，只有四寸大小，俞忱大笑。素秋笑着走出来，拾起小人走了。过了一会儿，丫鬟又走出来，像刚才一样行走自如。俞慎大为惊异，俞忱说："这不过是妹子小时候向紫姑神学的一些雕虫小技罢了。"

俞慎于是问道："你们兄妹都已经长大成人，为什么还没有婚嫁呢?"

俞忱答道："父母去世以后，我们连个固定的住所都没有，所以迟迟不能决定婚事。"

俞慎便和他商定出发的日子，俞忱卖掉房子，带上妹妹和俞慎一起西行来到顺天府。到了家，俞慎打扫好房间让他们住下，又派了一个丫鬟服侍他们兄妹。俞慎的妻子是韩侍郎的侄女，特别喜欢素秋，常和她一起吃饭，俞慎和俞忱也是这样。

俞忱非常聪明，读书一目十行，试着做一篇文章，就连老学究也比不上他。俞慎劝他去考秀才，俞忱说："我姑且做这些事，只不过看你读书很累，替你分担一点儿罢了，我自知福气很浅，不能够在仕途上有什么进展，而且一旦走上这条路，就不能不为了一点儿得失而忧心忡忡，所以我不想去考。"

过了三年，俞慎考试又落了榜。俞忱很是为他不平，激奋他说："在榜上占据一席，怎么会艰难到如此地步呢!起初我不想为成败所迷惑，所以宁愿默默无闻，今日见大哥不能高中扬名，心中不觉发热。我这个十九岁的老童生，也要像马驹一样驰骋考场了。"

俞慎很高兴，到了考试的日子便送他去考场，在县、郡、道的考试中，他都考了第一名。于是，俞忱越发和俞慎一起刻苦攻读。第二年，两人一起参加考试，并列为郡县冠军。俞忱于是声名大噪，远近的许多人家都想和他结亲，俞忱一一拒绝了。俞慎竭力劝他答应，他才推托说等考试结束后再商量。过了不久，考试结束，倾慕俞忱文采的人争相抄录他的文章，互相传颂，连俞忱自己也觉得考个第二名他都不屑一顾。等到放榜，俞氏兄弟二人却都落了榜。

当时，二人正在对饮，听到这个消失，俞慎还能强颜欢笑，但俞忱却大惊失色，手中的酒杯打翻掉在地上，身子也扑倒在桌子下面。俞慎将他扶到床上躺下，他的病情已经很危急了。俞慎急忙把素秋叫来，俞忱睁开眼睛，对俞慎说："我们两人虽然亲如手足，实际上并非同族。我自己感觉已经上了阎王的鬼簿了，多年来一直受你的恩惠，无法报答，素秋已经长大成人，承蒙嫂夫人抚爱有加，就让她做你的妾吧。"俞慎脸色一变，说道："弟弟真是胡言乱语！难道要让人骂我是衣冠禽兽吗？"俞忱感动得流下眼泪。

俞慎马上用重金替他买来上好的棺材，俞忱让人抬到床前，竭尽全力爬进去，嘱咐素秋说："我死后，马上将棺材盖上，不要让一个人打开来看。"俞慎还想再说点儿什么，俞忱的眼睛已经闭上了。俞慎十分哀伤，就像死了亲兄弟一样。但他暗自怀疑俞忱的遗言有些奇怪，便趁素秋外出的机会，打开棺材来看，只见棺材里的袍服好像蛇蜕下来的皮，掀起来一看，却是一条一尺左右的书虫，僵卧在那里。俞慎正在惊异之间，素秋急促地走进来，神色凄惨地说："兄弟之间有什么好隐瞒的？之所以这样做，并不是有意回避兄长，只是怕这件事张扬出去，我也不能长久地住下去了。"俞慎说："礼法是根据人的感情制定的，只要有了感情，即使是异类，又有什么不一样的呢？妹妹难道不明白我的心吗？即使对我夫人，也不会透露半点儿的，请不要担心。"于是，俞慎赶快选好吉日，厚葬了俞忱。

起初，俞慎想把素秋嫁给当地的名门望族，俞忱不同意。俞忱死了以后，俞慎又拿这事和素秋商量，素秋还是不答应。俞慎说："妹子今年已经二十岁了，该嫁的时候却不出嫁，人家会怎么看我呢？"素秋回答道："如果是这样，就听凭兄长的吩咐了。但我自认为没有福相，不愿高攀名门大户，找个贫寒书生就可以了。"俞慎说："好吧。"

没几天，媒人们接踵而至，但素秋一个也没看上。此前，俞慎妻子的弟弟韩荃来吊唁俞忱时，得以见到素秋，心中非常喜爱她，便想把她买回去做小妾。他和姐姐商量此事，姐姐急忙告诫他不要再提，生怕被俞慎知道。韩荃走了以后，心中终究放不下，便托媒人来暗示俞慎，如果答应这门亲事，他就替俞慎去打通乡试主考官的关节。俞慎听说以后，十分愤怒，狠狠地骂了韩荃一顿，并将带话的人赶出了家门。自此，两人的交往就断绝了。

恰好，这时有一位已故尚书的孙子某甲，将要娶亲时，未婚妻忽然死去，也派媒人前来提亲。某甲家高宅大院，非常富有，俞慎一直就知道，但他很想见一见某甲本人，便和媒人约定，让某甲亲自上门拜访。到了约定的日期，俞慎让素秋在内室放下帘子，由她自己相看。某甲来时，身穿袭袍，骑着大马，后面跟着一帮随从，故意在街上炫耀。某甲本人长得也很俊秀文雅，像个姑娘。俞慎一见，大为高兴，见到某甲的人也都赞美他，唯独素秋很不高兴。俞慎便不听素秋的意见，竟然答应将素秋许配给某甲。他又准备了丰盛的嫁妆，花了不少的钱财。素秋竭力制止，说只要一个老婢女供她使唤就可以了。俞慎也不听她的，终于还是陪送了一大笔嫁妆。

素秋嫁过去以后，夫妻感情很好。但是兄嫂时常挂念她，所以她每个月都要回来看望一次。来的时候，素秋都要将梳妆盒里的首饰带几件回来，交给嫂子收藏起来。嫂子不明白她的用意，也就暂且带她保存。

某甲小时候就没了父亲，因此母亲对他十分溺爱。他经常和坏人接近，那些人渐渐地引诱他嫖赌，家中的书画、古玩，都被他拿去卖了偿还那些风流债。韩荃和某甲素来有交往，有一次请他喝酒，暗中探听他的口风，愿意用两个小妾和五百两银子交换素秋。某甲开始不肯答应，韩荃再三请求，某甲心中似乎有些动摇，但是他担心俞慎不能善罢干休。韩荃说："我和他是至亲，再说素秋又不是他的亲妹妹，等到事情办成了，他也就没办法了。万一有什么事，由我一个人承担。有我父亲在，还怕他一个俞谨庵吗？"说完，他让两个盛装打扮的侍妾出来陪某甲喝酒，并且说："这事果然办成的话，这两个侍妾就归你了。"某甲被韩荃迷惑，约定好日期回家去了。

到了那一天，某甲还担心韩荃有诈，夜里就守候在路边，果然有车子前来，某甲打开车帘查验，发现果然不假，便将她们引回家去，暂且安置在书房里。韩荃的仆人又当面交给他五百两银子。某甲清点完毕，便奔到内室，假装告诉素秋说："你哥哥得了暴病，叫你赶紧回去。"素秋来不及梳妆打扮，便急急忙忙出了门。

车子上了路，走了不久就因为夜色迷了路，不知到了什么地方，一直走了很远，还是没有到韩府。忽然，前面有两只巨烛走来，韩府的仆人心中暗喜，以为可以上前问路了。不一会儿，两只大蜡烛来到跟前，原来是一条目光如炬的大蟒蛇，众人大为惊恐，吓得四下逃窜，把车子丢在了路边。等到天快亮的时候，他们又聚到一起，发现只剩下一辆空车，他们猜想素秋一定是被蛇吃了，便回去告诉主人，韩荃也只能垂头丧气。

几天以后，俞慎派人去看望妹妹，这才知道被恶人骗走了，起初他也没有怀疑是某甲从中搞鬼，俞慎把素秋的婢女叫回家，细细地盘问事情的经过，才稍微发现其中的变故，他十分气愤，跑到州县衙门去告状。某甲心中害怕，向韩荃求救，韩荃正在因为人财两空，懊丧不已，便斥责某甲，绝不肯替他出力。某甲又呆又蠢，再也无计可施。各处衙门发来传票，他都送上贿赂，请求不要执行。一个多月的时候，家里的金银、珠宝、服饰，已经被变卖一空了。

俞慎又告到省里，省衙追查得很是紧急，郡县官员只能服从上面的指示。某甲知道再也隐藏不下去了，这才出庭，在公堂上把所有的实情都招供出来。省衙发出传票，要将韩荃拘来当庭对质，韩荃害怕了，便将实情告诉了父亲。他父亲当时已经辞官在家，对他所做的违法行为十分震怒，将他抓起来交给差役带走。到了公堂上，韩荃说到遇到蟒蛇的变故，审判官员都认为荒诞不经，纯属胡言。

韩家几乎所有的仆人都被拷问，某甲也屡屡受刑。幸亏某甲的母亲每天变卖田产，上下打点营救，所受的刑不重，没被打死，而韩家的仆人却已经在狱中病死了。

韩荃长时间困在狱中，情愿拿出一千两银子帮助某甲贿赂俞慎，哀求他撤销诉讼，俞慎拒不答应。某甲的母亲又请求加上两名侍妾，只求他姑且将此案当作疑案放一放，让人去寻找素秋的下落。俞慎的妻子也受婶婶的嘱托，每天求俞慎撤回状子，俞慎便答应了。某甲家已经很贫穷了，想卖掉房产，筹办银两，但急切之间又卖不出去，于是先将侍妾送过来，乞求俞慎宽限时日。

过了几天，俞慎夜里正在书房坐着，素秋忽然带着一个老妇人走了进来。俞慎惊讶地问道："妹妹一直安然无恙吗？"素秋笑着说："那条大蟒蛇只不过是我玩的一个小法术。那天夜里，我逃到一个秀才的家里，和他的母亲住在一起，秀才自己说他认识哥哥你，现在就在门外等候，请让他进来吧。"俞慎一听，急忙趿拉着鞋迎出门，用灯一照，果然不是别人，正是周生，乃是宛平的名士。两人平时就很意气相投，于是俞慎拉着周生的胳膊进入书房，极为热情地款待他，两人倾心地谈了很久，这才知道素秋失踪后的经历。

原来，素秋天刚刚亮时去敲周生的家门，他母亲开门让素秋进家。在问明了情况以后，他们知道素秋是俞慎的妹妹，便要赶紧来通知他。素秋阻止了他们，便和周母住在一起。素秋不仅聪慧，而且善解人意。周母非常喜欢他，因为儿子还没有媳妇，便暗暗地把素秋看作未来的儿媳，并且探听素秋的意思，素秋推辞说没有得到哥哥的同意，不敢擅自做主。周生也因为和俞慎交情不错，所以也不肯在没有媒人提亲的情况下就和素秋结合，只是频频地打听案子的进展情况。当知道案子已经有了结论以后，素秋便向周母告辞回家。周母便让周生带一个老妇人送素秋回家，而且嘱咐老妇人代为说媒。俞慎因为素秋住在周家这么长时间，心中早有此意但又不便明言，等听到老妇人来为周生说媒，不由大喜，就和周生当面订下婚约。

此前，素秋趁着夜色回家，是想让俞慎得到某甲的那笔银子以后再将此事公开。俞慎认为不可，说："原来，是因为心中的愤怒无从发泄，才索要钱财好让他家败落，如今又见到了妹妹，岂是万两黄金能换得来的呢？"于是，他派人告诉某甲、韩荃两家，这场官司也就结束了。俞慎又想到周生家本来就不很富裕，路途又遥远，前来迎亲很困难，便将周生的母亲接来，住在原来俞忱住的旧屋，他又准备好嫁妆，找来鼓乐，为周生和素秋举行了婚礼。

一天，嫂子对素秋开玩笑地说："如今你有了新女婿，从前的夫妻之乐还记得吗？"素秋笑了笑，便回头问丫鬟道："你还记得吗？"嫂子不明白，便追问究竟。原来那三年的夫妻生活，素秋都是让丫鬟代替的。每天晚上，素秋用笔替丫鬟画眉，让她替自己去卧室，即使丫鬟在灯下和某甲面对面坐着，某甲也分辨不出来，嫂子越发感到神奇，想让素秋教她法术，素秋只是笑着不肯说。

第二年，朝廷举行考试，周生打算和俞慎一同前往。素秋说："你不必去了。"俞慎强拉着周生走了。果然这一科考试，俞慎考中了，而周生落榜而归，心中渐渐产生了不再考取功名的想法。第二年，周生的母亲去世，周生于是再也不提进京赶考的事了。

一天，素秋对嫂子说："从前你问我法术，我不肯答应，是怕它会吓着别人。今天我就要远行了，一去将会很久，所以想悄悄地将法术教给你，将来也可以靠它逃避战乱。"嫂子惊讶地问是怎么回事。素秋回答道："三年以后，这里将会荒无人烟，我很孱弱，受不了惊慌恐惧，所以要逃到海滨隐居起来。大哥是富贵中人，不能带他一起走，所以说就此告别。"说完，便将法术全都传授给了嫂子。过了几天，素秋又把想法告诉了俞慎，俞慎挽留不成，伤心得流下眼泪，问素秋道："你要到哪里去呢？"素秋也不肯说明。

第二天鸡叫的时候，素秋早早起床，带着一个留着白胡子的奴仆，骑着两头驴子走了。俞慎暗中派人尾随在后面相送。走到胶莱地界时，突然天空中布满了尘雾，等到天晴了以后，已经不知道素秋他们到哪里去了。

三年后，李自成的军队打到顺天府，村庄房舍都化为废墟，俞慎的妻子剪了一块帛放在门内，流寇来的时候，只见云雾缭绕着有一丈多高的守护神韦驮，就吓得逃跑了。因此，俞家得以保全，安然无恙。

后来，俞慎村子上有商人来到海上，遇到一个老头，很像白胡子老奴，但是胡子和头发全都是黑的，一下子倒认不出来。老头停住脚，笑着问道："我们家的公子还健康吗？麻烦你回去带个信，就说素秋姑娘也很安乐。"商人问他住在什么地方，他回答道："太远了，太远了。"说完，就匆匆离去了。俞慎听说以后，派人在老头出现的地方找了个遍，竟然没有发现一点儿素秋的踪迹。

异史氏说：读书人本来就没有做大官的福相，这个规律早就如此。开始的想法倒很明确，但究竟还是没能坚持下去。他们哪里知道那些瞎了眼的主考官们，本来就是以命为取士的标准，哪里会根据文章的好坏呢？一次考试没能中第，便昏昏然死去，书蛀虫的痴情，真是可怜啊！悲伤啊，男子汉大丈夫与其去争取扬名立功，倒不如甘于贫寒，反而能长保安乐！

[何守奇] 蠹鱼至死，何艰于一第？彼尚书之孙，侍郎之子，乌能结文字缘哉！

[但明伦] 童子束发受书，蒙师经师，皆以进取之方，口讲指画。传授心法，而沾沾焉计其何以得，何以失，且计其何以必得而必无或失，于是执经请业者，只知所学为得失之一途，于立身行己之道。耳不曾闻，目不曾睹，而黄卷青灯，残编断简，恒钉糟粕，神似蠹鱼。卒之戚戚终身。名场老死，乃谓读书误我，文章无凭。岂知非书误我。而我实自误；文本有凭，而我自无凭乎！

贾奉雉

【原文】

贾奉雉，平凉人。才名冠世，而试辄不售。一日途中遇一秀才，自言姓郎，风格飘洒，谈言微中。因邀俱归，出课艺就正。郎读之，不甚称许，曰："足下文，小试取第一则有余，大场取榜尾亦不足。"贾曰："奈何？"郎曰："天下事，仰而跂之则难，俯而就之甚易，此何须鄙人言哉！"遂指一二人、一二篇以为标准，大率贾所鄙弃而不屑道者。贾笑曰："学者立言，贵乎不朽，即味列八珍，当使天下不以为泰耳。如此猎取功名，虽登台阁，犹为贱也。"郎曰："不然。文章虽美，贱则弗传。君将抱卷以终也则已；不然，帘内诸官，皆以此等物事进身，恐不能因阅君文，另换一副眼睛肺肠也。"贾终默然。郎起笑曰："少年盛气哉！"遂别去。

是秋入闱复落，邑邑不得志，颇思郎言，遂取前所指示者强读之。未至终篇，昏昏欲睡，心惶惑无以自主。又三年，场期将近，郎忽至，相见甚欢。出拟题七使贾作文。越日，索文而阅，不以为可，又令复作；作已，又訾之。贾戏于落卷中，集其翦茸泛滥，不可告人之句，连缀成文，示之。郎喜曰："得之矣！"因使熟记，坚嘱勿忘。贾笑曰："实相告，此言不由中，转瞬即去，便受夏楚，不能复忆之也。"郎坐案头，强令自诵一遍；因使祖背，以笔写符而去，曰："只此已足，可以束阁群书矣。"验其符，濯之不下，深入肌理。

入场七题无一遗者。回思诸作，茫不记忆，惟戏缀之文，历历在心。然把笔终以为羞；欲少窜易，而颠倒苦思，更不能复易一字。日已西坠，直录而出。郎候之已久，问："何暮也？"贾以实告，即求拭符；视之已漫灭矣。回忆场中文，浑如隔世。大奇之，因问："何不自谋？"笑曰："某惟不作此等想，故不能读此等文也。"遂约明日过其寓。贾曰："诺。"郎去，贾复取文自阅，大非本怀，怏怏自失，不复访郎，嗒丧而归。榜发，竟中经魁。复阅旧稿，汗透重衣，自言曰："此文一出，何以见天下士矣！"正惭怍间，郎忽至曰："求中即中矣，何其闷也？"曰："仆适自念，以金盆玉碗贮狗矢，真无颜出见同人。行将遁迹山林，与世长辞矣。"郎曰："此论亦高，但恐不能耳。若果能，仆引见一人，长生可得，并千载之名，亦不足恋，况傥来之富贵乎！"贾悦，留与共宿，曰："容某思之。"天明，谓郎曰："吾志决矣！"不告妻子，飘然遂去。

渐入深山，至一洞府，其中别有天地。有叟坐堂上，郎使参之，呼以师。叟曰："来何早也？"郎曰："此人道念已坚，望加收齿。"叟曰："汝既来，须将此身并置度外，始得。"贾唯唯听命。郎送至一院，安其寝处，又投以饵，始去。房亦精洁；但户无扉，窗无棂，内惟一几一榻。贾解履登榻，月明穿射；觉微饥，取饵啖之，甘而易饱。因即寂坐，但觉清香满室，脏腑空明，脉络皆可指数。忽闻有声甚厉，似猫抓痒，自牖窥之，则虎蹲檐下。乍见甚惊；因忆师言，收神凝坐。虎似知有其人，寻入近榻，气咻咻遍嗅足股。少间闻庭中噪动，如鸡受缚，虎即趋出。

又坐少时，一美人入，兰麝扑人，悄然登榻，附耳小言曰："我来矣。"一言之间，口脂散馥。贾瞑然不少动。又低声曰："睡乎？"声音颇类其妻，心微动。又念曰："此皆师相试之幻术也。"瞑如故。美人曰："鼠子动矣！"初，夫妻与婢同室，狎亵惟恐婢闻，私约一谜曰："鼠子动，则相欢好。"忽闻是语，不觉大动，开目凝视，真其妻也。问："何能来？"答云："郎生恐君岑寂思归，遣一妪导我来。"言次，因贾出门不相告语，偎傍之际，颇有怨怼。贾慰藉良久，始得嬉笑为欢。既毕，夜已向晨，闻叟谯呵声，渐近庭院。妻急起，无地自匿，遂越短墙而去。俄顷郎从叟入。叟对贾杖郎，便令逐客。郎亦引贾自短墙出，曰："仆望君奢，不免躁进；不图情缘未断，累受扑责。从此暂别，相见行有日矣。"指示归途，拱手遂别。

贾俯视故村，故在目中。意妻弱步，必滞途间。疾趋里余，已至家门，但见房垣零落，旧景全非，村中老幼，竟无一相识者，心始骇异。忽念刘、阮返自天台，情景真似。不敢入门，于对户憩坐。良久，有老翁曳杖出。贾揖之，问："贾某家何所？"翁指其第曰："此即是也。得无欲闻奇事耶？仆悉知之。相传此公闻捷即遁；遁时其子才七八岁。后至十四五岁，母忽大睡不醒。子在时，寒暑为之易衣；迨后穷跛，房舍拆毁，惟以木架苫覆蔽之。月前夫人忽醒，屈指百余年矣。远近闻其异，皆来访视，近日稍稀矣。"贾豁然顿悟，曰："翁不知贾奉雉即某是也。"翁大骇，走报其家。

时长孙已死；次孙祥，至五十余矣。以贾年少，疑有诈伪。少间夫人出，始识之。双涕霪霪，呼与俱去。苦无屋宇，暂入孙舍。大小男妇，奔入盈侧，皆其曾、玄，率陋劣少文。长孙妇吴氏，沽酒具藜藿；又使少子果及妇，与己同室，除舍舍祖翁姑。贾入舍，烟埃儿溺，杂气熏人。居数日，懊恼殊不可耐。两孙家分供餐饮，调饪尤乖。里中以贾新归，日日招饮；而夫人恒不得一饱。吴氏故士人女，颇娴闺训，承顺不衰。祥家给奉渐疏，或呼而与之。贾怒，携夫人去，设帐东里。每谓夫人曰："吾甚悔此一返，而已无及矣。不得已，复理旧业，若心无愧耻，富贵不难致也。"居年余，吴氏犹时馈赠，而祥父子绝迹矣。是岁试入邑庠。宰重其文，厚赠之，由此家稍裕。祥稍稍来近就之。贾唤入，计囊所耗费出金偿之，斥绝令去。遂买新第，移吴氏共居之。吴二子，长者留守旧业；次果颇慧，使与门人辈共笔砚。

贾自山中归，心思益明澈，遂连捷登进士。又数年，以侍御出巡两浙，声名赫奕，歌舞楼台，一时称盛。贾为人鲠峭，不避权贵，朝中大僚思中伤之。贾屡疏恬退，未蒙俞允，未几而祸作矣。先是，祥六子皆无赖，贾虽摈斥不齿，然皆窃余势以作威福，横占田宅，乡人共患之。有某乙娶新妇，祥次子篡娶为妾。乙故狙诈，乡人敛金助讼，以此闻于都。于是当道者交章劾贾。贾殊无以自剖，被收经年。祥及次子皆瘐死。贾奉旨充辽阳军。

时杲入泮已久，人颇仁厚，有贤声。夫人生一子，年十六，遂以嘱杲，夫妻携一仆一媪而去。贾曰："十余年之富贵，曾不如一梦之久。今始知荣华之场，皆地狱境界，悔比刘晨、阮肇，多造一重孽案耳。"数日抵海岸，遥见巨舟来，鼓乐殷作，虞候皆如天神。既近，舟中一人出，笑请侍御过舟少憩。贾见惊喜，踊身而过，押吏不敢禁。夫人急欲相从，而相去已远，遂愤投海中。漂泊数步，见一人垂练于水引救而去。隶命篙师荡舟，且追且号，但闻鼓声如雷，与轰涛相间，瞬间遂杳。仆识其人，盖郎生也。

异史氏曰："世传陈大士在闱中，书艺既成，吟诵数四，叹曰：'亦复谁人识得！'遂弃而更作，以故闱墨不及诸稿。贾生羞而遁去，盖亦有仙骨焉。乃再返人世，遂以口腹自贬，贫贱之中人甚矣哉！"

【译文】

贾奉雉是平凉人。他的才名冠于一时，但一到考试却屡次不中。有一天，他在路上遇到一个自称姓郎的秀才，风度潇洒，言谈精微，颇有见地。贾奉雉于是邀请他一同回家，并拿出自己的文章请他指导。

郎秀才读完，不是很赞赏，说："足下的文章，参加小考拿个第一名已经绰绰有余，但如果参加乡试，只怕连排在榜尾也不能。"贾奉雉问："那我该怎么办呢？"郎秀才回答道："天下的事情，仰着头踮着脚去够就很难办到，但低下身子屈从就很容易做到了，又何必让我来讲这些道理呢？"说着，便举出一两个人、一两篇文章作为标准，而这些大都是贾奉雉平时鄙弃，不值一提的。贾奉雉听了，不由笑着说："学者写文章，贵在流传不朽，这样即使享受山珍海味，也不会让世人觉得过于奢侈。但是像你说的那样猎取功名，即使能够做上大官，还是让人觉得低贱。"郎秀才说："并非如此。文章写得虽好，但如果作者地位卑贱，就不会广为流传。你如果想抱着文章了此一生倒也就罢了，不然的话，那些主考官们可都是通过这种文章才做上大官的，他们恐怕不会因为要阅读你的文章，而另外换一副眼睛和肝肠吧。"贾奉雉听了，默默不语。郎秀才站起身来，笑着说："真是年轻气盛啊！"说完，便告别而去。

这年秋天，贾奉雉参加科考，又落了榜，郁郁不得志。他突然想起郎秀才的话，便取出郎秀才让他当标准的那些文章，强迫自己往下读，但是还没有读完，就已经昏睡了。因此，他心中更加惶恐迷惑，不能自主。

又过了三年，眼看考期将至，郎秀才忽然来了，两人见面都很高兴。郎秀才出示他拟的七个题目，让贾奉雉作文。第二天，要来文章一看，认为写得不行，又让贾奉雉重新来做；等贾奉雉做完了，又是一番指责。贾奉雉便开玩笑地从落榜生的试卷中，摘了一些又臭又长、空洞无物、见不得人的句子，七拼八凑成七篇文章，等郎秀才来了以后交给他看。郎秀才看完，高兴地说："总算让你找到写文章的窍门了！"于是让他熟记这些文章，一再叮嘱他不可忘记。贾奉雉笑着说："实话告诉你吧，这些文字都是言不由衷的东西，一眨眼的工夫就会忘记，你即便是打我一顿，我也记不起来了。"郎秀才坐在书桌一边，强迫贾奉雉把这些文章背诵一遍，然后又让他脱去上衣，露出后背，用笔在上面划了几道符，临行前说："只要有这几篇文章就足够了，其他的书可以束之高阁了。"等郎秀才走后，贾奉雉检查背上的符，洗也洗不掉，原来已经深深印到皮肉里面去了。

贾奉雉来到考场，发现郎秀才拟的那七道题无一遗漏。他回想自己写的其他文章，却一点儿也想不起来，只有那几篇开玩笑拼凑成的文章，倒是历历在目，挥之不去。但他写完以后，还是觉得羞耻，想稍稍加以改动，但他反来复去，苦思冥想，竟然不能更改一个字。眼看太阳就要下山，他只好照直抄录下那七篇文章，然后走出考场。

郎秀才已经等了他很久，见他出来，就问道："怎么这么晚才出来？"贾奉雉便如实相告，并且要求将背上的符擦掉。等他脱下衣服一看，符已经消失了。再回忆在考场上写的文章，却恍如隔世，再也想不起来。贾奉雉大感奇怪，问道："你自己为什么不用这方法谋取功名呢？"郎秀才笑着说："我正是因为没有做官的想法，所以才能不读此等文章。"说完，便与贾奉雉约好明天到他的住所，贾奉雉答应了。郎秀才走了以后，贾奉雉取出那七篇文章，自己阅读了一遍，全不是发自内心的作品，怏怏不乐起来，第二天也没有去拜访郎秀才，耷拉着脑袋回家了。

过了不久，发榜了，贾奉雉竟然得了第一名。他又读原来的稿子，读一篇就出一身汗，等到全部读完，身上的衣服全都湿透了。他自言自语地说："这样的文章一公布，我还有什么脸面去见天下的文人啊！"他正在悔恨交加，忽然，郎秀才来了，问道："你想高中已经高中了，为什么闷闷不乐呢？"贾奉雉说："我刚才在想，写出那样的东西，好比用金盆玉碗在装狗屎，真是没有脸面出去见同辈读书人了，我打算到山林去隐居，永远与凡世隔绝。"郎秀才说："这么做倒也很高雅，就怕你做不到呀。你果真能这么去做，我可以代你引见一个人，能使你长生不老。如此的话，即使是千载留名，也不值得贪恋，何况是侥幸得来的富贵呢！"贾奉雉听了很高兴，留郎秀才过夜，并且说："让我再想一想。"等到天亮，他对郎秀才说："我已经下决心了！"于是他也不告诉妻子，便和郎秀才飘然而去。

两个人渐渐走进深山，来到了一座洞府，洞中别有一番天地。一位老者坐在堂上，郎秀才让贾奉雉上前参拜，并称老者为师父。老者问道："为什么来得这么早呀？"郎秀才禀告说："这个人学道的意念已经坚定，望请师父加以收录。"老者说："你既然来了，就要把自己的一身都置之度外，这样才能得道。"贾奉雉小心谨慎地答应了。

郎秀才将他送到一座院子里，替他安顿住处，又给弄来些吃的，才告别走了。贾奉雉一看，只见房间倒也精致整洁，但是门没有门板，窗没有窗棂，屋里只有一张茶几、一张床铺。他脱下鞋子上了床，月光照了进来，他觉得肚子有点儿饿，便取了点心来吃，只觉得味道甘美而且一下子就饱了。他想着郎秀才可能还会再来，便坐了很久，四下里寂静无声，只觉得满屋飘着一股清香，五脏六腑都感到空明，连身上的脉络都能看得清清楚楚。

忽然，他听到一阵很刺耳的声音，像是猫在抓痒。他从窗户往外一看，原来是一只老虎蹲在屋檐下。贾奉雉乍一见，很是吃惊，但他很快想起师父的话，便收起心神，正襟危坐。老虎似乎知道屋子里有人，一会儿就走进来，来到床前，呼哧呼哧地喘着气，把贾奉雉的腿和脚都嗅遍了。过了一小会儿，只听庭院中传来一阵响动，好像是鸡被捆住了，老虎马上赶了出去。

贾奉雉又坐了一会儿，从外面进来一个美人，身上的香气袭人。她悄悄地上了床，贴着贾奉雉的耳朵小声说道："我来了。"她一开口说话，嘴唇的胭脂就散发出馥郁的香味。贾奉雉闭着眼睛，一动也不动。美人又低声问道："睡着了吗？"听声音很像是他的妻子，他的心中不由一动，转念一想："这些都是师父用幻术来试验呢。"于是他依旧闭着眼睛，美人笑着说："小老鼠动了！"

原来，贾奉雉夫妻与丫鬟住在一间房里，行房事时惟恐被丫鬟听到，便私下约定一个暗号："小老鼠动了。"然后就可以行房事。因此，贾奉雉突然听到这句话，心中不觉大动，睁开眼睛凝神一看，真是他的妻子，便问道："你怎么会到这儿来？"妻子答道："郎生怕您一个人寂寞，想回家，便派了一个老妇人领我前来。"言语之间，因为贾奉雉出门时没有告诉她，因此一边依偎在贾奉雉的怀里，一边流露出怨恨的神色。贾奉雉安慰了她很久，两人才嬉笑为欢，等到欢乐完毕，已经快到早晨了，就听见老者的呵斥声渐渐地接近了院子。妻子急忙起来，发现没有地方可以躲藏，便翻过短墙走了。

不一会儿，郎秀才跟着老者走了进来。老者当着贾奉雉的面用拐杖打郎秀才，并且让他把客人赶走。郎秀才也只好领着贾奉雉从短墙出去了，对他说："我对你的要求太高了，不免急躁冒进；没想到你的情缘还没有断，连累我受到责罚。你就先走吧，将来有一天我们还会再见面的。"说完，便指点了回去的路，拱拱手告别了。

贾奉雉低头看着自家的村庄，依然在眼前。他心想，妻子体弱，走不快，肯定还在路上，便急忙走了一里多路，却已经到了家门口。只是房屋墙壁零落，原来的景象全无，村中的老老少少，竟然没有一个认识的，心中这才害怕惊异起来。忽然，他想起东汉的刘晨、阮肇在天台山遇上神仙，后来返回家乡时的情景，与眼前倒很相似。他不敢进门，在对面人家前坐下来休息，坐了好久，才有一个老头拄着拐杖走出来。

贾奉雉向他行了个礼，问道："贾奉雉家在什么地方？"

老头指着他家说："这就是呀。你大概也是想问这件奇怪的事吧？我倒是都知道。传说这位贾相公考试中了头名后就消失了，他走的时候，儿子才七八岁。后来，儿子长到十四五岁时，母亲忽然大睡不醒。他儿子在世时，不论寒暑都替她换衣服。等儿子死了以后，两个孙子很穷困，房屋也都拆毁了，只好用木架铺上草将她盖上。一个月前，老夫人忽然醒过来了，屈指一算，已经一百多年了，远近的人们听说这件奇事，都来访问探看，近来稍微少了一些。"

贾奉雉恍然大悟，说："老人家不认识贾奉雉吧，我就是呀。"

老头大为惊骇，赶紧到贾家报信去了。这时长孙已经死了，二孙子贾祥，今年已经五十多了，因为觉得贾奉雉显得年轻，怀疑其中有诈。过了一会儿，贾奉雉的夫人出来，这才认出了自己的丈夫。夫妻俩涕泪涟涟，互相招呼着进了屋，但苦于没有房屋，只好暂时住进孙子的屋子，家里的大大小小、男男女女，全都跑来看望，一大帮人围在他们的身边。这些人都是他们的曾孙、玄孙，都显得丑陋粗俗，没有文化。长孙媳妇吴氏打来酒，做了些粗茶淡饭招待他们，又让小儿子贾杲和他的媳妇来跟自己住在一起，腾出房子打扫干净给祖爷爷和祖奶奶住。贾奉雉进了屋子，只觉得到处都是烟气尘土，夹杂着小孩的尿臊味，一股臭气扑鼻而来。才住了几天，他就很是懊悔，实在无法忍受。

贾奉雉夫妻的一日三餐由两个孙子轮流供应，烹饪的技术特别差。乡里的人们因为贾奉雉刚刚回来，天天请他喝酒吃饭，但他夫人常常吃不到一顿饱饭。长孙媳妇吴氏出自读书人家，很懂得做媳妇的礼数，一直很好供奉，不敢懈怠。但贾祥家的供奉日渐稀少，有时甚至呼喝着给他们吃的。贾奉雉非常气愤，带着夫人离开家，到东村教书去了。他常常对夫人说："我很后悔这一次回家，但是已经来不及了，迫不得已，我只好重操旧业，如果心中不感到羞愧耻辱，富贵是不难得到的。"过了一年多，吴氏还时不时送些吃的来，而贾祥父子却再也不上门看他们了。

这一年，贾奉雉通过考试进了县学。县令很看重他的文章，赠给他不少钱财。因此，家境稍稍富裕起来，贾祥也渐渐地来走近乎。贾奉雉把他叫进屋，算了算当年他供养自己的花费，取出银子偿还给他，喝令他从此不许再上门来。然后他又买了一所新住宅，将吴氏接来一起住，吴氏有两个儿子，大的留下守着原来的家业；二儿子贾杲很聪慧，贾奉雉便让他和自己的学生一起读书。

贾奉雉从山中回来以后，头脑更加聪明，连考连中，一举考中了进士。又过了几年，他以侍御的身份出巡两浙，声名显赫，极尽富贵风流，一时间称为盛事。贾奉雉为人耿直，不怕触怒权贵，朝中的一些大官都想找机会中伤他。贾奉雉屡屡上书请求辞官还乡，但皇上都不肯答应。过了不久，灾祸就降临了。

原来，贾祥的六个儿子都是无赖，贾奉雉虽然和他们早断了往来，但是他们却借着他的名望作威作福，强行霸占他人的田产房屋，乡里都把他们视为祸患。

村中某乙娶了新媳妇，贾祥的三儿子竟然强夺回来做妾。某乙原本就是一个狡猾奸诈的人，乡里百姓捐钱帮助他打官司，这件事一直传到京城，朝中的大官纷纷上奏攻击贾奉雉，贾奉雉实在没有办法替自己辩解，被投进监狱关了一年。贾祥和他的三儿子也都在狱中病死了，贾奉雉被判到辽阳充军。

这时，贾果入学已经很长时间了。他为人很是仁厚，名声不错。贾奉雉夫人生了一个儿子，已经十六岁，他们便将儿子托给贾果收养，然后带着一个男仆和一个仆妇出发了。贾奉雉说："十几年的富贵，还不如一场梦的时间长。如今才知道所谓荣华富贵的地方，都是地狱境界。我真后悔，比起刘晨、阮肇，还多造了一重罪孽。"

几天后，他们抵达海岸，远远地看见有大船前来，鼓乐大作，侍卫都像天神一般。船靠近后，一个人从舱内走出，笑着请贾奉雉到船上休息片刻。贾奉雉一见此人，十分惊喜，便一纵身跳上船去，押解他的差役也不敢阻拦。贾夫人急忙也想跟过去，但船已经走远了，便愤恨地跳进海里。她在水中漂泊了几步，只见一个人从大船上放下一条白练，将她救上船去。押解的差役急忙命令船夫划船去追，一边追一边呼喊，但是只听鼓声如雷，与波涛的轰鸣声相呼应，一眨眼的工夫，船就消失得无影无踪了。贾奉雉的仆人认得船上的那个人，原来就是郎秀才。

异史氏说：世人传说陈大士在考场上，文章写好以后，吟诵了好几遍，叹息道："也不知道什么人能认得这样的好文章！"说完，将文章扔掉，又重新作了一篇。因此，他在考场上写的文章不如他平时的文章。贾奉雉因为写了那样的文章害羞逃走，说明他也是个有仙骨的人。但是，等他再到人间时，为了生计，只好贬低自己的身份，可见贫贱对人的伤害是多么的厉害啊！

[何守奇] 姓名假借。要亦异史氏寓言，作此狡狯。

胭　脂

【原文】

东昌卞氏，业牛医者，有女小字胭脂，才姿惠丽。父宝爱之，欲占凤于清门，而世族鄙其寒贱，不屑缔盟，所以及笄未字。对户庞姓之妻王氏，佻脱善谑，女闺中谈友也。一日送至门，见一少年过，白服裙帽，丰采甚都。女意动，秋波萦转之。少年俯首趋去。去既远，女犹凝眺。王窥其意，戏谓曰："以娘子才貌，得配若人，庶无可憾。"女晕红上颊，脉脉不作一语。王问："识得此郎否？"女曰："不识。"曰："此南巷鄂秀才秋隼，故孝廉之子。妾向与同里，故识之，世间男子无其温婉。近以妻服未阕，故衣素。娘子如有意，当寄语使委冰焉。"女无语，王笑而去。

数日无耗，女疑王氏未往，又疑宦裔不肯俯就。邑邑徘徊，渐废饮食；萦念颇苦，寝疾惙顿。王氏适来省视，研诘病由。女曰："自亦不知。但尔日别后，渐觉不快，延命假息，朝暮人也。"王小语曰："我家男子负贩未归，尚无人致声鄂郎。芳体违和，莫非为此？"女赪颜良久。王戏曰："果为此，病已至是，尚何顾忌？先令其夜来一聚，彼岂不肯可？"女叹息曰："事至此，已不能羞。若渠不嫌寒贱，即遣冰来，病当愈；若私约，则断断不可！"王颔之而去。

王幼时与邻生宿介通，既嫁，宿侦夫他出，辄寻旧好。是夜宿适来，因述女言为笑，戏嘱致意鄂生。宿久知女美，闻之窃喜其有机可乘。欲与妇谋，又恐其妒，乃假无心之词，问女家闺闼甚悉。次夜逾垣入，直达女所，以指叩窗。女问："谁何？"答曰："鄂生。"女曰："妾所以念君者，为百年，不为一夕。郎果爱妾，但当速遣冰人；若言私合，不敢从命。"宿姑诺之，苦求一握玉腕为信。女不忍过拒，力疾启扉。宿遽入，抱求欢。女无力撑拒，仆地上，气息不续。宿急曳之。女曰："何来恶少，必非鄂郎；果是鄂郎，其人温驯，知妾病由，当相怜恤，何遂狂暴若此！若复尔尔，便当鸣呼，品行亏损，两无所益！"宿恐假迹败露，不敢复强，但请后会。女以亲迎为期。宿以为远，又请。女厌纠缠，约待病愈。宿求信物，女不许；宿捉足解绣履而出。女呼之返，曰："身已许君，复何吝惜？但恐'画虎成狗'，致贻污谤。今亵物已入君手，料不可反。君如负心，但有一死！"宿既出，又投宿王所。既卧，心不忘履，阴揣衣袂，竟已乌有。急起篝灯，振衣冥索。诘王，不应。疑其藏匿，妇故笑以疑之。宿不能隐，实以情告。言已遍烛门外，竟不可得。懊恨归寝，犹意深夜无人，遗落当犹在途也。早起寻之，亦复杳然。

先是巷中有毛大者，游手无籍。尝挑王氏不得，知宿与洽，思掩执以胁之。是夜过其门，推之未扃，潜入。方至窗下，踏一物软若絮绵，拾视，则巾裹女舄。伏听之，闻宿自述甚悉，喜极，抽身而出。逾数夕，越墙入女家，门户不悉，误诣翁舍。翁窥窗见男子，察其音迹，知为女来。大怒，操刀直出。毛大骇，反走。方欲攀垣，而卞追已近，急无所逃，反身夺刃；媪起大呼，毛不得脱，因而杀翁。女稍痊，闻喧始起。共烛之，翁脑裂不能言，俄顷已绝。于墙下得绣履，媪视之，胭脂物也。逼女，女哭而实告之；不忍贻累王氏，言鄂生之自至而已。天明讼于邑。

官拘鄂。鄂为人谨讷，年十九岁，见人羞涩如童子。被执骇绝。上堂不能置词，惟有战栗。宰益信其情实，横加桎梏。生不堪痛楚，遂诬服。及解郡，敲扑如邑。生冤气填塞，每欲与女面质；及相见，女辄诟詈，遂结舌不能自伸，由是论死。经数官复讯无异。

后委济南府复审。时吴公南岱守济南，一见鄂生，疑其不类杀人者，阴使人从容私问之，俾尽得其词。公以是益知鄂生冤。筹思数日始鞫之。先问胭脂："订约后有知者否？"曰："无之。""遇鄂生时别有人否？"亦曰："无之。"乃唤生上，温语慰问。生曰："曾过其门，但见旧邻妇王氏同一少女出，某即趋避，过此并无一言。"吴公叱女曰："适言侧无他人，何以有邻妇也？"欲刑之。女惧曰："虽有王氏，与彼实无关涉。"公罢质，命拘王氏。拘到，禁不与女通，立刻出审，便问王："杀人者谁？"王曰："不知。"公诈之曰："胭脂供杀卞某汝悉知之，何得不招？"妇呼曰："冤哉！淫婢自思男子，我虽有媒合之言，特戏之耳。彼自引奸夫入院，我何知焉！"公细诘之，始述其前后相戏之词。公呼女上，怒曰："汝言彼不知情，今何以自供撮合哉？"女流涕曰："自己不肖，致父惨死，讼结不知何年，又累他人，诚不忍耳。"公问王氏："既戏后，曾语何人？"王供："无之。"公怒曰："夫妻在床应无不言者，何得云无？"王曰："丈夫久客未归。"公曰："虽然，凡戏人者，皆笑人之愚，以炫己之慧，更不向一人言，将谁欺？"命桎十指。妇不得已，实供："曾与宿言。"公于是释鄂拘宿。宿至，自供："不知。"公曰："宿妓者必非良士！"严械之。宿供曰："赚女是真。自失履后，未敢复往，杀人实不知情。"公曰："逾墙者何所不至！"又械之。宿不任凌藉，遂亦诬承。招成报上，咸称吴公之神。铁案如山，宿遂延颈以待秋决矣。

然宿虽放纵无行，实亦东国名士。闻学使施公愚山贤能称最，且又怜才恤士，宿因以一词控其冤枉，语言怆恻。公乃讨其招供，反复凝思之，拍案曰："此生冤也！"遂请于院、司，移案再鞫。问宿生："鞋遗何所？"供曰："忘之。但叩妇门时，犹在袖中。"转诘王氏："宿介之外，奸夫有几？"供言："无有。"公曰："淫妇岂得专私一人？"又供曰："身与宿介稚齿交合，故未能谢绝；后非无见挑者，身实未敢相从。"因使指其挑者，供云："同里毛大，屡挑屡拒之矣。"公曰："何忽贞白如此？"命榜之。妇顿首出血，力辨无有，乃释之。又诘："汝夫远出，宁无有托故而来者？"曰："有之。某甲、甲乙，皆以借贷馈赠，曾一二次入小人家。"

盖甲、乙皆巷中游荡之子，有心于妇而未发者也。公悉籍其名，并拘之。既齐，公赴城隍庙，使尽伏案前。讯曰："曩梦神告，杀人者不出汝等四五人中。今对神明，不得有妄言。如肯自首，尚可原宥；虚者廉得无赦！"同声言无杀人之事。公以三木置地，将并夹之；括发裸身，齐鸣冤苦。公命释之，谓曰："既不自招，当使鬼神指之。"使人以毡褥悉障殿窗，令无少隙；袒诸囚背，驱入暗中，始投盆水，一一命自盥讫；系诸壁下，戒令"面壁勿动，杀人者当有神书其背"。少间，唤出验视，指毛曰："此真杀人贼也！"盖公先使人以灰涂壁，又以烟煤濯其手：杀人者恐神来书，故匿背于壁而有灰色；临出以手护背，而有烟色也。公固疑是毛，至此益信。施以毒刑，尽吐其实。判曰：

"宿介：蹈盆成括杀身之道，成登徒子好色之名。只缘两小无猜，遂野鹜如家鸡之恋；为因一言有漏，致得陇兴望蜀之心。将仲子而逾园墙，便如鸟堕；冒刘郎而至洞口，竟赚门开。感巾兑惊龙，鼠有皮胡若此？攀花折树，士无行其谓何！幸而听病燕之娇啼，犹为玉惜；怜弱柳之憔悴，未似莺狂。而释幺凤于罗中，尚有文人之意；乃劫香盟于袜底，宁非无赖之尤？蝴蝶过墙，隔窗有耳；莲花瓣卸，堕地无踪。假中之假以生，冤外之冤谁信？天降祸起，酷械至于垂亡；自作孽盈，断头几于不续。彼逾墙钻隙，固有玷夫儒冠；而僵李代桃，诚难消其冤气。是宜稍宽笞扑，折其已受之惨；姑降青衣，开彼自新之路。

"若毛大者：刁猾无籍，市井凶徒。被邻女之投梭，淫心不死；伺狂童之入巷，贼智忽生。开户迎风，喜得履张生之迹；求浆值酒，妄思偷韩掾之香。何意魄夺自天，魂摄于鬼。浪乘槎木，直入广寒之宫；径泛渔舟，错认桃源之路。遂使情火息焰，欲海生波。刀横直前，投鼠无他顾之意；寇穷安往，急兔起反噬之心。越壁入人家，止期张有冠而李借；夺兵遗绣履，遂教鱼脱网而鸿罹。风流道乃生此恶魔，温柔乡何有此鬼蜮哉！即断首领，以快人心。

"胭脂：身犹未字，岁已及笄。以月殿之仙人，自应有郎似玉；原霓裳之旧队，何愁贮屋无金？而乃感关雎而念好逑，竟绕春婆之梦；怨摽梅而思吉士，遂离倩女之魂。为因一线缠萦，致使群魔交至。争妇女之颜色，恐失'胭脂'；惹鸷鸟之纷飞，并托'秋隼'。莲钩摘去，难保一瓣之香；铁限敲来，几破连城之玉。嵌红豆于骰子，相思骨竟作厉阶；丧乔木于斧斤，可憎才真成祸水！葳蕤自守，幸白璧之无瑕；缧绁苦争，喜锦衾之可覆。嘉其入门之拒，犹洁白之情人；遂其掷果之心，亦风流之雅事。仰彼邑令，作尔冰人。"

案既结，遐迩传颂焉。自吴公鞫后，女始知鄂生冤。堂下相遇，硯然含涕，似有痛惜之词，而未可言也。生感其眷恋之情，爱慕殊切；而又念其出身微贱，日登公堂，为千人所窥指，恐娶之为人姗笑，日夜萦回，无以自主。判牒既下，意始安帖。邑宰为之委禽，送鼓吹焉。

异史氏曰："甚哉！听讼之不可以不慎也！纵能知李代为冤，谁复思桃僵亦屈？然事虽暗昧，必有其间，要非审思研察，不能得也。呜呼！人皆服哲人之折狱明，而不知良工之用心苦矣。世之居民上者，棋局消日，绸被放衙，下情民艰，更不肯一劳方寸。至鼓动衙开，巍然坐堂上，彼晓晓者直以桎梏靖之，何怪覆盆之下多沉冤哉！"

愚山先生吾师也。方见知时，余犹童子。窃见其奖进士子，拳拳如恐不尽；小有冤抑，必委曲呵护之，曾不肯作威学校，以媚权要。真宣圣之护法，不止一代宗匠，衡文无屈士已也。而爱才如命，尤非后世学使虚应故事者所及。尝有名士入场，作"宝藏兴焉"文，误记"水"下；录毕而后悟之，料无不黜之理。因作词文后云："宝藏在山间，误认却在水边。山头盖起水晶殿。瑚长峰尖，珠结树颠。这一回崖中跌死撑船汉！告苍天：留点蒂儿，好与友朋看。"先生阅而和之曰："宝藏将山夸，忽然见在水涯。樵夫漫说渔翁话。题目虽差，文字却佳，怎肯放在他人下。尝见他，登高怕险；那曾见，会水淹杀？"此亦风雅之一斑，怜才之一事也。

【译文】

东昌府有个姓卞的牛医，生得一个女儿，小名叫做胭脂。这胭脂姑娘才貌双全，既聪慧又美丽。她的父亲很是珍爱她，想把她许配给书香门第。但是那些名家世族却嫌他家出身低贱，不屑于结这门亲。所以胭脂已经长大成人，却还守在闺房中。

卞家对门住着龚家，妻子叫王氏，生性轻佻，喜欢开玩笑，是胭脂闺房中一块儿聊天的伙伴。有一天，胭脂送王氏到门口，只见一个少年从门前走过。那少年身穿白色衣服，头戴白帽，丰采动人。胭脂一见就动了心，一双水汪汪的大眼睛盯着那少年，上下打量。那少年低下头，急忙走了过去。他已经走得很远了，胭脂还在凝神眺望。

王氏看出了她的心思，开玩笑地说："凭姑娘的才华美貌，能配上这样的人，才不觉得遗憾。"胭脂一片红云飞上脸颊，羞怯怯地一句话不说。王氏问："你可认识这位少年吗？"胭脂答道："不认识。"王氏告诉她："他是住在南巷的鄂秋隼，是个秀才，他父亲生前是个举人。我从前和他们家是邻居，所以我认得他。世上的男子没有比他更温柔体贴的了。他穿着一身白衣，是因为他老婆死了，丧期还没有结束，姑娘如果真有这份心，我可以捎个信儿叫他请人来说媒。"胭脂不说话，王氏笑着离去了。

过了几天，一直没有消息，胭脂心中怀疑王氏没空立即前去，又疑心是官宦人家的后代，不一定肯俯身低就。于是胭脂郁郁寡欢，终日徘徊，心中思念，颇为凄苦。渐渐地就不思茶饭，病倒在床上，有气无力。

一天，王氏恰好前来看望，见她这样，便追问她为什么得病。胭脂回答道："我自己也不知道。但自从那天与你分别以后，我就觉得闷闷不乐，现在就是苟延残喘，早晚性命不保了。"王氏想起此事，小声对她说道："我家老公出门做生意，还没有回来，所以还没有人传话给鄂秀才。姑娘的身体不适，莫非就是为了这件事?"胭脂红着脸，半天不说话。王氏开玩笑说："要真是为了这件事，你都已经病成这样了，还有什么好顾忌的? 先叫他今天晚上来聚一聚，他怎么会不肯呢?"胭脂叹了口气，说："事已至此，已经不能怕什么害羞了。只要他不嫌弃我家门第低贱，马上派媒人前来，我的病自然会痊愈；如果是偷偷地约会，那可万万使不得!"王氏点点头，就走了。

王氏年轻时就和邻居的学生宿介私通。她出嫁以后，宿介只要听说她男人不在家，就来重叙旧好。这天夜里，宿介正好来到王氏家。王氏就把胭脂说的话当作笑话讲给宿介听，并且开玩笑地嘱咐他带信给鄂秀才。宿介早就听说胭脂长得很漂亮，听王氏说完，心里暗暗高兴，认为有机可乘实在是很幸运。他本想与王氏商议一番，又怕她嫉妒，于是假装说些无心的话，借机打听胭脂家的门径，问得一清二楚。

第二天夜里，宿介翻墙进入卞家，一直走到胭脂的闺房，用手指轻叩窗户。只听里面问道："谁呀?"宿介答："是鄂生。"胭脂说："我之所以想念你，是为了百年好合，并不是为了这一夜，你如果真心地爱我，只应该赶紧请媒人来提亲，如果说私下相会，我不敢从命。"

宿介假装答应，却又苦苦请求握一握她的手，作为信约。胭脂不忍心过分拒绝他，就勉强撑起身来，开了房门。宿介马上进了门，就抱住胭脂求欢。胭脂无力阻挡，跌倒在地上，累得上气不接下气，宿介赶紧将她拉起来。

胭脂说："你是哪里来的恶少，肯定不是鄂郎；如果真是鄂郎，他长得温柔文静，知道我是为他才病成这样，怎么会这样的粗暴! 要是再这样，我就要叫喊起来，结果坏了品行，对你我都没有好处!"

宿介担心自己冒名顶替的行道败露，便不敢再勉强，只是请求下一次再会面，胭脂约定要在结亲的那一天。宿介认为太远，再三请求。胭脂讨厌他这样纠缠，就只好说等她病好以后。宿介又要讨好信物，胭脂不答应。他就将胭脂的脚捉住，脱下一只绣鞋，转身就走。

胭脂把他叫回来，说："我已经以身相许，还有什么舍不得的呢? 只怕'画虎不成反类犬'，事情不成被人家耻笑。如今这花鞋已经落在你手里，料想也收不回来了。你如果负心，我只有一死!"

宿介从卞家出来，又投宿到王氏家。他虽然已经躺下了，心里还记挂着那只绣鞋，暗地里摸了摸衣角，却不见了那绣鞋。他急忙起身，点了灯笼，抖动衣服，四处寻找。王氏问他找什么，他也不回答，疑心是王氏把绣鞋藏起来了。王氏故意笑笑，让他更加猜疑不定。宿介知道隐瞒不过去，就把实情告诉了她。说完以后，他又打着灯笼到门处，找遍了也没有找到，他只得懊恨地回到床上睡下。心中还寄希望半夜里不会有人，即使丢掉了也应该还在路上，第二天一早就去寻找，还是杳然无踪。

在这以前，巷子里有个叫毛大的人，游手好闲，没有固定的职业，曾经想挑逗王氏却没有得手。他知道宿介跟王氏相好，总想能撞上一次，好以此来胁迫王氏。那天夜里，毛大走过王氏家门前，一推门，发现没上闩，便悄悄地摸进去。刚到窗下，忽然脚下踩着一件东西，软绵绵的好像是棉布一样的东西，捡起来一看，却是一条汗巾裹着一只绣鞋。他伏在窗台上听了听，将宿介所说的经过听了个一清二楚，大为高兴，便抽身走了出来。

过了几天，毛大翻过墙头，进到胭脂家，但他不熟悉卞家的门径，竟然撞到了卞老汉的屋前。卞老汉从窗里看见是一个男人，看他那副鬼鬼祟祟的样子，知道是为女儿而来。卞老汉心里冒火，操起一把刀就冲出来。毛大一见，大为害怕，转身就走。刚要爬上墙头，卞老汉已经追到跟前，毛大急得无路可逃，便转身去夺卞老汉手中的刀。这时，卞氏也起了床，大声喊叫起来。毛大脱不了身，便杀死了卞老汉。胭脂的病刚有好转，听到院子里的吵闹声，才起了床，母女二人点上蜡烛，出来一看，发现卞老汉的脑壳已被劈开，说不出话来，很快就气绝身亡。两人在墙根下找到一只绣鞋，胭脂娘一看，认出是胭脂的，便逼问女儿，胭脂哭着将实情告诉了母亲，只是不忍心连累王氏，便只说鄂秀才自己前来的。

天亮以后，母女告到县里去。县官于是派人将鄂秋隼抓来。这鄂秋隼为人谨慎，不太爱说话，今年十九岁，但见了生人还像个小孩子一样羞怯，一被抓便吓得要死。他走上公堂，却不知说什么是好，只是战战兢兢。县官看他这个模样，越发相信案情是真，便对他重刑相加。这书生忍受不了痛苦，只得屈打成招。

鄂秋隼被解送到州衙，又像在县里一样被严刑拷打。鄂秀才满腔冤气，每次都想和胭脂当面对质；但一见了面，胭脂就痛骂不已，他只有张口结舌，不能为自己辩解。因此，他被判了死刑。这样反反复复地被审讯，经过好几个官员审问，都没有不同的招供。

后来，这个案子交由济南府复审。当时吴南岱正担任济南太守，他一见鄂秀才，就怀疑他不像个杀人犯，暗中派人慢慢地盘问他，让他能够把实情都说出来。吴太守于是更加坚信鄂秀才是被冤枉的。他认真考虑了几天，才开堂审问。

吴太守先问胭脂说："您和鄂秋隼订约以后，有没有别人知道？"胭脂答道："没有。""遇到鄂秀才时，还有别人在场吗？"胭脂还是回答"没有"。

吴太守再传鄂秀才上堂，用好言好语安慰他。鄂秀才说："我曾有一次经过她家门口，只见旧邻居王氏和一个女子从里边出来，我急忙避开，并没有说过一句话。"吴太守一听就呵斥胭脂说："刚才你说旁边没有别人，怎么又有一个邻居妇人呢？"说完，就要对胭脂动刑。胭脂一害怕，忙说："虽然王氏在旁边，但跟她实在没有关系。"

吴太守马上停止讯问，命令将王氏拘捕到堂。几天后，王氏就被拘到。吴太守又不许她和胭脂见面，防止串通，立刻升堂提审，便问王氏说："谁是杀人凶手？"

王氏答道："不知道。"吴太守骗她说："胭脂都已经招供了，杀卞老汉的事情你都知道，你还想隐瞒吗？"王氏大喊道："冤枉啊！那小淫妇自己想男人，我虽然跟她说过要给她做媒，但只不过是开玩笑罢了，她自己勾引奸夫进家，我哪里知道啊！"

吴太守仔细盘问，王氏才说出前前后后开玩笑的话。吴太守便叫将胭脂传上来，大怒道："你说她不知情，如今她为什么反而招供给你做媒的话呢？"胭脂哭着说："我自己不成器，致使父亲惨死，不知道何年何月才能结案，再要连累别人，实在不忍心。"吴太守问王氏："你开玩笑后，曾经跟什么人说过？"王氏供称："没有跟谁说过。"吴太守发怒说："夫妻俩在床上，应该是无所不言的吧，怎么能说没有讲过？"王氏供称："我丈夫长久在外，还没回来。"吴太守说："虽说如此，凡是戏弄别人的人，都要笑话别人的愚蠢来炫耀自己的聪明。你说再没有对谁说过，想骗谁啊！"便下令将王氏的十个指头夹起来。"王氏没办法，只好如实招供："曾经跟宿介说过。"

吴太守便释放了鄂秋隼，而派人拘捕宿介。宿介到案后，招供说："确实不知道。"吴太守说："夜晚宿妓的人决不是好人！"便下令大刑伺候。宿介只好招供："到卞家去骗胭脂是实有其事，但自从绣鞋丢失以后就不敢再去了，杀人的事确实不知道。"吴太守大怒道："爬人墙头的人有什么事干不出来！"又命人动刑。宿介受不了酷刑，只好承认杀了人。吴太守将招供记成案卷，呈报到上级衙门，没有人不称吴太守判案如神。铁案如山，宿介只有伸着脖子等待秋后处斩了。

但是宿介虽然生性放纵，品行不正，却是山东一带有名的才子。他听说学使施愚山的德才都是最好的，又有怜悯士人的仁德，就写了一份状词申诉自己被冤枉了，措辞非常悲怆沉痛。施学使取来了宿介的案卷，反复凝神思考，拍着桌子喊道："这个书生是冤枉的！"他于是向巡抚、按察使请求，将案子移交给他，重新审理。

他问宿介说："绣鞋丢在什么地方了？"宿介供道："忘记了。只是记得在敲王氏家门时，还在袖筒里。"施学使又转身问王氏说："除了宿氏，你还有几个奸夫？"王氏供说："没有了。"施学使说："淫乱的女人，怎么可能只偷一个呢？"王氏供说："小妇人跟宿介小时候就认识，所以一直没有断绝；后来倒不是没有人来勾引，我实在不敢再跟从了。"施学使于是让她交代那些男人的姓名，王氏说："街坊毛大屡次来勾引，我都拒绝了。"施学使问："怎么忽然这样的贞洁起来了？"便叫人将王氏摁倒抽打。王氏吓倒连连磕头，磕得鲜血直流，竭力辩白再也没有别人了，施学使才放过她。接着又问："你丈夫出远门，难道就没人借口有事上门吗？"王氏说："有的，某人、某人，都因为借钱、送礼什么的来过小妇人家一两次。"

原来这某人、某人都是街坊的二流子，都是对王氏有意而没有表现出来的。施学使将这些人的名字都记下来，并且将他们拘捕到案。等人犯到齐后，施学使前往城隍庙，命令他们跪在香案前，对他们说："前几天我梦见城隍神告诉我，杀人凶手就在你们四五个人中。现在对着神明，不许有一句假话。如果肯自首，还可以从轻发落；说假话的，一经查明，绝不宽恕！"众人齐声说绝没有杀人的事。施学使吩咐将三木放在地上，准备动刑，将人犯的头发都扎起来，扒光衣服。他们又齐声喊冤枉。施学使命令先停下来，对他说："既然你们不肯自己招供，只好让神明指出真凶了。"

他让人用毡子褥子将大殿的窗户遮严实了，不留一点儿缝隙。又让那几个嫌疑人光着脊背，赶到黑暗中，先给他们一盆水，命令他们一个个洗过手，再把他们用绳子拴在墙下，命令道："各人面对墙壁不许乱动。是杀人凶手，神灵就会在他脊背上写字。"过了一会儿，将他们叫出来，逐个检查，指着毛大说："这就是杀人凶手！"

原来，施学使预先让人把石灰涂在墙上，又用烟煤水让他们洗手。杀人犯害怕神灵写字，所以将脊背贴着墙，沾上了白灰，临出来前又用手遮住脊背，又染上了煤烟色。施学使本来就怀疑毛大是杀人犯，至此更加确信。于是对他施以大刑，毛大全部说出了犯罪实情。

施学使判决道：

宿介：重蹈盆成括无德被杀的覆辙，酿成登徒子贪好女色的恶名。只因为两小无猜，便有了偷鸡摸狗的私情；只因为泄露了一句话，便有了得陇望蜀的淫心。像将仲子一样爬过园墙，如鸟一般落在地上；冒充刘郎来到洞口，竟然将闺门骗开。对胭脂粗暴无忌，有脸皮的人怎么能干出这种事？攀折花木，身为士人却没德行还能让人说什么！幸好听到病中的胭脂一番婉转陈述，还能够怜香惜玉；像怜惜憔悴的细柳枝的鸟儿一样，不至于过分淫狂。总算放开了落在网中的小鸟，还流露出一点儿文人的雅意；但却抢去胭脂的绣鞋作为信物，难道不是无赖的行径！两人只顾私下谈话，却没想到隔窗有耳被毛大听去；那绣鞋像莲花花瓣落下，便再没有了踪迹。假中之假已经产生了，冤外之冤谁又会相信呢？灾祸从天而降，身受酷刑差点死去；自作的罪孽已经满盈，已被破下的脑袋几乎接不上去。这种翻墙钻空的行为，固然有辱读书人的声名，但是代人受罪，确实难以消除心中的冤气。因此稍稍放宽对他的笞打，来折消他已受的酷刑；姑且罚他由蓝衫改穿青衫，不准参加今年的科考，给他一条悔过自新的生路。

毛大：刁蛮奸猾，没有固定职业，是一个流窜在市井中的恶徒。挑逗王氏遭到拒绝，却淫心不死；趁着宿介到王氏家偷情，忽然产生了邪恶念头。胭脂本来想着迎来鄂生，却让宿介喜得越墙而入的机会；毛大本想到王氏家捉奸却听到了胭脂的消息，让毛大产生了诱奸胭脂的企图。不料魂被天夺去，魄被天摄走。随意乘兴而至，直奔胭脂的闺房；错认了胭脂的闺房，却来到了卞老汉的房前，于是使得情火被扑灭了火焰，欲海掀起了波澜。卞老汉横刀向前，毫无顾忌；毛大穷途末路，像被追急的兔子产生了反咬的念头。翻墙跳到人家里，只希望能冒充鄂生，诱奸胭脂；毛大夺过卞老汉的刀却遗下绣履，于是使得真凶漏网，无辜遭祸。风流道上才会产生这样的恶魔，温柔乡中怎么能让这样的鬼怪残存！马上砍下他的脑袋，使人心大快。

胭脂：已经长大成人，却还没有出嫁。长得像月宫里的仙女，自然应该有俊美的儿郎相配；本来就是霓裳队中的一员，还愁没有富贵人家来迎娶吗？听到鸟儿互相呼应而思念好的配偶，竟然产生了春梦；哀怨落梅而爱慕男子，于是因思念而生病。只因为这一份感情的萦绕，招得群魔纷纷而至。竞相争夺美丽的容颜，惟恐失去"胭脂"；惹得鸳鸟纷飞，都假冒为"秋隼"。绣鞋被宿介脱去，难保自身的贞洁；铁门被敲响，女儿身差点失去。就因一片思念，竟然招来祸害；卞老汉惨遭砍杀，心爱的女儿真成了祸水！虽然被人挑逗，还能坚守贞节，未被玷污；在监狱中苦苦抗争，辛喜现在美好的结局可以遮盖一切过错。本府嘉奖她能力拒淫徒，还是个洁白的情人；愿意成全她倾慕鄂生的心愿也是一桩风流雅事。希望该县县令做他们的媒人。这起案子完结以后，远近都争相传颂。

自从吴太守审问以后，胭脂才知道鄂秀才被冤枉了。偶而在堂上遇到他，胭脂总是满脸的羞愧，两眼含着泪水，似乎有好多疼爱他的话要说，却又说不出来。那鄂生被她的痴情感动，也深深地爱慕她。但是鄂生又想到出身寒门，而且每天都上公堂对证，被众人窥视、指点，担心娶了她会被人耻笑，所以他日思夜想，拿不定主意。到了判决书下达后，鄂生的心才安静下来。县令替他们准备了彩礼，又找来乐队替他们办了喜事。

异史氏说：确实啊！审理案件不可以不慎重啊！纵使能够知道像鄂秋隼这样代人受过的人是冤枉的，又有谁会想到像宿介这样也是代人受过的人是冤屈的呢？但是，事情虽然暗昧不清，其中必有破绽，如果不是仔细地思考观察，是不可能发现的。呜呼！人们都佩服贤明而有智慧的人断案神明，却不知道技艺高明的人如何费尽心思地构思。世间那些做官的人，只知道下棋消遣时光，好逸贪睡荒废政务，民情再怎么艰苦，他们也不会费一点儿心思。至于在百姓的鼓动下开了衙门，官员高高地坐在大堂上，对那些争辩的人径直用刑具来使他们安静下来，难怪百姓多有沉冤得不到昭雪啊！

施愚山先生是我的老师。开始跟他学习的时候，我还是个孩子。我常常看见他称赞推荐学生，费尽心力唯恐自己还不够全心全意，学生有一点儿委曲，他都心疼地呵护，从来不在学校耍威风，来讨好当官的。他真可以说是宣扬圣人思想的护法神，不止是一代的宗师，主持科举考试从来不委屈一个读书人。他爱才如命，这一点尤其是后世那些敷衍了事，只用表面文章的学使们无法比得了的。

曾经有一位名士下场参加科考，写了一篇题为"宝藏兴焉"的文章，把"山间"两个字误记成"水下"了。等他抄录完毕，才省悟过来自己料定没有被黜退的理由。于是，他在后面又作了一首词道："宝藏在山间，误认却在水边。山头盖起水晶殿。瑚长峰尖，珠结树颠。这一回崖中跌死撑船汉！告苍天：留点蒂儿，好与友朋看。"愚山先生看完，和了一首词："宝藏将山夸，忽然见在水涯。樵夫漫说渔翁话。题目虽差，文字却佳，怎肯放在他人下。尝见他，登高怕险；那曾见，会水淹杀？"这是愚山先生风雅情调的一个趣谈，也是他爱惜人才的一件逸事。

[何守奇] 宿介之刑？孽由自作；顾鄂秋隼则何罪哉！乃知文人多结凤生冤也。吴、施二公，并斯文之护法。

阿 纤

【原文】

奚山者，高密人。贸贩为业，常客蒙沂间。一日途中阻雨，至歇处，夜已深，遍叩无应。徘徊庑下。忽二扉豁开，一叟出，邀客入，山喜从之。萦塞登堂，堂上并无几榻。叟曰："我怜客无归，故相容纳。我实非卖食沽饮者。家下止有老荆弱女，已眠熟矣。虽有宿肴，苦少烹饪，勿嫌冷啜也。"言已，便入。少顷，以足床来置地上，促客坐；又携一短足几至，往来蹀躞。山起坐不自安，曳令暂息。

少间，一女郎出行酒。叟顾曰："我家阿纤兴矣。"视之，年十六七，窈窕秀弱，风致嫣然。山有少弟未婚，窃属意焉。因问叟清贯尊阀，答云："士虚，姓古。子孙夭折，剩有此女。适不忍搅其酣睡，想老荆唤起矣。"问："婿家阿谁？"答云："未字。"山窃喜。既而品味杂陈，似所宿具。食已，致谢曰："萍水之人，遂蒙宠惠，没齿所不敢忘。缘翁盛德，乃敢遽陈朴鲁：仆有弟三郎，十七岁矣。读书肄业，颇不冥顽。欲求援系，不嫌寒贱否？"叟喜曰："老夫在此，亦是侨寓。倘得相托，便假一庐，移家而往，庶免悬念。"山都应之，遂起展谢。叟殷勤安置而去。鸡既鸣，叟出。呼客盥沐。束装已，酬以饭金。固辞曰："留客一饭，万无受金之理；矧附为婚姻乎？"

既别，客月余乃返。去村里余，遇老媪率一女郎，冠服尽素。既近，疑似阿纤。女郎亦频转顾，因把媪袂，附耳不知何辞。媪便停步，向山曰："君奚姓乎？"山曰："然。"媪惨容曰："不幸老翁压于败堵，今将上墓。家虚无人，请少待路侧，行即还也。"遂入林去，移时始来。途已昏冥，遂与偕行。道其孤弱，不觉哀啼，山亦酸恻。媪曰："此处人情大不平善，孤媚难以过度。阿纤既为君家妇，过此恐迟时日，不如早夜同归。"山可之。

既至家，媪挑灯供客已，谓山曰："意君将至，储粟都已粜去；尚存二十余石，远莫致之。北去四五里，村中第一门有谈二泉者，是吾售主。君勿惮劳，先以尊乘运一囊去，叩门而告之，但道南村中古姥有数石粟，粜作路用，烦驱蹄躅一致之也。"即以囊粟付山。山策蹇去，叩门，一硕腹男子出，告以故，倾囊先归。俄有两夫以五骡至。媪引山至粟所，乃在窖中。山下为操量执概，母放女收，顷刻盈装，付之以去。凡四返而粟始尽。既而以金授媪。媪留其一人二畜，治任遂东。行二十里，天始曙。至一市，市头赁骑，谈仆乃返。

既归，山以情告父母。相见甚喜，即以别第馆媪，卜吉为三郎完婚。媪治奁装甚备。阿纤寡言少怒，或与言，但有微笑，昼夜绩织无停晷，以是上下俱怜悦之。嘱三郎曰："寄语大伯：再过西道，勿言吾母子也。"居三四年，奚家益富，三郎入泮矣。

一日山宿古之旧邻，偶及曩年无归，投宿翁媪之事。主人曰："客误矣。东邻为阿伯别第，三年前居者辄睹怪异，故空废甚久，有何翁媪相留？"山讶之，而未深信。主人又曰："此宅向空十年无敢入者。一日第后墙倾，伯往视之，则石压巨鼠如猫，尾在外犹摇。急归，呼众往视，则已渺矣。群疑是物为妖。后十余日复入试，寂无形声；又年余始有居人。"山益奇之。归家私语，窃疑新妇非人，阴为三郎虑；而三郎笃爱如常。久之，家人竞相猜议。女微察之，至夜语三郎曰："妾从君数年，未尝少失妇德；今置之不以人齿！请赐离婚书，听君自择良偶。"因泣下。三郎曰："区区寸心，宜所凤知。自卿入门，家日益丰，咸以福泽归卿，乌得有异言？"女曰："君无二心，妾岂不知；但众口纷纭，恐不免秋扇之捐。"三郎再四慰解，乃已。

山终不释，日求善扑之猫以觇其异。女虽不惧，然蹙蹙不快。一夕谓媪小恙，辞三郎省侍之。天明三郎往讯，则室已空矣。骇极，使人四途踪迹，并无消息。中心营营，寝食都废。而父兄皆以为幸，将为续婚；而三郎殊不怿。又年余，音问已绝。父兄辄相诮责，不得已，勉买一妾，然思阿纤不衰。又数年，奚家日渐贫，由是咸忆阿纤。

有叔弟岚以事至胶，迂道宿表戚陆生家。夜闻邻哭甚哀，未遑诘问。及返，又闻之，因问主人。答云："数年前有寡母孤女，僦居于此。月前姥死，女独处无一线之亲，是以哀耳。"问："何姓？"曰："姓古。尝闭户不与里社通，故未悉其家世。"岚惊曰："是吾嫂也！"遂往款扉。有人挥涕出，隔扉问曰："客何人？我家故无男子。"岚隙窥而遥审之，果嫂，便曰："嫂启关，我是叔家阿遂。"

女拔关纳入，诉其孤苦，凄怆悲怀。岚曰："三兄忆念颇苦，夫妻即有乖迕，何遂远遁至此？"即欲赁舆同归。女怆然曰："我以人不齿数故，遂与母偕隐；今又返而依人，谁不加白眼？如欲复还，当与大兄分炊；不然，行乳药求死耳！"

岚归以告三郎。三郎星夜驰去。夫妻相见，各有涕洟。次日告其屋主。屋主谢监生，窥女美，阴欲图致为妾，数年不取屋直，频风示媪，媪绝之。媪死，窃幸可谋，而三郎忽至。通计房租以留难之。三郎家故不丰，闻金多，有忧色。女曰："不妨。"引三郎视仓储，约粟三十余石，偿租有余。三郎喜以告谢，谢不受粟，故索金。女叹曰："此皆妾身之恶幛也！"遂以其情告三郎。三郎怒，将讼于邑。陆氏止之，为散粟于里党，敛资偿谢，以车送两人归。

三郎实告父母，与兄析居。阿纤出私金，日建仓廪，而家中尚无儋石，共奇之。年余验视，则仓中满矣。又不数年，家中大富；而山苦贫。女请翁姑自养之；辄以金粟周兄，习以为常。三郎喜曰："卿可谓不念旧恶矣。"女曰："彼自爱弟耳。且非兄，妾何缘识三郎哉？"后亦无甚怪异。

【译文】

奚山是山东高密人，靠做买卖为生，常常来往于沂蒙一带，走在半路上被雨耽搁了，等他到平时经常投宿的地方时，夜色已经很深了，他敲遍了所有旅店的门，也没有人答应，他只好在屋檐下徘徊。忽然，一户人家的两扇门打开，出来一个老头，请他进去。

奚山高兴地跟他进了门，把驴拴好，走进堂屋，屋子里没有床铺桌椅。老头说："我同情客人无处可归，所以才请你进来住。我并不是卖吃卖喝的人。家里也没有什么人，只有老伴和小女，都已经睡熟了。家里虽然有些剩余的饭菜，但也没法热了，你如果不嫌弃，就吃点儿冷饭吧。"说完，便进了内室。过了一会儿，他拿出一张小凳子，请奚山坐，又拿出一张矮茶几来。这么来回几趟，老头显得挺累，奚山看了坐立不安，便拉住老头，让他暂时休息一会儿。

不久，一位姑娘走出来替奚山倒酒。老头看着她说："这是我家阿纤起来了。"奚山看了看阿纤，只见她约摸十六七岁，身体窈窕，面容秀丽，颇有可人的风度。奚山有个小弟还没有结婚，心中暗想为弟弟说上这门亲事。于是，他便问起老头的籍贯、门第。老头回答说："我姓古，名叫士虚。子孙早都死了，只剩下这么一个女儿，刚才不忍心将她从睡梦中惊醒，想来是我的老伴把她叫起来了。"奚山问道："女婿家是谁呀？"老头答道："还没嫁人。"奚山暗自高兴。

过了一会儿，酒菜都端了上来，好像是早就准备好了的。吃完饭后，奚山恭敬地对老头说："萍水相逢，承蒙老人家如此恩惠，真令我没齿难忘。鉴于您的盛德，我才敢唐突地提出一个请求：我有一个小弟三郎，今年十七岁了，正在读书，生来并不愚劣。我想跟您攀上这门亲事，您不会嫌弃我贫贱吧？"

老头高兴地说："老夫也是借居在这里。假如能把小女托付给您这样的人家，就请您借一间屋子，让我把家搬过去，也免得日后挂念。"

奚山满口答应，便起身道谢。老头殷勤地替他安顿好床铺才离开。鸡叫的时候，老头已经起床了，叫奚山起来洗漱。奚山收拾好行装，要给老头饭钱。老头坚决推辞说："只不过留客人吃了一顿饭，绝没有收钱的道理，何况我们还结为姻亲呢？"

告别之后，奚山又在外逗留了一个多月，才返回来。在离村子一里多路的地方，他遇到一个老妇人领着一个女郎，两人都穿着素服。走到近前，看那女郎像是阿纤。女郎也频频地回头看他，并且拉着老妇人的衣襟，贴着耳朵不知说了什么话。老妇人便停住脚，向奚山问道："您是姓奚吗？"奚山连连答应。老妇人神色凄惨地说："我家老头不幸让倒塌的墙给压死了，我们正要去给他上坟。家里现在没有人，请您在路旁稍等片刻，我们去去就回。"说完，就走到村子里去了，过了一个时辰才出来。

这时，天色已晚，路上显得昏暗，奚山便和她们结伴而行。老妇人说起她们孤儿寡母，不觉伤心地哭了起来，奚山也觉得心里发酸。老妇人说："这地方的人情很不善良，孤儿寡母难以活下去。阿纤既然已经是您家的媳妇，过了这时恐怕会耽搁时日，不如趁早连夜跟你走吧。"奚山同意了。

到家以后，老妇人点上灯，等奚山吃完饭，对他说道："我们估计您也快回来了，家中存的粮食大都已经卖掉了，还剩下二十多石，因为路途远没有送去。从这里往北四五里，村里第一个门，有个叫谈二泉的，是我的买主。麻烦您不辞辛劳，先用您的座骑运一口袋去，敲开门告诉他，只要说南村古老太有几石粮食，想卖了做路费，请他派牲口来驮了去。"说完，便装了一口袋粮食给奚山。

奚山赶着驴前去，敲开门，一个大肚子的男人出来。奚山向他说明情况，将粮食倒出来就先回来了。不一会儿，就有两个仆人赶着五头骡子来到。老妇人领着奚山来到存放粮食的地方，原来就在一个地窖里。奚山下到地窖，代为称量，老妇人负责交粮，阿纤负责收签，一会儿工夫就装满了，让来人先运走。一共往返了四次，才把粮食运完。谈家的仆人把银子交给老妇人，老妇人留下一个人、两头骡子，收拾好行装向东出发。走了二十里，天才露出曙光。他们来到一个集市，在市头上租了一头牲口，这才让谈家的仆人回去。

到家以后，奚山便把情况告诉了父母。父母一见阿纤很是喜欢，马上找了一处房子让老妇人住下，又挑选了好日子为三郎、阿纤完婚。老妇人也准备了很丰盛的嫁妆。阿纤寡言少语，很少发火，有人和她说话，她也只是微笑。她不论白天黑夜都在纺织，一刻不停。因此，全家上下都很怜爱她。阿纤嘱咐三郎说："你跟大伯说：再经过西道时，不要提到我们母女。"这样过了三四年，奚家日渐富裕起来，三郎也进了县学。

一次，奚山在古家的旧邻居家借宿，偶然谈到当年无处可归，投宿到古家的事情。主人说："客人弄错了吧，东邻是我家大伯的一处别墅。三年前，住在里面的人动不动地看见一些怪异的事情，所以已经空废了很久，怎么会有什么老头老太留你住宿呢?"奚山听了很惊讶，但也不是很相信。主人又说:"这个宅子一直空着，已经有十年了。一天，宅子后面的墙倒了，大伯过去一看，只见石头下面压着一只像猫那么大的巨鼠，尾巴露在外面，还摇晃着呢。大伯急忙回家，叫了好多人一同去看，老鼠已经不见了。众人都怀疑那东西是个妖怪。又过了十几天，人们前去再看，却没有一点儿动静了。又过了一年多，才有人住进去。"奚山听了，更加觉得奇怪。他回到家中，悄悄地跟家里人说起这事。大家都怀疑新媳妇不是人，暗暗地替三郎担心。但三郎还和平时一样对阿纤恩爱有加。时间一长，家里人纷纷猜疑议论。

阿纤也渐渐地察觉了，到了晚上对三郎说:"我嫁给您已经好几年了，从来没有做过一点儿有失妇德的事情。现在竟然不把我当人看，就请您赐我一张休书，听凭您自己再去找一个好媳妇。"说完，就流下了眼泪。三郎说:"我的一片心意，你应该是早就知道的。自从你进门以来，我家日益富裕起来，大家都认为是你把福气带到我们家来的，怎么会有人说你的坏话呢?"阿纤说:"您没有贰心，我难道不知道吗?但是众说纷纭，恐怕我还是免不了被遗弃。"三郎再三安慰劝说，阿纤才平静下来。

但是奚山心中始终放不下，每天都找善于抓鼠的猫，来窥探阿纤的反应。阿纤虽然不害怕，但也紧锁双眉，快快不乐。一天晚上，阿纤对三郎说母亲有点儿病，并向三郎辞别要去侍候她。天亮以后，三郎前去问候，只见屋子里已经空无一人了。三郎害怕极了，派人四处打听她的踪迹，却得不到一点儿消息。三郎心中急躁不安，吃不下也睡不着。而他的父兄都感到很庆幸，轮流地来安慰他，准备替他续婚，但是三郎很不高兴。等了一年多，阿纤音信全无。父亲和兄长动不动就讥笑责骂三郎，不得已，他就花了重金买了一个妾，但心中对阿纤的思念却丝毫没有减少。

又过了几年，奚家渐渐地贫穷下去，于是众人又都想起了阿纤。三郎有个叔伯弟弟名叫奚岚，因为有事到胶州，途中绕道去看望表亲陆生。夜间，奚岚听见邻居家有人哭得很悲伤，但没有来得及打听，等他返回时，又听见了哭声，便问主人是怎么回事。

主人回答说:"几年前，有一对寡母孤女，到这里租了房子住下。一个月前，老太太死了，只剩下那个孤女，又没有一个亲人，因此伤心地哭泣。"

奚岚问道:"她姓什么?"

主人答道:"姓古，她家经常关着门，不和邻居往来，所以不知道她的家世。"

奚岚吃惊地说:"她就是我的嫂子呀!"于是便去敲门。只听屋里有人擦着眼泪出来，隔着门应声说道:"客人是什么人?我家里本没有男人。"奚岚透过门缝往里一看，果然就是嫂子，便说:"嫂嫂开门，我是叔叔家的阿遂。"阿纤听了，拉开门闩，请他进来，向他诉说自己的孤苦，看上去十分凄凉悲伤。奚岚说："三哥想你想得很苦，夫妻之间即使有点儿矛盾，为什么要远远地逃到这里来呢？"说完，就准备租车子带阿纤一同回去。阿纤伤感地说："我因为别人看不起，才和妈妈隐居到这里来，现在又回去投奔人家，谁还不拿白眼看我？如果一定要回去，就得和大哥分开来过，不然的话，我就服毒自杀。"

奚岚回去以后，把情况告诉了三郎。三郎连夜赶去，夫妻相见，都伤心地流下眼泪。第二天，又告诉了屋主。屋主谢监生早就觊觎阿纤的美貌，想把他弄到手做小妾，所以好几年都不收房租，频频地向古老太暗示，但是都遭古老太拒绝了。古老太死后，他暗自庆幸可以弄到手了，但是三郎突然到来，破坏了他的阴谋。他便算出这几年来的房租，让阿纤一次还清，以此来刁难他们。

三郎家本来就不富裕，听说要交的房钱很多，脸上露出很忧郁的神色。阿纤说："不妨事。"然后就领着三郎去看仓库中存放的粮食，大约有三十多石，偿还房租绰绰有余，三郎很高兴，就去告诉谢监生。谢监生不要粮食，故意索要银子。阿纤叹息着说："这都是我自己造的罪孽啊！"于是便将谢监生想娶她为妾被拒绝的事情告诉了三郎。三郎很生气，打算到县里去告状。陆生制止了他，替他将仓库的粮食分给了乡亲们，聚起一笔钱偿还给谢监生，用车子将三郎、阿纤送回家。

三郎把实情告诉了父母，然后就和兄长分家了。阿纤拿出自己的私房钱，每天都忙着建粮仓，但当时家里连一石粮食也没有，大家都觉得很奇怪。过了一年多，再去查看，发现仓库里已经堆满了粮食。又过了没几年，家中非常富裕，而奚山家却非常穷困。阿纤将公公婆婆接到自己家供养，还不时地拿钱粮接济奚山家，渐渐地习以为常了。三郎高兴地说："你真可以说是不计旧恶的人啊！",阿纤回答道："他也是为你这个弟弟好。况且要没有他的话，我哪里有机会能跟三郎你相识呢？"

从此以后，三郎家倒也没再发生什么怪异的事情。

[何守奇] 死丧忧戚，亦犹夫人，特其类异耳。

[但明伦] 若阿纤者，秀外慧中，寡言少怒，又勤绩织，我见犹怜，奈何以形迹之疑·遂滋猜议？致虑青蝇之聚，早防纨扇之捐，与母偕藏，所谓见几而作者非耶？幸是郎心无二，妾志靡他，恶障既除，良琴再理。

瑞 云

【原文】

瑞云，杭之名妓，色艺无双。年十四。其母蔡媪，将使出应客。瑞云曰："此奴终身发轫之始，不可草草。价由母定，客则听奴自择之。"媪曰："诺。"乃定价十五金，逐日见客。客求见者必以贽：贽厚者接以弈，酬以画；薄者一茶而已。瑞云名噪已久，富商贵介，接踵于门。

余杭贺生，才名夙著，而家仅中资。素仰瑞云，固未敢拟同鸳梦，亦竭微贽，冀得一睹芳泽。窃恐其阅人既多，不以寒酸在意；及至相见一谈，而款接殊殷。坐语良久，眉目含情，作诗赠生曰："何事求浆者，蓝桥叩晓关？有心寻玉杵，端只在人间。"生得诗狂喜，更欲有言，忽小鬟来自"客至"，生仓猝遂别。既归，吟玩诗意，梦魂萦扰。过一二日，情不自已，修贽复往。瑞云接见良欢。移坐近生，悄然曰："能图一宵之聚否？"生曰："穷跋之士，惟有痴情可献知己。一丝之贽，已竭绵薄。得近芳容，私愿已足；若肌肤之亲，何敢作此梦想。"瑞云闻之，戚然不乐，相对遂无一语。生久坐不出，媪频唤瑞云以促之，生乃归。心甚悒悒，思欲罄家以博一欢，而更尽而别，此情复何可耐？筹思及此，热念都消，由是音息遂绝。

瑞云择婿数月，不得一当，媪患，将强夺之。一日有秀才投贽，坐语少时，便起，以一指按女额曰："可惜，可惜！"遂去。瑞云送客返，共视额上有指印黑如墨，濯之益真；过数日墨痕益阔；年余连颧彻准矣，见者辄笑，而车马之迹以绝。媪斥去妆饰，使与婢辈伍。瑞云又荏弱，不任驱使，日益憔悴。贺闻而过之，见蓬首厨下，丑状类鬼。举目见生，面壁自隐。贺怜之，便与媪言，愿赎作妇。媪许之。贺货田倾装，买之以归。入门，牵衣揽涕，不敢以伉俪自居，愿备妾媵，以俟来者。贺曰："人生所重者知己；卿盛时犹能知我，我岂以衰故忘卿哉！"遂不复娶。闻者又姗笑之，而生情益笃。

居年余，偶至苏，有和生与同主人，忽问："杭有名妓瑞云，近如何矣？"贺曰："适人矣。"问："何人？"曰："其人率与仆等。"和曰："若能如君，可谓得人矣。不知其价几何？"贺曰："缘有奇疾，姑从贱售耳。不然，如仆者，何能于勾栏中买佳丽哉！"又问："其人果能如君否？"贺以其问之异，因反诘之。和笑曰："实不相欺：昔曾一觇其芳仪，甚惜其以绝世之姿，而流落不偶，故以小术晦其光而保其璞，留待怜才者之真赏耳。"贺急问曰："君能点之，亦能涤之否？'和笑曰："乌得不能？但须其人一诚求耳！"贺起拜曰："瑞云之婿，即某是也。"和喜曰："天下惟真才人为能多情，不以妍媸易念也。请从君归，便赠一佳人。"遂同返杭。

抵家，贺将命酒。和止之曰："先行吾法，当先令治具者有欢心也。"即令以盥器贮水，戟指而书之，曰："濯之当愈。然须亲出一谢医人也。"贺喜谢，笑捧而去，立俟瑞云自靧之，随手光洁，艳丽一如当年。夫妇共德之，同出展谢，而客已渺，遍觅之不得，意者其仙欤？

【译文】

瑞云是杭州的一位名妓，无论容貌还是才艺都可称得上举世无双。十四岁的时候，她的养母蔡妈妈就让她出来接客。瑞云告诉她说："这是我一生发迹的开

聊斋志异（图文版）

始，不可草草了事。价格可以由妈妈定，但是客人却要听凭我自己选择。"蔡妈妈说："可以。"于是定好价格，接一次客为十五两银子，瑞云从此每天接客。来求见的客人必然都得献上礼物：礼物丰厚的，瑞云就陪着下棋，或是画一幅画表示酬谢；而礼物轻的，瑞云只是留着喝杯茶而已。瑞云的艳名流传已久，从此富商显贵，接连不断慕名上门拜见。

余杭县有个姓贺的书生，一直享有才名，但是家中只有中等的财产。他素来仰慕瑞云，虽然不敢奢求能和她同床共枕，但也竭力筹备一份薄礼，希望能够一睹瑞云的芳容。贺生心中暗想，瑞云见过的客人很多，大概不会在意他这个寒酸的书生。等到两人见面一谈，瑞云对他的款待很是殷勤，两人坐着聊了很久，瑞云眉目含情，作了一首诗赠给贺生，诗中写道：

何事求浆者，蓝桥叩晓关？有心寻玉杵，端只在人间。贺生接过诗来一看，知道瑞云对自己有意，不由心中狂喜，正要再说几句心里话，忽然小丫鬟进来禀告说有客人来了，他只好匆匆告别而去。

贺生回到家中，反复吟诵玩味这首诗，梦中也萦绕着瑞云的身影。过了一两天，他情不自禁地准备了一份礼物，再次前往。瑞云见到他时，十分欢喜，把座位移到贺生身边，悄悄地对他说："能想办法和我共度一夜吗？"贺生说："我是一个穷酸的读书人，只有一片痴情可以献给知己。这一点儿小礼物，已经竭尽了绵薄之力。能够亲近你的芳容，我就已经心满意足了；至于肌肤之亲，我哪里敢有这样的梦想。"瑞云听了，露出不高兴的神情，两人相对而坐，再也说不出一句话来。贺生长时间坐着不出来，蔡妈妈便频频地叫瑞云，催贺生赶紧走，贺生只好回家。

回到家中，贺生心中怏怏不乐，想着倾家荡产换来一夜的欢乐，但是天一亮又得告别，这样的痛苦怎么可以忍受？他一想到这里，心中的热情便全消了。从此以后，他和瑞云也就断了往来。

瑞云挑选情郎挑了几个月，却没有挑着一个合适的。蔡妈妈很生气，就想强迫她接客，只是还没有决定。一天，有个秀才送上见面礼，和瑞云坐着说了一会儿话，便站起身来，用一只手指按在瑞云的额头上，说："可惜呀，可惜！"然后就离去了，瑞云送客人回来后，大家一看，见她的额头上有个像墨一样黑的指印，越洗越明显。过了几天，那块黑印渐渐变宽；等到一年多以后，已经蔓延到颧骨和鼻子上了。客人们一看见瑞云就要发笑，渐渐地都不再上门了。

蔡妈妈斥令收回她的妆饰，让她和丫鬟们一起干活，瑞云又天生体弱，干不了体力活，因此日显憔悴下去。贺生听说后，就去看她，只见她蓬头垢面地在厨房里干活，丑得像个鬼一样。她抬起头见是贺生，便脸冲着墙壁不让贺生看见。贺生很同情她，就和蔡妈妈商量，愿意替瑞云赎身，娶她为妻，蔡妈妈答应了。

于是，贺生卖掉田产衣服，将瑞云买回了家。瑞云进门以后，拉着贺生的衣服，擦着眼泪，不敢以妻子的身份自居，只愿意做个小妾，而将妻子的位置留给后来的人。贺生说："人生最珍重的是知己，你当初得意的时候尚且看得起我，我怎么能够因为你容颜衰减忘记你呢？"此后便不再有娶妻的念头，听说这事的人都嘲笑他，而他对瑞云的感情却更加深厚。

过了一年多，贺生偶然到苏州去，有个姓和的书生与他住在同一家旅店，忽然问道："杭州有个叫瑞云的名妓，近来怎么样了？"贺生回答说已嫁人了。和生又问道："嫁给什么人了！"贺生答道："那人和我差不多。"和生说："如果能像您这样，她可以说嫁了个好丈夫，不知道花了多少钱替她赎身？"贺生说："因为她得了一种怪病，所以就贱卖了。不然，像我这样的人，怎么可能从妓院买回漂亮的女子呢？"和生又问："那人果真和您一样吗？"贺生因为觉得他问得很怪，便反过来盘问他。和生笑着说："实不相瞒，当年我也曾一睹她的芳容，对她这样一位长着绝世姿色的女子流落在妓院感到十分婉惜，就用小法术遮住了她的光采，来保全她的美质，希望留给真正爱惜她的人来鉴赏。"贺生急忙问道："您既然能给点上黑印，也能够洗掉它吗？"和生笑了一笑，说："怎么不能？只要她的男人真心诚意地来求。"贺生站起身，行礼说道："瑞云的夫婿就是我。"和生高兴地说："天下只有真正有才德的人才能够如此多情，不因为情人的美丑改变自己的想法，让我跟您一起回去吧，我会送回给您一位佳人。"

说完，便和贺生一同回家。来到贺生家，贺生正准备摆酒设宴，和生制止他说："还是先让我施行法术吧，应该让准备酒宴的人先高兴才对嘛。"说完，便让贺生端来一盆水，用手指在盆中划了几道，说："拿这水洗脸就可以痊愈了。不过，得请她亲自出来谢谢医生才行哟。"贺生笑着捧了盆进去，站在旁边看瑞云自己洗脸，只见随手洗到之处，脸上立刻光洁，又像当年那样艳丽动人了。

夫妻二人对和生感激不已，一起出来向他表示谢意，但和生却已经不见，到处找也没有找到，想来他是个神仙吧？

[何守奇] 和生殊多事，然固天下有心人也。

[但明伦] 前之修赟而后得见者，今且面壁而不敢见之；自知面目可憎。又岂谓旧雨复来，可1、鸳梦哉！辛而知己难忘，才人念旧，虽牵衣而揽涕，卒顾影而怀惭，至不敢以伉俪自居，殆亦谓"抱衾与裯，实命不犹"矣。女之于生也又如此。

仇 大 娘

【原文】

仇仲，晋人也。值大乱，为寇俘去。二子福、禄俱幼；继室邵氏，抚双孤，遗业幸能温饱。而岁屡稔，豪强者复凌藉之，遂至食息不保。仲叔尚廉利其嫁，屡劝驾，邵氏矢志不摇。廉阴券于大姓，欲强夺之；关说已成，并无人知。里人魏名夙狡狯，与仲家积不相能，事事思中伤之。因邵寡，伪造浮言以相败辱。大姓闻之，恶其不德而止。久之，廉之阴谋与外之飞语，邵渐闻之，冤结胸怀，朝夕陨涕，四体渐以不仁，委身床榻。福甫十六岁，因缝纫无人，遂急为毕姻。妇，姜秀才屺瞻之女，颇贤能，百事赖以经纪。由此用渐裕，仍使禄从师读。

魏忌嫉之，而阳与善，频招福饮，福倚为心腹交。魏乘间告曰："尊堂病废，不能理家人生产，弟坐食一无所操作，贤夫妇何为作牛马哉！且弟买妇。将大耗金钱。为君计不如早析，则贫在弟而富在君也。"福归谋诸妇，妇咄之。奈魏日以微言相渐渍，福惑焉，直以己意告母，母怒，诟骂之。福益患，辄视金粟为他人之物而委弃之。魏乘机诱赌，仓粟渐空，妇知而未敢言。及粮绝，被母骇问，始以实告。母怒，遂析。幸姜女贤，旦夕为母执炊，奉事一如平日。福既析，愈无顾忌，大肆淫赌，数月间田屋悉偿赌债，而母与妻皆不知。福资既罄，无所为计，因券妻贷资，苦无受者。邑人赵阎罗，原系漏网大盗，武断一

乡，竟不畏福言之食，慨然假资。福持去，数日复空。意踟蹰，将背券盟。赵横目相加。福惧，赚妻付之。魏闻窃喜，急奔告姜，实将倾败仇也。姜怒，讼兴；福惧甚，亡去。

姜女至赵家，方知为婿所卖，大哭，但欲觅死。赵初慰谕之，不听；既而威逼之，愈骂；大怒，鞭挞之，终不肯服。因拔笄自刺其喉，急救，已透食管，血溢出。赵急以帛束其项，犹冀从容而挫折焉。明日拘票已至，赵行行不置意。官验女伤，命重笞之，隶相顾不敢用刑。官久知其横暴，至此益信，大怒，唤家人出，立毙之。姜遂舁女归。自姜之讼也，邵氏始知福不肖状，一号几绝，冥然大渐。禄时年十五，茕茕无主。

先是，仲有前室女大娘，嫁于远郡，性刚猛，每归宁，馈赠不满其志，辄迁怒父母，往往以愤去；数载已不往置问。邵氏垂危，魏欲使招之来而启其争。适有贸贩者与大娘同里，便托寄信大娘，且歆以家之可图。数日大娘

果与少子至。入门，见幼弟侍病母，景象凄惨，不觉恻然。因问弟福，禄实告之。大娘闻之，忿气塞吭，曰："家无成人，遂任人蹂躏至此！吾家田产，诸贼何得赚去！"因入厨下，燃火炊糜，先供母，而后呼弟及子啖之。啖已，忿出，诣邑投状，讼诸博徒。众惧，敛金赂大娘。大娘受其金而仍讼之。官令拘甲、乙等，各加杖责，田产殊置不问。大娘率子赴郡讼之。郡守最恶赌博。大娘力陈孤苦及诸恶局骗之状，情词慷慨。守为之动，判令知县追田给主；仍惩仇福以儆不肖。到县，邑令奉命敲逼，于是故产尽反。

大娘已寡，乃遣少子归，且嘱从兄务业，勿得复来。大娘从此止母家，养母教弟，内外井然。母大慰，病渐瘥，家务悉委大娘。里中豪强少见陵暴，辄握刀登门，侃侃争论，罔不屈服。居年余，田产日增。时市药饵珍肴，馈遗姜女。见禄渐长成，嘱媒谋姻。魏告人曰："仇家产业，悉属大娘，恐将来不可复返矣。"人咸信之，故无肯与论婚者。

有范公子子文，家中名园为晋第一。园中名花夹路，直通内室。或不知而误入之，公子怒，执为盗，杖几死。会清明，禄自塾中归，魏引与遨游，遂至范园。魏故与园丁相熟，放令入，周历亭榭。俄至一处，溪水汩涌，有画桥朱栏，通一漆门；遥望门内，繁花如锦，盖即公子内斋也。魏绐禄曰："君请先入，我适欲私焉。"禄信之，寻桥入户，至一院落，闻女子笑声。方停步间，一婢出，窥见之，旋踵即返。禄始骇奔。无何公子出，叱家人绾索逐之。禄大窘，自投溪中。公子反怒为笑。命仆引出。见其容裳都雅，便令易其衣履，曳入一亭，诘其姓氏。蔼颜温语，意甚亲昵。俄趋入内；旋出，笑握禄手，过桥渐达囊所。禄不解其意，逡巡不敢入。公子强曳之，见花篱内隐隐有美人窥伺。既坐，则群婢行酒。禄辞曰："童子无知，误践闺闼，得蒙赦宥，已出非望。但求释令早归，受恩匪浅。"公子不听。俄顷，肴炙纷纭。禄又起，辞以醉饱，公子捺坐，笑曰："仆有一乐拍名，若能对之，即放君行。"禄请教。公子曰："拍名'浑不似'。"禄默思良久，对曰："银成'没奈何'。"公子大喜曰："真石崇也！"禄殊不解。

盖公子有女名蕙娘，美而知书，日择良偶。夜梦一人告之曰："石崇，汝婿也。"问："何在？"曰："明日落水矣。"早告父母，共以为异。禄适符梦兆，故邀入内舍，使夫人女辈共觇之也。公子闻对而喜，乃曰："拍名乃小女所拟，屡思而无其偶，今得属对，亦有天缘。仆欲以息女奉箕帚；寒舍不乏第宅，更无烦亲迎耳。"禄惶然逊谢，且以母病不能入赘为辞。公子姑令归谋，遂遣园人负湿衣，送之以马。既归告母，母惊为不祥。于是始知魏氏险；然因凶得吉，亦置不仇，但戒子远绝而已。逾数日公子又使人致意母，母终不敢应。大娘应之，即倩双媒纳采焉。未几禄赘入公子家。年余游泮，才名籍甚。妻弟长成，敬少弛；禄怒，携妇而归，母已杖而能行。频岁赖大娘经纪，第宅完好。新妇既归，仆从如云，宛然大家矣。

魏既见绝，嫉妒益深，恨无瑕之可蹈，乃引旗下逃人诬禄寄资。国初立法最严，禄依令徙口外。范公子上下贿托，仅以蕙娘免行；田产尽没入官。幸大娘执析产书，锐身告理，新增良沃若干顷，悉挂福名，母女始得安居。禄自分不返，遂写离书付岳家，伶仃自去。

行数日至都北，饭于旅肆。有丐子怔营户外，貌绝类兄；亲往讯诘，果兄。禄因自述，兄弟悲惨。禄解复衣，分数金，嘱令归，福泣受而别。禄至关外，寄将军帐下为奴。因禄文弱，俾主文籍，与诸仆同栖止。仆辈研问家世，禄悉告之。内一人惊曰："是吾儿也！"盖仇仲初为寇家牧马，后寇投诚，卖仲旗下，时从主屯关外。向禄缕述，始知真为父子，抱头大哭，一室俱为酸辛。已而愤曰："何物逃东，遂诈吾儿！"因泣告将军。将军即令禄摄书记；函致亲王，付仲诣都。仲伺车驾出，先投冤状。亲王为之婉转，遂得昭雪，命地方官赎业归仇。仲返，父子各喜。禄细问家口，为赎身计，乃知仲入旗下，两易配而无所出，时方鳏居。禄遂治任归。

初，福别弟归，匍匐投大娘。大娘奉母坐堂上，操杖问之："汝愿受扑责，便可姑留；不然，汝田产既尽，亦无汝啖饭之所，请仍去。"福涕泣伏地，愿受答。大娘投杖曰："卖妇之人，亦不足惩。但宿案未消，再犯首官可耳。"即使人往告姜，姜女骂曰："我是仇家何人，而相告耶！"大娘频述告福而揶揄之，福惭愧不敢出气。居半年，大娘虽给奉周备，而役同厮养。福操作无怨词，托以金钱辄不苟。大娘察其无他，乃白母，求姜女复归，母意其不可复挽，大娘曰："不然。渠如肯事二主，楚毒岂肯自罢？要不能不有此忿耳。"率弟躬往负荆。岳父母诮让良切。大娘叱使长跪，然后请见姜女。请之再四，坚避不出；大娘搜捉以出。女乃指福唾骂，福惭汗无地自容。姜母始曳令起。大娘请问归期，女曰："向受姊惠綦多，今承尊命，岂复敢有异言？但恐不能保其不再卖也！且恩义已绝，更何颜与黑心无赖子共生活哉？请别营一室，妾往奉事老母，较胜披削足矣。"大娘代白其悔，为翼日之约而别。

次日，以乘舆取归，母逆于门而跪拜之。女伏地大哭。大娘劝止，置酒为欢，命福坐案侧，乃执爵而言曰："我苦争者非自利也。今弟悔过，贞妇复还，请以簿籍交纳；我以一身来，仍以一身去耳。"夫妇皆兴席改容。罗拜哀泣，大娘乃止。居无何，昭雪命下，不数日，田宅悉还故主。魏大骇，不知其故，自恨无术可以复施。适西邻有回禄之变，魏托救焚而往，暗以编菅燕禄第，风又暴作，延烧几尽；止余福居两三屋，举家依聚其中。未几禄至，相见悲喜。初，范公子得离书，持商蕙娘。蕙娘痛哭，碎而投诸地。父从其志，不复强。禄归，闻其未嫁，喜如岳所。公子知其灾，欲留之；禄不可，遂辞而退。大娘幸有藏金，出葺败堵。福负锸营筑，掘见窨镪，夜与弟共发之，石池盈丈，满中皆不动尊也。由是鸠工大作，楼舍群起，壮丽拟于世胄。禄感将军义，备千金往赎父。福请行，因遣健仆辅之以去。禄乃迎蕙娘归。未几父兄同归，一门欢腾。大娘自居母家，禁子省视，恐人议其私也。父既归，坚辞欲去。兄弟不忍。父乃析产而三之：子得二，女得一也。大娘固辞。兄弟皆泣曰："吾等非姊，乌有今日！"大娘乃安之，遣人招子，移家共居焉。或问大娘："异母兄弟，何遂关切如此？"大娘曰："知有母而不知有父者，惟禽兽如此耳，岂以人而效之？"福、禄闻之皆流涕，使工人治其第，皆与己等。

魏自计十余年，祸之而益福之，深自愧悔。又仰其富，思交欢之，因以贺仲阶进，备物而往。福欲却之；仲不忍拂，受鸡酒焉。鸡以布缕缚足，逸入灶；灶火燃布，往栖积薪，僮婢不察。俄而薪焚灾舍，一家惶骇。幸手指众多，一时扑灭，而厨中已百物俱空矣。兄弟皆谓其物不祥。后值父寿，魏复馈牵羊。却之不得，系羊庭树。夜有僮被仆殴，忿趋树下，解羊索自经死。兄弟叹曰："其福之不如其祸之也！"自是魏虽殷勤，竟不敢受其寸缕，宁厚酬之而已。后魏老，贫而作丐，仇每周以布粟而德报之。

异史氏曰："噫嘻！造物之殊不由人也！益仇之而益福之，彼机诈者无谓甚矣。顾受其爱敬，而反以得祸，不更奇哉？此可知盗泉之水，一掬亦污也。"

【译文】

仇仲是山西人，忘记他是哪个郡县的人了。有一年，正碰上大乱，他被强盗抓走了。他的两个儿子仇福、仇禄年纪都还小，继室邵氏替他抚养两个孤儿，所幸他留下的产业还能维持他们的温饱。后来，连年发生灾荒，当地豪门大户又欺凌他们，以至于到了衣食不保的境地。

仇仲的叔叔仇尚廉想让邵氏改嫁，自己好从中牟利，便屡屡劝她改嫁，但邵氏立志守志，毫不动摇。仇尚廉暗地里将她卖给一个大户人家，打算强抢她，这个阴谋已经谈妥，只是外人不知道罢了。村里有个人叫魏名，素来奸诈狡猾，和仇仲家结有仇怨，所以事事都想着要中伤他家。因为邵氏守寡，他就编造谣言，来败坏她的名誉。那大户人家嫌邵氏不守妇道便中止了和仇尚廉的约定。

久而久之，仇尚廉的阴谋和外面流言飞语，渐渐传到邵氏的耳朵里，她的胸中充满了冤气，从早到晚流泪不止，身体也渐渐地坏了，病倒在床上。仇福这年刚刚十六岁，因为没有人操持家务，就匆匆忙忙地娶了媳妇。媳妇是姜屺瞻秀才的女儿，很是贤惠能干，家里的大小事情都靠她一个人张罗。从此，家中渐渐宽裕起来，便让仇福跟着老师读书。

魏名忌恨仇家的日子渐渐好起来，便假装对仇家友善，经常邀请仇福去喝酒，仇福便把他当成心腹朋友，魏名趁机对仇福说："你的母亲卧病在床，不能治理家政；你的弟弟坐享其成，什么也不干，你们这对贤夫妇何苦做牛做马啊！况且等你弟弟娶媳妇时，又要花一大笔钱，我替你着想，不如及早分家，这样，你弟弟就会受穷，而你就可以富起来了。"仇福回到家，跟媳妇商量分家的事，被媳妇骂了一顿。无奈魏名天天给仇福灌输分家的思想，用坏话加以挑拨，仇福被迷了心窍，便径直跟母亲说了心中的想法，邵氏听了大怒，狠狠地骂了他一顿。仇福心中更加忿忿不平，就将家中的财物看作别人的东西随意挥霍。魏名趁机引诱他赌博，家中的粮食渐渐空了，媳妇知道了也不敢明言。等到粮绝的时候，邵氏很吃惊，便追问媳妇，她这才把实情告诉了婆婆。邵氏十分愤怒，却也没有办法，只好同意分家。幸好媳妇很贤惠，每天替婆婆做饭，还像从前一样侍奉她。

仇福分家以后，越发无所顾忌，大肆挥霍赌博。才几个月的时间，田产房产都被用来偿还赌债，而邵氏和媳妇都还不知道。仇福的钱花光了，再也想不出办法来了，于是打算用媳妇做抵押来借钱，只是苦于没人接受。县里有个人叫赵阎罗，原来是个漏网的大盗，在乡里横行霸道，他不怕仇福食言，慷慨借钱给他。仇福拿钱去赌，没几天又输光了。他心里惶惶不安，想背弃契约，赵阎罗对他横眉竖目，他害怕了，便把妻子骗出来交给了赵阎罗。

魏名听到这事，暗自高兴，急忙跑去告诉姜秀才，实际上他是想让仇家彻底败落。姜秀才十分愤怒，告到了官府，仇福害怕极了，便逃走了。

姜氏来到赵家，才知道自己已经被丈夫出卖了，不由大哭，只想寻死。赵阎罗开始还劝慰她，姜氏不听；接着就对她进行威逼，姜氏就破口大骂；赵阎罗于是大怒，用鞭子抽她，但姜氏始终不肯屈服。后来竟拔下头上的簪子刺自己的喉咙，众人急忙去救，已经刺透了食管，血一下子涌了出来。赵阎罗急忙用绢帛裹住她的脖子，还希望慢慢地来让姜氏屈服。

第二天，官府发来传票拘捕赵阎罗，他却显出强硬、毫不在意的样子。县官验看姜氏的伤势，发现伤得很重，就命令杖打赵阎罗。衙役们面面相觑，没有人敢对他动刑，县官早就听到赵阎罗凶横残暴，至此更加相信了。他非常震怒，叫出自己的家仆，当场就把赵阎罗给打死了，姜秀才便将女儿抬了回去。

自从姜家到衙门告状以后，邵氏才知道仇福种种不肖的勾当，放声大哭，几乎气死过去，病得昏沉沉的，而且越来越重。仇禄当时才十五岁，人单力弱，不能自主。

原先，仇仲有个前妻生的女儿，叫做仇大娘，嫁到了远处的一个郡中。她生性刚猛，每次回娘家探望，如果给她的东西不如她意，就顶撞父母，往往气呼呼地离去。因此，仇仲很不喜欢她，再加上路途遥远，好几年也没有回家来。邵氏病危之际，魏名就想把仇大娘招回来，好挑起仇家内部纷争。恰好有一个做生意的，和仇大娘家在一起，魏名就托他带信给仇大娘，并且挑拨说这时候回娘家有利可图。

过了几年，仇大娘果然带着小儿子回来了。她进了家门，只见小弟仇禄在侍候病危的母亲，景象很是惨淡，不由得一阵心酸。她便问起大弟仇福到哪里去了，仇禄就把发生的事情全都告诉了她。仇大娘听完，不由怒火溢满胸膛，说道："家里没有大人，就听凭他人欺负到如此地步！我们家的田产，凭什么让那帮恶贼骗了去！"说完，她下到厨房，生上火，煮了粥，先让邵氏吃，然后又叫来弟弟和儿子吃，吃完以后，她气呼呼地出了门，到官府投下状子，告那些赌徒。

那些赌徒很害怕，聚了一笔钱来贿赂仇大娘。仇大娘收下他们的钱，还是照样上告。县官命令拘来几个赌徒，每个人都施以杖刑，但是诈骗田产的问题却没有审问。仇大娘愤愤不平，带着儿子到郡衙告状，郡守最痛恨赌博的人。仇大娘极力陈述孤儿寡母的痛苦，以及那些恶贼设局行骗的种种罪状，说得慷慨激昂。郡守被她的言词打动了，便判令知县追回被骗去的田产，还给原主；又惩治了仇福，以警戒不肖。仇大娘回到家，县令奉命对赌徒严刑拷打，限期归还，于是仇家原来的田产都收回来了。

这时，仇大娘已经守寡很久了，便叫自己的小儿子先回去，并且嘱咐他跟着哥哥治理家业，不要再回来了。从此，仇大娘就住在娘家，供养母亲，教养兄弟，里里外外处理得井井有条。邵氏感到十分欣慰，病也渐渐好了，把家里的大小事务都交给仇大娘管理。乡里的豪门大族只要稍稍欺负仇家，她就带着刀找上门去，理直气壮地与人争论，那些人家没有不屈服的。

过了一年多，仇家的田产日渐增多。仇大娘还时不时地买一些药物和好吃的东西，送给姜氏。她见仇禄渐渐长大成人，多次嘱托媒人替他订一门亲事。魏名告诉别人说："仇家的产业全都归了仇大娘，恐怕将来也不会再分给她的兄弟了。"人们都相信他的话，所以没有人愿意跟仇禄结亲。

当地有一位叫范子文的公子，家中的名园，在山西堪称第一。花园里有一条两边栽种名贵花草、直通内室的小路，有人不知道误闯入内室，正碰上范公子举行个人宴会，被范公子愤怒地当成强盗，几乎活活打死。

一天，正碰上清明节。仇禄从私塾回家，魏名勾引他到处游玩，便来到了范家花园。魏名和园丁素来就有交情，园丁放他们进去，游遍了亭台楼榭。他们来到一处地方，只见溪水汹涌，溪上有一座两边是红色栏杆的画桥，通向一扇油漆的门；透过门遥遥望去，只见里面繁华似锦，想来就是范公子的内书房。魏名骗仇禄说："你先请进去，我正好想方便一下。"

仇禄信了他的话，沿着桥走进门里，来到了一座院落，听到里面传来女子的笑声。仇禄刚停下脚步，一个丫鬟走出来，一看见他，便转身跑回去了。仇禄这才吓得往回就跑。不一会儿，范公子出来，喝令家人拿着鞭子去追他。仇禄被追急了，自己跳到了溪里，范公子转怒为笑，命令家人们把他拉上来。范公子见仇禄的相貌衣着十分雅致，便让人替他换了衣服鞋子，拉到一个亭子里，问他姓甚名谁，态度和蔼，言语温和，看上去一副亲切的样子。

不一会儿，范公子进到院子里，很快又出来，笑着拉住仇禄的手，领着他过桥，渐渐走到刚才他来过的地方。仇禄不明白他的意思，徘徊不敢进去，范公子强行将他拉进去。只见花篱墙内隐隐约约地有美人向外窥探。两人坐了下来，就有一群丫鬟前来布置酒宴。仇禄推辞说："学生无知，误闯入贵府内宅，承蒙您能宽恕，已经出乎我的希望。只求您早点放我回去，我也就受恩不浅了。"范公子不听。

只一会儿工夫，桌上就摆好了美酒佳肴。仇禄又站起身来，推辞说已经吃饱喝醉了。公子把他按在座位上，笑着说："我有一个乐拍的名称，你如果能对上，就放你走。"仇禄便恭恭敬敬地请教。范公子说："拍名'浑不似'。"仇禄默默思考了许久，对道："银成'没奈何'。"范公子放声大笑，说道："真是石崇来了！"仇禄听了，浑然不解。

原来，范公子有个女儿，名叫蕙娘，长得很漂亮，而且知书达礼。范公子天天都在想着替她挑选一个好女婿。昨天夜里，蕙娘梦见一个人告诉他说："石崇是你的女婿。"蕙娘就问："他在哪里？"那人说："明天就落水了。"早上起来，蕙娘就把这个梦告诉了父母，大家都觉得很怪异。仇禄恰好符合梦中显示的征兆，所以范公子邀请他来到内室，让夫人和女儿们一起看看。范公子听了仇禄的对子，不由大喜，说道："这个拍名是我家小女所拟，但苦思冥想也想不出对句，今天你能对上，大概是天赐的缘分吧。我打算将小女嫁给你为妻，我家里也不缺少房子，也就不用麻烦你来迎亲了。"仇禄一听，惶恐不安，连忙谢绝，并且以母亲有病在床为由，表示不能入赘为婿。范公子便让他先回去，和家人商议商议。于是派马夫替他驮上湿衣服，又用马送他回去。

仇禄回到家中，便将这事禀告了母亲。邵氏听了很吃惊，认为不吉利。从此，邵氏才知道魏名是个险恶的人，但是毕竟因祸得福，也就不计较了，只是告诫儿子要远离他。

过了几天，范公子又派人向邵氏提起这件亲事，但邵氏始终不敢答应。最后还是仇大娘做主答应了，并且马上请了媒人到范家下了聘礼。不久，仇禄就入赘到了范公子家。又过了一年多，仇禄进入县学，才名很高。后来，他的内弟长大成人，范家对仇禄的礼数渐渐地松懈，仇禄很生气，就带着蕙娘回家了。母亲邵氏这时已经能拄着拐杖走路了。这几年多亏仇大娘料理家政，家里的房屋还很完好。新媳妇回家以后，带来了许多仆人，仇家也显出了一派大户人家的风范。

魏名自从仇禄跟他断绝关系以后，更加深了对仇家的嫉妒，只恨找不到一条缝可钻。他就勾结了一名从满人家中逃亡的家奴，诬陷仇家隐藏钱财。清朝初年关于财产的立法很严，按照法令，仇禄被判处流放到关外。范公子到处贿赂求人，仅仅让蕙娘免于跟仇禄一起充军；而仇家的田产全部被官府没收。幸亏仇大娘拿着当年分家的文书，挺身到官府据理力争，才把新增加的若干顷良田都挂在仇福的名下，邵氏母女才得以安居。

仇禄料想自己是再也回不来了，便写了离婚文书交给岳父家，一个人孤苦伶仃地走了。走了几天，来到京城以北的一个地方，在一家旅店里吃饭，他看见一个乞丐惶恐不安地站在门外，相貌极像是他的哥哥仇福，走到跟前一问，果然是哥哥。仇禄于是将家中发生的情况述说了一遍，兄弟俩都很悲伤。仇禄脱下一件夹衣，又分给他几两银子，让哥哥回家去，仇福流着眼泪接过来，告别而去。

仇禄来到关外，在一个将军的帐下为奴。将军看他是个文弱的书生，就让他做些文书的事情，和其他奴仆们住在一起。仆人们问起他的家世，仇禄一五一十地告诉了他们。其中一个忽然吃惊地说："你是我的儿子呀！"

原来，仇仲当年被强盗抓走后，替他们放马，后来强盗投诚，便将他卖到满人家中，这时他正跟随主人驻扎在关外。刚才仇禄详细地述说家世，他才知道仇禄是自己的儿子。父子二人抱头痛哭，满屋子的人都为他们感到辛酸。哭完之后，仇仲气愤地说："是哪个逃跑的狗奴才，竟然敢去诈骗我儿！"于是他就去向将军哭诉。将军马上任命仇禄代理军中的书记，又写了一封给亲王的信，交给仇仲，让他到京城上告。

仇仲来到京城，等着亲王的车驾出来，向亲王呈上了鸣冤的状子和将军的书信。亲王替他婉转求情，仇禄的冤情终于得到昭雪，并且下令地方官将没收的仇家产业赎回，归还仇家。仇仲回到将军帐下，父子二人都十分欢喜，仇禄详细问起父亲现在的家中有多少人，打算替父亲赎身，这才知道仇仲卖到将军家以后，曾经结过两次婚，但都没有孩子，这时还是孤身一人。仇禄于是收拾行装，先回家乡去了。

仇福和弟弟分手以后，回到家里，匍匐在地向母亲认错。仇大娘陪着母亲邵氏坐在堂上，拿着棍子问他道："你如果愿意挨打受罚，就姑且留下你；如果不愿意的话，你的田产已经被你输光了，这里也没有你吃饭的地方，就请你滚蛋吧。"仇福流着眼泪卧在地上，表示愿意接受杖罚。仇大娘扔掉棍子，说："连老婆都卖掉的人，打也不足以惩罚。但是原来的案子还没有销，你要再犯的话，就把你送到官府严办。"于是她派人去告诉姜家。姜氏骂道："我是仇家的什么人呀，要来告诉我！"仇大娘不断地用姜氏说的话来嘲讽仇福，仇福心中惭愧，连大气也不敢出。

就这样，仇福在家住了半年，仇大娘虽然在吃穿方面供应得挺周全，但是让他干活就像对待仆人一样。仇福埋头干活，没有怨言，有时让他办和钱财有关的事，他也能一丝不苟，没有差错。仇大娘看他已经改邪归正了，便告诉母亲，想求姜氏再回来。邵氏认为这件事已经无法挽回了，仇大娘说："不一定，她如果想改嫁的话，当初又怎么会刺破喉管，让自己受那么大的罪呢？要不是仇福如此对她，她也不会有那样的怒气啊！"说完，她就带着弟弟亲自到姜家负荆请罪。

岳父岳母一见到仇福，便狠狠地责备他。仇大娘喝令仇福挺直身子跪下，然后请姜氏出来相见。但是再三请求，姜氏硬是躲着不出来，仇大娘便到里面找着姜氏，硬把她拉出来。姜氏一出来，便指着仇福连声唾骂，仇福惭愧不已，汗流满面，无地自容，姜母这才将他拉起来。

仇大娘问姜氏什么时候可以回去，姜氏说："我一向受到大姐的许多恩惠，今天既然是您吩咐我回家，我还有什么可说的？只恐怕不能保证他将来不会再卖我啊！况且，我跟他的情义早已断绝，还有什么脸面和这样一个黑心肝的无赖一起生活呢？请大姐另外收拾一间屋子，我前往侍奉婆婆，只要比出家当尼姑强一点儿，我也就心满意足了。"仇大娘又替仇福表达了悔过之情，约好第二天来接姜氏，然后告辞而去。

第二天早上，仇大娘派轿子把姜氏接回来，邵氏跪在门口迎接，姜氏也趴在地上放声大哭。仇大娘劝住了她们，摆上酒宴庆祝仇福夫妻团聚。她叫仇福坐在桌子的侧面，然后端着酒杯说道："我这些年来苦苦争回这些家产，并不是为自己牟利。如今弟弟已经悔过，贞节的弟妹也回来了，请让我把家里的钱粮账册都交还给你们，我空手而来，仍然空手而去。"仇福都离开桌子，感动不已，跪倒在仇大娘面前哭着哀求她不要离开，仇大娘这才留了下来。

过了不久，仇禄冤案得到昭雪的文书下来了，没几天，没收的田地房屋都归还故主。魏名大为惊骇，不知道发生了什么变故，只恨没有什么法子再陷害仇家。恰好仇家西边的邻居发生火灾，魏名假装前往救火，暗中竟用草席点着了仇禄的屋子。这时正巧狂风大作，几乎将仇家的屋子烧光了，只剩下仇福住的两三间房子，于是一家人都挤在里面住着。

不久，仇禄回来，一家人相见不由得悲喜交加。当初，范公子接到仇禄写的离婚文书，拿去和蕙娘商量。蕙娘放声痛哭，将离婚文书撕碎了扔在地上。范公子尊重她的意愿，不再强迫她改嫁。仇禄回来后，听说蕙娘没有改嫁，欢喜地来到岳父家中。范公子知道仇家遭了火灾，就想留他住在家里，仇禄没有同意，便辞别回家。

虽然仇家遭了火灾，幸好仇大娘还藏有一些银子，便拿出来修砌房屋。仇福提着铁锹挖地基，突然挖到一个藏有银子的地窖。他连夜和弟弟一起将地窖打开，只见一丈见方的石池里，装满了银子。于是，仇家请来工匠，大兴土木，盖起了一座座楼房，雄伟壮丽，简直可以和世家贵族相比美。

仇禄感激将军的仁义，筹备了一千两银子去替父亲赎身。仇福要求去接父亲，于是就派了能干的仆人跟他一同前去，而仇禄就将蕙娘接了回来。不久，父亲和哥哥一同回来，全家团圆，欢天喜地。

仇大娘自从回娘家以后，禁止自己的儿子前来探望，唯恐别人议论谋私利。现在父亲回来了，她坚决要求离去。仇福、仇禄兄弟不忍她离去，仇仲便将家产分为三份，两个儿子得两份，女儿也得到一份，仇大娘坚决推辞。兄弟俩都哭着说："要没有姐姐，我们哪里会有今天啊！"仇大娘这才心安，派人叫儿子把家搬来住在一起。

有人问仇大娘："你和仇福、仇禄是异母姐弟，为什么对他们如此关切呢？"仇大娘说："只知道有母亲，不知道有父亲，天底下只有禽兽才会这样，人怎么能效仿禽兽呢？"仇福仇禄听了，都感动得流泪，派工匠替姐姐修建住宅，和他们自己住的一模一样。

　　魏名自己反思，这十几年来，越想祸害仇家，越给他家带来好运，心里不禁深深地惭愧后悔。他又仰慕仇家的富裕，便想和仇家交好。他就以祝贺仇仲进升为名，准备了礼物前往仇家拜访。仇福想拒绝他，但仇仲不忍心拂了人家的好意，便收下了他送来的鸡和酒。那鸡被布条捆住了爪子，却逃进了灶中，灶火烧着了布条，鸡跳到了堆积的柴禾上，家里的仆人丫鬟看见鸡，却没注意它身上带着火。不一会儿，柴堆烧着了，也引着了屋子，一家人惊惶失措，幸亏人手众多，一会儿就把火扑灭了，但是厨房里的东西全被烧光了，仇家兄弟都认为魏名送来的东西不吉利。

　　后来，仇仲过生日，魏名又牵来一头羊祝寿，实在推辞不掉，就把它系在院子里的一棵树上。这天夜里，有个小僮被仆人殴打，气呼呼地来到树下，解开拴羊的绳索上吊自杀了。仇家兄弟叹息说："他给我们带来的福还不如给我们带来的祸多呢。"从此，虽然魏名殷勤送礼，仇家也不敢接受他一丝一缕，宁可给他丰厚的报酬。后来魏名老了，穷得沦为乞丐，仇家还常常给他吃的、穿的，用恩德来回报他。

　　异史氏说：噫嘻！命运的不同是由不得人的啊！越是想陷害，就越给人家带来好运，魏名的阴险狡诈实在无聊极了。但是受他的敬爱，却反而得祸，不是更奇怪吗？由此可见，来自盗泉的水，哪怕一捧也是污浊的啊！

　　[何守奇]《陇西行》云："健妇持门户。亦胜一丈夫。"读仇大娘事，信然。

　　[但明伦]天下断无能害人之小人，而小人当知返矣。而凡处境者，亦惟塞翁得马失马之意，静以参观，失于人乎何尤？得于人乎何德？在我止安于义命，彼小人者，不必疾之已甚，而所谓不恶而严者，岂无道哉！

　　[王芑孙]观此篇，魏之包藏祸心，屡次设计欲害仲家，其祸之反所以福之。可见造物之不由人算·其奸险亦何用哉？

曹 操 冢

【原文】

　　许城外有河水汹涌，近崖深黯。盛夏时有人入浴，忽然若被刀斧，尸断浮出；后一人亦如之。转相惊怪。邑宰闻之，遣多人闸断上流，竭其水。见崖下有深洞，中置转轮，轮上排利刃如霜。去轮攻之，中有小碑，字皆汉篆。细视之，则曹孟德墓也。破棺散骨，所殉金宝尽取之。

　　异史氏曰："后贤诗云：'尽掘七十二疑冢，必有一冢葬君尸。'宁知竟在七十二冢之外乎？奸哉瞒也！然千余年而朽骨不保，变诈亦复何益？呜呼，瞒之智正瞒之愚也！"

【译文】

许昌城外有条大河，水势汹涌，靠近山崖的地方，河水很深而且发黑。盛夏季节，有人到河中洗澡，忽然像被刀斧砍了一样，尸体断裂，浮出水面。后来，又有一个人遭到同样的命运。一传十，十传百，大家都感到惊讶奇怪。

县令听说这件事后，派了很多人修闸截住了上流，水排干以后，只见山崖下有个深洞，洞中装了一个转轮，轮子上排着明晃晃的利刃。他们拆掉转轮，进入洞中，发现有一块小石碑，上面刻的字都是汉代的篆书，仔细一看，原来是曹操的墓。众人打破棺材，弄散了尸骨，把所陪葬的金银珠宝全都取走了。

异史氏说：后人曾经写过这样的诗句："尽掘七十二疑冢，必有一冢葬君尸。"哪里想到真正的曹操墓竟然在七十二冢之外呢？曹瞒真是奸滑呀！但是千余年来朽骨还是不保，狡诈又有什么用处呢？呜呼，曹瞒的智谋正是曹瞒的愚蠢所在啊！

龙飞相公

【原文】

安庆戴生，少薄行，无检幅。一日醉归，途中遇故表兄季生。醉后昏眊，竟忘其死，问："向在何所？"季曰："仆已异物，君忘之耶？"戴始恍然，而醉亦不惧，问："冥间何作？"答曰："近在转轮王殿下司录。"戴曰："人世祸福当必知之？"季曰："此仆职也，乌得不知？但过烦，非甚关切，不能尽记耳。三日前偶稽册，尚睹君名。"戴急问其何词，季曰："不敢相欺，尊名在黑暗狱中。"戴大惧，酒亦醒，苦求拯拔。季曰："此非仆所能效力，惟善可以已之。然君恶籍盈指，非大善不可复挽。穷秀才有何大力？即日行一善，非年余不能相准，今已晚矣。但从此砥行，则地狱或有出时。"戴闻之泣下，伏地哀恳；及仰首而季已杳矣。悒悒而归。由此洗心改行，不敢差跌。

先是，戴私其邻妇，邻人闻之而不肯发，思掩执之。而戴自改行，永与妇绝；邻人伺之不得，以为恨。一日遇于田间，阳与语，绐窥眢井，因而堕之。井深数丈，计必死。而戴中夜苏，坐井中大号，殊无知者。邻人恐其复生，过宿往听之；闻其声，急投石。戴移避洞中，不敢复作声。邻人知其不死，劚土填井，几满之。

洞中冥黑真与地狱无异。况空洞无所得食，计无生理。匍匐渐入，则三步外皆水，无所复之，还坐故处。初觉腹馁，久竟忘之。因思重泉下无善可行，惟长宣佛号而已。既见磷火浮游，荧荧满洞，因而祝之曰："闻青磷悉为冤鬼；我虽暂生，固亦难返，如可共话，亦慰寂寞。"但见诸磷渐浮水来；磷中有一人，高约人身之半。诘所自来，答云："此古煤井。主人攻煤，震动古墓，被龙飞相公决地海之水，溺死四十三人。我等皆鬼也。"问："相公何人？"曰："不知也。但相公文学士，今为城隍幕客，彼亦怜我等无辜，三五日辄一施水粥。思我辈冷水浸骨，超拔无日。君倘再履人世，祈捞残骨葬一义冢，则惠及泉下者多矣。"戴曰："如有万分之一，此更何难。但深在九地，安望重睹天日乎！"因教诸鬼使念佛，捻块代珠，记其藏数。不知时之昏晓：倦则眠，醒则坐而已。

忽见深处有笼灯，众喜曰："龙飞相公施食矣！"邀戴同往。戴虑水沮，众强曳扶以行，飘若履虚。曲折半里许，至一处，众释令自行；步益上，如升数仞之阶。阶尽，睹房廊，堂上烧明烛一支，大如臂。戴久不见火光，喜极趋上。上坐一叟，儒服儒巾。戴辍步不敢前，叟已睹见，讶问："生人何来？"戴上，伏地自陈。叟曰："我子孙也。"因令起，赐之坐。自言："戴潜，字龙飞。向因不肖孙堂，连结匪类，近墓作井，使老夫不安于夜室，故以海水没之。今其后续如何矣？"盖戴近宗凡五支，堂居长。初，邑中大姓赂堂，攻煤于其祖茔之侧。诸弟畏其强莫敢争。无何地水暴至，采煤人尽死井中。诸死者家群兴大讼，堂及大姓皆以此贫；堂子孙至无立锥。戴乃堂弟裔也。曾闻先人传其事，因告翁。翁曰："此等不肖，其后焉得昌！汝既来此，当勿废读。"因饷以酒馔，遂置卷案头，皆成、洪制艺，迫使研读。又命题课文，如师教徒。堂上烛常明，不剪亦不灭。倦时辄眠，莫辨晨夕。翁时出，则以一僮给役。历时觉有数年之久，然幸无苦。但无别书可读，惟制艺百首，首四千余遍矣。翁一日谓曰："子孽报已满，合还人世。余家邻煤洞，阴风刺骨，得志后当迁我于东原。"戴敬诺。翁乃唤集群鬼，仍送至旧坐处。群鬼罗拜再嘱。戴亦不知何计可出。

先是家中失戴，搜访既穷，母告官，系缧多人，杳无踪迹。积三四年，官离任，缉察亦弛。戴妻不安于室，遣嫁去。会里中人复治旧井，入洞见戴，抚之未

聊斋志异（图文版）

死。大骇，报诸其家。异归经日，始能言其底里。自戴入井，邻人殴杀其妻，为妻翁所讼，驳审年余，仅存皮骨而归。闻戴复生，大惧亡去。宗人议究治之，戴不许；且谓曩时实所自取，此冥中之谴，于彼何与焉。邻人察其意无他，始逡巡而归。井水既涸，戴买人入洞拾骨，俾各为具，市棺设地，葬丛冢焉。又稽宗谱名潜，字龙飞，先设品物祭诸其家。学使闻其异，又赏其文，是科以优等入闱，遂捷于乡。既归，营兆东原，迁龙飞厚葬之；春秋上墓，岁岁不衰。

异史氏曰："余乡有攻煤者，洞没于水，十余人沉溺其中。竭水求尸，两月余始得涸，而十余人并无死者。盖水大至时，共泅高处，得不溺。缒而上之，见风始绝，一昼夜乃渐苏。始知人在地下，如蛇鸟之蛰，急切未能死也。然未有至数年者。苟非至善，三年地狱中，乌复有生人哉！"

【译文】

安庆有一个姓戴的书生，年轻时行为不检，不拘小节。一天，他在别处喝醉了酒，回家的路上遇到了已经死去的表兄季生。他酒醉后两眼昏花，竟忘了他已经死了，便问道："你一向在什么地方？"季生说："我已经到了阴间，难道你忘记了吗？"戴生这才恍然大悟，但酒醉之中也不感到害怕，问道："在阴间做什么呢？"季生回答说："最近在转轮王殿下那里掌管文簿。"戴生说："那么，人世间的祸福，你一定都知道了？"季生说："这是我的职责，怎么会不知道。但是过于繁琐，不是我很关切的人，不能全部记得。三年前我偶然检查簿册，还看见你的名字。"戴生急忙问上面写了些什么，季生说："我不敢骗你，你的大名已经列在黑暗狱中了。"戴生很害怕，酒也醒了，苦苦哀求季生拯救他。季生说："这不是我替你出力就能办到的事，只有积善行德才可以改变。但是你已经恶贯满盈，没有大的善行不可能再挽回来。但是一个穷秀才能有多大的能力呢？即使每天都能做一件善事，没有一年多的时间也不能抵偿你的罪恶，现在已经太晚了。但是，如果你从现在开始身体力行地做善事，即使进了地狱，以后还有出来的一天。"

戴生听完，痛哭流涕，趴在地上向季生苦苦哀求。等他抬起头来，季生已经无影无踪了。戴生快快不乐地回了家，从此，洗心革面，痛改前非，再也不敢有什么差错了。

此前，戴生和邻居的女人有私情，邻居听说了这事并不声张，想找个机会把他当场抓住。但是自从戴生改过自新以后，就和那女人永远断绝了往来，邻居找不到机会抓他，心中很是愤恨。

一天，戴生和邻居在田间相遇，邻居假装和他说话，骗他去看一口废井，趁机把他推到井里去了，那口井有好几丈深，邻居料想戴生必死无疑，而戴生半夜里苏醒过来，坐在井中放声大哭，但是没有人听见。邻居唯恐戴生又活过来，过了一宿就去听动静，听到他的哭声，急忙往里面扔石头，戴生躲到井底的洞里，再也不敢出声，邻居知道他还没有死，便挖土填井，几乎把井填满了。

洞中漆黑一片，真是和地狱没有什么区别。洞里空荡荡的，没有吃的东西，戴生料想自己是活不长了，他匍匐着往前走，但是三步以外都是水，没法子过去，就又坐回到原处。起初他还觉得腹中饥饿，时间一久竟然也就忘了，他于是想，在这地下也没有善事可做，只有不断地念佛而已。不一会儿，只见磷火飘浮，荧光闪闪，飘得满洞都是，他于是祷告道："听说磷火都是冤鬼，我虽然暂时还活着，但是估计也回不到人间了，如果可以一起说说话，也可以安慰一下我寂寞的心。"

只见那些磷火渐渐地顺着水面漂过来，每一团磷火中都有一个人，身高只有正常人的一半。戴生便问他们从哪里来。磷火回答道："这口井是古代的煤井，当年主人挖煤时，震动了古墓，被龙飞相公引来地海的水，一下子淹死了四十三个人，我们都是鬼。"戴生问道："那龙飞相公是什么人？"磷火回答说："我们也不知道，相公是位读书人，现在是城隍的幕客，他也可怜我们无辜而死，过三五天就施舍一次粥给我们。我们天天遭受冷水泡骨的痛苦，想来也没有可能超脱苦海，您如果能再回到人间，请捞出我们的残骨，合葬在一座义冢里，就是给我们的最大恩惠了。"戴生说："万一我能够回到人间，这件事做起来没什么困难。但是我现在身处九泉之下，又怎么敢指望能够重见天日啊！"于是他就教众鬼念佛，数着煤块来代替佛珠，记下念了多少佛。这样，戴生也不知道时间的早晚，困了就睡觉，醒了就端坐在那里。

忽然，洞的深处点起了盏灯笼，众鬼欢喜地说："龙飞相公施舍吃的来啦！"便邀请戴生一同前往。戴生担心有水阻挡过不去，众鬼便强拉硬拽地往前走，戴生只觉得飘飘然好像脚没有踏在地上。曲曲折折地走了半里多路，来到一个所在，众鬼将戴生放下来，让他自己走。他们踏步向前，好像上了一个几十尺高的台阶，台阶的尽头出现了房屋和走廊，大堂上点着像人的胳膊一般粗细的蜡烛。戴生长时间看不见火光，高兴极了，急忙跑上前去。

大堂上坐着一位老者，身穿儒服，头戴儒巾。戴生停住脚步，不敢上前。老头已经看见了他，惊讶地问道："这个活人是从哪里来的？"戴生走上前去，跪在地上述说情况。老者说："原来你是我的后代呀！"于是让他起来，并赐他入座，老者自己介绍说："我叫戴潜，字龙飞。从前因为不肖子孙戴堂，勾结土匪，在墓边挖井，使得老夫在夜室里睡不安稳，所以引来海水把井淹没了。如今，他的后代怎么样了？"

原来，戴家近宗共有五支，戴堂为长房。起初，县里的大户人家贿赂戴堂，在戴家祖坟的旁边挖煤。众兄弟畏惧他的权势，谁也不敢争辩。不久，地下水突然冲来，采煤的工人全都淹死在井下。那些死者的家属，纷纷到官府告状，戴堂和那大户人家因此都被弄穷了，戴堂的子孙至今还没有立锥之地。戴生是戴堂弟弟的后代，曾经听先人说起这件事，便告诉了老者。

聊斋志异（图文版）

老者说："这样的不孝子孙，他的后人怎么可能昌盛呢？你既然来到这里，就不应当荒废了学业。"说完，老者就拿出酒菜给他吃。吃完饭，又在桌上放了一些书卷，都是成化、弘治年间的八股文章，强迫戴生研读。老者又给他出题作文，好像老师教徒弟一样。大堂上的蜡烛长明，不剪烛花也不会熄灭。戴生困倦的时候就睡觉，也分不清早晨和夜晚。老者有时出去，就派一个小僮服侍戴生。这样，过了几年的时间，所幸的是并不怎么感到痛苦，但是没有别的书可读，只有一百来篇八股文，每一篇都读了四千多遍。

一天，老者对戴生说：孩子，你罪孽的报应已经满了，应该回到人间去了，我的墓靠近煤洞，阴风刺骨，你得志以后，把我的墓迁到东原去。"戴生恭恭敬敬地答应了。老者于是将众鬼叫来，让他们仍旧把戴生送到原来坐着的地方去。众鬼围着老者行礼，老者再三叮嘱，但是戴生也不知道有什么办法可以出去。

此前，戴生失踪以后，他家里的人到处找遍了也没找着。他的母亲告到官府，县官抓了好几个嫌疑犯，但还是没有查到什么线索。过了三四年，这位县官离任，搜巡工作也就松弛下来。戴生的妻子在家中不守妇道，戴家便将她遣嫁出去。恰好乡里的人重新修治旧井，下到洞中发现了戴生，一摸，发现他还没死，不由大为惊骇，急忙到他家报信。戴生被人抬回家，过了一天，才开始叙述他在地下的经历。

自从戴生被邻居推到井里以后，邻居打死了自己的妻子，被他的岳父告到了官府。官府驳问审讯了一年多，把这人折磨得只剩下皮包骨头回去了。他听说戴生死而复活，吓得要死，就逃走了。戴氏族人商议要追究邻居的罪过，戴生不同意，并且说以前确实是咎由自取，在井下受的苦是阴间对他的惩罚，和那邻居没有什么关系。邻居看清戴生确实不再追究，这才犹犹豫豫地回了家。

井水干了以后，戴生雇人进到井洞中收拾众鬼的残骨，按照各人的样子整理好，买来棺材，找了地方，将众鬼合葬在一座坟墓里。他又检查家谱，确实有一个前辈名叫戴潜，字龙飞。于是他摆上供品，到龙飞相公的墓前拜祭。当地的学使听说了这件怪事，又欣赏戴生的文章，在科举考试中以优等生录取戴生，后来，他又通过了乡试。戴生回家以后，在东原修建坟墓，迁来龙飞相公的尸骨，给予丰厚的安葬。每年春秋两季，戴生都来上坟，年年不断。

异史氏说：我的家乡有人挖煤，洞被水淹没了，十几个人都淹在洞里。外面的人想把水淘尽寻找尸体，过了两个多月才把水抽干，发现十几个人一个也没有死掉。原来，水暴涨的时候，他们一起游到地势高的地方。没有被淹着。人们用绳子把他们拉上来，这些人见到风才昏倒，过了一昼夜才渐渐苏醒过来。由此可见，人在地下时，就像蛇、鸟冬眠一样，急切之间倒也死不掉。但是，没有听过呆了几年都不死的。如果不是心地至善的人，在三年的地狱中，怎么可能还有活人呢？

[但明伦] 愿普天下善男子、善女人，生清净心，自计我身所行，是否名在

黑狱，虽有差跌，砥行可挽；虽有修积，懈弛皆隳；慎勿至囷睹天日，而始悔无善可行，急时抱佛脚也！

珊瑚

【原文】

安生大成，重庆人。父孝廉，早卒。弟二成，幼。生娶陈氏，小字珊瑚，性娴淑。而生母沈，悍不仁，遇之虐，珊瑚无怨色。每早旦靓妆往朝。值生疾，母谓其诲淫，诟责之。珊瑚退，毁妆以进。母益怒，投颡自挝。生素孝，鞭妇，母少解。自此益憎妇。妇虽奉事惟谨，终不与一语。生知母怒，亦寄宿他所，示与妇绝。久之母终不快，触物类而骂之，意总在珊瑚。生曰："娶妻以奉姑嫜，今若此，何以妻为！"遂出珊瑚，使老妪送归母家。

方出里门，珊瑚泣曰："为女子不能作妇，归何以见双亲？不如死！"袖中出剪刀刺喉。急救之，血溢沾襟。扶归生族婶家。婶王氏，寡居无偶，遂止焉。妪归，生嘱隐其情，而心窃恐母知。过数日，探知珊瑚创渐平，登王氏门，使勿留珊瑚。王召生入；不入，但盛气逐珊瑚。无何，王乃率珊瑚出见生，便问："珊瑚何罪？"生责其不能事母。珊瑚默默不作一语，惟俯首鸣泣，泪皆赤，素衫尽染；生惨恻不能尽词而退。又数日，母已闻之，怒诣王，恶言诮让。王傲不相下，反述其恶，且曰："妇已出，尚属安家何人？我自留陈氏女，非留安氏妇也，何烦强与他家事！"母怒甚而

珊瑚
算灯课绩志
酸辛梦怨相
忠孝抬真诚
眉于田既注
子只将言来
林义棻

穷于词，又见王意气汹汹，惭沮大哭而返。珊瑚意不自安，思他适。先是生有母姨于媪，即沈姊也。年六十余，子死，止一幼孙及寡媳；又尝善视珊瑚。遂辞王，往投媪。媪诘得故，极道妹子昏暴，即欲送之还。珊瑚力言其不可，兼嘱勿

言，乃与于媪居，如姑妇焉。珊瑚有两兄，闻而怜之，欲移归另嫁。珊瑚执不肯，惟从于媪纺绩以自度。

生自出妇，母多方为生谋婚，而悍声流播，远近无与为偶。积三四年，二成渐长，遂先为毕姻。二成妻臧姑，骄悍戾沓，尤倍于母。母或怒以色，则臧姑怒以声。二成又懦，不敢为左右袒。于是母威顿减，莫敢撄，反望色笑而承迎之，犹不能得臧姑欢。臧姑役母若婢；生不敢言，惟身代母操作，涤器洒扫之事皆与焉。母子恒于无人处，相对饮泣。无何，母以郁抑成病，委顿在床，便溺转侧皆须生；生昼夜不得寐，两目尽赤。呼弟代役，甫入门，臧姑辄唤去。

生于是奔告于媪，冀媪临存。入门泣且诉；诉未毕，珊瑚自帏中出。生大惭，禁声欲出。珊瑚以两手叉扉。生窘极，自肘下冲出而归，亦不敢以告母。无何于媪至，母喜止之。从此媪家无日不有人来，来必以甘旨饷媪。媪寄语寡媳："此处不饿，后无复尔。"而家中馈遗卒无少间。媪不肯少尝食，缄留以待病者。母病亦渐瘥。媪幼孙又以母命将佳饵来问病。沈叹曰："贤哉妇乎！姊何修者！"媪曰："妹以去妇何如人？"曰："嘻！诚不至夫臧氏之甚也！然乌如甥妇贤。"媪曰："妇在，汝不知劳；汝怒，妇不知怨，恶乎弗如？"沈乃泣下，且告之悔，曰："珊瑚嫁也未者？"答云："不知，请访之。"又数日病愈，媪欲别。沈泣曰："恐姊去，我仍死耳！"媪乃与生谋，析二成居。二成告臧姑。臧姑不乐，语侵兄，兼及媪。生愿以良田悉归二成，臧姑乃喜。立析产书已，媪始去。

明日以车来迎沈。沈至其家，先求见甥妇，极道甥妇德。媪曰："小女子百善，何遂无一疵？余固能容之。子即有妇如吾妇，恐亦不能享也。"沈曰："冤哉！谓我木石鹿豕耶！具有口鼻，岂有触香臭而不知者？"媪曰："被出如珊瑚，不知念子作何语？"曰："骂之耳。"媪曰："诚反躬无可骂，亦恶乎而骂之？"曰："瑕疵人所时有，惟其不能贤，是以知其骂也。"媪曰："当怨者不怨，则德焉者可知；当去者不去，则抚焉者可知。向之所馈遗而奉事者，固非予妇也，尔妇也。"沈惊曰："如何？"曰："珊瑚寄此久矣。向之所供，皆渠夜绩之所贻也。"沈闻之，泣数行下，曰："我何以见我妇矣！"媪乃呼珊瑚。珊瑚含涕而出，伏地下。母惭痛自挞，媪力劝始止，遂为姑媳如初。

十余日偕归，家中薄田数亩，不足自给，惟恃生以笔耕，妇以针黹。二成称饶足，然兄不之求，弟亦不之顾也。臧姑以嫂之出也鄙之；嫂亦恶其悍，置不齿。兄弟各院居。臧姑时有凌虐，一家尽掩其耳。臧姑无所用虐，虐夫及婢。婢一日自经死。婢父讼臧姑，二成代妇质理，大受扑责，仍坐拘臧姑。生上下为之营脱，卒不免。臧姑械十指，肉尽脱。官贪暴，索望良奢。二成质田贷资，如数纳入，姑释归。而债家责负日亟，不得已，悉以良田鬻于村中任翁。翁以田半属大成所让，要生署券。生往，翁忽自言："我安孝廉也。任某何人，敢市吾业！"又顾生曰："冥中感汝夫妻孝，故使我暂归一面。"生出涕曰："父有灵，急救吾弟！"曰："逆子悍妇不足惜也！归家速办金，赎吾血产。"生曰："母子仅自存活，安得多金？"曰："紫薇树下有藏金，可以取用。"欲再问之，翁已不语；少时而醒，茫不自知。

生归告母，亦未深信。臧姑已率人往发窖，坎地四五尺，止见砖石，并无金，失意而去。生闻其掘藏，戒母及妻勿往视。后知其无所获，母窃往窥之，见砖石杂土中，遂返。珊瑚继至，则见土内悉白镪；呼生往验之，果然。生以先人所遗，不忍私，召二成均分之。数适得揭取之二，各囊归。二成与臧姑共验之，启囊则瓦砾满中，大骇。疑二成为兄所愚，使二成往窥兄，兄方陈金几上，与母相庆。因实告兄，兄亦骇，而心甚怜之，举金而并赐之。二成乃喜，往酬债讫，甚德兄。臧姑曰："即此益知兄诈。若非自愧于心，谁肯以瓜分者复让人乎？"二成疑信半之。次日债主遣仆来，言所偿皆伪金，将执以首官。夫妻皆失色。臧姑曰："何如！我固谓兄贤不至于此，是将以杀汝也！"二成惧，往哀债主，主怒不释。二成乃券田于主，听其自售，始得原金而归。细视之，见断金二锭，仅裹真金一韭叶许，中尽铜耳。臧姑因与二成谋：留其断者，余仍返诸兄以觇之。且教之言曰："屡承让德，实所不忍。薄留二锭，以见推施之义。所存物产，尚与兄等。余无庸多田也，业已弃之，赎否在兄。"生不知其意，固让之。二成辞甚决，生乃受。称之少五两，命珊瑚质奁妆以满其数，携付债主。主疑似旧金，以剪刀夹验之，纹色俱足，无少差谬，遂收金，与生易券。

二成还金后，意其必有参差；既闻旧业已赎，大奇之。臧姑疑发掘时，兄先隐其真金，忿诣兄所，责数诟厉。生乃悟反金之故。珊瑚逆而笑曰："产固在耳，何怒为？"使生出券付之。二成一夜梦父责之曰："汝不孝不弟，冥限已迫，寸土皆非己有，占赖将以奚为！"醒告臧姑，欲以田归兄。臧姑嗤其愚。是时二成有两男，长七岁，次三岁。未几长男病痘死。臧姑始惧，使二成退券于兄，言之再三，生不受。无何次男又死。臧姑益惧，自以券置嫂所。春将尽，田芜秽不耕，生不得已种治之。

臧姑自此改行，定省如孝子，敬嫂亦至。半年母病卒。臧姑哭之恸，至勺饮不入口。向人曰："姑早死，使我不得事，是天不许我自赎也！"育十胎皆不存，遂以兄子为子。夫妻皆寿终。生养二子皆举进士。人以为孝友之报云。

异史氏曰："不遭跋扈之恶，不知靖献之忠，家与国有同情哉。逆妇化而母死，盖一堂孝顺，无德以蒇之也。臧姑自克，谓天不许其自赎，非悟道者何能为此言乎？然应迫死，而以寿终，天固已恕之矣。生于忧患，有以矣夫！"

【译文】

有个书生名叫安大成，是重庆人。他的父亲是个举人，早已去世，弟弟安二成，年纪还小。大成娶妻陈氏，小名叫珊瑚，生性娴淑。但是大成的母亲沈氏，凶悍荒谬，为母不仁，对珊瑚百般虐待。但珊瑚丝毫没有怨言，每天早上起来，都打扮得整整齐齐向婆婆请安。

一次，大成生病，沈氏就说是儿媳妇整天盛妆打扮勾引丈夫所至，对她辱骂斥责。珊瑚回到自己屋里，卸下妆饰后又去见婆婆。沈氏更加发怒，撞自己的脑袋，抽自己的嘴巴。大成素来孝顺，用鞭子抽打媳妇，沈氏这才稍稍缓解下来。从此以后，她更加憎恨媳妇。虽然珊瑚小心谨慎地侍候她，但她始终不和珊瑚说一句话。大成知道母亲发怒，也就搬出来住到别的房间，表示与妻子断绝关系。过了很久，沈氏始终不高兴，动不动就指桑骂槐地责骂珊瑚。大成说："娶媳妇回家是为了侍候公婆，弄到今天这个地步，还要媳妇干什么！"便休了珊瑚，派一个老妇人送她回家。

出了门不久，珊瑚哭泣着说："作为一个女子，不能当好媳妇，有什么脸面回家见我的爹娘？不如死了算了！"她从袖子里取出剪刀刺向自己的咽喉。老妇急忙来救，鲜血已经染红了衣襟，便扶着她来到大成的一个婶娘家。婶娘姓王，早就成了寡妇，一个人生活，就将珊瑚留下了。

老妇人回到安家，大成嘱咐她隐瞒实情，但心里暗自害怕母亲知道这件事。过了几天，他探听得知珊瑚的伤口已经渐渐好了，便来到王氏家中，让她不要留下珊瑚。王氏让大成进门，大成不肯进去，只是气冲冲地要赶珊瑚走。过了不久，王氏领着珊瑚出来见大成，便问道："珊瑚有什么罪？"大成指责她不能侍候母亲。珊瑚默默地不说一句话，只是低着头"呜呜"地哭泣，流出来的眼泪都是红色的，把白色的衣衫都给染红了。大成看到这副情景，心中也很凄惨，话还没有说完就走了。

又过了几天，沈氏听说珊瑚在王家，便怒气冲冲地来到王家，恶语相向，讥讽王氏。王氏生性傲然，也不肯让步，反过来数落沈氏的恶行，并且说："儿媳妇已经被你赶出了门，她还是你们安家的什么人？我留的是陈家的女儿，并没有留你安家的媳妇，何必麻烦来多管别人家的闲事！"沈氏气极了却又理屈辞穷，又见王氏一副气势汹汹的样子，又是羞惭，又是沮丧，大哭着回家去了。珊瑚心中感到很不安，就想搬到别的地方去住。

原来，大成有个姨娘于老太太，也就是沈氏的姐姐，六十多岁的年纪，儿子死了，只有一个年幼的孙子和守寡的儿媳，她平时就对珊瑚很好。珊瑚就向王氏告辞，前去投靠于老太太。于老太太问明了情况，直埋怨妹妹太糊涂凶暴，就想马上送珊瑚回安家去。珊瑚竭力劝阻于老太太不要这么做，并且叮嘱她不要声张。于是，珊瑚就和于老太太住在一起，像媳妇和婆婆的关系一样。

珊瑚有两个哥哥，听说这事后很同情妹妹，就想把她接回去重新嫁人。珊瑚坚决不肯同意，还是跟着于老太太纺纱织布度日。大成自从休了妻子以后，沈氏想方设法为他张罗婚事，但是沈氏凶悍的声名到处传扬，远近没有人家敢和她家结亲。过了三四年，二成渐渐长大了，沈氏就先为他娶了亲。

二成的妻子名叫臧姑，十分地骄横凶悍，浑不讲理，比沈氏还要加倍厉害。沈氏如果气得给她脸色看，臧姑就凶狠地骂出声来。二成又很懦弱，不敢袒护母亲，于是沈氏的威风大减，不敢再顶撞臧姑，反而看她的脸色行事，用笑脸奉承讨好她，但这样还是不能讨得她的欢心。臧姑让沈氏干活就像对待丫头一样，大成也不敢说话，只是代替母亲做事，诸如洗碗、扫地之类的事情什么都干，母子二人常常在没人的地方，面对面地哭泣。

不久，沈氏因为心中郁闷生了病，躺倒在床上，动弹不得，大便小便翻身都要大成服侍，弄得大成昼夜不得睡觉，两只眼睛都熬红了。大成叫弟弟替换一下自己，二成才进母亲的门，臧姑就把他叫走了。大成于是跑到于老太太家，希望她能够去照顾他母亲。他一进门，就一边哭一边诉说。苦还没诉完，珊瑚就从帏帐后面走出来。大成一见，大感羞惭，立刻闭上嘴就想出门。珊瑚用两手叉住门，大成窘极了，从珊瑚的胳膊下钻过去，跑回家里，也不敢告诉母亲这件事。

不久，于老太太来了，沈氏高兴地留她住下。从此，于老太太家每天都有人来，每次来都带了许多好吃的东西。于老太太便让人带话给守寡的儿媳说："这里饿不着我，以后不要再送了。"但是她家里还是不间断地送来吃的。于老太太自己一点儿也不吃，全都留下来给生病的沈氏吃，沈氏的病也渐渐地好转。于老太太的小孙子又奉他妈妈的命令前来探望沈氏的病情。沈氏感叹地说："多贤惠的儿媳妇啊！姐姐是怎么修来的呀！"于老太太说："妹妹觉得被你赶走的儿媳妇为人怎么样呀？"沈氏说："唁！确实不像二媳妇那么坏！但又怎么比得上外甥媳妇的贤惠呢？"于老太太说："媳妇在的时候，你不知道什么叫辛劳；你发火的时候，媳妇不会埋怨，这么好的媳妇，怎么能说不如人呢？"沈氏于是流下了眼泪，并且告诉姐姐自己已经后悔了，并且问："珊瑚嫁人了没有？"于老太太回答说："不知道，我去打听打听。"

又过了几天，沈氏的病已经全好了，于老太太打算告别。沈氏哭着说："只怕姐姐走了，我还是免不了一死。"于老太太便和大成商量，跟二成分开来过。二成把分家的事告诉臧姑，臧姑不乐意，对大成说了些不干不净的话，而且捎带骂了于老太太。大成愿意把家中的良田全部给二成，臧姑这才高兴地同意了。等到分家的文书办妥以后，于老太太才回了家。

第二天，于老太太派车来接沈氏，沈氏来到她家，先要求见外甥媳妇，并且极口称赞外甥媳妇的贤惠。于老太太说："小女人纵然百样都好，难道就没有一点儿小毛病吗？我当然能够容忍，不过，如果有像我儿媳妇这样的媳妇，恐怕你也享不到这个福。"沈氏说："唉呀，太冤枉了！你把我说成是木头石头野鹿山猪呀！我也有口有鼻，难道说我分不出香和臭吗？"于老太太说："被你赶出家门的珊瑚，不知道现在想起你时会说些什么？"沈氏说："肯定是骂我呗。"于老太太说："你好好反思自己，要是没有可骂的，她为什么要骂你呢？"沈氏说："缺点是人人都会有的，只是因为她不贤惠，所以知道她会骂我。"于老太太说："该怨恨的不怨恨，那么她的德行就可想而知了；该离开时却不离开，那么她对人的抚慰也就可想而知了。前一段时间给你送吃的来孝敬你的，并不是我的儿媳妇，而是你的儿媳妇珊瑚呀！"沈氏吃惊地问道："这是怎么回事？"于老太太回答道："珊瑚寄居在这里已经很久了。那些给你吃的东西，都是她用夜里纺织挣来的钱买的。"

沈氏听完，眼泪像断了线的珍珠"哗哗"往下淌，说："我还有什么脸面见我的媳妇啊！"于老太太于是招呼珊瑚。珊瑚眼中含泪走了出来，拜伏在地下。沈氏羞愧无比，狠狠地抽打自己，于老太太竭力阻止，她才停住手，于是婆媳二人和好如初。

过了十几天，婆媳二人一起回家。家中只有几亩薄田，不足以维持生活，只有靠大成替人家抄抄写写，珊瑚做些针线活来贴补家用。二成家虽然很富裕，但大成不去求他，二成也不照顾哥哥。臧姑因为嫂子曾经被休而看不起她，珊瑚也厌恶她的凶悍，也不屑理睬她，兄弟二人隔着院墙居住。臧姑不时地泼口大骂，而大成一家都捂着耳朵，并不理会。臧姑无处施展她的淫威，就虐待她的丈夫和丫鬟。

一天，丫鬟受不了折磨上吊自杀了。丫鬟的父亲就到衙门告臧姑的状，二成代替媳妇去过堂，挨了不少打，但衙门还是将臧姑拘捕到堂。大成为他们上下打点，希望能解脱罪名，但最终还是不能免除。臧姑受到夹手指的酷刑，十根指头上的肉都脱落了。县官非常贪婪残暴，想勒索大笔钱财。二成只好把田产抵押出去换来钱，如数交给县官，县官这才将他们放回家。

但是，债主一天比一天急迫地逼二成还债，二成迫不得已，便想把良田全部卖给村里的任老头。但是任老头认为这些田的一半是大成让给二成的，就要大成签署文书。

大成到了任家，忽然，任老头着急地自言自语道："我是安举人，任老头是什么人，竟然敢买我的产业！"又看着大成说："地府感念你们夫妻孝顺，所以让我暂时回来见你们一面。"大成流着眼泪说："父亲地下有灵，赶紧救我弟弟！"回答道："这两个不孝子、泼妇，死了也不值得可惜！你回家赶快筹集钱，把我的血汗产业赎回来。"大成说："我们母子仅仅能够维持生计，哪里有那么多的钱呢？"回答道："紫薇树下里埋藏有银子，可以取出来用。"大成还想再问，任老头已经不说话了，过了一会儿，他醒了过来，却茫然不知刚才说了些什么。

大成回到家里，把这件事告诉母亲，沈氏也不是很相信。臧姑听说后，已经领着人去挖银窖了，往地下挖了四五尺，只看见砖块石头，并没有安举人说的银子，便很失望地走了。大成听说臧姑已经挖银子去了，便告诫母亲和妻子不要去看。后来知道他们一无所获，沈氏就偷偷地去看，只见一些砖块石头夹杂在泥土中，就回去了。珊瑚接着来到树下，却看见土里面都是白花花的银，就叫大成一起去查验，果然真是银子。

大成认为这是父亲的遗产，不忍心一个人独吞。便叫来二成和他平分。银子的数量正好可以分成平均的两份，兄弟二人各自用口袋装回去了。二成和臧姑一同查验银子，打开口袋一看，却见里面都是瓦块石头，不由大为惊骇。臧姑怀疑二成被他哥哥骗了，便让二成去窥视哥哥那边的动静。二成去一看，哥哥正把银子放在桌上，和母亲一起庆祝呢。二成便把自己的情况照实跟哥哥说了，大成也很吃惊，而且心里很同情弟弟，便把自己的银子都给了弟弟。二成这才欢天喜地地回家，把欠债主的钱都还清了，心里很感激哥哥。臧姑说："从这件事上更可以知道你哥哥的狡诈，如果不是自己心里有愧，谁会愿意把自己到手的那一份再让给别人呢？"二成听了，半信半疑。

第二天，债主派仆人到二成家，说二成还的银子全是假的，要把二成抓到官府去告状，二成夫妻听了，都大惊失色。臧姑说："怎么样啊！我本来就说你哥哥不至于对你习那么好吧，他是想害死你呀！"二成害怕了，就去哀求债主，但是债主很生气，不肯罢手。二成于是把田契交给债主，听任他把土地卖掉，这样才把原来交的银子拿了回来。

二成回到家，仔细察看了那些银子，其中有两锭已经剪断的银子，外面只裹了一层像韭菜叶那么薄的银，里面都是铜。臧姑于是和二成商量，把已经剪断的银子留下，其余的全还给大成，看他有什么动静。她还教二成应该这么说："好几次承蒙哥哥仁德，把银子给我，做兄弟的实在不忍心。我只留下其中的两锭，以显示哥哥推恩施德的情义。现在我所剩下的物产，还和哥哥相等，我也不再要那多余的田了，反正已经交给了债主，赎不赎在哥哥你。"大成不明白他的用意，坚决地要让给他。但是二成坚决不肯接受，大成只好收下了。

大成一称银子，发现少了五两多，就让珊瑚拿首饰出去当了，凑够了原来的数字，然后拿去交给债主，债主怀疑还是原来的假银子，用剪刀夹断了银子一验，发现成色很好，一点儿也不差，便收下了银子，把田契还给了大成。

二成把银子还给哥哥以后，心想哥哥肯定会遇到麻烦，等他听说哥哥已经把田产都赎回来了，不由大感奇怪。臧姑怀疑上次挖银窖时，大成已经先把真银子藏起来，便气愤地来到大成家，对他们夫妻厉声责骂。大成这才明白二成为什么要把银子还给他了。珊瑚迎上前笑着说："田产都已经赎回来了，田契就在这里，有什么好发火的呢？"说着，就让大成拿出田契交给臧姑。

一天夜里，二成梦见父亲斥责他说："你不孝顺父母，不友爱兄嫂，死期已经临近了，到时候连一寸土地也不是你的，你强行耍赖抢了去又有什么用！"二成惊醒，便告诉了臧姑，打算把田契还给哥哥。臧姑讥笑他太愚蠢。这时，二成有两个儿子，大的七岁，小的三岁。不久，大孩子出水痘死了。臧姑这才害怕起来，让二成把田契还给哥哥，但是说了好几次，大成也不肯接受。又过了不久，二儿子又死了，臧姑更加恐惧，自己上门把田契放到嫂子的屋子里。眼看春天就过去，田都荒芜了没有耕种。大成没办法，只好接过来耕种。

从此以后，臧姑改变了往日的行为。每天早晚都给婆婆请安，像一个孝顺的儿媳妇，对嫂子珊瑚也尊敬有加。过了不到半年，沈氏就病死了。臧姑哭得非常伤心，甚至连一口食物都不吃，她对别人说："婆婆这么早就死了，让我不能尽孝，这是上天不给我赎罪的机会呀！"臧姑后来生了十胎，都没能养大成人，只好过继了大成的一个儿子做儿子，夫妻俩都长寿而终。大成夫妇有三个儿子，其中两个中了进士，人们都说这是他们孝顺母亲、友爱兄弟的善报。

异史氏说：不遭到飞扬跋扈的恶臣的欺凌，就不知道守诚尽责的忠臣的忠心，一个小的家庭和国家一样，也有相同的情况。凶悍的媳妇变好了而婆婆却死了，这是因为全家人都很孝顺她，但是她没有应有的德行来承受啊！臧姑自我谴责，说上天不让她自己赎罪，不是悟出道理的人怎么可能说出这样的话呢？但是，她本来应该早死，却能够长寿而终，说明上天已经原谅了她。古人说：生于忧患，确实如此啊！

[何守奇] 前序沈之悍，大成之孝，珊瑚之贤，王诘沈，于责沈，色色精工；后序二成之懦，臧姑之虐，并皆佳妙。

[但明伦] 非沈之缪，不足见珊瑚之贤；非珊瑚之贤，不足见安生之孝。

[王艺孙] 观此篇，善恶之报固不爽也，人之孝友岂可不自尽哉！

五 通

【原文】

南有五通，犹北之有狐也。然北方狐祟，尚可驱遣；而江浙五通，则民家美妇辄被淫占，父母兄弟皆莫敢息，为害尤烈。

有赵弘者，吴之典商也，妻阎氏颇风格。一夜有丈夫岸然自外入，按剑四顾，婢媪尽奔。阎欲出，丈夫横阻之，曰："勿相畏，我五通神四郎也。我爱汝，不为汝祸。"因抱腰举之，如举婴儿，置床上，裙带自开，遂狎之。而伟岸甚不可堪，迷惘中呻楚欲绝。四郎亦怜惜，不尽其器。既而下床，曰："我五日当复来。"乃去。弘于门外设典肆，是夜婢奔告之。弘知其五通，不敢问。质明视之，妻惫不起，心甚羞恨，戒家人勿播。妇三四日始就平复，惧其复至。婢媪不敢宿内室，悉避外舍；惟妇对烛含愁以伺之。无何，四郎偕两人入，皆少年蕴藉。有僮列肴酒，与妇共饮。妇羞缩低头，强之饮亦不饮；心惕惕然，恐更番为淫，则命合尽矣。三人互相劝酬，或呼大兄。或呼三弟。饮至中夜，上座二客并起，曰："今日四郎以美人见招，会当邀二郎、五郎酿酒为贺。"遂辞而去。四郎挽妇入帏，妇哀免；四郎强合之，鲜血流离，昏不知人，四郎始去。妇奄卧床榻，不胜羞愤，思欲自尽，而投缳则带自绝，屡试皆然，苦不得死。幸四郎不常至，约妇痊可始一来。积两三月，一家俱不聊生。

有会稽万生者，赵之表弟，刚猛善射。一日过赵，时已暮，赵以客舍为家人所集，遂宿赵内院。万久不寐，闻庭中有人行声，伏窗窥之，见一男子入妇室。疑之，捉刀而潜视之，见男子与阎氏并肩坐，肴陈几上矣。忿火中腾，奔而入。男子惊起，急觅剑；刀已中颅，颅裂而踣。视之则一小马，大如驴。愕问妇；妇具道之，且曰："诸神将至，为之奈何！"万摇手，禁勿声。灭烛取弓矢，伏暗中。未几有四五人自空飞堕，万急发一矢，首者殪。三人吼怒，拔剑搜射者。万握刀倚扉后，寂不动。一人入，剁颈亦殪。仍倚扉后，久之无声，乃出，叩关告赵。赵大惊，共烛之，一马两豕死室中。举家相庆。犹恐二物复仇，留万于家，刳豕烹马而供之，味美异于常馔。万生之名，由是大噪。

居月余，其怪竟绝，乃辞欲去。有木商某苦要之。先是，某有女未嫁，忽五通昼降，是二十余美丈夫，言将聘作妇，委金百两，约吉期而去。计期已迫，合家惶惧。闻万生名，坚请过诸其家。恐万有难词，隐不以告。盛筵既罢，妆女出拜客，年十六七，是好女子。万错愕不解其故，离席伛偻，某捺坐而实告之。万生平意气自豪，遂亦不辞。至日某乃悬彩于门，使万坐室中。日昃不至，疑新郎已在诛数。未几见檐间忽如鸟坠，则一少年盛服入，见万，返身而奔。万追出，但见黑气欲飞，以刀跃挥之，断其一足，大嗥而去。俯视，则巨爪大如手，不知何物；寻其血迹，入于江中。某大喜，闻万无偶，是夕即以所备床寝，使与女合卺焉。

于是素患五通者，皆拜请一宿其家。居年余，始携妻而去。从此吴中止有一通，不敢公然为害矣。

异史氏曰："五通、青蛙，惑俗已久，遂至任其淫乱，无人敢私议一语。万生真天下之快人也！"

金生，字王孙，苏州人。设帐于淮，馆缙绅园。园中屋宇无多，花木丛杂。夜既深，僮仆尽散，辄吊孤影。

一夜三漏将残，忽有人以指弹扉。急问之，对以"乞火"，声类馆僮。启户则二八佳丽，一婢从之。生意妖魅，穷诘甚悉。女曰："妾以君风雅之士，枯寂可怜，不畏多露，相与遣此良宵。恐言其故，妾不敢来，君亦不敢纳也。"生又以为邻之奔女，惧丧行检，敬谢之。女横波一顾，生觉神魂都迷，忽颠倒不能自主。婢已知之，便云："霞姑，我且去。"女颔之。既而呵之曰："去则去耳，甚得云耶、霞耶！"婢既去，女笑曰："适室中无人，遂偕婢从来。无知如此，遂以小字令君闻矣。"生曰："卿深细如此，故仆惧有祸机。"女曰："久当自知，保不败君行止，勿忧也。"上榻缓其装束，见臂上腕钏，以条金贯火齐，衔明珠二粒；烛既灭，光照一室。生益骇，终莫测其所自至。事甫毕，婢来叩窗；女起，以钏照径，入丛树而去。自此无夕不至。生于女去时遥尾之，女似已觉，遽蔽其光，树浓茂，昏不见掌而返。

一日生诣河北，笠带断绝，风吹欲落，辄于马上以手自按。至河，坐扁舟上，飘风堕笠，随波竟去。意颇自失。既渡，见大风飘笠，团转空际；渐落，以手承之，则带已续矣。异之。归斋向女缅述；女不言，但微笑之。生疑女所为，曰："卿果神人，当相明告，以祛烦惑。"女曰："岑寂之中，得此痴情人为君破闷，妾自谓不恶。纵令妾能为此，亦相爱耳。苦致诘难，欲相绝耶？"生不敢复言。

先是生有甥女，既嫁，为五通所惑，心忧之而未以告人。缘与女狎昵既久，肺膈无不倾吐。女曰："此等物事，家君能驱除之。顾何敢以情人之私告诸严君？"生苦哀求计。女沉思曰："此亦易除，但须亲往。若辈皆我奴隶，若令一指得着肌肤，则此耻西江不能濯也。"生哀求不已，女曰："当即图之。"次夕至，告曰："妾为君遣婢南下矣。婢子弱，恐不能便诛却耳。"次夜方寝，婢来叩户，生急起内入，女问："何如？"答曰："力不能擒，已宫之矣。"笑问其状，曰："初以为郎家也；既到始知其非。比至婿家，灯火已张，入见娘子坐灯下，隐几若寐，我敛魂覆瓴中。少时物至，入室急退，曰：'何得寓生人！'审视无他，乃复入。我阳若迷。彼启衾入，又惊曰：'何得有兵气！'本不欲以秽物污指，奈恐缓而生变，遂急捉而阉之。物惊嗥遁去。乃起启瓴，娘子若醒，而婢子行矣。"生喜谢之，女与俱去。

后半月余，女不复至，亦已绝望。岁暮解馆欲归，女复至。生喜逆之，曰："卿久见弃，念必有获罪处；幸不终绝耶？"女曰："终岁之好，分手未有一言，终属缺事。闻君卷帐，故窃来一告别耳。"生请偕归，女叹曰："难言之矣！今将别，情不忍昧。妾实金龙大王之女，缘与君有夙分，故来相就。不合遣婢江南，致江湖流传，言妾为君阉割五通。家君闻之，以为大辱，忿欲赐死。幸婢以身自任，怒乃稍解，杖婢以百数。妾一跬步，必使保姆从之。投隙一至，不能尽此衷曲，奈何！"言已欲别，生挽之而泣。女曰："君勿尔，后三十年可复相聚。"生曰："仆年三十矣；又三十年，皤然一老，何颜复见？"女曰："不然，龙宫无白叟也。且人生寿夭，不在容貌，如徒求驻颜，固亦大易。"乃书一方于卷头而去。

生旋里，甥女始言其异，云："当晚若梦，觉一人捉塞盎中；既醒，则血殷床褥，而怪绝矣。"生曰："我曩祷河伯耳。"群疑始解。

后生六十余，貌犹类三十许人。一日渡河，遥见上流浮莲叶大如席，一丽人坐其上，近视则神女也。生跃从之，人随荷叶俱小，渐渐如钱而灭。此事与赵弘一则，俱明季事，不知孰前孰后。若在万生用武之后，则吴下仅遗半通，宜其不足为害也。

【译文】

南方有所谓的五通神，就像北方有狐狸一样。但是北方的狐狸作祟，人们还可以千方百计地驱逐它；至于江浙一带的五通，百姓家有漂亮的女子，常常会被它奸淫，而她们的父亲兄弟，都不敢声张，因此五通对人的祸害尤其厉害。

有一个叫赵弘的商人，在吴地从事典当业。他的妻子叫阎氏，很有些风韵。一天夜里，有个男人从外面傲然地走进来，一手握着佩剑，四下察看，丫鬟和老妈子都吓得跑掉了。阎氏也想出去，那男人拦住了她的去路，说："你不要害怕，我是五通神四郎。我喜欢你，不会害你的。"说完，像举起婴儿一样，将阎氏抱起来，放到床上，阎氏的衣服裙带就自己脱开了，那男人便奸淫了她。他的阳具很粗大，令阎氏难以承受，昏迷之中呻吟得要死。那男人倒也怜惜她，并不十分尽兴。过了一会儿，他下床说："我五天后还会再来。"说完，就走了。

赵弘在门外开了家典当铺，这天夜里，丫鬟跑去告诉他这事，他知道是五通神，也不敢过问。天亮以后，赵弘去看妻子，见她疲惫不堪地躺在床上起不来，他心里感到十分羞耻，告诫家里人不要对外传播此事。阎氏过了三四天，身体才恢复过来，但是十分害怕四郎还会再来。丫鬟、老妈子都吓得不敢住在内室，躲到外面的屋子去了，只剩下阎氏一个人对着蜡烛，眼中带着忧愁，静候其变。

不一会儿，四郎带着两个人走了进来，那两人都是年轻英俊的男子。童仆摆上酒菜，他们便和阎氏一起喝酒。阎氏羞愧得缩着身子低着头，他们强迫她喝也不肯喝，她的心里惶恐不安，唯恐他们会轮奸她，这样，她的命也就完了。那三个人互相劝酒，或是叫大哥，或是叫三弟，一直喝到半夜，那两个客人一起站起身来，说："今天四郎用美人来招待我们，以后一定要邀请二郎、五郎凑钱办酒替他祝贺。"说完，就告辞而去。

四郎搂着阎氏进了帏帐，阎氏苦苦哀求他饶了自己，而四郎强行与她交合，弄得她鲜血直流，昏绝过去，不省人事，四郎才起身离去。阎氏奄奄一息地躺在床上，不胜羞愧愤怒，想要上吊自杀，但她刚把绳子挂上去，绳子就自己断了，试了好几次都是这样。阎氏求死不能，十分痛苦，幸亏四郎并不常来，估摸着阎氏的身体恢复了才来一次。这样过了两三个月，赵弘一家都过得生不如死。

会稽有个人叫万生，是赵弘的表弟，刚毅勇猛，擅长射箭。一天，他路过赵家，这时天色已晚，赵弘因为家中的客房都住着家人，便领着万生住到内室。万生很长时间睡不着觉，就听见院子里传来脚步声，他趴在窗户上往外一看，见一个男子走进了阎氏的房间。万生觉得可疑，便提着刀偷偷地去窥探究竟，只见那个男子与阎氏并肩而坐，桌子上还放着酒菜。万生不由怒火中烧，冲了进去。男子惊慌地站起来，急忙寻找自己的剑，但万生的刀已经砍中了他的脑袋。脑袋裂开来，掉在了地上。万生一看，原来是一头驴一般大小的小马，便惊愕地问阎氏是怎么回事。阎氏就把前后经过详细说了一遍，并且说："其他的神马上就要到了，如何是好呢？"万生摆摆手，让她不要出声，自己将灯烛吹灭，取来弓箭，埋伏在黑暗中。

工夫不大，有四五个人从空中飞落下来。万生急忙射出一箭，走在前面的人中箭死去。另外三个人怒吼起来，拔出宝剑搜寻射箭的人。万生握着刀靠在门板后面，不露一点儿动静，一个人走进屋来，万生一刀砍在他的脖子上，将他砍死，自己仍然躲在门后面，过了好久也听不见外面的声音，便走了出来，敲门告诉赵弘。

赵弘大吃一惊，一齐点上蜡烛前去察看，只见一匹马、两只猪死在屋里。全家欢庆打死了怪物，但是又害怕剩下的两个怪物会来复仇，便留万生住在家里，把杀死的猪、马煮熟了请他吃。那猪肉、马肉味道鲜美，和一般的菜肴味道不一样。万生因此声名大噪。过了一个多月，怪物竟然绝迹了。万生便向赵弘告辞要离去，但是有个木商苦苦邀请万生前去。

原来，木商有个女儿，还没有出嫁。一天白天，忽然有个五通神降临他家，是个二十多岁的美男子。他声称要娶木商的女儿为妻，拿出一百两银子作为聘礼，约定好迎亲的日子就离去了。算一算他来迎亲的日子已经迫近，木商全家都惶恐不安。他们听说万生的大名，便坚决请万生到他家做客，但是又怕万生不愿意去，便隐瞒了五通神要来的实情，没有告诉他。丰盛的酒宴结束以后，木商让女儿梳妆打扮出来拜见客人。那女儿大约十六七岁，是个漂亮的姑娘。万生一看，惊讶地不明白其中的缘故，便离开座位，向姑娘行礼。木商把万生按坐下来，告诉他实情，万生刚一听，觉得吃惊，但他生平勇敢豪迈，所以也就不再推辞了。

到了那天，木商仍旧在门上张灯结彩，让万生坐在屋里。一直等到日头偏西，那五通神还没有来，万生想这个新郎已经在劫难逃了。不一会儿，只见屋檐旁边忽然好像有只鸟落了下来，再一看，却是一个身着华丽服装的年轻人走了进来。他一见到万生，转身就跑。万生追了出去，只见那人放出一团黑气就要飞走，万生一跃而起，挥刀砍去，那怪物被砍断了一只脚，大声嗥叫着逃走了。万生低头一看，那只大爪子像人的手一般大，看不出这是一只什么怪物，沿着怪物的血迹找去，发现它掉进了江里。

木商大喜，听说万生还没有娶亲，就在当天晚上用已经准备好的新床，让万生和女儿成了夫妻。于是，平时害怕五通的人家，都来请万生去家里住上一宿。过了一年多，万生才带着妻子回家去。从此，吴中只剩下一通，再也不敢公然为害百姓了。

异史氏说：五通、青蛙这些怪物，惑乱民间已经很久了，以至于人们听任它淫乱妇女，没有人敢私下里议论一句，万生真是天下的痛快人啊！

[何守奇] 万生豪气，自是可人。

又金生，字王孙，是苏州人。他在淮地设帐教书，住在一个士大夫的园子里。园子里房屋不多，花草树木丛生。每天夜深以后，童仆们就走光了，他孤身一人，心神不宁，颇为凄苦。

一天夜里，三更将尽，忽然有人用手指敲门。金生忙问是什么人，回答说是"借火"，听声音好像是学馆里的书僮。金生打开门请他进来，原来是一位十六七岁的美丽女子，身后还跟着一个丫鬟。金生怀疑她是妖怪，盘问得非常详细。那女子说："我因为先生是一位文雅风流的人士，一个人寂寞可怜，所以我才不怕抛头露面，来和您共度这美好的夜晚。恐怕我说了来此的理由，不仅我不敢来，先生也不敢接纳我。"金生又以为她是邻家私奔的女子，害怕因此有失检点，所以恭敬地谢绝了她的好意。

女子秋波一转，金生顿时觉得魂魄都被迷惑了，不能自主。那丫鬟知道好事将成，便对女子说道："霞姑，我先走了。"女子点了点头，接着呵斥道："走就走了，还说什么云呀霞的！"丫鬟离开后，女子笑着说："刚才屋里没有人，所以才带着她一起来，没想到这丫头无知，倒让您知道了我的小名。"金生说："你如此的精细，所以我担心埋藏着灾祸。"霞姑说："时间长了您就会知道，保证不会败坏您的德行，不要担心。"

两人上了床，霞姑脱去身上的装束，只见她手臂上带着一个镯子，用金子打造而成，上面穿着宝石，还镶嵌着两颗明珠。灯烛一灭，那手镯的光芒就照亮了屋子。金生一见，心中更加骇异，始终也猜不出她是从哪里来的。两人交欢结束，那丫鬟就来敲窗户。霞姑起床，用镯子照亮，进入树丛走了。从此以后，霞姑没有哪个晚上不来。在霞姑离去的时候，金生曾经远远地尾随在她的后面。霞姑似乎有所察觉，马上遮住镯子的光芒，树林茂密，黑得伸手不见五指，金生只好回来。

一天，金生到河北去，斗笠的带子突然断了，风吹将落，他就在马上用手按住斗笠。到了河边，他坐上一叶小船，一阵风吹来，把斗笠吹到河里，随流漂去，金生心中颇不高兴。等他过了河，只见大风吹着斗笠，在天空中盘旋，渐渐地落下来。金生用手接住，发现断了的带子已经接上了，他感到非常惊异。

回到家中，金生向霞姑详细讲述了这件事，霞姑不说话，只是微微地笑笑。金生怀疑是霞姑的所为，说："你果真是神仙的话，就应该明白地告诉我，来驱除我心中的烦恼疑惑。"霞姑说："在你孤独寂寞的时候，有我这样痴情的人来为你解闷，我自认为做的不是坏事。纵然我能做出那样的事，也是因为爱你。你这么苦苦地追问我，难道是想断绝我们的关系吗？"金生也就不敢再问了。

此前，金生有个外甥女，出嫁以后，被五通神所迷惑。金生为此心中忧虑了很久，但从来没告诉过别人，因为和霞姑亲热的时间很长了，所以心里的话没有不说的。霞姑说："这种东西，我父亲就能够驱除。但是，我怎么敢把情人的私事告诉父亲呢?"金生苦苦地求她想个办法。霞姑沉思了一会儿，说："这个东西倒也好驱除，但必须我亲自走一趟。那些五通都是我家的奴隶，但是如果他们的手指碰着我的肌肤，那么这个耻辱就是用西江水也无法洗清。"金生还是苦苦哀求。霞姑说："容我想个办法。"

第二天晚上，霞姑告诉金生说："我已经为您派丫鬟南下了。她身体弱，恐怕不能马上除掉它。"第二天晚上，他们刚刚睡下，丫鬟来敲门，金生急忙让她进来。霞姑问："办得怎么样?"丫鬟回答说："我没法抓住它，但已经将它阉了。"霞姑笑着问当时的情况。丫鬟说："起初我还以为是郎君家，等到了以后，才知道弄错了。等我赶到郎君的外甥女家，已经是掌灯时分，我进去一看，只见一个小娘子坐在灯下，靠着桌子好像睡着了，我就把她的魂收起来藏在瓶子里。工夫不大，那怪物来了，一进屋就急忙退出去，说：'屋子里怎么会有生人!'他仔细察看了一番，没有发现什么情况，才又进来。我装作昏迷的样子，他掀开被子钻进来，又吃惊地问：'怎么会有兵器的味道!'我本来不想被脏东西污了手指，无奈又怕时间长了会生出变故，便急忙抓住那脏东西割掉了。那怪物大惊，嗥叫着逃走了。我这才打开瓶子，小娘子醒了过来，我也就回来了。"金生高兴地向丫鬟道谢，霞姑就和丫鬟一起走了。

此后半个多月，霞姑再也没有来，金生也已经绝望了。到了年底，金生解散学馆，准备回家，霞姑忽然来了。金生高兴地迎上前去，说："你这么长时间抛弃我，想必是我什么地方做错得罪你了，所幸的是还没有彻底断绝情义。"霞姑说："我们好了一年，分手时没有一句话，终究是件遗憾的事。听说您打算离去，我才偷偷地来向您告别。"金生请霞姑和自己一起回去。霞姑叹息着说："一言难尽啊!今天就要分别，凭我们的情义实在不忍心欺瞒。我其实是金龙大王的女儿，因为和您有一段缘分，所以才来和您欢聚。我不该派丫鬟下江南，致使江湖上流传，说我是为你才阉割了五通。家父听说以后，认为是奇耻大辱，气得要赐我一死。幸好丫鬟挺身而出，说是她自己干的，父亲的怒气才有所缓解，打了丫鬟几百下。此后，我每走半步，都有保姆跟在后面。我今天是偷空才溜出来的，不能尽述我的衷肠，又有什么办法呢?"说完，就要告别。

金生挽着霞姑流泪，霞姑说："您不要这样，三十年后我们就可以再相聚了。"金生说："我今年已经三十岁了，再过三十年，我就是一个白发老头了，还有什么颜面再见你?"霞姑说："不然。龙宫中是不会有白发老头的，况且人是长寿还是早天，并不在于容貌，如果只想容颜不老，倒也是很容易的事。"说完，她在书的封面上写了一个药方，就走了。

金生回到家乡，外甥女才说起那件奇怪的事情，说："那天晚上，我好像做了一个梦，感到有一个人捉住我塞到了瓶子里。等我醒来一看，只见鲜血染红了床褥，而怪物从此绝迹了。"金生说："那是从前我向河伯祈祷，请他干的。"众人的疑虑才消除了。

后来，金生活到六十多岁，样子还像三十几岁的人。一天，他渡河时远远看见上游漂来一片莲叶，像席子那么大，一个美丽的女子坐在上面，靠近了一看，原来是霞姑。金生就跳了过去，人随着莲叶一起变小，渐渐变成铜钱那么大，然后就消失了。

此事和上面讲的赵弘的故事，都是发生在明朝末年的事情，不知道哪件在前，哪件在后，如果是在万生动武，驱除五通之后，那么吴地只剩下半个五通神，难怪它不足为害呢。

[但明伦] 明珠果是成双，笠带无烦再续，可知东床坦腹，献替龙宫；宫中多一橡儿，南方少一五通矣。

申　氏

【原文】

泾河之间，有士人子申氏者，家婆贫，竟日恒不举火。夫妻相对，无以为计。妻曰："无已，子其盗乎！"申曰："士人子不能亢宗，而辱门户、羞先人，跖而生，不如夷而死！"妻忿曰："子欲活而恶辱耶？世不田而食者，止两途：汝既不能盗，我无宁娼乎！"申怒，与妻语相侵。妻含愤而眠。

申念：为男子不能谋两餐，致使妻欲娼，固不如死！潜起，投缳庭树间。但见父来，惊曰："痴儿，何至于此！"断其绳，嘱曰："盗可以为，须择禾黍深处伏之。此行可富，无庸再矣。"妻闻堕地声，惊寤；呼夫不应，蓺火觅之，见树上缳绝，申死其下。大骇。抚捺之，移时而苏，扶卧床上。妻忿气少平。既明，托夫病，乞邻得稀酏饵申。申啜已，出而去。至午负一囊米至。妻问所从来，曰："余父执皆世家，向以摇尾为羞，故不屑相求也。古人云：'不遭者可无不为。'今且将作盗，何顾焉！可速炊，我将从卿言往行劫。"妻疑其未忘前言之忿，含忍之。因淅米作糜。申饱食讫，急寻坚木，斧作梃，持之欲去。妻察其意似真，曳而止之。申曰："子教我为，事败相累，当无悔！"绝裾而去。

日暮抵邻村，违村里许伏焉。忽暴雨上下淋湿，遥望浓树，将以投止。而电光一照，已近村垣。远处似有行人，恐为所窥，见垣下有禾黍蒙密，疾趋而入，蹲避其中。无何一男子来，躯甚壮伟，亦投禾中。申惧，不敢少动，幸男子斜行去。微窥之，入于垣中。默忆恒内为富室亢氏第，此必梁上君子，伺其重获而出，当合有分。又念其人雄健，倘善取不予，必至用武。自度力不敌，不如乘其无备而颠之。计已定，伏伺良专。直将鸡鸣，始越垣出。足未及地，申暴起，梃中腰膂，踣然倾跌，则一巨龟，啄张如盆。大惊，又连击之，遂毙。

先是亢翁有女绝惠美，父母甚怜爱之。一夜有丈夫入室，狎逼为欢。欲号则舌已入口，昏不知人，听其所为而去。羞以告人，惟多集婢媪，严扃门户而已。夜既寝，更不知扉何自而开，入室则群众皆迷，婢媪遍淫之。于是相告各骇，以告翁；翁戒家人操兵环绣闼，室中人烛而坐。约近夜半，内外人一时都瞑，忽若梦醒，见女白身卧，状类痴，良久始寤。翁甚恨之，而无如何。积数月，女柴瘠颇殆。每语人："有能驱遣者，谢金三百。"申平时亦悉闻之。是夜得龟，因悟祟翁女者，必是物也。遂叩门求赏。翁喜，延之上座，使人舁龟于庭，脔割之。留申过夜，其怪果绝，乃如数赠之。

负金而归。妻以其隔夜不还，方且忧盼；见申入，急问之。申不言，以金置榻上。妻开视，几骇绝，曰："子真为盗耶！"申曰："汝逼我为此，又作是言！"妻泣曰："前特以相戏耳。今犯断头之罪，我不能为贼人累也。请先死！"乃奔。申逐出，笑曳而返之，具以实告，妻乃喜。自此谋生产，称素封焉。

异史氏曰："人不患贫，患无行耳。其行端者，虽饿不死；不为人怜，亦有鬼佑也。世之贫者，利所在忘义，食所在忘耻，人且不敢以一文相托，而何以见谅于鬼神乎！"

邑有贫民某乙，残腊向尽，身无完衣。自念何以卒岁？不敢与妻言，暗操白梃，出伏墓中，冀有孤身而过者，劫其所有。悬望甚苦，渺无人迹；而松风刺骨，不可复耐。意濒绝矣，忽见一人伛偻来。心窃喜，持梃遽出。则一叟负囊道左，哀曰："一身实无长物。家绝食，适于婿家乞得五升米耳。"乙夺米，复欲褫其絮袄，曳苦哀求，乙怜其老，释之，负米而归。妻诘其自，诡以"赌债"对。

阴念此策良佳，次夜复往。居无几时，见一人荷梃来，亦投墓中，蹲居眺望，意似同道。乙乃逡巡自冢后出。其人惊问："谁何？"答云："行道者。"问："何不行？"曰："待君耳。"其人失笑。各以意会，并道饥寒之苦。夜既深，无所猎获。乙欲归，其人曰："子虽作此道，然犹雏也。前村有嫁女者，营办中夜，举家必殆。从我去，得当均之。"乙喜从之。至一门，隔壁闻炊饼声，知未寝，伏伺之。无何，一人启关荷杖出行汲，二人乘间掩入。见灯辉北舍，他屋皆暗黑。闻一媪曰:"大姐,可向东舍一瞩,汝奁妆悉在椟中,忘扃镭未也。"闻少女作娇惰声。二人窃喜,潜趋东舍,暗中摸索得卧椟;启复探之,深不见底。其人谓乙曰:"入之!"乙果入,得一裹,传递而出。其人问:"尽矣乎?"曰:"尽矣。"又绐之曰:"再索之。"乃闭椟,加锁而去。乙在其中,窘急无计。未几灯火亮入,先照椟。闻媪云:"谁已扃矣。"于是母及女上榻息烛。乙急甚,乃作鼠啮物声。女曰:"椟中有鼠!"媪曰:"勿坏尔衣。我疲顿已极,汝宜自觇之。"女振衣起,发扃启椟。乙突出,女惊仆。乙拨关奔去,虽无所得,而窃幸获免。

嫁女家被盗,四方流播。或议乙。乙惧,东遁百里,为逆旅主人赁作佣。年余浮言稍息,始取妻同居,不业白梃矣。此其自述,因类申氏,故附志之。

【译文】

在泾河的边上,住着一户姓申的人家,家里很穷,常常一整天都不能生火做饭。夫妻俩相对而坐,想不出什么好办法来。妻子说:"没办法,你去抢吧!"申氏说:"我一个读书人的后代,不能光宗耀祖,反而有辱门户、有辱先人,与其像大盗贼盗跖那样靠抢劫活着,还不如像伯夷那样宁愿饿死,也不失节。"妻子说:"你是既想活着又怕羞辱吗?世界上不靠种田就能吃饭的人,只有两条路。你既然不能去抢,我只好去当妓女了!"

申氏听了大怒,和妻子吵了起来,妻子生着气睡觉去了。申氏想,自己身为男子汉,竟然一天两顿饭都弄不来,害得妻子想去当妓女,真还不如一死算了!他悄悄地起床,用绳子在院子里的树上打了个结,上吊了。就在这时,他忽然看见父亲走来,吃惊地说:"傻儿子,怎么会走这一步呢!"便把绳子割断了,嘱咐他说:"强盗还是可以做的,但要选择庄稼茂盛的地方藏好。你干这一次就可以富起来了,以后不要再干了。"

妻子睡梦中听到有东西掉在地上的声音,一下子惊醒过来,呼叫丈夫却没有答应,就起来点上灯去找,发现树上的绳子断了,申氏死在树下。妻子大吃一惊,急忙抚弄他,过了一会儿,申氏醒了过来,妻子就把他扶到床上躺下,对他的怨气也就渐渐消了。

第二天早上,妻子假称丈夫生病,到邻居家讨了点儿稀粥给申氏喝了。申氏喝完,就出门去了。到中午,他扛着一口袋米回来了。妻子问米是从哪里来的,申氏说:"我父亲的朋友都是世家大族,以前我以向人乞讨为羞耻,所以不屑去求他们。古人说,人穷困潦倒的时候什么都可以做。我已经准备做强盗了,还顾什么廉耻!你赶快做饭,我打算照你的吩咐,去打劫。"妻子怀疑他是没忘记自己先前的话,故意说的气话,也就忍住了没说话,出去淘米做饭了。

申氏吃完饭,急忙找了一根坚硬的木头,用斧子削成一根棍棒,拿着就要出门。妻子看出他像是真的要去,就拽住他不让去。申氏说:"是你叫我这么干的,如果事情败露连累到你,可不要后悔!"说完,扯断衣襟就走了。

日暮时分，申氏来到了邻近的一个村子，在离村一里多远的地方埋伏下来。忽然，天下起了暴雨，他浑身都被淋湿了。远远望去，前面有一片浓密的树林，他就想到那里去躲雨。这时电光一闪，他发现已经接近了人家的院墙了，远处好像还有行人。他唯恐被人发现，见墙下有一片茂盛的庄稼地，就急忙钻了进去，蹲在里面躲藏。

不一会儿，一个男子走了过去，身材很是魁梧，也钻进了庄稼地。申氏很害怕，一动也不敢动。幸好那男子斜着走过去，申氏偷偷一看，见他已经进了院墙。他一想，墙里是一户姓亢的富翁，这个男子一定是个小偷，等他偷了东西出来，自己应该能分上一份。但转念一想，这个人长得这么健壮，如果好言向他索取不成的话，必然会动武。他估计自己不是那人的对手，决定不如趁他不防备时把他打翻。

申氏计议已定，便趴在墙下耐心地等待。一直等到快鸡叫时，那人才翻墙出来。他的脚还没有着地，申氏就突然跳了起来，挥起木棍打中他的腰骨，那人一下子被打倒在地，原来是一个大乌龟，嘴巴像一只大盆。申氏大吃一惊，又连着打了几棍，把它打死了。

原来，亢老头有个女儿，非常的贤惠美丽，父母都很怜爱她。一天夜里，有个男人闯入她的屋子，对她猥亵逼迫求欢。她刚想喊叫，那男人的舌头已经伸进她的嘴里。她一下昏过去不省人事，听凭那男人奸污了自己而去。女儿羞于告诉别人，只有叫来许多丫鬟仆妇，把门窗关严而已。但是晚上睡觉以后，不知为什么门却自己开了，那男人进了屋子，所有的人都昏迷过去，那些丫鬟仆妇也都被他奸污遍了。于是，众人互相诉说，都很惊骇，告诉了亢老头。

亢老头让家丁拿着兵刃守卫在小姐绣楼的周围，屋里的人点上蜡烛坐着守夜。约摸快到半夜时，屋里屋外的人忽然同时都睡着了。忽然间又像梦醒了一般，只见小姐赤条条地躺在床上，她像痴呆了一样，过了好久才醒了过来。亢老头非常恼火，但又没有什么办法。过了几个月，女儿骨瘦如柴，已经奄奄一息。亢老头常常对人说："有谁能把那怪物赶走，就给他三百两银子的酬金。"

申氏平时也听说过亢老头悬赏驱怪的事，这天夜里他打死了大乌龟，想起来祸祟亢家小姐的一定是这个东西，便去敲门求赏。亢老头大喜，将他奉为上宾，又让人把死乌龟抬到院子里，一刀一刀地割碎了。亢老头挽留申氏在他家过夜，妖怪果然绝迹了，于是便如数将赏金给了申氏。

申氏扛着银子回到家，妻子正因为他隔夜不还担心地盼着呢，一见申氏进门，便急忙问他怎么回事。申氏不说话，只是把银子放在床上，妻子打开一看，差点儿吓晕过去，问："你真的去做强盗啦！"申氏说："你逼我这么干的，还说这样的话！"妻子哭着说："上次我只不过是和你开玩笑。现在你犯了杀头的罪，我不能受你这个抢劫犯的牵累，让我先去死吧！"

说完，妻子就往外跑。申氏追了出去，笑着把妻子拉回屋里，把事情的先后经过告诉了她，妻子这才高兴起来。从此以后，申氏夫妻谋划生意，日子渐渐富裕起来。

异史氏说：人不怕贫穷，就怕没有德行。那些行得端走得正的人，即使挨饿也死不掉；即使不被其他人同情，也有鬼神保佑。世上的有些穷人，见利就会忘义，见食就会忘耻，其他人尚且不敢拿一文钱托他办事，又怎么可能得到鬼神的原谅呢？

县里有个贫民某乙，腊月将尽的时候，身上还没有一件完整的衣服。他心想，这种情况如何能过年关呢？他不敢和妻子明言，悄悄地拿着一个白木棒，出去埋伏在墓地里，希望能有孤身路过这里的人，好抢劫他的财物。

某乙盼望得很苦，却见不到一个人影，松林中寒风刺骨，冻得他实在受不了。他心中渐渐绝望了，忽然看见一个人弯腰驼背地走过来。某乙心中暗喜，手持木棒突然冲出，见是位老头背着一个口袋在路边走着。老头哀求道："我身上确实没有什么值钱的东西。家里断了炊，我刚到女婿家讨来五升米。"某乙一把将米夺回来，又想剥老头身上的棉袄。老头苦苦哀求，某乙可怜他是个老头，就把他放了，背着米回家去了。妻子追问他米是从哪里来的，某乙假称是别人还给他的"赌债"。他心中暗想，这个方法挺好。

第二天夜里，某乙又去了。等了不久，就看见一个人扛着木棍走来，也走进了墓地，蹲在那里向外眺望，看起来他和某乙是同行。某乙于是徘徊着从墓后走出来。那人惊慌地问："你是什么人？"某乙答道："过路的人。"那人又问："为什么还不走？"某乙说："等你呀！"那人不由哑然失笑。两人都明白了对方的意图，并且互道饥寒交迫的痛苦。夜已经很深了，两人一无所获。某乙想回家去，那人说："你虽然干这一行，但还是个新手。前村有户人家嫁女儿，一直筹办到半夜，全家肯定都累了，你跟我一起去，得到东西咱们平分。"某乙很高兴，就跟着他走了。

两人来到一家门前，隔着墙壁听到里面传来做烧饼的声音，知道这家人还没有睡觉，便趴在墙外等待时机。不一会儿，一个人打开门，扛着扁担出去打水，两人乘机钻了进去。只见北屋还亮着灯，其他屋子都已经黑了。就听一个老妇人说："大姐，你到东屋去看一眼，你的嫁妆全在柜子里，看看有没有忘了上锁。"里面传来少女撒娇不肯去的声音。二人暗自高兴，悄悄地来到东屋，暗中摸到了一只卧柜，打开柜盖一摸，深不见底。那人对某乙说："进去！"某乙果然钻进去，找到一个包裹，送了出去。那人问道："还有没有？"某乙答道："没有了。"那人又骗他说："再找找。"说完，就把柜子关上了，加上锁后逃走了。某乙在柜子里，窘迫着急，但又没办法出来。

不一会儿，有灯火进到屋里来，先照了照柜子，只听老妇人说："谁已经给锁上了。"于是母女二人上了床，吹灭了蜡烛。某乙很着急，便装出老鼠咬衣物的声音。少女说："柜子里有老鼠！"老妇人说："别让它把你衣服咬坏了，我已经疲劳极了，你自己起来去看看吧。"少女穿上衣服起床，打开锁，掀起柜盖。某乙突然跳出来，少女吓得倒在地上。某乙打开门逃了出去，虽然一无所获，但暗自庆幸没有被人抓住。

嫁女儿的人家被盗的消息传到四面八方，有人怀疑是某乙干的。某乙很害怕，向东逃出了一百里地，给一家旅店的主人当佣人。过了一年多，人们的议论渐渐平息。某乙这才将妻子接出来住在一起，再也不干抢劫的勾当了。这个故事就是某乙自己讲的，因为和申氏的故事相似，所以把它附在这里。

恒 娘

【原文】

都中洪大业，妻朱氏，姿致颇佳，两相爱悦。后洪纳婢宝带为姜，貌远逊朱，而洪嬖之。朱不平，遂致反目。洪虽不敢公然宿妾所，然益嬖妾，疏朱。

后徙居，与帛商狄姓为邻。狄妻恒娘，先过院谒朱。恒娘三十许，姿仅中人，而言词轻倩。朱悦之。次日答拜，见其室亦有小姜，年二十许，甚娟好。邻居几半年，并不闻其诟谇一语；而狄独钟爱恒娘，副室则虚位而已。朱一日问恒娘曰："余向谓良人之爱妾，为其为姜也，每欲易妻之名呼作妾。今乃知不然。夫人何术？如可授，愿北面为弟子。"恒娘曰："嘻！子则自疏，而尤男子乎？朝夕而絮聒之，是为丛驱雀，其离滋甚耳！其归益纵之，即男子自来，勿纳也。一月后当再为子谋之。"朱从其谋，益饰宝带，使从丈夫寝。洪一饮食，亦使宝带共之。洪时以周旋朱，朱拒之益力，于是共称朱氏贤。

如是月余，朱往见恒娘，恒娘喜曰："得之矣！子归毁若妆，勿华服，勿脂泽，垢面敝履，杂家人操作。一月后可复来。"朱从之。衣敝补衣，故为不洁清，而纺绩外无他问。洪怜之，使宝带分其劳；朱不受，辄叱去之。

如是者一月，又往见恒娘。恒娘曰："孺子真可教也！后日为上巳节，欲招子踏春园。子当尽去敝衣，袍裤袜履，崭然一新，早过我。"朱曰："诺。"至日，揽镜细匀铅黄，一如恒娘教。妆竟，过恒娘。恒娘喜曰："可矣！"又代挽凤髻，光可鉴影。袍袖不合时制，拆其线更作之；谓其履样拙，更于笥中出业履，共成之，讫，即令易着。临别饮以酒，嘱曰："归去一见男子，即早闭户寝，渠来叩关勿听也。三度呼可一度纳。口索舌，手索足，皆吝之。半月后当复来。"朱归，炫妆见洪，洪上下凝睇之，欢笑异于平时。朱少话游览，便支颐作惰态；日未昏，即起入房，阖扉眠矣。未几洪果来款关，朱坚卧不起，洪始去。次夕复然。明日洪让之，朱曰："独眠习惯，不堪复扰。"日既西，洪入闺坐守之。灭烛登床，如调新妇，绸缪甚欢。更为次夜之约；朱不可长，与洪约以三日为率。

半月许复诣恒娘，恒娘阖门与语曰："从此可以擅专房矣。然子虽美，不媚也。子之姿，一媚可夺西施之宠，况下者乎！"于是试使眄，曰："非也！病在外眦。"试使笑，又曰："非也！病在左颐。"乃以秋波送娇，又辗然瓠犀微露，使朱效之。凡数十作，始略得其仿佛。恒娘曰："子归矣，揽镜而娴习之，术无余矣。至于床第之间，随机而动之，因所好而投之，此非可以言传者也。"

朱归，一如恒娘教。洪大悦，形神俱惑，惟恐见拒。日将暮，则相对调笑，跬步不离闺闼，日以为常，竟不能推之使去。朱益善遇宝带，每房中之宴，辄呼与共榻坐；而洪视宝带益丑，不终席，遣去之。朱赚夫人宝带房，扃闭之，洪终夜无所沾染。于是宝带恨洪，对人辄怨谤。洪益厌怒之，渐施鞭楚。宝带忿，不自修，拖敝垢履，头类蓬葆，更不复可言人矣。

恒娘一日谓朱曰："我之术何如？"朱曰："道则至妙；然弟子能由之，而终不能知之也。纵之，何也？"曰："子不闻乎：人情厌故而喜新，重难而轻易。丈夫之爱妾，非必其美也，甘其所乍获，而幸其所难遭也。纵而饱之，则珍错亦厌，况藜羹乎！""毁之而复炫之，何也！"曰："置不留目，则似久别；忽睹艳妆，则如新至：譬贫人骤得粱肉，则视脱粟非味矣。而又不易与之，则彼故而我新，彼易而我难，此即子易妻为妾之法也。"朱大悦，遂为闺中密友。

积数年，忽谓朱曰："我两人情若一体，自当不昧生平。向欲言而恐疑之也；行相别，敢以实告：妾乃狐也。幼遭继母之变，鬻妾都中。良人遇我厚，故不忍遽绝，恋恋以至于今。明日老父尸解，妾往省觐，不复还矣。"朱把手唏嘘。早旦往视，则举家惶骇，恒娘已杳。

异史氏曰："买珠者不贵珠而贵椟：新旧易难之情，千古不能破其惑；而变憎为爱之术，遂得以行乎其间矣。古佞臣事君，勿令见人，勿使窥书。乃知容身固宠，皆有心传也。

【译文】

洪大业是京城人士，妻子朱氏容貌举止都不错，两个人相亲相爱。后来洪大业又娶了婢女宝带做妾，他的相貌远远不如朱氏，但是洪大业宠爱她，朱氏心中愤愤不平，夫妻俩因此反目成仇。洪大业虽然不敢公然睡在宝带的屋子里，但却更加宠爱宝带而疏远朱氏。

后来，他们搬了家，与一个姓狄的布商家做邻居，狄妻恒娘，先到洪家来看望朱氏。恒娘三十多岁的年纪，中等姿色，说起话来轻快动听，朱氏很喜欢她。第二天，朱氏到狄家答谢恒娘，见他家也有小老婆，二十多岁的样子，容貌很不错。洪狄两家做了差不多有半年的邻居，从来没有听见狄家有一句吵闹声。而狄生独独钟爱恒娘，小妾倒像是个摆设而已。

一天，朱氏见到恒娘，说："我以前一直以为丈夫喜欢妾，就是因为她是妾，所以常常想把妻的名分改换成妾，今天我才知道不是这么回事。夫人用的是什么办法？如果可以教我的话，我愿意拜你为师。"

恒娘说："嘻嘻！是你自己疏远丈夫的，这怪你丈夫吗？整天在人家面前唠唠叨叨，等于是为丛林驱赶麻雀，他只会离你更远！等他回来，你就更加放纵他，即使他自己前来，你也不要接纳他。一个月以后，我会再给你出主意。"

朱氏照她的吩咐去做，更加替宝带化妆打扮，让她跟丈夫一起睡觉。洪大业每次吃饭，也必定让宝带一起陪着。洪大业偶而来和朱氏亲近，朱氏就更加拒绝，于是，大家都称赞朱氏贤惠。

这样过了一个多月，朱氏又去见恒娘，恒娘高兴地说："已经有效果了！回家以后，你就把妆卸了，不要穿漂亮的衣服，不要涂脂抹粉，故意蓬头垢面，穿上坏鞋子，夹在下人中干活。一个月以后，可以再来找我。"

朱氏又照她的指示去做，穿上打补丁的破衣服，故意把自己搞得不干净的样子，除了纺纱织布以外，其他什么都不过问。洪大业很可怜她，就让宝带替她分担一部分劳动。朱氏坚决不同意，每次都把宝带喝斥走了。

这样过了一个月，朱氏又去见恒娘。恒娘说："真是孺子可教啊！后天就是上巳节，我想带你一块儿去游园踏青。你应该脱掉所有的破衣服，袍裤鞋袜要焕然一新，早上到我这里来。"朱氏说："好吧。"

到了上巳节那天，朱氏对着镜子仔细地化妆打扮，全都按照恒娘教的去做。化完妆，她就去见恒娘。恒娘一看，高兴地说："可以了！"又替她梳了个凤髻，更显得光彩照人。朱氏的袍袖不太时髦，恒娘就拆开线，重新缝制；又觉得她的鞋子式样很笨拙，便从箱子里取出一双还没做完的鞋，两个人一起做好后，就让朱氏换上。临别的时候，恒娘请她喝酒，嘱咐说："你回家一见过丈夫，就早早关上门睡觉，他如果来敲门，不要开门。敲三次，可以开一次门让他进来。如果他要亲你，摸你，都不要轻易答应。半个月后，你再来见我。"

朱氏回到家，打扮得光彩照人去见洪大业，洪大业上上下下盯着她看，欢声笑语和往日有所不同，朱氏没说几句春游的话，就用手托腮，做出疲倦的样子来。天还没有黑下来，她就起身回自己的房间，关上门睡觉了。不一会儿，洪大业果然来敲门，朱氏坚决躺着就是不起来。洪大业只好离去。第二天晚上还是这样。到了第三天，洪大业责备朱氏不肯开门。朱氏说："我已经习惯一个人睡觉了，受不了别人再来打扰。"日头偏西，洪大业来到朱氏房中守着她。于是夫妻俩灭了灯上床，就像新婚之夜一样，如胶似漆，非常快乐。洪大业便和朱氏相约明天再来，朱氏不同意，和他约定三天来一次。

过了半个多月，朱氏又去见恒娘。恒娘关上门，对朱氏说："从此以后，你就独占夫君了。不过，你虽然长得很美，却不够娇媚。凭你的姿色，一旦娇媚起来，连西施都不敢专宠，更何况那不如西施的人呢！"于是就让朱氏试着飞媚眼。恒娘看了说："不对！毛病出在外眼眶。"试着让朱氏笑一笑，恒娘又说："不对！毛病出在左颊。"说完，她就向朱氏示范如何目送秋波，又做出微露皓齿而笑的样子，让朱氏一一效仿。做了几十次以后，朱氏才学得有点儿意思了字。恒娘说："你回家以后，照着镜子把它练熟了，别的也就没什么方法了。至于床上的事情，随机应变，投其所好，这些是只可意会，不可言传的。"

朱氏回到家里，一切都照恒娘的吩咐行事。洪大业十分高兴，身体和精神全被她迷惑了，就怕被朱氏拒绝。眼看天色将晚，两人相对调笑，半步也离不开闺房。每天都是如此，洪大业竟然到了推之推不走的地步。从此，朱氏更加善待宝带，每次在房间里吃饭，都要把她叫来一起吃。但是洪大业越看越觉得宝带丑，不等饭吃完，就把她赶走了。有时朱氏把洪大业骗到宝带的房中，从外面锁上门，但是洪大业竟然整夜也不碰宝带一下。于是宝带怨恨洪大业，动不动就对人说一些怨恨诽谤的话。洪大业更加讨厌她，渐渐地还用鞭子抽她。宝带心中愤恨，从此不再修饰自己，穿着破衣，拖着破鞋，头发乱糟糟的像蓬草，更没有什么让丈夫喜欢的了。

一天，恒娘来对朱氏说："我的方法怎么样呀？"朱氏说："方法确实是妙极了，但是我只能照着去做，但始终不明白其中的道理，开始放纵他，是为什么呢？"恒娘答道："你没有听过吗？人之常情都是喜新厌旧，重视难以得到的，轻视容易得到的。丈夫之所以宠爱小老婆，并不一定是她长得美，而是因为刚刚到手觉得新鲜，而且又庆幸难以弄到手。故意放纵他，让他吃个饱，那么，即使是珍馐美味，也会有吃厌的时候，何况是普通的菜汤呢？""先让我卸妆，又让我盛妆打扮，这是为什么呢？"恒娘答道："故意收起来，不让别人注目，就好像是久别一样；忽然看见艳丽的妆扮，就好像是新人刚刚来到。这就像，穷人家一下子得到美味佳肴，肯定会觉得米饭没有味道。不轻易地给他。那么，妾就是旧的，我就是新的，她是容易到手的，而我却不容易到手，这就是你能把妻变成妾的方法。"朱氏听了，十分高兴，两个人便成了闺房中的密友。

过了几年，恒娘突然对朱氏说："我们两人感情好得像一个人似的，我自然不应该隐�瞒自己的身世。以前就想和你说，又怕你会怀疑我。现在我要走了，就把实情告诉你吧。我是狐狸，小时候受到继母的迫害，被卖到了京城，丈夫对我很好，所以我不忍心突然和他分手，恋恋不舍，一直到现在。明天，我的老父亲就要归天，我得回家探望，不会再回来了。"朱氏握着她的手，流泪不已。第二天早上，她去狄家看望，只见全家都惊恐不安，原来恒娘已经消失了。

异史氏说：买珠子的人不看重珠子却看重装珠子的盒。新与旧、易与难之间的关系，千百年来不能解除其中的疑惑，因此，变恨为爱的方法，就得以在人间大行其道了。古代那些巧言谄媚的臣子侍奉国君时，不让他见人，不让他看书，由此可见，为了保住自己的位子，集宠爱于自己，用的都是相通的办法。

［何守奇］恒娘之术，乃退一步法。老氏知雄守雌之训正如此。

［方舒岩］观恒娘教朱氏只是人情烂熟，极得以纵为擒之法，无怪乎大业之入其彀中也。

聊斋志异（图文版）

卷十一

聊斋志异

冯 木 匠

【原文】

抚军周有德，改创故藩邸为部院衙署。时方鸠工，有木作匠冯明寰直宿其中。夜方就寝，忽见纹窗半开，月明如昼。遥望短垣上立一红鸡，注目间，鸡已飞抢至地。俄一少女，露半身来相窥。冯疑为同辈所私；静听之，众已熟眠。私心怔忡，窃望其误投也。少问女果越窗过，径已入怀。冯喜，默不一言。欢毕，女亦遂去。自此夜夜至。初犹自隐，后遂明告。女曰："我非误就，敬相投耳。"两人情日密。既而工满，冯欲归，女已候于旷野。冯所居村离郡固不甚远，女遂从去。既入室，家人皆莫之睹，冯始知其非人。追数月，精神渐减，心益惧，延师镇驱，卒无少验。一夜女艳妆来，向冯曰："世缘俱有定数：当来推不去，当去亦挽不住。今与子别矣。"遂去。

【译文】

山东巡抚周有德把前明藩王的王宫改建为巡抚衙门。当时正在招集工匠，有个叫冯明寰的木匠在里面值班。一天晚上，他刚要睡觉，忽然看见一扇花窗开了一半，皎洁的月光亮如白昼，他远远望去，只见短墙上站着一只红鸡。正在凝神观看，那红鸡已经飞落到地上，过了一会儿，一位少女从窗外露出半个身子向屋里窥视，冯木匠以为是同伴的相好，就静静地细听，发现同伴已经睡熟了。他心里不安起来，暗自希望那少女会误入他的房间，工夫不大，少女果然跳窗进来，径直扑到他的怀中。冯木匠大喜，一句话也不说，两人交欢完毕，少女也就走开了。从此以后，那少女每天晚上都来，开始，冯木匠还躲躲闪闪，后来就把心中的想法告诉了她，少女说："我不是误入你的房间，是真心诚意地来投奔你。"两个人的关系日益密切。

后来，工期满了，冯木匠准备回家，少女已经在旷野等候他了，冯木匠住的村子离府城本来就不是很远，少女就跟他一起回去了。少女进到屋子里，冯木匠的家人们都看不见，他这才知道这少女不是人。又过了几个月，冯木匠的精神日渐衰减，心中更加害怕起来，便请来法师镇妖驱鬼，但是没有一点儿效果。一天夜里，那少女浓妆艳抹地来了，对冯木匠说："世上的缘分都有定数，该来的推辞不掉，该走的想留也留不住，我今天就是来和你告别的。"说完，就走了。

[何守奇] 鬼缘。

黄　英

【原文】

马子才，顺天人。世好菊，至才尤甚。闻有佳种必购之，千里不惮。一日有金陵客寓其家，自言其中表亲有一二种，为北方所无。马欣动，即刻治装，从客至金陵。客多方为之营求，得两芽，裹藏如宝。

归至中途，遇一少年，跨蹇从油碧车，丰姿洒落。渐近与语，少年自言："陶姓。"谈言骚雅。因问马所自来，实告之。少年曰："种无不佳，培溉在人。"因与论艺菊之法。马大悦，问："将何往？"答云："姊厌金陵，欲卜居于河朔耳。"马欣然曰："仆虽固贫，茅庐可以寄榻。不嫌荒陋，无烦他适。"陶趋车前向姊咨禀，车中人推帘语，乃二十许绝世美人也。顾弟言："屋不厌卑，而院宜得广。"马代诺之，遂与俱归。

第南有荒圃，仅小室三四椽，陶喜居之。日过北院为马治菊，菊已枯，拔根再植之，无不活。然家清贫，陶日与马共饮食，而察其家似不举火。马妻吕，亦爱陶姊，不时以升斗馈恤之。陶姊小字黄英，雅善谈，辄过吕所，与共纫绩。陶一日谓马曰："君家固不丰，仆日以口腹累知交，胡可为常！为今计，卖菊亦足谋生。"马素介，闻陶言，甚鄙之，曰："仆以君风流雅士，当能安贫；今作是论，则以东篱为市井，有辱黄花矣。"陶笑曰："自食其力不为贪，贩花为业不为俗。人固不可苟求富，然亦不必务求贫也。"马不语，陶起而出。

自是马所弃残枝劣种，陶悉掇拾而去。由此不复就马寝食，招之始一至。未几菊将开，闻其门嚣喧如市。怪之，过而窥焉，见市人买花者，车载肩负，道相属也。其花皆异种，目所未睹。心厌其贪，欲与绝；

黄英

千里萍踪卜隐居，濡
香菊气　
参陌初良缘应为梅
花姤豪　
士风流转不如

而又恨其私秘佳种,遂款其扉,将就诮让。陶出,握手曳入。见荒庭半亩皆菊畦,数椽之外无旷土。剪去者,则折别枝插补之;其蓓蕾在畦者,罔不佳妙,而细认之,尽皆向所拔弃也。陶入室,出酒馔,设席畦侧,曰:"仆贫不能守清戒,连朝幸得微资,颇足供醉。"少间,房中呼"三郎",陶诺而去。俄献佳肴,烹饪良精。因问:"贵姊胡以不字?"答云:"时未至。"问:"何时?"曰:"四十三月。"又诘:"何说?"但笑不言,尽欢始散。过宿又诣之,新插者已盈尺矣。大奇之,苦求其术,陶曰:"此固非可言传;且君不以谋生,焉用此?"又数日,门庭略寂,陶乃以蒲席包菊,捆载数车而去。逾岁,春将半,始载南中异卉而归.于都中设花肆,十日尽售,复归艺菊。问之去年买花者,留其根,次年尽变而劣,乃复购于陶。

陶由此日富。一年增舍,二年起夏屋。兴作从心,更不谋诸主人。渐而旧日花畦,尽为廊舍。更于墙外买田一区,筑墉四周,悉种菊。至秋载花去,春尽不归,而马妻病卒。意属黄英,微使人风示之。黄英微笑,意似允许,惟专候陶归而已。年余陶竟不至。黄英课仆种菊,一如陶。得金益合商贾,村外治膏田二十顷,甲第益壮。忽有客自东粤来,寄陶生函信,发之,则嘱姊归马。考其寄书之日,即马妻死之日;回忆园中之饮,适四十三月也,大奇之。以书示英,请问"致聘何所"。英辞不受采。又以故居陋,欲使就南第居,若赘焉。马不可,择日行亲迎礼。

黄英既适马,于间壁开扉通南第,日过课其仆。马耻以妻富,恒嘱黄英作南北籍,以防淆乱。而家所需,黄英辄取诸南第。不半岁,家中触类皆陶家物。马立遣人一一赍还之,戒勿复取。未浃旬又杂之。凡数更,马不胜烦。黄英笑曰:"陈仲子毋乃劳乎?"马惭,不复稽,一切听诸黄英。鸠工庀料,土木大作,马不能禁。经数月,楼舍连垣,两第竟合为一,不分疆界矣。然遵马教,闭门不复业菊,而享用过于世家。马不自安,曰:"仆三十年清德,为卿所累。今视息人间,徒依裙带而食,真无一毫丈夫气矣。人皆祝富,我但祝穷耳!"黄英曰:"妾非贪鄙;但不少致丰盈,遂令千载下人,谓渊明贫贱骨,百世不能发迹,故聊为我家彭泽解嘲耳。然贫者愿富为难,富者求贫固亦甚易。床头金任君挥去之,妾不靳也。"马曰:"捐他人之金,抑亦良丑。"英曰:"君不愿富,妾亦不能贫也。无已,析君居:清者自清,浊者自浊,何害?"乃于园中筑茅茨,择美婢往侍马。马安之。然过数日,苦念黄英。招之不肯至,不得已反就之。隔宿辄至以为常。黄英笑曰:"东食西宿,廉者当不如是。"马亦自笑无以对,遂复合居如初。

会马以事客金陵,适逢菊秋。早过花肆,见肆中盆列甚繁,款朵佳胜,心动,疑类陶制。少间主人出,果陶也。喜极,具道契阔,遂止宿焉。要之归,陶曰:"金陵吾故土,将婚于是。积有薄资,烦寄吾姊。我岁杪当暂去。"马不听,请之益苦。且曰:"家幸充盈,但可坐享,无须复贾。"坐肆中,使仆代论价,廉其直，数日尽售。逼促囊装，赁舟遂北。入门，则姊已除舍，床榻裀褥皆设，若预知弟也归者。陶自归，解装课役，大修亭园，惟日与马共棋酒，更不复结一客。为之择婚，辞不愿。姊遣二婢侍其寝处，居三四年生一女。

陶饮素豪，从不见其沉醉。有友人曾生，量亦无对。适过马，马使与陶相较饮。二人纵饮甚欢，相得恨晚。自辰以迄四漏，计各尽百壶。曾烂醉如泥，沉睡座间。陶起归寝，出门践菊畦，玉山倾倒，委衣于侧，即地化为菊，高如人；花十余朵，皆大如拳。马骇绝，告黄英。英急往，拔置地上，曰："胡醉至此！"覆以衣，要马俱去，戒勿视。既明而往，则陶卧畦边。马乃悟姊弟皆菊精也，益敬爱之。而陶自露迹，饮益放，恒自折柬招曾，因与莫逆。值花朝，曾乃造访，以两仆舁药浸白酒一坛，约与共尽。坛将竭，二人犹未甚醉。马潜以一瓶续入之，二人又尽之。曾醉已惫，诸仆负之以去。陶卧地，又化为菊。马见惯不惊，如法拔之，守其旁以观其变。久之，叶益憔悴。大惧，始告黄英。英闻骇曰："杀吾弟矣！"奔视之，根株已枯。痛绝，掐其梗，埋盆中，携入闺中，日灌溉之。马悔恨欲绝，甚怨曾。越数日，闻曾已醉死矣。盆中花渐萌，九月既开，短干粉朵，嗅之有酒香，名之"醉陶"，浇以酒则茂。后女长成，嫁于世家。黄英终老，亦无他异。

异史氏曰："青山白云人，遂以醉死，世尽惜之，而未必不自以为快也。植此种于庭中，如见良友，如对丽人，不可不物色之也。"

【译文】

马子才是顺天人。马家世代爱好菊花，到马子才尤其喜爱。一听到有好的品种，就一定要买来，即使奔波千里也不畏难。一天，有位金陵来的客人住在他家，自称他的表亲家中有一两种北方没有的菊花，马子才呼然心动，马上整治行装，跟那客人一同去了金陵。客人多方设法为他寻找到两棵嫩芽，马子才如获至宝，包藏好便往家赶。

走在半路上，遇到一个年轻人，骑着驴子，跟在一辆挂着帘子的车后面，显得丰姿洒脱。马子才渐渐走近和他搭话，那年轻人自称姓陶，谈吐很是风雅，便问起马子才从什么地方来，马子才如实相告。陶生说："花的品种没有不好的，关键在于养花人的培植浇灌。"马子才于是跟他讨论养植菊花的方法，谈得十分高兴，他便问道："你要到哪里去？"陶生笑道："姐姐厌倦了金陵，想迁居北方河朔一带。"马子才欣然说道："我家虽然很穷，倒还有房舍可以让你们下榻，如果不嫌寒舍简陋，就不必麻烦找别的房子了。"

陶生走到车前，跟姐姐商量。车里的人推开帘子说话，原来是一位二十多岁的绝代美女，她看着弟弟说："屋子倒不怕小，只是希望院子能大一点儿。"马子才答应了她的请求，于是姐弟俩便跟他回家了。

马子才家的南面有一个荒废的花圃，只有三四间小屋子，陶生很喜欢，就住在那里。每天他们就到北院来，替马子才培育菊花，已经枯死的菊花，连根拔掉重新种上，没有不活的。但是陶生很清贫，每天都跟马家一块儿吃饭，看起来陶家好像不生火做饭，马子才的妻子吕氏也喜爱陶姐，不时地接济他们一些粮食。陶姐小名叫黄英，很善于与人交谈，常常到吕氏的屋里跟她一块儿纺织。

一天，陶生对马子才说："您家也不是太富裕，我们每天还在你们家吃饭拖累朋友，怎么能长此下去呢？为今之计，卖菊花也足以谋生。"马子才素来耿直，听了陶生的话，很是看不起他，说："我一直以为您是风流高雅的人，应该能安于贫穷；今天竟然说出这番话，这是把种菊花的地方当作集市，真是对菊花的侮辱。"陶生笑着说："自食其力不能说是贪鄙，以卖花为业不能算是庸俗。人当然不可苟且求取富贵，但也不必固守贫穷。"马子才不说话了，陶生起身离去。

从此以后，凡是马子才丢弃的残枝劣种，陶生都拾起来拿走，而且从此陶家也不再到马家来吃饭，偶尔叫他们才来一次。

不久，菊花就要开放了，就听见陶家门前像集市一样喧闹。马子才很奇怪，就过来窥探，只见集市上买花的人，用车装，用肩扛，络绎不绝。那些菊花都是些奇特的品种，从来没见过。马子才心里厌恶陶生贪鄙，想跟他断绝往来，又恨他私藏良种菊花，便敲开陶家的门，想当面讥讽他一番。

陶生出来，拉着他的手进了园子。只见原来荒废的庭院约半亩大的地方都种上了一畦畦的菊花，除了那几间小屋以外没有空闲的土地。挖掉菊花的地方就折来别的枝条补上，那些在畦中含苞待放的菊花无不绝妙，而仔细一辨认，都是马子才以前拔了扔掉的。陶生进屋取出酒菜，就在菊畦旁边摆上宴席，说道："我因为贫穷，不能恪守清高的风节，幸而每天能够得到一些钱财，倒足以供醉饮一番。"一会儿工夫，房中有人喊"三郎"，陶生答应着进去，很快又端出美味佳肴，烹饪得很精良。马子才趁机问道："你姐姐为什么还不出嫁？"陶生答道："时候未到。"马子才问："什么时候？"陶生说："四十三月。"马子才又追问："这是什么意思？"陶生只是笑，不说话了，两人痛饮尽欢，才散去。

过了一夜，马子才又来到陶家，只见昨天新插的菊苗已经超过了一尺。他大感惊奇，苦苦请求陶生传授他技术。陶生说："这事当然不可言传，况且您又不以此谋生，学它又有什么用呢？"又过了几天，陶家门前渐渐安静下来，陶生便用蒲席包好菊花打捆，装了几辆车远走了。

过了一年，春天将近一半时，陶生才载着南方奇异花卉回来了，在城里开了家花店，十天就把带回来的花都卖光了，又回家种菊花。去年到陶家买花的人，留下的根到今年都变成劣种，只好再到陶家购买。

陶家从此一天天富起来，一年增盖了屋子，两年盖起了大屋。一应兴造制作，都自己做主，再不跟马子才商量了。渐渐地，原来种菊花的地方都建起了房屋。又在墙外买了一块田地，四周都筑起了大墙，里面都种上了菊花。到了秋天，将花全部运走，第二年春天过去了也没回来。

马子才的妻子病死了，他想娶黄英，便悄悄请人去探听她的意思。黄英只是微笑，看上去像是同意了，但要等陶生回来。过了一年多，陶生还没回来。黄英教仆人种菊花，就像陶生在家时一样，得了钱就跟商人合计，又在村外买了二十顷肥沃的土地，陶家的宅院越发壮大起来。

一天，忽然有个客人从东粤来，带来一封陶生写的信，马子才打开一看，原来是陶生嘱咐姐姐嫁给马子才。核对一下发信的日子，正是马子才妻子死的那天。回想起两人在园中喝酒的时间，到今天正好四十三个月，马子才大感奇怪，他把信交给黄英，问她"聘礼送到什么地方"，黄英坚决不受彩礼。黄英又觉得马子才家太简陋了，就想让他到南边陶家居住，像招女婿入赘一样，马子才不同意，选择吉日举行了迎亲的礼仪。

黄英嫁给马子才后，在墙上开了一个门通到南院，每天过去督促仆人，马子才为妻子比自己富裕感到羞耻，常常嘱咐黄英将南北的财产分开来登记，以防混淆。而家中所需要的东西，黄英就从南院拿来。不到半年，家中触目可见的都是陶家的东西。马子才立即派人一一送回去，并告诫他们不要再取了。但不到十天，家中又夹杂了陶家的东西。这么来回折腾了几次，马子才并不嫌麻烦。黄英笑着说："战国的陈仲子再清高也不像你这么辛劳吧？"马子才觉得羞惭，不再查核，一切都听从黄英的安排。黄英便招来工匠，准备材料，大兴土木，马子才并不能禁止。过了几个月，两家的楼舍便连接在一起，两家终于合成了一家，分不出界限来了。

但黄英遵从马子才的意思，关上门不再以卖菊花为业，但家中享用还是超过了世家大族。马子才心里感到不安，说："我三十年养成的清高德行，被你拖累了。我活在世界上，只会依靠妻子存活，真是没有一点儿大丈夫的气概。人们都祈求能富起来，我只愿意贫穷！"黄英说："我并不是贪财的人，但如果稍微使家境丰裕一点儿，就不会使千年以后的人们认为陶渊明天生具有贫贱骨，一百世也不能发迹，我只是想让我家祖宗彭泽县令不致被后人嘲笑。但是贫穷的人想富裕很难，富裕的人想贫穷却很容易。床头的钱财任你去挥霍，我不会吝惜。"马子才说："捐弃他人的钱财，也是很丑陋的事情。"黄英说："你不愿意富，我也不想贫穷。没有别的办法，只好跟你分开来住；清高的人自己清高，混浊的人自己混浊，互相又有什么妨害呢？"黄英便在园中盖了一间茅屋，挑了一个美丽的丫鬟去侍候马子才，马子才安然处之。但过了几天，他又苦苦思念黄英。派人去请她，她却不肯来，不得已，他只好自己去找黄英。隔一个晚上就去一次，倒也习以为常了。黄英笑话他说："你像那齐国女子一样，在东家吃饭，到西家睡觉，清廉的人不应该这样。"马子才自己也笑了，无言以对，于是两人又和以前一样住在一起。

后来，马子才因为有事到金陵，正逢菊花盛开的秋季，早上他经过一家花店，见店中摆放的菊花很多，款款朵朵菊花都是上品，他心中一动，怀疑是陶生种的。过了一会儿，店主人出来，果然是陶生。马子才大喜，述说久别的情怀，于是住在陶生这里。

马子才邀请陶生回北方去，陶生说："金陵是我的故乡，我想在这里结婚，我已经积攒了一点儿财物，麻烦你带给我姐姐，我年底就回家去。"马子才不听，更加苦苦地请求，并且说："家里已经很富裕了，尽可坐享其成，不必再行商了。"马子才坐在店中，让仆人代为论定价格，降价售花，几天时间就卖光了，然后催促陶生收拾行装，租了船回北方。一进门，只见黄英已将屋子打扫干净，床铺被褥都摆放好了，好像预先就知道弟弟要回来似的。

自从陶生回来以后，他就解下行装，督促工役，大修亭园，每天都跟马子才一起下棋饮酒，不再结交一个客人。为他择女成婚，他推辞不愿意。黄英就派两个丫鬟侍候他起居，过了三年，生下一个女儿。

陶生饮酒素来豪爽，从来不曾见他大醉。马子才有个朋友叫曾生，酒量也大得没有对手，恰好一天经过马家，马子才让他跟陶生较量一番，看谁的酒量大。二人狂欢纵饮，只恨相见太晚，自辰时一直喝到四更天，算下来每人都喝干了上百壶。曾生烂醉如泥，就在座中昏沉沉睡去。陶生起身回去睡觉，一出门就踩在菊畦里，身子倒下去，衣服落在地上，一着地就变成了菊花，像人一样高，开了十几朵花，每朵都比拳头要大。

马子才吓坏了，回去告诉黄英，黄英急忙赶来，将菊花拔起放在地上，说道："怎么能醉成这样！"将衣服盖在他身上，要马子才跟她一块儿走，告诫他不要再看。

天亮后，马子才前去看视，只见陶生躺在菊畦边，马子才于是醒悟到陶家姐弟都是菊花精，因此更加敬爱他们。而陶生自从显露真形以后，饮酒越发豪放，常常自己用请柬招来曾生，因此两人成为莫逆之交。

正值花朝节，曾生前来拜访，带了两个仆人抬着用药浸过的白酒，约定要跟陶生把这坛酒喝完，坛中酒快喝干了，两人还不是很醉。马子才悄悄又加了一罐酒进去，两人又喝干了。曾生醉得很疲惫了，仆人们就把他背回家去了。陶生躺在地上，又变成了菊花。

马子才已经见惯了，并不惊慌，按照黄英的办法将菊花拔出来，守在旁边观察他的变化。时间一长，叶子更加枯黄了，他很是害怕，才赶紧去告诉黄英。黄英一听，惊骇万分，说："你杀死我弟弟了！"急忙奔过去一看，根已经枯死了。黄英悲痛欲绝，便掐下菊花的茎杆，埋在花盆中，带进自己的屋子，每天浇水。马子才悔恨欲绝，很怨恨曾生。过了几天，听说曾生已经醉死了。盆里的菊花渐渐发芽，九月份就开了花，花杆短小，花朵粉色，闻着一股酒的香气，马子才为它起名为"醉陶"。用酒浇灌它就会茂盛。后来陶生的女儿长大了，嫁给一个世家子弟。黄英直到老死，并没有什么异常。

异史氏说：陶生像那自称"青山白云人"的傅奕一样，因为醉酒而死，世上的人都替他惋惜，而他自己未必不觉得快乐。将这样的菊花种在庭院中，就像见着好朋友，就像见着美人一样，不可不寻找这样的菊花啊！

[何守奇] 菊堪偕隐，计亦诚良。但必以列花成肆，甲第连云者为俗，则几于固矣。陶弟托命寒香，寄情鞠蘖，彭泽二致，兼而有之。乃至顺化委形，犹存酒气。是菊是人，几不可辨，名曰"醉陶"，风斯远矣。

[但明伦] 玉山倾颓，以醉而死，实以醉而生。嗅之而有酒香，此为黄花真品。倘非种秋仙人，不可以村醪妄浇之也。

聊斋志异（图文版）

书　痴

【原文】

彭城郎玉柱，其先世官至太守，居官廉，得俸不治生产，积书盈屋。至玉柱尤痴。家苦贫，无物不鬻，惟父藏书，一卷不忍置。父在时，曾书《劝学篇》粘其座右，郎日讽诵；又幛以素纱，惟恐磨灭。非为干禄，实信书中真有金粟。昼夜研读，无问寒暑。年二十余，不求婚配，冀卷中丽人自至。见宾亲不知温凉，三数语后，则诵声大作，客逡巡自去。每文宗临试，辄首拔之，而苦不得售。

一日方读，忽大风飘卷去。急逐之，踏地陷足；探之，穴有腐草；掘之，乃古人窨粟，朽败已成粪土。虽不可食，而益信"千钟"之说不妄，读益力。一日梯登高架，于乱卷中得金辇径尺，大喜，以为"金屋"之验。出以示人，则镀金而非真金。心窃怨古人之诳己也。居无何，有父同年，观察是道，性好佛。或劝郎献辇为佛龛。观察大悦，赠金三百、马二匹。郎喜，以为金屋、车马皆有验，因益刻苦。然行年已三十矣。或劝其娶，曰："'书中自有颜如玉'，我何忧无美妻乎？"又读二三年，迄无效，人咸揶揄之。时民间讹言天上织女私逃。或戏郎："天孙窃奔，盖为君也。"郎知其戏，置不辩。

一夕读《汉书》至八卷，卷将半，见纱剪美人夹藏其中。骇曰："书中颜如玉，其以此验之耶？"心怅然自失。而细视美人，眉目如生；背隐隐有细字云"织女"。大异之。日置卷上，反复瞻玩，至忘食寝。一日方注目间，美人忽折腰起，坐卷上微笑。郎惊绝，伏拜案下。既起，已盈尺矣。益骇，又叩之。下几亭亭，宛然绝代之姝。拜问："何神？"美人笑曰："妾颜氏，字如玉，君固相知已久。日垂青盼，脱不一至，恐千载下无复有笃信古人者。"郎喜，遂与寝处。然枕席间亲爱倍至，而不知为人。

每读必使女坐其侧。女戒勿读，不听；女曰："君所以不能腾达者，徒以读耳。试观春秋榜上，读如君者几人？若不听，妾行去矣。"郎暂从之。少顷忘其教，吟诵复起。逾刻索女，不知所在。神志丧失，嘱而祷之，殊无影迹。忽忆女所隐处，取《汉书》细检之，直至旧处，果得之。呼之不动，伏以哀祝。女乃下曰："君再不听，当相永绝！"因使治棋枰、樗蒲之具，日与遨戏。而郎意殊不属。觑女不在，则窃卷流览。恐为女觉，阴取《汉书》第八卷，杂混他所以迷之。一日读酣，女至竟不之觉；忽睹之，急掩卷，而女已亡矣。大惧，冥搜诸卷，渺不可得；既，仍于《汉书》八卷中得之，页数不爽。因再拜祝，矢不复读。

女乃下，与之弈，曰："三日不工，当复去。"至三日，忽一局赢女二子。女乃喜，授以弦索，限五日工一曲。郎手营目注，无暇他及；久之随手应节，不觉鼓舞。女乃日与饮博，郎遂乐而忘读。女又纵之出门，使结客，由此倜傥之名暴著。女曰："子可以出而试矣。"

郎一夜谓女曰："凡人男女同居则生子；今与卿居久，何不然也？"女笑曰："君日读书，妾固谓无益。今即夫妇一章，尚未了悟，枕席二字有工夫。"郎惊问："何工夫？"女笑不言。少间潜迎就之。郎乐极曰："我不意夫妇之乐，有不可言传者。"于是逢人辄道，无有不掩口者。女知而责之，郎曰："钻穴逾隙者始不可以告人，天伦之乐人所皆有，何讳焉？"过八九月，女果举一男，买媪抚字之。

一日，谓郎曰："妾从君二年，业生子，可以别矣。久恐为君祸，悔之已晚。"郎闻言泣下，伏不起，曰："卿不念呱呱者耶？"女亦凄然，良久曰："必欲妾留，当举架上书尽散之。"郎曰："此卿故乡，乃仆性命，何出此言！"女不之强，曰："妾亦知其有数，不得不预告耳。"先是，亲族或窥见女，无不骇绝，而又未闻其缔姻何家，共诘之。郎不能作伪语，但默不言。人益疑，邮传几遍，闻于邑宰史公。史，闽人，少年进士。闻声倾动，窃欲一睹丽容，因而拘郎与女。女闻知遁匿无迹。宰怒，收郎，斥革衣衿，桎梏备加，务得女所自往。郎垂死无一言。械其婢，略得道其仿佛。宰以为妖，命驾亲临其家。见书卷盈屋，多不胜搜，乃焚之庭中，烟结不散，瞑若阴霾。

郎既释，远求父门人书，得从辨复。是年秋捷，次年举进士。而衔恨切于骨髓。为颜如玉之位，朝夕而祝曰："卿如有灵，当佑我官于闽。"后果以直指巡闽。居三月，访史恶款，籍其家。时有中表为司理，逼纳爱妾，托言买婢寄署中。案既结，郎即日自劾，取妾而归。

异史氏曰："天下之物，积则招妒，好则生魔。女之妖，书之魔也。事近怪诞，治之未为不可；而祖龙之虐不已惨乎！其存心之私，更宜得怨毒之报也。呜呼！何怪哉！"

【译文】

彭城人郎玉柱，祖上做官做到太守，为官清廉，所得俸禄不用来治办产业，而是都买了书，堆了满满一屋子。到了郎玉柱，更是个书痴，家里贫穷，什么东西都卖掉了，但是父亲传下的藏书，一卷也舍不得卖掉。父亲在世的时候，曾经抄录宋真宗所编的《劝学文》，贴在他的书桌右边，郎玉柱天天诵读，他又用白纱将座右铭盖上，唯恐磨坏了。郎玉柱读书不是为了做官，而是确实相信书中真有所谓的"黄金屋"、"千钟粟"。他不分昼夜刻苦攻读，全然不管寒暑易时。已经二十多岁了，也不考虑婚事，希望书中的美人会自己前来。见到宾客亲朋来，也不知道问寒问暖，聊了几句以后，就大声地诵读起来，客人觉得无趣，只好自己走了。每到学政主持考试时，总是首先选择他，但就是不能录取。

一天，郎玉柱正在读书，忽然一阵儿大风吹来，把书刮跑了。他急忙去追，脚一踏在地上就陷下去了，往下一探，发现洞里面有腐烂的草，再扒开来一看，原来是一个古代人用来藏谷物的地窖，而粮食已经腐败成粪土了。虽然粮食已经不能吃了，而郎玉柱更加相信"书中自有千钟粟"的说法不假，读书也更加努力。

又有一天，他爬上梯子来到书架的上面，从一堆乱七八糟的书中发现一架尺把长的金车。他大为高兴，认为这就是"书中自有黄金屋"的应验。他拿出来给别人看，却发现只是镀金而不是真金，心里暗暗埋怨古人欺骗了自己。过了不久，有个与他父亲同一年参加科考的人到这个道来做视察，这人很信佛，有人劝郎玉柱把金车献给观察做佛龛。观察十分高兴，赠送给他三百两银子和两匹马。郎玉柱大喜，认为"书中自有黄金屋"、"书中车马多如簇"这些话都有了应验，因此更加刻苦读书。

但是，郎玉柱这时已经三十岁了，有人劝他娶妻，他说："'书中自有颜如玉'，我又何必担心没有美丽的妻子呢？"他又读了两三年，终于没有应验，周围的人都嘲笑他。当时，民间谣传天上的织女私自逃到人间来了，有人就对郎玉柱开玩笑地说："织女私奔，大概是冲你来的吧。"郎玉柱知道别人拿他开玩笑，也不跟人理论。

一天晚上，郎玉柱读《汉书》读到第八卷将近一半的地方，发现一个用纱剪成的美人夹在书页中，他惊骇地说："'书中自有颜如玉'，难道就是以此来应验吗？"心中不由怅然若失。但他仔细观看美人，觉得眉眼就像活人一样，而且背后隐隐约约写有两个小字："织女"。郎玉柱大感惊异，每天都把美人放在书上，反复观赏把玩，甚至到了废寝忘食的地步。

一天，郎玉柱正盯着美人看，美人忽然弯腰起身，坐在书上冲着他微笑，郎玉柱大惊失色，拜伏在书桌下，等他立起身来，美人已经有一尺多高了。他越发惊骇，又赶紧叩头，美人走下桌子，亭亭玉立，简直就是一个绝代美女。郎玉柱向她行礼，问道："你是何方神仙？"美人笑着说："我姓颜，叫如玉，你很早就知道了。你每天都在盼着我，我如果不来一下，恐怕以后人们再也不会相信古人的话了。"郎玉柱很高兴，便和她住在一起。郎玉柱虽然和颜如玉在床上亲亲热热，却并不懂得如何才是真正的夫妻生活。

郎玉柱每次读书，必定要让颜如玉坐在他身边。颜如玉劝他不要读了，他不听。颜如玉说："你之所以不能飞黄腾达，就是因为你只知道读书，你看看那些榜上题名的人，有几个人是像你这样读书的？你如果不听我的话，我就要离开了。"郎玉柱暂时听从了她。但过不了一会儿，就忘记了她的吩咐，又开始吟诵起来。过了一会儿，他再找颜如玉，却不知她到哪里去了。郎玉柱失魂落魄，连声祷告，却丝毫不见颜如玉的踪影。他忽然回忆起颜如玉原来藏身的地方，急忙取来《汉书》细细翻检，一直翻到原来的地方，果然找到了颜如玉。郎玉柱叫她却不动，只好趴在地上苦苦祷告。颜如玉这才从书中走下来，说："你再不听我的话，就和你永远不相见了！"于是她让郎玉柱准备棋枰、赌博的器具，每天和他一起游戏。但是郎玉柱对这些东西一点儿都不感兴趣，一看颜如玉不在，就偷偷地看书。他恐怕被颜如玉发觉，就悄悄地取出《汉书》第八卷，混杂在其他书里，让她找不到回去的路。

一天，郎玉柱读书太投入了，颜如玉到了，他竟然都没有察觉，忽然看见她时，急忙把书合上，但是颜如玉已经不见。郎玉柱十分害怕，暗自在每本书中寻找，但就是找不到。最后，还是在《汉书》第八卷中找到了，还是在那一页里。于是，他又行礼祷告，发誓不再读书了。颜如玉这才下来，和他下棋，说："三天之内如果学不好的话，我还是要离去。"到了第三天，郎玉柱忽然一局赢了颜如玉两子。颜如玉于是很高兴，又教他弹琴，限五天之内要学会弹一首曲子。郎玉柱手拨琴弦，眼盯琴谱，根本没有时间想别的；时间一长，他的手指也能符合音乐的节拍了，他自己也不觉受到鼓舞。颜如玉每天和他饮酒游戏，郎玉柱于是高兴得忘了读书。颜如玉又让他出门去结交朋友，从此，郎玉柱风流倜傥的名声大起。颜如玉说："现在你可以去参加考试了。"

一天晚上，郎玉柱对颜如玉说："在人间男女住在一起就会生孩子，我和你住在一起这么长时间，为什么没有孩子呢？"颜如玉笑着说："你每天只知道读书，我本来就说没有好处，就是关于夫妻生活这一章，你到现在还没弄懂，'枕席'这两个字里其实大有学问。"郎玉柱问："什么学问？"颜如玉只是笑，并不回答。过了一会儿，她暗中迎合挑逗他。郎玉柱快乐极了，说："我没想到夫妻之间，还有这样不可言传的快乐。"于是，他见人就讲，听到的人没有不捂着嘴笑的。颜如玉知道后就责备他，郎玉柱却说："那些苟且偷欢的人，才不可以告诉别人；天伦之乐，人人都有，有什么可避讳的。"过了八九个月，颜如玉果然生了一个男孩，郎玉柱买了一个老妇人抚养孩子。

一天，颜如玉对郎玉柱说："我跟你两年，已经为你生了个儿子，可以就此告别了。时间拖久了，恐怕会给你带来灾祸，到时候后悔可就晚了。"郎玉柱听了，流下眼泪，趴在地上不起来，说："你难道不念咱们这刚会啼哭的儿子？"颜如玉也很凄然，过了好久，才说："如果你一定要我留下，那么你就得把书架上的书全部扔掉。"郎玉柱说："书是你的故乡，又是我的生命，你怎么会说出这样的话呢？"颜如玉也不勉强他，说："我也只知道会有恶运，不得不预先告诉你。"

原来，郎玉柱的亲戚中有人见过颜如玉，无不惊骇，而且又从来没有听说郎玉柱和谁家订过亲事，所以都来盘问他。郎玉柱不会说谎话，只是沉默不语。众人更加怀疑，这件事很快就传开了，一直传到了县令史公的耳朵里。史县令是福建人，年纪轻轻就中了进士。他听说这件事不由动心，暗自想一睹颜如玉的美貌，于是传令拘捕郎玉柱和颜如玉。

颜如玉听说以后，就藏了起来，不见踪影，史县令发了火，将郎玉柱收进监狱，革去了他的秀才功名，对他严刑拷打，逼他说出颜如玉逃到哪里去了。郎玉柱几乎被打死，也没有说出一个字。史县令又将他家的丫鬟抓来，才知道了事情的大概。史县令认为这是妖人作怪，便亲自乘车来到郎玉柱家。只见屋子堆得满满的都是书，多得搜都没法搜，于是下令把书都烧了，院子里的烟在空中凝结不散，阴沉灰暗。

郎玉柱被释放以后，远道去找父亲的学生替他上书求情，得以平反昭雪，恢复了秀才的资格。这一年秋天他科考一举中第，第二年又中了进士。而郎玉柱对那个史县令恨之入骨。他为颜如玉立了个牌位，早晚都祈祷说："你如果在天有灵，就应该保佑我到福建做官。"后来，郎玉柱果然以巡案的身份被派往福建。过了三个月，他查出史县令种种劣迹，将他抄了家。当时郎玉柱有个表亲担任司理官，逼郎玉柱收了一个小妾，假称是买了个婢女寄住在官衙里。等这个案子完结以后，郎玉柱当天就上书自我弹劾辞了官职，然后带着小妾回家去了。

异史氏说：天下的东西，积聚得多了，就会招来他人的嫉妒；而过分的爱好就会生出妖魔之类的事。颜如玉这个妖女就是书魔。这件事情近乎怪诞，治办它未尝不可以，但是像秦始皇那样，一把火将书全部烧掉，不是太残酷了吗？就因为那县令出于私心，所以日后才会得到狠毒的报应。唉！有什么好奇怪的呀！

[何守奇] 合"千钟粟"、"黄金屋"、"颜如玉"三语，苦于书中求之，乌得不痴？即枕帝功夫尚未晓，知其于书有所不通也。使非教之辍读，乌能中乡选、捷南宫哉？故知不汲汲于读，乃为真能善书者。

齐天大圣

【原文】

　　许盛，兖人。从兄成，贾于闽，货未居积。客言大圣灵著，将祷诸祠。盛未知大圣何神，与兄俱往。至则殿阁连蔓，穷极弘丽。入殿瞻仰，神猴首人身，盖齐天大圣孙悟空云。诸客肃然起敬，无敢有惰容。盛素刚直，窃笑世俗之陋。众焚奠叩祝，盛潜去之。既归，兄责其慢。盛曰："孙悟空乃丘翁之寓言，何遂诚信如此？如其有神，刀槊雷霆，余自受之！"逆旅主人闻呼大圣名，皆摇手失色，若恐大圣闻。盛见其状，益哗辨之，听者皆掩耳而走。

　　至夜盛果病，头痛大作。或劝诣祠谢，盛不听。未几头小愈，股又痛，竟夜生巨疽，连足尽肿，寝食俱废。兄代祷迄无验；或言：神谴须自祝，盛卒不信。月余疮渐敛，而又一疽生，其痛倍苦。医来，以刀割腐肉，血溢盈碗；恐人神其词，故忍而不呻。又月余始就平复。而兄又大病。盛曰："何如矣！敬神者亦复如是，足征余之疾非由悟空也。"兄闻其言，益恚，谓神迁怒，责弟不为代祷。盛曰："兄弟犹手足。前日支体糜烂而不之祷；今岂以手足之病，而易吾守乎？"但为延医锉药，而不从其祷。药下，兄暴毙。

　　盛惨痛结于心腹，买棺殓兄已，投祠指神而数之曰："兄病，谓汝迁怒，使我不能自白。倘尔有神，当令死者复生，余即北面称弟子，不敢有异词；不然，当以汝处三清之法，还处汝身，亦以破吾兄地下之惑。"至夜梦一人招之去，入大圣祠，仰见大圣有怒色，责之曰："因汝无状，以菩萨刀穿汝胫股；犹不自悔，啧有烦言。本宜送拔舌狱，念汝一生刚鲠，姑置宥赦。汝兄病，乃汝以庸医夭其寿数，与人何尤？今不少施法力，益令狂妄者引为口实。"乃命青衣使请命于阎罗。青衣曰："三日后鬼籍已报天庭，恐难为力。"神取方版，命笔不知何词，使青衣执之而去。良久乃返。成与俱来，并跪堂上。神问："何迟？"青衣曰："阎魔不敢擅专，又持大圣旨上咨斗宿，是以来迟。"盛趋上拜谢神恩。神曰："可速与兄俱去。若能向善，当为汝福。"兄弟悲喜，相将俱归。醒而异之。急起，启材视之，兄果已苏，扶出，极感大圣力。盛由此诚服信奉，更倍于流俗。而兄弟资本，病中已耗其半；兄又未健，相对长愁。

　　一日偶游郊郭，忽一褐衣人相之曰："子何忧也？"盛方苦无所诉，因而备述其遭。褐衣人曰："有一佳境，暂往瞻瞩，亦足破闷。"问："何所？"但云："不远。"从之。出郭半里许，褐衣人曰："予有小术，顷刻可到。"因命以两手抱腰，略一点头，遂觉云生足下，腾踔而上，不知几百由旬。盛大惧，闭目不敢少启。顷之曰："至矣。"忽见琉璃世界，光明异色，讶问："何处？"曰："天宫也。"信步而行，上上益高。遥见一叟，喜曰："适遇此老，子之福也！"举手相揖。叟邀过诣其所，烹茗献客；止两盏，殊不及盛。褐衣人曰："此吾弟子，千里行贾，敬造仙署，求少赠馈。"叟命僮出白石一桦，状类雀卵，莹澈如冰，使盛自取之。盛念携归可作酒枚，遂取其六。褐衣人以为过廉，代取六枚付盛并裹之。嘱纳腰囊，拱手曰："足矣。"辞叟出，仍令附体而下，俄顷及地。盛稽首请示仙号，笑曰："适即所谓觔斗云也。"盛恍然悟为大圣，又求佑护。曰："适所会财星，赐利十二分，何须多求。"盛又拜之，起视已渺。

既归，喜而告兄。解取共视，则融入腰囊矣。后辇货而归，其利倍蓰。自此屡至闽，必祷大圣。他人之祷时不甚验，盛所求无不应者。

异史氏曰："昔士人过寺，画琵琶于壁而去；比返，则其灵大著，香火相属焉。天下事固不必实有其人，人灵之则既灵焉矣。何以故？人心所聚，而物或托焉耳。若盛之方鲠，固宜得神明之佑，岂真耳内绣针，毫毛能变，足下觔斗，碧落可升哉！卒为邪惑，亦其见之不真也。"

【译文】

许盛是衮州人，跟着哥哥许成到福建做生意，货物没有备齐。有客人说大圣很灵验，准备到祠庙去祈祷。许盛不知道大圣是何方神圣，便和哥哥一同前往。到了祠庙，只见殿阁相连，极其汲宏大壮丽。他们进殿瞻仰，见神像长着猴头人身，原来是齐天大圣孙悟空。众客人都肃然起敬，没人敢流露出萎靡不振的神情。许盛生性刚直，暗自笑话世俗之人的浅陋。众人焚香祭拜祷告，而许盛却悄悄地溜走了。

回来以后，哥哥责怪他轻慢了神灵。许盛说："孙悟空是丘处机写的寓言，为什么要对他如此忠诚信仰呢？如果他真有神灵，不管是刀砍雷劈，我都心甘情愿地接受。"旅店的主人听他直呼大圣的名字，都吓得变了脸色，连连摆手，好像生怕大圣听到似的。许盛一见他们这副样子，更加大声地辩论起来，听的人都捂着耳朵走开了。

到了半夜，许盛果然生病了，头疼得很厉害，有人劝他到齐天大圣庙去谢罪，许盛不听。不一会儿，头疼好些了，但大腿又疼了起来，一夜过去，竟然生了一个大毒疮，连脚都肿了，吃不下饭，睡不下觉。哥哥代他去祷告，但没有效果。有人说，如果遭受责罚，必须亲自去祷告才行，许盛始终不相信。过了一个多月，毒疮渐渐收敛了，但又长出一个来，而且更加痛苦，医生来用刀割掉腐烂的肉，血流了满满一碗，他怕人家再夸大说他不敬神惹出病来，就故意忍着不大声呻吟。

又过了一个多月，疮才平复下去，但是他哥哥又生了大病。许盛说："为什么要这样！对神恭敬的人也会得病，这足以证明我的病并不是因孙悟空而起。"哥哥听他这么说，更加生气，责怪弟弟不替他去向神祷告。许盛说："兄弟如同手足，前段时间我肢体糜烂都没有去祷告，怎么能因为现在'手足'有病，而去改变我的操守呢？"于是，他只是替哥哥请来医生开了药，而没有听他的话去祈祷，哥哥服下药却突然死掉了。

许盛心中十分惨痛，买口棺材安葬了哥哥，然后他就前往祠庙，指着齐天大圣像数落道："我的哥哥生病，说是你迁怒于我，弄得我不能辩白。如果你真有神灵，应该能让他死而复生，到时候我就拜你为师，绝不敢说假话，不然的话，就用你在车迟国惩处三清的方法来对付你，把你的神像推翻，也好解除我哥哥在地下的疑惑。"

到了夜里，许盛梦见一个人招呼他，来到了大圣祠，他抬头看见大圣脸上有怒色。大圣斥责他道："因为你不像话，所以用菩萨刀穿透你的大腿，但是你不仅不幡然悔悟，还说出许多闲话，本来应该将你送到拔舌狱去，但念你一直刚直不阿，姑且宽恕了你。你哥哥生病，是你自己请来庸医，使他折寿而死。与别人有什么关系？今天不施展一点儿法力让你看看，只怕更会让那些狂妄的人引为口实。"于是命令青衣使者去阎罗府请命，青衣使者禀告说："人死了三天后，鬼籍就上报到了天庭，恐怕难以做到。"齐天大圣取过一块方板，在上面写字，不知写了些什么，让青衣使者拿着去了。

过了好久，青衣使者才回来。许盛和他一起来到，双双跪倒在大堂上。齐天大圣问道："为什么回来晚了？"青衣使者禀告道："阎罗也不敢擅自做主，又拿着大圣的圣旨上天去向南斗、北斗请示，所以回来晚了。"许盛急忙上前行礼，感谢大圣的恩德。齐天大圣说："赶快和你哥哥回去吧，如果你能一心向善，我会赐福给你的。"兄弟俩悲喜交加，互相搀扶着回去了。

许盛一觉醒来，感到很奇怪。他急忙起身，打开棺材一看，只见哥哥果然已经苏醒了，便将他扶出来，心中深深感到大圣的法力无边。从此，许盛对大圣心悦诚服，比平常人还要信奉大圣。但是，兄弟二人做生意的本钱因为生病已经损耗了一半，而且哥哥的病还没有痊愈，因此二人常常面对面地发愁。

一天，许盛偶然到城外游玩，忽然，一个穿着褐色衣服的人看着他说："你有什么忧愁呀？"许盛正苦于无处诉说，便详细地叙述了一番自己的遭遇。褐衣人说："有一处好地方，你可以暂且去看看，倒也足以解闷。"许盛问道："是什么地方？"褐衣人只是说："不远。"许盛便跟着他走，出城大约半里多地，褐衣人说："我会点儿小法术，顷刻之间就能到。"于是让许盛用两手抱住他的腰，稍微一点头，只觉得脚下生云，腾跃而上，不知道飞出去几千里地，许盛十分害怕，闭着眼睛一点儿也不敢睁开。

不一会儿，褐衣人说："到了。"许盛睁开眼睛，忽然看见一片琉璃世界，到处发出神奇的光彩，不由惊讶地说："这是什么地方？"褐衣人说："是天宫。"两人信步走去，只觉得越走越高。远远看见一位老者，褐衣人高兴地说："恰好遇上这位老者，真是你的福气啊！"便举手向老者行礼。老者邀请他们前往他的住处，煮茶献客。但是只端上来两盏茶，竟然没有许盛的。褐衣人说："这是我的弟子，不远千里来做买卖，诚心诚意地来仙署拜访，请求给他少许馈赠。"老者让小僮取出一盘白石，样子像鸟蛋，晶莹透澈如冰，让许盛自己拿。许盛想带回去可以当酒筹，便拿了六个。褐衣人认为许盛过于客气，就替他又取了六个，交给许盛一并裹起来，嘱咐他放到腰包里，然后拱拱手说："足够了。"说完，向老者告辞出来，仍旧让许盛抱着他的腰，不一会儿就落到了地上。

许盛向他行礼，请教他的仙号。褐衣人笑着说："刚才翻的就是所谓的筋斗云啊！"许盛这才恍然大悟，原来褐衣人就是齐天大圣。他又请求大圣保佑他，大圣说："刚才见到的是财星，已经赐给你十二分的利，你还要求什么？"许盛又向他行礼，起身再看，大圣已经无影无踪了。

许盛回到店里，高兴地把这事告诉了哥哥。他解下腰包和哥哥一起观看，发现白石已经融入腰包了。后来，他们用车拉着货回到家乡，果然获得了好几倍的利。从此以后，许盛每次到福建，必定要去向大圣祈祷，别的人祈祷，时常不怎么灵验，而许盛所求的无不应验。

异史氏说：从前，有个书生经过一座寺庙，在墙上画了一只琵琶后离去了，等他回来时，发现人们都说琵琶特别灵验，寺庙的香火非常旺盛。天下的事情，本来就不必确有其人，人们认为他灵验，他就是灵验的人。为什么会这样呢？人们心里都这么想，就会产生寄托的神灵了。像许盛这样方正刚直的人，本来就应该得到神明的保佑。但是齐天大圣难道真的能耳朵里藏绣花针，拔根毫毛就可以变化，脚下翻个跟头就能飞上青云吗？都是被邪术迷惑，看到的也就不是真实的了。

[但明伦] 前之死，将谁尤？后之生，又将谁德乎？至于行善有福，自古云然，几见有刚方友爱之人，而不获天佑者？

[方舒岩] 空，心也。心空则灵也。悟，我也。孙生也。我所受于天之理于心也。大圣者何？心之精神谓圣能入风云变态之中，能通天地有形之外，故谓之大。齐天者何？心参三才也。然则盛之得祸，固固放心而不知求其获福，犹徇利而失其本心，皆无足论焉。

青 蛙 神

【原文】

江汉之间，俗事蛙神最虔。祠中蛙不知几百千万，有大如笼者。或犯神怒，家中辄有异兆，蛙游几榻，甚或攀缘滑壁，其状不一，此家当凶。人则大恐，斩牲禳祷之，神喜则已。

楚有薛昆生者，幼惠，美姿容。六七岁时，有青衣媪至其家，自称神使，坐致神意，愿以女下嫁昆生。薛翁性朴拙，雅不欲，辞以儿幼。虽固却之，而亦未敢议婚他姓。迟数年昆生渐长，委禽于姜氏。神告姜曰："薛昆生吾婿也，何得近禁脔！"姜惧，反其仪。薛翁忧之，洁牲往祷，自言不敢与神相匹偶。祝已，见肴酒中皆有巨蛆浮出，蠢然扰动，倾弃谢罪而归。心益惧，亦姑听之。

一日昆生在途，有使者迎宣神命，苦邀移趾。不得已，从与俱往。入一朱门，楼阁华好。有叟坐堂上，类七八十岁人。昆生伏谒，叟命曳起之，赐坐案旁。少间婢媪集视，纷纭满侧。叟顾曰："人言薛郎至矣。"数婢奔去。移时一媪率女郎出，年十六七，丽绝无俦。叟指曰："此小女十娘，自谓与君可称佳偶，君家尊乃以异类见拒。此自百年事，父母止主其半，是在君耳。"昆生目注十娘，心爱好之，默然不言。媪曰："我固知郎意良佳。请先归，当即送十娘往也。"昆生曰："诺。"趋归告翁。翁仓遽无所为计，乃授之词，使返谢之，昆生不肯行。方诮让间，舆已在门，青衣成群，而十娘入矣。上堂朝见翁姑，见之皆喜。即夕合卺，琴瑟甚谐。由此神翁神媪时降其家。视其衣，赤为喜，白为财，必见，以故家日兴。

自婚于神，门堂藩溷皆蛙，人无敢诟蹴之。惟昆生少年任性，喜则忌，怒则践毙，不甚爱惜。十娘虽谦驯，但含怒，颇不善昆生所为；而昆生不以十娘故敛抑之。十娘语侵昆生，昆生怒曰："岂以汝家翁媪能祸人耶？大丈夫何畏蛙也！"十娘甚讳言"蛙"，闻之恚甚，曰："自妾入门为汝家妇，田增粟，贾增价，亦复不少。今老幼皆已温饱，遂如鸮鸟生翼，欲啄母睛耶！"昆生益愤曰："吾正嫌所增污秽，不堪贻子孙。请不如早别。"遂逐十娘，翁媪既闻之，十娘已去。呵昆生，使急往追复之。昆生盛气不屈。至夜母子俱病，郁冒不食。翁惧，负荆于祠，词义殷切。过三日病寻愈。十娘已自至，夫妻欢好如初。

十娘日辄凝妆坐，不操女红，昆生衣履一委诸母。母一日忿曰："儿既娶，仍累媪！人家妇事姑，我家姑事妇！"十娘适闻之，负气登堂曰："儿妇朝侍食，暮问寝，事姑者，其道如何？所短者，不能吝佣钱自作苦耳。"母无言，惭沮自哭。昆生入，见母涕痕，诘得故，怒责十娘。十娘执辨不相屈。昆生曰："娶妻不能承欢，不如勿有！便触老蛙怒，不过横灾死耳！"复出十娘。十娘亦怒，出门径去。次日居舍灾，延烧数屋，几案床榻，悉为煨烬。昆生怒，诣祠责数曰："养女不能奉翁姑，略无庭训，而曲护其短！神者至公，有教人畏妇者耶！且盎盂相敲，皆臣所为，无所涉于父母。刀锯斧钺，即加臣身；如其不然，我亦焚汝居室，聊以相报。"言已，负薪殿下，燃火欲举。居人集而哀之，始愤而归。父母闻之，大惧失色。至夜神示梦于近村，使为婿家营宅。及明鬻材鸠工，共为昆生建造，辞之不肯；日数百人相属于道，不数日第舍一新，床幕器具悉备焉。修除甫竟，十娘已至，登堂谢过，言词温婉。转身向昆生展笑，举家变怨为喜。自此十娘性益和，居二年无间言。

十娘最恶蛇，昆生戏函小蛇，绐使启之。十娘色变，诟昆生。昆生亦转笑生嗔，恶相抵。十娘曰："今番不待相迫逐，请自此绝。"遂出门去。薛翁大恐，杖昆生，请罪于神。幸不祸之，亦寂无音。积有年余，昆生怀念十娘，颇自悔，窃诣神所哀十娘，迄无声应。未几，闻神以十娘字袁氏，中心失望，因亦求婚他族；而历相数家，并无如十娘者，于是益思十娘。往探袁氏，则已垩壁涤庭，候鱼轩矣。心愧愤不能自已，废食成疾。父母忧皇，不知所处。

忽昏愦中有人抚之曰："大丈夫频欲断绝，又作此态！"开目则十娘也。喜极，跃起曰："卿何来？"十娘曰："以轻薄人相待之礼，止宜从父命，另醮而去。固久受袁家采币，妾千思万思而不忍也。卜吉已在今夕，父又无颜反币，妾亲携而置之矣。适出门，父走送曰：'痴婢！不听吾言，后受薛家凌虐，纵死亦勿归也！'"昆生感其义，为之流涕。家人皆喜，奔告翁媪。媪闻之，不待往朝，奔入子舍，执手鸣泣。由此昆生亦老成，不作恶虐，于是情好益笃。十娘曰："妾向以君儇薄，未必遂能相白首，故不欲留孽根于人世；今已靡他，妾将生子。"居无何，神翁神媪着朱袍，降临其家。次日十娘临蓐，一举两男。

由此往来无间。居民或犯神怒，辄先求昆生；乃使妇女辈盛妆入闺，朝拜十娘，十娘笑则解。薛氏苗裔甚繁，人名之"薛蛙子家"。近人不敢呼，远人则呼之。

青蛙神，往往托诸巫以为言。巫能察神嗔喜：告诸信士曰"喜矣"，福则至；"怒矣"，妇子坐愁叹，有废餐者。流俗然哉？抑神实灵，非尽妄也？

有富贾周某，性吝啬。会居人敛金修关圣祠，贫富皆与有力，独周一毛所不肯拔。久之工不就，首事者无所为谋。适众赛蛙神，巫忽言："周将军仓命小神司募政，其取簿籍来。"众从之。巫曰："已捐者不复强，未捐者量力自注。"众唯唯敬听，各注已。巫视曰："周某在此否？"周方混迹其后，惟恐神知，闻之失色，次且而前。巫指籍曰："注金百。"周益窘，巫怒曰："淫债尚酬二百，况好事耶！"盖周私一妇，为夫掩执，以金二百自赎，故讦之也。周益惭惧，不得已，如命注之。

既归告妻，妻曰："此巫之诈耳。"巫屡索，卒不与。一日方昼寝，忽闻门外如牛喘。视之则一巨蛙，室门仅容其身，步履蹇缓，塞两扉而入。既入转身卧，以阈承颔，举家尽惊。周曰："此必讨募金也。"焚香而祝，愿先纳三十，其余以次赍送，蛙不动；请纳五十，身忽一缩小尺许；又加二十，益缩如斗；请全纳，缩如拳，从容出，入墙罅而去。周急以五十金送监造所，人皆异之，周亦不言其故。积数日，巫又言："周某欠金五十，何不催并？"周闻之，惧，又送十金，意将以次完结。一日夫妇方食，蛙又至，如前状，目作怒。少间登其床，床摇撼欲倾；加喙于枕而眠，腹隆起如卧牛，四隅皆满。周惧，即完百数与之。验之，仍不少动。半日间小蛙渐集，次日集多，穴仓登榻，无处不至；大于碗者，升灶啜蝇，糜烂釜中，以致秽不可食；至三日庭中蠢蠢，更无隙地。一家皇骇，不知计之所出。不得已，请教于巫。巫曰："此必少之也。"遂祝之，益以二十，首始举；又益之，起一足；直至百金，四足尽起，下床出门，狼犹数步，复返身卧门内。周惧，问巫。巫揣其意，欲周即解囊。周无奈何，如数付巫，蛙乃行，数步外身暴缩，杂众蛙中，不可辨认，纷纷然亦渐散矣。

祠既成，开光祭赛，更有所需。巫忽指首事者曰："某宜出如干数。"共十五人，止遗二人。众祝曰："吾等与某某，已同捐过。"巫曰："我不以贫富为有无，但以汝等所侵渔之数为多寡。此等金钱，不可自肥，恐有横灾飞祸。念汝等首事勤劳，故代汝消之也。除某某廉正无苟且外，即我家巫，我亦不少私之，便令先出，以为众倡。"即奔入家，搜括箱椟。妻问之亦不答，尽卷囊蓄而出，告众曰："某私克银八两，今使倾囊。"与众衡之，秤得六两余，使人志之。众愕然，不敢置辨，悉如数纳入。巫过此茫不自知；或告之，大惭，质衣以盈之。惟二人亏其数，事既毕，一人病月余，一人患疔瘣，医药之费，浮于所欠，人以为私克之报云。

异史氏曰："老蛙司募，无不可与为善之人，其胜刺钉拖索者不既多乎？又发监守之盗而消其灾，则其现威猛，正其行慈悲也。神矣！"

【译文】

在长江汉水之间，民间对青蛙神的侍奉最虔诚。祠堂里的青蛙不知道有几千几百万只，大的竟然有蒸笼那么大。有的人触犯了神怒，家里面就会出现异常现象：青蛙在桌子、床铺之间游荡，甚至有的能够爬上光滑的墙壁却掉不下来，各个状态都不一样，这户人家就要发生灾祸了。家里的人就会十分恐慌，宰杀牲畜，向青蛙神进供祷告，如果青蛙神高兴，这户人家就不会有灾祸了。

湖北有一个叫薛昆生的人，年幼时就很聪明，长得也很俊美。六七岁的时候，有一位身穿青衣的老妇人来到他家，自称是青蛙神派来的使者，坐下来传达了神的旨意，愿意将女儿下嫁给薛昆生。薛昆生的父亲生性质朴率真，很不愿意答应这门亲事，便推辞说自己的儿子还小。但是薛家虽然拒绝了青蛙神，倒也不敢和别的人家定亲。

过了几年，薛昆生渐渐长大了，和一户姓姜的人家定了亲，青蛙神告诉姜家说："薛昆生是我的女婿，你家怎么敢亲近他！"姜家很害怕，就把聘礼退给了薛家。薛昆生的父亲很犯愁，便带着洁净的供品到庙里向青蛙神祷告，声称不敢和神仙结为婚姻。他祷告完毕，就发现酒菜中都有大蛆浮出来，在那里乱动，他把酒菜全都倒了，向神谢罪后就回家了，他心里更加恐惧，也就姑且听之任之了。

一天，薛昆生正在路上走着，一个使者迎上前来传达青蛙神的旨意，苦苦邀请他去一趟。薛昆生迫不得已，跟着他一同前往。他走进一道朱漆大门，只见楼阁华美，一位老者坐在堂上，看上去七八十岁的样子。薛昆生上前拜倒行礼，老者命人将他扶起来，让他在桌子旁边坐下。工夫不大，丫鬟、仆妇都来看他，乱哄哄地站满了大堂的两侧。老者转过头说："进去通报一下，就说薛郎来了。"几个丫鬟跑了出去。

过了一会儿，一个老妇人领着一位女郎出来，只见她十六七岁的样子，容貌艳丽无双。老者指着女郎对薛昆生说："这是我家小女十娘，自称和你是天生的一对，但你父亲以不是同类为理由拒绝了。婚姻是百年大事，父母只能做一半的主，所以这事得你自己拿。"薛昆生注视着十娘，心里十分喜欢，但却默默不语。老妇人说："我早就知道薛郎会满意的，请先回去，我们马上就送十娘前往。"薛昆生说："好。"

薛昆生急忙赶回家告诉父亲，仓促之间，父亲也想不出什么好办法，便教给他一套话，让他回去谢绝这门亲事，薛昆生不肯去，父亲正在指责他，送亲的车子已经停在门口了，在成群的丫鬟们的簇拥下，十娘走了进来，她走上堂，拜见公婆，薛昆生的父母见到她都很喜欢，当天晚上就举行了婚礼，夫妻俩感情非常好。

从此以后，十娘的父母时不时地光临薛家。从他们穿的衣服来看，红色的代表喜事，白色的代表钱财，每次都很灵验。因此，薛家一天天地兴旺起来。

自从与青蛙神结亲以来，薛家的门口、大堂、篱笆和厕所到处都是青蛙，家里没有人敢叫骂，也没有人敢用脚踩。唯独昆生少年任性，高兴的时候还有所忌讳，生气的时候就用脚乱踩，不是十分爱惜。十娘虽然谦和温顺，但也好生气，对昆生的所作所为很不满意，而昆生也不因为十娘不喜欢他这么做就有所收敛。十娘一次言语冒犯了昆生，昆生发怒道："难道就因为你父亲能祸害人吗？男子汉大丈夫还会怕青蛙！"十娘很忌讳"蛙"字，听他这么说，不由大为恼火，说："自从我进了你薛家门，替你家田里增了产，买卖加了价，也有不少了，现在老老少少都已经温饱，就想像猫头鹰长出了翅膀，要啄母鹰的眼睛吗？"薛昆生更加气愤地说："我正嫌你给我家增加的这些东西污秽，不堪留给子孙呢，不如请你早早离开吧。"于是就把十娘赶走了。

等到薛昆生的父母听说以后，十娘已经走掉了。他们把薛昆生骂了一顿，让他赶紧去把十娘追回来。薛昆生正在气头上，不听父母的话。到了晚上，薛昆生母子都生病了，头昏脑胀，吃不下饭。薛昆生的父亲害了怕，就到青蛙祠去请罪，言语十分的恳切。过了三天，他们的病就好了，十娘也自己回来了，夫妻俩和好如初。

十娘每天总是打扮得好好地坐在那里，并不做针线活，薛昆生的衣服鞋子，都由母亲来做。一天，母亲忿忿地说："儿子已经娶媳妇了，还要累我这个老太婆！人家是媳妇侍候婆婆，我们家是婆婆侍候媳妇！"这话恰好被十娘听见，她生气地来到堂上说："我这个儿媳妇早上服侍您吃饭，晚上侍候您睡觉，侍奉婆婆的礼数还有什么呢？我所缺的，就是不会自己干活，省下给佣人的钱，自讨苦吃罢了。"薛昆生的母亲无言以对，神情沮丧，一个人流泪。薛昆生走进屋子，看见母亲脸上的泪痕，问明了情况以后，生气地斥责十娘，十娘据理强辩，不肯屈服。薛昆生说："娶了妻子却不能让父母高兴，还不如没有媳妇！就是触犯老青蛙发火，也不过是遇上横祸一死罢了！"又将十娘赶出家门，十娘也大怒，出门径直离去。

第二天，薛家的住宅着了火，火势蔓延，烧着了几间屋子，屋里的桌子、椅子、床等家具全都化为灰烬。薛昆生大怒，来到青蛙祠指责数落道："生的女儿不能侍奉公婆，没有一点儿家教，倒反而袒护她的短处！神应该是极其公正的，哪里有教人畏惧媳妇的道理！况且我们两口子吵架，都是我一人干的，跟父母没有任何关系。即使有什么惩罚，也应该加在我身上。如果你不这样，我也把你家给烧了，算是对你的报复。"说完，他就在殿下堆上木柴，举着火就要去点。住在这一带的人都赶来苦苦哀求他，薛昆生才住手，愤愤不平地回家去了，他父母听说他的举动，不由大惊失色。

到了夜里，青蛙神托梦给邻近的村子，让村民为他的女婿修建房屋。天亮以后，村民们备足材料，聚集工匠，一起来替薛昆生家建造新屋。薛家怎么劝也拦不住，每天都有好几百人络绎不绝地前来帮忙。没过几天，薛家的住宅焕然一新，床铺、帷帐等器具也都备齐了。薛家的屋子刚刚收拾停当，十娘就回来了。她来到堂上向公婆谢罪，言语温顺婉转，又转过身冲着薛昆生露出笑脸，全家转怒为喜，从此以后，十娘的性情更加温和，过了两年，也没有闹过矛盾。

十娘最害怕蛇。一次，薛昆生开玩笑地用盒子装了一条，骗她打开。十娘一看，就神色大变，痛骂薛昆生，薛昆生也从开玩笑变成真的生气，两人恶语相对。十娘说："这一次我不用你赶，我们就此一刀两断吧。"说完，就出门离去。薛昆生的父亲很害怕，就用棍子打昆生，向青蛙神请罪，幸好这次青蛙神没有降祸，但也没有一点儿动静。

过了一年多，薛昆生怀念起十娘，自己很懊悔，悄悄到蛙神祠哀求十娘回来，但是没有回音。不久，听说青蛙神已经将十娘许配给袁家，薛昆生心里很失望，于是也就向别的人家求婚，但是看了好几个人家，没有一个比得上十娘，于是薛昆生更加思念十娘。他到袁家去探听消息，发现人家已经开始粉刷墙壁，打扫庭院，只等着迎接娘子的车轿。薛昆生心中又惭愧，又气愤，不能自已，饭也吃不下，病倒了。父母忧心忡忡，不知道怎么办才好。

忽然，薛昆生在昏迷中感到有人抚摸他，并且说："大丈夫屡屡要和我断绝关系，又何必惺惺作态！"他睁开眼睛一看，原来是十娘。薛昆生高兴极了，一跃而起，问："你是从哪里来的？"十娘说："要是以你这个轻薄之人对待我的礼数，我就应该听从父母之命，另嫁他人。本来早就收了袁家送来的聘礼，但我千思万想还是不忍心离开你。今天晚上就是成亲的日子，父亲又没有脸面退回聘礼，我就亲自提着聘礼退给了袁家。临出门时，父亲跑出来送我，说：'傻丫头！不听我的话，以后再受薛家的欺负，就是死也不要回家来！'"薛昆生被十娘的情义深深打动，流下了眼泪。家人都很高兴，急忙跑去告诉薛昆生的父母。薛母一听，也不等十娘来拜见她，就奔到儿子的屋里，拉着十娘的手痛哭流涕。

从此以后，薛昆生也老成持重起来，不再搞恶作剧了，于是两人的感情更加深厚。十娘说："我一向以为你很轻薄，未必就能和你白头到老，所以也不想生下孩子留在世上，现在已经没有后顾之忧了，我打算生孩子了。"过了不久，蛙神夫妇穿着红袍，来到薛家。第二天，十娘就临产了，生下两个男孩。从此，薛家和蛙神常来常往，没有阻碍。居民有时触犯了神怒，就先来求薛昆生说情；薛昆生就让妇女穿着漂亮的衣服到里屋，朝拜十娘，十娘一笑，灾祸也就免除了。薛家的后代繁衍昌盛，人们称他家为"薛蛙子家"。不过住在附近的人不敢叫，只有住得远的人才敢这么称呼。

[何守奇] 神虽异类。既附之为婚姻，复待之以轻薄，宜十娘之不安其室也。父命再醮，千恩万想·而终不忍，孰谓十娘非贞妇哉？

[方舒岩] 利不疚，威不惕。昆生其磊落人欤？不然，何以能使其妻去其骄，翁悔其祸耶！然函蛇相谑，则虐甚。幸而妻义不二夫；脱从改醮，岂不铸成大错？

又青蛙神往往托巫师的口说话。巫师能观察青蛙神的喜怒，告诉信神的人说"神高兴了"，福气就会降临；告诉说"神生气了"，这户人家的妻儿就会发愁叹息，饭也吃不下。这是一种流俗呢，还是青蛙神真有灵验，并不全是虚妄呢？

有一个姓周的富商，生性吝啬。当时恰巧居民聚集钱财修关圣祠，不论贫富都出了力，唯独周某像铁公鸡一毛不拔。修了很长时间，还是无法完工，为首的人也没有办法弄来钱。恰好有一天众人祭青蛙神，巫师忽然说："周仓将军命令小神负责募捐，把账本拿来。"众人取来了账本。巫师说："已经捐过钱的人，不再勉强；还没有捐的人，量力而行，自行认捐。"大家都恭恭敬敬地听着，各自捐了钱。巫师看着众人，说："周某在不在这里？"周某当时正躲在人群的后面，唯恐神知道他在，一听到叫他的名字，惊慌失色，犹犹豫豫地走到前面。巫师指着账本说："你捐一百两吧。"周某越发窘困。巫师生气地说："淫债你还交了两百，何况这是好事情！"原来，周某曾经和一个女人私通，被女人的丈夫抓住了，周某交了二百两银子了事，所以巫师揭了他的隐私。周某一听，又羞又怕，迫不得已，就在账本上写上认捐二百两。他回到家，告诉了妻子。妻子说："这是巫师在诈你。"巫师多次要钱，周某始终不肯交。

一天，周某刚要睡午觉，忽然听到门外像有牛在喘气。他打开门一看，原来是一只巨蛙，房门刚刚容得下它的身子，步履缓慢，硬是挤进了屋子。巨蛙进屋以后，转身卧着，把下巴搁在门坎上，周家全家都很惊慌。周某说："这一定是讨认捐的钱来了。"便烧香祷告，愿先交三十两，剩下的分几次送上，那巨蛙一动不动；请求交五十两，巨蛙身体忽然一缩，小了一尺多；又加了二十两，巨蛙更缩成斗一般大；请求全部交纳，巨蛙缩成拳头大小，慢慢地走出去，钻入墙缝就不见了。周某急忙拿出五十两银子送到了监造所，人们都感到奇怪，周某也不说明原因。

过了几天，巫师又说："周某还欠五十两银子，为什么不去催讨？"周某一听，很害怕，又送去十两银子，想分几次交完剩下的。一天，周某夫妇正在吃饭，那只巨蛙又来了，还和上次一样，眼中露出怒火。一会儿，巨蛙上了床，床被压得摇摇欲坠，然后它就把嘴巴放在枕头上睡起觉来，肚子鼓起来好像一条卧着的牛，把床的四角都给占满了。周某害了怕，急忙拿出钱补齐一百两的数字交给它。再一看，巨蛙还是一动不动，半天的时间里，小青蛙渐渐聚集而来。第二天，来的更多，纷纷钻进粮仓，登上床铺，无处不去。大青蛙有碗口那么大，爬上灶台捉苍蝇吃，有的腐烂在锅里，以至于臭得没法吃饭。到了第三天，院子里到处都是青蛙，更是一点儿空隙都没有了。周某全家都惶恐惊骇，想不出一点办法，万不得已，只好向巫师请教，巫师说："这一定是因为你交的钱不如他的意。"周某于是向青蛙神祷告，加了二十两银子，巨蛙的头才抬了起来；又加了些钱，巨蛙抬起了一只脚；直到加足了一百两，巨蛙才抬起两只脚，下床出门，跟跟跄跄走了几步，突然又转身卧在门里，周某又怕起来，问巫师怎么回事，巫师猜测蛙神的意思是让周某马上就拿出钱来。周某无奈，把钱如数交给了巫师，巨蛙这才起步。走了几步，巨蛙的身子猛地一缩，夹杂在众多的小青蛙中，辨认不出来，青蛙们也就乱哄哄地渐渐散去。

关圣祠建成后，要进行开光祭拜活动，又需要钱。巫师忽然指着带头的人说："某某还应该再交多少多少钱。"一共举了五个人，只漏了两个人。众人祷告说："我们和某人一样，已经一同捐过钱了。"巫师说："我不是根据你们的贫富来决定交不交钱，而是根据你们侵吞修祠钱财的多少来决定的。这种钱财，是不可以塞到自己腰包的，恐怕会飞来横祸，念在你们领头操办此事，也挺勤劳，所以替你们消除了灾祸。除掉某某廉洁正直，没有干出见不得人的事以外，即使是我家巫师，我也不会偏袒他一点儿，就让他先拿钱，给大家带个好头吧。"巫师说完，就跑回家，翻箱倒柜。妻子问他话，他也不回答，把家里的所有积蓄全都取了出来，他告诉众人说："巫师私自克扣了八两银子，今天让他全都交出来。"巫师和众人一起称银子，发现只有六两多，便让人记下他欠的数目。众人都惊呆了，不敢再狡辩，全都如数交了钱。这事办完以后，巫师却茫然不知，有人告诉了他，他大为羞愧，就把衣服当了补足了欠款，只有两个人亏欠该交的钱，事情结束以后，其中一个人病了一个多月，另一个脚上长了脚疮，所花的医药费，比他们该交的欠款还要多，人们都认为这是对他们私下克扣钱财的报应。

异史氏说：老青蛙主持募捐事宜，就没有人敢不做善事，比起官府用酷刑来催讨久债不是强很多吗？而且他又能揭发利用工作之便盗取钱财的人，同时又消除他们的灾祸，这不仅表现出他威猛的一面，又展示了他慈悲为怀的心肠。

[何守奇] 神巫甚异。然使不吝不贪，神应正直是与耳。

[但明伦] 呜呼！当其时，设有老蛙司募，能即时而摘发之，何至以此受冥谴乎？虽然，世之类此侵渔者，比比皆是，老蛙虽神，又安能一一摘发之乎！

任 秀

【原文】

任建之，鱼台人。贩毡裘为业，竭资赴陕。途中逢一人，自言："申竹亭，宿迁人。"话言投契，盟为昆弟，行止与俱。至陕，任病不起，申善视之，积十余日，疾大渐。谓申曰："吾家故无恒产，八口衣食皆恃一人犯霜露。今不幸殂谢异域。君，我手足也，两千里外，更有谁何！囊金二百余金，一半君自取之，为我小备殓具，剩者可助资斧；其半寄吾妻子，俾挈吾榇而归。如肯携残骸旋故里，则装资勿计矣。"乃扶枕为书付申，至夕而卒。申以五六金为市薄材，殓已。主人催其移榇，申托寻寺观，竟遁不返。任家年余方得确耗。

任子秀，年十七，方从师读，由此废学，欲往寻父柩。母怜其幼，秀哀涕欲死，遂典资治任，俾老仆佐之行，半年始还。殡后家贫如洗。幸秀聪颖，释服，入鱼台泮。而佻达喜博，母教戒綦严，卒不改。一日文宗案临，试居四等。母愤泣不食，秀惭惧，对母自矢。于是闭户年余，遂以优等食饩。母劝令设帐，而人终以其荡无检幅，咸诮薄之。

有表叔张某贾京师，劝赴都，愿携与俱，不耗其资。秀喜从之。至临清，泊舟关外。时盐航舣集，帆樯如林。卧后，闻水声人声聒耳不寐。更既静，忽闻邻舟骰声清越，入耳萦心，不觉旧技复痒。窃听诸客，皆已酣寝，囊中自备千文，思欲过舟一戏。潜起解囊，捉钱蹰躇，回思母训，即复束置。既睡，心怔忡苦不得眠；又起又解，如是者三。兴勃发，不可复忍，携钱径去。至邻舟，则见两人对赌，钱注丰美。置钱几上，即求入局。二人喜，即与共掷。秀大胜。一客钱尽，即以巨金质舟主，渐以十余贯作孤注。赌方酣，又有一人登舟来，眈视良久，亦倾囊出百金质主人，入局共博。张中夜醒，觉秀不在舟，闻骰声，心知之，因诣邻舟，欲挠沮之。至，则秀胯侧积资如山，乃不复言，负钱数千而返。呼诸客并起，往来移运，尚存十余千。未几三客俱败，一舟之钱尽空。客欲赌金，而秀欲已盈，故托非钱不博以难之。张在侧，又促逼令归。三客燥急。舟主利其盆头，转贷他舟，得百余千。客得钱，赌更豪，无何又尽归秀。

天已曙，放晓关矣，共运资而返。三客已去。主人视所质二百余金，尽箔灰耳。大惊，寻至秀舟，告以故，欲取偿于秀。及问里居、姓名，知为建之之子，缩颈羞汗而退。过访榜人，乃知主人即申竹亭也。秀至陕时，亦颇闻其姓字；至此鬼已报之，故不复追其前郄矣。乃以资与张合业而北，终岁获息倍蓰。遂援例入监。益权子母，十年间财雄一方。

【译文】

任建之是山东鱼台人，以贩卖毛毡皮裘为业。一次，他带着所有资金到陕西，途中遇到一个人，自称："我叫申竹亭，是宿行人。"两人谈得很投机，结拜为把兄弟，行走住宿都在一起。到了陕西，任建之病得起不来床，申竹亭很好地照顾他。

过了十几天，任建之病危。他对申竹亭说："我家本来就没有什么固定资产，一家八口人的衣食都靠我一个人在外面辛辛苦苦地做生意挣的钱，今天我不幸要死在异地他乡，你是我的好兄弟，离家两千里外，还有谁是我的亲人呢？我身上带有二百多两银子，一半你拿去，替我准备好棺材，剩下的你拿去做盘缠；另一半寄给我的妻子女儿，让他们能够雇车子把我的棺材运回家去。如果有人肯将我的残骸带回故乡，花多少路费就不必计较了。"说完，任建之就趴在枕头上写了封遗书，交给申竹亭。到了晚上，任建之就死了。申竹亭用五六两银子替任建之买了口薄棺材，将他入殓了。店主人催促他赶紧把棺材移走，申竹亭借口去寻找寺庙安放，竟然逃走不回来了。

任家一年多以后才得到任建之死亡的确切消息，他的儿子任秀这时十七岁，正跟着老师读书，从此中止了学业，打算去寻找父亲的灵柩。母亲可怜他年纪尚小，不想让他去，任秀痛哭流涕，伤心欲绝。母亲只好典当家产，替他准备好行装，并派一个老仆人跟他一块去。半年以后他们才回家，任建之入葬以后，家里一贫如洗。幸好任秀天资聪颖，丧期满后，他进入鱼台县学读书，但是任秀轻薄放荡，喜欢赌博，他母亲尽管严加管教，但他就是不改。

一天，主考官来到县学主持考试，任秀只考了四等。母亲气得流泪，吃不下饭，任秀又是惭愧，又是害怕，对母亲发誓要好好读书。于是，任秀闭门读书一年多，终于以优等生的身份领到了朝廷供给的银两。母亲劝他开了个学馆教学生，但是人们终究因为他放荡不检点，都讥讽轻视他。

任秀有个表叔张某，在京城做生意，劝任秀到京城去，并且愿意带他一起走，不用他花钱。任秀很高兴，就跟着走了。他们来到临清县，在临清关外停了船，这时有不少盐船停靠在河边，帆樯如林。任秀躺下以后，只听水声人声嘈杂，吵得他不能入睡。等到更深夜静以后，忽然旁边的船上传来清脆的掷骰子的声音，通过耳朵传到任秀的心里，他不由得旧瘾发作。他悄悄听了听，同船的客人都已经睡熟了。任秀的口袋里有一千文钱，就想到那船上玩一玩，他悄悄起来解开钱袋，拿着钱却犹豫起来，不由回想起母亲的教训，就又把钱放了回去。他虽然睡下了，但心却剧烈地跳个不停，翻来覆去睡不着，他又爬起来，又解开钱袋，重复了三次，到后来，他赌兴大发，再也忍不住了，便带着钱径直到了旁边的船上。

任秀到了船上，只见两个人正在赌博，下的赌注很大。他把钱放在桌子，就要求入局，那两人很高兴，就和他一起掷骰子，任秀大获胜利。其中一个客人把钱输光了，就拿了巨额银子交给船主做抵押换了零钱，渐渐地，一把拿出十几贯钱下赌注。他们正赌在兴头上，又有一个人乘船过来，站在旁边看了很久，也倾囊而出，将一百两银子交给船主作抵押，加入赌局一起玩起来。

张某半夜醒了过来，发现任秀不在船上，听到掷骰子的声音。就知道任秀去赌钱了，便来到那条船上，想制止任秀再玩下去。他来到赌桌前，只见任秀旁边的钱已经堆得像山一样高，便不再开口说话，背了几千钱回到自己的船上，他又招呼同船的客人都起来，来来往往的搬运，还剩下十几贯钱。

不一会儿，三个客人都输掉了，一船的钱都用光了。客人想用银子来赌，但是任秀的欲望已经满足了，声称不用铜钱就不赌，故意刁难他们。张某站在一边，又催逼任秀回去。三个客人急躁起来，船主看到有利可图，就从其他船上借来了一百多贯钱。客人拿到钱，赌得更大了，没过多久，钱又输给了任秀，天空放亮以后，要放早关了，任秀和表叔一起把钱运回船上，三个客人也走掉了。

船主一看那三个客人抵押的二百多两银子，全都变成了纸箔灰。他大惊失色，找到了任秀的船，告诉他这个情况，想让任秀赔偿。等到问起任秀的姓名、籍贯，船主才知道他就是任建之的儿子，便缩起脖子，羞得流着汗走掉了。任秀问划船的人，才知道船主就是申竹亭。

原来，任秀到陕西的时候，也常常听到申竹亭的姓名，事情至此，鬼已经报复了他，所以不再追究以前的过错。任秀于是用这笔钱和张某合伙到北边做生意，到了年底赚了几倍的利。于是，任秀按照惯例捐钱买了一个监生的身份，此后，他更加会做生意，在十年的时间里，他的财富雄霸一方。

[何守奇] 鬼报甚巧。

晚　霞

【原文】

五月五日，吴越有斗龙舟之戏：刳木为龙，绘鳞甲，饰以金碧；上为雕甍朱槛，帆旌皆以锦绣。舟末为龙尾，高丈余，以布索引木板下垂。有童坐板上，颠倒滚跌，作诸巧剧。下临江水，险危欲堕。故其购是童也，先以金唋其父母，预调驯之，堕水而死勿悔也。吴门则载美姬，较不同耳。

镇江有蒋氏童阿端，方七岁，便捷奇巧莫能过，声价益起，十六岁犹用之。至金山下堕水死。蒋媪止此子，哀鸣而已。阿端不自知死，有两人导去，见水中别有天地；回视则流波四绕，屹如壁立。俄入宫殿，见一人兜牟坐。两人曰："此龙窝君也。"便使拜伏。龙窝君颜色和霁，曰："阿端伎巧可入柳条部。"遂引至一所，广殿四合。趋上东廊，有诸少年出与为礼，率十三四岁。即有老妪来，众呼解姥。坐令献技。已，乃教以"钱塘飞霆"之舞，"洞庭和风"之乐。但闻鼓钲喤聒，诸院皆响；既而诸院皆息。姥恐阿端不能即娴，独絮絮调拨之；而阿端一过殊已了了。姥喜曰："得此儿，不让晚霞矣！"

明日龙窝君按部，诸部毕集。首按"夜叉部"，鬼面鱼服，鸣大钲，围四尺许，鼓可四人合抱之，声如巨霆，叫噪不复可闻。舞起则巨涛汹涌，横流空际，时堕一点火如盆，着地消灭。龙窝君急止之，命进"乳莺部"，皆二八姝丽，笙乐细作，一时清风习习，波声俱静，水渐凝如水晶世界，上下通明。按毕，俱退立西墀下。次按"燕子部"，皆垂髫人。内一女郎，年十四五已来，振袖倾鬟，作"散花舞"；翩翩翔起，衿袖袜履间，皆出五色花朵，随风飏下，飘泊满庭。舞毕，随其部亦下西墀。阿端旁睨，雅爱好之，问之同部即晚霞也。无何，唤"柳条部"。龙窝君特试阿端。端作前舞，喜怒随腔，俯仰中节。龙窝君嘉其惠悟，赐五文裤褶，鱼须金束发，上嵌夜光珠。阿端拜赐下，亦趋西墀，各守其伍。端于众中遥注晚霞，晚霞亦遥注之。少间，端逡巡出部而北，晚霞亦渐出部

聊斋志异（图文版）

而南，相去数武，而法严不敢乱部，相视神驰而已。既按"蛱蝶部"，童男女皆双舞，身长短、年大小、服色黄白，皆取诸同。诸部按毕，鱼贯而出。"柳条"在"燕子部"后，端疾出部前，而晚霞已缓滞在后。回首见端，故遗珊瑚钗，端急内袖中。

既归，凝思成疾，眠餐顿废。解姥辄进甘旨，日三四省，抚摩殷切，病不少瘥。姥忧之，罔所为计，曰："吴江王寿期已促，且为奈何！"薄暮一童子来，坐榻上与语，自言："隶蛱蝶部。"从容问曰："君病为晚霞否？"端惊问："何知？"笑曰："晚霞亦如君耳。"端凄然起坐，便求方计。童问："尚能步否？"答云："勉强尚能自力。"童挽出，南启一户，折而西，又辟双扉。见莲花数十亩，皆生平地上，叶大如席，花大如盖，落瓣堆梗下盈尺。童引入其中，曰："姑坐此。"遂去。少时，一美人拨莲花而入，则晚霞也。相见惊喜，各道相思，略述生平。遂以石压荷盖令侧，雅可幛蔽；又匀铺莲瓣而藉之，忻与狎寝。既订后约，日以夕阳为候，乃别。端归，病亦寻愈。由此两人日以会于莲亩。

过数日，随龙窝君往寿吴江王。称寿已，诸部悉归，独留晚霞及乳莺部一人在宫中教舞。数月更无音耗，端怅望若失。惟解姥日往来吴江府，端托晚霞为外妹，求携去，冀一见之。留吴江门下数日，宫禁严森，晚霞苦不得出，怏怏而返。积月余，痴想欲绝。一日解姥入，戚然相吊曰："惜乎！晚霞投江矣！"端大骇，涕下不能自止。因毁冠裂服，藏金珠而出，意欲相从俱死。但见江水若壁，以首力触不得入。念欲复还，惧问冠服，罪将增重。意计穷蹙，汗流浃踵。忽睹壁下有大树一章，乃猱攀而上，渐至端杪，猛力跃堕，幸不沾濡，而竟已浮水上。不意之中，恍睹人世，遂飘然泅去。移时得岸，少坐江滨，顿思老母，遂趁舟而去。

抵里，四顾居庐，忽如隔世。次且至家，忽闻窗中有女子曰："汝子来矣。"音声甚似晚霞。俄，与母俱出，果霞。斯时两人喜胜于悲；而媪则悲疑惊喜，万状俱作矣。初，晚霞在吴江，觉腹中震动，龙宫法禁严，恐旦夕身娩，横遭挞楚，又不得一见阿端，但欲求死，遂潜投江水。身泛起，沉浮波中，有客舟拯之，问其居里。晚霞故吴名妓，溺水不得其尸，自念衙院不可复投，遂曰："镇江蒋氏，吾婿也。"客因代贳扁舟，送诸其家。蒋媪疑其错误，女自言不误，因以其情详告媪。媪以其风格婉妙，颇爱悦之。第虑年太少，必非肯终寡也者。而女孝谨，顾家中贫，便脱珍饰售数万。媪察其志无他，良喜。然无子，恐一旦临蓐，不见信于戚里，以谋女。女曰："母但得真孙，何必求人知。"媪亦安之。

会端至，女喜不自已。媪亦疑儿不死；阴发儿冢，骸骨俱存，因以此诘端。端始爽然自悟；然恐晚霞恶其非人，嘱母勿复言。母然之。遂告同里，以为当日所得非儿尸，然终虑其不能生子。未几竟举一男，捉之无异常儿，始悦。久之，女渐觉阿端非人，乃曰："胡不早言！凡鬼衣龙宫衣，七七魂魄坚凝，生人不殊矣。若得宫中龙角胶，可以续骨节而生肌肤，惜不早购之也。"

端货其珠，有贾胡出资百万，家由此巨富。值母寿，夫妻歌舞称觞，遂传闻王邸。王欲强夺晚霞。端惧，见王自陈："夫妇皆鬼。"验之无影而信，遂不之夺。但遣宫人就别院传其技。女以龟尿毁容，而后见之。教三月，终不能尽其技而去。

【译文】

五月五日，在吴越一带有斗龙舟的游戏，将木头从中剖开挖空，做成龙的形状，画上鳞甲，涂上金黄的颜色。上面是雕花的屋脊，红色的栏杆，帆和旗都用锦绣做成。船尾做成龙尾的样子，有一丈多高，用布绳牵着木板垂下来。有小孩坐在木板上，翻滚摔跤，做出各种巧妙的游戏。但是木板下面就是江水，很是危险，弄不好就会掉下来。所以在选购这种小孩时，先用金钱堵住他父母的口，预先教练小孩，如果小孩落水而死，不得反悔。苏州则是在龙舟上载上美丽的歌妓，两者有所不同。

镇江有个叫蒋阿端的小孩，才七岁就灵便敏捷，奇异机巧，没人能超过他，名声身价日益上涨，到了十六岁时还用他。一天，船到金山下，落水而死。蒋老太太只有这么一个儿子，也只有痛哭而已。

阿端自己还不知道已经死了，有两个人引导他前行。他一看，水中倒别有一番天地，回头再看，只见四面环绕水流波浪，像墙壁一样屹立着。过了一会儿，眼前出现一座宫殿，有一个戴着头盔的人坐着。那两人说："这就是龙窝君。"便让阿端向他行礼。龙窝君和颜悦色地说："依阿端的技艺可以进入柳条部。"于是将阿端带到一个地方，是一座四面围拢的大殿。

阿端走上东廊，便有一些少年走出来与他见礼，这些少年大约是十三四岁的样子。很快就有一个老妇人走来，众人都称她"解姥"。解姥坐下来，让阿端表演技艺，等他演完了，便教他"钱塘飞霆"的舞蹈、"洞庭和风"的乐曲，只听得锣鼓阵阵，各院都传来响声。过了一会儿，各院的声音都平息了，解姥唯恐阿端不能马上就练纯熟了，独自絮絮叨叨地调拨他一个人，而阿端一过场，就已经很明白了。解老高兴地说："我得到这个孩子，真是不比晚霞差了。"

第二天，龙窝君考察各部，各部都汇集在一起。首先考察的是夜叉部。夜叉们面部像鬼，穿着鱼皮服装。他们敲响周长四尺多的大锣，又擂响四个人才抱得过来的大鼓，声音就像打雷一样，喧闹得让人听不下去。等他们跳起舞来，只见波涛汹涌，在空中横流，不时落下一点儿星光，一着地就熄灭了。

龙窝君急忙让他们停下来，命令乳莺部上前表演。乳莺部都是些十六七岁的漂亮女子，她们演奏的笙乐精美细致，一时间，习习清风吹来，波涛都安静了下来，水渐渐凝结起来，宛如水晶世界，上下通明，考察完毕，都退到西面的台阶下站立。

接下来考察燕子部，都是一些未成年的女子。其中有个女郎，年纪在十四五岁上下，挥动衣袖，倾侧着脑袋，跳起了"天女散花舞"。只见她轻盈地飞舞起来，从她的衣襟、袖子、袜子、鞋子里，都落下五色的花朵，随风飘荡下来，落满了庭院。跳完以后，随着燕子部也到西面台阶下站立。阿端在旁边偷眼观瞧，心里很是喜欢她，向同部的人一问，原来她就是晚霞。

过了不久，龙窝君点到柳条部。他特别考察了阿端，阿端在前面跳舞，只见他喜怒随着乐腔变化，舞姿合着节拍表演。龙窝君夸奖他聪慧有悟性，赐给他一件五色花纹的连衣裤，鱼须形状的金的束发带籍，上面嵌着夜明珠。阿端拜谢龙窝君的恩赐，也走到西面的台阶下，站在自己的队伍中。阿端在人群中远远地注视晚霞，晚霞也远远地注视着他。

过了一会儿，阿端慢慢离开本部向北走，晚霞也渐渐出了本部向南走，两个人相隔几步，但法令严明不敢乱了部伍，他们互相注视，只能心神向往罢了。过一会儿又考察蛱蝶部，童男童女双双起舞，他们的身材高矮、年纪大小、衣服的颜色，都是一样的。

等各部都考察以后，各部一个接一个地出来。柳条部排在燕子部后，阿端急忙走到部前面，而晚霞已经慢慢走在了后面，她回头看望阿端，故意丢下一支珊瑚钗，阿端急忙把它放在袖子里。

阿端回去以后，因为思念而得了病，寝食不安。解姥就给他送来美味的食物，每天探望三四次，殷切地抚爱照料他，但病没有一点儿好转。解姥很是忧虑，但又没有办法，说："吴江王的寿日近在眼前，这可怎么办啊！"

傍晚时分，一个童男前来，坐在床上跟阿端说话，自称："我是蛱蝶部的。"然后又慢慢地问道："您的病是为了晚霞吧？"阿端惊讶地问："你怎么知道？"那童男笑着说："晚霞也跟您一样。"阿端凄然地坐起身来，向童男问计。童男问道："还能走路吗？"阿端答道："勉强还能自己走一走。"童男扶着他出来，向南穿过一道门，转弯又向西，又打开两扇门，只见几十亩的莲花，都长在平地上，叶片像席子一样宽阔，花朵像伞盖一样大，落下来的花瓣堆在花梗下有一尺多厚。童男领他进到莲花丛中，说："就坐在这儿吧。"然后就离去了。

等了一会儿，只见一个美女拨开莲花走了进来，原来就是晚霞。两人相见，分外惊喜，各自述说相思，大致说了自己的情况。然后他们用石头压住荷叶让它们侧过来，尚可以作为屏障，又将莲花瓣均匀地铺在地上，两人欣然亲热地睡在一起。然后两人订好今后的约会时间为每天太阳西下以后，便分手了。阿端回去后，病也很快痊愈了，从此，两人每天在莲花地见一次面。

过了几天，他们随龙窝君一起去给吴江王祝寿。祝寿后，各部都回去了，唯独留下晚霞和乳莺部的一个人在宫中教舞。过了几个月还没有消息，阿端怅惘若失。倒是解姥每天来往吴江府之间，阿端假称晚霞是表妹，请解姥带他一块儿去，希望能见晚霞一面，阿端留在吴江王门下几天，但是宫中禁规很森严，晚霞苦于不能出来，阿端只有怏怏地回去了，又过一个多月，阿端呆呆地思念，几乎要死去了。

一天，解姥走进屋来，伤感地说道："可惜啊！晚霞投江自杀了！"阿端大为惊骇，流下眼泪，控制不住自己。他于是毁坏帽子，撕裂衣服，在身上藏了金珠出来，想要跟阿霞一起去死。只见江水像墙壁一样，用头使劲撞儿也进不去。阿端想再回去，又害怕被问起帽子衣服的事，罪名将会加重。他计策用尽，汗一直流下去湿透脚跟。

忽然，他看见墙壁下有一棵大树，于是像猴子一样攀援而上，渐渐地爬到树梢，他猛力跳下去，幸好没有沾湿，竟然已经浮在水面上了。不经意之间，好像看见是到了人世，于是轻捷地游过去。过了一会儿，到了岸边，在江边稍微坐了坐，突然想起了老母，便乘舟离去了。

他到了家乡，四顾周围的房舍，好像隔世一样。他艰难地走到家，忽然听到窗户里有个女子说："你儿子回来了。"声音听起来像是晚霞。一会儿，与阿端母亲一块儿出来的，果然就是晚霞。这时，两人的喜悦胜过悲伤，而他母亲则既悲伤又怀疑，既惊讶又高兴，极尽各种情态。

原来，晚霞在吴江王府里，觉得腹中有东西蠕动，龙宫中法规森严，她唯恐早晚就要分娩，会招来横祸，身受刑罚，又不能够见阿端一面，所以只想一死，便跳到了江中，身子漂起来，在波涛中沉浮。正好有艘客船经过将她救起来，问她住在什么地方。晚霞原来是苏州的名妓，溺水而死，找不到尸体，她想妓院不能再去了，便说："镇江蒋家，是我婆家。"客船上的人于是代她租了只小船，将她送到蒋家。

蒋妈妈怀疑是个错误，晚霞自己说不错，便把实情详细告诉了蒋妈妈。蒋妈妈因为见她风姿美妙，很是喜欢她，只是担心她年纪太小，肯定不会终身守寡。但晚霞孝顺恭敬，看家里面贫穷，硬脱下身上的珍贵首饰卖了几万钱。蒋妈妈发现她确无二心，很是高兴。但是儿子不在家，唯恐晚霞一旦临产，不能被亲戚乡里相信，便跟晚霞商量。晚霞说："妈妈只要能有真正的孙子，又何必要人知道。"蒋妈妈也就安心了。

正好阿端回来了，晚霞喜不自禁。蒋妈妈也怀疑儿子没死，暗中挖开了儿子的坟墓，尸骨还都在，便拿这事追问阿端，阿端这才醒悟过来。但是唯恐晚霞厌恶他不是人，嘱咐妈妈不要再说了。妈妈答应了，便告诉乡里乡亲，说是当时找到的并不是儿子的尸体，但她始终担心晚霞不能生孩子。不久，晚霞竟生下一个男孩，看起来跟一般孩子没什么不同，妈妈才高兴起来。

时间长了，晚霞渐渐觉出阿端不是人，便说："你为什么不早说呢？凡是鬼穿上龙宫的衣服，经过七七四十九天，魂魄就会凝固起来，和活人就没什么两样了。如果能得到宫中的龙角胶，就可以接上骨节，生出肌肤，可惜没能早点儿买到。"阿端出卖他的珠子，有个外国商人出资百万，蒋家因此变得极为富有。

后来给蒋妈妈祝寿，夫妻俩一起载歌载舞，向母亲敬酒祝寿，这事传到淮王的耳朵里。他想强行抢夺晚霞。阿端很害怕，去见淮王，自我陈述道："我们夫妇都是鬼。"一查验，果然没有影子，淮王便相信了，不再抢夺。只是派宫人到别院由晚霞传授技艺。晚霞用龟尿毁了容，然后再去见淮王，教了三个月，终究没有全部传授完技艺就离去了。

[何守奇] 晚霞、阿端，皆以技死者也。吴江王、龙窝君失晚霞、阿端，并不追究，岂所谓鬼死为聱者耶？不然，则昔者所进。今日不知其亡也？

白　秋　练

【原文】

直隶有慕生，小字蟾宫，商人慕小寰之子。聪惠喜读。年十六，翁以文业迁，使去而学贾，从父至楚。每舟中无事，辄便吟诵。抵武昌，父留居逆旅，守其居积。生乘父出，执卷哦诗，音节铿锵。辄见窗影幢幢，似有人窃听之，而亦未之异也。

一夕翁赴饮，久不归，生吟益苦。有人徘徊窗外，月映甚悉。怪之，遽出窥觇，则十五六倾城之姝。望见生，急避去。又二三日，载货北旋，暮泊湖滨。父适他出，有媪入曰："郎君杀吾女矣！"生惊问之，答云："妾白姓。有息女秋练，颇解文字。言在郡城，得听清吟，于今结念，至绝眠餐。意欲附为婚姻，不得复拒。"生心实爱好，第虑父嗔，因直以情告。媪不实信，务要盟约。生不肯，媪怒曰："人世姻好，有求委禽而不得者。今老身自媒，反不见纳，耻孰甚焉！请勿想北渡矣！"遂去。少间父归，善其词以告之，隐冀垂纳。而父以涉远，又薄女子之怀春也，笑置之。

泊舟处水深没棹；夜忽沙碛拥起，舟滞不得动。湖中每岁客舟必有留住守洲者，至次年桃花水溢，他货未至，舟中物当百倍于原直也，以故翁未甚忧怪。独计明岁南来，尚须揭资，于是留子自归。生窃喜，悔不诘媪居里。日既暮，媪与一婢扶女郎至，展衣卧诸榻上，向生曰："人病至此，莫高枕作无事者！"遂去。生初闻而惊；移灯视女，则病态含娇，秋波自流。略致讯诘，嫣然微笑。生强其一语，曰："'为郎憔悴却羞郎'，可为妾咏。"生狂喜，欲近就之，而怜其茬弱。探手于怀，接晒为戏。女不觉欢然展谑，乃曰："君为妾三吟王建'罗衣叶叶'之作，病当愈。"生从其言。甫两过。女揽衣起曰："妾愈矣！"再读，则娇颤相和。生神志益飞，遂灭烛共寝。女未曙已起，曰："老母将至矣。"未几媪果至。见女凝妆欢坐，不觉欣慰；邀女去，女俯首不语。媪即自去，曰："汝乐与郎君戏，亦自任也。"于是生始研问居止。女曰："妾与君不过倾盖之交，婚嫁尚未可必，何须令知家门。"然两人互相爱悦，要誓良坚。

女一夜早起挑灯，忽开卷凄然泪莹，生起急问之。女曰："阿翁行且至。我两人事，妾适以卷卜，展之得李益《江南曲》，词意非祥。"生慰解之，曰："首句'嫁得瞿塘贾'，即已大吉，何不祥之与有！"女乃少欢，起身作别曰："暂请分手，天明则千人指视矣。"生把臂哽咽，问："好事如谐，何处可以相报？"曰："妾常使人侦探之，谐否无不闻也。"生将下舟送之。女力辞而去。无何慕果至。生渐吐其情，父疑其招妓，怒加诟厉。细审舟中财物，并无亏损，谯呵乃已。一夕翁不在舟，女忽至，相见依依，莫知决策。女曰："低昂有数，且图目前。姑留君两月，再商行止。"临别，以吟声作为相会之约。由此值翁他出，遂高吟，则女自至。四月行尽，物价失时，诸贾无策，敛资祷湖神之庙。端阳后，雨水大至，舟始通。

生既归，凝思成疾。慕忧之，巫医并进。生私告母曰："病非药禳可痊，惟有秋练至耳。"翁初怒之；久之支离益惫，始惧，赁车载子复入楚，泊舟故处。访居人，并无知白媪者。会有媪操舵湖滨，即出自任。翁登其舟，窥见秋练，心窃喜，而审诘邦族，则浮家泛宅而已。因实告子病由，冀女登舟，姑以解其沉痼。媪以婚无成约，弗许。女露半面，殷殷窥听，闻两人言，眦泪欲堕。媪视女面，因翁哀请，即亦许之。至夜翁出，女果至，就榻鸣泣曰："昔年妾状今到君耶！此中况味，要不可不使君知。然羸顿如此，急切何能便瘳？妾请为君一吟。"生亦喜。女亦吟王建前作。生曰："此卿心事，医二人何得效？然闻卿声，神已爽矣。试为我吟'杨柳千条尽向西'。"女从之。生赞曰："快哉！卿昔诵诗余，有《采莲子》云：'菡萏香莲十顷陂。'心尚未忘，烦一曼声度之。"女又从之。甫阕，生跃起曰："小生何尝病哉！"遂相狎抱，沉病若失。既而问："父见媪何词？事得谐否？"女已察知翁意，直对"不谐"。

既而女去，父来，见生已起，喜甚，但慰勉之。因曰："女子良佳。然自总角时把舵棹歌，无论微贱，抑亦不贞。"生不语。翁既出，女复来，生述父意。女曰："妾窥之审矣：天下事，愈急则愈远，愈迎则愈拒。当使意自转，反相求。"生问计，女曰："凡商贾之志在于利耳。妾有术知物价。适视舟中物，并无少息。为我告翁：居某物利三之，某物十之。归家，妾言验，则妾为佳妇矣。再来时君十八，妾十七，相欢有日，何忧为！"生以所言物价告父。父颇不信，姑以余资半从其教。既归，所自买货，资本大亏；幸少从女言，得厚息，略相准。以是服秋练之神。生益夸张之，谓女自言能使己富。翁于是益揭资而南。至湖，数日不见白媪；过数日，始见其泊舟柳下，因委禽焉。媪悉不受，但涓吉送女过舟。翁另赁一舟，为子合卺。

女乃使翁益南，所应居货，悉籍付之。媪乃邀婿去，家于其舟。翁三月而返。物至楚，价已倍蓰。将归，女求载湖水；既归，每食必加少许，如用醯酱焉。由是每南行，必为致数坛而归。后三四年，举一子。

一日涕泣思归。翁乃偕子及妇俱入楚。至湖，不知媪之所在。女扣舷呼母，神形丧失。促生沿湖问讯。会有钓鲟鳇者，得白鱀。生近视之，巨物也，形全类人，乳阴毕具。奇之，归以告女。女大骇，谓凤有放生愿，嘱生赎放之。生往商钓者，钓者索直昂。女曰："妾在君家，谋金不下巨万，区区者何遂靳直也！如必不从，妾即投湖水死耳！"生惧，不敢告父，盗金赎放之。既返不见女。搜之不得，更尽始至。问："何往？"曰："适至母所。"问："母何在？"觊然曰："今不得不实告矣：适所赎，即妾母也。向在洞庭，龙君命司行旅。近宫中欲选嫔妃，妾被浮言者所称道，遂敕妾母，坐相索。妾母实奏之。龙君不听，放母于南滨，饿欲死，故罹前难。今难虽免，而罚未释。君如爱妾，代祷真君可免。如以异类见憎，请以儿掷还君。妾自去，龙宫之奉，未必不百倍君家也。"生大惊，虑真君不可得见。女曰："明日未刻，真君当至。见有跛道士，急拜之，入水亦从之。真君喜文士，必合怜允。"乃出鱼腹绫一方，曰："如问所求，即出此，求书一'免'字。"

生如言候之。果有道士蹩躠而至，生伏拜之。道士急走，生从其后。道士以杖投水，跃登其上。生竟从之而登，则非杖也，舟也。又拜之，道士问："何求？"生出罗求书。道士展视曰："此白鱀翼也，子何遇之？"蟾宫不敢隐，详陈始末。道士笑曰："此物殊风流，老龙何得荒淫！"遂出笔草书"免"字如符形，返舟令下。则见道士踏杖浮行，顷刻已渺。归舟女喜，但嘱勿泄于父母。

归后二三年，翁南游，数月不归。湖水既罄，久待不至。女遂病，日夜喘急，嘱曰："如妾死：勿瘞，当于卯、午、酉三时，一吟杜甫《梦李白》诗，死当不朽。待水至，倾注盆内，闭门缓妾衣，抱入浸之，宜得活。"喘息数日，奄然遂毙。后半月，慕翁至，生急如其教，浸一时许，渐苏。自是每思南旋。后翁死，生从其意，迁于楚。

【译文】

直隶有个姓慕的书生，小名叫蟾宫，是商人慕小寰的儿子。他很聪明，喜欢读书，十六岁时，他父亲认为读书科考太过迂腐，便让他弃文从商，学做生意，他便跟着父亲来到楚地。每当在船上没事时，他就吟诗读书。到达武昌后，父亲将他留在旅店中看管货物，慕生趁着父亲外出，便拿出书本吟诗，音节铿锵。有时他看见窗外有人影晃动，像是有人在偷听，但也没觉得有什么奇怪的。

一天晚上，父亲出去赴宴，好久也不回来，他吟诗越发勤苦。他看见有个人在窗外徘徊，在月光的映照下，看得很清楚。他感到奇怪，急忙出来察看，原来是一个十五六岁、倾国倾城的美丽女子。她一看见慕生，就急忙躲开了。

又过了两三天，他们装好货北上回家，晚上停泊在湖滨，父亲恰好有事外出，一个老妇人进来说道："你要害死我女儿了！"慕生惊奇地问她怎么回事，那老妇人回答道："我姓白，有个亲生女儿，名叫秋练，很通文墨。她说在郡城时，听过你吟诵诗书，到现在还记在心里，不能忘怀，以至于废寝忘食。我想让她与你结为夫妻，希望你不要拒绝。"

慕生心里倒真是喜欢那女孩，但是担心父亲会责怪，所以便对老妇人实情相告。老妇人不相信，一定要他应下这门婚事。老妇人发怒说："人世间的婚姻，有的上门求亲都求不到。现在我自己做媒，反而不被接受，还有比这更丢脸的吗？你别想乘船回到北方去！"说完，就走了。

过了一会儿，父亲回来了，慕生便好言好语将这事告诉了他，暗自希望他能够答应。但是他父亲认为离家远行，又看不起这个女孩对男人的思念，便一笑了之。停船的地方，水深没过了船桨，晚上忽然涌出沙堆，将船陷住移动不得。

湖里每年客船都肯定有船留住在小洲上，到第二年桃花水上涨时，其他的货船还没到，船里的货物就比原来的价钱能贵出一百倍，因此慕生的父亲并不太忧愁，只是想明年到南方来，还需要筹集资金，于是他将儿子留下，自己回去了。慕生暗中高兴，只是后悔没有问老妇人住在哪里。

天黑以后，那老妇人和一个丫鬟，扶着那女孩前来，铺开衣服让女孩躺在床上，对慕生说："人已经病成这样了，你可别像没事人似的，高枕无忧！"说完，就离开了。慕生刚听到时很惊奇，等拿灯一看，只见那女孩虽在病中，但依然娇美，一双乌黑的大眼睛顾盼动人。慕生略微问了几句，那女孩只是嫣然一笑。慕生非让女孩说一句话，女孩说："'为郎憔悴却羞郎'，这可以说是为我吟咏的诗句。"慕生大喜，便想亲近她，但又可怜她身体虚弱，就将手伸到她怀里，与她接吻亲热。

那女孩不觉快乐起来，笑着说："你为我吟上三遍王建的'罗叶罗叶'那首诗，我的病就会好了。"慕生按照她说的开始吟诗。才吟了两遍，那女孩便揽过衣服起身说道："我已经好了！"再吟时，女孩也用娇滴滴、颤巍巍的声音跟他一块儿吟诵，慕生不由神采飞扬，便灭了灯，两人一块儿睡下。

天还没亮，那女孩就起床了，说："我母亲就要来了。"没一会儿，老妇人果然到了。见女孩穿戴得好好的，很快乐地坐在那里，不觉很是欣慰，便要女儿跟她回去，女孩低下头不说话。老妇人便起身自己走了，说："你喜欢和慕生玩乐，我也就不管你了。"于是慕生问起那女孩住在哪儿。那女孩说："我和你只不过是刚刚结识的朋友，还不一定能谈婚论嫁，何必要知道我家住在哪里。"但是两个人互相爱慕，海誓山盟。

一天夜里，女孩早早起来点灯，忽然打开书，凄然地流下眼泪，慕生急忙起来问她怎么回事。女孩说："你爸爸快来了，我们两个人的未来我刚才卜了一卦，打开书一看，是李益的《江南曲》，诗的意思不太吉利。"慕生安慰她说："第一句'嫁得瞿塘贾'就已经是大吉大利，有什么不吉祥的呢！"女孩于是稍微高兴了一点儿，起身告别道："咱们暂时分手吧，等天亮了会有好多人对我们指指点点的。"慕生抓住她的胳膊，哽咽着说："如果我父亲同意这门亲事，我到哪里去告诉你呢？"女孩说："我常常派人打听，同意不同意我都会知道。"慕生想下船送她，女孩竭力推辞而去。

没过多久，慕生的父亲果然到了，慕生渐渐地吐出真情，父亲怀疑他招来妓女，生气地责骂他，他仔细检查了船里面的货物并没有减少，骂完也就算了。一天晚上，父亲不在船上，那女孩忽然来了，两人依依不舍，但也想不出办法来，女孩说："成败自有天定，先图眼前的快乐，我再留你两个月，然后商量怎么办。"临别时两人商定以吟诗作为约会的暗号。从此，每当父亲外出，慕生就高声吟诗，那女孩就来了。

四月份快过去时，物价错过了良机，商人们没有办法，便筹钱到湖神庙求神保佑。端午节后下起了大雨，船开始通航了。慕生回家后，因为思念过度病倒了，他父亲很忧虑，便请来巫师和医生给他治病。慕生私下告诉母亲说："我这个病不是药能治好的，只有秋练来了才会好。"他父亲开始很生气，但久而久之，慕生更加瘦弱，疲倦无力，他父亲才害怕起来，租了车子，带上儿子，又来到楚地，又将船停在原来的地方，他们走访当地居民，并没有人知道谁是白老妇人。

正好有个老妇人在湖边划船，她走出来自称是白老太太，慕生父亲登上她的船，看见秋练，心中暗暗高兴，再询问她们的家族情况，原来是水上人家，他便如实告诉了儿子生病的原因，希望秋练到船上去，为他儿子治好病，老妇人认为，还没有正式订婚，不让秋练去，秋练露出半边脸来，认真地听着他们两人的对话，泪水在眼眶中打转转。老妇人看见女儿的表情，再加上慕生父亲的苦苦哀求，也就同意了。

到了夜里，慕生的父亲出去了，秋练果然来到船上，伏在床边呜咽着说："当年我相思成病的样子，如今转到你身上了！此中甘苦，不可不让你也尝尝。但是这么瘦削困顿，一下子怎么可能治好呢？我为你吟一首诗吧。"慕生也很高兴，秋练吟的也是王建的那首诗。慕生说："这诗咏的是你的心事，怎么可能对两个人都有效呢？但是听到了你的声音，我的精神已经爽快多了。你试着为我吟一首'杨柳千条尽向西'。"秋练便吟诵了一遍。慕生赞叹道："痛快啊！你以前吟咏的诗词中，有一首《采莲子》写道：'菡萏香莲十顷陂。'我心里还没有忘记，烦请你再用长声吟诵一遍。"秋练又吟了这首词。刚吟完，慕生就一跃而起，说道："我又何尝生过病呢？"说完，两人亲热地拥抱在一起，大病好像一下子就好了。过了一会儿，慕生问："我父亲见你母亲时说了些什么？咱们的婚事能谈成吗？"秋练已经觉察出慕生父亲的意思，便直率地说"没谈成"。

过了一会儿，秋练走了，父亲回来了，见慕生已经起床了，很是欢喜，只是安慰他。接着又说："那女孩好是好，但她从小就在船上把舵唱歌，且不说她出身低贱，恐怕也不一定贞洁。"慕生不说话。父亲出去后，秋练又回来了，慕生对她说了父亲的意思。秋练说："我已经看得很清楚了，天下的事情，你越着急它就离你越远，你越想迎合它就越拒绝你，应该让你父亲回心转意，反过来求你。"慕生问她有什么计策。秋练说："但凡商人想的都是谋利。我有办法知道物价，刚才我看了舱里的货物，都不是能赚钱的，你替我告诉你父亲，囤积某种货物，就可以获利三倍；囤积某种货物，就可以获利十倍，等回家后，如果我的话应验了，就让我做你们家的媳妇，你再来的时候，你十八岁，我十七岁，自然有相好的日子，有什么好忧愁的呢！"

慕生将秋练说的物价告诉父亲，他父亲很不相信，只拿出剩余资金的一半按秋练教的去做了，等回家后一看，自己买的货物，大大亏了本，幸好稍微听了点儿秋练的主意，赚了一大笔钱，两个大致抵销。从此，他便信服秋练的神明。慕生更是在父亲面前夸奖秋练，说秋练自己说，能让我们家致富，他父亲又筹集了资金南下了。

到了湖中，好多天也没见着白老妇人。又过了几天，才看见她的船停在柳树下，慕生的父亲便送去聘礼。白老妇人全都不肯接受，只是挑了良辰吉日将女儿送过船来。慕生的父亲又租了条船，为儿子举行了婚礼。秋练让慕生的父亲再往南去，将应该采办的货物，全都登记在册交给他。

老妇人于是邀请慕生住到她的船上去，慕生的父亲三个月回来了，货物运到楚地，价格已经涨了好几倍，要回老家时，秋练要求带点儿湖水回去。回家后，每次吃饭时，都要加上一点儿。就像放调料一样。此后，每次慕生的父亲去南方，都要为她带几坛湖水回来。

过了三四年，秋练生了个儿子。一天，她哭着想回家去，慕生的父亲便带着儿子和儿媳一起来到了楚地。到了湖中，也不知道老妇人在什么地方。秋练敲打船舷呼喊母亲，精神和肉体上都很痛苦，她催慕生沿着湖边去询问，正好碰上一个钓鲟鱼的人，钓上来一条白暨豚。慕生走近前一看，原来是个庞然大物，样子跟人一模一样，乳房、生殖器具备。他很奇怪，回来就告诉了秋练。

秋练大为惊骇，说是平生有放生的愿望，嘱咐慕生把它买回来放掉。慕生去找钓鱼者商量，钓鱼者开出高价，秋练说："我在你家，帮你们挣下的钱不下万万，这么一点儿钱就舍不得啊！你如果不听我的，我就跳湖自杀！'慕生害怕了，不敢告诉父亲，偷了钱买了那鱼放掉了。

回来后，却不见了秋练，找也没找到，一直到五更天后才回来。慕生问："你到哪里去了？"秋练说："上我母亲那里去了。"慕生问："你母亲在哪里？"秋练害羞地说："现在我不得不如实相告了，你今天买了放生的那条鱼就是我的母亲。以前在洞庭湖时，龙君命令她管理行旅，近来宫中要挑选嫔妃，一些无聊的人夸我长得漂亮，龙君听了，就命令我母亲将我交出去。我母亲将实情禀告了龙君。龙君不听我母亲的解释，将她流放到南泊，她饿得快要死了，所以才遭受了前面的灾难，现在灾难虽已解脱，但是惩罚却没有免除，你如果爱我的话，请你代向真君祈求，就可以免除对我母亲的惩罚，你如果嫌弃我不是同类，我就把儿子还给你，我自己就回去，龙宫的供奉未必不比你家的要好上一百倍。"

慕生大吃一惊，担心不能够见到真君。秋练说："明天未时，真君应该会来。你如果见到一个跛道士，就赶紧向他下拜，即使他下水，你也要跟下去。真君喜欢文士，他一定会同情你答应你的要求。"说着，她又拿出一块鱼腹绫来，说道："如果他问你求什么事，你就拿出这东西，求他在上面写一个'免'字。"

慕生照秋练说的去等候真君，果然有一个道士跛着脚走过来，慕生上前跪倒参拜。道士急忙走开，慕生紧跟在他后面。道士将拐杖扔到水中，自己跳了上去。慕生竟然也跟着跳去，一看原来不是拐杖，而是一条船。慕生又向他下拜。道士问："你求什么事？"慕生拿出那块鱼腹绫，求他写字。道士展开一看，说："这是白暨豚的翅膀，你是怎么遇到的？"慕生不敢隐瞒，详细地陈述了事情的经过。道士笑着说："这东西很是风流，那老龙怎么能如此荒淫呢？"他便取出笔来，草写了个"免"字，字形像个符咒，然后将船划到岸边让慕生下去。只见那道士踏杖在水中行走，顷刻间就不见了。慕生回到船上，秋练高兴极了，只是嘱咐慕生不要告诉他父母这件事。

他们回到家两三年后，慕生的父亲又到南方去了，几个月都不回来。家里的湖水都用光了，等了很久也不见他回来。秋练于是病了，日夜喘个不停，她嘱咐慕生说："如果我死了，先不要埋葬，就在每天的卯、午、酉三个时辰，吟诵杜甫的《梦李白》诗，这样我的尸体就不会腐烂。等湖水来了以后，就倒进盆里，关上门，将我的衣服松开，将我抱到盆里，浸泡在水中，我就能活过来了。"秋练喘息了几天后，就断气死掉了。

半个月后，慕生的父亲回来了，慕生急忙按照秋练教的方法，将她浸泡在湖水中，过了一个多时辰，秋练就苏醒过来了。从此，秋练常常想回到南方去。后来，慕生的父亲死了，慕生就顺从秋练的心愿，迁家到了楚地。

[何守奇] 秋练耽爱清吟，所谓雅以鱼者。

[方舒岩] 传曰："伯牙鼓琴，鲟鱼出听。"不图白鱀又能知诗，且因诗而病者可愈，死者可生，较愈头风更奇。鱼乎？其癖性耽于佳句者乎？

王 者

【原文】

湖南巡抚某公，遣州佐押解饷六十万赴京。途中被雨，日暮愆程，无所投宿，远见古刹，因诣栖止。天明视所解金，荡然无存。众骇怪，莫可取咎。回白抚公，公以为妄，将置之法；及诘众役，并无异词。公责令仍反故处，缉察端绪。

至庙前见一瞽者，形貌奇异，自榜云："能知心事。"因求卜筮。瞽曰："是为失金者。"州佐曰："然。"因诉前苦。瞽者便索肩舆，云："但从我去当自知。"遂如其言，官役皆从之。瞽曰："东。"东之。瞽曰："北。"北之。凡五日，入深山，忽睹城郭，居人辐辏。入城走移时，瞽曰："止。"因下舆，以手南指："见有高门西向，可款关自问之。"拱手自去。州佐如其教，果见高门，渐入之。一人出，衣冠汉制，不言姓名。州佐述所自来，其人云："请留数日，当与君谒当事者。"遂导去，令独居一所，给以食饮。暇时闲步至第后，见一园亭，入涉之。老松翳日，细草如毡。数转廊树，又一高亭，历阶而入，见壁上挂人皮数张，五官俱备，腥气流熏。不觉毛骨森竖，疾退归舍。自分留鞿异域，已无生望，因念进退一死，亦姑听之。

明日，衣冠者召之去，曰："今日可见矣。"州佐唯唯。衣冠者乘怒马甚驶，州佐步驰从之。俄，至一辕门，俨如制府衙署，皂衣人罗列左右，规模凛肃。衣冠者下马导入。又一重门，见有王者，珠冠绣绂南面坐。州佐趋上伏谒。王者问："汝湖南解官耶？"州佐诺。王者曰："银俱在此。是区区者，汝抚军即慨然见赠，未为不可。"州佐泣诉："限期已满，归必就刑，禀白何所申证？"王者曰："此即不难。"遂付以巨函云："以此复之，可保无

*（图右题诗）*懸擎贪夫斯幻化存 冠城郭迥非凡铜银消 息行须向一缕有兰牷巨画

恙。"又遣力士送之。州佐慑息不敢辨，受函而返。山川道路，悉非来时所经。既出山，送者乃去。

数日抵长沙，敬白抚公。公益妄之，怒不容辨，命左右者飞索以缢。州佐解襆出函，公拆视未竟，面如灰土。命释其缚，但云："银亦细事，汝姑出。"于是急檄属官，设法补解讫。数日公疾，寻卒。先是公与爱姬共寝，既醒，而姬发尽失。阖署惊怪，莫测其由。盖函中即其发也。外有书云："汝自起家守令，位极人臣。赇略贪婪，不可悉数。前银六十万，业已验收在库。当自发贪囊，补充旧额。解官无罪，不得加谴责。前取姬发，略示微警。如复不遵教令，旦晚取汝首领。姬发附还，以作明信。"

公卒后，家人始传其书。后属员遣人寻其处，则皆重岩绝壑，更无径路矣。

异史氏曰："红线金合，以儆贪婪，良亦快异。然桃源仙人，不事劫掠；即剑客所集，乌得有城郭衙署哉？呜呼！是何神欤？苟得其地，恐天下之赴诉者无已时矣。"

【译文】

湖南巡抚某公，派遣州佐押解六十万两饷银前往京城。途中遇到下雨，到天黑时耽误了路程，已经找不到投宿的地方，远远地看见一座古刹，于是就到那里休息。等到天亮，一看押解的银两，已经荡然无存。众人惊骇奇怪，但也找不到什么蛛丝马迹。州佐回去禀告巡抚，巡抚认为他撒谎，要对他实行惩罚。等到问那些差役时，他们也没有不同的说法。巡抚责令州佐还回到丢银子的地方，搜查线索。

州佐来到庙前，见一个盲人，形貌很是奇特，自己标榜说："能知道别人的心事。"于是州佐就请他给自己算一卦。那盲人说："你来是为了丢失银子的事吧。"州佐回答道："是。"接着就诉说丢失饷银的经过。盲人便让他弄来一顶轿子，说："你只要跟着我走，到时候你就知道了。"于是州佐按照他的吩咐做了，其他官役都跟在后面。盲人说："向东。"他们就向东。盲人说："向北。"他们就向北。这样走了五天，进入深山，忽然看见一座城，居民很多。他们进了城，走了不大一会儿，盲人说："停下。"说完就下了车，用手向南一指："看见有一个向西的高门，可以敲门自己问去吧。"说完，他拱拱手就走了。

州佐按照他的指点，果然看见一个高大的门楼，慢慢地走进去，一个人走出来，穿戴着汉朝的衣帽，不说自己姓甚名谁。州佐说明了自己的来意。那人说："请留下住几天，我一定引你去见当事者。"说完，就领着州佐进去，让他一个人住一间屋子，给他提供饮食。

州佐闲暇时散步，来到宅子的后面，看见一座带着亭台的花园，便走了进去。花园内苍老的松树遮天蔽日，地上的小草细如毛毡。他转过几处廊榭，眼前又是一座高亭，沿着台阶走进去，只见墙壁上挂着几张人皮，五官都在，一股血腥味熏人。州佐不由得毛骨悚然，急忙退出园子，回到住处。他料想留在这挂人皮的异地他乡，已经没有生存的希望了，但转念一想，不管进退都是死，也就姑且听之任之吧。

第二天，那人召他前去，说："今天可以见了。"州佐唯唯听命。那人骑着快马跑得飞快，州佐跑步跟在后面。过了一会儿，来到一座衙门外，看上去像是总督衙门，身穿皂衣的衙役站列两边，显得庄严肃穆。那人下了马，领着州佐进去，又穿过一道门，只见一位王者，头戴珠冠，身穿绣袍，面南背北而坐。州佐急忙上前，跪倒叩头。王者问道："你就是湖南的那个押银官吧？"州佐回答说是。王者说："银子都在这里，这么一点点银子，你家巡抚既然慷慨相赠，收下也不是不可以。"州佐哭诉道："我的期限已满，回去肯定会被杀死，我向他禀告时拿什么证明呢？"王者说："这倒不难。"于是交给一个大信函，说："你拿这个回复他，可保你安然无恙。"然后又派了一个力士送他出去。州佐恐惧得屏住呼吸，不敢声辩，接过信函就回去了。山川道路，全部不是来的时候经过的，把他送出山后，送他的力士就回去了。

几天以后，州佐回到长沙，恭敬地向巡抚禀告，巡抚更加认为他是说谎，愤怒得不容他争辩，就命令左右用绳子套住了他。州佐解下头巾，取出那份信函，交给巡抚，巡抚拆开来，没等看完，就已经面如灰土，命人替他松绑，只是说道："银子也只是小事，你先出去吧。"于是巡抚急忙命令下属官员，让他们设法补齐丢失的银两，几天以后，巡抚生了病，不久就死了。

原来，巡抚和他的爱妾一起睡觉，醒来后却发现爱妾的头发全没了。全衙门都感到吃惊奇怪，猜不出其中的缘由，原来那封信函里装的就是爱妾的头发，另外还写道："你从做县令太守起家，现在已经做上了大官，你贪婪无比，收受的贿赂已经数不胜数。前次的六十万两银子，已经验收完毕，存在库里，你应该打开自己贪赃的钱袋，拿钱出来补充旧额，解银官没有罪，你不许加以谴责，上次割取你爱妾的头发，只是略微向你表示点儿警告，如果你还不遵从教令，早晚会来取你的首级。爱妾的头发附在信里送还，以作为明证。"巡抚死后，家人才将这封信传了出来。后来，巡抚的下属派人去寻找那个地方，只见都是悬崖峭壁，根本没有路可走。

异史氏说：当年红线盗走田承嗣枕边的金盒，是为了警告田承嗣不许再贪婪，确实也很痛快，但桃花源中的仙人，不从事劫掠，即使剑客聚集的地方，又怎么会有城廓衙门呢？呜呼！他是个什么神呢？如果真能找到这个地方，恐怕前去告状的人就会络绎不绝了。

[何守奇] 不无少异，要是剑客之流。

[方舒岩] 异史以王者为神，诚神于惩贪矣。

某甲

【原文】

某甲私其仆妇，因杀仆纳妇，生二子一女。阅十九年，巨寇破城，劫掠一空。一少年贼，持刀入甲家。甲视之，酷类死仆。自叹曰："吾今休矣！"倾囊赎命。迄不顾，亦不一言，但搜人而杀，共杀一家二十七口而去。甲头未断，寇去少苏，犹能言之。三日寻毙。呜呼！果报不爽，可畏也哉！

【译文】

某甲和他仆人的妻子通奸，就杀死了仆人，纳他的妻子为妾，生下两个儿子和一个女儿。过了十九年，大批贼寇攻破城池，把整座城劫掠一空。一个年轻的贼拿着刀闯入某甲家，某甲一看，觉得特别像那死去的仆人，他不由叹息道："我今天该死了！"便拿出所有的钱求他饶自己一条命，但那贼始终不理他，也不说一句话，只是找到人就杀，一共将某甲全家二十七人全部杀死才离开。某甲的头还没有断，等贼寇走了以后稍稍苏醒过来，还能够开口说话，三天以后才死去。呜呼！报应果然是没有差错，真是可怕啊！

衢州三怪

【原文】

张握仲从戎衢州，言："衢州夜静时，人莫敢独行。钟楼上有鬼，头上一角，象貌狞恶，闻人行声即下。人骇而奔，鬼亦遂去。然见之辄病，且多死者。又城中一塘，夜出白布一匹，如匹练横地。过者拾之，即卷入水。又有鸭鬼，夜既静，塘边并寂无一物，若闻鸭声，人即病。"

【译文】

张握仲曾经去衢州当过兵，他说："衢州更深夜静的时候，没有人敢独自行走，钟楼上有个鬼，头上长着一个角，相貌狰狞凶恶。听到人走路的声音就会下来。人吓得逃跑，鬼也就走掉了。但是，只要见过他的人就会生病，而且大多数人都死了。另外，城里有一个池塘，夜里会出现一匹白布，像缎子铺在地上一样。路过的人如果拾起白布，就会被它卷入水中。还有所谓的鸭鬼，更深夜静的时候，池塘边静悄悄的什么东西也没有，如果听到鸭子的叫声，人就会生病。"

拆 楼 人

【原文】

何同卿，平阴人。初令秦中，一卖油者有薄罪，其言戆，何怒，杖杀之。后仕至铨司，家资富饶。建一楼，上梁日，亲宾称觞为贺。忽见卖油者入，阴自骇疑。俄报妾生子。怅然曰："楼工未成，拆楼人已至矣！"人谓其戏，而不知其实有所见也。后子既长，最顽，荡其家。佣为人役，每得钱数文，辄买香油食之。

异史氏曰："常见富贵家楼第连亘，死后，再过已墟。此必有拆楼人降生其家也。身居人上，乌可不早自惕哉！"

【译文】

何同卿是山东平阴县人。起初在秦中做县令时，有一个卖油郎犯了不大的罪，但他说话很楞，何同卿一怒之下，就把他打死了。后来，何同卿到吏部文选清吏司做官，家中资产很是丰饶。家中新建一座楼，上梁的那天，亲戚朋友都来喝酒，向他祝贺。忽然，他看见卖油郎走了进来，心中暗暗感到疑惑，过了一会儿，有人来报告说他的妾生了一个儿子。何同卿闷闷不乐地说："新楼还没有建成，拆楼的人已经来了！"别人都以为他是开玩笑，却不知道他真的看见了。后来，他的儿子长大了，最顽劣，把家产都荡光了。他到人家去做佣人，每次得到几文钱，就会买香油吃。

异史氏说：常常可以见到富贵人家的宅院连绵不断，但等他们死后，再经过时发现已经成了一片废墟。这一定是有拆楼的人降生到他们家了。身为人上人，怎么可以不提早自我警惕啊！

大 蝎

【原文】

明彭将军宏，征寇入蜀。至深山中，有大禅院，云已百年无僧。询之土人，则曰："寺中有妖，入者辄死。"彭恐伏寇，率兵斩茅而入。前殿中有皂雕夺门飞去；中殿无异；又进之，则佛阁，周视亦无所见，但入者皆头痛不能禁。彭亲入亦然。少顷，有大蝎如琵琶，自板上蠢蠢而下，一军惊走。彭遂火其寺。

【译文】

明朝一位叫彭宏的将军，为了征剿贼寇来到蜀地。他来到深山中，见到一座大禅院，据说已经有上百年没有和尚了。他向当地人打听，人们告诉他："寺里有妖怪，进去的人就会死掉。"彭宏恐怕里面埋伏着贼寇，就命令士兵砍断茅草进去。走到前殿时，一只黑雕夺门而出；到中殿，没有什么异常现象；他们又往里走，就看见一座佛阁，四处巡视也没有发现什么，但是进去的人都头痛不已。彭宏亲自进去，也是这样，过了一小会儿，一只有琵琶那么大的蝎子，从楼板上慢慢地爬下来，所有的士兵都被吓跑了，彭宏于是放火将这座禅院烧了。

大蝎

陈 云 栖

【原文】

真毓生，楚夷陵人，孝廉之子。能文，美丰姿，弱冠知名。儿时，相者曰："后当娶女道士为妻。"父母共以为笑。而为之论婚，低昂苦不能就。生母臧夫人，祖居黄冈，生以故诣外祖母。闻时人语曰："黄州'四云'，少者无伦。"盖郡有吕祖庵，庵中女道士皆美，故云。

庵去臧氏村仅十余里，生因窃往。扣其关，果有女道士三四人，谦喜承迎，仪度皆洁。中一最少者，旷世真无其俦，心好而目注之。女以手支颐，但他顾。诸道士觅盏烹茶。生乘间问姓字，答云："云栖，姓陈。"生戏曰："奇矣！小生适姓潘。"陈额颜发颊，低头不语，起而去。少间，瀹茗进佳果，各道姓字：一白云深，年三十许；一盛云眠，二十已来；一梁云栋，约二十有四五，却为弟。而云栖不至，生殊怅惘，因问之。白曰："此婢惧生人。"生乃起别，白力挽之，不留而出。白曰："而欲见云栖，明日可复来。"

生归，思恋綦切。次日又诣。诸道士俱在，独少云栖，未便遽问。诸道士治具留餐，生力辞，不听。白拆饼授箸，劝进良殷。既问："云栖何在？"答云："自至。"久之，日势已晚，生欲归。白捉腕留之，曰："姑止此，我捉婢子来奉见。"生乃止。俄，挑灯具酒，云眠亦去。酒数行，生辞已醉。白曰："饮三觥，则云栖出矣。"生果饮如数。梁亦以此挟劝之，生又尽之，覆盏告辞。白顾梁曰："吾等面薄，不能劝饮。汝往曳陈婢来，便道潘郎待妙常已久。"梁去，少时而返，具言："云栖不至。"生欲去，而夜已深，乃佯醉仰卧。两人代

裸之，迭就淫焉。终夜不堪其扰。天既明，不睡而别。数日不敢复往，而心念云栖不忘也，但不时于近侧探侦之。

一日既暮，白出门与少年去。生喜，不甚畏梁，急往款关。云眠出应门，问之，则梁亦他适。因问云栖，盛导去，又人一院。呼曰："云栖！客至矣。"但见室门阗然而合。盛笑曰："闭扉矣。"生立窗外，似将有言，盛乃去。云栖隔窗曰："人皆以妾为饵钓君也。频来则身命殆矣。妾不能终守清规，亦不敢遂乖廉耻，欲得如潘郎者事之耳。"生乃以白头相约。云栖曰："妾师抚养，即亦非易，果相见爱，当以二十金赎妾身。妾候君三年。如望为桑中之约，所不能也。"生诺之。方欲自陈，而盛复至，从与俱出，遂别归。

中心悒怅，思欲委曲夤缘，再一亲其娇范，适有家人报父病，遂星夜而还。无何，孝廉卒。夫人庭训最严，心事不敢使知，但刻减金资，日积之。有议婚

聊斋志异（图文版）

者，辄以服阕为辞。母不听。生婉告曰："曩在黄冈，外祖母欲以婚陈氏，诚心所愿。今遭大故，音耗遂梗，久不如黄省问；旦夕一往，如不果谐，从母所命。"夫人许之。乃携所积而去。

至黄诣庵中，则院宇荒凉，大异畴昔。渐入之，惟一老尼炊灶下，因就问。尼曰："前年老道士死，'四云'星散矣。"问："何之？"曰："云深、云栋，从恶少去；向闻云栖寓居郡北；云眠消息不知也。"生闻之悲叹。命驾即诣郡北，遇观辄询，并少踪迹。怅恨而归，伪告母曰："舅言：陈翁如岳州，待其归，当遣伻来。"

逾半年夫人归宁，以事问母，母殊茫然。夫人怒子诳；媪疑甥与舅谋，而未以问也。幸舅出，莫从稽其妄。夫人以香愿登莲峰，斋宿山下。既卧，逆旅主人扣扉，送一女道士寄宿同舍，自言："陈云栖。"闻夫人家夷陵，移坐就榻，告诉坎坷，词旨悲恻。末言："有表兄潘生，与夫人同籍，烦嘱子侄辈一传口语，但道其寄栖鹤观师叔王道成所，朝夕厄苦，度日如岁。令早一临存；恐过此以往，未之或知也。"夫人审名字，即又不知。但云："既在学宫，秀才辈想无不闻也。"未明早别，殷殷再嘱。

夫人既归，向生言及。生长跪曰："实告母：所谓潘生即儿也。"夫人既知其故，怒曰："不肖儿！宣淫寺观，以道士为妇，何颜见亲宾乎！"生垂头，不敢出词。会生以赴试入郡，窃命舟访王道成。至，则云栖半月前出游不返。既归，悒悒而病。

适臧媪卒，夫人往奔丧，殡后迷途，至京氏家，问之，则族妹也。相便邀入。见有少女在堂，年可十八九，姿容曼妙，目所未睹。夫人每思得一佳妇，俾子不恝，心动，因诘生平。妹云："此王氏女也，京氏甥也。怙恃俱失，暂寄此耳。"问："婿家谁？"曰："无之。"把手与语，意致娇婉，母大悦，为之过宿，私以己意告妹。妹曰："良佳。但其人高自位置，不然，胡蹉跎至今也。容商之。"夫人招与同榻，谈笑甚欢；自愿母夫人。夫人悦，请同归荆州，女益喜。

次日同舟而还。既至，则生病未起，母欲慰其沉疴，使婢阴告曰："夫人为公子载丽人至矣。"生未信，伏窗窥之，较云栖尤艳绝也。因念：三年之约已过，出游不返，则玉容必已有主。得此佳丽，心怀颇慰。于是辍然动色，病亦寻瘳。母乃招两人相拜见。生出，夫人谓女："亦知我同归之意乎？"女微笑曰："妾已知之。但妾所以同归之初志，母不知也。妾少字夷陵潘氏，音耗阔绝，必已另有良匹。果尔，则为母也妇；不尔，则终为母也女，报母有日也。"夫人曰："既有成约，即亦不强。但前在五祖山时，有女冠问潘氏，今又潘氏，固知夷陵世族无此姓也。"女惊曰："卧莲峰下者母耶？询潘者即我是也。"母始恍然悟，笑曰："若然，则潘生固在此矣。"女问："何在？"夫人命婢导去问生，生惊曰："卿云栖耶？"女问："何知？"生言其情，始知以潘郎为戏。女知为生，羞与终谈，急返告母。母问其"何复姓王"。答云："妾本姓王。道师见爱，遂以为女，从其姓耳。"夫人亦喜，涓吉为之成礼。

先是，女与云眠俱依王道成。道成居隘，云眠遂去之汉口。女娇痴不能作苦，又羞出操道士业，道成颇不善之。会京氏如黄冈，女遇之流涕，因与俱去，俾改女子装，将论婚士族，故讳其曾隶道士籍。而问名者女辄不愿，舅及姑妗皆不知其意向，心厌嫌之。是日从夫人归，得所托，如释重负焉。合卺后各述所遭，喜极而泣。女孝谨，夫人雅怜爱之；而弹琴好弈，不知理家人生业，夫人颇以为忧。

积月余，母遣两人如京氏，留数日而归。泛舟江流，欻一舟过，中一女冠。近之即云眠也。云眠独与女善。女喜，招与同舟，相对酸辛。问："将何之？"盛云："久切悬念。远至栖鹤观，则闻依京舅矣。故将诣黄冈一奉探耳。竟不知意中人已得相聚。今视之如仙，剩此漂泊人，不知何时已矣！"因而欷歔。女设一谋：令易道装，伪作姊，携伴夫人，徐择佳偶。盛从之。

既归，女先白夫人，盛乃入。举止大家；谈笑间，练达世故。母既寡苦寂，得盛良欢，惟恐其去。盛早起代母劬劳，不自作客。母益喜，阴思纳女姊，以掩女冠之名，而未敢言也。一日忘某事未作，急问之，则盛代备已久。因谓女曰："画中人不能作家，亦复何为。新妇若大姊者，吾不忧也。"不知女存心久，但恐母嗔。闻母言，笑对曰："母既爱之，新妇欲效英、皇，何如？''母不言，亦辗然笑。女退，告生曰："老母首肯矣。"

乃另洁一室，告盛曰："昔在观中共枕时，姊言：'但得一能知亲爱之人，我两人当共事之。'犹忆之否？"盛不觉双眦荧荧，曰："妾所谓亲爱者非他，如日日经营，曾无一人知其甘苦；数日来，略有微劳，即烦老母恤念，则中心冷暖顿殊矣。若不下逐客令，俾得长伴老母，于愿斯足，亦不望前言之践也。"女告母。母令姊妹焚香，各矢无悔词，乃使生与行夫妇礼。将寝，告生曰："妾乃二十三岁老处女也。"生犹未信。既而落红殷褥，始奇之。盛曰："妾所以乐得良人者，非不能甘岑寂也；诚以闺阁之身，觍然酬应如勾栏，所不堪耳。借此一度，挂名君籍，当为君奉事老母，作内纪纲。若房闱之乐，请别与人探讨之。"三日后，模被从母，遣之不去。女早诣母所，占其床寝，不得已，乃从生去。由是三两日辄一更代，习为常。

夫人故善弈，自寡居，不暇为之。自得盛，经理井井，昼日无事，辄与女弈。挑灯瀹茗，听两妇弹琴，夜分始散。每与人曰："儿父在时，亦未能有此乐也。"盛司出纳，每记籍报母。母疑曰："儿辈常言幼孤，作字弹棋，谁教之？"女笑以实告。母亦笑曰："我初不欲为儿娶一道士，今竟得两矣。"忽忆童时所卜，始信定数不可逃也。生再试不第。夫人曰："吾家虽不丰，薄田三百亩，幸得云眠纪理，日益温饱。儿但在膝下，率两妇与老身共乐，不愿汝求富贵也。"生从之。后云眠生男女各一，云栖女一男三。母八十余岁而终。孙皆少泮；长孙，云眠所出，已中乡选矣。

【译文】

　　真毓生是湖北宜昌人，是举人的儿子。他擅长写文章，长得英俊潇洒，二十岁时就已经很出名了。小的时候，曾经有相面的人说："日后将以女道士为妻。"父母都认为这开玩笑，但是为他谈婚论嫁，不论高低就是不肯答应。

　　真毓生的母亲臧夫人，祖籍在黄冈。真毓生有事到外祖母家，听当时的人告诉他说："黄州有所谓的'四云'，年轻女子没有能比得上的。"原来黄冈有一座吕祖庵，庵里的女道士都长得很美，所以有这个说法。吕祖庵离臧家村只有十几里地，真毓生便偷着去了。他一敲庵门，果然就有三四个女道士，谦恭喜悦地迎上前来，仪表风度都很高雅纯洁。其中最年轻的一个，更是世上无双的绝色美女，真毓生心里喜爱，就盯着她看。那女子却用手托着下巴，眼睛看着别处。女道士们找茶杯给真毓生煮茶，他趁这机会问那美女的姓名，她答道："我姓陈，名云栖。"真毓生就用宋代尼姑陈妙常与书生潘必正的恋爱故事对她开玩笑地说："太奇妙了！小生恰好姓潘。"陈云栖满脸通红，低头不语，起身走了。

　　工夫不大，女道士端上煮好的茶和果品，分别作了自我介绍：一个叫白云深，三十多岁的年纪；一个叫盛云眠，二十多岁的样子；一个叫梁云栋，约有二十四五岁，却自称为师弟，而陈云栖却没有来。真毓生很是怅然，便问她为什么没来。白云深说："这丫头怕见生人。"真毓生便起身告别，白云深竭力挽留他，他没有停留就出了门。白云深说："你如果想见云栖的话，可以明天再来。"

　　真毓生回到外祖母家，对云栖的思恋更加深切。第二天，他又来到吕祖庵。其他女道士都在，唯独少了云栖，真毓生也不好意思马上就问。女道士们准备好酒菜留真毓生吃饭，他竭力推辞，但就是推不掉。白云深替真敏生撕饼递筷子，十分殷勤地劝他吃。吃完饭，真毓生问："云栖在哪里？"白云深答道："她自然会来。"

　　过了很久，天色已晚，真毓生想回去。白云深捉住他的手腕挽留她，说："你暂且在这里等一下，我去捉那丫头来见你。"真毓生就不走了。工夫不大，点上灯摆好酒，盛云眠也走了。酒过数巡，真毓生推辞说已经喝醉了。白云深说："再饮三杯，云栖就会出来了。"真毓生果然饮了三杯。梁云栋也如法炮制，真毓生又干了三杯，把酒杯扣在桌上就要告辞。白云深对梁云栋说："我们的面子薄，不能劝酒，你去把云栖拉来，就说潘郎等妙常已经很久了。"梁云栋去了，不大一会儿回来，说道："云栖不来。"真毓生想要离去，但是夜色已深，他便假装喝醉躺倒了。白梁二人替他脱去衣服，轮番和他做爱。真毓生整夜受不了她们的骚扰，天亮以后，真毓生不睡觉就走了。一连几天都不好再去，但心里还是对云栖念念不忘，不时地到吕祖庵附近探听消息。

　　一天，天色已晚，白云深出门，和一个年轻人走了。真毓生很高兴，他不很怕梁云栋，急忙上前敲门。盛云眠出来开门，一问，原来梁云栋也出去了，真毓生便问起云栖，盛云眠领他前去，又进了一个院子，喊道："云栖！有客来了。"只见房门"呼"的一声关上了。盛云眠笑着说："关门了。"真毓生站在窗外，似乎有话要说，盛云眠一见就先出去了。云栖隔着窗户说："她们是拿我做诱饵，来钓您这条鱼。您要是常来，命就差不多完了。我不能终身恪守清规，但也不敢随便胡来，应当顾廉耻，希望能嫁给一个像潘必正那样的人。"真毓生于是和她相约白头到老。云栖说："我的师傅抚养我，也是很不容易。你如果真的爱我，就拿二十两银子替我赎身，我在这里等你三年，如果你想私下幽会，这不是我能做的。"真毓生答应了，刚想再有所表白，盛云眠又来了，他只好跟着出了院子，告别回家去了。真毓生内心惆怅，想着找个什么借口再去一趟，好一见云栖的芳容。不料，家人来报告说他父亲病了，他只好连夜赶回去了。

不久，真举人死了。臧夫人家教最严，真毓生不敢让她知道自己的心事，只是削减开支，一天一天地攒钱，有人来给他说媒，他就以服丧为理由拒绝。母亲不同意，他就婉转地告诉母亲说："当初在黄冈时，外祖母想让我和陈家订婚，我也很愿意，现在家里遇到这么大的变故，音讯也断了，好久没有去黄冈打听，希望母亲让我去一趟，如果不合适，就全听母亲的吩咐。"臧夫人答应了，真毓生便带着积攒的钱出发了。

到了黄冈，他来到吕祖庵，只见庭院楼宇荒凉，和以前大不一样。他慢慢地往里走，只有一个老尼姑在做饭，便上前询问情况。老尼姑说："前年老道士死了，'四云'就散掉了。"真毓生又问："到哪里去了？"老尼姑说："云深、云栋跟着恶少走了，以前听说云栖住在郡北，云眠的消息就不知道了。"真毓生听完，悲叹不已，便命令车马立即前往郡北，遇到寺观就打听，但没有查到一点儿踪迹。

真毓生惆怅怨恨地回了家，假装告诉母亲说："舅舅说，陈家父亲去岳州了，等他回来以后，就会派媒人前来。"过了半年，臧夫人回娘家探亲，向母亲提起这件事，母亲一副茫然不知的样子。臧夫人很生气儿子撒谎，但外祖母以为是外甥和舅舅商量的事，所以自己没有听说。幸好舅舅出远门去了，也没办法查清是真是假。

臧夫人到莲峰进香还愿，住在山下的旅店，斋戒独宿。她躺下以后，旅店主人来敲门，送来一个女道士和她同住。那女道士自称叫陈云栖，听说臧夫人家在宜昌，就过来坐在她的床边，向她诉说自己的坎坷经历，言语很是悲惨。最后说道："我有一个表兄潘生，和夫人是同乡，麻烦您嘱咐您的孩子们替我传个口信，就说我暂时寄居在鹤栖观师叔王道成那里，从早到晚都很困苦，度日如年，叫他早一点儿去看我，恐怕过了这段时间，就没有人知道了。"臧夫人问她表兄叫什么名字，她又不知道，只是说："既然他在学校上学，想来秀才们不会不知道。"第二天，云栖天没亮就早早告别了，临走时一再诚恳地嘱托这件事。

臧夫人回家后，跟真毓生提到这件事。真毓生跪下来说道："实话对母亲说，所谓的潘生就是孩儿。"臧夫人知道了情况，生气地说："你这个不孝的东西！在寺观里淫乱，娶道士做老婆，还有什么脸面见亲戚宾朋！"真毓生低下头，不敢开口说话。恰好真毓生到郡里参加考试，私下乘船去找王道成。等到了一问，才知道云栖半个月前出游，没有回来，他回到家，郁郁而病。

正巧臧老太太去世，臧夫人回去奔丧，安葬后迷了路，来到了京氏家，一问，原来是自己的族妹。京氏便邀请她进到家中，只见一位少女在堂上，大约十八九岁的年纪，姿态容貌很是柔美，从来没见过如此美丽的姑娘。臧夫人常常想给儿子娶回一个好媳妇，让他不至于恨自己，一看这位少女，不由动了心，便问起她的情况。族妹说："这是王家的女儿，是京家的外甥女，父母都已经去世了，暂时寄居在这里。"臧夫人问："她的夫家是谁呀？"族妹回答说："还没有嫁呢。"臧夫人握着少女的手和她说话，少女的表情娇美柔婉，臧夫人大喜，为了她在京家住了下来，并且私下把自己的心思告诉了族妹，族妹说："很好，但是她自视很高，不然的话，也不会拖到现在还不嫁人，容我跟她商量一下。"臧夫人便招呼少女跟她同床睡觉，两个人说说笑笑，十分愉快，少女自愿认臧夫人为干妈。臧夫人很开心，邀请她一同回荆州，少女也很高兴。

第二天，臧夫人和少女同船而归，回到家里，见真毓生还病着没有起床，母亲想安慰重病的儿子，就让丫鬟暗暗告诉他说："夫人为公子带来天下最美丽的姑娘。"真毓生不相信，就趴在窗户上窥视，见那少女比云栖还要艳丽动人。他于是心想：当初和云栖约定以三年为期，现在已经过了，她出游不归，想必已经嫁人了，能得到眼前这位美丽的姑娘，心里倒也很安慰。于是他高兴地笑了，病很快也好了，母亲于是让两个人互相见面。

真毓生一出来，臧夫人对少女说："这下你知道我带你一起回来的用意了吧？"少女微笑着说："我已经知道了，但是当初我同意和您一同回来的用意，干妈却不知道。我小时候就和宜昌潘家订了亲，音讯已经断了很久，想必他家已经另娶了儿媳妇，果真如此的话，我就做干妈的儿媳妇；如果不是，我终身做您的女儿，以后再报答您。"臧夫人说："既然早就有婚约，我也就不勉强你，但是从前在五祖山时，有个女道士向我问起潘家，今天你又提起潘家，但我知道宜昌世族中没有姓潘的呀。"少女吃惊地说："在莲峰下住宿的就是您吗？那个打听潘郎的人，就是我呀。"臧夫人这才恍然大悟，笑着说："要是这样，那潘郎早就在这里了。"少女问道："在哪里？"臧夫人让丫鬟领着她去见真毓生，真毓生惊讶地问道："你就是云栖吗？"少女反问道："你怎么知道的？"真毓生就把事情的经过说了一遍，云栖这才知道所谓潘郎原来是他开的玩笑。云栖知道真相后，不好意思和他再谈下去，急忙回去告诉臧夫人，臧夫人问她为什么又姓王，云栖回答道："我本来就姓王，因为师傅喜欢我，认我做女儿，我就跟着她姓陈了。"臧夫人也很高兴，便选了个吉日替他们举行了婚礼。

原来，云栖和云眠都依在王道成门下做道士。王道成的寺观太小，云眠就离开去了汉口，云栖娇弱不懂事，又羞于出来做道士，王道成很不喜欢她，恰好京氏到黄冈，云栖见到她痛哭流涕。京氏就把她带回家，让她改穿女子的服装，打算将她许配给名门大户，所以就隐瞒了她当过道士的事。但是有人来提亲，她总是不愿意，舅舅和舅母都不知道她有什么打算，心里厌烦她。这一天，她跟着臧夫人回来，有了依靠，觉得如释重负。结婚以后，真毓生和云栖各自述说自己的遭遇，喜极而泣，云栖孝顺谨慎，臧夫人很喜欢她。但是云栖只会弹琴下棋，不知道操持家务，臧夫人为此感到很担心。

过了一个多月，臧夫人让两人去京氏家拜访，住了几天就回来了，他们乘船行进在江上忽然一条船过来，船上有一个女道士，到近前一看，原来是云眠。云眠原来就和云栖特别好，云栖很高兴，让云眠到自己的船上来，两人相对而坐，不由辛酸。云栖问："你打算到哪里去？"云眠说："很久以来我一直挂念你，我老远地到鹤栖观找你，才听说你已经投靠了姓京的舅舅家，所以打算到黄冈，去看望你，真是想不到你们这一对意中人已经相聚。现在看见你真像仙人一般，只剩下我这个漂泊不定的人，不知何时才有归宿啊！"说着，伤心地哭了起来。云栖想出一个主意，让云眠换下道装，假装成云栖的姐姐，一起回去陪伴夫人，慢慢地替她找个好丈夫，云眠同意了。

回家以后，云栖先向臧夫人禀明情况，云眠才进去，她的举止很有大家风范，谈笑之间，很是老练明理，臧夫人久已守寡，苦于寂寞，见到云眠很高兴，生怕她会离去。云眠每天早上起来替臧夫人操劳家事，不把自己当客人。臧夫人更加高兴，暗自想让真毓生纳云眠为妾，也好掩盖云栖女道士的名声，但不敢明说。

一天，臧夫人忘了有件事没做，急忙去问，发现云眠早就替她做好了，臧夫人于是对云栖说："你这个画中美人不能操持家务，又有什么用呢，如果新媳妇能像你大姐这样，我就不担心了。"不料云栖早就有这个想法，只是怕母亲生气，现在听母亲这么一说，便笑着答道："母亲既然喜欢她，儿媳愿意效仿女英、娥皇共同嫁给舜帝的做法，和姐姐共嫁一夫，怎么样？"臧夫人不说话，也笑了起来。云栖回到房间，告诉真毓生说："母亲答应了。"然后另外收拾干净一间屋子。

云栖对云眠说："当年在观里我们同床共枕时，姐姐曾说过：'如果能找到一个懂得亲爱的男人，我们两人一起嫁给他。'你还记得吗？"

云眠不觉两眼含泪，说："我所说的亲爱的人，没有别的意思，像从前每天操劳，但没有一个人知道我的辛苦。这几天来，我刚做了一点儿事，就让老母体恤挂念，我内心感受到的冷暖顿时就不同了。如果不下逐客令赶我走，让我长期陪伴老母，我的愿望也就满足了，倒也不希望实现以前的诺言。"

云栖把这番话告诉臧夫人。臧夫人便让她们姐妹焚香发誓决不反悔，然后又让真毓生和云眠行了夫妇礼，准备睡觉时，云眠告诉真毓生说："我今年二十三岁，还是个处女。"真毓生还不相信，后来发现鲜血染红了床褥，这才感到惊奇。

云眠说："我之所以想嫁个好人家，并不是不能甘于寂寞，确实因为以处女的身体，像妓女一样厚着脸皮应酬，是我不堪忍受的。借此一夜，名义上成了你的妻子，就应该为你侍奉老母，做一个好管家。至于床第间的乐事，你还是和别人探讨吧。"

三天以后，云眠就抱着被子跟臧夫人去睡了，赶她也不走。云栖就早早地来到臧夫人的房里，占住云眠的床铺睡觉，云眠迫不得已，只好回去跟真毓生睡。从此以后，云栖、云眠三两天就更换一次，习以为常。

臧夫人原来喜欢下棋，自从丈夫死后，就没有闲暇时间下了，自从有了云眠以后，将一切都处理得井井有条，白天没事，就和云栖下棋。晚上就挑灯品茶，听两个媳妇弹琴，到半夜时分才散去。她常常对人说："孩子他爸在世时，也没能有这样的快乐。"云眠负责家里的出纳，经常记帐向母亲汇报，母亲怀疑地问："你们两个常说小时候是孤儿，写字下棋是谁教给你们的？"云栖笑着把实情告诉她，母亲也笑着说："当初我不想给儿子娶一个女道士，现在竟有了两个。"她忽然想起儿子小时候算命，这才相信人逃不过命运的安排。

真毓生再次参加考试，还是没有考中。母亲说："我家虽然不是很富裕，但也有三百亩田，幸好又有云眠打理，日子一天比一天好。我儿只要在我的面前，带着两个媳妇和我一同快乐，不希望你再去求什么富贵了。"真毓生听从了母亲的安排。

后来，云眠生下一男一女，云栖生下三男一女，臧夫人活到八十多岁才去世。孙子们都进了学校，其中长孙是云眠生的，已经中了举人。

[何守奇] 潘既为假，陈亦非真，两相假托，以成此一段姻缘。乃知世事真假假真，正复无庸深论耳

[但明伦] 云栖，女中之杰也，而得之女冠中，则更异。

司 札 吏

【原文】

游击官某，妻妾甚多。最讳某小字，呼年曰岁，生曰硬，马曰大驴；又讳败曰胜，安为放。虽简札往来，不甚避忌，而家人道之，则怒。一日司札吏白事，误犯；大怒，以研击之立毙。三日后醉卧，见吏持刺入，问："何为？"曰："'马子安'来拜。"忽悟其鬼，急起，拔刀挥之。吏微笑，掷刺几上，泯然而没。取刺视之，书云："岁家眷硬大驴子放胜。"暴谬之夫，为鬼揶揄，可笑甚已！

牛首山一僧，自名铁汉，又名铁屎。有诗四十首，见者无不绝倒。自镂印章二：一曰"混帐行子"，一曰"老实泼皮"。秀水王司直梓其诗，名曰《牛山四十屁》。款云："混帐行子、老实泼皮放。"不必读其诗，标名已足解颐。

【译文】

有一个游击官，妻妾成群。他最忌讳别人叫她们的名字，因此把"年"称作"岁"，"生"称作"硬"，"马"称作"大驴"，又把"败"称作"胜"，"安"称作"放"。虽然书信往来，不是很忌讳，但如果家人说了该忌讳的字，他就会发火。

一天，主管书信的小吏报告事情时，无意中犯了忌讳，游击官大怒，用砚台打小吏，一下子将他打死了。三天以后，游击官喝醉了酒睡觉，只见那个小吏拿着拜帖进来，游击官便问道："有什么事？"小吏说："'马子安'前来拜访。"游击官忽然醒悟过来，知道小吏是鬼，急忙起身，拔刀向他砍去，小吏微笑着把拜帖扔到桌子上后，就突然消失了。游击官取过拜帖一看，见上面写道："岁家眷硬大驴子放胜（年家眷生马子安拜）。"这种凶暴荒谬的人，被鬼嘲弄，真是可笑极了！

牛首山有个和尚，自己起名叫铁汉，又叫铁屎。他写了四十首诗，读过的人无不大笑，不能自持。他自己刻了两方印章，一方刻的是"混帐行子"，另一方刻的是"老实泼皮"。秀水人王司直将他的诗刻印出来，题名为"牛山四十屁"，落款则是"混帐行子、老实泼皮放"。不用读里面的诗，光是这题名和落款已经足以让人开怀大笑了！

[何守奇] 武夫忌讳，故鬼吏戏之。

[但明伦] 以此等狂谬暴戾之夫而为官，吾不能辨其驴乎，牛乎，犬乎，抑豺狼乎，虎豹乎？即以刺中之名赠之亦可。

蚰蜒

【原文】

学使朱矞三家门限下有蚰蜒，长数尺。每遇风雨即出，盘旋地上如白练。按蚰蜒形若蜈蚣，昼不能见，夜则出，闻腥辄集。或云：蜈蚣无目而多贪也。

【译文】

学使朱矞三家的门槛下有一条大蚰蜒，有几尺长。每当刮风下雨的时候就会出来，在地上盘旋，如同一条白缎。蚰蜒的形状很像蜈蚣，白天见不到，夜晚则出来，闻到腥味就会聚集起来。有人说，蜈蚣虽然没有眼睛却很贪婪。

司 训

【原文】

　　教官某甚聋，而与一狐善，狐耳语之亦能闻。每见上官，亦与狐俱，人不知其重听也。积五六年，狐别而去，嘱曰："君如傀儡，非挑弄之，则五官俱废。与其以聋取罪，不如早自高也。"某恋禄，不能从其言，应对屡乖。学使欲逐之，某又求当道者为之缓颊。一日执事文场，唱名毕，学使退与诸教官燕坐。教官各扪籍靴中，呈进关说。已而学使笑问："贵学何独无所呈进？"某茫然不解。近坐者肘之，以手入靴，示之势。某为亲戚寄卖房中伪器，辄藏靴中，随在求售。因学使笑语，疑索此物，鞠躬起对曰："有八钱者最佳，下官不敢呈进。"一座匿笑。学使叱出之，遂免官。

　　异史氏曰："平原独无，亦中流之砥柱也。学使而求呈进，固当奉之以此。由是得免，冤哉！"

　　朱公子子青《耳录》云："东莱一明经迟，司训沂水。性颠痴，凡同人咸集时，皆默不语；迟坐片时，不觉五官俱动，笑啼并作，旁若无人焉者。若闻人笑声，顿止。俭鄙自奉，积金百余两，自埋斋房，妻子亦不使知。一日独坐，忽手足自动，少刻云：'作恶结怨，受冻忍饥，好容易积蓄者，今在斋房。倘有人知，竟如何？'如此再四。一门斗在旁，殊亦不觉。次日迟出，门斗入，掘取而去。过二三日，心不自宁，发穴验视，则已空空。顿足拊膺，叹恨欲死。"教职中可云千态百状矣。

【译文】

　　有一个教官，耳朵聋得厉害，但他和一只狐狸很好。这狐狸在他耳边小声说话，他也能听得见。每当去见上司时，他就带着狐狸一起去，因此人们都不知道他耳朵聋。

　　这样过了五六年，狐狸向他告别，临行前，嘱咐他说："你就像傀儡一样，没有人操纵，你的五官就都没用，与其因为耳聋得罪上司，不如趁早辞官而去。"但教官贪恋俸禄，没能听狐狸的话，在回答上司时常常出错。学使想赶他走，他又求主事的官员替他说情。

　　一天，他主持考场，点名以后，学使下来和教官们闲坐。教官们各自从靴子里取出想为之说情的考生名单，呈献给学使来说人情、通关节。过了一会儿，学使笑着问他道："这位先生为什么独独没有递上名单来呢？"他没有听清学使说的话，一脸茫然。坐在他旁边的人用胳膊肘碰了他一下，将手伸靴子里，向他示意。这位教官教亲戚寄卖夫妻房事用具，就藏在靴子里，随时向人兜售，因为见学使笑着对他说话，他误认为学使是要这个东西，便鞠个躬站起来说道："有一种八钱的最好，下官不敢呈上。"在座的教官都偷偷地笑，学使大声呵斥他出去，于是他被免了职。

异史氏说：后汉平原相史弼在别人举报钩党时，独独没有举报，这个教官也和他一样，没有求学使通关节，也可以算是中流砥柱了。学使索要下属的呈进，本来就该把那玩意儿送给他，因为这个被免职，冤枉啊！

朱子青在《耳录》一书中写道："东莱一个姓迟的贡生，到沂水县当学官。他生性痴癫，凡是同僚聚会时，他都沉默不语。迟某坐一会儿，不知不觉五官都会动起来，又哭又笑，旁若无人，如果听到人的笑声，就会马上停止。

迟某每天都省吃俭用，存了一百多两银子，自己埋在书房里，连妻子都不让知道。一天，他一个人坐着，忽然手脚动了起来，过了一会儿说：'做了恶事，结了仇怨，忍饥挨冻，好不容易积蓄起来的钱，现在就在书房里。如果有人知道了，如何是好呢？'这话他反复说了好几遍。一个仆人站在旁边，他也一点儿没感觉到。第二天，迟某出门，那仆人进了他的书房，将银子挖出来取走了。过了两三天，迟某心中不能安宁，打开钱洞一看，已经空空如也，他不由得捶胸顿足，叹气后悔得要死。"

教官中的事情，真可以说是千姿百态。

黑　鬼

【原文】

胶州李总镇，买二黑鬼，其黑如漆。足革粗厚，立刃为途，往来其上，毫无所损。总镇配以娼，生子而白，僚仆戏之，谓非其种。黑鬼亦疑，因杀其子，检骨尽黑，始悔焉。公每令两鬼对舞，神情亦可观也。

【译文】

胶州的李总兵，买了两个黑鬼，黑得像漆一样。他们脚底的皮又粗又厚，用尖刀排成道，他们在上面来来往往，一点儿损伤也没有。李总兵把娼妓配给他们，生下的孩子皮肤是好的，其他的仆人拿他们开玩笑，说孩子不是他们亲生的。黑鬼也觉得可疑，便杀了孩子，一检查，发现骨头全是黑的，这才懊悔不已。李总兵每次让两个黑鬼相对跳舞，神情也十分可观。

织 成

聊斋志异（图文版）

【原文】

洞庭湖中，往往有水神借舟。遇有空船，缆忽自解，飘然游行。但闻空中音乐并作，舟人蹲伏一隅，瞑目听之，莫敢仰视，任所往。游毕仍泊旧处。

有柳生落第归，醉卧舟上。笙乐忽作。舟人摇生不得醒，急匿艎下。俄有人捽生。生醉甚，随手堕地，眠如故，即亦置之。少间，鼓吹鸣聒。生微醒，闻兰麝充盈，睨之，见满船皆佳丽。心知其异，目若瞑。少间传呼织成，即有侍儿来，立近颊际，翠袜紫舄，细瘦如指。心好之，隐以齿啮其袜。少间，女子移动，牵曳倾踣。上问之，因白其故。在上者怒，命即行诛。遂有武士入，捉缚而起。

见南面一人，冠类王者。因行且语，曰："闻洞庭君为柳氏，臣亦柳氏；昔洞庭落第，今臣亦落第；洞庭得遇龙

女而仙，今臣醉戏一姬而死。何幸不幸之悬殊也！"王者闻之，唤回，问："汝秀才下第者乎？"生诺。便授笔札，令赋《风鬟雾鬓》。生固襄阳名士，而构思颇迟，捉笔良久。上诮让曰："名士何得尔？"生释笔自白："昔《三都赋》十稔而成，以是知文贵工不贵速也。"王者笑听之。自辰至午，稿始脱。王者览之，大悦曰："真名士也！"遂赐以酒。顷刻，异馔纷纶。

方问对间，一吏捧簿进白："溺籍告成矣。"问："人数几何？"曰："一百二十八人。"问："签差何人矣？"答云："毛、南二尉。"生起拜辞，王者赠黄金十斤，又水晶界方一握，曰："湖中小有劫数，持此可免。"忽见羽葆人马，纷立水面，王者下舟登舆，遂不复见，久之寂然。舟人始自艎下出，荡舟北渡，风逆不得前。忽见水中有铁猫浮出，舟人骇曰："毛将军出现矣！"各舟商人俱伏。又无何，湖中一木直立，筑筑摇动。益惧曰："南将军又出矣！"少时，波浪大

作，上翳天日，四顾湖舟，一时尽覆。生举界方危坐舟中，万丈洪涛至舟顿灭，以是得全。

既归，每向人语其异，言："舟中侍儿，虽未悉其容貌，而裙下双钩，亦人世所无。"后以故至武昌，有崔媪卖女，千金不售；蓄一水晶界方，言有能配此者，嫁之。生异之，怀界方而往。媪忻然承接，呼女出见，年十五六已来，媚曼风流，更无伦比，略一展拜，反身入帏。生一见魂魄动摇，曰："小生亦蓄一物，不知与老姥家藏颇相称否？"因各出相较，长短不爽毫厘。媪喜，便问寓所，请生即归命舆，界方留作信。生不肯留，媪笑曰："官人亦太小心！老身岂为一界方抽身窜去耶？"生不得已，留。出则赁舆急返，而媪室已空。大骇。遍问居人，迄无知者。

日已向西，形神懊丧，邑邑而返。中途，值一舆过，忽搴帘曰："柳郎何迟也？"视之，则崔媪，喜问："何之？"媪笑曰："必将疑老身拐骗者矣。别后，适有便舆，顿念官人亦侨寓，措办良艰，故遂送女归舟耳。"生邀回车，媪必不可。生仓皇不能确信，急奔入舟，女果及一婢在焉。见生入，含笑承迎。生见翠袜紫履，与舟中侍儿妆饰，更无少别。心异之，徘徊凝注。女笑曰："眈眈注目，生平所未见耶？"生益俯窥之，则袜后齿痕宛然，惊曰："卿织成耶？"女掩口微哂。生长揖曰："卿果神人，早请直言，以祛烦惑。"女曰："实告君：前舟中所遇，即洞庭君也。仰慕鸿才，便欲以妾相赠；因妾过为王妃所爱，故归谋之。妾之来，从妃命也。"生喜，沐手焚香，望湖朝拜，乃归。

后诣武昌，女求同去，将便归宁。既至洞庭，女拔钗掷水，忽见一小舟自湖中出，女跃登，如飞鸟集，转瞬已杳。生坐船头，于没处凝盼之。遥遥一楼船至，既近窗开，忽如一彩禽翔过，则织成至矣。一人自窗中递掷金珠珍物甚多，皆妃赐也。自是，岁一两觐以为常。故生家富有珠宝，每出一物，世家所不识焉。

相传唐柳毅遇龙女，洞庭君以为婿。后逊位于毅。又以毅貌文，不能摄服水怪，付以鬼面，昼戴夜除；久之渐习忘除，遂与面合而为一。毅览镜自惭。故行人泛湖，或以手指物，则疑为指己也；以手覆额，则疑其窥己也：风波辄起，舟多覆。故初登舟，舟人必以此告戒之。不则设牲牢祭享乃得渡。许真君偶至湖，浪阻不得行。真君怒，执毅付郡狱。狱吏检囚，恒多一人，莫测其故。一夕毅示梦郡伯，哀求拔救。伯以幽明异路，谢辞之。毅云："真君于某日临境，但为求恳，必合有济。"既而真君果至，因代求之，遂得释。嗣后湖禁稍平。

【译文】

洞庭湖中，往往有水神借船。遇到有空船，缆绳会忽然自己解开，飘飘然游行。只听空中音乐齐鸣，船夫蹲在角落里，闭上眼睛听着，不敢抬头张望，任凭船游荡，等游完了，船仍旧停在原处。

有个姓柳的书生，落榜回家，喝醉了酒躺在船上，忽然间笙乐大作，船夫摇晃柳生，没把他叫醒，只好自己躲到了船下。过了一会儿，有人来拽柳生，柳生醉得很厉害，随手倒在了地上，还是睡着不醒，那人也就不管他了。工夫不大，鼓乐声震耳，柳生微微醒来，闻到满船都是兰麝的香气，他斜眼一看，只见满船都是漂亮的女子，柳生心里知道碰上奇事了，便假装闭上眼睛。

过了一小会儿，就听传唤"织成"，马上就有一个侍女走来，站在柳生的脸颊旁，穿着翠色的袜子和紫色的鞋子，脚细小得像手指。柳生心中很喜欢，就暗暗地用牙齿咬她的袜子。不一会儿，侍女挪动脚步，被柳生拖着摔倒在船上，坐在上面的人问是怎么回事，她就说了原因。上面的那人很生气，下令马上将柳生斩了。于是武士进来，把柳生捆绑起来，柳生抬头一看，只见座北朝南坐着一个人，穿戴看上去像君王，他便一边走一边说："听说那洞庭君姓柳，我也姓柳；当年洞庭君落第不中，现在我也没中；洞庭君遇到龙女成了仙，今天我喝醉了戏弄一个女子却要被处死，为什么幸运和不幸竟有这么大的悬殊啊！"

王者听他这么一说，就把他叫回来，问道："你是落榜的秀才吗？"柳生说是。王者便递给纸笔，命他以"风鬟雾鬓"为题作一篇赋，柳生本来是襄阳名士，但是构思比较缓慢，提笔停了很久。王者讥笑他说："名士怎么会这样呢？"柳生放下笔，陈述道："当年左思写《三都赋》，十年才完成，因此可见文章贵在写得好，不在写得快。"王者听了，一笑了之。柳生从早上写到中午，才脱稿。王者读完，大为高兴，说："真是名士啊！"便赐柳生喝酒。一会儿工夫，桌上就堆满了美酒佳肴。

正在谈话之间，一个小吏捧着簿册进来禀告道："该淹死的人的名单已经准备好了。"王者问："一共是多少人？"小吏答道："一百二十八人。"王者又问："派谁去执行？"小吏答道："是毛、南二位都尉。"

柳生起身告辞，王者赠给他十斤黄金，还有一把水晶界方，说："湖中将发生的灾祸，拿着这个就可以避免。"忽然，只见车盖人马纷纷站立在水面上，王者下船登上车子，便不见了，过了许久，湖上恢复了平静。

船夫这才从船下面钻出来，划着船向北进发，因为顶风难以向前。忽然，只见水中浮出来一只大铁猫，船夫惊骇地说："毛将军出现了！"各船的商人都趴下了。又过了不久，湖中又直着冒出一根木头，上上下下地摇动。船夫更加恐惧，说："南将军又出来了！"工夫不大，湖上波涛大作，遮天蔽日，再看湖上的船只，倾刻之间全翻了。柳生手举水晶界方，正襟危坐在船中，万丈波涛涌到他的船边就平息，因此柳生得以保全了生命。

柳生回到家，常常向别人说起这件奇事，并且说："船上的那个侍女，虽然没有看清她的容貌，但她裙下的那双小脚，也可以说是人世间所没有的。"

后来，柳生因为有事去武昌，有一位崔老妇人卖女儿，就是给一千两银子也不卖。她家里藏有一把水晶界方，声称如果有人能拿来与她家的界方可以配成一对的，就把女儿嫁给他。柳生很惊讶，便怀揣界方前去。老妇人高兴地迎接柳生，叫女儿出来与柳生相见，只见她十五六岁的年纪，生得妩媚风流，美貌无与伦比。她微微地向柳生行了个礼，就转身进了帏帐。柳生一见，不禁心旌摇荡，神魂颠倒，说："小生也藏有一把界方，不知与姥姥家藏的是否能够相配？"于是双方都取出界方，互相比较，果然长短不差一分一毫。老妇人很高兴，便问柳生住在哪里，请柳生马上回去准备车来迎接，界方留下当作信物。柳生不肯留下界方，老妇人笑着说："官人也太小心了！我难道还会因为一把界方就抽身逃跑吗？"柳生没办法，只好留下了界方。

柳生从老妇人家出来，租了一辆车急急忙忙赶回去，却发现老妇人家中已经空无一人，柳生大为惊骇，问遍了住在附近的人家，都没有一个人知道。这时日头已经偏西，柳生神情懊丧，郁郁不乐地往回走，走在半路上，碰上一辆车子迎面驶来，忽然，有人掀开帘子，说："柳郎怎么来迟了？"柳生一看，原来是崔老妇人，便高兴地问："您去哪儿？"老妇人笑着说："你肯定以为我是个骗子吧。刚才分别以后，恰好有辆便车，我马上想到你也是从外地来的，操办起来一定很麻烦，所以就把女儿给你送回船上去了。"柳生邀请老妇人掉转车头一同回去，老妇人死活也不同意。

柳生心中不宁，不敢确信老妇人说的是真是假，急忙跑回船上，果然看见崔家女儿和一个丫鬟已经在那里了。那女子一见崔生，就笑着迎上前。柳生见她穿的翠绿的袜子和紫色的鞋子，和上次船上见到洞庭君的侍女的打扮没有一点儿区别。他心中奇怪，徘徊着凝视那女子，女子笑着说："这么直勾勾地盯着看，难道从来没有见过吗？"柳生又俯身细看，发现袜子后面他咬过的齿印还在，便吃惊地说："你就是织成吗？"那女子掩嘴微笑。柳生冲她深施一礼，说："你果然是仙女，请你赶快直说，也好驱除我心中的烦忧疑惑。"织成说："实话对您说：上次您在船上遇到的就是洞庭君，他仰慕您的大才，就想把我赠送您；但我深受王妃的喜爱，所以先回去和她商量，我这次前来，就是遵照王妃的命令。"柳生大喜，赶忙洗手烧香，向湖中朝拜，然后才归去。

后来，柳生去武昌，织成要求一起去，顺便回娘家探亲。到了洞庭湖，织成拔下头钗扔到水里，忽然看见一条小船从湖里出来，织成一跃而上，像鸟儿飞到树上一样，转眼之间就消失了，柳生坐在船头，盯着织成消失的地方看，只见远远地一只大游船划来，开到近前窗户开了，忽然好像一只五彩的鸟儿飞过，原来是织成回来了。有一个人从窗户里递出很多的金银珠宝，都是王妃赐的。从此以后，柳生和织成每年都要去朝拜一两次，习以为常。所以柳生家有许多珠宝，每拿出一件，都是那些世家大族的人没有见过的。

相传唐代书生柳毅遇到龙女，洞庭君就认他做女婿，后来又把王位让给了他。洞庭君又因为柳毅相貌文静，不能镇服那些水怪，就交给他一副鬼面具，白天戴上，晚上摘下。久而久之，也就习以为常，忘了摘下来，终于面具和脸就合而为一，柳毅照镜子时就感到很羞愧，所以来往的行人在船上，如果有人用手指一件东西，柳毅就会怀疑是在指自己；把手挡在额头上，柳毅就怀疑是在看自己。这时湖上就会兴风作浪，大多数船只会沉没。所以第一次上船的人，船夫就会告诉他这些禁忌。否则的话，就要宰杀牲口拜祭湖君，才能够渡过湖去。

许真君偶然来到洞庭湖，被风浪阻碍，不能前进。真君很生气，就命人将柳毅抓住，送到郡里的监狱关押。狱吏检查囚犯时，常常会多出一个人，但不明白是什么缘故。一天晚上，柳毅托梦给郡守，苦苦哀求他救自己出狱。郡守以人神不属同一世界为理由，婉言拒绝。柳毅说："真君将在某日来到贵地，只要你向他恳求，就一定能救我。"不久，真君果然来了，郡守便代柳毅向他求情，柳毅就被释放了。从此以后，湖上的禁忌才解除了，风浪也平静了不少。

[何守奇] 其怪处即脱胎龙女，但生未尝入水府，及钱塘破阵许多怪事耳。洞庭君姓柳，生岂其苗裔耶？何遭际皆出于洞庭也？

[方舒岩] 河上歌云："同病相怜，同忧相救。"柳生若无落第数语，早亦劫中一鬼耳，焉前沉后扬哉？甚矣：词之不可已也如是夫？

竹 青

【原文】

鱼客，湖南人，忘其郡邑。家贫，下第归，资斧断绝。羞于行乞，饿甚，暂憩吴王庙中，拜祷神座。出卧廊下，忽一人引去见王，跪白曰："黑衣队尚缺一卒，可使补缺。"王曰："可。"即授黑衣。既着身，化为乌，振翼而出。见乌友群集，相将俱去，分集帆樯。舟上客旅，争以肉向上抛掷。群于空中接食之。因亦尤效，须臾果腹。翔栖树杪，意亦甚得。逾二三日，吴王怜其无偶，配以雌，呼之"竹青"。雅相爱乐。鱼每取食，辄驯无机，竹青恒劝谏之，卒不能听。一日有满兵过，弹之中胸。幸竹青衔去之，得不被擒。群乌怒，鼓翼捐波，波涌起，舟尽覆。竹青仍投饵哺鱼。鱼伤甚，终日而毙。忽如梦醒，则身卧庙中。先是居人见鱼死，不知谁何，抚之未冷，故不时令人逻察之。至是讯知其由，敛资送归。

后三年，复过故所，参谒吴王。设食，唤乌下集群唼，祝曰："竹青如在，当止。"食已并飞去。后领荐归，复谒吴王庙，荐以少牢。已，乃大设以飨乌友，又祝之。是夜宿于湖村，秉烛方坐，忽几前如飞鸟飘落；视之则二十许丽人，辗然曰："别来无恙乎？"鱼惊问之，曰："君不识竹青耶？"鱼喜，诘所来。曰："妾今为汉江神女，返故乡时常少。前乌使两道君情，故来一相聚也。"鱼益欣感，宛如夫妻之久别，不胜欢恋。生将偕与俱南，女欲邀与俱西，两谋不决。寝初醒，则女已起。开目，见高堂中巨烛荧煌，竟非舟中。惊起，问："此何所？"

女笑曰:"此汉阳也。妾家即君家,何必南!"天渐晓,婢媪纷集,酒炙已进。就广床上设矮几,夫妇对酌。鱼问:"仆何在?"答:"在舟上。"生虑舟人不能久待,女言:"不妨,妾当助君报之。"于是日夜谈宴,乐而忘归。

舟人梦醒,忽见汉阳,骇绝。仆访主人,杳无音信。舟人欲他适,而缆结不解,遂共守之。积两月余,生忽忆归,谓女曰:"仆在此,亲戚断绝。且卿与仆,名为琴瑟,而不一认家门,奈何?"女曰:"无论妾不能往;纵往,君家自有妇,将何以处妾乎?不如置妾于此,为君别院可耳。"生恨道远不能时至,女出黑衣,曰:"君向所着旧衣尚在。如念妾时,衣此可至,至时为君解之。"乃大设

肴珍,为生祖饯。即醉而寝,醒则身在舟中,视之洞庭旧泊处也。舟人及仆俱在,相视大骇,诘其所往,生故怅然自惊。枕边一襆,检视,则女赠新衣袜履,黑衣亦折置其中。又有绣橐维絷腰际,探之,则金资充牣焉。于是南发,达岸,厚酬舟人而去。

归家数月,苦忆汉水,为潜出黑衣着之,两胁生翼,翕然凌空,经两时许,已达汉水。回翔下视,见孤屿中有楼舍一簇,遂飞堕。有婢子已望见之,呼曰:"官人至矣!"无何,竹青出,命众手为缓结,觉羽毛划然尽脱。握手入舍,曰:"郎来恰好,妾且夕临蓐矣。"生戏问曰:"胎生乎?卵生乎?"女曰:"妾今为神,则皮骨已硬,应与曩异。"越数日果产,胎衣厚裹如巨卵然,破之男也。生喜,名之"汉产"。三日后,汉水神女皆登堂,以服食珍物相贺。并皆佳妙,无三十以上人。俱入室就榻,以拇指按儿鼻,名曰"增寿"。既去,生问:"适来者皆谁何?"女曰:"此皆妾辈。其末后着藕白者,所谓'汉皋解佩',即其人也。"居数月,女以舟送之,不用帆楫,飘然自行。抵陆,已有人絷马道左,遂归。由此往来不绝。

积数年,汉产益秀美,生珍爱之。妻和氏苦不育,每思一见汉产。生以情告

女。女乃治任，送儿从父归，约以三月。既归，和爱之过于己出，过十余月不忍令返。一日暴病而殇，和氏悼痛欲死。生乃诣汉告女。入门，则汉产赤足卧床上，喜以问女。女曰："君久负约。妾思儿，故招之也。"生因述和氏爱儿之故。女曰："待妾再育，令汉产归。"

又年余，女双生男女各一：男名"汉生"，女名"玉佩"。生遂携汉产归。然岁恒三四往，不以为便，因移家汉阳。汉产十二岁入郡庠。女以人间无美质，招去，为之娶妇，始遣归。妇名"厄娘"，亦神女产也。后和氏卒，汉生及妹皆来擗踊。葬毕，汉产遂留；生携汉生、玉佩去，自此不返。

【译文】

鱼客是湖南人，忘了是哪个郡县的了。他家中贫穷，落榜后回家，但盘缠已经用光了。他不好意思去乞讨，饿得很厉害，就暂时在吴王庙中休息。他向神像行礼祷告以后，就出来躺在廊下。

忽然，来了一个人将他领去见吴王。那人跪倒禀告说："黑衣队还缺一个人，可以让他补缺。"吴王说："好吧。"就命人给鱼客一件黑衣，黑衣刚穿上身，鱼客就变成了一只乌鸦，扇着翅膀飞了出去。只见同伴们已经聚在一起，他便跟着一同飞去，分别落在船的桅杆上。船上的旅客，争着把肉向上扔，乌鸦就在空中接着吃，鱼客便学着他们的样子，不一会儿就吃饱了，他飞落到树梢上，倒也是一副很满足的样子。

过了两三天，吴王可怜他没有配偶，就配他一只叫做竹青的雌鸦。他们相亲相爱，很是快乐。鱼客每次找食吃时，都很驯服，一点儿戒备心也没有。竹青常常劝告他，但他始终不听。一天，有满兵打这里经过，用弹弓打中了鱼客的胸膛，幸亏竹青将他衔走，才没有被捉住。乌鸦们很生气，就一起鼓动翅膀，扇动波浪，一下子就把船都打翻了。竹青叼来食物喂鱼客，但他伤势太重，过了一天就死了。

鱼客忽然像从梦里醒过来一样，发现自己已经躺在吴王庙里了。原来，住在附近的人看见鱼客死了，不知道他是什么人，一摸他的身体，还没有凉，所以时不时让人来察看他。至此，大家问明他的情况，凑了些钱送他回了家。

三年以后，鱼客又经过那个地方，就去吴王庙拜见。他摆上食物，叫乌鸦一起下来吃，并且祷告说："竹青如果在这里，请留下来。"乌鸦们吃完，一齐都飞走了。后来，鱼客考中回来，又去吴王庙拜祭，供上猪羊祭品。祭祀完毕，他摆上许多吃的招待当年的乌鸦伙伴，又向竹青祷告。

这天夜里，鱼客在湖边的村子住下，他正端坐在灯下，忽然桌前像有一只飞鸟飘落下来。鱼客一看，却是一位二十几岁的美丽女子。她笑着说："别来无恙呀？"鱼客吃惊地问她是谁，她说："您不认识竹青了吗？"鱼客很高兴，问她从哪里来。竹青说："我现在是汉江的神女，返回故乡的机会很少。此前乌鸦使者两次转达您的情意，所以特地来和您相聚。"鱼客更加喜悦感激。两人就像久别重逢的夫妻一样，不胜欢喜热恋。鱼客打算带她一同回南方去，竹青则想邀请他一起向西，两人商量，没有定下来。

第二天早上，鱼客一觉醒来，发现竹青已经起来了。他睁开眼睛，只见高堂上巨大的蜡烛辉煌灿烂，竟然已不在船上。鱼客一惊而起，问道："这是什么地方？"竹青笑着说："这里是汉阳，我的家就是您的家，何必要到南方！"天渐渐亮了起来，丫鬟仆妇纷纷赶来，酒菜已经端了上来。他们就在大床上摆了矮脚桌子，夫妻俩相对饮酒。鱼客问："我的仆人现在哪里？"竹青回答说："在船上。"鱼客担心船夫不能够久等。竹青说："不碍事，我会替你告诉他的。"于是他们日夜笑谈欢宴，高兴得忘了回家。

船夫从梦中醒来，忽然发现到了汉阳，惊讶极了。鱼客的仆人寻访主人，也杳无音信。船夫想到别的地方去，但船缆怎么也解不开，只好和仆人在船上守候。

过了两个多月，鱼客忽然想要回家，对竹青说："我在这里，和亲戚都断绝了来往。况且你和我名义上是夫妻，却不去一认家门，为什么呢？"竹青说："甭说我不能前往，就是去了，您家里已经有媳妇了，打算如何安置我呢？不如把我安顿在这里，做您的妾罢了。"鱼客只恨路途遥远，不能时时前来，竹青取出黑衣服，说："您以前穿过的旧衣服还在，如果你想念我的话，穿上这衣服就可以到，等到的时候，我再为您解开。"于是大摆酒宴，为鱼客饯行。

鱼客喝醉酒就睡着了，一觉醒来发现自己已经在船上了。一看，是在洞庭湖原来停泊的地方。船夫和仆人都在，他们互相一见，大为惊骇，便问鱼客到哪里去了。鱼客自己也很怅然惊奇，枕头边有一个包袱，他打开一看，里面是竹青送给他的衣服鞋袜，那件黑衣服也折叠好了放在里边。又有一个绣花口袋绑在腰上，用手一摸，里面装得满满的都是钱，于是鱼客向南进发，抵达对岸，厚厚地酬谢了船夫就离开了。

鱼客回到家几个月，苦苦地思念竹青，于是悄悄地取出黑衣服穿上，顿时两肋长出了翅膀，忽地一下飞上了天空。大约两个时辰，就飞到了汉水。他在空中盘旋着往下看，在孤岛上有一簇楼房，便飞落下去，有个丫鬟已经看见了他，高声喊道："官人回来了！"一会儿，竹青出来，让众人帮鱼客脱下黑衣服，鱼客觉得羽毛一下子都脱光了。

竹青拉着他进了屋，说："你来得正好，我就要临产了。"鱼客开玩笑地说："是胎生呀，还是卵生呢？"竹青说："我现在是神，皮肉骨头都换过了，和过去已经不一样了。"

过了几天，竹青果然生了，孩子包裹在一层厚厚的胎衣里，像一只大蛋，打开一看，是一个男孩。鱼客很高兴，给他取名为"汉产"。三天以后，汉水的神女们都来了，带来许多衣服、食物和珍宝表示祝贺。她们都是些美丽的女子，年纪都在三十岁以下。她们进了屋来到床边，用拇指按一下孩子的鼻子，这叫做"增寿"。等神女们走了以后，鱼客问："刚才来的是些什么人？"竹青说："她们都是我的同辈，最后那个身穿藕白色衣服的，就是传说中郑交甫在汉皋遇见的解珮相赠的仙女。"

过了几个月，竹青用船送鱼客回去，船上不用帆桨，飘飘然自己就会行走。到了岸上，已经有人牵着马在路边等候了，鱼客就回到家中，从此以后，两边往来不绝。

又过了几年，汉产长得越发秀美，鱼客很珍爱他。妻子和氏，苦于不能生育，常常想见汉产一面。鱼客把这情况告诉竹青，竹青便准备行装，送儿子和父亲一同回家，约好以三个月为期。汉产来到鱼客家里，和氏比对自己亲生的孩子还要疼爱他，过了十几个月，还是不想让他回去。一天，汉产突然得了急病死了，和氏悲痛欲绝。鱼客于是赶到汉水告诉竹青，一进门，就看见汉产光着脚躺在床上，便高兴地问竹青是怎么回事。竹青说："你违背约定的时间太久了，我也很想念他，就把他招回来了。"鱼客于是说明了和氏不能生产因而喜爱孩子的原因。竹青说："等我再生了孩子，就让汉产回去。"

又过了一年多，竹青生下一对双胞胎，一男一女，男的取名叫"汉生"，女的取名叫"玉珮"。鱼客就带着汉产回家去了，但是一年里常常要跑三四趟，鱼客觉得很不方便，就把家搬到了汉阳。汉产十二岁的时候，进了郡学。竹青认为人间没有美丽的女子可以做她的儿媳妇，就把汉产叫回去，为他娶了个媳妇，才让他回家。媳妇的名字叫"厄娘"，也是神女的女儿。后来，和氏死了，汉生和妹妹玉珮都赶来送葬。安葬完毕，汉生就留了下来，鱼客带着玉珮走了，从此再也没有回来。

[方舒岩] 乌亦为神，神亦生子，男婚女嫁。此其所以为慈乌。

段 氏

【原文】

段瑞环，大名富翁也。四十无子。妻连氏最妒，欲买妾而不敢。私一婢，连觉之，挞婢数百，鬻诸河间栾氏之家。

段日益老，诸侄朝夕乞贷，一言不相应，怒征声色。段思不能给其求，而欲嗣一侄，则群侄阻挠之，连之悍亦无所施，始大悔。愤曰："翁年六十余，安见不能生男！"遂买两妾，听夫临幸，不之问。居年余，二妾皆有身，举家皆喜。于是气息渐舒，凡诸侄有所强取，辄恶声梗拒之。无何，一妾生女，一妾生男而殇。夫妻失望。又将年余，段中风不起，诸侄益肆，牛马什物竟自取去。连诟斥之，辄反唇相稽。无所为计，朝夕呜哭。段病益剧，寻死。诸侄集枢前议析遗产，连虽痛切，然不能禁止之。但留沃墅一所，赡养老稚，侄辈不肯。连曰："汝等寸土不留，将令老妪及呱呱者饿死耶！"日不决，惟忿哭自挝。

忽有客人吊，直趋灵所，俯仰尽哀。哀已，便就苫次。众诘为谁，客曰："亡者吾父也。"众益骇。客从容自陈。先是，婢嫁栾氏，逾五六月，生子怀，栾抚之等诸男。十八岁入泮。后栾卒，诸兄析产，置不与诸栾齿。怀问母，始知其故，曰："既属两姓，各有宗祐，何必在此承人百亩田哉！"乃命骑诣段，而段已死。言之凿凿，确可信据。连方忿痛，闻之大喜，直出曰："我今亦复有儿！诸所假去牛马什物，可好自送还；不然，有讼兴也！"诸侄相顾失色，渐引去。怀乃携妻来，共居父忧。诸段不平，共谋逐怀。怀知之，曰："栾不以为栾，段复不以为段，我安适归乎！"忿欲质官，诸戚党为之排解，群谋亦寝。

而连以牛马故不肯已，怀劝置之，连曰："我非为牛马也，杂气集满胸，汝父以愤死，我所以吞声忍泣者，为无儿耳。今有儿，何畏哉！前事汝不知状，待予自质审。"怀固止之，不听，具词赴宰控。宰拘诸段，审状，连气直词恻，吐陈泉涌。宰为动容，并惩诸段，追物给主。既归，其兄弟之子有不与党谋者，招之来，以所追物尽散给之。

连七十余岁，将死，呼女及孙媳嘱曰："汝等志之：如三十不育，便当典质钗珥，为夫纳妾。无子之情状实难堪也！"

异史氏曰："连氏虽妒，而能疾转，宜天以有后伸其气也。观其慷慨激发，吁！亦杰矣哉！"

济南蒋稼，其妻毛氏不育而妒。嫂每劝谏，不听，曰："宁绝嗣，不令送眼流眉者忿气人也！"年近四旬，颇以嗣续为念。欲继兄子，兄嫂俱诺，而故悠忽之。儿每至叔所，夫妻饵以甘脆，问曰："肯来吾家乎？"儿亦应之。兄私嘱儿曰："倘彼再问，答以不肯。如问何故不肯，答云：'待汝死后，何愁田产不为吾有。'"一日稼出远贾，儿复来。毛又问，儿即以父言对。毛大怒曰："妻孥在家，固日日盘算吾田产耶！其计左矣！"逐儿出，立招媒媪为夫买妾。

及夫归，时有卖婢者，其价昂，倾资不能取盈，势将难成。其兄恐迟而变悔，遂暗以金付媪，伪称为媪转贷而玉成之。毛大喜，遂买婢归。毛以情告夫，夫怒，与兄绝。年余妾生子。夫妻大喜。

毛曰："媪不知假贷何人，年余竟不置问，此德不可忘。今子已生，尚不偿母价也！"稼乃囊金诣媪，媪笑曰："当大谢大官人。老身一贫如洗，谁敢贷一金者。"具以实告。稼感悟，归告其妻，相为感泣。遂治具邀兄嫂至，夫妇皆膝行，出金偿兄，兄不受，尽欢而散。后稼生三子。

【译文】

段瑞环是大名府的富翁，四十岁了还没有儿子，他的妻子连氏嫉妒心最强，所以他想买个小妾也不敢。他和一个丫环私通，被连氏发觉了，将这丫环鞭打了几百下，然后卖给了河间府一户姓栾的人家。

段瑞环越来越老，他的侄子们一天到晚上门来借钱，一句话说得不合适，他们就会对他狠声恶气。段瑞环想既然不能满足他们所有人的要求，不如过继一个侄子当儿子，但是侄子们从中阻扰。连氏虽然凶悍，即也无计可施，这才十分后悔当初没让丈夫娶妾，她愤愤地说："老头六十多岁了，怎么见得就不能生出个男孩！"便买了两个妾，听任丈夫和她们生活，不加过问。过了一年多，两个妾都有了身孕，全家都很高兴。于是，家的气氛渐渐舒缓，凡是侄子们再来强取豪夺，就叫骂着将他们拒之门外。不久，一个妾生了女儿，一个妾生了男孩却死了，段家夫妻都很失望。

又过了一年多，段瑞环中风瘫痪，卧床不起。侄子们更加放肆，争着把家里的牛马家具拿走了。连氏责骂他们，他们就反唇之讥。她无计可施，整天"呜呜"哭泣。段瑞环的病情日益加剧，不久就死了。侄子们聚集在他的灵柩前，商议分他的遗产。连氏虽有切肤之痛，但也不能禁止他们，只想留下一所庄园，用来赡养老幼，但侄子们也不肯答应。连氏说："你们连一寸土地都不留，是想要我这个老太婆和呱呱啼哭的孩子饿死吗？"一天也没能决定下来，连氏只能怂怂地哭泣，打自己的脸。

忽然，一个客人进来吊唁，直奔灵堂，前俯后仰地哭泣，竭尽哀思。他哀悼完毕，就坐在女子守灵堂的草席上，众人问他是谁，客人说："死者是我的父亲。"众人更加惊骇，客人便慢慢地述说起来。

原来，那个被连氏卖到栾家的丫环，五六个月以后，生下一个男孩，名叫怀，栾家像对自己的亲生儿子一样抚养他。十八岁时，栾怀进了县学，后来，栾氏死了，他的儿子们分家产，却不把栾怀当成栾家的后代看待。栾怀问母亲是怎么回事，才知道其中的缘故，说："既然我和栾家没有关系，我有自己的宗庙，何必在这里瓜分别人家的财产！"于是骑马来到段家，而段瑞环已经死了，栾怀说的有理有据，确实令人信服。

连氏正在愤怒痛恨之中，听栾怀这么一番叙述，不由大喜，径直走出去说："我现在也有儿子了！你们借去的牛马和其他东西，都好好地给我送回来，不然的话，我就到官府告你们！"那些侄子们互相看了看，都变了脸色，慢慢地散去了。

栾怀于是把妻子带回来，一起给父亲服丧。那些侄子们心中不平，一起商量要把栾怀赶走。栾怀知道以后，说道："栾家不拿我当栾家的人，段家不拿我当段家的人，我该到哪里去呢？"说完，就气愤地要到官府对质。亲戚们替他从中调解，侄子们也就不再闹事了。但是连氏因为侄子们抢走的牛马还没有送回来，不肯罢休，栾怀劝她算了，连氏说："我倒不是为了那些牛马，而是我的胸中充满了怨气，你父亲被他们气死了，我之所以忍气吞声，是因为没有儿子。现在，我有儿子了，有什么可怕的呢！以前发生的事你不了解情况，让我自己到官府与他们当堂对质。"栾怀坚决阻止她，连氏不听，写好状词到县衙告状。县官将段家的侄子拘捕到庭，审问案情。连氏理直气壮，言词悲切，话如泉涌。县令被她感动了，惩罚了段家的侄子们，追回了那些被抢的财物。

连氏回到家中，将那些没有参与谋夺财物的侄子们叫来，把追讨回来的财物都分给了他们。连氏活到七十多岁，临死前，她将女儿和孙媳妇叫来，嘱咐道："你们记住，如果到三十岁还不能生下儿子，就应该典当首饰，替丈夫纳妾。没有儿子的苦处，实在是难以忍受啊！"

异史氏说：连氏虽然生性好嫉妒，但能够迅速改变，难怪老天让她有了后代，替她伸张了正气，看她慷慨激昂的样子，唉，也可以算是个女中豪杰了！

济南人蒋稼，他的妻子王氏不能生育，却妒忌心很重。嫂嫂常常劝她替丈夫纳妾，她都不听，说："我宁可绝了后，也不能让小狐狸精来给我气受！"

蒋稼快到四十岁时，因为没有儿子传宗接代，很是忧愁。他想过继哥哥的儿子，哥哥嫂子都答应了，但是故意地拖着不办。他们的儿子每次到叔叔家，蒋稼夫妻都给他好吃的，问他："愿意来我家吗？"孩子也答应他们。蒋稼的哥哥私下嘱咐儿子说："如果他们再问的话，你就回答说不肯。如果再问你为什么不肯，你就回答说：'等你死了以后，还愁你们的田产不归我所有吗？'"

一天，蒋稼出远门做生意，哥哥的孩子又来了。毛氏又拿原来的话问他，孩子就用他父亲教的话回答。毛氏听了，大怒道："原来你们母子在家，天天都在盘算我家的田产啊！你们打错主意了！"说完，就把孩子赶出门，马上叫来媒婆，替丈夫买妾。

恰好这时有人卖丫环，但价钱很高，毛氏就算把家里所有的钱都拿出来也不够，眼看就要买不成了，蒋稼的哥哥生怕耽搁了毛氏又会变卦，就暗中把钱交给媒婆，假装是媒婆借来钱促成这件好事。毛氏十分高兴，就把丫环买回了家。毛氏又把哥哥一家盘算他家田产的事告诉丈夫，蒋稼很生气，和哥哥断绝了来往。

过了一年多，小妾生了个儿子，蒋稼夫妻十分高兴。毛氏说："媒婆不知道跟什么人借的钱，过了一年多也不来讨还。这个大恩大德不可忘记。现在儿子已经生了，还不赶紧把钱还给人家！"蒋稼便带着钱到媒婆家。媒婆笑着说："你应当好好谢谢你哥哥。我老太婆一贫如洗，谁敢借给我一分钱呀。"然后就把实情告诉了蒋稼。蒋稼恍然大悟，回家告诉毛氏，夫妻俩都感动得流下眼泪。于是摆设酒宴邀请哥哥嫂子前来，夫妻俩又以膝当步，走到兄嫂面前，拿出钱还给哥哥，哥哥不肯要。一家人高高兴兴地喝完酒才散去。后来，蒋稼有了三个儿子。

[何守奇] 妒情可咄，岂仓庚肉所能已耶？惟投之以所恶，庶几知所反耳。

[但明伦] 尝谓妇人无德者有三：曰独，曰妒，曰毒。未有独而不妒，妒而不毒者。

狐　女

【原文】

伊衮，九江人。夜有女来相与寝处。心知为狐，而爱其美，秘不告人，父母亦不知也。久而形体支离。父母穷诘，始实告之。父母大忧，使人更代伴寝，兼施敕勒，卒不能禁。翁自与同衾，则狐不至；易人则又至。伊问狐，狐曰："世俗符咒何能制我。然俱有伦理，岂有对翁行淫者！"翁闻之，益伴子不去，狐遂绝。后值叛寇横恣，村人尽窜，一家相失。

伊奔入昆仑山，四顾荒凉。日既暮，心恐甚。忽见一女子来，近视之，则狐女也。离乱之中，相见欣慰。女曰："日已西下，君姑止此。我相佳地，暂创一室以避虎狼。"乃北行数武，遂蹲莽中，不知何作。少顷返，拉伊南去，约十余步，又曳之回。忽见大木千章，绕一高亭，铜墙铁柱，顶类金箔；近视则墙可及肩，四围并无门户，而墙上密排坎窞。女以足踏之而过，伊亦从之。既入，疑金屋非人工可造，问所自来。女笑曰："君子居之，明日即以相赠。金铁各千万，计半生吃着不尽矣。"既而告别。伊苦留之，乃止。曰："被人厌弃，已拚永绝；今又不能自坚矣。"及醒，狐女不知何时已去。天明，逾垣而出。回视卧处并无亭屋，惟四针插指环内，覆脂合其上；大树则丛荆老棘也。

【译文】

伊衮是江西九江人。一天夜里，有个女子前来，和他一起睡觉。他心里知道她是狐女，但喜爱她的美貌，所以保守这个秘密不告诉别人，连他的父母也不知道。时间一长，他的身体日渐消瘦下去，父母追问不止，伊衮才说出了实情，父母很是担忧，让人轮流陪着他睡觉，但始终禁止不了。父亲亲自和伊衮同床睡觉，狐女就不来了；一换别人，狐女就又来了。伊衮问狐女为什么这样，狐女说："世间的那些符咒，怎么可能制得了我？但是都有伦理道德，哪有当着父亲的面行淫的呢！"父亲听说以后，更加陪儿子睡觉不离去，狐女也就不来了。

后来，碰上叛贼横行肆虐，村里的人全都逃跑了，伊衮也和家人走散了。他逃进昆仑山，四面望去，满目苍凉，这时天色已晚，伊衮心里很害怕，忽然，只见一个女子走来，到近前一看，原来是狐女。在离乱之中相见，两人都很欣慰。狐女说："太阳已经西下，你暂且在这里等着，我去找一个好地方，临时建个屋子，好躲避虎狼侵害。"说完，

她向北走了几步，蹲在荒草丛中，不知道干了些什么。过了一会儿，狐女回来，拉着伊衮往南走。走了约有十几步，又把他拽回来，伊衮忽然看见一片高大的树林，围绕着一座高高的亭子，铜墙铁柱，屋顶好像贴着金箔。走到近前一看，只见墙与肩膀齐高，四周并没有门，倒是墙上密密麻麻排着小洞。狐女就踩着小洞过了墙，伊衮也学着她的样子过去了。进了屋子，伊衮怀疑这座金屋不是人工可以造出来的，就问是从哪里来的。狐女笑着说："您就住在这里，明天就把它送给你。这屋子各用金铁千万斤造成，你一辈子也用不完。"说完，就要告别。伊衮苦苦地挽留她，狐女才留下了。狐女说："我遭人厌恶抛弃，已经发誓永远断绝往来，今天却又不能坚持了。"伊衮一觉醒来，狐狸不知道什么时候已经走了。天亮以后，伊衮翻墙而出，回头一看睡觉的地方，并没有什么亭屋，只有四根针插在指环里，上面盖着个胭脂盒，那一处大树林，原来是丛丛荆棘。

张 氏 妇

【原文】

凡大兵所至，其害甚于盗贼，盖盗贼人犹得而仇之，兵则人所不敢仇也。其

少异于盗者，特不敢轻于杀人耳。甲寅岁，三藩作反，南征之士，养马兖郡，鸡犬庐舍一空，妇女皆被淫污。时遭霪雨，田中潴水为湖，民无所匿，遂乘桴入高粱丛中。兵知之，裸体乘马，入水搜淫，鲜有遗脱。

惟张氏妇不伏，公然在家。有厨舍一所，夜与夫掘坎深数尺，积茅焉；覆以薄，加席其上，若可寝处。自炊灶下。有兵至，则出门应给之。二蒙古兵强与淫，妇曰："此等事，岂可对人行者。"其一微笑，啁嗻而出。妇与入室，指席使先登。薄折，兵陷。妇又另取席及薄覆其上，故立坎边，以诱来者。少间，其一复入。闻坎中号，不知何处，妇以手笑招之曰："在此处。"兵踏席，又陷。妇乃益投以薪，掷火其中。火大炽，屋焚。妇乃呼救。火既熄，燔尸焦臭。人问之，妇曰："两猪恐害于兵，故纳坎中耳。"

由此离村数里，于大道旁并无树木处，携女红往坐烈日中。村去郡远，兵来率乘马，顷刻数至。笑语啁嗻，虽多不解，大约调弄之语。然去道不远，无一物可以蔽身，辄去，数日无患。一日一兵至，甚无耻，就烈日中欲淫妇。妇含笑不甚拒。隐以针刺其马，马辄喷嘶，兵遂絷马股际，然后拥妇。妇出巨锥猛刺马项，马负痛奔骇。缰系股不得脱，曳驰数十里，同伍始代捉之。首躯不知处，缰上一股，俨然在焉。

异史氏曰："巧计六出，不失身于悍兵。贤哉妇乎，慧而能贞！"

【译文】

凡是大兵所到之处，他们的危害比盗贼还要厉害，因为盗贼人们还可以怨恨，但是大兵人们却不敢怨恨。大兵和盗贼稍有一点儿区别，就是他们不敢轻易杀人。

申寅年，吴三桂、尚可喜和耿仲明等三个藩王发动叛乱，南征的大兵驻扎在兖州，城里的鸡犬庐舍被抢劫一空，妇女都被奸污。当时阴雨连绵，庄稼地积水变成湖泊，老百姓无处躲藏，就划着筏子钻进高粱丛中，大兵知道以后，就光着身子骑着马，到水里去搜寻奸淫妇女，很少有妇女能幸免。

只有一个张氏妇没有躲藏，公然留在家里。她家有一间厨房，夜里她和丈夫一起挖了一个几尺深的坑，里面堆上茅草，坑口盖上一层帘子，上面又加上一床草席，好像是可以睡觉的地方。张氏妇自己在灶前做饭。有大兵来到，就出门应酬他们。两个蒙古兵想要强奸她，张氏妇说："这种事情，怎么可以当着别人的面干！"其中一个微笑着，说了些听不懂的话走出来。张氏妇和他一起进了厨房，指着草席让他先上去，那蒙古兵刚上去，帘子就折断了，蒙古兵掉了下去，张氏妇又另外取来草席和帘子盖在坑口，故意站在坑边，引诱另一个蒙古兵。过了一会儿，那个兵进来，听到坑里有人呼号，却不知在什么地方。张氏妇笑着招手对他说："在这里。"那个兵一踏上席子，也掉进了坑里。张氏妇于是又往坑里扔进柴禾，点着火扔进坑里。火越烧越旺，连屋子都烧着了，张氏妇这才呼喊救火，等火扑灭以后，被烧焦的尸体发出臭味。有人问是怎么回事，张氏妇说："有两头猪怕被大兵抢走，所以藏在坑里被烧死了。"

从此以后，张氏妇就到离村子几里的大路旁没有树木的地方，坐在烈日下做针线活。村子离郡城很远，大兵来时多骑着马，顷刻之间就来了几个，他们笑着说一些听不懂的话，虽然很多听不懂，但无非是一些调戏的话。但是这里离大路不远，又没有东西可以遮盖身体，他们只好走了，这样过了几天，张氏妇都没有受到祸害。

一天，一个大兵来了，是个极其无耻的人，就想在光天化日之下强奸张氏妇。张氏妇面含微笑，不是很拒绝，悄悄地用针去刺他的马，马就大声地呼气嘶叫，大兵就把马缰绳系在大腿上，然后过来拥抱张氏妇。张氏妇拿出大锥子猛地刺向马的脖子，马疼得立刻狂奔起来。大兵因为缰绳系在大腿上，解不下来，被马拖着跑了几十里以后，才被其他大兵把马捉住。再看那大兵的头和身躯已经不知到哪里去了，只有缰绳上还绑着一条大腿。

异史氏说：汉代的陈平六出奇计辅助汉高祖取得天下，张氏妇妙计迭出，没有失身于凶悍的大兵。张氏妇真是贤良，聪明机智地保持了自己的贞节！

于子游

【原文】

海滨人说：一日海中忽有高山出，居人大骇。一秀才寄宿渔舟，沽酒独酌。夜阑，一少年入，儒服儒冠，自称："于子游。"言词风雅。秀才悦，便与欢饮。饮至中夜，离席言别。秀才曰："君家何处？玄夜茫茫，亦太自苦。"答云："仆非土著，以序近清明，将随大王上墓。眷口先行，大王姑留憩息，明日辰刻发矣。宜归早治任也。"秀才亦不知大王何人。送至鹢首，跃身入水，拨剌而去，乃知为鱼妖也。次日，见山峰浮动，顷刻已没。始知山为大鱼，即所云大王也。俗传清明前，海中大鱼携儿女往拜其墓，信有之乎？

康熙初年，莱郡潮出大鱼，鸣号数日，其声如牛。既死，荷担割肉者一道相属。鱼大盈亩，翅尾皆具；独无目珠。眶深如井，水满之。割肉者误堕其中辄溺死。或云，"海中贬大鱼则去其目，以目即夜光珠"云。

【译文】

住在海边上的人说："一天，海上突然冒出来一座高山，人们大为惊骇。一个秀才寄宿在渔船上，打来酒独自一个人喝着，夜深时分，一个年轻人走了进来，一副读书人的穿戴，自称叫于子游，言词非常风雅。秀才很高兴，便和他一起愉快地对饮起来，喝到半夜，于子游离开座位，向秀才告别。秀才说：'您家在什么地方？黑夜茫茫，也太苦自己了。'于子游回答道：'我不是当地人，因为清明节快到了，要跟大王去上墓。家眷已经先走了，大王暂且留下来休息，明天一大早就要出发。我该回去了，早点儿准备行装。'秀才也不知道大王是什么人，就把于子游送到船头，只见于子游纵身跳入海中游走了，于是知道他原来是鱼妖。第二天，只见那座高山浮动，一会儿工夫就不见了。秀才这才知道那座高山原来是条大鱼，也就是于子游所说的大王。"民间传说清明前，海里的大鱼会带着儿女去扫墓，真有这回事吗？

康熙初年，莱州海水涨潮时，出现了一条大鱼，号叫了几天，声音像牛叫。鱼死了以后，挑着担子去割肉的人络绎不绝。那鱼的身体比一亩地还大，翅膀尾巴都有，只是没有眼珠。眼眶深得像一口井，里面装满了水。割肉的人不小心掉进去，就会被淹死。有人说："海里被贬职的大鱼，眼睛会被割掉，因为它的眼睛是夜明珠。"

男妾

聊斋志异（图文版）

【原文】

一官绅在扬州买妾，连相数家，悉不当意。惟一媪寄居卖女，女十四五，丰姿姣好，又善诸艺。大悦，以重价购之。至夜入衾，肤腻如脂。喜扪私处，则男子也。骇极，方致穷诘。盖买好僮，加意修饰，设局以骗人耳。黎明，遣家人寻媪，则已遁去无踪。中心懊丧，进退莫决。适浙中同年某来访，因为告诉。某便索观，一见大悦，以原价赎之而去。

异史氏曰："苟遇知音，即与以南威不易。何事无知婆子，多作一伪境哉！"

【译文】

一个官绅到扬州买妾，连看了好几家，都不满意。倒是一个老妇人寄卖的女孩，年纪十四五岁，丰姿绰约，容貌姣好，又擅长各种技艺。官绅十分高兴，花大钱把她买了下来，到了晚上，两人上床睡觉，官绅摸那少女的肌肤，好像油脂一般细腻。他高兴地去摸少女的私处，却发现是个男的。他大为惊骇，便追问是怎么回事。原来老妇人买来俊美的男孩，刻意装饰打扮成少女，设下圈套来骗人。黎明时分，官绅派家人去找老妇人，她早已经逃得无影无踪。官绅心中很懊丧，不知道如何是好。恰好一个浙江的同学来拜访，官绅便告诉他此事。同学便要求看一看，不料一见面，十分高兴，就用原价赎下带走了。

异史氏说：如果能遇到知音，即使拿像南威那样的美女也不会换。那个老婆子实在无知，何必多此一举把男的装成女的呢！

[何守奇] 骇之者直骇其为男耳，赎之者而以为妾乎？

汪可受

【原文】

湖广黄梅县汪可受,能记三生:一世为秀才,读书僧寺。僧有牝马产骡驹,爱而夺之。后死,冥王稽籍,怒其贪暴,罚使为骡偿寺僧。既生,僧爱护之,欲死无间。稍长,辄思投身涧谷,又恐负豢养之恩,冥罚益甚,遂安之。数年孽满自毙,生一农人家。堕蓐能言,父母以为不祥,杀之,乃生汪秀才家。秀才近五旬,得男甚喜。汪生而了了,但忆前生以早言死,遂不敢言,至三四岁,人皆以为哑。一日父方为文,适有友人过访,投笔出应客。汪入见父作,不觉技痒,代成之。父返见之,问:"何人来?"家人曰:"无之。"父大疑。次日故书一题置几上,旋出;少间即返,蹑行悄步而入。则见儿伏案间,稿已数行,忽睹父至,不觉出声,跪求免死。父喜,握手曰:"吾家止汝一人,既能文,家门之幸也,何自匿为?"由是益教之读。少年成进士,官至大同巡抚。

【译文】

湖北黄梅县有个叫汪可受的人,能记住他前三生做过的事。一世他是个秀才,在寺庙里读书。寺里的和尚有匹母马,生下一头小骡子,汪可受很喜欢,就把它抢走了。他死以后,阎王爷检查簿册,对他如此贪婪的做法很生气,就罚他转生为骡子,偿还给寺里的和尚。他出生为骡子后,和尚很爱护他,他想寻死但找不到机会。等他长大以后,就想跳到深谷,又恐怕辜负了和尚豢养他的恩情,到阴间惩罚会更厉害,便安下心来好好干活。过了几年,他的罪孽偿还完了就死了。他又投生在一个农民的家里,他一掉在产蓐上就会说话,父母以为他是个怪物,就把他杀死了。

他又转生到了汪秀才家,汪秀才年近五十,生下个男孩非常高兴。汪可受一生下来就聪明懂事,但想起前生因为说话太早被杀,便不敢说话。长到三四岁时，人们还以为他是哑巴。一天，父亲正在做文章，恰好有个朋友前来拜访，父亲放下笔出去接待客人。汪可受进书房见到父亲未做完的文章，不由得手痒，就代父亲做完了文章，父亲回来发现文章已经写好，便问："什么人来过？"家人说："没有人来。"父亲十分疑惑。第二天，父亲故意写了个题目放在书桌上，随即就出去了。过了一小会儿，就回来，蹑手蹑脚地走进书房。他发现儿子正伏在书桌上，文章已经写了几行。儿子忽然看见父亲，不觉叫出声来，跪倒在地，求父亲免他一死。父亲高兴地握着他的手说："我家只有你这么一个儿子，既然你会写文章，这是家门大幸呀，为什么要躲躲藏藏的呢？"从此，汪秀才更加认真地教儿子读书，汪可受少年时就中了进士，官做到大同巡抚。

[何守奇] 不敢言而敢作，是跃掩之而益扬之也。跪求免究，一何愚！

牛 犊

【原文】

楚中一农人赴市归，暂休于途。有术人后至，止与倾谈。忽瞻农人曰："子气色不祥，三日内当退财，受官刑。"农人曰："某官税已完，生平不解争斗，刑何从至？"术人曰："仆亦不知。但气色如此，不可不慎之也！"农人颇不深信，拱别而归。次日牧犊于野，有驿马过，犊望见误以为虎，直前触之，马毙。役报农人至官，官薄惩之，使偿其马。盖水牛见虎必斗，故贩牛者露宿，辄以牛自卫；遥见马过，急驱避之，恐其误也。

【译文】

楚中一个农夫赶完集回来，在途中暂且休息。有个算命先生从后面走来，停下和农夫交谈起来。他忽然看着农夫说："你脸上的气色不祥，三天之内要破财，而且还会受到官府的惩罚。"农夫说："我的官税已经交完了，平生从来不喜欢与人争斗，这处罚从何而来呢？"算命先生说："我也不知道，但你脸上的气色如此，不可不慎重啊！"农夫很不相信，向他拱拱手，告别回家了。

第二天，农夫到野外放牛犊，有匹驿站的马经过，牛犊看见马，误以为是老虎，冲上前用犄角顶马，把马给顶死了，差役把农夫告到官府，官长从轻发落，只让赔偿马钱。

原来，水牛一看见老虎就要和它斗，所以牛贩子露地宿营，就用牛来自卫，如果远远地看见马过来，就会急忙把牛赶走避开，唯恐它会误把马撞坏了。

王 大

【原文】

　　李信，博徒也。昼卧，忽见昔年博友王大、冯九来邀与敖戏，李亦忘其为鬼，欣然从之。既出，王大往邀村中周了明，冯乃导李先行，入村东庙中。少顷周果同王至。冯出叶子，约与撩零，李曰："仓卒无博资，辜负盛邀，奈何？"周亦云然。王云："燕子谷黄八官人放利债，同往贷之，宜必诺允。"于是四人并去。

　　飘忽间至一大村，村中甲第连垣，王指一门，曰："此黄公子家。"内一老仆出，王告以意，仆即入白。旋出，奉公子命请王、李相会。入见公子，年十八九，笑语蔼然。便以大钱一提付李，曰："知君悫直，无妨假贷；周了明我不能信之也。"王委曲代为请。公子要李署保，李不肯。王从旁怂恿之，李乃诺。亦授一千而出。便以付周，且述公子之意，以激其必偿。

　　出谷，见一妇人来，则村中赵氏妻，素喜争善骂。冯曰："此处无人，悍妇宜小祟之。"遂与捉返入谷。妇大号，冯掬土塞其口。周赞曰："此等妇，只宜椽杙阴中！"冯乃捋裤，以长石强纳之，妇若死。众乃散去，复入庙，相与赌博。

　　自午至夜分，李大胜，冯、周资皆空。李因以厚资增息悉付王，使代偿黄公子；王又分给周、冯，局复合。居无何，闻人声纷挐，一人奔入曰："城隍老爷亲捉博者，今至矣！"众失色。李舍钱逾垣而逃。众顾资皆被缚。既出，果见一神人坐马上，马后絷博徒二十余人。天未明已至邑城，门启而入。至衙署，城隍南面坐，唤人犯上，执籍呼名。呼已，并令以利斧斫去将指，乃以墨朱各涂两目，游市三周讫。押者索贿而后去其墨朱，众皆赂之。独周不肯，辞以囊空；押者约送至家而后酬之，亦不许。押者指之曰："汝真铁豆，炒之不能爆也！"遂拱手去。周出城，以唾湿袖，且行且拭。及河自照，墨朱未去，掬水盥之，坚不可下，悔恨而归。

先是，赵氏妇以故至母家，日暮不归。夫往迎之，至谷口，见妇卧道周。睹状，知其遇鬼，去其泥塞，负之而归。渐醒能言，始知阴中有物，宛转抽拔而出。乃述其遭。赵怒，遽赴邑宰，讼李及周。牒下，李初醒；周尚沉睡，状类死。宰以其诬控，笞赵械妇，夫妻皆无理以自申。

越日周醒，目眶忽变一赤一黑，大呼指痛。视之筋骨已断，惟皮连之，数日寻堕。目上墨朱，深入肌理。见者无不掩笑。一日见王大来索负。周厉声但言无钱，王忿而去。家人问之，始知其故。共以神鬼无情，劝偿之。周龈龈不可，且曰："今日官宰皆左袒赖债者，阴阳应无二理，况赌债耶！"次日有二鬼来，谓黄公子具呈在邑，拘赴质审；李信亦见隶来取作间证，二人一时并死。至村外相见，王、冯俱在。李谓周曰："君尚带赤墨眼，敢见官耶？"周仍以前言告。李知其吝，乃曰："汝既昧心，我请见黄八官人，为汝还之。"遂共诣公子所。李入而告以故，公子不可，曰："负欠者谁，而取偿于子？"出以告周，因谋出资，假周进之。周益忿，语侵公子。

鬼乃拘与俱行。无何至邑，入见城隍。城隍呵曰："无赖贼！涂眼犹在，又赖债耶！"周曰："黄公子出利债诱某博赌，遂被惩创。"城隍唤黄家仆上，怒曰："汝主人开场诱赌，尚讨债耶？"仆曰："取资时，公子不知其赌。公子家燕子谷，捉获博徒在观音庙，相去十余里。公子从无设局场之事。"城隍顾周曰："取资悍不还，反被捏造！人之无良，至汝而极！"欲答之。周又诉其息重，城隍曰："偿几分矣？"答云："实尚未有所偿。"城隍怒曰："本资尚欠，而论息耶？"答三十，立押偿主。二鬼押至家，索贿，不令即活，缚诸厕内，令示梦家人。家人焚楮锭二十提，火既灭，化为金二两、钱二千。周乃以金酬债，以钱赂押者，遂释令归。

既苏，臀疮坟起，脓血崩溃，数月始痊。后赵氏妇不敢复骂；而周以四指带赤墨眼，赌如故。此以知博徒之非人矣！

异史氏曰："世事之不平，皆由为官者矫枉之过正也。昔日富豪以倍称之息折夺良家子女，人无敢言者；不然，函刺一投，则官以三尺法左袒之。故昔之民社官，皆为势家役耳。迨后贤者鉴其弊，又悉举而大反之。有举人重资作巨商者，衣锦厌粱肉，家中起楼阁、买良沃。而竟忘所自来，一取偿则怒目相向。质诸官，官则曰：'我不为人役也。'呜呼！是何异懒残和尚，无工夫为俗人拭泪哉！余尝谓昔之官诌，今之官谬；诌者固可诛，谬者亦可恨也。放资而薄其息，何尝专有益于富人乎？"

张石年宰淄川，最恶博。其涂面游城亦如冥法，刑不至堕指，而赌以绝。盖其为官甚得钩距法。方簿书旁午时，每一人上堂，公偏暇，里居、年齿、家口、生业。无不絮絮问。问已，始劝勉令去。有一人完税缴单，自分无事，呈单欲下。公止之，细问一过，曰："汝何博也？"其人力辨生平不解博。公笑曰："腰中尚有博具。"搜之果然。人以为神，而并不知其何术。

【译文】

李信是个赌徒。一天，他白天睡觉，忽然看见当年的赌友王大、冯九来了，邀请他一起去赌钱。李信也忘了他们已经是鬼，便高兴地跟着去了。出了门，王大去邀请村里的周子明，冯九便领着李信先走，来到村东的庙中。

不一会儿，周子明果然和王大一起来了。冯九拿出纸牌，约好玩一种叫撩零的赌博。李信说："匆匆忙忙出来没有带赌本，辜负你们的盛情邀请，怎么办呢？"周子明也说没带钱。王大说："燕子谷的黄八官人放高利贷，我们一起去向他借钱，他一定会借的。"于是四个人一同前往。

飘飘忽忽之间，他们来到一个大村子。村子高宅大院接连不断，王大指着一扇门说："这就是黄公子家。"门里走出一个老仆人，王大说明来意。仆人马上进去禀告，很快就出来，说是奉公子的命令，请王大、李信二人相会。王、李二人进到里面，只见黄公子十八九岁的样子，笑着说话，态度和蔼。黄公子拿出一串大钱交给李信，说："我知道你是个诚实正直的人，不妨借给你，但是周子明我不能信任他。"王大婉转地代周子明求情，黄公子要求李信替他担保，李信不肯。王大在旁边怂恿他，李信就答应了。于是黄公子也借给周子明一千钱，两个人出来，把钱交给周子明，并且复述了黄公子的话，来激周子明一定要还钱。

他们出了燕子谷，见一个妇人走来，原来是村中赵某的妻子，平时喜欢争吵骂人。冯九说："这里没有人，咱们给这个泼妇一点儿苦头吃。"于是四人上前捉住赵氏妇，返回谷中。赵氏妇放声大嚎，冯九捧了把土塞住她的嘴。周子明赞许道："这样的泼妇，还应该把木桩塞进她的阴道里！"冯九于是脱下她的裤子，把一根长条石硬塞进去。赵氏妇昏死过去，众人于是散去，又回到庙里，开始赌博。

从中午一直玩到半夜，李信大获全胜，冯九、周子明都输光了。李信便拿出很多钱加上利息都给了王大，请他代为还给黄公子。王大又把钱分给周子明、冯九，重新开始赌博。过了一会儿，就听到人声嘈杂，一个人跑进来喊道："城隍老爷亲自捉拿赌博的人，现在已经到了！"众人大惊失色，李信丢下钱翻墙逃跑了，其他人顾钱，都被抓住捆起来。

出了庙门，果然看见一个神人坐在马上，马后面一连捆着二十几个赌徒。天还没有亮，已经来到县城，打开城门进了城。来到衙门，城隍面南背北坐下，传唤犯人上堂，拿着簿籍点名。点完名后，就命人用锋利的斧子砍去他们的中指，然后再用黑红两种颜色分别涂在两只眼睛上，押他们游街三周。押送的人索要贿赂后就替他们去掉黑红颜色，众赌徒都拿出钱行贿。唯独周子明不肯，借口说身上没钱。押送的人跟他约好送到家再付钱，周子明也不肯。押送的人指着他骂道："你真是个铁豆子，炒都炒不爆！"便拱手告别而去。周子明出了城，用唾沫粘湿袖子，一边走一边擦眼睛。走到河边一照，黑红颜色没能去掉，捧水来洗，也洗不掉，他只好又悔又恨地回家了。

先前，赵氏妇因为有事回娘家，天晚了还不回来，她丈夫去接她，走到谷口，发现媳妇躺在路边，看她的样子，知道她是遇到鬼了，便去掉她嘴里的泥巴，把她背回家。赵氏妇渐渐地醒过来能说话了，这才知道阴道里还有东西，便宛转地替她抽拔出来。赵氏妇这才叙述了自己的遭遇，赵氏大怒，马上就赶到县衙，告李信和周子明。官府发下传票，李信刚刚睡醒，周子明还在沉睡，像死了一样。县令认为赵氏诬告，便将赵氏打了一顿，还给他媳妇戴上刑具。赵氏夫妻都拿不出理由为自己申辩。

第二天，周子明醒过来，眼眶忽然变成一红一黑，而且大喊手指疼，一看，中指的筋骨已经断了，只有皮还连着，过了几天就掉了。眼睛上的黑红颜色深入到肌肤里面，见到的人无不捂着嘴笑。

一天，王大来索要欠款，周子明恶声恶气地只说没钱，王大怂怂地走了。家里的人问他怎么回事，这才知道事情的经过。大家都认为神鬼是不讲情面的，劝他还钱。周子明争辩着就是不给，并且说："现在当官的都袒护赖债的，人世和阴间应该是一样的，何况是赌债呢？"第二天，有两个鬼前来，说黄公子已经在县里把他告下了，要将他拘捕到堂对质审问。李信也看见鬼差前来，让他去当旁证。于是周子明和李信同时都死了。他们来到村外相见，王大、冯九二人都在。李信对周子明说："你还带着红黑眼，敢去见官吗？"周子明还是用前面说过的话回答他。李信知道他吝啬，便说："你既然没有良心，那我就去见黄八官人，替你把账还了。"于是众人一起前往黄公子家。李信进去对黄公子说明自己的意思，黄公子不同意，说："欠钱的是谁，凭什么要你来还呢？"李信出来告诉周子明，于是大家商量凑出一笔钱，假称是周子明的钱还给黄公子，周子明更加怂怂不平，言语冒犯黄公子，鬼就押着他们一起走了。工夫不大，到了县城，去见城隍老爷。

城隍老爷呵斥道："你这个无赖贼！眼睛上涂的颜色还在，又想赖债！"周子明说："黄公子放高利贷，引诱我参加赌博，这才受到了惩罚。"城隍老爷传唤黄家的仆人上堂，愤怒地说："你家主人开赌场诱人赌博，还想讨债吗？"仆人说："取钱的时候，黄公子并不知道他是要赌博，我们公子的家在燕子谷，抓获赌徒是在观音庙，两地相距十几里，我们公子从来没有干过开设赌场的事情。"城隍老爷看着周子明说："借了别人的钱要赖不还，反而捏造事实，诬陷好人！要说没有良心，你可算是到了极点！"说着就要动刑。周子明又说黄公子的利息太重。城隍老爷问："你还了几分？"周子明说："确实一分钱也没有还。"城隍老爷气愤地说："本钱还没有偿还，还说什么利息？"然后下令打了周子明三十下，立即押回阳间偿还债主。两个鬼把周子明押送到家，向他索要贿赂，不让他马上活过来，把他绑在厕所里，命令他托梦给家里人。家里人烧了二十提纸做的银锭，火灭了以后，化成二两银子和二千钱。周子明就用二两银子还了债，二千钱贿赂押送的鬼，这才将他释放回家。周子明苏醒过来，屁股上长了好多疮，脓血溃烂，过了几个月才好。后来，赵氏妇不敢再骂人，而周子明虽然只有四个指头，眼睛还是红黑色，照样赌博。由此可见，赌徒真不是人啊！

异史氏说：世上之所以有不公平的事情，都是因为做官的矫枉过正的缘故。从前，富豪们用放一收二的高利贷来抢夺良家女子，人们都不敢说话。如果有人不满，富豪就会给官府写信通关节，官府便用法律来袒护他们。所以从前的地方官，都是有钱有势人家的差役。后来，一些贤明的人发现了其中的弊病，又全部反了过来。有的人向别人借了一大笔钱做生意成了富商，穿着锦绣衣服，吃厌了美味佳肴，家里盖起了楼阁，买了良田，却忘了钱是从哪里来的。一向他讨债，就怒目相向。等告到衙门，官长就会说："我不是他人的奴役。"这跟懒残和尚没工夫替俗人擦眼泪有什么区别？我曾经说过，从前的官员谄媚，现在的官员荒谬，谄媚的人固然可杀，荒谬的人也很可恨。让人放债却让他收很少的利息，难道只会对富人有利吗？

张石年担任淄川县令时，最讨厌赌博。像给赌徒涂面，拉他们游城，和阴间的做法一样，不过没有到砍手指这种程度，因此，赌博被禁止了。张石年做官，很善于反复调查。当他处理公事很繁忙的时候，每有一个人上堂，他就抽出空子，将这人的住处、年纪、家中人口、职业都详详细细地问个遍。问完以后，才劝勉一番让人离去。有一个人纳完税徵单子，自己以为无事，递上单子就要下堂，张石年让他停下，细细地问了他一遍，问："你为什么要赌博？"那人竭力争辩，说是一辈子都没有赌过。张石年笑着说："你腰里还有赌博的器具。"让人一搜，果然如此，人们都认为他很神，但不知道他用的什么方法。

[何守奇] 赌儿眼带赤黑圈，比比皆然，仍有截指而不悛者。

乐　仲

【原文】

乐仲，西安人。父早丧，母遗腹生仲。母好佛，不茹荤酒。仲既长，嗜饮善啖，窃腹诽母，每以肥甘劝进，母咄之。后母病，弥留，苦思肉。仲急无所得肉，刲左股献之。病稍瘥，悔破戒，不食而死。

仲哀悼益切，以利刃益刲右股见骨。家人共救之，裹帛敷药，寻愈。心念母苦节，又恸母愚，遂焚所供佛像，立主祀母，醉后辄对哀哭。年二十始娶，身犹童子。娶三日，谓人曰："男女居室，天下之至秽，我实不为乐！"遂去妻。妻父顾文渊，浼戚求返，请之三四，仲必不可。迟半年，顾遂醮女。

仲鳏居二十年，行益不羁，奴隶优伶皆与饮；里党乞求不靳与；有言嫁女无

聊斋志异（图文版）

釜者，揭灶头举赠之，自乃从邻借釜炊。诸无行者知其性，朝夕骗赚之。或以赌博无资，故对之欷歔，言追呼急，将鬻其子。仲措税金如数，倾囊遗之；及租吏登门，自始典质营办。以故，家日益落。先是仲殷饶，同堂子弟争奉事之，家中所有任其取携，亦莫之较；及仲寒落，存问绝少，仲旷达不为意。值母忌辰，仲适病，不能上墓，欲遣子弟代祀，诸子弟皆谢以故。仲乃爵诸室中，对主号痛，无嗣之戚，颇萦怀抱。因而病益剧。瞀乱中觉有人抚摩之，目微启，则母也。惊问："何来？"母曰："缘家中无人上墓，故来就享，即视汝病。"问："母向居何所？"母曰："南海。"抚摩既已，遍体生凉。开目四顾，渺无一人。

病瘥既起，思朝南海。会邻村有结香社者，即卖田十亩，挟资求偕。社人嫌其不洁，共摈绝之。乃随从同行。途中牛酒荤蒜不戒，众更恶之；乘其醉睡，不告而去。仲即独行。至闽，遇友人邀饮，有名妓琼华在座。适言南海之游，琼华愿附以行。仲喜，即待趋装，遂与俱发，虽寝食与共，而毫无所私。及至南海，社中人见其载妓而至，更非笑之，鄙不与同朝。仲与琼华知其意，乃俟其先拜而后拜之。众拜时，恨无现示。及二人拜，方投地，忽见遍海皆莲花，花上璎珞垂珠；琼华见为菩萨，仲见花朵上皆其母。因急呼奔母，跃入从之。众见万朵莲花，悉变霞彩，障海如锦。少间云静波澄，一切都杳，而仲犹身在海岸。亦不自解其何以得出，衣履并无沾濡。望海大哭，声震岛屿。琼华挽劝之，怆然下刹，命舟北渡。途中有豪家招琼华去，仲独憩逆旅。

有童子方八九岁，丐食肆中，貌不类乞儿。细诘之，则被逐于继母。心怜之。儿依依左右，苦求拔拯，仲遂携与俱归。问其姓氏，则曰："阿辛，姓雍，母顾氏。尝闻母言：适雍六月，遂生余。余本乐姓。"仲大惊。自疑生平一度，不应有子。因问乐居何乡，答云："不知。但母没时，付一函书，嘱勿遗失。"仲急索书。视之，则当年与顾家离婚书也。惊曰："真吾儿也！"审其年月良确，颇慰心愿。然家计日疏，居二年，割亩渐尽，竟不能畜僮仆。

一日父子方自炊，忽有丽人入，视之则琼华也。惊问："何来？"笑曰："业作假夫妻，何又问也？向不即从者，徒以有老妪在；今已死。顾念不从人无以自庇，从人则又无以自洁。计两全者，无如从君，是以不惮千里。"遂解装代儿炊。仲良喜。至夜父子同寝如故，另治一室居琼华。儿母之，琼华亦善抚儿。戚党闻之，皆馈仲，两人皆乐受之。客至，琼华悉为治具，仲亦不问所自来。琼华渐出金珠赎故产，广置婢仆牛马，日益繁盛。仲每谓琼华曰："我醉时，卿当避匿，勿使我见。"华笑诺之。一日大醉，急唤琼华。华艳妆出；仲睨之良久，大喜，蹈舞若狂，曰："吾悟矣！"顿醒。觉世界光明，所居庐舍尽为琼楼玉宇，移时始已。从此不复饮市上，惟日对琼华饮。琼华茹素，以茶茗侍。一日微醺，命琼华按股，见股上刂痕，化为两朵赤菡萏，隐起肉际。奇之。仲笑曰："卿视此花放后，二十年假夫妻分手矣。"琼华信之。

既为阿辛完婚，琼华渐以家付新妇，与仲别院居。子妇三日一朝，事非疑难不以告。役二婢：一温酒，一瀹茗而已。一日琼华至儿所，儿媳咨白良久，共往见父。入门，见父自足坐榻上。闻声，开眸微笑曰："母子来大好！"即复瞑。琼华大惊曰："君欲何为？"视其股上，莲花大放。试之，气已绝。即以两手捻合其花，且祝曰："妾千里从君，大非容易。为君教子训妇，亦有微劳。即差二三年，何不一少待也？"移时，仲忽开眸笑曰："卿自有卿事，何必又牵一人作伴也？无已，姑为卿留。"琼华释手，则花已复合。于是言笑如初。

积三年余，琼华年近四旬，犹如二十许人。忽谓仲曰："凡人死后，被人捉头舁足，殊不雅洁。"遂命工治双槽。辛骇问之，答云："非汝所知。"工既竣，沐浴妆竟，命子及妇曰："我将死矣。"辛泣曰："数年赖母经纪，始不冻馁。母尚未得一享安逸，何遂舍儿而去？"曰："父种福而子享，奴婢牛马，皆骗债者填偿尔父，我无功焉。我本散花天女，偶涉凡念，遂谪人间三十余年，今限已满。"遂登木自入。再呼之，双目已含。辛哭告父，父不知何时已僵，衣冠俨然。号恸欲绝。入棺，并停堂中，数日未殓，冀其复返。光明生于股际，照彻四壁。琼华棺内则香雾喷溢，近舍皆闻。棺既合，香光遂渐减。

既殡，乐氏诸子弟觊觎其有，共谋逐辛，讼诸官。官莫能辨，拟以田产半给诸乐。辛不服，以词质郡，久不决。初，顾嫁女于雍，经年余，雍流寓于闽，音耗遂绝。顾老无子，苦忆女，诣婿，则女死甥逐。告官。雍惧，赂顾，不受，必欲得甥。穷觅不得。一日顾偶于途中，见彩舆过，避道左。舆中一美人呼曰："若非顾翁耶？"顾诺。女子曰："汝甥即吾子，现在乐家，勿讼也。甥方有难，宜急往。"顾欲详诘，舆已去远。顾乃受赂入西安。至，则讼方沸腾。顾自投官，言女大归日、再醮日，及生子年月，历历甚悉。诸乐皆被杖逐，案遂结。及归，述其见美人之日，即琼华没日也。辛为顾移家，授庐赠婢。六十余生一子，辛顾恤之。

异史氏曰："断荤远室，佛之似也。烂熳天真，佛之真也。乐仲对丽人，直视之为香洁道伴，不作温柔乡观也。寝处三十年，若有情，若无情，此为菩萨真面目，世中人乌得而测之哉！"

【译文】

乐仲是西安人。他父亲死得早，母亲遗腹生下了乐仲。母亲信佛，从来不沾酒肉。乐仲长大以后，嗜好吃喝，暗自对母亲不吃酒肉感到很可笑，常常拿来好吃的劝母亲吃，母亲就呵责他。后来母亲生了病，弥留之际，苦苦要求吃肉。乐仲一下子找不到肉，情急之下，就割下左大腿的肉请母亲吃。母亲的病稍微好点儿以后，又后悔破了戒，绝食而死。乐仲更加悲伤地悼念母亲，又用锋利的刀子割右大腿上的肉，连骨头都露出来了。家里的人一齐救他，替他敷上药，裹好伤口，不久就好了。乐仲想母亲一生苦苦守节，又对母亲信佛这种愚昧的做法而感到悲痛，于是烧掉了母亲原来供奉的佛像，立了牌位祭祀母亲。每次喝醉了酒，就对着母亲的牌位哀声痛哭。

乐仲到二十岁时才娶妻，身子还像童子。娶妻三天，他对别人说："男女住在一间屋里，是天下最污秽的事情，我实在不觉得快乐！"于是他就休了妻子。他的岳父顾文渊央求亲戚代为请乐仲同意他女儿回去，尽管再三请求，乐仲坚决不同意。过了半年，顾文渊只好让女儿改嫁了。

乐仲独身生活了二十年，行为更加无拘无束，无论是仆人还是戏子都和他们一起饮酒，乡里的邻居朋友有所乞求，他都毫不吝啬地解囊相助。有^说嫁女儿没有锅，他就把自家灶台上的锅拿去送给别人，而自己却从邻居家借锅来做饭。那些品行不端的人知道了他这种习性，常常来骗他的东西。有的因为赌博没有本钱，在他面前哀声哭泣，说是官府催他还债很急迫，打算卖了儿子还债。乐仲就把自己要去交的税钱拿出来，全部给了那个人。等到催租的官吏上门向他要钱时，他才自己典当东西筹集银两交税。因此，乐仲家越来越败落。

原来，乐仲家富裕的时候，同族的子弟们争先恐后地侍奉他。凡是家里有的东西，乐仲都随他们拿走，不和他们计较，等到乐仲家道败落，那些子弟就很少来问候他了。乐仲为人旷达，并不是很在意。一天，正值母亲的忌日，乐仲恰巧生病，不能上坟，就想请同族子弟代为祭扫，但那些人都推托有事不愿去。乐仲只好在家里洒酒拜祭，对着母亲的牌位号啕大哭，没有后嗣的悲伤，在他的心中久久萦绕，因此，他的病情更加重了。就在他心绪烦乱之中，忽然觉得有人抚摩他，他微微睁开眼睛一看，原来是母亲。乐仲吃惊地问道："您怎么来了？"母亲说："只因为家里没有人上坟，所以到家里来享受祭奠，顺便也看一下你的病。"乐仲又问："母亲一向住在什么地方？"母亲回答说："南海。"

等母亲抚摩完毕，乐仲感到全身生出凉意，睁开眼睛一看，周围竟然一个人也没有，他的病也就好了。他起来以后，就想着要去南海朝拜。正好邻村有人结成香社，集体去南海朝神，乐仲就卖掉十亩田，带着钱请求与他们一同前往。香社人嫌他不洁净，一起拒绝他加入，乐仲便跟在他们后面随行。

途中，乐仲照样吃肉喝酒，荤腥不戒，那些人更加厌恶他，趁他喝醉酒睡着了，便不告而别，乐仲只好独自上路。到了福建，乐仲碰到朋友请他喝酒，有位名妓琼华也在座。刚好说到南海之行，琼华愿意跟乐仲一同前往。乐仲很高兴，就等收拾行装以后，便一同出发了。两个人虽然吃住在一起，却毫无私情发生。

等乐仲到了南海，香社的人看他带着妓女前来，更是嘲笑他，不屑和他一起朝拜。乐仲和琼华明白他们的意思，就等他们先拜祭完了再朝拜。那些人朝拜的时候，只恨佛没有显示征兆，等到乐仲、琼华二人朝拜的时候，他们刚跪倒在地，忽然看见遍海都是莲花，花上挂着成串的珠子。琼华见到莲花中是苦萨，而乐仲看见花朵上都是他的母亲。他便急忙呼喊着奔向母亲，跳进花中跟着母亲，众人看见万朵莲花全都变成了彩霞，像锦缎一样遮住大海。一会儿工夫，云静波澄，刚才的一切都消失了，而乐仲还身在海岸，他自己也不知道是怎么从海中出来的，身上的衣服鞋子也一点儿没有打湿。乐仲望着大海放声大哭，哭声震动了岛屿，琼华挽着他的胳膊加以劝慰，然后神情凄凉地离开庙，叫了船北上。

途中，有个富豪人家将琼华招去，乐仲便一个人住在旅店里，有个刚八九岁的小孩在店里乞讨，但样子并不像乞丐。乐仲细细地询问他，原来是被继母赶出来的，乐仲很可怜他，小孩依恋地靠在他的左右，苦苦地请求乐仲救他脱离苦海，乐仲就带着他一起回家，问起他的姓氏，小孩说："我叫阿辛，姓雍，母亲姓顾，曾经听母亲说过，她嫁到雍家六个月，就生下了我，我本来姓乐。"乐仲大惊，自己怀疑平生就那么一次三天的婚姻，不应该有儿子的，便问那姓乐的住在什么地方。小孩回答道："我也不知道，但母亲去世前，交给我一封信，嘱咐我不要遗失。"乐仲急忙要来信，打开一看，正是当年他写给顾家的离婚文书。他吃惊地说："真是我的儿子啊！"再一算孩子的出生年月确实符合，他也感到很欣慰。但是家里的钱日渐减少，过了两年，田地渐渐卖光了，竟然连仆人也雇不起了。

一天，父子俩正在自己做饭，忽然有个美丽的女子进来，一看，原来是琼华。乐仲吃惊地问道："你怎么来了？"琼华笑着说："我们已经做过假夫妻了，怎么又问呢？当初没有马上跟你回来，只是因为老妈妈还在，现在她已经死了，我想如果不嫁个男人，无法保护自己，如果嫁人，又无从保持自己的贞洁，而两全之计，就是不如跟着你，所以我不远千里赶来了。"说完，她就卸装替孩子做饭。乐仲十分高兴，到了晚上，父子俩像平时一样睡在一屋，又另外收拾了一间屋子给琼华住，儿子把琼华当作母亲，琼华也很好照顾儿子。亲戚朋友听说以后，都给乐仲送来吃的，两人很高兴地接受了。有客人来访，琼华都做好接待，而乐仲也不问她东西是从哪里来的，渐渐地，琼华拿出金银珠宝替乐仲赎回原来的产业，广为购买婢女、仆人、牛马，家业日益繁盛起来。

乐仲每每对琼华说："我喝醉的时候，你就要避开，不要让我看见你。"琼华笑着答应了他。一天，乐仲喝得大醉，急忙呼唤琼华。琼华身穿艳装出来，乐仲斜眼看了她很久，忽然大喜，手舞足蹈，像发狂一样，喊道："我醒悟了！"酒一下子就醒了，他只觉得眼前的世界一片光明，所住的房舍都变成了琼楼玉宇，过了一段时间幻景才消失。从此以后，乐仲不再到集市上喝酒，只是和琼华对坐饮酒，琼华吃素，以茶代酒相陪。

一天，乐仲喝得有点儿醉，让琼华替他按摩大腿，只见腿上当年刀割的伤痕，已经化为两朵红莲花，隐隐约约地在肉里突起。琼华很好奇，乐仲笑着说："等你看见这两朵花开放以后，我们这对二十年的假夫妻就该分手了。"琼华相信了他的话，他们替阿辛完婚以后，琼华就渐渐地把家中事务交给新媳妇管理，自己和乐仲住到别的院子里。儿媳妇三天拜见琼华一次，不是什么疑难的事情也就不报告了。乐仲和琼华只用两个婢女，一个负责温酒，一个负责煮茶。

一天，琼华来到儿子住的地方，新媳妇和她说了很久，然后一同去见乐仲。一进门，就看见乐仲光着脚坐在床上。听到她们的声音，乐仲睁开眼睛，微笑着说："你们母子来得太好了！"说完，又闭上了眼睛，琼华大惊，问道："你要干什么？"看他的大腿上两朵莲花已经完全绽放，用手一试，乐仲已经气绝。琼华就用两手将红莲花合上，并且祷告说："我不远千里来跟着你，实在是不容易，替你教导儿子媳妇，也算有一点儿功劳，就差两三年的时间，为什么不能再等一会儿呢？"过了一会儿，乐仲忽然睁开眼睛，笑着说："你自有你自己的事，何必又要拉一个人做伴呢？没办法，姑且为你再留一段时间吧。"琼华放开手，只见那两朵红莲花又合上了。于是两人又像平常一样说笑起来。

又过了三年多，琼华将近四十岁，但还像二十多岁的人。她忽然对乐仲说："人死了以后，都要被人抬头抬脚，很不雅洁。"于是让工匠打造两口棺材。阿辛惊讶地问怎么回事，琼华回答说："这事你不明白。"棺材打好以后，琼华沐浴梳妆完毕，告诉儿子和媳妇说："我就要死了。"阿辛哭泣着说："这么多年来全靠母亲操持，才不至于挨饿受冻。母亲还没有享受到一点儿安逸，为什么就要舍下孩儿离去呢？"琼华说："父亲种下福种由儿子享受，那些奴婢牛马，都是骗债的人拿来偿还你父亲的，我并没有什么功劳。我原本是散花天女，因为偶然动了凡念，于是被贬到人间三十多年，到今天期限已经满了。"说完就蹬着木头，进了棺材。阿辛再叫她时，琼华已经闭上双眼。

阿辛哭着去告诉父亲，父亲不知什么时候已经僵硬了，衣冠穿戴得整整齐齐，阿辛号啕大哭，伤心欲绝。他把父亲装进棺材，和琼华的棺材一并停放在大堂上，几天没有入殓，希望他们还能醒过来。只见一道亮光从乐仲的大腿间射出，照亮了四壁。而琼华的棺材里，则散发出浓浓的香雾，附近的人家都能闻到，等棺材合上以后，香雾和亮光才渐渐减弱。

乐仲、琼华下葬以后，乐家的本族子弟们觊觎他家的财产，一起商量赶走阿辛，就到官府去告状。县官不能分辨真伪，打算将一半的田产分给那些本族子弟，阿辛不服，又到郡里去告状，很长时间没有判决。

当初，顾家把女儿嫁给雍家，过了一年多，雍氏流落到福建，音讯就断绝了。顾翁老年无子，苦苦地思念女儿，就到女婿家去，才知道女儿已经死了，外孙也被赶走了。顾翁告到官府，雍家害怕了，就想拿钱收买顾翁，但顾翁不肯接受，一定要得到外孙，到处寻找也找不到阿辛。一天，顾翁偶然走在路上，看见一辆车经过，他便避开在路边，车里的一个美人喊道："你不是顾翁吗？"顾翁回答说是。那女子说："你的外孙就是我的儿子，现在乐家，你不要告状了，你的外孙现在有难，应该马上赶去。"顾翁还想问个究竟，车子已经走远了。

顾翁于是拿了雍家收买他的钱启程去西安，他到的时候，乐家关于财产的官司正打得热闹，顾翁自己到公堂投案，讲述了女儿被休回家的时间、再嫁的日子，以及生孩子的年月，详详细细地说个清楚。那些乐家的本族子弟都被打了一顿逐了出去，案子就结了。等到他们回到家，说起见到美人的日子，原来就是琼华去世的那一天。阿辛替顾翁搬了家，给他房子，还送给他婢女，顾翁六十多岁生了一个儿子，阿辛照顾抚养他。

异史氏说：不沾荤腥，远离妻室，与佛相似；天真烂漫，是佛的真性。乐仲对于美人，只是把她看作是芳香纯洁的求道同伴，而不是同床共枕的情侣，两人共同居住三十年，好像是有情，又好像是无情，这就是菩萨的真面目，世上的人们怎么可能猜测出来呢？

[冯镇峦] 此篇直可作一部《圆觉经》读。

[何守奇] 乐仲，琼华，皆过来人。琼华已于乐仲大醉日现菩萨身矣。或以吾儒之规矩准绳较乐仲，似未必然。

香 玉

【原文】

劳山下清宫，耐冬高二丈，大数十围，牡丹高丈余，花时璀璨似锦。胶州黄生舍读其中。一日自窗中见女郎，素衣掩映花间。心疑观中焉得此，趋出已遁去。自此屡见之。遂隐身丛树中以伺其至。未几，女郎又偕一红裳者来，遥望之，艳丽双绝。行渐近，红裳者却退，曰："此处有生人！"生暴起。二女惊奔，袖裙飘拂，香风洋溢，追过短墙，寂然已杳。爱慕弥切，因题句树下云："无限相思苦，含情对短窗。恐归沙吒利，何处觅无双？"归斋冥思。女郎忽入，惊喜承迎。女笑曰："君汹汹似强寇，令人恐怖；不知君乃骚雅士，无妨相见。"生略叩生平，曰："妾小字香玉，隶籍平康巷。被道士闭置山中，实非所愿。"生问："道士何名？当为卿一涤此垢。"女曰："不必，彼亦未敢相逼。借此与风流士长作幽会，亦佳。"问："红衣者谁？"曰："此名绛雪，乃妾义姊。"遂相狎。

及醒，曙色已红。女急起，曰："贪欢忘晓矣。"着衣易履，且曰："妾酬君作，勿笑：'良夜更易尽，朝暾已上窗。愿如梁上燕，栖处自成双。'"生握腕曰："卿秀外惠中，令人爱而忘死。顾一日之去。如千里之别。卿乘间当来，勿待夜也。"女诺之。由此夙夜必偕。每使邀绛雪来，辄不至，生以为恨。女曰："绛姐性殊落落，不似妾情痴也。当从容劝驾，不必过急。"一夕，女惨然入曰："君陇不能守，尚望蜀耶？今长别矣。"问："何之？"以袖拭泪，曰："此有定数，难为君言。昔日佳作，今成谶语矣。'佳人已属沙吒利，义士今无古押衙'，可为妾咏。"诘之不言，但有呜咽。竟夜不眠，早旦而去。生怪之。

次日有即墨蓝氏，入宫游瞩，见白牡丹，悦之，掘移径去。生始悟香玉乃花妖也，怅惋不已。过数日，闻蓝氏移花至家，日就萎悴。恨极，作《哭花》诗五十首，日日临穴涕洟。

一日凭吊方返，遥见红衣人挥涕穴侧。从容近就，女亦不避。生因把袂，相向汍澜。已而挽请入室，女亦从之。叹曰："童稚姊妹，一朝断绝！闻君哀伤，弥增妾恸。泪堕九泉，或当感诚再作；然死者神气已散，仓卒何能与吾两人共谈笑也。"生曰："小生薄命，妨害情人，当亦无福可消双美。曩频烦香玉道达微忱，胡再不临？"女曰："妾以年少书生，什九薄幸；不知君固至情人也。然妾与君交，以情不以淫。若昼夜狎昵，则妾所不能矣。"言已告别。生曰："香玉长离，使人寝食俱废。赖卿少留，慰此怀思，何决绝如此！"女乃止，过宿而去。数日不复至。冷雨幽窗，苦怀香玉，辗转床头，泪凝枕席。揽衣更起，挑灯复踵前韵曰："山院黄昏雨。垂帘坐小窗。相思人不见，中夜泪双双。"诗成自吟。忽窗外有人曰："作者不可无和。"听之，绛雪也。启户内之。女视诗，即续其后曰："连袂人何处？孤灯照晚窗。空山人一个，对影自成双。"生读之泪下，因怨相见之疏。女曰："妾不能如香玉之热，但可少慰君寂寞耳。"生欲与狎。曰："相见之欢，何必在此。"

于是至无聊时，女辄一至。至则宴饮唱酬，有时不寝遂去，生亦听之。谓曰："香玉吾爱妻，绛雪吾良友也。"每欲相问："卿是院中第几株？乞早见示，仆将抱植家中，免似香玉被恶人夺去，贻恨百年。"女曰："故土难移，告君亦无益也。妻尚不能终从，况友乎！"生不听，捉臂而出，每至牡丹下，辄问："此是卿否？"女不言，掩口笑之。旋生以腊归过岁。至二月间，忽梦绛雪至，愀然曰："妾有大难！君急往尚得相见；迟无及矣。"醒而异之，急命仆马，星驰至山。则道士将建屋，有一耐冬，碍其营造，工师将纵斤矣。生急止之。入夜，绛雪来谢。生笑曰："向不实告，宜遭此厄！今已知卿；如卿不至，当以艾炷相炙。"女曰："妾固知君如此，曩故不敢相告也。"坐移时，生曰："今对良友，益思艳妻。久不哭香玉，卿能从我哭乎？"二人乃往，临穴洒涕。更余，绛雪收泪劝止。

又数夕，生方寂坐，绛雪笑入曰："报君喜信：花神感君至情，俾香玉复降宫中。"生问："何时？"答曰："不知，约不远耳。"天明下榻，生嘱曰："仆为卿来，勿长使人孤寂。"女笑诺。两夜不至。生往抱树，摇动抚摩，频唤无声。乃返，对灯团艾，将往灼树。女遽入，夺艾弃之，曰："君恶作剧，使人创痏，当与君绝矣！"生笑拥之。坐未定，香玉盈盈而入。生望见，泣下流离，急起把握。香玉以一手握绛雪，相对悲哽。及坐，生把之觉虚，如手自握，惊问之，香玉泫然曰："昔，妾花之神，故凝；今，妾花之鬼，故散也。今虽相聚，勿以为真，但作梦寐观可耳。"绛雪曰："妹来大好！我被汝家男子纠缠死矣。"遂去。

香玉款笑如前；但偎傍之间，仿佛以身就影。生悒悒不乐。香玉亦俯仰自恨，乃曰："君以白蔹屑，少杂硫黄，日酹妾一杯水，明年此日报君恩。"别去。明日往观故处，则牡丹萌生矣。生乃日加培植，又作雕栏以护之。香玉来，感激倍至。生谋移植其家，女不可，曰："妾弱质，不堪复栽。且物生各有定处，妾来原不拟生君家，违之反促年寿。但相怜爱，合好自有日耳。"生恨绛雪不至。香玉曰："必欲强之使来，妾能致之。"乃与生挑灯至树下，取草一茎，布掌作度，以度树本，自下而上至四尺六寸，按其处，使生以两爪齐搔之。俄见绛雪从背后出，笑骂曰："婢子来，助桀为虐耶！"牵挽并入。香玉曰："姊勿怪！暂烦陪侍郎君，一年后不相扰矣。"从此遂以为常。

生视花芽，日益肥茂，春尽盈二尺许。归后，以金遗道士，嘱令朝夕培养之。次年四月至宫，则花一朵含苞未放；方流连间，花摇摇欲拆；少时已开，花大如盘，俨然有小美人坐蕊中，裁三四指许；转瞬飘然欲下，则香玉也。笑曰："妾忍风雨以待君，君来何迟也！"遂入室。绛雪亦至，笑曰："日日代人作妇，今幸退而为友。"遂相谈宴。至中夜，绛雪乃去。二人同寝，款洽一如从前。后生妻卒，生遂入山不归。是时牡丹已大如臂。生每指之曰："我他日寄魂于此，当生卿之左。"二女笑曰："君勿忘之。"

后十余年，忽病。其子至，对之而哀。生笑曰："此我生期，非死期也，何哀为！"谓道士曰："他日牡丹下有赤芽怒生，一放五叶者，即我也。"遂不复言。子舆之归家，即卒。次年，果有肥芽突出，叶如其数。道士以为异，益灌溉之。三年，高数尺，大拱把，但不花。老道士死，其弟子不知爱惜，斫去之。白牡丹亦憔悴死；无何，耐冬亦死。

异史氏曰："情之至者，鬼神可通。花以鬼从，而人以魂寄，非其结于情者深耶？一去而两殉之，即非坚贞，亦为情死矣。人不能贞，亦其情之不笃耳。仲尼读《唐棣》而曰'未思'，信矣哉！"

【译文】

劳山的下清宫里，耐冬树有两丈多高，几十围粗；牡丹有一丈多高，每当花开的时候，花儿璀璨夺目，光彩似锦，胶州的黄生住在宫里读书。

一天，黄生从窗子里看见一个女郎，一身白色的衣服在花丛中若隐若现。黄生心中奇怪道观里怎么会有这样的女子，就急忙出去，那女子已经走开了。从此以后，黄生经常能看见她，他就藏身在树丛里，等候女子的到来。不久，那女子又和一位穿红衣的姑娘一同前来，远远望去，真是两位绝色美女。两个女子越走越靠近，红衣女子忽然往后退去，说："这里有生人！"黄生一下子站起身来。两个女子惊慌奔逃，裙子飘舞起来，送来一股迷人的香气。黄生追过短墙，却已经不见了她们的踪影，他心中非常爱慕，便在树下题诗道：

无限相思苦，含情对短窗。恐归沙吒利，何处觅无双。写完，他回到书房苦思冥想。

白衣女子忽然走了进来，黄生惊喜地迎上前去。白衣女子笑着说："您刚才气势汹汹地像个强盗，真是令人恐怖，却不知原来您是一位风雅的读书人，所以不妨与您相见。"黄生询问她的生平，她回答道："我小名叫做香玉，原来是个妓女，后来被道士关在山里，实在不是我心甘情愿的。"黄生问："那道士叫什么名字？我会为你洗刷这一耻辱的。"香玉说："不必了，他倒也不敢逼我，借此机会能与您这位风流人士长期幽会，倒也是件好事。"黄生问："穿红衣服的是谁呀？"香玉回答道："她名叫绛雪，是我的干姐姐。"说完，两个人便亲热起来。

等到醒来时，东方已经出现了曙光。香玉急忙起身，说："只顾贪图快乐，忘记天亮了。"她一边穿衣换鞋，一边说："我酬答您一首诗，可不要笑话：'良夜更易尽，朝曦已上窗。愿如梁上燕，栖处自成双。'"黄生握住她的手腕说："你外表秀美，内心贤惠，真是令人爱得要死。但是离开一天，就像是分别千里，你有工夫就来，不要等到晚上。"香玉答应了。

从此以后，黄生和香玉无论早晚必在一起。黄生常常让香玉邀请绛雪一起来，但她就是不来，黄生感到很遗憾。香玉说："绛姐的性格特别孤僻，不像我这样痴情，我会慢慢地劝她，你不必过于着急。"

一天，香玉神情凄惨地进来，说："您连我都守不住，还想绛雪吗？我今天就是来和您告别的。"黄生问："你要到哪里去？"香玉用袖子擦眼泪，说："这是命中注定的，难以跟你说清。当初作的诗，今天应验了。'佳人已属沙吒利，义士今无古押衙'，可以算是为我作的。"

黄生追问她是怎么回事，香玉也不说，只是呜咽不止，整夜没有睡觉，一大早就离去了，黄生觉得很奇怪。

第二天，有个即墨县姓蓝的人，来到下清宫游览，见到白牡丹，十分喜爱，就将它挖出来径自拿走了。黄生这才醒悟原来香玉是花妖，心中怅恨惋惜不止，过了几天，听说姓蓝的把花移回家后，花儿一天天枯萎憔悴。黄生恨极了，写了五十首哭花诗，天天对着树坑哭泣。

一天，黄生凭吊完刚刚返回，远远看见绛雪在树坑边擦眼泪。他慢慢地走到近前，绛雪也不回避。黄生于是上前拉住她的衣袖，两人相对涕泣。过了一会儿，黄生拉着绛雪邀请她到自己的屋里，绛雪也就跟着去了。

绛雪叹息着说："从小长大的姐妹，突然间就断绝了音讯！听说您很哀伤，更加增添了我的悲痛。眼泪流到九泉之下，或许她会被我们的诚意打动而复活，但是死者的神气已经散掉，仓猝之间怎么可能和我们两人一起谈笑呢！"

黄生说："是我的命薄，害了情人，自然也没有福气可以消受两位美人，以前我多次请香玉代为转达我心中的诚意，为什么你再也不来了呢？"

绛雪说："我一直认为年轻的书生，十个就有九个轻薄无行，却不知道你竟然这么痴情，但是我和你交往，只讲感情，不可淫乱，如果要昼夜亲热，这是我不能做到的。"说完，就向黄生告别。

黄生说："香玉已经离去，让我吃不下饭，睡不着觉，就指望你多停留一会儿，来安慰我思念的情怀，为什么要如此绝情呢？"绛雪便留了下来，住了一夜就走了。

这以后一连几天绛雪都没有再来。在一个清冷的雨夜，黄生望着幽暗的窗户，苦苦地思念香玉，在床头辗转反侧，眼泪打湿了枕席。他披上衣服又起床，点上灯，按照上首诗的韵又写了一首诗：

山院黄昏雨，垂帘坐小窗。相思人不见，中夜泪双双。写完以后，自己吟诵起来，忽听窗外有人说道："有诗不可没人相和。"黄生一听，是绛雪，便开门让她进来。绛雪看完他的诗，就在后面续了一首：

连袂人何处？孤灯照晚窗。空山人一个，对影自成双。黄生读完，流下了眼泪，于是埋怨相见的机会太少。绛雪说："我不可能像香玉那样热情，但也可以稍稍安慰您心中的寂寞。"黄生想和她亲热，绛雪说："我们相见的快乐，何必在这里呢？"

从此以后，每当黄生无聊的时候，绛雪就会前来，来了就一起饮酒作诗，有时不睡觉就走了，黄生也随她的意。黄生对她说："香玉是我的爱妻，而绛雪是我的好友。"黄生常常问绛雪："你是院里的第几棵花？请你早点儿告诉我，我打算把你抱到家里种植，免得像香玉那样被恶人抱走，让我抱恨终生。"绛雪说："我难以离开故土，告诉您也没用。妻子尚且不能终生相伴，何况朋友呢？"黄生不听她的话，拉着她的胳膊出来，每到一颗牡丹花下，就问："这是你吗？"绛雪不说话，只是捂着嘴笑他。

不久，时间到了腊月，黄生回家过年。到了二月间，他忽然梦见绛雪来了，闷闷不乐地说："我有大难！您赶快回去，还能见上一面，迟的话，就来不及了。"黄生醒来觉得很惊异，急忙命令仆人备马，连夜赶到山里，原来是道士打算建房子，有一棵耐冬树，妨碍施工，工匠正要用斧子砍，黄生急忙阻止他们。

到了晚上，绛雪来道谢。黄生笑着说："从前你不告诉我实话，难怪会遭到这样的厄运！现在我已经知道你了，以后你如果不来，我就点着艾条去烧你。"

绛雪说："我早就知道您会这样，所以以前不敢告诉您。"

坐了一会儿，黄生说："现在面对你这个好朋友，更加思念我那爱妻，好久没有哭香玉了，你能跟我一起哭吗？"两个人便一同前往香玉的坑穴前流泪拜祭，哭到半夜，绛雪止住眼泪，劝黄生不要再伤心了。

又过了几个晚上，黄生正一个人寂寞地坐着，绛雪笑着走进来，说："报告您一个好消息，花神被您的纯真感情打动，让香玉又降生在宫里。"黄生问："什么时候？"绛雪回答说："不知道，估计不远了。"

天亮时绛雪下床，黄生嘱咐她说："我是为你而来的，不要让我长时间孤独寂寞。"绛雪笑着答应了，但又是两个晚上绛雪没有来。黄生就去抱住那棵耐冬树，摇动抚摩，连声呼唤，但没有回声。他便回到屋里，在灯下盘好艾绳，就要去灼树。绛雪一下子冲进来，夺过艾绳扔掉，说："您玩这种恶作剧，让我受伤留下疤痕，我真要和您断绝关系了！"黄生笑着抱住了她。两个人还没有坐稳，香玉步履轻盈地走了进来，黄生一看见她，止不住眼泪哗哗地流下来，急忙起身握住她的手，香玉用另一只手握住绛雪，相对悲咽，泣不成声。等坐下来以后，黄生觉得自己握香玉的手是虚着的，像手自己握着一样，便惊奇地问是怎么回事。香玉流着眼泪说："从前的我是花神，所以是凝聚的；现在的我只是花的鬼魂，所以是分散的。今天虽然相聚，但不要当真，只看成是梦里相会就行了。"绛雪说："妹妹来太好了！我被你家男人纠缠死了。"说完就走了。

香玉还和从前一样欢声笑语，但两个人依偎在一起时，黄生感到像是靠着一个影子似的，因此闷闷不乐，香玉也十分怨恨自己，于是说："你用白蔹草的粉末，稍微掺杂点儿琉璜，每天给我浇上一杯这样的水，明年的今天我就来报答你对我的恩情。"说完告别而去。

第二天，黄生去看原来的花坑，只见那白牡丹又萌发了。黄生于是每天加以培植，又做了栅栏来保护她。香玉前来，对黄生感激备至，黄生打算把她移植到自己家去，香玉说不行。她说："我体质很弱，不能忍受再被残害。而且万物生长都有一定的地方，我这次前来原本就没有打算生在你家，违背了反而会减少寿命，只要你爱怜我，合好总会有那一天的。"

黄生埋怨绛雪不经常来，香玉说："如果你一定要强迫她来，我倒有办法。"便和黄生打着灯来到耐冬树下，摘了一根草，用手掌当尺，来量这棵树的高度，从下往上，到四尺六寸的地方，便用手按住，叫黄生用双手一齐挠。不一会儿，只见绛雪从树后走出来，笑着骂道："死丫头，来助纣为虐啊！"便互相挽着手走进屋子。香玉说："姐姐不要责怪！麻烦你暂且陪侍郎君，一年后我就不打扰你了。"从此以后，就习以为常了。

黄生看那白牡丹花芽，一天天地肥壮茂盛起来，春天结束的时候，已经长到二尺多高了。黄生回家后，把银子留给道士，嘱咐他早晚好好培育这棵花。

第二年四月，黄生又来到下清宫，发现已经长出一朵花，含苞待放。他正在花前流连忘返，就见那花苞摇摇晃晃地好像要开，工夫不大，就已经开放了，花有盘子那么大，俨然有一位小美人坐在花蕊里，才有三四指长。转眼之间，她就飘飘然要下来，一看，果然是香玉。她笑着说："我在这里忍受风雨等着你，你怎么来得这么迟！"说完就进了屋子。绛雪也来了，笑着说："天天替别人当媳妇，今天总算可以撇身当朋友了。"于是三个人笑谈欢宴。到了半夜，绛雪就走了。黄生、香玉一起上床，还和以前一样欢爱。

后来，黄生的妻子死了，他就进山不回去了。这时，那白牡丹花已经有胳膊粗细了。黄生常常指着牡丹说："我死后就要埋葬在这里，好生在你的身旁。"二女笑着说："你别忘了自己说过的话。"

十几年以后，黄生忽然病了，他的儿子赶来，在他面前伤心地哭泣。黄生笑着说："这是我新生的日子，不是我死的日子，有什么可悲哀的呢？"他对道士说："日后牡丹花下如果有红色的花芽怒放，一下子长出五片叶子的，就是我。"说完，就不再说话。他的儿子用车子把他送回家，黄生就死了。

第二年，牡丹花下果然有肥壮的花芽冒出来，叶子正如黄生所说的五片。道士感到很神异，更加悉心地浇灌它。三年以后，这花长到几尺高，有两手合抱那么粗，只是不开花。老道士死后，他的弟子不知道爱惜，把它砍掉了，白牡丹花也枯萎而死，不久，耐冬树也死掉了。

异史氏说：感情到了极点，就可以和鬼神沟通。花死了以后化成鬼来陪伴，而人死以后又将魂魄寄托在花的旁边，难道不是因为他们之间结成的深厚感情吗？黄生一死，香玉、绛雪也殉情而死，即使不说是坚贞，也是为了爱情而死。人不能守贞，也是因为他的感情不深厚。孔子读完《唐棣之花》诗说"没有思念，又有什么远不远的呢？"确实如此啊！

[何守奇] 妻友名色，亦从古人得来。

[方舒岩] 爱妻良友，不独秀色可救饥，抑亦诗什可酬兴，宜黄生死亦寄魂于此。

王　十

【原文】

高苑民王十，负盐于博兴，夜为二人所获。意为土商之逻卒也，舍盐欲遁；足苦不前，遂被缚。哀之，二人曰："我非盐肆中人，乃鬼卒也。"十惧，乞一至家别妻子，不许，曰："此去亦未便即死，不过暂役耳。"十问："何事？"曰："冥中新阎王到任，见奈河淤平，十八狱坑厕俱满，故捉三等人淘河：小偷、私铸、私盐；又一等人使涤厕，乐户也。"

十从去，入城郭，至一官署，见阎罗在上，方稽名籍。鬼禀曰："捉一私贩

十王

国课何曾接引償
谁予私贩共官商
奈河何日重挑潜
应有人稽骨朵伤

王十至。'"阎罗视之，怒曰："私盐者，上漏国税，下蠹民生者也。若世之暴官奸商所指为私盐者，皆天下之良民。贫人揭锱铢之本，求升斗之息，何为私哉！"罚二鬼市盐四斗，并十所负，代运至家。留十，授以蒺藜骨朵，令随诸鬼督河工。鬼引十去，至奈河边，见河内人夫，缲续如蚁。又视河水浑赤，臭不可闻。淘河者皆赤体持畚锸，出没其中。朽骨腐尸，盈筐负异而出；深处则灭顶求之。惰者辄以骨朵击背股。同监者以香绵丸如巨菽，使含口中，乃近岸。见高苑肆商亦在其中，十独奇遇之，入河楚背，上岸敲股。商惧，常没身水中，十乃已。经三昼夜，河夫半死，河工亦竣。前二鬼仍送至家，豁然而苏。

先是，十负盐未归，天明妻启户，则盐两囊置庭中，而十久不至。使人遍觅之，则死途中。舁之而归，奄有微息，不解其故。及醒，始言之。肆商亦于前日死，至是始苏。骨朵击处，皆成巨疽，浑身腐溃，臭不可近。十故诣之。望见十，犹缩首衾中，如在奈河状。一年始愈，不复为商矣。

异史氏曰："盐之一道，朝廷之所谓私，乃不从乎公者也；官与商之所谓私，乃不从乎其私者也。近日齐、鲁新规，土商随在设肆，各限疆域。不惟此邑之民，不得去之彼邑；即此肆之民，不得去之彼肆。而肆中则潜设饵以钓他邑之民：其售于他邑，则廉其直；而售诸土人，则倍其价以昂之。而又设逻于道，使境内之人，皆不得逃吾网。其有境内冒他邑以来者，法不宥。彼此之相钓，而越肆假冒之愚民益多。一被逻获，则先以刀杖残其胫股，而后送诸官；官则桎梏之，是名'私盐'。呜呼！冤哉！漏数万之税非私，而负升斗之盐则私之；本境售诸他境非私，而本境买诸本境则私之，冤矣！律中'盐法'最严，而独于贫难军民，背负易食者不之禁，今则一切不禁，而专杀此贫难军民！且夫贫难军民，妻子嗷嗷，上守法而不盗，下知耻而不倡；不得已，而揭十母而求一子。使邑尽此民，即'夜不闭户'可也。非天下之良民乎哉！彼肆商者，不但使之淘奈河，直当使涤狱厕耳！而官于春秋节，受其斯须之润，遂以三尺法助使杀吾良民。然则为贫民计，莫若为盗及私铸耳：盗者白昼劫人而官若聋，铸者炉火亘天而官若瞽，即异日淘河，尚不至如负贩者所得无几，而官刑立至也。呜呼！上无慈惠之师，而听奸商之法，日变日诡，奈何不顽民日生，而良民日死哉！"

各邑肆商，旧例以若干石盐资，岁奉本县，名曰"食盐"。又逢节序具厚仪。商以事谒官，官则礼貌之，坐与语，或茶焉。送盐贩至，重惩不逭。张公石年令淄川，肆商来见，循旧规但揖不拜。公怒曰："前令受汝贿，故不得不隆汝礼；我市盐而食，何物商人，敢公堂抗礼乎！"捋裤将笞。商叩头谢过，乃释之。后肆中获二负贩者，其一逃去，其一被执到官。公问："贩者二人，其一焉往？"贩者曰："逃去矣。"公曰："汝腿病不能奔耶？"曰："能奔。"公曰："既被捉，必不能奔；果能，可起试奔，验汝能否。"其人奔数步欲止。公曰："奔勿止！"其人疾奔，竟出公门而去。见者皆笑。公爱民之事不一，此其闲情，邑人犹乐诵之。

【译文】

高苑县有个叫王十的百姓，一次从博兴背盐回家，夜里被两个人抓住。王十以为他们是当地商人雇用的巡逻卒子，丢下盐就想逃走，但是苦于脚不能向前，就被绑了起来。他哀求两人放了他，两人说："我们不是盐市上的人，是鬼卒。"王十很害怕，乞求让他回家一趟，向妻子儿女告别。

两人不同意，说："这次去也不见得马上就死，不过暂时服役罢了。"王十问道："做什么事情？"两人回答说："阴间新阎王上任，看见奈河被淤泥填平了，十八狱的茅厕都满了，所以要捉小偷、私铸钱币的、贩卖私盐的三种人去淘河；另外官妓等人让他们去洗厕所。"

王十跟着他们前去，进了城廓，来到一座官府，只见阎罗王坐在上面，正在查验名册。小鬼禀告说："抓到一个私盐贩子王十。"阎罗往下一看，大怒道："所谓私盐贩子，对上偷漏国税，对下残害百姓。像人世间凶暴的官吏、奸诈的商人所指责为私盐贩子的，都是天下的良民。这些穷苦人拿出一点点本钱，只求挣上买粮食的钱，如何能称为私盐贩子呢！"说完，就罚两鬼背上四斗盐，加上王十原来背的，代他送回家去。阎王留下王十，授予他一把带刺的长棍，让他和众鬼一道去监督河工。

鬼领着王十出去，来到奈河边，只见河里的民夫，一个一个用绳子连着，多得像蚂蚁一样。再看那河水浑浊赤红，臭不可闻。淘河的人都赤身露体，拿着竹筐和铁锹，在河水中出没，把腐朽的尸骨装满筐再抬出来，水深的地方就钻到水里去挖。对偷懒的人就用带刺的长棍戳他们的后背大腿。和王十同时监工的鬼给他一粒豆大的香绵丸，让他含在嘴里，这才走近岸边。

王十发现一个高苑的盐商，也夹在民夫中间。王十唯独对他苛责：下河就打他的后背，上岸就敲他的大腿。盐商害怕了，常常把身子沉到水里去，王十这才罢手。经过三天三夜，挖河的民夫死了一半，工程也结束了，前面的那两个鬼仍旧送他回家，他一下子就苏醒过来。

原来，王十去背盐没有回家，这天天亮以后，他的妻子打开门一看，只见两袋盐放在院子里，但过了好久王十也没到，请人到处去找，发现他死在了途中，众人把他抬回家中，还有一点儿气息，妻子不明白是怎么回事，等王十醒过来以后，才说起了事情的经过。

那盐商也是前天死后，至此也醒了过来，被王十用带刺长棍打过的地方，都长成巨大的毒疮，浑身腐臭溃烂，臭得让人无法靠近。王十故意去看他，那盐商看见王十，还把头缩在被子里，和在奈河里的情形一样，过了一年，他的病才好，从此不再做盐商了。

异史氏说：贩运盐这件事，朝廷所说的私盐，就是不依照国家法律制度的行为；而官吏和盐商所说的私盐，是指不符合他们的个人利益的行为。近来齐鲁一带新规定，当地的盐商可以到处设店，各自限定地盘。不仅仅是这个县的百姓不能到别的县买盐，就连属于这个盐店地盘上的百姓也不得去别的盐店买盐。而店家则暗中设下诱饵引使其他县的百姓来买盐，卖给其他县的盐，价钱就便宜，而卖给当地人的盐，价钱就高出一倍。而且又在路上设人巡逻，使自己境内的百姓，都逃不脱我设定的圈套。如果境内有人冒充其他县的人来买盐，就依法予以严惩。盐商之间互相引诱，而到其他店买盐和假冒别处的百姓也就越来越多。一旦被巡逻的人抓获，就先用刀杖打残他们的腿，然后再送到官府，官府就把他们关押起来，这就叫做"私盐"。真是冤枉啊！逃漏好几万税的人不叫私盐贩子，而背一升一斗盐的人倒叫做私盐贩子；在本境内卖盐给别的地方的人不叫私盐，而本境内的人买本境的盐倒反而叫做私盐，真是冤枉啊！

国家的法律中以"盐法"最为严厉，而唯独对贫困艰难的军民户、背盐换粮的人，并不加以禁止，现在却是对别的私盐贩子不加禁止，而专门杀这些贫困艰难的军民户！况且这些贫困艰难的军民户，妻子儿女嗷嗷待哺，对上能遵守国法而不偷盗，对下能知廉耻不去当娼妓；迫不得已的情况下，才会干持十本求一利的事情。如果城市里都是这样的百姓，就可以"夜不闭户"了。这些人难道不是天下的良民吗！那些盐商，不但应该让他们去淘挖奈河，更应该让他们去刷洗地狱的厕所！但那些官吏每逢过年过节时，都会接受盐商暂时的一点儿好处，于是就用法律帮助盐商杀害我们良民。那么，我为贫苦百姓考虑，不如去做强盗和私自铸钱；强盗大白天抢劫杀人，而官吏却像聋子一样听不见；私自铸钱的炉火照耀天空，而官吏却像瞎子一样看不见；即使日后下地狱去淘奈河，还不至于像背负贩盐的人那些所得无几，却立刻遭到官府的严惩。唉！朝廷没有仁慈恩惠的人，听任奸商害民的方法，一天天变得诡计多端，如何能够不使习顽的人越来越多，而善良的人越来越少呢！

各城镇的盐商，依照惯例，每年都要拿出若干石的盐资，来供奉本县的县官，这称作"食盐"。另外逢年过节时，还要送上丰厚的礼物。盐商有事要拜见县官，县官就很礼貌地接见他，坐着和他说话，有时还给端上茶，而送来盐贩子，则严加惩处，不敢怠慢。

张石年担任淄川县令时，有个盐商前来拜见，按照以前的规矩，只是作揖，不行拜礼。张石年大怒道："前任县令接受你的贿赂，所以不得不用隆重的礼节接待你；我自己买盐吃，你这个商人是什么东西，竟然敢在公堂上抗礼吗？"说完，就命人脱掉盐商的裤子要打，盐商赶紧叩头谢罪，张石年才放了他。

后来，市里抓了两个私自贩盐的人，其中一个逃走了，另一个被押送到官府。张石年问道："贩盐的有两个人，另一个哪里去了？"贩盐的人说："逃走了。"张石年问："你的腿有病不能跑吗？"那人回答："能跑。"张石年说："既然被抓住，一定不能跑；果真能够跑的话，可以起身试着跑跑，看看你是不是能。"那人跑了几步要停下来。张石年，说："跑，不要停下来！"那人快跑起来，竟然出了衙门跑掉了，看见的人都笑了。

张公爱护百姓的事迹不止这一件，这是他的闲情逸致，县里的人很喜欢传颂这些好事。

[何守奇] 肆商之弊宛然。

[但明伦] 治私盐当自奸商始，商无有不夹带私盐者。若准纲则于商私之外，又有船户夹带，名为"脚私"，则又宜先治船户矣。然余以为商私、脚私音皆不足治也；正其本，清其源，请治商私、脚私之所从出者。

石 清 虚

【原文】

邢云飞，顺天人。好石，见佳不惜重直。偶渔于河，有物挂网，沉而取之，则石径尺，四面玲珑，峰峦叠秀。喜极如获异珍。既归，雕紫檀为座，供诸案头。每值天欲雨，则孔孔生云，遥望如塞新絮。

有势豪某踵门求观。既见，举付健仆，策马径去。邢无奈，顿足悲愤而已。仆负石至河滨，息肩桥上，忽失手堕诸河。豪怒，鞭仆。即出金雇善泅者，百计冥搜，竟不可见。乃悬金署约而去。由是寻石者日盈于河，迄无获者。后邢至落石处，临流於邑，但见河水清澈，则石固在水中。邢大喜，解衣入水，抱之而出。携归，不敢设诸厅所，洁治内室供之。

一日有老叟款门而请，邢托言石失已久。叟笑曰："客舍非耶？"邢便请入舍以实其无，及入，则石果陈几上。愕不能言。叟抚石曰："此吾家故物，失去已久，今固在此耶。既见之，请即赐还。"邢窘甚，遂与争作石主。叟笑曰：

"既汝家物，有何验证？"邢不能答。叟曰："仆则故识之。前后九十二窍，巨孔中五字云：'清虚天石供。'"邢审视，孔中果有小字，细如粟米，竭目力才可辨认；又数其窍，果如所言。邢无以对，但执不与。叟笑曰："谁家物而凭君作主耶！"拱手而出。邢送至门外；既还，已失石所在。邢急追叟，则叟缓步未远。奔牵其袂而哀之。叟曰："奇哉！径尺之石，岂可以手握袂藏者耶？"邢知其神，强曳之归，长跽请之。叟乃曰："石果君家者耶、仆家者耶？"答曰："诚属君家，但求割爱耳。"叟曰："既然，石固在是。"入室，则石已在故处。叟曰："天下之宝，当与爱惜之人。此石能自择主，仆亦喜之。然彼急于自见，其出也早，则魔劫未除。实将携去，待三年后始以奉赠。既欲留之，当减三年寿数，乃可与君相终始。君愿之乎？"曰："愿。"叟乃以两指捏一窍，窍软如泥，随手而闭。闭三窍，已，曰："石上窍数，即君寿也。"作别欲去。邢苦留之，辞甚坚；问其姓字，亦不言，遂去。

积年余，邢以故他出，夜有贼入室，诸无所失，惟窃石而去。邢归，悼丧欲死。访察购求，全无踪迹。积有数年，偶入报国寺，见卖石者，则故物也，将便认取。卖者不服，因负石至官。官问："何所质验？"卖石者能言窍数。邢问其他，则茫然矣。邢乃言窍中五字及三指痕，理遂得伸。官欲杖责卖石者，卖石者自言以二十金买诸市，遂释之。

邢得石归，裹以锦，藏椟中，时出一赏，先焚异香而后出之。有尚书某购以百金，邢曰："虽万金不易也。"尚书怒，阴以他事中伤之。邢被收，典质田产。尚书托他人风示其子。子告邢，邢愿以死殉石。妻窃与子谋，献石尚书家。邢出狱始知，骂妻殴子，屡欲自经，皆以家人觉救得不死。夜梦一丈夫来，自言："石清虚。"戒邢勿戚："特与君年余别耳。明年八月二十日昧爽时，可诣海岱门以两贯相赎。"邢得梦，喜，谨志其日。其石在尚书家，更无出云之异，久亦不甚贵重之。明年，尚书以罪削职，寻死。邢如期至海岱门，则其家人窃石出售，因以两贯市归。

后邢至八十九岁，自治葬具，又嘱子必以石殉。及卒，子遵遗教，瘗石墓中。半年许，贼发墓劫石去。子知之，莫可追诘。越二三日，同仆在道，忽见两人奔蹶汗流，望空投拜，曰："邢先生，勿相逼！我二人将石去，不过卖四两银耳。"遂絷送到官，一讯即伏。问石，则鬻宫氏。取石至，官爱玩欲得之，命寄诸库。吏举石，石忽堕地，碎为数十余片。皆失色。官乃重械两盗论死。邢子拾碎石出，仍瘗墓中。

异史氏曰："物之尤者祸之府。至欲以身殉石，亦痴甚矣！而卒之石与人相终始，谁谓石无情哉？古语云：'士为知己者死。'非过也！石犹如此，何况于人！"

【译文】

邢云飞是顺天人，喜欢收藏石头，见到好的石头，不惜花大钱买下。偶然有一次，他在河边捕鱼，感觉到有个东西挂住了鱼网，他就潜到水里将它取出来，原来是一块一尺多长的石头，四面玲珑剔透，山峦叠嶂秀丽。他高兴极了，如获至宝，回到家里，他用紫檀木雕了一个底座，将石头供在案头。每到天要下雨的时候，山石的孔窍里就会生出云气，远远望去，好像塞进了新棉花。

有个有权势的恶霸上门请求观赏，看完以后，便拿起来交给健壮的仆人，然后骑马飞奔而去。邢云飞无可奈何，只能跺着脚表示心中的悲愤罢了。仆人背着石头来到河边，忽然失手将它掉入河中，恶霸大怒，用鞭子抽打仆人，然后马上花钱雇善于游泳的人，千方百计的四处搜寻，竟然找不到，于是他贴出悬赏告示就走了。

从此，搜寻石头的人每天挤满了河道，但没有一个人找到。后来，邢云飞来到石头掉落的地方，望着河水伤心地哽咽，只见河水清澈见底，那石头竟然就在水里。邢云飞十分高兴，脱下衣服跳到水里，把石头抱出了河。他带着石头回家，不敢再把它放在客厅上，而是将内室打扫干净供奉石头。

一天，有个老头敲门进来，请求看那块石头，邢云飞推辞说石头已经丢了很久。老头笑着说："不就在客厅里吗？"邢云飞便请他进了客厅，想证明石头确实不在，等到进了客厅，发现石头果然供在桌子上，邢云飞惊愕得说不出话来。老头抚摸着石头说："这原本就是我家的东西，已经丢了很久，没想到它就在这里，既然已经看见了，就请你还给我吧。"邢云飞窘困极了，便和老头争当石头的主人。

老头笑着说："既然说是你家的东西，那么有什么证据呢？"邢云飞不能回答。老头说："我倒是早就了解它，它前后共有九十二个小孔，其中一孔中刻着五个字：'清虚天石供。'"邢云飞仔细一看，发现孔里确实有像米粒大小的字样，睁大了眼睛才可以辨认。他再数石头上的孔，果然是老头说的九十二个。邢云飞无言以对，就是坚决不把石头还给老头，老头笑着说："到底是谁家的东西，非得由你做主不成吗!"说完，向邢云飞拱拱手就出门而去。

邢云飞将老头送到门外，等他回到屋里一看，石头已经不见了。邢云飞急忙追赶老头，却见老头慢慢地走着，还没有走远。他奔上前去，拉住老头的衣襟，苦苦哀求他把石头还给自己，老头说："这倒奇怪了！一尺见方的石头，怎么可能拿在手上、藏在袖筒里呢?"邢云飞不知道老头是神仙，便强行把他拉回家，直挺挺地跪在地上请求。老头于是说："石头果真是你家的呢，还是我家的呢?"邢云飞回答道："确实是您家的东西，只请求您割爱相让。"老头说："天下的宝贝，当然应该给爱惜它的人，这块石头能够自己选择主人，我也很高兴它选择了你，但它急于出来表现自己，因为出来得太早，所以它命中的灾难还没有消除。我要把它带走，等三年以后，再把它赠送给你，既然你要把它留下，就应当减少三年的寿命，这样才可以让它陪伴你一辈子，你愿意吗?"邢云飞说："愿意。"

老头于是用两根手指捏一个小孔，小孔软得像泥一样，随着他的手指就闭上了。等他封完三个孔，老头说："石头上小孔的数量就是你的寿命。"说完，就告别要走。邢云飞苦苦地挽留他，老头去意非常坚决，问他的姓名，他也不肯说，就走了。

过了一年多的时间，邢云飞因为有事外出，有个贼夜里闯进他家行窃，其他东西都没有丢，只是将那块石头偷走了。邢云飞回到家，不由悲痛欲绝，他四处寻找，拿钱收买，但没有一点儿踪迹。

过了几年，邢云飞偶然到报国寺，见到一个人正在卖石头，那石头正是他丢掉的，他便上前要认领，卖石头的人不服，于是背着石头和邢云飞一同来到官府，长官问道："怎么证明石头是你们谁的呢?"卖石头的能说出石头上的小孔数，邢云飞问他还有什么特征，他就茫然不知了。邢云飞于是说出小孔里的五个字和三个指痕，真相终于大白。长官还要打卖石头的棍子，他声称自己是用二十两银子从集市上买回来的，长官便把他释放了。邢云飞拿着石头回家，用锦缎把石头裹起来，藏在匣子里，时不时地拿出来欣赏一下，每次都要先烧香，再拿石头出来。

有一个尚书，想用一百两银子买这块石头，邢云飞说："即使是一万两银子也不卖。"尚书大怒，暗中用别的事情来中伤邢云飞。邢云飞被关进监狱，家里的田产也被抵押。尚书托别的人向邢云飞的儿子暗示，要拿那块石头换人。儿子告诉邢云飞，邢云飞宁死也不肯交出石头，妻子私下和儿子商量，把石头献给了尚书家。邢云飞出狱以后才知道这事，对妻子儿子又打又骂，好几次要自杀，都被家里人发觉救下来，才得以不死。

一天夜里，他梦见一个男子前来，自称叫"石清虚"。他告诫邢云飞不要伤心："我是特意要和你分别一年多的，明年八月二十日天刚亮的时候，你可以前往海岱门，用两贯钱把我买回来。"邢云飞从梦中得到石头的下落，十分高兴，认真记住了这个日子。

再说那块石头在尚书家里，再也没有出现下雨前小孔往外冒云气的奇异景象，时间一长，他也就不把石头看得很贵重了。第二年，尚书犯了罪，被罢了官，不久就死了。邢云飞按照梦里指示的日期到海岱门，只见尚书的家人把那石头偷出来卖，他便用两贯钱把它买回来。

后来，邢云飞活到八十九岁时，自己准备好棺材，又叮嘱儿子一定要用石头作陪葬。他死了以后，儿子遵照他的遗嘱，把石头埋在墓里，过了半年多，盗贼打开坟墓，把石头抢走了，儿子知道以后，也无法追究查问。

过了两三天，他儿子和仆人一道走在路上，忽然看见两个人一边跑一边摔跟头，而且满头大汗，对着空中下拜，说："邢先生，不要再逼我们了！我们两人偷了石头去，只不过卖了四两银子罢了。"邢云飞的儿子便将他们捆送到官府，一审问他们就招供了，问起石头的下落，原来已经卖给了宫家。长官命人将石头取来，他也很喜爱这块石头，想要占为己有，便下令将它寄放到府库里，小吏刚举起石头，石头忽然掉在地上，碎成几十片，众人都大惊失色。长官于是对两名盗贼施以重刑，处以死罪，邢云飞的儿子把碎石头捡起来出了衙门，仍旧把它埋在父亲的墓里。

异史氏说：好的东西往往是灾祸的根源。邢云飞甚至想为石头殉死，也太痴情了！到最后石头和人相伴终始，谁又能说石头没有情呢？古语说："士为知己者死。"这话一点儿都不过分，石头尚且能够如此，何况人呢！

曾　友　于

【原文】

曾翁，昆阳故家也。翁初死未殓，两眦中泪出如沈，有子六，莫解所以。次子悌，字友于，邑名士，以为不祥，戒诸兄弟各自惕，勿贻痛于先人；而兄弟半迂笑之。

先是翁嫡配生长子成，至七八岁，母子为强寇掳去。娶继室，生三子：曰孝，曰忠，曰信。妾生三子：曰悌，曰仁，曰义。孝以悌等出身贱，鄙不齿，因连结忠、信为党。即与客饮，悌等过堂下，亦傲不为礼。仁、义皆忿，与友于谋，欲相仇。友于百词宽譬，不从所谋；而仁、义年最少，因兄言亦遂止。

孝有女适邑周氏，病死。纠悌等往挞其姑，悌不从。孝愤然，令忠、信合族中无赖子，往捉周妻，搒掠无算，抛粟毁器，盎盂无存。周告官。官怒，拘孝等囚系之，将行申黜。友于惧，见宰自投。友于品行，素为宰重，诸兄弟以是得无苦。友于乃诣周所负荆，周亦器重友于，讼遂止。

孝归，终不德友于。无何，友于母张夫人卒，孝等不为服，宴饮如故。仁、义益忿。友于曰："此彼之无礼，于我何损焉。"及葬，把持墓门，不使合厝。

友于乃瘗母隧道中。未几孝妻亡，友于招仁、义同往奔丧。二人曰："'期'且不论，'功'于何有！"再劝之，哄然散去。友于乃自往，临哭尽哀。隔墙闻仁、义鼓且吹，孝怒，纠诸弟往殴之。友于操杖先从。入其家，仁觉先逃。义方逾垣，友于自后击仆之。孝等拳杖交加，殴不止。友于横身障阻之。孝怒，让友于。友于曰："责之者以其无礼也，然罪固不至死。我不怙弟恶，亦不助兄暴。如怒不解，身代之。"孝遂反杖挞友于，忠、信亦相助殴兄，声震里党，群集劝解，乃散去。友于即扶杖诣兄请罪。孝逐去之，不令居丧次。而义创甚，不复食饮。仁代具词讼官，诉其不为庶母行服。官签拘孝、忠、信，而令友于陈状。友于以面目损伤，不能诣署，但作词禀白，哀求寝息，宰遂销案。义亦寻愈。由是仇怨益深。仁、义皆幼弱，辄被敲楚。怨友于曰："人皆有兄弟，我独无！"友于曰："此两语，我宜言之，两弟何云！"因苦劝之，卒不听。友于遂扃户，携妻子借寓他所，离家五十余里，冀不相闻。

友于在家，虽不助弟，而孝等尚稍有顾忌；既去，诸兄一不当，辄叫骂其门，辱侵母讳。仁、义度不能抗，惟杜门思乘间刺杀之，行则怀刃。

一日寇所掠长兄成，忽携妇亡归。诸兄弟以家久析，聚谋三日，竟无处可以置之。仁、义窃喜，招去共养之。往告友于。友于喜，归，共出田宅居成。诸兄怒其市惠，登门窘辱。而成久在寇中，习于威猛，大怒曰："我归，更无人肯置一屋；幸三弟念手足，又罪责之。是欲逐我耶！"以石投孝，孝仆。仁、义各以杖出，捉忠、信，挞无数。成乃讼宰，宰又使人请教友于。友于诣宰，俯首不言，但有流涕。宰问之，曰："惟求公断。"宰乃判孝等各出田产归成，使七分相准。自此仁、义与成倍加爱敬。谈及葬母事，因并泣下。成恚曰："如此不仁，真禽兽也！"遂欲启圹更为改葬。仁奔告友于，友于急归谏止。成不听，刻期发墓，作斋于茔。以刀削树，谓诸弟曰："所不衰麻相从者，有如此树！"众唯唯。于是一门皆哭临，安厝尽礼。自此兄弟相安。

而成性刚烈，辄批挞诸弟，于孝尤甚。惟重友于，虽盛怒，友于至，一言即解。孝有所行，成辄不平之，故孝无一日不至友于所，潜对友于诟诅。友于婉谏，卒不纳。友于不堪其扰，又迁居三泊，去家益远，音迹遂疏。又二年，诸弟皆畏成，久亦相习。

而孝年四十六，生五子：长继业，三继德，嫡出；次继功，四继绩，庶出；又婢生继祖。皆成立。效父旧行，各为党，日相竞，孝亦不能呵止。惟祖无兄弟，年又最幼，诸兄皆得而诟厉之。岳家近三泊，会诣岳，迁道诣叔。入门见叔家两兄一弟，弦诵怡怡，乐之，久居不言归。叔促之，哀求寄居。叔曰："汝父母皆不知，我岂惜瓯饭瓢饮乎！"乃归。过数月夫妻往寿岳母，告父曰："儿此行不归矣。"父诘之，因吐微隐。父虑与叔有夙隙，计难久居。祖曰："父虑过矣。二叔圣贤也。"遂去，携妻之三泊。友于除舍居之，以齿儿行，使执卷从长子继善。祖最慧，寄籍三泊年余，入云南郡庠。与善闭户研读，祖又讽诵最苦。友于甚爱之。

自祖居三泊，家中兄弟益不相能。一日微反唇，业诟辱庶母。功怒，刺杀业。官收功，重械之，数日死狱中。业妻冯氏，犹日以骂代哭。功妻刘闻之，怒曰："汝家男子死，谁家男子活耶！"操刀入，击杀冯，自投井死。冯父大立，悼女死惨，率诸子弟，藏兵衣底，往捉孝妾，裸挞道上以辱之。成怒曰："我家死人如麻，冯氏何得复尔！"吼奔而出。诸曾从之，诸冯尽靡。成首捉大立，割其两耳。其子护救，继、绩以铁杖横击，折其两股。诸冯各被夷伤，哄然尽散。惟冯子犹卧道周。成夹之以肘，置诸冯村而还。遂呼绩诣官自首。冯状亦至。于是诸曾被收。

惟忠亡去，至三泊，徘徊门外。适友于率一子一侄乡试归，见忠，惊曰："弟何来？"忠未语先泪，长跪道左。友于握手曳入，诘得其隋，大惊曰："似此奈何？然一门乖戾，逆知奇祸久矣；不然，我何以窜迹至此。但我离家久，与大令无声气之通，今即匍伏而往，徒取辱耳。但得冯父子伤重不死，吾三人中幸有捷者，则此祸或可少解。"乃留之，昼与同餐，夜与共寝。忠颇感愧。居十余日，见其叔侄如父子，兄弟如同胞，凄然下泪曰："今始知从前非人也。"友于喜其悔悟，相对酸恻。俄报友于父子同科，祖亦副榜，大喜。不赴鹿鸣，先归展墓。明季科甲最重，诸冯皆为敛息。友于乃托亲友略以金粟，资其医药，讼乃息。举家泣感友于，求其复归。友于乃与兄弟焚香约誓，俾各涤虑自新，遂移家还。

祖从叔不欲归其家。孝乃谓友于曰："我不德，不应有亢宗之子；弟又善教，俾姑为汝子。有寸进时，可赐还也。"友于从之。又三年，祖果举于乡。使移家，夫妻皆痛哭而去。不数日，祖有子方三岁，亡归友于家，藏伯善室，不肯返；捉去辄逃。孝乃令祖异居，与友于邻。祖开户通叔家，两间定省如一焉。时成渐老，家事皆取决于友于。从此门庭雍穆，称孝友焉。

异史氏曰："天下惟禽兽止知母而不知父，奈何诗书之家往往蹈之也！夫门内之行，其渐渍子孙者，直入骨髓。古云：其父盗，子必行劫，其流弊然也。孝虽不仁，其报亦惨；而卒能自知乏德，托子于弟，宜其有操心虑患之子也。若论果报犹迁也。"

【译文】

曾翁家是昆阳的世代人家。他刚死的时候，还没有入殓，两只眼眶中流出像汁一样的眼泪。曾翁有六个儿子，都不明白是怎么回事。二儿子曾悌，字友于，是当地的名士，认为这种现象是不祥，告诫众兄弟各自小心谨慎，不要给先人带来痛苦，但兄弟们多半笑话他迂腐。

原来，曾翁的正妻生了长子曾成，长到七八岁的时候，母子被强盗们抢去，曾翁娶了一房继室，生了三个儿子，分别叫曾孝、曾忠、曾信。他的妾生了三个儿子，分别叫曾悌、曾仁、曾义。曾孝认为曾悌三兄弟出身卑贱，对他们鄙夷不屑，于是和曾忠、曾信结为同党。即使他们和客人饮酒时，曾悌等人从堂下经过，他们也表现出很傲慢无礼的样子。曾仁、曾义都很愤怒，就和曾悌商量，要对曾孝三兄弟进行报复。友于用尽千言万语宽慰劝解他们，不同意他们的计划，因为曾仁、曾义年纪最小，见兄长这么一说也就作罢了。

曾孝有个女儿，嫁给城里的周家，病死了。曾孝就纠集曾悌等兄弟去打女儿的婆婆，曾悌不同意。曾孝愤愤然，让曾忠、曾信集合族里的一帮无赖子弟，到周家捉住周妻，把她痛打了一顿，又抛撒粮食，捣毁器物，连坛坛罐罐都砸得光光的。周家告到官府，长官大怒，就把曾孝等人抓来关进监狱里，准备报请上司予以惩处。友于很害怕，便去向长官自首，友于的品行素来受到长官的敬重，因此，曾家诸兄弟在监狱里没有受苦。友于又到周家负荆请罪，周氏也很器重友于，官司也就作罢了，曾孝回到家，始终不感激友于。

不久，友于的母亲张夫人病死，曾孝等兄弟不穿丧服，和平常一样饮酒作乐。曾仁、曾义更加气愤。友于说："这说明他们无礼，对我们有什么损害呢。"等到下葬的时候，曾孝等人又把住墓门，不让张夫人和曾翁合葬在一起，友于便将母亲安葬在隧道里。

过了不久，曾孝的妻子死了，友于招呼曾仁、曾义一同前往奔丧。两人说："我们的母亲去世了他们都不奔丧，他的老婆死了我们凭什么去！"友于还想再劝，他们已经一哄而散了。友于于是一个人前去吊丧，哭得十分哀痛。隔着墙听到曾仁、曾义在那里奏乐，曾孝大怒，纠集弟弟们就要去打他们，友于拿起棍子率先跟从，一进他们的家，曾仁觉察到了先逃走了，曾义刚要爬墙，友于从后面将他击倒，曾孝等人拳头、棍子一齐上，打个不停，友于挺身横在前面拦阻，曾孝很愤怒，指责友于。友于说："我之所以要责罚曾仁、曾义，是因为他们无礼，但是他们的罪还不至于打死。我不袒护弟弟为恶，也不帮助兄长施暴，如果你的怒气不解，我愿意以身相代。"曾孝于是反过来用棍子打友于，曾忠、曾信也帮助曾孝打他们的哥哥，打骂声震动了邻里，众人聚集来劝解，曾孝兄弟才散去。

友于马上挂着拐杖去向兄长曾孝请罪。曾孝将他赶走了，不让他加入守丧的行列。而曾义的伤很重，不能进食。曾仁就代他写了状词告到官府，告曾孝等人不替庶母服丧。长官发文将曾孝、曾忠、曾信拘捕到官府，而让友于来陈述状词。友于因为脸面被打伤，不能前往衙门，就写了份证词禀明情况，哀求长官平息这件事，长官也就取消了这个案子。

曾义的伤不久也好了，从此以后，双方的仇怨也就更深了。曾仁、曾义都年幼体弱，动不动就被曾孝等人打一顿，他们怨恨友于说："人人都有兄弟，唯独我们没有！"友于说："这两句话，应该是我说的，两位弟弟怎么能说呢！"于是苦苦劝告他们，但他们始终不听。友于便锁了自家的门，带着妻子借住到别的地方，离家五十多里地，希望不再听到那些烦心的事情。

友于在家时，虽然不帮助自己的弟弟，但曾孝等人好歹还有所顾忌；他走了以后，曾孝兄弟一不称心，就到曾仁、曾义家门前叫骂，而且还直呼友于兄弟母亲的名讳。曾仁、曾义考虑自己不能与他们相对抗，只是关上门想着找机会刺杀他们，出门的时候，身上都揣着刀。

一天，当年被强盗掳走的长兄曾成，忽然带着媳妇逃回来了。曾家兄弟因为家分了很久，聚在一起商量了三天，竟然没有地方可以安顿曾成。曾仁、曾义暗自高兴，就将曾成夫妇招去，由他们一起来供养，并且去告诉友于。友于很高兴，回到家里，和曾仁、曾义一起拿出田地房屋给曾成。曾孝兄弟很生气友于兄弟对曾成施以恩惠，便上门来羞辱他们。而曾成长期生活在强盗中，习惯了威武凶猛的气势，勃然大怒道："我回到家，竟没有一个人肯给我安置一间房子；幸好三弟念在兄弟的情分上让我住下来，你们却又责骂他，是想赶我走吗？"说完，便用石头砸曾孝，把他打倒在地。曾仁、曾义分别拿着棍棒杀出，捉住曾忠、曾信，打了无数下。

曾成于是到县衙告状，县令又派人来向友于请教。友于来到县衙，低头不说话，只是流眼泪。县令问他应该怎么办，他说："只求公正判决。"县令于是判定曾孝等人各自拿出田产给曾成，使兄弟七人的田产相等。

从此以后，曾仁、曾义与曾成之间更加互相敬爱，他们谈到安葬母亲的事时，都流下了眼泪。曾成生气地说："这样不仁爱，真是和禽兽一模一样！"于是想打开墓穴，重新安葬张夫人。曾仁跑去告诉友于，友于急忙赶回家劝阻。曾成不听，定好了日期打开墓穴，在墓地举行祭祀。曾成拿刀砍在树上，对众兄弟说："如果有人敢不和我一起服丧，这棵树就是他的榜样！"众兄弟连连答应。于是，曾家全家都到坟前哭丧，按照礼节安葬好张夫人。

至此，兄弟之间相安无事，但曾成性情刚烈，动不动地打众兄弟，对曾孝尤其厉害。唯独尊重友于，即使盛怒之下，只要友于前来，一句话就可以化解。只要曾孝有所行为，曾成就不公平地对待他。所以曾孝没有哪一天不到友于家，暗中对友于诅咒曾成。友于好言劝谏，但曾孝始终不听他的意见，友于不堪忍受曾孝的骚扰，又搬家去了三泊，离家就更远了，来往也就渐渐减少了。

又过了两年，曾家兄弟都害怕曾成，久而久之就成了习惯。这时曾孝四十六岁，生下五个儿子：老大继业、老三继德，是长妻生的；老二继功、老四继绩，是小老婆生的；还有一个是丫环生的，名叫继祖。五个儿子都长大成人，效仿父亲从前的行为，各自结为一派，每天互相争斗，曾孝也不能制止他们，只有继祖没有兄弟，年纪又最小，那些兄长都可以呵斥辱骂他。

继祖的岳父家临近三泊，一次他去岳父家，绕道去看叔叔友于。他一进门，就看见叔叔家的两个哥哥和一个弟弟，正在弦歌诵读，非常融洽快乐。继祖很是喜欢，在友于家住了很久也不说要回去。友于催促他，他苦苦哀求要寄居在这里。友于说："你的父母都不知道，我难道舍不得供你吃喝吗?"继祖就回家去了。

过了几个月，继祖夫妻去给岳母拜寿。他告诉父亲说："儿这次一走就不回来了。"父亲问他怎么回事，继祖便把想住到叔叔友于家的想法说了出来。曾孝担心自己和友于有夙怨，怕继祖难以在友于家长住。继祖说："父亲顾虑得太多了，二叔是个圣贤人。"便走了，带着妻子来到三泊，友于收拾屋子让他们居住，将他当作自己的儿子看待，让他跟自己的长子继善一起读书。继祖最聪慧，在三泊住了一年多，进了云南府学读书。他和继善闭门苦读，继祖读书又最刻苦，友于很喜爱他。

自从继祖搬到三泊居住以后，留在家里的兄弟更加不能友善相待。一天，稍微话不投机，继业就辱骂庶母。继功大怒，将继业杀死了。官府把继功抓了起来，对他施以重刑，几天后，继功就死在监狱里，继业的妻子冯氏还是每天以骂代哭，继功的妻子刘氏昕了，大怒说："你家的男人死了，谁家的男人活着呢?"说完，持刀冲进去，把冯氏杀死了，自己也跳井而死。

冯氏的父亲冯大业，痛悼女儿死得凄惨，便带领冯家子弟，将兵刃藏在衣服里面，到曾家去捉曾孝的妾，把她拖到道上脱光衣服打她，羞辱她。曾成大怒道："我家死人如麻，冯家为什么还要来闹事!"大吼一声，杀了出去。曾家子弟都跟在他后面，冯家的人都被吓跑了。曾成首先捉住冯大立，割掉了他的双耳，他的儿子上来救护，曾继绩用铁棍横扫，打断了他的双腿。冯家的人个个都被打伤，一哄而散。只有冯大立的儿子还躺在路边，曾成用胳膊夹着他，送到冯村就回来了。然后，曾成就叫继绩到官府自首，冯家的状子也到了。于是，曾家的人都被收进监狱。

只有曾忠一个人逃走了，他来到三泊，在友于家门外徘徊。恰好友于带着一个儿子一个侄子参加乡试回来，看见曾忠，吃惊地说："弟弟怎么会来了?"曾忠还没说话就先流泪，挺直身子跪在路边。友于握着他的手把他拉进屋，问明了情况，大惊说："这可如何是好! 一家人不和睦，我早就知道会有大祸临头; 不然的话，我怎么会逃到这里来呢? 但是我离开家很久了，与县令没有交往，现在即使匍匐在地前去求情，也只是自取其辱罢了。不过，只要冯家父子伤重不至于死，我们三个人中有人幸运地考中，或许这场灾祸可以稍有缓解。"友于便留曾忠住下，白天和他一起吃饭，晚上和他一起睡觉，曾忠很感动又很羞愧。在友于家住了十几天，他见友于叔侄亲如父子，堂兄弟间像亲兄弟一样和睦，不由凄惨地流下眼泪说："今天我才知道，以前真不是人啊！"友于很高兴他能幡然悔悟，兄弟相对，不由心酸。

不久，报喜的来报友于父子同时登第，继祖也中了副榜。一家人欢天喜地。友于第二天没有去参加庆祝高中的鹿鸣宴，而是先回家扫墓。明代后期最重视科举，冯家人知道曾家一门三中都有所收敛。友于便找亲戚朋友赠送给冯家钱财粮食，又出钱帮他们治伤，那场官司也就平息了。

全家人都流着眼泪感激友于，恳求他再回家来，友于便和兄弟们焚香发誓，让他们各人反省自我，改过自新，然后就搬回家来。继祖想跟着友于，不愿回自己的家。曾孝于是对友于说："我没有德行，不应该有光宗耀祖的儿子，兄弟你又善于教人，让他暂且做你的儿子吧。日后他有了一点儿进步，可以再赐还给我。"友于答应了他。

又过了三年，继祖果然中了举人。友于让他搬回自己的家，继祖夫妻痛哭流涕而去。没几天，继祖才三岁的儿子，逃回了友于家，藏在伯父继善的屋里，不肯回家，捉回去就又逃出来。曾孝就让继祖搬出来住，和友于家做邻居。继祖在院墙上开了门通到叔叔家，两家互相来往像一家人似的。这时，曾成渐渐老了，家里的事情都由友于决定。从此，曾家一家和睦，称得上是孝悌友爱。

异史氏说：天下唯有禽兽才只知道母亲不知道父亲，怎么知书达礼的人家往往会犯这样的错误呢！一家已形成的品行，就会渐渐影响到后代子孙，一直渗透到骨髓里。古人说：父亲是强盗，他的儿子一定会行劫，这是由弊病流传造成的结果。曾孝虽然不仁，他得到的报应也够惨的；最后他自己也能知道缺乏德行，把自己的儿子托付给弟弟友于；是因为他害怕会给儿子带来祸患。如果要说起因果报应，好像有点儿迂腐。

[何守奇] 友于孝友，遂使兄弟阋墙，化为雍睦。人特惠处己者有未至耳，孰谓兄弟而卒不可化哉？

[但明伦] 忠能感泣，自谓非人；孝亦渐除，悔其乏德。雍雍穆穆，门庭一新。《诗》曰："孝子不匮，永锡尔类。"《书》曰："惟孝友于兄弟，施于有政。"其是之谓乎？

嘉平公子

【原文】

嘉平某公子，风仪秀美。年十七八，入郡赴童子试。偶过许娼之门，见内有二八丽人，因目注之。女微笑点首，公子近就与语。女问："寓居何处？"具告之。问："寓中有人否？"曰："无。"女云："妾晚间奉访，勿使人知。"公子归，及暮，屏去僮仆。女果至，自言："小字温姬。"且云："妾慕公子风流，故背媪而来。区区之意，愿奉终身。"公子亦喜。自此三两夜辄一至。一夕冒雨来，入门解去湿衣，霄诸椸上；又脱足上小靴，求公子代去泥涂。遂上床以被自覆。公子视其靴，乃五文新锦，沾濡殆尽，惜之。女曰："妾非敢以贱物相役，欲使公子知妾之痴于情也。"听窗外雨声不止，遂吟曰："凄风冷雨满江城。"求公子续之。公子辞以不解。女曰："公子如此一人，何乃不知风雅！使妾清兴消矣！"因劝肄习，公子诺之。

往来既频，仆辈皆知。公子姊夫宋氏亦世家子，闻之，窃求公子一见温姬。公子言之，女必不可。宋隐身仆舍，伺女至，伏窗窥之，颠倒欲狂。急排闼，女起，逾垣而去。宋向往甚殷，乃修贽见许媪，指名求之。媪曰："果有温姬，但死已久。"宋愕然退，告公子，公子始知为鬼。至夜因以宋言告女，女曰："诚然。顾君欲得美女子，妾亦欲得美丈夫。各遂所愿足矣，人鬼何论焉？"公子以为然。试毕而归，女亦从之。他人不见，惟公子见之。至家，寄诸斋中。公子独宿不归，父母疑之。女归宁，始隐以告母，母大惊，戒公子绝之，公子不能听。父母深以为忧，百术驱之不能去。一日，公子有谕仆帖置案上，中多错谬："椒"讹"菽"，"姜"讹"江"，"可恨"讹"可浪"。女见之，书其后："何事'可浪'？'花菽生江。'有婿如此，不如为娼！"遂告公子曰："妾初以公子世家文人，故蒙羞自荐。不图虚有其表！以貌取人，毋乃为天下笑乎！"言已而没。公子虽愧恨，犹不知所题，折帖示仆。闻者传为笑谈。

异史氏曰："温姬可儿！翩翩公子，何乃苟其中之所有哉！遂至悔不如娼，则妻妾羞泣矣。顾百计遣之不去，而见帖浩然，则'花菽生江'，何殊于杜甫之'子章髑髅'哉！"

《耳录》云：道旁设浆者，榜云："施'恭'结缘。"亦可一笑。

有故家子，既贫，榜于门曰："卖古淫器。"讹窑为淫云："有要宣淫、定淫者，大小皆有，入内看物论价。"崔卢之子孙如此甚众，何独"花菽生江"哉！

【译文】

嘉平有一位公子，风度仪态秀美，十七八岁的时候，到郡里参加郡学的入学考试。偶然经过姓许的妓院门前，见里面有一位十六七岁的美丽女子，便用眼睛盯着她看，女子微笑着冲他点头，公子走到近前和她说话。

女子问道："你住在哪里呀？"公子详细地告诉她。女子又问："屋里还有别人吗？"公子答道："没有。"女子说："我晚上去拜访你，不要让别人知道。"

公子回到旅店，到了晚上，让仆人退下。女子果然前来，自称小名叫温姬，而且说："我敬慕公子风流倜傥，所以背着妈妈前来，我的意思是想终身侍奉你。"公子也很高兴，从此以后，温姬每隔两三夜就来一次。

一天晚上，温姬冒雨前来，进门脱去湿衣服，挂在衣架上；又脱下脚上的小靴子，求公子替她除去上面的污泥，自己就上了床，拉过被子盖上，公子看她的靴子，是用新的五彩锦缎做的，几乎被泥水浸透了，他感到很可惜，温姬说："我并不敢让你替我干擦鞋子这样的事，只是想让公子知道我对你的一片痴情。"温姬听着窗外雨声不停，便随口吟道："凄风冷雨满江城。"请公子替她续下去。公子推辞说不懂诗。温姬说："公子这样一个人，怎么会不懂诗呢！把我的诗兴都给打消了！"于是劝公子好好学习，公子答应了她。

两人的往来频繁，仆人们就都知道了。公子的姐夫姓宋，也是个世家大族的子弟，听说以后，就私下求公子让他见一见温姬。公子对温姬一说，温姬坚决不同意。宋某就藏在仆人的屋里，等温姬来时，趴在窗户上窥视她，不由得神魂颠倒，要发狂。他急急地推开门，温姬站起来，翻过墙走了。宋某十分殷切地向往温姬，于是准备好礼物去见许妈妈，点名要温姬。许妈妈说："倒真有温姬这么一个人，但已经死了很久了。"宋某惊愕地离开，回来告诉公子，公子这才知道温姬是鬼。到了夜里，公子就把宋某的话告诉温姬，温姬说："我确实是鬼，但是你想得到的是美貌女子，我也想得到美丈夫，各自都能满足心愿，人和鬼又何必分得那么清呢？"公子认为她说得对。

公子考试完毕回家，温姬也跟她回去。别人见不着她，只有公子能看见。回家以后，公子把温姬安顿在书房里。公子一个人睡在书房不回卧室，他的父母很怀疑。等到温姬回娘家探亲，公子才悄悄地告诉母亲。母亲听了大惊，告诫公子和温姬断绝关系。公子听不进母亲的话，父母很为公子担忧，用尽了办法也赶不走温姬。

一天，公子给仆人写了张条子，放在桌上，里面有好多错字："椒"错写成"菽"，"姜"错写成"江"，"可恨"则错写成"可浪"，温姬看了，在后面写道："什么事情'可浪'？'花菽生江'。与其有这样的丈夫，倒不如去做娼妓！"

于是，温姬对公子说："我起初以为公子是读书世家，也是个文人，所以不怕害羞自愿上门，没想到你是一个图有虚表的人！我根据相貌选择人，不是被天下人耻笑吗？"说完，她就消失了。公子虽然又愧又恨，还不懂温姬写的是什么意思，折好条子交给仆人，听说的人都把这件事引为笑谈。

异史氏说：温姬真是可爱的人儿！风度翩翩的公子，怎么能够苛求他胸中有东西呢！至于让温姬后悔还不如做娼妓，那么公子的妻妾也要羞愧得哭泣。千方百计地赶她也赶不走，但一见那张条子却使温姬去意坚决。可见"花菽生江"这四个字，和杜甫"子章髑髅血模糊"这句诗一样，也有驱鬼避邪的作用啊！

《耳录》一说：有个在路边卖茶的人，招牌上写道："施'恭'结缘。"把"茶"字错写成"恭"字，也值得一笑。

有个世家子弟，家里贫穷后，在门上写道："卖古淫器。"把"窑"字错写成"淫"字。还写道："有要宣淫、定淫的人，大小都有，到门里看货论价。"这些世家子弟写错别字的情况很多，何止一个"花菽生江"啊！

[但明伦] 明知其鬼而两相爱好，从以寄斋，至于亲命戒绝而不能从，百术驱遣而不得去：在女一边真写到十二分快足，

卷十二

聊斋志异

二 班

【原文】

殷元礼，云南人，善针灸之术。遇寇乱，窜入深山。日既暮，村舍尚远，惧遭虎狼。遥见前途有两人，疾趁之。既至，两人问客何来，殷乃自陈族贯。两人拱敬曰："是良医殷先生也，仰山斗久矣！"殷转诘之。二人自言班姓，一为班爪，一为班牙。便谓："先生，予亦避难石室，幸可栖宿，敢屈玉趾，且有所求。"殷喜从之。俄至一处，室傍岩谷。蓺柴代烛，始见二班容躯威猛，似非良善。计无所之，亦即听之。又闻榻上呻吟，细审，则一老妪僵卧，似有所苦。

问："何恙？"牙曰："以此故，敬求先生。"乃束火照榻，请客逼视。见鼻下口角有两赘瘤，皆大如碗，且云："痛不可触，妨碍饮食。"殷曰："易耳。"出艾团之，为灸数十壮，曰："隔夜愈矣。"二班喜，烧鹿饷客；并无酒饭，惟肉一品。爪曰："仓猝不知客至，望勿以藉褥为怪。"殷饱餐而眠，枕以石块。二班虽诚朴，而粗莽可惧，殷转侧不敢熟眠。天未明便呼妪，问所患。妪初醒，自扪，则瘤破为创。殷促二班起，以火就照，敷以药屑，曰："愈矣。"拱手遂别。班又以烧鹿一肘赠之。

后三年无耗。殷适以故入山，遇二狼当道，阻不得行。日既西，狼又群至，前后受敌。狼扑之，仆；数狼争啮，衣尽碎。自分必死。忽两虎骤至，诸狼四散。虎怒大吼，狼惧尽伏。虎悉扑杀之，竟去。殷狼狈而行，惧无投止。遇一媪来，睹其状，曰："殷先生吃苦矣！"殷戚然诉状，问何见识。媪曰："余即石室中灸瘤之病妪也。"殷始恍然，便求寄宿。媪引去，入一院落，灯火已张，曰："老身伺先生久矣。"遂出袍裤，易其敝败。罗浆具酒，酬劝谆切。媪亦以陶碗自酌，谈饮俱豪，不类巾帼。殷问："前日两男子，系老姥何人？胡以不见？"媪曰："两儿遭逆先生，尚未归复，必迷途矣。"殷感其义，纵饮不觉沉醉，酣眠座间。既醒，已曙，四顾竟无庐，孤坐岩上。闻岩下喘息如牛，近视，则老虎方睡未醒。喙间有二瘢痕，皆大如拳。骇极，惟恐其觉，潜踪而遁。始悟两虎即二班也。

【译文】

殷元礼是云南人，擅长针灸。一次，他遇上强盗作乱，逃到了深山里。天已经晚了，离村庄还很远，他害怕会碰上虎狼，远远地看见前面路上有两个人，就急忙追了上去。

追上以后，那两人就问殷元礼是从哪里来的，殷元礼就自我介绍了姓名、籍贯。两个人听了，向他行礼，恭敬地说："原来是名医殷先生，久仰！久仰！"殷元礼转而问他们的姓名。两人自称姓班，一个叫班爪，一个叫班牙。两个人说："殷先生，我们也是来避难的，有间石室幸而可以住下，就请您上我们家去吧，而且我们也有事求您。"殷元礼高兴地跟他们走了。

工夫不大，来到一处地方，只见一间石室座落在悬崖深谷旁边。他们点上木柴权当蜡烛，殷元礼这才发现二班相貌身躯都很威猛，好像不是善良的人，殷元礼想也无处可去，也就只好听之任之了。他又听到床上有人呻吟，仔细一看，原来是一个老妇人直挺挺地躺在那里，好像痛苦的样子。他便问道："是什么病？"班牙说："正是因为这事，所以敬求先生看治。"说完，就点了火把照着床铺，请殷元礼就近诊视，只见老妇人鼻子下、口角两边有两个瘤子，都像碗那么大。并且说："疼得不敢触摸，而且妨碍吃饭。"殷元礼说："这个病好治。"说着，就取出艾绒团起来，替她灸了几十下，然后说："隔一夜就会好了。"

二班很高兴，烧了鹿肉来招待殷元礼，没有酒饭，只有这一种鹿肉。班爪说："仓猝间不知道客人光临，希望先生不要见怪。"殷元礼吃饱鹿肉就睡觉了，用石块当作枕头，二班虽然坦诚朴实，但是粗野鲁莽，让人害怕，殷元礼辗转反侧，不敢熟睡，天还没有亮，殷元礼就叫醒老妇人，问她的病怎么样了。老妇人刚刚醒来，自己用手一摸，发现瘤子已经破了，变成两个创口。殷元礼催促二班起床，拿火把照看，给创口抹上药屑，说："好了。"说完，他拱拱手，就要告别。二班又送给他一只烧好的鹿腿。

此后三年没有音讯，殷元礼一次因为有事进山，遇到两只狼挡住去路，让他无法前进。日头已经偏西，又来了一群狼，殷元礼腹背受敌。狼向他扑来，将他扑倒在地，几只狼争着咬他，把衣服都给咬碎了。殷元礼想自己一定会被咬死。忽然，两只老虎杀到，把狼群吓得四散奔逃。老虎发怒，大声吼叫，群狼吓得全部趴在地上，老虎把群狼全部咬死，就走了。

殷元礼狼狈地往前走，害怕没有地方可以投宿，迎面遇到一个老妇人前来，看他这副样子，开口说："殷先生吃苦了！"殷元礼神情凄惨地诉说了自己的经历，问老妇人怎么会认识自己。老妇人说："我就是你在石室里用针灸治瘤子的那个病老太太。"殷元礼这才恍然大悟，便要求到老妇人家借住一宿。老妇人领他前去，进了一座院落，屋里已经点上了灯。老妇人说："老身等候先生已经很久了。"说完，就拿出一身袍裤，让殷元礼把身上破烂衣服换下来。然后又摆上酒菜，殷切诚恳地劝殷元礼饮酒。老妇人自己也用陶碗自斟自饮，说话喝酒都很豪迈，不像普通的女子。殷元礼问："上次的两个男子，是老太太的什么人？为什么没有看见呢？"老妇人说："我派两个儿子去迎接先生，还没有回来，一定是迷路了。"殷元礼被老妇人的情义打动，开怀畅饮，不知不觉就喝醉了，就在座位上呼呼大睡。

等殷元礼一觉醒来，天已经亮了，他往四周一看，房子竟然已经没有了，自己孤零零地坐在岩石上。他听见岩下传来牛一样喘息声，走近一看，原来是一只老虎正睡着还没有醒，在它的嘴角边有两道瘢痕，都有拳头那么大。殷元礼惊骇极了，唯恐被老虎发觉，就悄悄地逃走了。这时，他才醒悟两只老虎原来就是二班。

[何守奇] 凡人与物，同生而异类，故虎之报德亦犹人，但不免粗莽耳。

[但明伦] 盖虎而人，则力求为人，故皮毛虎，而心肠人；人而虎，则力学为虎，故皮毛人而心肠虎。虎不皆具有人心之虎，然人威以其虎也而远之、避之，其受害犹少；人或为具有虎心之人，则人尚以其人也，而近之、亲之，其受害可胜言哉！

车 夫

【原文】

有车夫载重登坡，方极力时，一狼来啮其臀。欲释手，则货敝身压，忍痛推之。既上，则狼已龁片肉而去。乘其不能为力之际，窃尝一脔，亦黠而可笑也。

【译文】

有个车夫拉着很重的东西上坡，正在用尽全力时，一只狼跑来咬他的屁股，他如果一松手，货物就会摔坏，身子也会被压在车下，所以他只好忍着疼痛继续推车。等车子推上坡后，那狼已经咬下一片肉跑掉了。

狼乘车夫无能为力的时候，偷了他身上一块肉吃，倒也狡猾可笑。

乩 仙

【原文】

章丘米步云，善以乩卜。每同人雅集，辄召仙相与赓和。一日友人见天上微云，得句，请以属对，曰："羊脂白玉天。"乩批云："问城南老董。"众疑其妄。

后以故偶适城南，至一处，土如丹砂，异之。见一叟牧豕其侧，因问之。叟曰："此猪血红泥地也。"忽忆乩词，大骇。问其姓，答云："我老董也。"属对不奇，而预知遇城南老董，斯亦神矣！

【译文】

　　章丘的米步云，善于通过扶乩占卜。每当朋友们举行风雅的聚会，米步云就召来仙人来与大家唱和。一天，一位朋友见到天上淡淡的云彩，想出一句上联："羊脂白玉天。"就请仙人对下联。米步云扶乩求仙，批语写的是："问城南老董。"众人怀疑仙人是胡说。

　　后来，米步云因为有事偶然到城南去，来到一个地方，土的颜色像朱砂一样，他觉得很奇怪，又看见一个老头在旁边放猪，便问他是怎么回事，老头回答说："这里是'猪血红泥地'。"米步云忽然想起那扶乩得来的批语，大为惊骇。他问老头姓什么，老头回答道："我是老董。"仙人能对出下联并不神奇，而能够预先知道米步云会遇到城南的老董，这可真是神奇的事了！

苗　生

【原文】

　　龚生，岷州人。赴试西安，憩于旅舍，沽酒自酌。一伟丈夫入，坐与语。生举卮劝饮，客亦不辞。自言苗姓，言喙粗豪。生以其不文，偃蹇遇之。酒尽不复沽。苗曰："措大饮酒，使人闷损！"起向垆头沽，提巨瓶而入。生辞不饮，苗捉臂劝釂，臂痛欲折。生不得已，为尽数觥。苗以羹碗自吸，笑曰："仆不善劝客，行止睢君所便。"生即治装行。

　　约数里，马病卧于途，坐待路侧。行李重累，正无方计，苗寻至。诘知其故，遂谢装付仆，己乃以肩承马腹而荷之，趋二十余里，始至逆旅，释马就枥。

移时生主仆方至。生乃惊为神人，相待优渥，沽酒市饭，与共餐饮。苗曰："仆善饭，非君所能饱，饫饮可也。"引尽一瓻，乃起而别曰："君医马尚须时日，余不能待，行矣。"遂去。

后生场事毕，三四友人邀登华山，藉地作筵。方共宴笑，苗忽至，左携巨尊，右提豚肘掷地曰："闻诸君登临，敬附骥尾。"众起为礼，相并杂坐，豪饮甚欢。众欲联句，苗争曰："纵饮甚乐，何苦愁思。"众不听，设"金谷之罚"。苗曰："不佳者，当以军法从事！"众笑曰："罪不至此。"苗曰："如不见诛，仆武夫亦能之也。"首座靳生曰："绝巘凭临眼界空。"苗信口续曰："唾壶击缺剑光红。"下座沉吟既久，苗遂引壶自倾。移时，以次属句，渐涉鄙俚。苗呼曰："只此已足。如赦我者，勿作矣！"众弗听。苗不可复忍，遽效作龙吟，山谷响应；又起俯仰作狮子舞。诗思既乱，众乃罢吟，因而飞觞

聊斋志异（图文版）

再酌。时已半酣，客又互诵闱中作，迭相赞赏。苗不欲听，牵生豁拳。胜负屡分，而诸客诵赞未已。苗厉声曰："仆听之已悉。此等文只宜向床头对婆子读耳，广众中刺刺者可厌也！"众有惭色，更恶其粗莽，遂益高吟。苗怒甚，伏地大吼，立化为虎，扑杀诸客，咆哮而去。所存者，惟生及靳。靳是科领荐。

后三年再经华阴，忽见靳生，亦山上被噬者。大恐欲驰，靳捉鞚使不得行。靳乃下马，问其何为。答曰："我今为苗氏之伥，从役良苦。必再杀一士人，始可相代。三日后，应有儒服儒冠者见噬于虎，然必在苍龙岭下，始是代某者。君于是日，多邀文士于此，即为故人谋也。"靳不敢辨，敬诺而别。至寓筹思终夜，莫知为谋，自拚背约，以听鬼责。适有表戚蒋生来，靳述其异。蒋名下士，邑尤生考居其上，窃怀忌嫉。闻靳言，阴欲陷之。折简邀尤与共登临，自乃着白衣而往，尤亦不解其意。至岭半，肴酒并陈，敬礼臻至。会郡守登岭上，与蒋为通家，闻蒋在下，遣人召之。蒋不敢以白衣往，遂与尤易冠服。交着未完，虎骤至，衔蒋而去。

异史氏曰："得意津津者，捉衿袖，强人听闻；闻者欠伸屡作，欲睡欲遁，而诵者足蹈手舞，茫不自觉。知交者亦当从旁肘之踬之，恐座中有不耐事之苗生在也。然嫉忌者易服而毙，则知苗亦无心者耳。故厌怒者苗也，非苗也。"

【译文】

龚生是岷州人。一次，他到西安去赶考，在旅店休息片刻，买来酒自斟自饮。一个魁梧的男子走了进来，坐下来和他说话。龚生举起酒杯邀请他喝酒，客人并不推辞。他自称姓苗，言谈粗犷豪放。龚生认为不是个文人，所以对他很傲慢。酒喝完了，龚生就不再去打。苗生说："跟穷酸秀才喝酒，真要把人闷死！"说完就站起身来到柜台上打酒，提了一大坛酒回来。龚生推辞说不喝了，苗生抓住他的胳膊劝他喝，龚生胳膊疼得像要断了一样。他迫不得已，又陪着喝了几杯。苗生用盛汤的大碗自饮，笑着说："我不善劝客人饮酒，是去是留，你请自便吧。"龚生立刻收拾行装上路了。

走了几里地，龚生的马病了，趴倒在路上，龚生只好坐在路边等待。他的行李很重，正在他无计可施的时候，苗生正好赶到了。他问明了情况，就把马上的行李卸下来，让龚生的仆人背上，自己则用肩膀托着马的肚子把马扛了起来，跑了二十多里地，才找到一家旅店，把马放下来，牵到马槽边。过了一会儿，龚生主仆才赶到。龚生惊异极了，把苗生看成神，对待他非常优厚，又是打酒又是买饭，要和苗生一起吃饭喝酒。苗生说："我的饭量大，不是你能供得饱的，我们喝一通酒就行了。"等他们喝干了一坛酒，他站起来告辞说："你要治马，还需要一段时间，我不能等了，就此告别。"说完就走了。

后来，龚生参加考试完毕，有三四位朋友邀请他一起登华山，众人在地上摆好酒菜，正在一起欢宴谈笑，苗生忽然来了，只见他左手提着一个大酒杯，右手拿着一只猪肘子，往地上一扔，说："听说诸君登临华山，所以我也来凑个数。"众人起身行礼，然后混杂着坐下，开怀畅饮，十分快乐。大家想联句作诗，苗生争论说："开怀痛饮很快乐，何苦费脑子想那些东西呢？"大家不听，定下规矩：如果作不成诗，就罚酒三杯。苗生说："如果诗作得不好，就要以军法从事！"众人笑着说："罪过还不至于到杀头的地步。"苗生说："如果不杀头的话，我这个武夫也能凑上两句。"首座靳生吟道："绝巘凭临眼界空。"苗生随口接道："睡壶击缺剑光红。"下座的人沉吟了好久，苗生就拿过壶来自己倒酒喝。

过了一会儿，众人又依次联句作诗，诗句越来越粗俗。苗生说："就这些已经足够了，如果饶了我的话，别再作了！"众人不听他的话。苗生实在忍无可忍，便学着龙一样长啸起来，山谷中发出回响，他又站起来昂首低胸地跳起了狮子舞，大家作诗的思路被打乱了，也就停止作诗，又传杯换盏喝起酒来。

酒喝到半醉的时候，大家又互相诵读在考场上作的文章，互相吹捧。苗生不想听，就拉着龚生划拳。他们划了好几遍拳，互有胜负，但那些人互相诵读吹捧还没有结束。苗生厉声喝道："你们的文章我都已经昕到了，这样的文章只配在床头读给自己的老婆听，大庭广众中你们唠唠叨叨的，实在可恶！"众人脸上露出惭愧的神色，更加厌恶苗生粗莽，就越发高声吟诵，苗生十分愤怒，趴在地上大吼一声，立即变成一只老虎，扑向众人将他们咬死，然后咆哮着走掉了，众人中幸存的只有龚生和靳生。

靳生这一年中了举人。过了三年，靳生再次经过华阴，忽然看见嵇生，也是三年前在山上被老虎吃掉的人之一。靳生大为恐瞑，就要飞马逃走，嵇生捉住他的马缰绳不让他走。靳生于是下马，问他想干什么。嵇生回答说："我现在是姓苗的伥鬼，帮助他吃人，从事的差役十分辛苦。一定要再杀死一个读书人，才可以代替我。三天以后，应该有一个穿儒服、戴儒冠的人被老虎吃掉，但是地点必须在苍龙岭下，才是代替我的人。如果您能在那一天，多邀请读书人来到这里，就算是为老朋友着想了。"靳生不敢争辩，只能答应下来告别而去。他回到寓所，左思右想了一整夜，也不知道有什么好主意，他打算嚣出去背叛约定，听凭嵇生的责罚。

恰好有一个他的表亲蒋生前来，靳生就向他述说了这件奇事。蒋生在当地有点儿名气，但县里的尤生考试的名次位居其上，蒋生心中暗暗嫉妒。他听靳生这么一说，就想暗害尤生。他写了封书信邀请尤生，与他一同登山游玩。自己则身穿白色衣服前往，尤生也不明白他的用意，上到半山腰时，蒋生准备了酒菜，对尤生十分恭敬有礼。正好郡守也登上岭来，他和蒋生家是世家通好，听说蒋生在下面，就派人去叫他，蒋生不敢穿着白色衣服去，就和尤生互换了衣服，他们衣服还没有换完，老虎突然跑到，将蒋生叼走了。

异史氏说：得意洋洋的人喜欢侃侃而谈，拉住别人的衣袖，强迫别人听他说话；听的人不断地打呵欠、伸懒腰，又想睡觉，又想逃走，而讲的人手舞足蹈，一点儿都不自觉。知己的朋友也应当从旁边用胳膊肘撞他，或用脚踩他，唯恐座中有像苗生一样不耐烦的人在。然而嫉妒的人因为交换衣服而死，由此可知苗生也是无心的，所以对那些酸人厌恶愤怒的，是苗生呢，不是苗生呢？

　　[何守奇] 读至后幅，可为陷入者戒

蝎　客

【原文】

　　南商贩蝎者，岁至临朐，收买甚多。土人持木钳入山，探穴发石搜捉之。一岁商复来，寓客肆。忽觉心动，毛发森悚，急告主人曰："伤生既多，今见怒于蚕鬼，将杀我矣！急垂拯救！"主人顾室中有巨瓮，乃使蹲伏，以瓮覆之。移时一人奔入，黄发狞丑，问主人："南客安在？"答曰："他出。"其人入室四顾，鼻作嗅声者三，遂出门去。主人曰："可幸无恙矣。"及启瓮视客，客已化为血水。

【译文】

有个南方贩卖蝎子的商人，每年都要到临朐，收买大量的蝎子。当地人拿着木钳进山，挖洞穴，翻石头，搜索捕捉蝎子。

这一年，蝎客又来了，住在客店里。他忽然感觉心悸动起来，毛发悚然，急忙告诉客店主人说："我杀生太多，今天触怒了蝎鬼，他要来杀我了！求您赶紧救救我！"店主人四下看看，屋子里有一只大瓮，就让他蹲在地上，然后把大瓮盖在上面。不一会儿，一个人跑了进来，长着黄色的头发，相貌狰狞丑陋。他问店主说："南方来的客商在哪里？"店主回答道："到别处去了。"那人走进屋子，四处看了看，鼻子嗅了三下，就出门走了。店主说："可算幸运，平安无事了。"等他揭开大瓮，再看那个蝎客，已经化成了一滩血水。

[雪亭评] "伤生既多"一语，所谓人之将死，其言也善。天地之大德曰"生"。杀人以生人，犹迟飞升；况杀物以取利乎？

杜 小 雷

【原文】

杜小雷，益都之西山人。母双盲。杜事之孝，家虽贫，甘旨无缺。一日将他适，市肉付妻，令作博饦。妻最忤逆，切肉时杂蜣螂其中。母觉臭恶不可食，藏以待子。杜归，问："博饦美乎？"母摇首，出示子。杜裂视，见蜣螂，怒甚。入室欲挞妻，又恐母闻。上榻筹思，妻问之，不语。妻自馁，彷徨榻下。久之喘息有声。杜叱曰："不睡待敲扑耶！"亦觉寂然。起而烛之，但见一豕，细视，则两足犹人，始知为妻所化。邑令闻之，絷去，使游四门，以戒众人。谭薇臣曾亲见之。

【译文】

杜小雷是益都西山人。母亲双目失明，杜小雷很孝顺地侍奉母亲，家里虽然贫穷，但给母亲好吃的东西倒是从来不缺。

一天，杜小雷要到外面去，就买了肉交给妻子，让她给母亲做汤饼吃。他的妻子最为大逆不道，不孝敬老人，切肉的时候故意把蜣螂夹杂在里面，母亲觉得汤饼有股恶臭，吃不下去，就藏了起来等儿子回来看。杜小雷回家后，问道："汤饼好吃吗？"母亲摇摇头，拿出汤饼给儿子看。杜小雷掰开饼一看，发现里面有蜣螂，不由大怒。他回到卧室，就想打老婆一顿，但又担心母亲听见，便上床琢磨这事。妻子问他怎么回事，他不说话。妻子自己泄了气，在床下徘徊。过了好久，就听见床下传来喘息声。杜小雷呵斥她道："还不睡觉，等着挨打吗？"也还是没有回答。他坐起身来，点上灯，只见到地下有一条猪，再仔细一看，他的两只脚还是人脚，这才知道它是妻子变的。

县令听说以后，就把猪捆了去，押着它到处游街，以警戒那些不孝的人。谭薇臣曾经亲眼看见过。

［何守奇］逆妇化豕，恐此类繁矣。

［何守奇］肉杂蜈蚣，即与他人食之，已有豕心；况以进双盲之姑，非豕而何！人之所欲，天必从之，彼既甘心为豕，则豕之而已。立地化形，留其两足以示众，其严乎！

毛 大 福

【原文】

太行毛大福，疡医也。一日行术归，道遇一狼，吐裹物，蹲道左。毛拾视，则布裹金饰数事。方怪异间，狼前欢跃，略曳袍服即去。毛行又曳之。察其意不恶，因从之去。未几至穴，见一狼病卧，视顶上有巨疮，溃腐生蛆。毛悟其意，拨剔净尽，敷药如法，乃行。日既晚，狼遥送之。行三四里，又遇数狼，咆哮相侵，惧甚。前狼急入其群，若相告语，众狼悉散去。毛乃归。

先是，邑有银商宁泰，被盗杀于途，莫可追诘。会毛货金饰，为宁所认，执赴公庭。毛诉所从来，官不信，械之。毛冤极不能自伸，惟求宽释，请问诸狼。官遣两役押入山，直抵狼穴。值狼未归，及暮不至，三人遂反。至半途遇二狼，其一疮痕犹在，毛识之，向揖而祝曰："前蒙馈赠，今遂以此被屈。君不为我昭雪，回去捞掠死矣！"狼见毛被絷，怒奔隶。隶拔刀相向。狼以喙挂地大嗥；嗥两三声，山中百狼群集，围旋隶。隶大窘。狼竟前啮絷索，隶悟其意，解毛缚，狼乃俱去。归述其状，官异之，未遽释毛。后数日，官出行。一狼衔敝履委道上。官过之，狼又衔履奔前置于道。官命收履，狼乃去。官归，阴遣人访履主。

聊斋志异（图文版）

或传某村有丛薪者，被二狼迫逐，衔其履而去。拘来认之，果其履也。遂疑杀宁者必薪，鞫之果然。盖薪杀宁，取其巨金，衣底藏饰，未遑搜括，被狼衔去也。

昔一稳婆出归，遇一狼阻道，牵衣若欲召之。乃从去，见雌狼方娩不下。妪为用力按捺，产下放归。明日，狼衔鹿肉置其家以报之。可知此事从来多有。

【译文】

太行山有个毛大福，是个专治疮伤的外科医生。一天，他外出行医回家，路上遇到一只狼。那狼把嘴里含着的一包东西吐出来，然后蹲在路边。毛大福捡起来一看，原来是用布包着的几件黄金首饰，他正感到怪异，狼欢快地跳到他面前，轻轻地拽他的衣服，就走了。毛大福要走，狼又来拽他，毛大福察觉狼没有什么恶意，便跟着它走了。

不一会儿，他们来到一处洞穴，见一只狼生病躺在床上，仔细一看，它的头顶上有一个大疮，已经溃烂，长出蛆来。毛大福明白了狼的用意，就给那只狼把疮上的脓血蛆虫都刮干净，像对人一样替它敷上药，然后走了。这时，天色已经晚了，狼在后面远远地跟着他。走了三四里地，又遇到几只狼，咆哮着要侵害毛大福，他害怕极了。那只狼急忙赶到那些狼面前，好像告诉它们什么话，那些狼就都跑掉了，毛大福这才安全地回家了。

此前，县里有个叫宁泰的银商，在路上被强盗杀死，一直也没能查出凶手是谁。正好毛大福卖首饰，被宁家人认了出来，便把毛大福扭送到衙门，毛大福叙述了首饰的由来，县官不相信，把他关进了监狱，毛大福冤枉极了，但又不能替自己申辩，只希望能够宽释几天，好让他去向狼问个清楚。

县官就派了两个差役押着毛大福进山，一直来到狼窝，恰好狼外出没有回来，天黑了也没到。三个人只好往回走，走到半路上，遇到两个狼，其中一只头上的疮痕还在。毛大福认出这只狼，就上前作揖，祷告说："上次承蒙你们馈赠，现在我却因为那些首饰被冤枉杀人。你们如果不能替我昭雪，回去我就会被活活打死了！"狼一见毛大福被捆着，就愤怒地扑向差役。差役拔出刀来，和狼对峙。狼便用嘴拄着地，大声地嗥叫起来。刚嗥了两三声，就看见有上百只狼从山里的四面八方蜂拥而来，将差役层层地包围起来。差役大为窘困，那两只狼扑上前咬捆着毛大福的绳子，差役明白了它们的意思，替毛大福松了绑，狼这才一起散去。

差役回到衙门，叙述了他们见到狼的经过，县官感到很惊异，但也没有马上释放毛大福。过了几天，县官外出，一只狼叼着一只破鞋子放在路上，县官径直过去，狼又叼着破鞋子跑到前面，放在路上，县官命人收起鞋子，狼这才走了。

县官回到衙门，暗中派人查访破鞋子的主人。有人传说某村有个叫丛薪的人，被两只狼追赶，狼叼走了他的鞋子。县官命人将丛薪拘捕到官来认，果然是他的鞋子。县官便怀疑杀死宁泰的人肯定是丛薪，一审问，果然他就是凶手。原来，丛薪杀死宁泰以后，偷走了他许多银子，而宁泰藏在衣服里面的首饰，他没有来得及搜刮，后来被狼叼走了。

从前有一个接生婆外出归来，遇到一只狼挡住了去路，牵着她的衣服，好像要请她去什么地方，接生婆便跟着它去了。到了地方一看，原来是一只母狼正在分娩，但生不下来。接生婆便替它用力按捺，帮着它生下了小狼，狼就放她回家了。第二天，那只狼叼着鹿肉放在接生婆的家里，作为对她的报答。

由此可见，这样的事情从来就很多。

[何守奇] 狼能获盗，孰谓狼也而不可为政乎？但无猛于狼可耳。

[但明伦] 世之目恶人者必曰狼，报目无不恶于人也。若此狼也者，衔金聘医则礼，解其侵陵则忠，围隶啮索则义。衔屦雪冤则智，且勇而仁在焉。匪特薪也，人之不愧此狼者与有几！

李 八 缸

【原文】

太学李月生，升宇翁之次子也。翁最富，以缸贮金，里人称之"八缸"。翁寝疾，呼子分金：兄八之，弟二之。月生觖望。翁曰："我非偏有爱憎，藏有窖镪，必待无多人时，方以畀汝，勿急也。"过数日，翁益弥留。月生虑一旦不虞，觑无人就床头秘讯之，翁曰："人生苦乐皆有定数。汝方享妻贤之福，故不宜再助多金，以增汝过。"盖月生妻车氏，最贤，有桓、孟之德，故云。月生固哀之，怒曰："汝尚有二十余年坎壈未历，即予千金，亦立尽耳。苟不至山穷水尽时，勿望给与也！"月生孝友敦笃，亦即不敢复言。犹冀父复瘥，旦夕可以婉告。无何翁大渐，寻卒。幸兄贤，斋葬之谋，勿与校计。

月生又天真烂漫，不较锱铢，且好客善饮，炊黍治具，日促妻三四作，不甚理家人生产。里中无赖窥其懦，辄鱼肉之。逾数年家渐落。窘急时，赖兄小周给，不至大困。无何兄以老病卒，益失所助，至绝粮食。春贷秋偿，田所出登场辄尽。乃割亩为活，业益消减。又数年，妻及长子相继殂谢，无聊益甚。寻买贩羊者之妻徐，冀得其小阜；而徐性刚烈，日凌藉之，至不敢与亲朋通吊庆礼。忽一夜梦父曰："今汝所遭，可谓山穷水尽矣。尝许汝窖金，今其可矣。"问："何在？"曰："明日畀汝。"醒而异之，犹谓是贫中之积想也。次日发土葺墉，掘得巨金。始悟向言"无多人"，乃死亡将半也。

异史氏曰："月生，余杵臼交，为人朴诚无伪。余兄弟与交，哀乐辄相共。数年来村隔十余里，老死竟不相闻。余偶过其居里，因亦不敢过问之。则月生之苦况，盖有不可明言者矣。忽闻暴得千金，不觉为之鼓舞。呜呼！翁临终之治命，昔习闻之，而不意其言皆谶也。抑何其神哉！"

聊斋志异（图文版）

【译文】

　　太学生李月生是李升宇老先生的二儿子。李升宇最为富有，用大缸来贮存钱财，乡里的人称为"李八缸"。

　　李升宇临终前，把儿子们叫来分发钱财，哥哥分得八成，弟弟分得两成。月生心中怨恨不满。李升宇说："我不是偏心，喜欢他不喜欢你。家里还有一窖银子，一定要等到没有多少人时，才能够拿出来给你，你不要着急。"过了几天，李升宇病情更加沉重，月生担心父亲一旦发生意外，自己得不到钱财，就趁着没人的时候，在床头悄悄地问父亲钱在哪里。李升宇说："人的苦乐，都是上天排定的。你正在享妻子贤惠的福，所以不应该再给你太多的钱，来增添你的罪过。"原来，月生的妻子最是贤惠，像古代著名的贤妻桓少君、孟光一样，所以父亲才这么说，月生还是苦苦地哀求。李升宇恼怒地说："你还有二十多年的坎坷没有经历，即使给你好多钱，也会一下子被你花光了。不到山穷水尽的时候，你不要指望会把钱给你！"

　　月生对父亲孝敬，对兄长友爱，是个忠厚老实的人，听父亲这么一说，也就不敢再提了。不久，李升宇病得更厉害了，不久就死了。幸好哥哥贤良，关于丧葬方面的事情，也不和月生计较。月生又天真烂漫，不计较金钱的得失，而且很好客，喜欢饮酒，每天都要催促妻子做三四次饭，来开办酒宴，不怎么管家里的生计。乡里的无赖看他很软弱无能，就经常欺负他。

　　过了几年，家道渐渐中落，生活窘困紧张的时候，幸好兄长还能给点贴补，不至于穷困到极点。不久，哥哥又年老病死了，月生更加没人帮助了，甚至到了家中断粮的地步。他只好春天向人借贷，到秋天就偿还，田里打下来的粮食，一登场就全部没了。他只好靠卖土地来维持生计，家业日渐消减。又过了几年，他的妻子和长子也相继死去，月生更加感到无聊。不久，他买了一个羊贩子的妻子徐氏，希望她能带来一点儿财富，但是徐氏生性刚烈，每天凌辱欺压月生，以至于他不敢和亲戚朋友互通往来。

　　忽然在一个晚上，月生梦见父亲说："现在你的遭遇，可以说是山穷水尽了，当年我答应给你一窖银子，现在是给你的时候了。"月生问："在哪里呢？"父亲说："明天就给你。"月生一觉醒来，很是奇怪，还以为穷困之中想起当年的往事。第二天，他挖土砌墙，挖出许多银子，他这才醒悟，当初父亲说的"没有多少人"，是说家里死了一半人的意思。

异史氏说：月生是我不计贵贱而结交的朋友，为人朴实诚恳，一点儿也不虚伪，我们像兄弟一样交往，同甘共苦。几年来，村子相隔十几里，好久也没有来往。我偶然经过他的村子，也不敢去看望他，这是因为月生的苦处，有不可明说的地方呀。忽然听说他一下子得到许多钱，也不觉为他欢欣鼓舞。啊！升宇老人临终遗训，早年也常听，没想到他的话都是谶语，一一应验了，怎么会这么神呢！

[何守奇]月生所遭，其翁早已知之，殊不可解。岂翁之将终，其人固已鬼歟！

老龙船户

聊斋志异（图文版）

【原文】

朱公徽荫巡抚粤东时，往来商旅，多告无头冤状。千里行人，死不见尸，数客同游，全无音信，积案累累，莫可究诘。初告，有司尚发牒行缉；迨投状既多，竟置不问。公莅任，历稽旧案，状中称死者不下百余，其千里无主者，更不知凡几。公骇异恻怛，筹思废寝。遍访僚属，迄少方略。于是洁诚熏沐，致檄城隍之神。已而斋寝，恍惚见一官僚搢笏而入。问："何官？"答云："城隍刘某。""将何言？"曰："鬓边垂雪，天际生云，水中漂木，壁上安门。"言已而退。既醒，隐谜不解。辗转终宵，忽悟曰："垂雪者，老也；生云者，龙也；水上木为船；壁上门为户：岂非'老龙船户'耶！"盖省之东北，曰小岭，曰蓝关，源自老龙津以达南海，岭外巨商，每由此入粤。公遣武弁，密授机谋，捉龙津驾舟者，次第擒获五十余名，皆不械而服。盖此等贼以舟渡为名，赚客登舟，或投蒙药，或烧闷香，致客沉迷不醒；而后剖腹纳石以沉水底。冤惨极矣！自昭雪后，遐迩欢腾，谣诵成集焉。

异史氏曰："剖腹沉石，惨冤已甚，而木雕之有司，绝不少关痛痒，岂特粤东之暗无天日哉！公至则鬼神效灵，覆盆俱照，何其异哉！然公非有四目两口，不过痌瘝之念，积于中者至耳。彼巍巍然，出则刀戟横路，入则兰麝熏心，尊优虽至，究何异于老龙船户哉！"

【译文】

朱徽荫先生担任广东巡抚时，常常会有来来往往的商人来告无头的冤案。有的是千里出行的人，死不见尸；有的是几个人一同外出，结果全无音信。这样的案子堆积得很多，无法查明。开始上告时，官府还发出公文捉拿凶手，到后来，类似的案子越来越多，官府也就置之不理了。

朱徽荫上任之后，一一查核原来的案子，发现状子里报称死掉的人已经不下一百多了，至于千里之外前来却不知下落的，更不知道有多少人。朱徽荫十分震惊，心中很是忧伤，百般思索，到了废寝忘食的地步。他问遍了所有的同僚下属，也找不到一点儿好办法。于是，朱徽荫虔诚地沐浴斋戒，向城隍神乞求破案的良策。他祭祀完毕，就在斋房中睡下，恍恍惚惚看见一个官员，手捧笏板走了进来。朱徽荫问道："你是什么官？"那人答道："我是刘城隍。""你有什么话要说？"刘城隍答道："冀边垂雪，天际生云，水中漂木，壁上安门。"说完，刘城隍就不见了。

朱徽荫一觉醒来，知道这四句是隐语但怎么也解不开。他辗转反侧，想了一整夜，忽然醒悟道："垂雪"，是个"老"字；能够生出云来的，是个"龙"呀；水上漂的木头，是个"船"字；壁上开门，是个"户"字，岂不是"老龙船户"四个字吗？

原来，在广东省的东北部，有两条河分别叫小岭和蓝关，由老龙津发源，流到南海，北方的客人常常从这里进入广东。朱徽荫于是派遣一些武官，秘密地教给他们一些计谋，捉拿龙津驾船的船夫，先生捉拿了五十多名，都不用上刑就供认不讳。原来这些水贼以撑船摆渡为名，骗客人上船，或是下蒙汗药，或是烧冈香，使客人昏迷不醒，然后剖开他们的肚子，塞进石头，将他们沉到水底。真是悲惨到极点！自从这些无头冤案昭雪以后，远近一片欢腾，赞颂朱徽荫的诗文都编成了文集。

异史氏说：剖开肚子，塞进石头，将人沉到河底，实在是太过凄惨冤屈了。但是那些像木头人一样的官员，却绝不关心一点儿百姓的痛痒，难道只是广东才这样暗无天日吗！朱徽荫先生一来，鬼神就显灵，冤案得以昭雪，这是何等的神奇啊！但朱先生并没有四只眼睛，两张嘴，不过是他的胸中充满了对百姓疾苦的无比关心罢了。那些高高在上的大官们，出门的时候有荷刀扛戟的卫兵保护，在家的时候有兰麝的香味熏染，虽然尊贵到了极点，究其本质，和老龙船户又有什么不同啊！

[何守奇] 鬼能通神。此自朱公精诚所格；而犹不以正告者，岂非使公自竭其精诚欤？

[但叫伦] 纠吏于痾痒不相关之有司，而早以告公之言告之，亦以为恍惚无凭耳，鬼神虽灵，安能起愦愦者而使之悟哉！

元少先生

【原文】

韩元少先生为诸生时，有吏突至，白主人欲延作师，而殊无名刺。问其家阀，含糊对之。束帛缄贽，仪礼优渥。先生许之，约期而去。至日果以舆来。迤逦而往，道路皆所未经。忽睹殿阁，下车人，气象类藩邸。既就馆，酒炙纷罗，劝客自进，并无主人。筵既撤，则公子出拜；年十五六，姿表秀异。展礼罢，趋就他舍，请业始至师所。公子甚慧，闻义辄通。

先生以不知家世，颇怀疑闷。馆有二僮给役，私诘之，皆不对。问："主人何在？"答以事忙。先生求导窥之，僮不可。屡求之，乃导至一处，闻拷楚声。自门隙目注之，见一王者坐殿上，阶下剑树刀山，皆冥中事。大骇。方将却步，内已知之，因罢政，叱退诸鬼，疾呼僮。僮变色曰："我为先生，祸及身矣！"战惕奔入。王者怒曰："何敢引人私窥！"即以巨鞭重笞讫。乃召先生入，曰："所以不见者，以幽明异路。今已知之，势难再聚。"因赠束金使行，曰："君天下第一人，但坎壈未尽耳。"使青衣捉骑送之。先生疑身已死，青衣曰："何得便尔！先生食御一切置自俗间，非冥中物也。"既归，坎坷数年，中会、状，其言皆验。

【译文】

韩元少先生当秀才的时候，突然有个小吏来到他家，说他的主人想聘请元少先生去做老师，但是没有带来名片。韩元少问起他主人的门第情况，他也含含糊糊地回答。但这个小吏随身带来许多布帛、银子，聘请老师的礼仪很丰厚，元少答应了，约定好日期，那人就告辞而去。

到了那一天，果然有车子来接，车子曲曲折折地往前走，道路都是韩元少以前没有走过的。忽然，眼前出现一座殿阁，韩元少下车走进去，觉得它的气派很像是王府。他到馆以后，摆上了丰盛的酒席，但只是劝他自斟自饮，并没有主人出来做陪。等到撤了宴席，公子出来拜见老师。只见那公子十五六岁的年纪，姿态秀美，仪表不凡。他向老师行完礼，就到别的屋子去了，只是在学习上课时才到老师的住所。公子十分聪慧，韩元少给他一讲，他就能完全明白那些深文大意了。

韩元少因为不知道这家人的家世，心中很是怀疑纳闷。学馆里有两个学僮服侍他，他就私下向他们问起，但都不肯回答。韩元少问："主人在什么地方？"回答说是他很忙。韩元少就请学僮领着他偷偷地看上一眼，学僮也不同意。韩元少屡屡请求，学僮就带他来到一处地方，只听里面传来拷打人的声音，韩元少透过门缝往里面一看，只见一位君王坐在大殿上，台阶下是刀山剑树，都是阴曹地府的东西。韩元少看了十分害怕，他刚要往后退，殿里已经知道了。君王于是停止办公，将诸鬼喝退，厉声传唤学僮。学僮吓得变了脸色，说："我为了先生您惹祸上身了！"说完，战战兢兢地跑了进去。君王发怒地说："你怎么胆敢带人来偷看！"就用巨鞭将学僮狠狠地打了一顿。然后，君王叫元少进来，对他说："我之所以不见你，是因为人间和地府不是一个世界，现在你已经知道了实情，我们也就很难再聚在一起了。"于是赠送给他银两当作学费，让他回去，说："先生是天下第一人，但该遭受的坎坷还没有完。"君王命令手下牵来马送韩元少上路。韩元少怀疑自己已经死了，送他的人说："那有这么容易就死的啊！先生的一切吃穿用度，都是从人世间置办来的，不是阴间的东西。"

韩元少回到家里，又经历了几年的坎坷，果然连中会元、状元，君王说的话全都应验了。

薛慰娘

【原文】

丰玉桂，聊城儒生也，贫无生业。万历间，岁大祲，孑然南遁。及归，至沂而病。力疾行数里，至城南丛葬处，益惫，因傍冢卧。忽如梦，至一村，有叟自门中出，邀生入。屋两楹，亦殊草草。室内一女子，年十六七，仪容慧雅。叟使瀹柏枝汤，以陶器供客。因诘生里居、年齿，既已，乃曰："洪都姓李，平阳族。流寓此间，今三十二年矣。君志此门户，余家子孙如见探访，即烦指示之。老夫不敢忘义。义女慰娘颇不丑，可配君子。三豚儿到日，即遣主盟。"生喜，拜曰："犬马齿二十有二，尚少良配。惠以眷好固佳；但何处得翁之家人而告诉也？"叟曰："君但住北村中，相待月余，自有来者，止求不惮烦耳。"生恐其言不信，要之曰："实告翁：仆故家徒四壁，恐后日不如所望，中道之弃，人所难堪。即无姻好，亦不敢不守季路之诺，即何妨质言之也？"叟笑曰："君欲老夫旦旦耶？我稔知君贫。此订非专为君，慰娘孤而无倚，相托已久，不忍听其流落，故以奉君子耳。何见疑！"即捉臂送生出，拱手合扉而去。

生觉，则身卧冢边，日已将午。渐起，次且入村，村人见之皆惊，谓其已死道旁经日矣。顿悟叟即冢中人也，隐而不言，但求寄寓。村人恐其复死，莫敢留。村有秀才与同姓，闻之，趋诘家世，盖生缌服叔也。喜导至家，饵治之，数日寻愈。因述所遇，叔亦惊异，遂坐待以觇其变。居无何，果有官人至村，访父墓址，自言平阳进士李叔向。先是其父李洪都，与同乡某甲行贾，死于沂，某因瘗诸丛葬处。既归，某亦死。是时翁三子皆幼。长伯仁，举进士，令淮南。数遣人寻父墓，迄无知者。次仲道，举孝廉。叔向最少，亦登第。于是亲求父骨，至沂遍访。

是日至，村人皆莫识。生乃引至墓所，指示之。叔向未敢信，生为具陈所遇，叔向奇之。审视两坟相接，或言三年前有宦者，葬少妾于此。叔向恐误发他冢，生遂以所卧处示之。叔向命舁材其侧，始发冢。冢开，则见女尸，服妆黯败，而粉黛如生。叔向知其误，骇极，莫知所为。而女已顿起，四顾曰："三哥来耶？"叔向惊，就问之，则慰娘也。乃解衣蔽覆，舁归逆旅。急发旁冢，冀父复活。既发，则肤革犹存，抚之僵燥，悲哀不已。装敛入材，清醮七日；女亦缞绖若女。忽告叔向曰："曩阿翁有黄金二锭，曾分一为妾作奁。妾以孤弱无藏所，仅以丝线萦腰，而未将去，兄得之否？"叔向不知，乃使生反求诸圹，果得之，一如女言。叔向仍以线志者分赠慰娘。暇乃审其家世。

先是，女父薛寅侯无子，止生慰娘，甚钟爱之。一日女自金陵舅氏归，将媪问渡。操舟者乃金陵媒也。适有宦者任满赴都，遣觅美妾，凡历数家，无当意者，将为扁舟诣广陵。忽遇女隐生诡谋，急招附渡。媪素识之，遂与共济。中途投毒食中，女、妪皆迷。推妪堕江，载女而返，以重金卖诸宦者。入门嫡始知，怒甚。女又惘然，莫知为礼，遂挞楚而囚禁之。北渡三日，女方醒。婢言始末，女大泣。一夜宿于沂，自经死，乃瘗诸乱冢中。女在墓，为群鬼所凌，李翁时呵护之，女乃父事翁。翁曰："汝命合不死，当为择一快婿。"前生既见而出，反谓女曰："此生品谊可托。待汝三兄至，为汝主婚。"一日曰："汝可归候，汝三兄将来矣。"盖即发墓之日也。女于丧次，为叔向缕述之。

叔向叹息良久，乃以慰娘为妹，俾从李姓。略买衣妆，遣归生，且曰："资斧无多，不能为妹子办妆。意将偕归，以慰母心，何如？"女亦欣然。于是夫妻从叔向，轝柩并发。及归，母诘得其故，爱逾所生，馆诸别院。丧次，女哀悼过于儿孙。母益怜之，不令东归，嘱诸子为之买宅。

适有冯氏卖宅，直六百金。仓猝未能取盈，暂收契券，约日交兑。及期冯早至，适女亦从别院入省母，突见之，绝似当年操舟人，冯见亦惊。女趋过之。两兄亦以母小恙，俱集母所。女问："厅前踟蹰者为谁？"仲道曰："此必前日卖宅者也。"即起欲出。女止之，告以所疑，使诘难之。仲道诺而出，则冯已去，而巷南塾师薛先生在焉。因问："何来？"曰："昨夕冯某浼早登堂，一署券保。适途遇之，云偶有所忘，暂归便返，使仆坐以待。"少间，生及叔向皆至，遂相攀谈。慰娘以冯故，潜来屏后窥客，细视之，则其父也。突出，持抱大哭。翁惊涕曰："吾儿何来！"众始知薛即寅侯也。仲道虽与街头常遇，初未悉其名字。至是共喜，为述前因，设酒相庆。因留信宿，自道行踪。盖失女后，妻以悲死，鳏居无依，故游学至此也。生约买宅后，迎与同居。翁次日往探，冯则举家遁去，乃知杀妪卖女者即其人也。冯初至平阳，贸易成家；比年赌博，日就消乏，故货居宅，卖女之资，亦濒尽矣。慰娘得所，亦不甚仇之，但择日徙居，更不追其所往。李母馈遗不绝，一切日用皆供给之。生遂家于平阳，但归试甚苦。幸于是科得举孝廉。

慰娘富贵，每念媪为己死，思报其子。媪夫姓殷，一子名富，好博，贫无立锥。一日博局争注，殴杀人命，亡归平阳，远投慰娘。生遂留之门下。研诘所杀姓名，盖即操舟冯某也。骇叹久之，因为道破，乃知冯即杀母仇人也。益喜，遂役生家。薛寅侯就养于婿，婿为买妇，生子女各一焉。

【译文】

丰玉桂是山东聊城的一个儒生。家里很穷，没有赖以生活的职业。万历年间，发生了大的灾荒，丰玉桂一个人逃向南方。等他回来的时候，走到沂水就病倒了。他竭力又走了几里路，到了城南的一处乱坟岗，更加觉得疲惫，实在走不了，就靠着一座坟墓躺下了。

忽然，就像做梦一样，他来到一座村庄，有个老头从门里面走出来，邀请他进去。到里面一看，只见有两间屋子，也显得很简陋。屋里有一个女子，十六七岁的年纪，仪态俊美，文雅贤慧。老头让女子煮柏枝汤，用陶器盛上来招待客人。然后就问丰玉桂的籍贯、岁数，问完了，就对他说："我叫李洪都，是平阳人，流落到这里居住，已经三十二年了，请你记住我家门户，如果我家的子孙要来探访，就麻烦你指点给他们，老夫不敢忘记你的情义，她是我的义女，叫慰娘，长得倒不丑，可以许配给你为妻，等我的三儿子来时，就让他替你们主持婚礼。"

丰玉桂听了很高兴，向老头行礼道："我今年二十二岁，还没有娶亲，承蒙您把女儿下嫁给我，当然很好，但是哪里可以找到您的家里人告诉他们呢？"老头说："你只管住在村子里，等上一个多月，自然会有人来，只是希望你不会等得不耐烦。"丰玉桂唯恐他说话不算数，就要挟他说："实话对您老说吧：我很穷，家徒四壁，只怕日后不能如您所愿，到时候您女儿中途将我抛弃，实在是很难堪的事情。即使没有这层婚姻关系，我也不会不信守诺言的，你又何妨直言相告呢？"老头笑着说："你是想让老夫发誓吗？我早就知道你家很穷。这次和你订亲并非全都为你，慰娘孤苦伶仃没有依靠，我们互相依托已经很久了，我不忍心让她跟我一起流落下去，所以把他许配给你，你又何必怀疑呢？"说完，老头就把着丰玉桂的胳膊送他出门，向他拱拱手，就关上门回去了。

丰玉桂一觉醒来，发现自己躺在坟墓边，天已经快到中午了，他慢慢地爬起身来，犹犹豫豫地进了村子。村民们一看见他都很吃惊，说是以为他已死在路边一天了。丰玉桂一下子明白过来，那老头是坟墓里的死人，他隐瞒着不说，只求村里人让他借宿，但村民们唯恐他又死过去，都不敢收留他。

村里有个秀才，和丰玉桂同姓，听说他来后，就赶来询问他的家世，原来丰秀才是丰玉桂的远房叔叔。他高兴地把丰玉桂领回家，给他治病。没几天，丰玉桂的病就好了，他便向叔叔叙述了自己的遭遇，叔叔听了也很惊异，便坐在家里等候，看看会有什么事情发生。

过了不久，果然有个客人来到村里，查找父亲的墓址，他自称是平阳的进士，名叫李叔向。原来，李叔向的父亲李洪都和同乡某甲一起做生意，死在沂水，某甲就把他埋在了乱坟岗。回家以后，某甲也死了。这时，李洪都的三个儿子岁数还小。长子李伯仁中了进士，担任淮南县令。几次派人寻找父亲的坟墓，都没有人知道。二儿子仲道中了举人。叔向最小，也考中了。于是他亲自寻找父亲的骸骨，来到沂水四处打听。

这一天，李叔向来到村里，村民都不知道。丰玉桂就把他领到墓地，指点他父亲的坟墓。李叔向不敢相信，丰玉桂就向他叙述了自己的遭遇。李叔向觉得很惊奇，他们仔细观察，发现两座坟连接在一起，有人说三年前有个做官的，把他的小妾葬在这里。李叔向唯恐错挖了别人的坟墓，丰玉桂便把自己躺下的地方指给他看。李叔向命人把棺材抬来放在旁边，这才开始挖坟。

坟墓一打开，却见里面是一具女尸，衣服妆饰已经黯淡破败了，但容颜还像活人一样。李叔向知道是挖错了坟，惊骇极了，不知道怎么办才好。而那女子已经一下子坐了起来，四面看看，说："是三哥来了吗？"李叔向大惊，就近问她话，原来她就是慰娘。于是他脱下自己的衣服给慰娘披上，让人把她抬回旅店。他又急忙打开旁边的坟墓，希望父亲也能够复活，打开墓穴一看，父亲的皮肤还在，但摸上去已经僵硬干燥了，他悲伤得哭个不停，李叔向把父亲装进棺材，请来和尚道士诵经七天，超度亡灵，慰娘也像亲生女儿一样披麻戴孝。

一天，慰娘忽然对叔向说："从前，爹有两锭黄金，曾经分给我一锭作为嫁妆，我因为孤苦体弱，无处收藏，就只用丝线系在它的腰上，并没有拿走，兄长可曾找到了？"叔向不知道这件事，就让丰玉桂回去到墓穴里找，果然找到了，正如慰娘所言，叔向便仍旧把系有丝线的那锭给慰娘。

空闲的时候，叔向就打听慰娘的身世。原来，慰娘的父亲薛寅侯没有儿子，只生了慰娘一个女儿，十分地疼爱她。一天，慰娘从金陵的舅舅家回来，带着一个老妈子要雇船。划船的是金陵的一个媒人，恰好有个做官的，任满进京，派这个媒人给他挑个美妾。媒人找了好几家，都没有合意的，他正打算划船到扬州挑选，忽然遇到了慰娘，他心中暗生诡计，急忙招手让她们上船。老妈子素来认识这个媒人，就和慰娘上了船。走到半路上，媒人在食物里下了毒，慰娘、老妈子都被迷倒了。媒人把老妈子推到江里，带着慰娘回到金陵，用大价钱把她卖给了那个当官的。慰娘进门后，当官的大老婆才知道买妾这件事。慰娘这时还有点儿迷迷糊糊，不知道向大老婆行礼，大老婆就把她打了一顿，然后关了起来。等到他们渡河向北走了三天，慰娘才醒过来，丫环告诉她事情的前后经过，慰娘听了放声大哭，一天晚上，他们在沂水住宿，慰娘上吊自杀，当官的就把她埋在乱坟岗上。

慰娘在坟墓里，被群鬼欺凌，而李洪都时时呵护她，她也就认李洪都为父亲，李洪都说："你命不该死，应该为你找一个女婿。"上一次丰玉桂前来见过面后，李洪都回来对慰娘说："这个书生的品行情谊值得终身相托，等你三哥来了，就让他为你主婚。"有一天，他说："你可以回到墓里等候，你三哥就要来了。"那一天正是叔向开挖坟墓的日子。

慰娘在服丧期间，对叔向详细叙述了这段往事。叔向叹息了许久，就认慰娘为妹妹，让她跟自己姓李。他又略微置办了一些嫁妆，让她和丰玉桂结了婚，并且说："我身上带的盘缠不多，不能为妹妹置办丰厚的嫁妆，我打算带你们一同回去，也好让母亲开心，你觉得如何？"慰娘也很高兴。

于是慰娘夫妻跟着叔向，用车子装着灵柩，一起出发，回到家后，母亲问明了慰娘的情况，对她的疼爱超过了亲生女儿，让她和丈夫住在别的院落里。在为李洪都服丧期间，慰娘的哀悼比他的亲生子孙还要沉痛。母亲更加怜爱她，不让他们回聊城，嘱咐儿子给他们购买住宅。

恰好有个姓冯的卖宅子，要价六百两银子，仓猝之间银子没能凑齐，就暂且收入房契，约好了日期交兑。到了日子，冯某早早地就到了，恰好慰娘也从别的院子前来向母亲问安，突然看见冯某，极像当年那个划船的媒人。冯某一见慰娘，也大吃一惊，慰娘赶紧走过了他。两个哥哥也因为母亲有点儿不适，都来到母亲的屋里。慰娘问道："在厅前徘徊的是什么人？"仲道说："一定是前日卖宅子的那个人。"说完起身就要出去。慰娘拦住他，告诉他自己心中的疑惑，让仲道去盘问他。仲道答应着就出去了，而冯某已经走了，只有巷南的私塾老师薛先生坐在那里，仲道问道："你怎么来了？"薛先生说："昨天晚上冯某请我早上来贵府，签署文书并做保人，刚才在路上碰见他，他说偶尔忘了一件事，先回家一趟再回来，让我坐在这里等他。"

过了一会儿，丰玉桂和叔向都来了，于是互相攀谈起来，慰娘因为冯某的缘故，悄悄地来到屏风后面窥视客人。她仔细一看，原来这薛先生就是她的父亲！她突然跑了出来，抱住父亲放声大哭。薛先生也吃惊地流下眼泪，说："我儿怎么会到这儿来的！"大家这才知道薛先生就是薛寅侯。仲道虽然常常能在街头遇见他，但当初并不清楚他叫什么名字。至此，大家都很高兴，向薛寅侯叙述了前面的故事，并且设下酒宴表示庆祝。晚上，薛寅侯又留宿在李家，叙述了自己的行踪。原来，自从慰娘失踪以后，他的妻子悲伤而死，他一个人生活，无依无靠，所以到处给人教书，流落到此地。丰玉桂和薛寅侯约好，等买了房子，把他接来和他们夫妻同住。

薛寅侯第二天到冯家探听消息，冯家已经带着全家逃走了，这才知道当年杀死老妈子、卖掉慰娘的，就是这个冯某。冯某刚到平阳的时候，靠做生意发了家，后来他连年赌博，家产渐渐地消减了，所以只好卖掉住宅；当年卖掉慰娘的钱，也已经快花光了。慰娘得到了宅子，也不是很仇视冯某，只是选了个好日子搬进去，更不追究冯某逃到哪里去了。

李母不断地送给慰娘东西，一切生活用度都由李家供应。丰玉桂就在平阳定居下来，但他要回聊城参加考试，来往很是辛苦，幸好丰玉桂这一科就中了举人。

慰娘富贵以后，常常想着当年老妈子是为自己死的，就想报答她的儿子。老妈子的夫家姓殷，一个儿子名叫富，喜欢赌博，家里穷得没有立锥之地。一天，殷富赌博时争着下注，打死了人命，逃回平阳，远远地投奔慰娘。丰玉桂就把他留在门下，问起殷富杀死的人的姓名，正是那个划船人冯某。丰玉桂惊骇叹息了许久，便对殷富说了实情，殷富这才知道冯某原来就是他的杀母仇人。他听了更加高兴，就在丰玉桂家当了仆人。薛寅侯也搬到女婿家来住，丰玉桂替他买了媳妇，生育子女各一人。

[何守奇] 冯某之诱卖慰娘，实为丰生作合耳。叔向之获父，寅侯之遇女，莫不曲引出。乃知小人无往不福君子：至妪子之显报，所不待言。

田 子 成

【原文】

江宁田子成，过洞庭，舟覆而没。子良耜，明季进士，时在抱中。妻杜氏闻讣，仰药而死。良耜受庶祖母抚养成立，筮仕湖北。年余，奉宪命营务湖南，至洞庭，痛哭而返。自告才力不及，降县丞，隶汉阳，辞不就。院司强督促之乃就。辄放荡江湖间，不以官职自守。

一夕舣舟江岸，闻洞箫声，抑扬可听。乘月步去，约半里许，见旷野中茅屋数椽，荧荧灯火。近窗窥之，有三人对酌其中，上座一秀才年三十许；下座一叟；侧座吹箫者年最少。吹竟，叟击节赞佳。秀才面壁吟思，若罔闻。叟曰："卢十兄必有佳作，请长吟，俾得共赏之。"秀才乃吟曰："满江风月冷凄凄，瘦草零花化作泥。千里云山飞不到，梦魂夜夜竹桥西。"吟声怆恻。叟笑曰："卢十兄故态作矣！"因酌以巨觥，曰："老夫不能属和，请歌以侑酒。"乃歌"兰陵美酒"之什。歌已，一座解颐。

少年起曰："我视月斜何度矣。"突出见客，拍手曰："窗外有人，我等狂态尽露也！"遂挽客入，共一举手。叟使与少年相对坐。试其杯皆冷酒，辞不饮。少年知其意，即起，以苇炬燎壶而进之。良耜亦命从者出钱行沽，叟固止之。因讯邦族，良耜具道生平。叟致敬曰："吾乡父母也。少君姓江，此间土著。"指少年曰："此江西杜野侯。"又指秀才："此卢十兄，与公同乡。"卢自见良耜，殊偃蹇不甚为礼。良耜因问："家居何里？如此清才，殊早不闻。"答曰："流寓已久，亲族恒不相识，可叹人也！"言之哀楚。叟摇手乱之曰："好客相逢，不理觞政，聒絮如此，厌人听闻！"遂把杯自饮，曰："一令请共行之，不能者罚。

每掷三色，以相逢为率，须一古典相合。"乃掷得幺二三，唱曰："三加幺二点相同，鸡黍三年约范公：朋友喜相逢。"次少年，掷得双二单四，曰："不读书人，但见俚典，勿以为笑。四加双二点相同，四人聚义古城中：兄弟喜相逢。"卢得双幺单二，曰："二加双幺点相同，吕向两手抱老翁：父子喜相逢。"良耜掷，复与卢同，曰："二加双幺点相同，茅容二篡款林宗：主客喜相逢。"

令毕，良耜兴辞。卢始起，曰："故乡之谊，未遑倾吐，何别之遽？将有所问，愿少留也。"良耜复坐，问："何言？"曰："仆有老友某，没于洞庭，与君同族否？"良耜曰："是先君也，何以相识？"曰："少时相善。没日惟仆见之，因收其骨，葬江边耳。"良耜出涕下拜，求指墓所。卢曰："明日来此，当指示之。要亦易辨，去此数武，但见坟上有丛芦十茎者是也。"良耜洒涕，与众拱别。

四子城
骚楚无人月
自明何处岑
庭苦喧散忍
视滂吉千行
泪不城同卿
卢十兄

至舟终夜不寝，念卢情词似皆有因。不能待旦，昧爽而往，则舍宇全无，益骇。因遵所指处寻墓，果得之。丛芦其上，数之，适符其数。恍然悟卢十兄之称，皆其寓言；所遇乃其父之鬼也。细问土人，则二十年前，有高翁富而好善，溺水者皆拯其尸而埋之，故有数坟在焉。遂发冢负骨，弃官而返。归告祖母，质其状貌皆确。江西杜野侯，乃其表兄，年十九，溺于江；后其父流寓江西。又悟杜夫人殁后，葬竹桥之西，故诗中忆之也。但不知叟何人耳。

【译文】

　　江宁人田子成，乘船过洞庭湖时，船翻了落水而死。他的儿子田良耜是明朝末年的进士，当时还在母亲的怀抱中。妻子杜氏听说丈夫的死讯，服毒药而死。田良耜在庶祖母的抚养下长大成人，到湖北去做官。过了一年多，他奉上级的命令到湖南办理公务。到洞庭湖时，他痛哭一场返回湖北。他自己向上级报告说才力不够，于是降为县丞，分派到汉阳县，他推辞不愿上任，上级强行督促他前往，他只好去上任。但他总是在江湖间游玩放荡，不以官员的职责要求自己。

一天晚上，他的船停泊在江边，忽然传来洞箫声，抑扬顿挫，非常动听，他乘着月色信步而去。大约走了半里路，只见旷野中有几间茅屋，屋子里灯火闪烁。田良耜走到窗前往里窥视，发现里面有三个人在对饮。上座是一个秀才，大约三十多岁的样子；下座是一个老头；侧座吹箫的，年纪最小。一曲吹完，老头击节叫好，而秀才却面对墙壁沉思，好像没有听到一样。

老头说："卢十兄必定是有了佳作，请放声吟诵出来，好让我们共同欣赏。"秀才于是吟道：

满江风月冷凄凄，瘦草零花化作泥。千里云山飞不到，梦魂夜夜竹桥西。吟诵声悲怆凄凉。老头笑着说："卢十兄故态又犯了。"于是倒了一大杯酒，说："老夫不能和诗，就唱一首歌助酒兴吧。"于是唱了一首"兰陵美酒"。一曲唱罢，座中人都开怀大笑。

年轻人站起身来，说："我看看现在是什么时辰了。"他走出门突然看见田良耜，拍着手说："窗外有人，我们的狂态全都暴露了！"说完就拉着田良耜进屋，众人一起拱手行礼。

老头让田良耜坐在年轻人的对面，田良耜一试杯子，都是冷酒，便推辞说不饮。年轻人站起身来，用芦苇做成火把给酒壶加热，然后递给田良耜。田良耜也命令随从拿出钱去打酒，老头坚决拦住。于是问起客人的家乡姓名，田良耜便叙述了自己的生平，老头向他致敬说："您原来是我们的父母官呀。我姓江，是当地人。"指着年轻人介绍说："这位是江西的杜野侯。"又指着秀才说："这位是卢十兄，跟您是同乡。"

卢十兄自从见了田良耜，很是傲慢，不以礼相待。田良耜于是问道："你家住在哪里？如此清高有才，为什么一直没有听说过？"卢十兄回答道："我在外面已经流落很久了，亲戚们都已经不认识了。真是可叹啊！"言语哀伤凄楚。

老头摇摇手制止他道："好朋友相逢，不喝酒行令，倒罗罗嗦嗦说这些话，让人不爱听！"于是端起酒杯自己喝了，说："我这儿有个酒令，大家一齐来行，不能做的人罚酒。这个酒令要每个人每次掷三个骰子，以两个掷得的点数之和等于另一个骰子的点数为标准，还必须说一个跟点数相合的典故。"

老头先掷，掷了一个幺二三，便喝道："三加幺二点相同，鸡黍三年约范公：朋友喜相逢。"下一个轮到年轻人，掷了个双二单四，他说道："我不是个读书人，只知道些俚语典故，说不好请不要见笑。四加双二点相同，四人聚义古城中：兄弟喜相逢。"卢十兄掷了个双幺单二，便唱道："二加双幺点相同，吕向两手抱老翁：父子喜相逢。"田良耜掷的点数和卢十兄掷的一样，便唱道："二加双幺点相同，茅容二篡款林宗：主客喜相逢。"酒令行完，田良耜就起身告辞。

卢十兄这才站起来，说："同乡的情谊，还没有来得及倾吐，为什么这么匆忙就要告别呢？我还有话问你，请你再留一会儿。"田良耜又坐下来，问："你有什么事要问？"卢十兄说："我有一个好朋友某某，在洞庭淹死了，和你是同族吗?"田良耜说:"他就是先父,你们怎么会认识的呢?"卢十兄回答道:"我们小时候就是好朋友。他死的那一天,只有我一个人看见,就收拾了他的尸骨,埋在了江边。"田良耜流着眼泪向卢十兄下拜,求他指点父亲的坟墓在哪里。卢十兄说:"明天你来这里,我就指给你看,其实倒也不难辨认,离这里几步路的地方,只要看见坟上有一丛芦苇,共有十根的就是了。"

田良耜泪流满面,向众人拱手告别。他回到船上,一整夜都睡不着觉,觉得卢十兄的神情话语好像都有原因。第二天,天刚亮田良耜就去找卢十兄,一到地方,却发现昨天的房屋全都没人,他更加惊骇。于是按照卢十兄指点的地方寻找坟墓,果然找到了。有一丛芦苇在坟上,一数恰好就和卢十兄说的数目一样。他恍然大悟,原来卢十兄说的话,都是有寓意的。昨天晚上见到的,就是他父亲的鬼魂。他又详细地向当地人打听,原来二十年前,有一位高翁很富有,好做善事,凡是有人溺水而死,他都将尸体打捞上来埋好,所以有几座坟在这里。

他便打开坟墓,取出父亲的尸骨,然后辞官回到家乡。他回到家就把情况告诉了祖母,两下一对,卢十兄的相貌形体都和田子成一样。江西杜野侯是田良耜的表兄,十九岁那一年,淹死在江里,后来他父亲流落到江西。田良耜又明白了杜夫人死后,葬在竹桥的西边,所以卢十兄的诗里提到了"梦魂夜夜竹桥西"。但是不知道那老头是什么人。

[何守奇] 获父骸骨,皆孝所感,有不知其所以然而然者。母节子贤,田氏之清风远矣。

王桂庵

【原文】

王樨字桂庵,大名世家子。适南游。泊舟江岸。临舟有榜人女,绣履其中,风姿韶绝。王窥既久,女若不觉。王朗吟"洛阳女儿对门居",故使女闻。女似解其为己者,略举首一斜瞬之,俯首绣如故。王神志益驰,以金一锭投之,堕女襟上;女拾弃之,金落岸边。王拾归,益怪之,又以金钏掷之,堕足下;女操业不顾。无何榜人自他归,王恐其见钏研诘,心急甚;女从容以双钩覆蔽之。榜人解缆径去。

王心情丧惘,痴坐凝思。时王方丧偶,悔不即媒定之。乃询舟人,皆不识其何姓。返舟急迫之,杳不知其所往。不得已返舟而南。务毕北旋,又沿江细访,并无音耗。抵家,寝食皆萦念之。逾年复南,买舟江际,若家焉。日日细数行舟,往来者帆楫皆熟,而曩舟殊杳。居半年资罄而归。行思坐想,不能少置。一夜梦至江村,过数门,见一家柴扉南向,门内疏竹为篱,意是亭园,径入。有夜合一株,红丝满树。隐念诗中"门前一树马缨花",此其是矣。过数武,苇笆光洁。又入之，见北舍三楹，双扉阖焉。南有小舍，红蕉蔽窗。探身一窥，则榻架当门，胃画裙其上，知为女子闺闼，愕然却退；而内亦觉之，有奔出觇客者，粉黛微呈，则舟中人也。喜出望外，曰："亦有相逢之期乎！"方将狎就，女父适归，倏然惊觉，始知是梦。景物历历，如在目前。秘之，恐与人言，破此佳梦。

　　又年余再适镇江。郡南有徐太仆，与有世谊，招饮。信马而去，误入小村，道途景象，仿佛平生所历。一门内马缨一树，梦境宛然。骇极，投鞭而入。种种物色，与梦无别。再入，则房舍一如其数。梦既验，不复疑虑，直趋南舍，舟中人果在其中。遥见王，惊起，以扉自幛，叱问："何处男子？"王逡巡间，犹疑是梦。女见步趋甚近，闸然扃户。王曰："卿不忆掷钏者耶？"备述相思之苦，且言梦征。女隔窗审其家世，王具道之。女曰："既属宦裔，中馈必有佳人，焉用妾？"王曰："非以卿故，婚娶固已久矣！"女曰："果如所云，足知君心。妾此情难告父母，然亦方命而绝数家。金钏犹在，料钟情者必有耗问耳。

父母偶适外戚，行且至。君姑退，倩冰委禽，计无不遂；若望以非礼成耦，则用心左矣。"王仓卒欲出。女遥呼王郎曰："妾芸娘，姓孟氏。父字江蓠。"王记而出。

　　罢筵早返，谒江蓠。江迎入，设坐篱下。王自道家阀，即致来意，兼纳百金为聘。翁曰："息女已字矣。"王曰："讯之甚确，固待聘耳，何见绝之深？"翁曰："适间所说，不敢为诳。"王神情俱失，拱别而返。当夜辗转，无人可媒。向欲以情告太仆，恐娶榜人女为先生笑；今情急无可为媒，质明诣太仆，实告之。太仆曰："此翁与有瓜葛，是祖母嫡孙，何不早言？"王始吐隐情。太仆疑曰："江蓠固贫，素不以操舟为业，得毋误乎？"乃遣子大郎诣孟，孟曰："仆虽空匮，非卖婚者。曩公子以金自媒，谅仆必为利动，故不敢附为婚姻。既承先生命，必无错谬。但顽女颇恃娇爱，好门户辄便拗却，不得不与商榷，免他日怨婚也。"遂起，少入而返，拱手一如尊命，约期乃别。大郎复命，王乃盛备禽妆，纳采于孟，假馆太仆之家，亲迎成礼。

居三日，辞岳北归。夜宿舟中，问芸娘曰："向于此处遇卿，固疑不类舟人子。当日泛舟何之？"答云："妾叔家江北，偶借扁舟一省视耳。妾家仅可自给，然倘来物颇不贵视之。笑君双瞳如豆，屡以金资动人。初闻吟声，知为风雅士，又疑为僄薄子作荡妇挑之也。使父见金钏，君死无地矣。妾怜才心切否？"王笑曰："卿固黠甚，然亦堕吾术矣！"女问："何事？"王止而不言。又固诘之，乃曰："家门日近，此亦不能终秘。实告卿：我家中固有妻在，吴尚书女也。"芸娘。不信，王故庄其词以实之。芸娘色变，默移时，遽起，奔出；王蹦履追之，则已投江中矣。王大呼，诸船惊闹，夜色昏蒙，惟有满江星点而已。王悼痛终夜，沿江而下，以重价觅其骸骨，亦无见者。

悒悒而归，忧痛交集。又恐翁来视女，无词可对。有姊丈官河南，遂命驾造之，年余始归。途中遇雨，休装民舍，见房廊清洁，有老妪弄儿厦间。儿见王人，即扑求抱，王怪之。又视儿秀婉可爱，揽置膝头，妪唤之不去。少顷雨霁，王举儿付妪，下堂趣装。儿啼曰："阿爹去矣！"妪耻之，呵之不止，强抱而去。王坐待治任. 忽有丽者自屏后抱儿出，则芸娘也。方诧异间，芸娘骂曰："负心郎！遗此一块肉，焉置之？"王乃知为己子。酸来刺心，不暇问其往迹，先以前言之戏，矢日自白。芸娘始反怒为悲，相向涕零。先是，第主莫翁，六旬无子，携媪往朝南海。归途泊江际，芸娘随波下，适触翁舟。翁命从人拯出之，疗控终夜始渐苏。翁媪视之，是好女子，甚喜，以为己女，携归。居数月，欲为择婿，女不可。逾十月，生一子，名曰寄生。王避雨其家，寄生方周岁也。

王于是解装，入拜翁媪，遂为岳婿。居数日，始举家归。至，则孟翁坐待已两月矣。翁初至，见仆辈情词恍惚，心颇疑怪；既见始共欢慰。历述所遭，乃知其枝梧者有由也。

【译文】

王樨，字桂庵，是大名府的世家子弟。

一次，王桂庵到南方游历，船停靠在江边。邻船有一位船家的姑娘，坐在船里绣鞋子。风姿绰约，堪称绝世美人。王桂庵偷看了她很久，姑娘好像没有察觉他在偷看一样，王桂庵便大声吟起"洛阳女儿对门居"的诗句，故意让那姑娘听见。姑娘似乎明白他这么做是为了自己，略微抬起头，斜睨了他一眼，又低下头继续绣鞋子。王桂庵越发心旌摇荡，便把一锭银子扔过去，正掉在姑娘的衣襟上。姑娘捡起银子扔掉，落在了岸边，王桂庵把银子捡回来，心中更加觉得奇怪，又扔过一枚金钏，掉在姑娘的脚下，那姑娘继续手里的活计，毫不理睬。不一会儿，船家从别处回来。王桂庵唯恐他发现金钏会追究，心里十分着急，姑娘从容地用两只脚把金钏盖了起来。

船家解开缆绳，把船开走了。王桂庵的心情十分沮丧，呆呆坐在那时凝想。这时，王桂庵的妻子刚刚去世，他后悔没有马上托媒人定下这门婚事，便向船夫们打听这姑娘是谁，但是谁也不知道姑娘家的姓名。王桂庵回到自己的船上，急忙去追赶姑娘的船，却已经消失得无影无踪，不知开向哪里去了。王桂庵没有办法，只好掉转船头南下。事情办完以后，他返回北方，途中又沿着江边细细地寻访，还是没有一点儿音讯，他回到家里，无论吃饭还是睡觉，脑海中总萦绕着那个姑娘。

过了一年，他又到南方去，在江边雇了条船，把船当成家一样。每天细细地检查过往的船只，对来来往往的船只上的桨、帆都熟悉了，却连去年见到的那只船的影子都见不着。过了半年，他的盘缠用光了，只好回家。他不论是走还是坐的时候，都在思念姑娘，心里放不下来。

一在晚上，他做梦来到江边的一个村子，走过几道门，看见一户人家，柴门朝南开，门里用稀疏的竹子做篱笆。他想这是一座亭园，就径直走了进去。到园中一看，有一棵合欢树，满树开的都是红花。他暗自想：古诗提到的"门前一树马樱花"，就是眼前的景象。又走了几步，一道用芦苇编成的篱笆很是光洁。又过了这道篱笆，只见有三座北房，两扇门都关着。南边有一间小屋子，开着红花的芭蕉树挡着窗户。王桂庵探身往里一看，发现门口有个衣架，上面挂着一条花裙子，知道这是女子的闺房，惊慌地就要往后退，但里面的人已经发觉了，有人跑出来看是什么客人，微微地露出脸来，原来就是船上的那位姑娘。王桂庵喜出望外，说："我们也有相逢的日子啊！"他刚要上前和姑娘亲热，姑娘的父亲正好回来了，把他一下子惊醒过来，这才知道是一场梦，但是梦中的景物都很清晰，好像就在眼前。他严守这个秘密，恐怕跟别人说了，会破坏这个好梦。

又过了一年多，他再次来到镇江，城南有一位徐太仆，和王桂庵家是世交，叫王桂庵到他家喝酒。王桂庵骑着马前去，马不知不觉带他误入了一个小村子，道路景象，好像是他平生见过的一样。一道门内，有一棵马樱花树，和他梦中的景色一模一样。他惊骇极了，跳下马就进了院子。眼前的种种景物和梦里见到的没有什么区别。再往里面走，只见房间的数目也和梦中见到的一样。梦既然得到应验，王桂庵也就不再疑虑，直奔南面的那间小屋子，船上的姑娘果然在里面。她远远地看见王桂庵，吃惊地站起身来，躲在门后面，大声斥问道："哪里来的男人？"王桂庵迟疑之间，还是怀疑像在梦中。姑娘见他已经走得很近了，便"呼"的一声把门关上。王桂庵说："你难道不记得那个扔金钏的人吗？"便详细地叙述了对她的相思之苦，并且讲了做的那个梦。姑娘隔着窗户审问他的家世，王桂庵也一一回答。

姑娘说："你既然是官宦子弟，家里肯定已有娇妻，哪里还用得着我呢？"王桂庵说："要不是为了找你，我早就结婚了。"姑娘说："果真如你所说的话，也就足以知道你的心了。我的这份心事难以告诉父母，但也因此违抗父母之命拒绝了几家的求婚。金钏还在我身边，我料想钟情的人一定会有消息的。父母恰好看亲戚去了，不久就会回来，你暂且回去，请媒人前来提亲，相信一定会成功的，如果你想用非礼的手段强行成亲，那你可就想错了。"

王桂庵仓猝地就要出去。姑娘远远地叫着"王郎"，说："我叫芸娘，姓孟，父亲名字叫江蓠。"王桂庵记下姑娘的话就走了。他早早在徐太仆家吃完饭就返回来，求见孟江蓠。孟江蓠将他迎进屋，两人在篱笆边坐下。王桂庵自我介绍了家庭情况后，就说明了来意，并且拿出一百两银子作为聘礼。孟江蓠说："小女已经许配人了。"王桂庵说："我打听得很清楚，令千金确实待字闺中呀，为什么您要这样一口回绝呢？"孟江蓠说："刚才我说的话都是实话，绝不敢欺骗你。"

王桂庵听了，神情十分沮丧，向孟江蓠拱拱手就告别了。当天夜里，他辗转反侧，难以入睡，想着没有人能替他说媒。他原来想把自己的心事告诉徐太仆，但又怕娶船家的姑娘会被徐太仆耻笑，现在情势急迫，没有人可以做媒，所以天一亮，王桂庵去找徐太仆，把隋况如实告诉了他。徐太仆说："这个老头和我是亲戚关系，他是我祖母的嫡孙，你为什么不早说呢？"王桂庵这才吐露了心中的隐情。徐太仆疑惑地说："江蓠固然贫穷，但从来不以划船为职业。不会是你搞错了吧？"于是，他让儿子大郎去见孟江蓠，孟江蓠说："我家虽然很穷，但不会拿婚事来做买卖。上次公子拿着银子来给自己做媒，猜我肯定会被金钱打动，所以我不敢高攀高宦人家，现在承蒙先生前来做媒，想来肯定不会有什么差错。但我那顽皮的女儿很是娇纵任性，明明是好人家，她也动不动拒绝，所以不能不和她自己商量，以免日后她会埋怨这桩婚事。"说完起身进去，不一会儿就回来了，向大郎拱手，说是遵从徐太仆的意思。两人约定好婚期，大郎就告辞了。大郎向父亲复命，王桂庵就开始置办丰厚的聘礼，前往孟家送上聘礼，就借了徐太仆的家，迎接芸娘，举行婚礼。

婚后三天，王桂庵就向岳父辞行，带着芸娘乘船北上回家，夜晚他们住在船上，桂庵问芸娘道："当年在这里遇见你，本来就怀疑你不像是船家的姑娘，那一天你打算上哪里去？"芸娘回答说："我的叔叔家在江北，偶然借了一只小船，要去探望叔叔。我家虽然只能自给自足，但是对于意外之财却看得不重。可笑你却目光如豆，屡屡想用金银钱财来勾引人，起初听你吟诵诗句，知道你是风雅人士，但又疑心是轻薄弟子，把我当成荡妇来挑逗，假如父亲见到那只金钏，你可就死无葬身之地了，我是不是怜才心切呀？"王桂庵笑着说："你真是太狡猾了，但你也中了我的圈套！"芸娘问道："什么事？"王桂庵闭口不言。芸娘又紧紧追问，王桂庵才说："离家越来越近，这个秘密也不能始终不告诉你。实话对你说吧：我家里早就有妻子了，是吴尚书的女儿。"

芸娘不相信，王桂庵故意夸大其词说得跟真的似的。芸娘变了脸色，沉默了一会儿，突然站起身来，跑了出去。王桂庵趿拉着鞋追出去，芸娘已经跳到江里了。王桂庵大声呼叫，其他船只都被惊动起来。然而，夜色昏漾漾的，只有满江的星光点点闪烁。

王桂庵悲悼哀痛了一整夜，沿江而下，想用重金请人寻找芸娘的尸体，但也没有人见到过。他心情抑郁地回到家，忧痛交集，又担心岳父来看望女儿，到时候无言以对。他的姐夫在河南做官，他便命人驾着马车，前往河南看望姐夫。

过了一年多，王桂庵才回来。半道上碰到下雨，他就到一家民宅去躲雨。只见这户人家房屋清洁，有个老妈妈正在屋里抚弄一个男孩。男孩一见王桂庵进来，就扑上来要他抱，王桂庵感到很奇怪。他再看那孩子眉清目秀，十分可爱，就把他抱起来，放在膝盖上，老妈妈又叫孩子，但孩子不肯离去。

工夫不大，雨过天晴，王桂庵抱起孩子递给老妈妈，然后走到堂下让人收拾行装。孩子哭着说："阿爹走了！"老妈妈觉得孩子说的可羞，便不停地呵斥他不许这么叫，强行抱着他走了。王桂庵坐着等仆人收拾行装，忽然有个美丽女子从屏风后面抱着孩子走出来，原来正是芸娘。他正感到诧异，芸娘骂道："你这个负心郎！留下这一块肉，怎么安置他呀？"王桂庵这才知道孩子原来是自己的儿子，不由得一阵辛酸涌上心头。他来不及问芸娘这一阵是怎么过的，赶紧对天发誓说从前的那番话都是开玩笑，不是真的。芸娘这才反怒为悲，对着王桂庵痛哭起来。

原来，这所宅子的主人叫莫翁，六十岁了没有儿子，带着老伴到南海去朝拜观音菩萨。回来的途中船停靠在江边，芸娘随波而下，恰好撞在莫翁的船上。莫翁命令仆人把芸娘从水里救出来，控水抢救忙活了一整夜，芸娘才渐渐苏醒过来。莫翁夫妇一看，是一个很漂亮的女子，心里十分高兴，把她认作自己的女儿，带回家去。过了几个月，他们想替芸娘挑选女婿，芸娘不同意。过了十个月，她生下一个儿子，取名叫寄生。王桂庵来到莫家避雨时，寄生刚好一周岁。

王桂庵于是解下行装，进到里屋拜见莫翁夫妇，双方认了岳父女婿。过了几天，王桂庵才带着人家回到家乡。一到家，发现孟翁正坐着等候，已经等了两个月了。孟翁刚到的时候，见仆人们神情言语恍恍惚惚，心里很是疑惑奇怪，等见了女儿女婿，才高兴地放下心来。听完他们叙述完这些年来的遭遇，孟翁这才明白原来仆人们支支唔唔是有原因的。

[何守奇] 梦中历历，固疑赤绳早系矣。乃先订后聘，无乃作法于凉？

[但明伦] 积数载之相思，成三日之好合，一句戏言犹未了，满江星点共含悲，此一缩出人意表。

寄　生

【原文】

寄生字王孙，郡中名士。父母以其襁褓认父，谓有凤惠，钟爱之。长益秀美，八九岁能文，十四入郡庠。每自择偶。父桂庵有妹二娘，适郑秀才子侨，生女闺秀，慧艳绝伦。王孙见之，心切爱慕，积久寝食俱废。父母大忧，苦研诘之，遂以实告。父遣冰于郑；卷性方谨，以中表为嫌却之。王孙愈病，母计无所出，阴婉致二娘，但求闺秀一临存之。郑闻益怒，出恶声焉。父母既绝望，听之而已。

郡有大姓张氏，五女皆美；幼者名五可，尤冠诸姊，择婿未字。一日上墓，途遇王孙，自舆中窥见，归以白母。母沈知其意，见媒妪于氏，微示之。妪遂诣王所。时王孙方病，讯知笑曰："此病老身能医之。"芸娘问故。妪述张氏意，极道五可之美。芸娘喜，使妪往候王孙。妪入，抚王孙而告之。王孙摇首曰："医不对症，奈何！"妪笑曰："但问医良否耳：其良也，召和而缓至，可矣；执其人以求之，守死而待之，不亦痴乎？"王孙歔欷曰："但天下之医无愈和者。"妪曰："何见之不广也？"遂以五可之容颜发肤，神情态度，口写而手状之。王孙又摇首曰："妪休矣！此余愿所不及也。"反身向壁，不复听矣。妪见其志不移，遂去。

一日王孙沉痼中，忽一婢入曰："所思之人至矣！"喜极，跃然而起。急出舍，则丽人已在庭中。细认之，却非闺秀，着松花色细褶绣裙，双钩微露，神仙不啻也。拜问姓名，答曰："妾，五可也，君深于情者，而独钟闺秀，使人不平。"王孙谢曰："生平未见颜色，故目中止一闺秀。今知罪矣！"遂与要誓。方握手殷殷，适母来抚摩，蘧然而觉，则一梦也。回思声容笑貌，宛在目中。阴念：五可果如所梦，何必求所难遘，因而以梦告母。母喜其念少夺，急欲媒之。

王孙恐梦见不的，托邻妪素识张氏者，伪以他故诣之，嘱其潜相五可。妪至其家，五可方病，靠枕支颐，婀娜之态，倾绝一世。近问："何恙？"女默然弄带，不作一语。母代答曰："非病也。连日与爹娘负气耳！"妪问故。曰："诸家问名，皆不愿，必如王家寄生者方嫁。是为母者劝之急，遂作意不食数日矣。"妪笑曰："娘子若配王郎，真是玉人成双也。渠若见五娘，恐又憔悴死矣！我归即令倩冰，如何？"五可止之曰："姥勿尔！恐其不谐，益增笑耳！"妪锐然以必成自任，五可方微笑。妪归复命，一如媒妪言。王孙详问衣履，亦与梦合，大悦。意虽稍舒，然终不以人言为信。过数日渐瘳，秘招于妪来，谋以亲见五可。妪难之，姑应而去。久之不至。方欲觅问，妪忽忻然来曰："机幸可图。五娘向有小恙，因令婢辈将扶，移过对院。公子往伏伺之，五娘行缓涩，委曲可以尽睹矣。"王孙喜，明日，命驾早往，妪先在焉。即令萦马村树，引入临路舍，设座掩扉而去。少间五可果扶婢出，王孙自门隙目注之。女从门外过，妪故指挥云树以迟纤步，王孙窥觇尽悉，意颤不能自持。未几妪至，曰："可以代闺秀否？"王孙申谢而返，始告父母，遣媒要盟。及媒往，则五可已别字矣。

王孙失意，悔闷欲死，即刻复病。父母忧甚，责其自误。王孙无词，惟日饮米汁一合。积数日，鸡骨支床，较前尤甚。妪忽至，惊曰："何惫之甚？"王孙涕下，以情告。媪笑曰："痴公子！前日人趁汝来，而故却之；今日汝求人，而能必遂耶？虽然，尚可为力。早与老身谋，即许京都皇子，能夺还也。"王孙大悦，求策。媪命函启遣怦，约次日候于张所。桂庵恐以唐突见拒，媪曰："前与张公业有成言，延数日而遽悔之；且彼字他家，尚无函信。谚云：'先炊者先餐。'何疑也！"桂庵从之。次日二仆往，并无异词，厚犒而归。王孙病顿起。由此闺秀之想遂绝。

初，郑子侨却聘，闺秀颇不怿；及闻张氏婚成，心愈抑郁，遂病，日就支离。父母诘之不肯言。婢窥其意，隐以告母。郑闻之，怒不医，以听其死。二娘恚曰："吾侄亦殊不恶，何守头巾戒，杀吾娇女！"郑恚曰："若所生女，不如早亡，免贻笑柄！"以此夫妻反目。二娘故与女言，将使仍归王孙若为媵。女俯首不言，意若甚愿。二娘商郑，郑更怒，一付二娘，置女度外，不复预闻。二娘爱女切，欲实其言。女乃喜，病渐瘥。窃探王孙，亲迎有日矣。及期以侄完婚，伪欲归宁，昧旦，使人求仆舆于兄。兄最友爱，又以居村邻近，遂以所备亲迎车马，先迎二娘。既至，则妆女入车，使两仆两媪护送之。到门，以毡贴地而入。时鼓乐已集，从仆叱令吹擂，一时人声沸聒。王孙奔视，则女子以红帕蒙首，骇极欲奔；郑仆夹扶，便令交拜。王孙不知何由，即便拜讫。二媪扶女，径坐青庐，始知其闺秀也。举家皇乱，莫知所为。

时渐濒暮，王孙不复敢行亲迎之礼。桂庵遣仆以情告张；张怒，遂欲断绝。五可不肯，曰："彼虽先至，未受雁采；不如仍使亲迎。"父纳其言，以对来使。使归，桂庵终不敢从。相对筹思，喜怒俱无所施。张待之既久，知其不行，遂亦以舆马送五可至，因另设青帐于别室。

而王孙周旋两间，蹀躞无以自处。母乃调停于中，使序行以齿，二女皆诺。及五可闻闺秀差长，称"姊"有难色。母甚虑之。比三朝公会，五可见闺秀风致宜人，不觉右之，自是始定。然父母恐其积久不相能，而二女却无间言，衣履易着，相爱如姊妹焉。

王孙始问五可却媒之故，笑曰："无他，聊报君之却于媪耳。尚未见妾，意中止有闺秀；既见妾，亦略靳之，以觇君之视妾，较闺秀何如也。使君为伊病，而不为妾病，则亦不必强求容矣。"王孙笑曰："报亦惨矣！然非于媪，何得一觏芳容。"五可曰："是妾自欲见君，媪何能为。过舍门时，岂不知眈眈者在内耶。梦中业相要，何尚未知信耶？"王孙惊问："何知？"曰："妾病中梦至君家，以为妄；后闻君亦梦，妾乃知魂魄真到此也。"王孙异之，遂述所梦，时日悉符。父子之良缘，皆以梦成，亦奇情也。故并志之。

异史氏曰："父痴于情，子遂几为情死。所谓情种，其王孙之谓欤？不有善梦之父，何生离情之子哉！"

【译文】

王寄生，字王孙，是大名府的名士。父母因为他在襁褓里就能认出父亲，认为他天生聪慧，对他十分钟爱。长大以后，他越发秀美，八九岁的时候就能写文章，十四岁就进了府学。

王寄生常常想自己选择配偶。他的父亲王桂庵有个妹妹二娘，嫁给秀才郑子侨，生了一个女儿名叫闺秀，长得艳丽，生得聪明，是举世无双的女子，王寄生见到她以后，心中十分爱慕。时间一长，就到了废寝忘食的地步。父母万分忧虑，苦苦地追问他是怎么回事，王寄生就说出了实情。父亲请媒人到郑家提亲，但郑子侨生性固执严谨，认为表亲不可通婚，便拒绝了这门亲事。王寄生病得更重了，他母亲芸娘想不出什么好办法，就暗中托人委婉地跟二娘商量，只求闺秀能到王家来一次，看一看寄生。郑子侨听说后，更加愤怒，便说了些很不好听的话，寄生父母已经绝望了，只好听之任之了。

郡里有个姓张的大户人家，生的五个女儿都很美丽，最小的叫五可，比她的姐姐们还要美艳，正在挑选女婿还没有许人。一天，五可在上坟的路上遇到寄生，从车子里窥见他的样子，回家告诉了母亲。母亲探明了五可的心思，就见了媒婆于氏，暗中示意她去说媒，于氏便来到王家。这时寄生还病着，于氏一听他的病情，便笑着说："这个病我老婆子能治好。"芸娘问是怎么回事。于氏便叙述了张家的意思，极口称赞五可的美貌。芸娘很高兴，让于氏去见寄生。

于氏进了屋子，抚摸着寄生，并且告诉他自己来的意思。寄生摇摇头说："医不对症，又有什么用啊！"于氏笑着："看病只问医生的医术是否高明。如果医术高明，即使请医和而来的是医缓，一样可以治病；如果固执地认准一个人要他治病，即使死守也要等他，这不是太傻了吗？"寄生抽泣着说："不过天下的医生，没有人能超过医和。"于氏说："你的见识怎么这么不广啊？"接着，她就把五可的容颜、皮肤、神情态度，连说带比划地给寄生描绘了一番。寄生又摇摇头说："妈妈不必再说了！这个人不是我心里想念的。"说完，转过身冲着墙壁，不再听于氏说了。于氏见寄生的想法不可动摇，只好走了。

一天，寄生病得昏沉沉的，忽然一个丫环走进来说："你思念的人到了！"寄生高兴极了，一下子就从床上跳了起来，急忙跑出了屋子，发现一个美人已经站在庭院里。寄生细细地辨认，却不是闺秀，只见她身穿松花色细褶绣裙，微微露出双脚，真是不亚于神仙下凡。寄生上前施礼，请问姓名。姑娘回答说："我是五可，你的一片深情都只在闺秀的身上，让人心中不平。"寄生谢罪道："我生平从未见过你的容貌，所以眼睛里只有一个闺秀，今天我才知罪了！"说完，就和五可定了誓约。

寄生正亲热地握着五可的手，恰好母亲来抚摩他，把他一下子惊醒过来，这才发现刚才是一场梦。他回想五可的音容笑貌，好像还在眼前，不由心中暗想：五可果真像梦中见到的一样，又何必去追求那难于求到的闺秀呢？于是，他就把梦见五可的经过告诉了母亲。芸娘很高兴儿子的念头已经有所改变，急忙想找人去张家说媒。寄生唯恐梦中所见不真，便托一位平素和张家相识的邻居老妈妈，假装有什么事到张家去，嘱咐她暗中相看五可。

老妈妈来到张家时，五可正在生病，头靠在枕头上，手托着香腮，一副婀娜动人的姿态，真是倾国倾城的美貌。老妈妈走近前问道："是什么病呀？"五可默默地玩弄着衣带，一句话也不说。母亲代她回答说："不是生病，是这几天在跟爹妈斗气呢！"老妈妈问是什么原因。母亲说："好多人家来提亲，她都不愿意，一定要是王家的寄生才肯嫁。因为我这个当妈的劝她急了，她就发了脾气，好几天不吃饭。"老妈妈笑着说："姑娘如果配王郎，真是天生的一对玉人。他如果见了五娘，恐怕又要憔悴死了！我回去告诉王家，就让他家请媒人来提亲，怎么样？"五可制止他说："妈妈别这么做！只怕人家不同意，更会招人笑话！"

老妈妈毅然表示一定办成这事，五可这才微笑着答应了。老妈妈回到王家复命，讲得和媒婆说的一样。寄生详细地询问五可的衣着，也是梦中见到的一样，他大为高兴，寄生的心情虽然稍稍舒缓了一些，但是始终不敢全信别人说的话。

过了几天，寄生的病渐渐好了，他秘密地把媒婆丁氏招来，和她商量要亲眼见一见五可。于氏觉得很为难，姑且答应下来就走了。过了好久，于氏也没有来。寄生正要找人去问，于氏忽然高高兴兴地来了，说："幸好有机可图了。五娘一直都有小病，就让丫环扶着，到对面院子散步。公子先去埋伏在一边等候，五娘行动缓慢，你就可以把她看个清清楚楚了。"寄生很高兴。

第二天，寄生早早地让人备马前往，于氏已经先等在那里了，就让他把马系在村外的树上，然后领他进了临街的一间屋子，让他坐下，关上门就走了。过了一会儿，五可果然扶着丫环出来了，寄生从门缝中注视着五可。五可从门外走过，于氏故意指点着云呀树的，来放缓五可的脚步。寄生把五可看了个清清楚楚，不禁心中发颤，不能自持。不一会儿，于氏来了，问道："可以代替闺秀吗？"寄生向于氏道谢后就回家了。

寄生回家后，才把相看五可的事告诉父母，派媒人去张家订亲。等媒人前往张家一说，却发现五可已经许给别人了。寄生大失所望，后悔郁闷得要死，一下子又病倒了，父亲很是忧虑，怪他是自己误了好事。寄生无言以对，每天只饮一碗米汤，过了几天，已经瘦得皮包骨头，躺在床上，比上一次病得还要厉害。

这一天，于氏忽然来了，吃惊地问："你怎么病成这样呢？"寄生流下眼泪，把实情告诉她。于氏笑着说："真是个痴公子！前些日子是人家来追你，你却故意拒绝人家；现在是你求人家，哪能说成就成呢？虽然如此，倒还可以想想办法，早点儿和我老婆子商量，即使嫁给了京城的皇子，也能够替你夺回来。"寄生大为高兴，便请教有何计策。于氏便让他写好一封书信，派人送往张家，并约好第二天在张家等候。王桂庵担心会因为唐突行事而被张家拒绝。于氏说："前些日子我和张公已经有约在先，延迟了几天，是他们忽然反悔的；况且说五娘已经许给别人，并没有什么书信帖子。俗语说：'先做饭的人先吃。'有什么好怀疑的！"桂庵听从了她的意见。第二天，两个仆人前往张家下聘，张家没说什么二话，厚厚地犒赏了他们。寄生的病也一下子好了，从此他再也不去想闺秀了。

起初，郑子侨拒绝了王家的聘礼，闺秀很不高兴。等到听说王家和张家结成婚姻，心情更加抑郁，就病倒了，一天比一天憔悴。父母问她是怎么回事，她也不肯说。丫环窥探出闺秀的心思，悄悄地告诉她的父母。郑子侨听说后非常生气，不给闺秀请医生看病，听任她病死。二娘埋怨道："我侄子也不差，何必死守那些陈腐的清规戒律，害死我们的女儿呢！"郑子侨恼羞成怒地说："就你生的这种女儿，不如早点儿死掉，免得被人家当成笑柄。"从此以后，夫妻俩反目成仇。二娘跟女儿商量，还让她嫁给寄生，但是只能做小老婆了。闺秀低下头不说话，看上去好像还很愿意。二娘又跟郑子侨商量，郑子侨更加愤怒，把这事全都交给二娘处理，将女儿置之度外，不再干涉这桩婚事。二娘爱女儿心切，就想把她的话变成现实，闺秀于是高兴起来，病也渐渐好了。

二娘暗中探听到寄生迎亲的日期已经确定。到了那一天，二娘因为侄子要结婚，假装要回娘家探望。天刚亮，她就派人到哥哥家借车马。王桂庵对妹妹最为友爱，又因为两个村子靠得很近，就派准备用来迎亲的车马先去迎接二娘。车马一到，二娘就为女儿妆扮好送上车，派两个仆人和两个仆妇护送。车马来到王家，便用红毡铺地，将闺秀接了进去。这时鼓乐已经准备好，仆人便喝令开始吹打起来，一时间人声鼎沸，鼓乐齐鸣。寄生跑出来一看，只见女子用红帕蒙着头，不由十分惊骇，转身就要跑；郑家的两个仆人上前将寄生夹扶在中间，就让他和新人拜堂。寄生不知道是怎么回事，就已经拜完了天地。两个仆妇扶着女子，径直进了洞房，这才知道她竟是闺秀。一时间，全家慌乱起来，不知道怎么办才好。渐渐地到了傍晚，寄生也不再敢去张家迎接新人了。

王桂庵派仆人把这个情况告诉张家，张家听了非常气愤，就想断绝这门亲事，五可不同意，说："她虽然先到了，但是没有下聘礼，不如仍旧让王家来迎亲。"父亲采纳了她的意见，并且告诉了来送信的仆人。仆人回来报告了情况，但王桂庵终究不敢按张家的意思办。一家人坐在一起筹划商量，都被弄得高兴不是，发火也不是。张家等了很久，知道王家不会来迎亲了，便也派车马将五可送到王家。王家就在另外的房间也设了洞房，寄生在两个洞房之间往来周旋，不知怎么办才好。

于是，芸娘从中调解，让五可和闺秀二人根据岁数排列长次，两个姑娘都同意了。等到五可听说闺秀稍微大一点，就不是很愿意叫她姐姐，芸娘很是担忧。等到结婚第三天，两人在公婆面前见面，五可见闺秀很有风致，举止大方，不自觉地尊她为姐姐，从此，两位新娘才定了长次。但是，桂庵夫妇担心时间长了她们不能和睦共处，但两个媳妇却从来没有闹过矛盾，互相交换衣服，相亲相爱像姐妹一样。

这时，寄生才问起五可为什么当初要拒绝婚事。五可笑着说："没有别的原因，只是为了报复你拒绝于媒婆提亲。还没有见到我的时候，你的心中只有一个闺秀；即使见了我以后，我也要庄重一点儿，来看你对待我的态度，和对待闺秀是不是一样，假使你为了她生病，却不为我生病，我也就不会强求你一定要娶我了。"寄生笑着说："报复得也够惨的！要不是于媒婆，我又怎么能一睹你的芳容呢？"五可说："是我自己想见你，于媒婆她怎么能办得到呢！经过那家门前时，我难道不知道里面有个人直勾勾盯着我看吗？梦里都已经和你约定了，你为什么还不相信呢！"寄生吃惊地问："你怎么会知道我做的梦？"五可说："我生病的时候做梦到了你家，以为很荒唐，后来听说你也做了个梦，我这才知道我的魂魄真的到过这里。"寄生觉得很神奇，便讲述了自己做的那个梦，和五可做梦的时辰日期都符合。

王桂庵父子的良缘都是通过梦而成的，这也可以称得上是神奇的爱情了，所以一并记载下来。异史氏说：父亲痴迷于爱情，儿子也几乎为情而死。所谓的情神，说的就是王孙这样的人吗？如果没有一个善于做梦的父亲，又怎么会生出一个为爱离魂的儿子呢！

[何守奇] 父之奇缘以梦成，其子遂至于同梦，可谓突过黄初。

[但明伦] 此幅以"情种"二字为根，"离魂"二字为线。手固离奇变幻，疑鬼疑神；文亦诡谲纵横，若离若即。

褚 遂 良

【原文】

长山赵某，税屋大姓。病痁结，又孤贫，奄然就毙。一日力疾就凉，移卧檐下。及醒，见绝代丽人坐其旁，因诘问之，女曰："我特来为汝作妇。"某惊曰："无论贫人不敢有妄想；且奄奄一息，有妇何为！"女曰："我能治之。"某曰：

"我病非仓猝可除，纵有良方，其如无资买药何！"女曰："我医疾不用药也。"遂以手按赵腹，力摩之。觉其掌热如火。移时腹中痞块，隐隐作解拆声。又少时欲登厕。急起走数武，解衣大下，胶液流离，结块尽出，觉通体爽快。

返卧故处，谓女曰："娘子何人？祈告姓氏，以便尸祝。"答云："我狐仙也。君乃唐朝褚遂良，曾有恩于妾家，每铭心欲一图报。日相寻觅，今始得见，夙愿可酬矣。"某自惭形秽，又虑茅屋灶煤，玷染华裳。女但请行。赵乃导入家，土莝无席，灶冷无烟，曰："无论光景如此，不堪相辱；即卿能甘之，请视瓮底空空，又何以养妻子？"女但言："无虑。"言次一回头，见榻上毡席衾褥已设；方将致诘，又转瞬，见满室皆银光纸裱贴如镜，诸物已悉变易，几案精洁，肴酒并陈矣。遂相欢饮。日暮与同狎寝，如夫妇。

主人闻其异，请一见之，女即出见无难色。由此四方传播，造门者甚夥。女并不拒

聊斋志异（图文版）

绝。或设筵招之，女必与夫俱。一日，座中一孝廉，阴萌淫念。女已知之，忽加诮让。即以手推其首；首过棂外，而身犹在室，出入转侧，皆所不能。因共哀免，方曳出之。积年余，造请者日益烦，女颇厌之。被拒者辄骂赵。

值端阳，饮酒高会，忽一白兔跃入。女起曰："春药翁来见召矣！"谓兔曰："请先行。"兔趋出，径去。女命赵取梯。赵于舍后负长梯来，高数丈。庭有大树一章，便倚其上；梯更高于树杪。女先登，赵亦随之。女回首曰："亲宾有愿从者，当即移步。"众相视不敢登。惟主人一僮，踊跃从其后。上上益高，梯尽云接，不可见矣。共视其梯，则多年破扉，去其白板耳。群入其室，灰壁败灶依然，他无一物。犹意僮返可问，竟终杳已。

【译文】

长山县有个姓赵的，租了一个大户人家的屋子居住。他生了一种腹中结块的

病，又孤苦贫穷，奄奄一息地等死。

一天，他竭力挣扎着要找一个凉快的地方，便挪到屋檐下睡着了，等他醒过来时，发现一位绝代佳人正坐在他的身边，他便问女子来干什么。女子说："我是特地来给你做老婆的。"赵某吃惊地说："且不说我这样的穷人不敢有这样的妄想，何况我已经奄奄一息，要老婆有什么用！"女子说："我能治你的病。"赵某说："我的病不是一下子就能消除的。纵然有好的药方，我没钱买药，还不是一样！"女子说："我治病不需要用药。"

说完，她就用手按赵某的腹部，用力地按摩，赵某就觉得她的手掌像火一样热。过了一会儿，就觉得腹中的硬块，隐隐约约地发出破裂的声音。又过了一会儿，他想去上厕所，便急忙起身，刚走了几步，就解开衣服大便，排泄出许多的粘液，结块也都排泄出来，他只觉得浑身一下子爽快起来。

他返回刚才的地方躺下，对女子说："娘子是什么人？请你告诉我姓名，好让我为你立个神位，向你拜谢。"女子回答说："我是个狐仙，你的前生是唐朝的褚遂良，曾经对我家有恩，我把它铭记在心，常常想找个机会报答你，每天我都在寻找你，今天才得以相见，总算是实现了我心中的宿愿。"

赵某自惭形秽，觉得自己配不上她；又担心自己住的是茅草屋，烧的是煤烟灶，怕弄脏了女子漂亮的衣裳。女子只是请他带路回家。赵某便把她带回自己的家，只见土炕上没有席子，炉灶冰冷没有生火。赵某说："不说如此光景，我不忍心让你受委屈；就算你心甘情愿，你看坛子里空空的，我又能拿什么来养活妻子呢？"女子说："不必忧虑。"她的话音刚落，赵某一回头，只见床上毡席被褥都已铺好了，他刚要发问，又一转眼的工夫，只见满屋都裱贴了银光钱，亮得像镜子一样，其他的器具也都变了个样儿，桌子精致干净，已经摆好了酒菜。两个人便一起高兴地饮起酒来。到了晚上，他们一起亲热地睡觉，像夫妻一样。

赵某的房东听说这件奇事以后，请求见一见女子。女子就出来相见，没有一点儿为难的神色。从此，消息传遍四面八方，登门观看的人很多，女子并不拒绝。有人设宴请她去，她一定要和丈夫一起去。

一天她去赴宴，席间有一个举人，暗中生出淫荡的念头。女子已经知道了，忽然对他大声责问，接着就用手推他的头，只见举人的脑袋已经到了窗外，而身子还在屋里，无论是出入或是转身，他都无法做到。于是众人一起苦苦请求女子宽恕他，她这才把举人拉了出来。

过了一年多，登门拜访的人日益增多，女子感到很厌烦，而被拒绝的人就骂赵某。到了端午节这一天，他们请来邻居朋友一起饮酒聚会，忽然有一只白兔跳了进来，女子起身说："捣药翁召我来了！"便对白兔说："请你先走一步。"兔子急忙出门，径直去了。女子让赵某取来梯子，他便到房屋背后扛来长梯子，有几丈高。庭院里有一棵大树，她就把梯子倚在大树上，梯子比树梢还要高。女子先登上梯子，赵某人也跟随在后，女子回过头来说："亲戚朋友中有人愿意跟随的，就请上梯子吧!"众人互相看了看，没有人敢上。只有房东主人的一个书童，踊跃地跟在他们背后。他们越走越高，梯子的最后和云彩连在一起，人也都不见了。大家一起看那梯子，发现是一扇用了多年的破门，只不过是把门板抽掉了。众人进入赵某的屋子，只见灰墙败灶依然还在，其他并没有什么东西。他们想等那个书生回来相问，但终究还是杳无音讯。

[冯镇峦] 予读《新唐书》，褚遂良恶刘洎，诬之至死；又于江夏王道宗有隙，诬其与房遗爱谋反，流象州；又尝构卢承庆、李乾祐，皆坐贬；及贱买中书谭语人地，为韦思谦所劾。皆遂良生平大不好处。凡此见正史非小说也。今人止知其时"武氏经事先帝"一二语耳。

姬　生

【原文】

南阳鄂氏患狐，金钱什物，辄被窃去。迓之祟益甚。鄂有甥姬生，名士不羁，焚香代为祷免，卒不应；又祝舍外祖使临己家，亦不应。众笑之，生曰："彼能幻变，必有人心。我固将引之，俾入正果。"数日辄一往祝之。虽不见验，然生所至狐遂不扰，以故鄂常止生宿。生夜望空请见，邀益坚。

一日生归，独坐斋中，忽房门缓缓自开。生起，致敬曰："狐兄来耶?"殊寂无声。又一夜门自开，生曰："倘是狐兄降临，固小生所祷祝而求者，何妨即赐光霁?"却又寂然。案头有钱二百，及明失之。生至夜增以数百。中宵闻布幄铿然，生曰："来耶? 敬具时铜数百备用。仆虽不充裕，然非鄙吝者。若缓急有需，无妨质言，何必盗窃?"少间视钱，脱去二百。生仍置故处，数夜不复失。有熟鸡，欲供客而失之。生至夕又益以酒，而狐从此绝迹矣。

鄂家祟如故。生又往祝曰："仆设钱而子不取，设酒而子不饮；我外祖衰迈，无为久祟之。仆备有不腆之物，夜当凭汝自取。"乃以钱十千、酒一樽，两鸡皆聂切，陈几上。生卧其旁，终夜无声，钱物如故。狐怪从此亦绝。生一日晚归，启斋门，见案上酒一壶，燀鸡盈盘；钱四百，以赤绳贯之，即前日所失物也。知狐之报。嗅酒而香，酌之色碧绿，饮之甚醇。壶尽半酣，觉心中贪念顿生，蓦然欲作贼，便启户出。思村中一富室，遂往越其墙。墙虽高，一跃上下，如有翅翎。入其斋，窃取貂裘、金鼎而出。归置床头，始就枕眠。

天明携入内室，妻惊问之，生嗫嚅而告，有喜色。妻骇曰："君素刚直，何忽作贼!"生恬然不为怪，因述狐之有情。妻恍然悟曰："是必酒中之狐毒也。"因念丹砂可以却邪，遂研入酒，饮生。少顷，生忽失声曰："我奈何做贼!"妻代解其故，爽然自失。又闻富室被盗，噪传里党。生终日不食，莫知所处。妻为之谋，使乘夜抛其墙内。生从之。富室复得故物，事亦遂寝。

生岁试冠军，又举行优，应受倍赏。及发落之期，道署梁上粘一帖云："姬某作贼，偷某家裘、鼎，何为行优？"梁最高，非跛足可粘。文宗疑之，执帖问生。生愕然，思此事除妻外无知者；况署中深密，何由而至？因悟曰："此必狐之为也。"遂缅述无讳，文宗赏礼有加焉。生每自念无所取罪于狐，所以屡陷之者，亦小人之耻独为小人耳。

异史氏曰："生欲引邪入正，而反为邪惑。狐意未必大恶，或生以谐引之，狐亦以戏弄之耳。然非身有凤根，室有贤助，几何不如原涉所云。家人寡妇，一为盗污遂行淫哉！吁！可惧也！"

吴木欣云："康熙甲戌，一乡科令浙中，点稽囚犯，有窃盗已刺字讫，例应逐释。令嫌'窃'字减笔从俗，非官板正字，使刮去之；候创平，依《字汇》中点画形象另刺之。盗口占一绝云：'手把菱花仔细看，淋漓鲜血旧痕斑。早知面上重为苦，窃物先防识字官。'禁卒笑之曰："诗人不求功名，而乃为盗？'盗又口占答之云：'少年学道志功名，只为家贫误一生。冀得资财权子母，囊游燕市博恩荣。'"即此观之，秀才为盗，亦仕进之志也。狐授姬生以进取之资，而返悔为所误，迂哉！一笑。

【原文】

南阳鄂家有狐狸为患，家里的金钱器物动不动就被偷走，如果触犯它，受到的祸害更加厉害。鄂氏有个外甥叫姬生，是一个名士，为人豪放不羁，他焚香祷告，代替鄂家请求狐狸不要为患，但没有作用；他又祈求狐狸舍弃外祖父家而到自己家去作乱，狐狸也不肯答应。大家嘲笑姬生。他说："狐狸既然能够变幻人形，就一定具备人心。我一定要引导它，让它得成正果。"此后他隔几天就去一次，向狐狸祷告。虽然不是很灵验，但是姬生一来，狐狸就不来骚扰了。因此，鄂家常常邀请姬生留宿。姬生到了夜晚就望着星空请求见狐狸一面，而且邀请得越来越坚决。

一天，姬生回到家里，一个人坐在书房里，忽然房门慢慢地自己打开了。姬生站了起来，一边行礼，一边说道："是狐兄来了吗？"但是四下寂静无声。又一个晚上，门又自己开了。姬生说："如果是狐兄大驾光临，小生本来就祷告要求一见，何妨显形相见呢？"但是寂静无声。案头上原来有二百文钱，到天亮时发现丢了。姬生到了晚上，又增加了几百文钱，半夜时分，就听见布帐发出响声。姬生说："是狐兄来了吗！我已经准备了几百文钱供你使用。我虽然不很富裕，但也不是一个吝啬的人。如果你确实需要用钱，不妨直言相告，何必要盗窃呢？"过了一小会儿，再看那些钱，已经少掉了二百文。姬生把剩下的钱仍旧放在原处，几个晚上不再丢失。还有只熟鸡，本来打算给客人吃的，又丢失了。姬生到了晚上，又加上酒，从此以后，狐狸就绝迹了。

但鄂家狐狸还是作祟。姬生又前去祷告说："我放了钱你不拿，摆了酒你不喝。我的外祖父年迈体衰，不要老是在他家作祟。我准备了一些不成敬意的东西，今天晚上任凭你自己拿走吧。"他便将一万文钱、一坛酒和两只已经切成片的鸡放在桌子上。姬生就在桌子旁边睡觉，但一整夜都没有动静，钱和吃的原封不动，狐狸从此绝迹了。

一天，姬生回家晚了，打开书房门一看，桌上放着一壶酒，满满一盘烤熟的鸡，还有四百文钱，用红绳子穿在一起，就是前些日子丢掉的东西，他知道这是狐狸报答他的。他一嗅酒壶，觉得很香；倒出来一看，酒是碧绿色的，喝着感觉很醇美。一壶酒喝干，他有了些醉意，觉得心中顿时产生了贪婪的欲望，突然间就想去做贼，便打开门走出去，他想起来村里有一个富人，就前往他家，要翻墙进去，墙虽然很高，但他很轻易地就跳上跳下，好像长了翅膀一样，他闯入屋内，偷了貂裘、金鼎就跑了出来，回家后放在床头，这才躺下睡觉。

天亮以后，姬生把东西带进内室。妻子吃惊地问他是怎么回事，姬生含含糊糊地告诉了她，而且脸上显出高兴的表情。妻子惊骇地说："夫君素来刚正，怎么会忽然做贼去呢！"姬生一副满不在乎的样子，不觉得奇怪，还说狐狸很有情义。妻子，比然大悟，说："这一定是中了酒里的狐毒了。"于是想起丹砂可以用来驱邪，便找来丹砂研成末，掺到酒里，让姬生喝下去。

过了一会儿，姬生忽然失声喊道："我怎么会做贼呢！"妻子就向他解释了做贼的原因。姬生茫然没有主见，不知怎么办是好。又听说富人家里被偷的事情，已经传遍了乡里。姬生整天吃不下饭，不知如何处置那些东西。妻子替他想了个办法，让他趁着夜色把东西扔到富人家墙内。姬生听从了她的的意见。富人家看被偷的东西自己又回来了，事情也就这么平息了。

姬生年终考试得了冠军，又被举荐为品行优良，应该受到加倍的奖赏。等到发榜的那一天，道署的房梁上粘了一张帖子，上面写道："姬某曾经做过贼，偷了某某人家的貂裘、金鼎，怎么能说是品行优良呢？"那道房梁很高，不是普通人踮起脚就可以粘上去的。主考官很怀疑，拿着帖子问姬生是怎么回事，姬生很惊愕，想这件事除了妻子以外没有人知道，何况道署衙门森严，帖子是从哪里来的呢？他于是醒悟道："这一定是狐狸干的好事。"他便不加隐讳地叙述了事情

聊斋志异（图文版）

的详细经过，主考官仍旧给了他丰厚的奖赏和礼物。姬生常常自己想，我也没有得罪狐狸，它之所以屡屡陷害我，大概也是小人耻于他一个人做小人吧。

异史氏说：姬生原本是想引邪入正，却反而被邪恶的狐狸迷惑。狐狸的本意未必是要干大坏事，也许是因为姬生用开玩笑的方法引导它，它也就用类似的方法戏弄姬生吧。但是，如果不是姬生天生有慧根，家里又有贤内助，几乎就要像西汉原涉所说的，家人、寡妇，一旦被强盗奸污，就会自暴自弃呀！唉，可怕啊！

吴木欣讲过一个故事："康熙申戌年间，一个举人到浙中担任县令，清点稽查狱中的犯人。有一个窃盗，已经刺完字了，依照惯例应该将他逐出释放。但县令嫌'窃'字减笔从俗，不是官板的正字，便命人把字刮掉。等伤口愈合以后，又依照《字汇》里的笔画形象给他重新刺了一个'窃'字。这个窃盗便随口吟了一首诗道：'手把菱花仔细看，淋漓鲜血旧痕斑。早知面上重为苦，窃物先防识字官。'狱卒笑话他说：'你这个诗人为什么不去求功名，却要去做窃盗呢？'窃盗又口诵一诗，回答道：'少年学道志功名，只为家贫误一生。冀得资财权子母，囊游燕市博恩荣。'"

由此看来，秀才改行做强盗，同样也是为了求取功名。狐狸教给姬生图谋进取的资本，而他却反悔，所以没能得到，真是迂腐啊！一笑。

[何守奇] 姬生饮狐酒，顿易刚正而贪，此与饮贪泉何异？但不知吴隐之饮，当复何如？

[但明伦] 小人耻独为小人，或以利啖，或以势熏，或以色迷，或以官饵，鬼吓狐蛊，其术不穷。慎勿怀兹鸩毒，饮若醇醪；移我脚根，纳诸陷阱。

果　报

【原文】

安丘某生通卜筮之术，其为人邪荡不检，每有钻穴逾隙之行，则卜之。一日忽病，药之不愈，曰："吾实有所见。冥中怒我狎亵天数，将重谴矣，药何能为！"亡何，目暴瞽，两手无故自折。

某甲者伯无嗣，甲利其有，愿为之后。伯既死，田产悉为所有，遂背前盟。又有叔家颇裕，亦无子，甲又父之，死，又背之。于是并三家之产，富甲一乡。一日暴病若狂，自言曰："汝欲享富厚而生耶！"遂以利刃自割肉，片片掷地。又曰："汝绝人后，尚欲有后耶！"剖腹流肠，遂毙。未几子亦死，产业归人矣。果报如此，可畏也夫！

【译文】

安丘的某生，精通占卜之术。他为人奸邪淫荡，行为不检，每次要做偷鸡摸狗的事情之前，他都要算上一卦。一天，他忽然生病了，服了药也不见效，说：

"我其实早就有所预见。阴间对我狎亵天数很愤怒，要对我重加谴责，光服药又有什么用啊！"不久，他的两眼突然失明，双手也无缘无故地折断了。

有个某甲，他的伯父没有后代。某甲看中伯父家的财富，愿意过继给他当儿子。伯父死了以后，他家的田产都归某甲所有，于是他就背弃了原来的誓约。他又有个叔叔，家境很富裕，也没有儿子，某甲又认他作父亲，等叔叔死后，他又背叛了叔叔。于是，某甲将三家的财产都据为己有，富甲一乡。

一天，他突然得病，像发狂一样，自言自语地说："你想要享有丰富厚足的财产而活着吗？"说完，就用利刀自己割肉，一片片扔在地上。又说："你绝了人家后嗣，还想有后代吗？"就剖开肚子，肠子也流了出来，就这样死去了。不久，他的儿子也死了，产业也归了别人。因果报应如此灵验，真是可怕啊！

公 孙 夏

【原文】

保定有国学生某，将入都纳资，谋得县尹。方趣装而病，月余不起。忽有僮入曰："客至。"某亦忘其疾，趋出逆客。客华服类贵者。三揖入舍，叩所自来。客曰："仆，公孙夏，十一皇子坐客也。闻治装将图县尹，既有是志，太守不更佳耶？"某逊谢，但言："资薄，不敢有奢愿。"客请效力，俾出半资，约于任所取盈。某喜求策，客曰："督抚皆某最契之交，暂得五千缗，其事济矣。目前真定缺员，便可急图。"某讶其本省，客笑曰："君迂矣！但有孔方在，何问吴、越桑梓耶？"某终踟蹰，疑其不经，客曰："无须疑惑。实相告：此冥中城隍缺也。君寿终已注死籍。乘此营办，尚可以致冥贵。"即起告别，曰："君且自谋，三日当复会。"遂出门跨马去。某忽开眸，与妻子永诀。命出藏镪，市楮锭万提，郡中是物为空。堆积庭中，杂刍灵鬼马，日夜焚之，灰高如山。

三日客果至。某出赀交兑，客即导至部署，见贵官坐殿上，某便伏拜。贵官略审姓名，便勉以"清廉谨慎"等语。乃取凭文，唤至案前与之。某稽首出署。自念监生卑贱，非车服炫耀，不足震慑曹属。于是益市舆马，又遣鬼役以彩舆迓其美妾。区画方已，真定卤簿已至。途中里余，一道相属，意得甚。忽前导者钲息旗靡，惊疑间骑者尽下，悉伏道周；人小径尺，马大如狸。车前者骇曰："关帝至矣！"某惧，下车亦伏，遥见帝君从四五骑，缓辔而至。须多绕颊，不似世所模肖者；而神采威猛，目长几近耳际。马上问："此何官？"从者答："真定守。"帝君曰："区区一郡，何直得如此张皇！"某闻之，洒然毛悚；身暴缩，自顾如六七岁儿。帝君令起，使随马踪行。道旁有殿宇，帝君入，南向坐，命以笔札，俾自书乡贯姓名。某书已，呈进；帝君视之，怒曰："字讹误不成形象！此市侩耳，何足以任民社！"又命稽其德籍。旁一人跪奏，不知何词。帝君厉声曰：

"干进罪小，卖爵罪重！"旋见金甲神绾锁去。遂有二人捉某，褫去冠服，笞五十，臀肉几脱，逐出门外。四顾车马尽空，痛不能步，偃息草间。细认其处，离家尚不甚远。幸身轻如叶，一昼夜始抵家。

豁若梦醒，床上呻吟。家人集问，但言股痛。盖瞑然若死者已七日矣，至是始寤。便问："阿怜何不来？"，盖妾小字也。先是，阿怜方坐谈，忽曰："彼为真定太守，差役来接我矣。"乃入室丽妆，妆竟而卒，才隔夜耳。家人述其异。某悔恨椎胸，命停尸勿葬，冀其复还。数日杳然，乃葬之。某病渐瘳，但股疮大剧，半年始起。每自曰："官资尽耗，而横被冥刑，此尚可忍；但爱妾不知异向何所，清夜所难堪耳。"

异史氏曰："嗟夫！市侩固不足南面哉！冥中既有线索，恐夫子马踪所不及到，作威福者正不胜诛耳。吾乡郭华野先生传有一事，与此颇类，亦人中之神也。先生以清骸受主知，再起总制荆楚。行李萧然，惟四五人从之，衣履皆敝陋，途中人皆不知为贵官也。适有新令赴任，道与相值。驼车二十余乘，前驱数十骑，驺从百计。先生亦不知其何官，时先之，时后之，时以数骑杂其伍。彼前马者怒其扰，辄呵却之。先生亦不顾瞻。亡何至一巨镇，两俱休止。乃使人潜访之，则一国学生，加纳赴任湖南者也。乃遣一价召之使来。令闻呼骇疑；及诘官阀，始知为先生，悚惧无以为地，冠带匍伏而前。先生问：'汝即某县县尹耶？'答曰：'然。'先生曰：'蕞尔一邑，何能养如许驺从？履任，则一方涂炭矣！不可使殃民社，可即旋归，勿前矣。'令叩首曰：'下官尚有文凭。'先生即令取凭，审验已，曰："此亦细事，代若缴之可耳。'令伏拜而出。归途不知何以为情，而先生行矣。世有未莅任而已受考成者，实所创闻。盖先生奇人，故信其有此快事耳。"

【译文】

保定有个国子监学生某生，想进京花钱买个县官做做。他正收拾行装时突然病倒了，过了一个多月也不能起床。

这一天，忽然有个书童跑进来报告说："有客到。"某生也忘了自己正在生病，就急忙出来迎接客人。客人身着华丽的衣服，看上去像是贵人。某生很恭敬地向客人行礼，把他请进屋，询问客人是从哪里来的。客人说："我叫公孙夏，是十一皇子的幕客。听说你收拾行装要进京谋个县职，既然有这样的志向，捐个太守当当不是更好吗？"某生客气地谢过公孙夏的好意，只是说："我的钱不多，不敢有这样的奢望。"公孙夏表示愿意为他效力，而且让他先拿出一半的钱，另一半可以在到任后再交齐。某生高兴地问他有什么方法，公孙夏说："总督、巡抚都和我是兄弟之交，只要先拿出五千吊钱来，这事就成了。目前真定府缺一个知府，就可以马上谋划这个职位。"某生惊讶地认为真定是本省境内的州，按规定是不能做本省的官的。公孙夏笑着说："你也太迂腐了！只要是有钱，谁还管你是本省还是外省的人呢？"某生终究踌躇不定，怀疑公孙夏的这个建议是否荒唐。公孙夏说："你不必疑惑了。实话告诉你说吧：这是阴曹地府中城隍的空缺。你的阳寿已尽，已经在死簿上登了记，抓住这个机会赶紧筹办，还可以到地下享受富贵。"说完，就起身告别，又说："你自己再琢磨琢磨，三天后我再来找你。"便出门骑上马走了。

某生忽然睁开眼睛，和妻子诀别。他让妻子拿出家里存的银子，买来上万串的纸钱，把郡里的纸钱全部买光了。他把这些纸钱堆在院子里，又夹杂着草人纸马，白天黑夜地烧个不停，纸灰堆得像山一样高。

到了第三天，公孙夏果然如约而至，某生拿出钱来交给他。公孙夏就领着他来到一座官署。只见一个大官端坐在殿上，某生便上前跪倒行礼，大官略微问一下姓名，就对他说了一些做官要清廉谨慎之类的话，然后就取来委任书，把他叫到桌前递给了他。

某生行完礼，就出了官署。他想，自己在阳间做国子监生，地位卑贱，如果不在车马、衣服上炫耀一番，不足以震慑自己的下属。于是，他大肆购买车马，又派遣鬼卒用彩车把他的美妾接来。等这一切忙完，真定府来接他的仪仗队也已经到了。某生便下令出发，浩浩荡荡的车马拉出去有一里多地，在道上络绎不绝，某生心中得意极了。

忽然，走在前面的先导队伍停止敲锣，放下旗子。某生正在惊疑，只见骑马的人纷纷下马，全都趴在路边；人缩小成一尺左右，马也变成像狸猫那么大。车前的马侠惊骇地说："关帝来了！"某生害怕了，也下车趴在地上。

远远地看见关帝带着四五个骑马的随从，缓缓地走了过来。关帝的胡须大多绕在脸颊上，不像世上画的一副长髯飘撒胸前，但是显得神采奕奕，威猛极了，眼睛很大，几乎到了耳边。关帝坐在马上问道："这是什么官？"随从回答道："他是真定知府。"关帝说："区区一个知府，怎么敢如此的张狂！"某生一听，十分吃惊，吓得毛骨悚然，身子猛然缩小，自己一看已经缩小得像六七岁的孩子。关帝命令他站起来，让他跟在马后边走。

在道路旁边有一座殿宇，关帝走了进去，面朝南坐下，让人把纸笔递给某生，让他自己写下籍贯、姓名。某生写完，呈递上去。关帝看完，发怒地说："字错得不成样子！这样的市侩小人，怎么能够胜任百姓的父母官！"他又让随从检查他的德行簿。旁边一个人跪下启奏，不知道说了些什么。关帝厉声喝斥道："想当官罪小，买卖官爵罪重！"不一会儿，就见一位金甲神拿着锁链走来，于是又有两个人过来捉住某生，剥掉他的官服，打了五十大板，屁股上的肉几乎打开了，然后将他赶出门去。

某生四下看看，车马都不见了，身上疼得走不了路，只好趴在草丛里休息。他仔细辨认了一下这个地方，发现离家倒不是很远。幸好身体轻得像树叶一样，一昼夜的工夫就回到了家。他一下子醒了过来，躺在床上呻吟，家里的人围过来问，他只说大腿疼，原来他昏沉沉的像死了似的，已经有七天了，到现在才醒过来。他便问道："阿怜怎么不来？"——阿怜，就是某生爱妾的名字。

原来，那一天阿怜正坐着和人聊天，忽然说："他当上了真定知府，派人来接我了。"说完，就回到屋里梳妆打扮，刚打扮好就死了，不过就是隔夜的事情，家里人说完这事都觉得奇怪。某生又悔又恨，捶胸顿足，让先将阿怜停尸在家，不要下葬，希望她还能复活。过了几天，阿怜还是没有一点儿动静，只好把她埋了。

某生的病渐渐地好了，只是腿上的疮更加厉害了，躺了半年才能起床。他常常说："家里的钱都给折腾光了，却到地下横遭酷刑，这些倒还可以忍受。只是不知道爱妾被弄到哪里去了，漫漫长夜让人难以忍受啊！"

异史氏说：唉！市侩小人本来就没资格做官嘛！阴间既然已经有关节，恐怕连关帝的马迹都难以达到，那些作威作福的人，真是诛不胜诛啊！

我的同乡郭华野先生，相传也办过一件与此类似的事情，也可以说他是人中之神吧。郭先生以他清廉正直的品性深受皇上的赏识，又起用他担任湖广总督。他的行李非常简陋，只有四五个人相随，衣服鞋子都很破旧。路上的人竟然都不知道他是一个大官。恰好有一个新任县令上任，与郭先生在路上遇见。那县官的车队有二十几辆驼车，前面开道的有几十个骑马的，随从也有上百人之多。郭先生也不知道他是个什么官，一会儿走在他们的前面，一会儿走在他们的后面，还时不时地让自己的随从混进他们的队伍里。那些开道的人很生气地认为他们是故意捣乱，就呵斥驱逐他们，郭先生也不过问。

不一会儿，来到一个大镇子上，两路人马都停下休息。郭先生便派人暗中查访这个人的底细，原来这个县令是一个国子监学生，花钱捐了个知县，要到湖南去上任，郭先生便让一个随从去把县令叫来。县令听说有人传他进去，又是吃惊，又是疑惑，便反过来查问对方的官位，这才知道对方原来是湖广总督，吓得毛骨悚然，恐惧到了极点，赶紧整理好衣帽，爬着来到郭先生面前。郭先生问道："你就是某县的县令吗？"县令回答："是。"郭先生说："小小的一个县，怎么能养得起这么多的随从？你要是上了任，那一方的百姓可就要遭殃了！不能让你去殃害百姓，你可以马上回家，不要再往前走了。"县令连忙叩头说："下官还有委任书呢。"郭先生命他把委任书取来，查验以后，对他说："这也是一桩小事，我代你交回去就是了。"县令跪倒叩头后就出去了，回家的路上不知他是怎样的心情，而郭先生已经上路了。

世上有这样官员没上任就已经受到考核的事情，实在是闻所未闻的创举，郭先生大概是位奇人，所以才会做出这样大快人心的事来。

[何守奇] 明阴洞阳。

[但明伦] 贵官出身何途，而殿上巍巍，能作"清廉谨慎"勉人之语？鬼脸欺人，是其长矣。

[王芑孙] 所谓与其一邑哭，不如使之一人哭、一家哭矣。

韩　方

【原文】

明季，济郡以北数州县，邪疫大作，比户皆然。齐东农民韩方，性至孝。父母皆病，因具楮帛，哭祷于孤石大夫之庙。归途零涕，遇一人衣冠清洁，问："何悲？"韩具以告，其人曰："孤石之神不在于此，祷之何益？仆有小术，可以一试。"韩喜，诘其姓字。其人曰："我不求报，何必通乡贯乎？"韩敦请临其家。其人曰："无须。但归，以黄纸置床上，厉声言：'我明日赴都，告诸岳帝！'病当已。"韩恐不验，坚求移趾。其人曰："实告子：我非人也。巡环使者以我诚笃，俾为南乡土地。感君孝，指授此术。目前岳帝举枉死之鬼，其有功人民，或正直不作邪祟者，以城隍、土地用。今日殃人者，皆郡城北兵所杀之鬼，急欲赴都自投，故沿途索赂，以谋口食耳。言告岳帝，则彼必惧，故当已。"韩悚然起敬，伏地叩谢。及起，其人已渺。惊叹而归。遵其教，父母皆愈。以传邻村，无不验者。

异史氏曰："沿途祟人而往，以求不作邪祟之用，此与策马应'不求闻达之科'者何殊哉！天下事大率类此。犹记甲戌、乙亥之间，当事者使民捐谷，具疏谓民乐输。于是各州县如数取盈，甚费敲扑。时郡北七邑被水，岁祲，催办尤难。唐太史偶至利津，见系逮者十余人。因问：'为何事？'答曰：'官捉吾等赴城，比追乐输耳。'农民不知'乐输'二字作何解，遂以为徭役敲比之名，岂不可叹而可笑哉！"

【译文】

明朝末年，济南以北的几个州县，暴发了大规模的瘟疫，挨家挨户都有病人。齐东有一个农民叫韩方，天性最为孝顺，他的父母都得了病，他就准备了纸钱，到常替人治病的神仙孤石大夫的庙里痛哭祷告。

走在回家的路上，韩方还流泪不止。突然遇到一个人，身穿整洁的衣帽，问韩方道："为什么伤悲呀？"韩方就把实情告诉他。那人说："孤石大夫不在这里，你向他祈祷有什么用呢？我倒有一个办法，你可以试一试。"韩方很高兴，便请教他的姓名。那人说："我又不求你报答我，何必通报籍贯姓名呢？"韩方请他到家里去。那人说："不必，你只管回去，把黄纸放在床上，然后厉声说：'我明天要去鬼都，到岳帝那里告状！'病就会好了。"韩方唯恐这个方法不灵验，坚决请求他走一趟。那人说："实话对你说吧：我不是人。巡环使者因为我为人诚实，让我做了南县的土地爷。因为你很孝顺，所以才传授给你这个方法。目前，岳帝正在从枉死的鬼中，推举对人民有功的，或是生性正直、不作奸弄祟的人，来担任城隍、土地。现在害人的，都是郡城里被清兵杀死的冤鬼，急于赶到鬼都投状自荐，所以沿途索要贿赂，来谋取盘缠。一说要向岳帝告状，他们必然会害怕，所以病就会好了。"韩方听了，肃然起敬，趴在地上叩头表示感谢。等他站起来时，那人已经消失得无影无踪了。

韩方回到家里，遵照土地爷教的方法去做，父母的病就都好了，他又把这个方法传到邻近的村子，没有不灵验的。

异史氏说：沿途作祟害人，只是为了到鬼都证明自己不是作奸弄祟的人，此和举子进京赶考，却宣称不是为了出人头地的人又有什么区别啊？天下的事情大多与此类似。还记得甲戌、乙亥年之间，当官的让百姓捐粮食，上疏时却说百姓"乐于捐粮"。于是各州各县都如数捐够了粮食，很是动用了一番刑罚。当时济南北部的七个县遭受水灾，发生了饥荒，催办捐粮事宜尤其难以进行。唐济武太史偶然来到利津，见监狱里关着十几个农民，便问道："为了什么事情被抓呀？"农民回答道："官府把我们捉到城里，是向我们追缴'乐输'。"这些农民不明白"乐输"两个字是什么意思，就以为和徭役、催征是一类的意思，岂不是让人可叹而又可笑的事吗？

纫 针

聊斋志异（图文版）

【原文】

虞小思，东昌人。居积为业。妻夏，归宁返，见门外一妪，偕少女哭甚哀。夏诘之，妪挥泪相告，乃知其夫王心斋，亦宦裔也。家中落无衣食业，浼中保贷富室黄氏金作贾。中途遭寇，丧资，幸不死。至家，黄索偿，计子母不下三十金，实无可准抵。黄窥其女纫针美，将谋作妾。使中保质告之：如肯，可折债外，仍以廿金压券。王谋诸妻，妻泣曰："我虽贫，固簪缨之胄。彼以执鞭发迹，何敢遂媵吾女！况纫针固自有婿，汝何得擅作主！"先是，同邑傅孝廉之子，与王投契，生男阿卯，与褓中论婚。后孝廉官于闽，年余而卒。妻子不能归，音耗俱绝。以故纫针十五尚未字也。妻言及此，王无词，但谋所以为计。妻曰："不得已，其试谋诸两弟。"盖妻范氏，其祖曾任京职，两孙田产尚多也。次日妻携女归告两弟，两弟任其涕泪，并无一词肯为设处。范乃号啼而归。适逢夏诘，且诉且哭。

夏怜之；视其女绰约可爱，益为哀楚。遂邀入其家，款以酒食，慰之曰："母子勿戚，妾当竭力。"范未遑谢，女已哭伏在地，益加悯惜。筹思曰："虽有薄蓄，然三十金亦复大难。当典质相付。"母女拜谢。夏以三日为约。别后百计为之营谋，亦未敢告诸其夫。三日未满其数，又使人假诸其母。范母女已至，因以实告。又订次日。抵暮假金至，合裹并置床头。

至夜有盗穴壁以火入，夏觉，睨之，见一人臂跨短刀，状貌凶恶。大惧，不敢作声，伪为睡者。盗近箱，意将发局。回顾夏枕边有裹物，探身攫去，就灯解视；乃入腰橐，不复肤箧而去。夏乃起呼。家中唯一小婢，隔墙呼邻，邻人集而盗已远。夏乃对灯啜泣。见婢睡熟，乃引带自经于楹间。天曙婢觉，呼人解救，四肢冰冷。虞闻奔至，诘婢始得其由，惊涕营葬。时方夏，尸不僵，亦不腐。过七日乃殓之。

既葬，纫针潜出，哭于其墓。暴雨忽集，霹雳大作，发墓，纫针震死。虞闻奔验，则

弱质娇柔
怨恚难平
祸胎回生起
伏神雷争
匹夫自丛奸
死枉遭殃毒
扑天遗染龙
佳靖来 枫蛱

棺木已启，妻呻嘶其中，抱出之。见女尸，不知为谁。夏审视，始辨之。方相骇怪。未几范至，见女已死，哭曰："固疑其在此，今果然矣！闻夫人自缢，日夜不绝声。今夜语我，欲哭于殡宫，我未之应也。"夏感其义，遂与夫言，即以所葬材穴葬之。范拜谢。虞负妻归，范亦归告其夫。

闻村北一人被雷击死于途，身有朱字云："偷夏氏金贼。"俄闻邻妇哭声，乃知雷击者即其夫马大也。村人白于官，拘妇械鞫，则范氏以夏之措金赎女，对人感泣，马大赌博无赖，闻之而盗心遂生也。官押妇搜赃，则止存二十数；又检马尸得四数。官判卖妇偿补责还虞。夏益喜，全金悉仍付范，俾偿债主。

葬女三日，夜大雷电以风，坟复发，女亦顿活。不归其家，往扣夏氏之门。夏惊起，隔扉问之。女曰："夫人果生耶！我纫针耳。"夏骇为鬼，呼邻媪诘之，知其复活，喜内入室。女自言："愿从夫人服役，不复归矣。"夏曰："得无谓我损金为买婢耶？汝葬后，债已代偿，可勿见猜。"女益感泣，愿以母事。夏不允，女曰："儿能操作，亦不坐食。"天明告范，范喜，急至。亦从女意，即以属夏。范去，夏强送女归。女啼思夏。王心斋自负女来，委诸门内而去。夏见惊问，始知其故，遂亦安之。女见虞至，急下拜，呼以父。虞固无子女，又见女依依怜人，颇以为欢。女纺绩缝纫，勤劳臻至。夏偶病剧，女昼夜给役。见夏不食亦不食；面上时有啼痕，向人曰："母有万一，我誓不复生！"夏少瘳，始解颜为欢。夏闻流涕，曰："我四十无子，但得生一女如纫针亦足矣。"夏从不育；逾年忽生一男，人以为行善之报。

居二年女益长。虞与王谋，不能坚守旧盟。王曰："女在君家，婚姻惟君所命。"女十七，惠美无双。此言出，问名者趾错于门，夫妻为拣富室。黄某亦遣媒来。虞恶其为富不仁，力却之。为择于冯氏。冯，邑名士，子慧而能文。将告于王；王出负贩未归，遂径诺之。黄以不得于虞，亦托作贾，迹王所在，设馔相邀，更复助以资本，渐渍习洽。因自言其子慧以自媒。王感其情，又仰其富，遂与订盟。既归诣虞，则虞昨日已受冯氏婚书。闻王所言不悦，呼女出，告以情。女怫然曰："债主，吾仇也！以我事仇，但有一死！"王无颜，托人告黄以冯氏之盟。黄怒曰："女姓王，不姓虞。我约在先，彼约在后，何得背盟！"遂控于邑宰，宰意以先约判归黄。冯曰："王某以女付虞，固言婚嫁不复预闻，且某有定婚书，彼不过杯酒之谈耳。"宰不能断，将惟女愿从之。黄又以金赂官，求其左袒，以此月余不决。

一日有孝廉北上，公车过东昌，使人问王心斋。适问于虞，虞转诘之，盖孝廉姓傅，即阿卯也。入闽籍，十八已乡荐矣。以前约未婚。其母嘱令便道访王，问女曾否另字也。虞大喜，邀傅至家，历述所遭，然婿远来数千里，患无凭据。傅启箧，出王当日允婚书。虞招王至，验之果真，乃共喜。是日当官覆审，傅投刺谒宰，其案始销。涓吉约期乃去。会试后，市币帛而还，居其旧第，行亲迎礼。进士报已到闽，又报至东，傅又捷南宫。复入都观政而返。女不乐南渡，傅亦以庐墓在，遂独往扶父柩，载母俱归。又数年虞卒，子才七八岁，女抚之过于其弟。使读书，得入邑庠，家称素封，皆傅力也。

异史氏曰："神龙中亦有游侠耶？彰善瘅恶，生死皆以雷霆，此'钱塘破阵舞'也。轰轰屡击，皆为一人，焉知纫针非龙女谪降者耶？"

【译文】

虞小思是东昌人，以囤积货物为业。他的妻子夏氏，一天从娘家探亲回来，看见门外有个老妇人，领着一位少女，哭得很伤心，夏氏上前询问，老妇人擦着眼泪把事情告诉了夏氏。

原来，老妇人的丈夫叫王心斋，也是个官宦人家的后代，家道中落，又没有谋生的职业，他就央求保人向富户黄某借钱做生意。途中，遭遇到强盗，钱被抢去了，幸好命保住了。他回到家里，黄某就来索要债务，算下来，本钱加上利息不下三十两银子，实在没有什么东西可以拿来抵债，黄某看王家的女儿纫针长得很美，就想要她做妾，于是让保人直接告诉王心斋，如果答应他的要求，除了可以抵债外，还可以再多给二十两银子。王心斋和妻子商量，妻子说："我家虽然贫穷，好歹也是官宦人家的后代。他家靠贱业发的家，怎么敢娶我的女儿当小老婆！况且纫针本来就有女婿，你怎么能够擅自做主呢！"

原先，同城傅举人的儿子和王心斋很投得来，傅家生了个男孩叫阿卯，两家在他们还在襁褓时就订了亲。后来傅举人到福建当官，过了一年多死了。妻儿没有能力回乡，从此音讯也就断绝了，因此纫针长到十五岁时，还没有许配人家。

妻子提到这件事，王心斋无言以对，只是想着怎么能还上这笔债。妻子说："迫不得已，我去试着和两个弟弟商量商量吧。"王心斋妻子的娘家姓范，她的祖父曾经在京城做过官，两个孙子的田产还很多。第二天，范氏就带着女儿回娘家，把黄某逼债的事情告诉了两个弟弟。两个兄弟任凭她涕泪纵横，也没有说一句要为她想办法的话。范氏于是哭哭啼啼地回来，恰好碰到夏氏询问，就一边哭，一边诉说。

夏氏很可怜她们，再看这姑娘，丰姿绰约，可爱动人，心中越发为她们感到哀伤凄悲。她便邀请母女俩到了她家，款待她们吃了酒饭，安慰道："你们母女不要哀伤，我一定竭尽全力帮助你们。"范氏还没来得及道谢，纫针已经哭着跪倒在地，夏氏对她更感惋惜。她筹划着说："我虽然有一点儿积蓄，但要凑够三十两银子也不是太容易的事，我再去典当一些东西，凑足了钱给你们。"范氏母女再三拜谢，夏氏跟她们约好三天后来取钱。

分手以后，夏氏就千方百计地替她们筹钱，但也没敢告诉自己的丈夫。三天以后，银子还没有凑够数，她又让人去向她的母亲借。范氏母女已经来了，夏氏如实告诉了她们，又约定明天再来取。到了晚上，跟母亲借的银子到了，夏氏就把所有的银子合并在一个包裹里，放在床头。

到了夜里，有个强盗在墙上打了洞，举着灯进来。夏氏惊醒过来，偷偷一看，见这个人胳膊上挎着短刀，样子很凶恶。她心里十分恐惧，不敢作声，假装睡着了。强盗走近箱子，打算把锁撬开，回过头看见夏氏的枕头边有一包裹东西，便探身抓走，拿到灯下，解开看了看，把它放进自己腰间的口袋里，不再开箱子就走掉了。

夏氏急忙起床呼救。家里只有一个小丫环，隔着墙呼喊邻居，等邻居们赶过来时，强盗早已经跑远了。夏氏于是坐在灯下低声地哭泣。她见丫环睡熟了，就解下带子在窗棂间上吊自杀了。天亮以后，丫环醒来发现，急忙叫人来解救，夏氏的四肢已经冰凉了，虞小思听说妻子的死讯急忙赶回来，盘问丫环才知道其中的原因，很是吃惊，流着眼泪为夏氏办理丧事，这时正是夏天，夏氏的尸体既不僵硬，也不腐烂，过了七天，才将她入殓。

夏氏埋葬以后，纫针偷偷地从家里跑出来，来到她的墓前痛哭。忽然，暴雨倾盆而下，雷声大作，坟墓被劈开来，纫针也被雷震死了。虞小思听说以后，跑去查验，发现棺材已经打开了，妻子正在里面呻吟，便把她抱了出来。再一看，旁边还有具女尸，不知道是什么人。夏氏仔细一看，才辨认出是纫针。夫妻正在惊骇的时候，范氏赶来了，看见女儿已经死了，不由咒着说："我本来就怀疑她在这里，现在果然如此！她听说夫人自杀的消息后，日夜不停地哭泣，今天晚上她对我说，要到坟上来痛哭一场，我没有答应她。"夏氏被纫针的情意感动，便和丈夫商量，就用埋葬自己的棺材墓穴替纫针下葬。范氏向他们表示感谢。虞小思背着妻子回家，范氏也回家告诉丈夫。

接着，又听说村北有个人了被雷给劈死在路上，身上还有字，写道："偷夏氏钱的贼。"不一会儿，就听见邻家妇女的哭声，这才知道被雷打死的是她的丈夫马大。乡民告到官府，县令将马大媳妇拘捕到衙门，严加审讯。原来，范氏因为夏氏筹集银子替她女儿赎身，就感动地流着眼泪对别人说起这件事。马大是个好赌成性的无赖，听说以后，心中生出偷盗的念头，到虞家偷了钱。县令命令押着马大媳妇搜查赃款，发现只剩下二十两，又从马大的尸体上找到四两。县令判决将马大媳妇卖掉，用这笔钱来弥补不足的部分。夏氏更加高兴，就把这笔钱还是都给了范氏，让她去偿还债主。

纫针下葬第三天的晚上，电闪雷鸣，狂风大作，坟墓又被劈开来，纫针也一下活了过来。她没有回自己的家，而是去敲夏氏的家门。因为纫针认识夏氏的坟墓，见她不在，疑心她已经复活了。夏氏被敲门声惊醒，起来隔着门问是谁。纫针说："夫人果然是复活啦！我是纫针呀。"夏氏害怕她是鬼，便喊来邻居的老妈妈盘问她，知道纫针复活了，便高兴地把她迎进屋里。纫针说："我愿意在这里侍候夫人，不再回家去了。"夏氏说："那么人家不会说我是花钱买了一个丫环吗？你下葬以后，我已经替你们家把债还清了，你大可不必猜疑。"纫针更加感动得流泪，就想把夏氏当作母亲来侍奉，夏氏不同意。纫针说："孩儿能做家务活，不会吃闲饭的。"

天亮以后，夏氏通知了范氏，范氏很高兴，急忙赶来。她也遵从女儿的心愿，就把纫针托给了夏氏。范氏走了以后，夏氏强行送纫针回家。纫针在家日夜啼哭思念夏氏。王心斋便背着女儿来到虞家，把她放在门里就走了。夏氏一见纫针，大吃一惊，一问才知道其中的原因，就安心地让纫针留了下来。纫针见虞小思回来，急忙上前下拜，叫他父亲。虞小思本来就没有子女，又见纫针温柔可爱，令人爱怜，心中倒也很高兴，纫针纺纱织布，缝纫衣服，十分勤劳。夏氏偶然得了重病，纫针日夜不停地服侍她，她看夏氏不吃饭，自己也不肯吃。脸上还时不时地有泪痕，她向人说道："母亲万一有个好歹，我决不活了！"夏氏病稍微好一点，纫针这才破涕为笑，高兴起来。夏氏听说后，感动得流下眼泪，说："我四十岁了还没有子女，如果能生下一个像纫针这样的女儿也就心满意足了。"夏氏从来没有生育过，过了一年，生下一个儿子，人们都认为这是她做善事的回报。

过了两年，纫针长得更大了。虞小思和王心斋商量，不能再坚守与傅家的婚约。王心斋说："女儿在你家里，她的婚姻大事就由你们做主吧。"纫针这时已经十七岁了，贤惠美丽，举世无双。这话一传出，到虞家来提亲的人络绎不绝，虞家夫妻为她挑选。富户黄某也派媒人来提亲，虞小思厌恶他为富不仁，坚决拒绝了，而是为纫针选择了冯家。冯某是当地的名士，他的儿子聪慧而又有文才。虞小思打算告诉王心斋，恰巧王心斋出去做生意没有回来，就径直答应了这门亲事。

黄某因为在虞家没有得逞，也假装做生意，查到王心斋的住处，先是设宴邀请王心斋，接着又资助他一些钱，渐渐地就和他的关系融洽起来。黄某于是说他的儿子很聪慧，并且自己给儿子提亲，王心斋既感激他的情意，又仰慕他家的富有，便和他订了婚约。

回来以后，王心斋来到虞家，才知道虞小思昨天已经接受了冯家的婚书。虞小思听王心斋说完，很不高兴，就把纫针叫出来，把情况告诉她。纫针生气地说："黄家债主是我的仇人，让我嫁到仇人家，我只有一死！"王心斋听了觉得很没有面子，就托人告诉黄家，说女儿已和冯家订了婚约。黄某愤怒地说："纫针姓王，不姓虞，我和王家的婚约在先，他和冯家的婚约在后，怎么能够背叛婚约呢？"于是就到县衙去告状。

县令打算按照订婚的先后将纫针判给黄某。冯某说："王心斋已经把女儿托付给虞家，而且有言在先，纫针的婚事不再过问，而且我有定婚的文书，他只不过是杯酒之间的交谈。"县令听了，也不能裁断，打算根据纫针的意愿来判决。黄某又用银子贿赂县令，求他偏袒自己，因此，这件案子拖了一个多月也不能判决。

一天，有个举人北上入考应试，路过东昌，派人打听王心斋。恰好问到了虞家，虞小思反过来问他是谁，原来这个举人姓傅，就是阿卯。他已经入了福建籍，十八岁就已经中了举人，因为以前有婚约，所以一直没有结婚。他的母亲嘱咐他顺道去寻找王家，问问纫针姑娘是否已经另嫁他人。虞小思听完大喜，邀请阿卯到他家，详细叙述了这些年的遭遇。然而女婿从几千里外的地方前来，他担心没有凭据可以证明。阿卯打开箱子，取出王心斋当日写下的允婚文书。虞小思便把王心斋叫来，一验看，果然是真的，于是大家都很欢喜。这一天，县令开堂复审，阿卯递进名片拜见县令，这个案子就销掉了，阿卯选好结婚的日期才走。

阿卯会试结束后，买了许多礼物回来，还住在傅家原来的宅子里，迎亲举行婚礼，阿卯考中进士的喜报已经到了福建，不久又报到了东昌。阿卯又在礼部会试中高中，在京城各部中当了一阵子官才返回来。纫针不愿意到南方去，阿卯也因为房产祖坟都在东昌，于是独自前往福建，带着父亲的灵柩，用车载着母亲一同回乡。又过了几年，虞小思死了，儿子才七八岁，纫针对他的抚育超过对自己的弟弟，还让他读书，进了县学，家境也富裕起来，这些都是靠的傅阿卯的力量。

异史氏说：神龙中难道也有游侠吗？表彰善人，憎恨恶人，让人生死，用的都是雷霆，这可以算是"钱塘破阵舞"。雷电屡屡轰击，都是为了一个人，哪里知道纫针不是龙女被贬降到人间来的吗？

[何守奇] 可谓沛雷矣，然而聋者不闻。

桓　侯

【原文】

荆州彭好士，友家饮归。下马溲便，马龁草路旁。有细草一丛，蒙茸可爱，初放黄花，艳光夺目，马食已过半矣。彭拔其余茎，嗅之有异香，因纳诸怀。超乘复行，马鸷驶绝驰，颇觉快意，竟不计算归途，纵马所之。

忽见夕阳在山，始将旋辔。但望乱山丛沓，并不知其何所。一青衣人来，见马方喷嘶，代为捉衔，曰："天已近暮，吾家主人便请宿止。"彭问："此属何地？"曰："阆中也。"彭大骇，盖半日已千余里矣，因问："主人为谁？"曰："到彼自知。"又问："何在？"曰："咫尺耳。"遂代鞚疾行，人马若飞。过一山头，见半山中屋宇重叠，杂以屏幔，遥睹衣冠一簇，若有所伺。彭至下马，相向拱敬。俄，主人出，气象刚猛，巾服都异人世。拱手向客，曰："今日客莫远于彭君。"因揖彭，请先行。彭谦谢，不肯遽先。主人捉臂行之。彭觉捉处如被械梏，痛欲折，不敢复争，遂行。下此者犹相推让，主人或推之，或挽之，客皆呻吟倾跌，似不能堪，一依主命而行。

登堂则陈设炫丽，两客一筵。彭暗问接坐者："主人何人？"答云："此张桓侯也。"彭愕然，不敢复咳。合座寂然。酒既行，桓侯曰："岁岁叼扰亲宾，聊设薄酌，尽此区区之意。值远客辱临，亦属幸遇。仆窃妄有干求，如少存爱恋，即亦不强。"彭起问："何物？"曰："尊乘已有仙骨，非尘世所能驱策。欲市马相易如何？"彭曰："敬以奉献，不敢易也。"桓侯曰："当报以良马，且将赐以万金。"彭离席伏谢。桓侯命人曳起之。俄顷酒馔纷纶，日落命烛。众起辞，彭亦告别。桓侯曰："君远来焉归？"彭顾同席者曰："已求此公作居停主人矣。"桓侯乃遍以巨觥酹客，谓彭曰："所怀香草，鲜者可以成仙，枯者可以点金；草七茎，得金一万。"即命僮出方授彭，彭又拜谢。桓侯曰："明日造市，请于马群中任意择其良者，不必与之论价，吾自给之。"又告众曰："远客归家，可少助以资斧。"众唯唯。觥尽，谢别而出。

途中始诘姓字，同座者为刘子翚。同行二三里，越岭即睹村舍。众客陪彭并至刘所，始述其异。先是，村中岁岁赛社于桓侯之庙，斩牲优戏，以为成规，刘其首善者也。三日前赛社方毕。是午，各家皆有一人邀请过山。问之，言殊恍惚，但敦促甚急。过山见亭舍，相共骇疑。将至门，使者始实告之；众亦不敢却退。使者曰："姑集此，邀一远客行至矣。"盖即彭也。众述之惊怪。其中被把握者，皆患臂痛；解衣烛之，肤肉青黑。彭自视亦然。众散，刘即襆被供寝。既明，村中争延客；又伴彭入市相马。十余日相数十匹，苦无佳者；彭亦拚苟就之。又入市，见一马骨相似佳；骑试之，神骏无比。径骑入村，以待鬻者；再往寻之，其人已去。遂别村人欲归。村人各馈金资，遂归。

马一日行五百里。抵家，述所自来，人不之信，囊中出蜀物，始共怪之。

香草久枯，恰得七茎，遵方点化，家以暴富。遂敬诣故处，独祀桓侯之祠，优戏三日而返。

异史氏曰："观桓侯燕宾，而后信武夷幔亭非诞也。然主人肃客，遂使蒙爱者几欲折肱，则当年之勇力可想。"

吴木欣言："有李生者，唇不掩其门齿，露于外盈指。一日于某所宴集，二客逊上下，其争甚苦。一力挽使前，一力却向后。力猛肘脱，李适立其后，肘过触喙，双齿并堕，血下如涌。众愕然，其争乃息。"此与桓侯之握臂折肱，同一笑也。

【译文】

荆州有个叫彭好士的人，到朋友家喝完酒回来，下马小便，马就在路边吃草，有一丛细草，纤细柔软，十分可爱，刚刚绽放的黄花，光艳夺目，马已经把它啃了一多半。彭好士将其余的草拔了出来，一嗅，觉得有一股异常的香味，于是将它放进怀里。

他骑上马又上了路，那马飞快地向前奔跑。彭好士感觉到十分的痛快，竟然不想走回家的路，任凭马飞跑。忽然，他发现太阳已经落山了，这才勒转马打算回家，但他望着眼前的一片大山，并不知道这里是什么地方。

一个青衣人走来，见彭好士的马还在嘶叫，便代他抓住马辔头，说道："天已经快黑了，我家主人请你去住宿。"彭好士问道："这里是什么地方？"那人答道："四川阆中。"彭好士大为惊骇，原来这半天的工夫已经跑出一千多里地了，他便问道："主人是什么人？"那人说："到了那里，你自然就会知道。"彭好士又问："在哪里？"那人答道："不远。"说完，那人就牵着彭好士的马笼头飞步前进，人和马都像飞起来一样。过了一个山头，只见半山腰有一座府第，屋宇重叠，中间夹杂着屏幔。远远地望去，只见有一堆人站在那里，好像在等什么人似的。彭好士来到众人面前，翻身下马，拱手行礼。

不一会儿，主人走了出来，神气刚劲威猛，头巾衣服都和人世间的式样不一样。他向客人们拱手施礼，说道："今天来的客人，没有比彭先生的路途更遥远的了。"于是，向彭好士作了一揖，请他先走，彭好士急忙谦让，不肯先走。主人抓住他的手臂带着他走。彭好士只觉得被抓住的地方好像上了枷锁一样，疼得骨头都要断了，便不敢再争执，乖乖地走了。剩下的客人还想互相推让，主人有的推了一把，有的拉了一下，客人们都呻吟着跌倒在地，好像不堪承受，只好一一遵照主人的命令进了屋子。

众人走进大厅，只见厅上的陈设十分华丽，炫人耳目。两位客人坐一张桌子。彭好士悄悄地问同桌的客人："主人是什么人？"客人答道："他就是张桓侯张飞。"彭好士十分惊愕，吓得连咳嗽都不敢了，酒席上也都寂静无声。

酒宴开始了，张桓侯说："每年都要打扰各位亲戚朋友，今天特意准备了几桌酒席，尽一点儿小小的心意。恰好有位远道而来的客人光临，也是一件很幸运的事情。我私下里有一个请求，很是冒昧，如果你心里有一点儿舍不得，我也不会勉强你。"彭好士起身问道："是什么东西？"桓侯说道："您的坐骑已经有了仙骨，不是凡间的人能够驱使的了，我打算买匹马跟您交换，不知您意下如何？"彭好士说："我就把它敬献给你吧，不敢想用马交换。"桓侯说："我一定要送你一匹好马作为回报，而且要送你一万两银子。"

彭好士立刻离开座位，趴在地上向桓侯称谢，桓侯命人把他拉起来。过了一会儿，酒菜纷纷端了上来，一直喝到太阳落山，桓侯命令点起灯烛，众人起身告辞，彭好士也向桓侯告别。桓侯说："先生远道而来，回哪里去呢？"彭好士看着同桌的客人说："我已经和这位先生说好，到他家借住一宿。"

桓侯于是又用大酒杯向客人们一一敬了酒，然后对彭好士说："你怀中的香草，新鲜的服下可以成仙，枯萎的可以用来点化金银，用七根香草，就能点化一万两银子。"说完，就命令仆人拿出点化金银的方法交给彭好士，彭好士又向他行礼道谢。桓侯说："明天到集市上，请你在马群中随便挑选一匹良马，不必和马贩子讨论价钱，我自然会付给他。"又转身对众人说："客人远道回家，请大家少量地资助他一些盘缠。"众客人连声答应。喝完酒以后，众人道谢告别而出。

途中，彭好士才问起众人的姓名，知道和自己同桌的叫刘子翚。大家一起走了二三里地，翻过一道山岭，就看见眼前有一座村庄。众客人陪着彭好士来到刘家，这才说起今天这件事的奇异。

从前，村子里每年都要在桓侯庙举行赛社活动，斩杀牲口，请来戏班，渐渐地成为习惯，刘子翚就是这项活动的发起人，三天前，赛社活动刚刚结束。这天中午，各家都有一个人被邀请过山，问到是什么事情时，来人闪烁其辞，只是敦促得很急迫。众人过了山，见到一处亭台楼阁，都很惊骇疑惑。快走到门口时，使者才把实情告诉他们，众人也不敢往回退走。使者说："大家暂且在此等候，邀请的一位远方客人马上就到了。"原来，远方客人就是彭好士。众人互相述说这件事的奇怪。其中被桓侯握过手的人，都感到胳膊疼，解开衣服在灯下一照，发现皮肉都已经变成青紫色了。彭好士看看自己，也是如此。众人散去，刘子翚取来被褥请彭好士就寝。

第二天天一亮，村民们就争相邀请彭好士到家中做客，又陪着他到集市上去相看马匹。十几天的工夫，看了十几匹马，就是看不到一匹好马，彭好士也不想将就选一匹。这一天又来到市上，看见一匹马的骨相似乎很不错，彭好士骑上去一试，果然神骏无比。他径直将马骑回了村子，等着卖马的人来。但那人始终没有来，再回集市上找，那人已经走了。彭好士于是向村民告别，准备回家。村民们又资助他盘缠，他就上路回家，那匹马一天能跑五百里地。

等到回到家，述说自己的这番经历时，大家都不相信。彭好士从口袋里取出蜀地的产物，大家这才感到奇怪。彭好士怀中的香草已经枯萎了很长时间，拿出来一看，恰好是七根。他按照桓侯传授的方子进行点化，家里果然暴富起来。彭好士便来到上次去过的地方，只到桓侯庙进行祭祀，而且唱了三天大戏才回家。

异史氏说：看完桓侯宴请宾客这段故事，就会相信武夷山君在山顶上宴请村民们的事情也并不是荒诞不经的。但是主人邀请客人，于是就能把那些他很友爱的人的胳膊几乎折断，由此可见，他当初的勇力是何等惊人。

吴木欣说过一个故事："有一个李生，他的嘴唇遮不住他的门牙，露在外面的有一指多长。一天，他和朋友在某处举行宴会，有两位客人互相谦让座位的上下，争执得非常厉害。一个人拉住对方让他往前，对方却竭力往后退，因为力气太大，胳膊脱了出去。李生正好站在他们的后面，肘部一下子触到他的牙齿上，把那两颗门牙给撞掉下来，血一下子涌了出来，众人十分惊愕，争执才平息了。

这件事和桓侯握住客人却弄断胳膊的事情，可以说是同一类笑话。

［何守奇］为桓侯客不易。

粉　蝶

【原文】

阳曰旦，琼州士人也。偶自他郡归，泛舟于海，遭飓风，舟将覆；忽飘一虚舟来，急跃登之。回视则同舟尽没。风愈狂，瞑然任其所吹。亡何风定，开眸忽见岛屿，舍宇连亘。把棹近岸，直抵村门。村中寂然，行坐良久，鸡犬无声。见一门北向，松竹掩蔼。时已初冬，墙内不知何花，蓓蕾满树。心爱悦之，逡巡遂入。遥闻琴声，步少停。有婢自内出，年约十四五，飘洒艳丽。睹阳，返身遽入。俄闻琴声歇，一少年出，讶问客所自来，阳具告之。转诘邦族，阳又告之。少年喜曰："我姻亲也。"遂揖请入院。

院中精舍华好，又闻琴声。既入舍，则一少妇危坐，朱弦方调，年可十八九，风采焕映。见客入，推琴欲逝，少年止之曰："勿遁，此正卿家瓜葛。"因代溯所由。少妇曰："是吾侄也。"因问其"祖母尚健否？父母年几何矣？"阳曰："父母四十余，都各无恙；惟祖母六旬，得疾沉痼，一步履须人耳。侄实不省姑系何房，望祈明告，以便归述。"少妇曰："道途辽阔，音问梗塞久矣。归时但告而父'十姑问讯矣'，渠自知之。"阳问："姑丈何族？"少年曰："海屿姓晏。此名神仙岛，离琼三千里，仆流寓亦不久也。"十娘趋入，使婢以酒食饷客，鲜蔬香美，亦不知其何名。饭已，引与瞻眺，见园中桃杏含苞，颇以为怪。晏曰："此处夏无大暑，冬无大寒，花无断时。"阳喜曰："此乃仙乡。归告父母，可以移家作邻。"晏但微笑。

还斋炳烛，见琴横案上，请一聆其雅操。晏乃抚弦捻柱。十娘自内出，晏曰："来，来！卿为若侄鼓之。"十娘即坐，问侄："愿何闻？"阳曰："侄素不读《琴操》，实无所愿。"十娘曰："但随意命题，皆可成调。"阳笑曰："海风引舟，亦可作一调否？"十娘曰："可。"即按弦挑动，若有旧谱，意调崩腾；静会之，如身仍在舟中，为飓风之所摆簸。阳惊叹欲绝，问："可学否？"十娘授琴，试使勾拨，曰："可教也。欲何学？"曰："适所奏《飓风操》，不知可得几日学？请先录其曲，吟诵之。"十娘曰："此无文字，我以意谱之耳。"乃别取一琴，作勾剔之势，使阳效之。阳习至更余，音节粗合，夫妻始别去。

阳目注心凝，对烛自鼓；久之顿得妙悟，不觉起舞。举首忽见婢立灯下，惊曰："卿固犹未去耶？"婢笑曰："十姑命待安寝，掩户移檠耳。"审顾之，秋水澄澄，意态媚绝。阳心动，微挑之；婢俯首含笑。阳益惑之，遽起挽颈。婢曰："勿尔！夜已四漏，主人将起，彼此有心，来宵未晚。"方狎抱间，闻晏唤"粉蝶"。婢作色曰："殆矣！"急奔而去。阳潜往听之，但闻晏曰："我固谓婢子尘缘未灭，汝必欲收录之。今如何矣？宜鞭三百！"十娘曰："此心一萌，不可给使，不如为吾侄遣之。"阳甚惭惧，返斋灭烛自寝。天明，有童子来侍盥沐，不复见粉蝶矣。心惴惴恐见谴逐。俄晏与十娘并出，似无所介于怀，便考所业。阳为一鼓。十娘曰："虽未入神，已得什九，肄熟可以臻妙。"阳复求别传。晏教以《天女谪降》之曲，指法拗折，习之三日，始能成曲。晏曰："梗概已尽，此后但须熟耳。娴此两曲，琴中无梗调矣。"

天风吹送上仙山攀沥玦
琴一曲遥蝶自飞双宿到人间
惹苍苍引蝶双
蝶粉

阳颇忆家，告十娘曰："吾居此，蒙姑抚养甚乐；顾家中悬念。离家三千里，何日可能还也！"十娘曰："此即不难。故舟尚在，当助尔一帆风，子无家室，我已遣粉蝶矣。"乃赠以琴，又授以药曰："归医祖母，不惟却病，亦可延年。"遂送至海岸，俾登舟。阳觅楫，十娘曰："无须此物。"因解裙作帆，为之系系。阳虑迷途，十娘曰："勿忧，但听帆漾耳。"系已下舟。阳凄然，方欲拜谢别，而南风竞起，离岸已远矣。视舟中粮粮已具，然止足供一日之餐，心怨其吝。腹馁不敢多食，惟恐遽尽，但啖胡饼一枚，觉表里甘芳。余六七枚，珍而存之，即亦不复饥矣。俄见夕阳欲下，方悔来时未索膏烛。瞬息遥见人烟，细审则琼州也。喜极。旋已近岸，解裙裹饼而归。

入门，举家惊喜，盖离家已十六年矣，始知其遇仙。视祖母老病益惫，出药投之，沉疴立除。共怪问之，因述所见。祖母泫然曰："是汝姑也。"初，老夫人有少女名十娘，生有仙姿，许字晏氏。婿十六岁入山不返，十娘待至二十余，忽无疾自殂，葬已三十余年。闻旦言，共疑其未死。出其裙，则犹在家所素着也。饼分啖之，一枚终日不饥，而精神倍生。老夫人命发冢验视，则空棺存焉。

旦初聘吴氏女未娶，旦数年不还，遂他适。共信十娘言，以俟粉蝶之至；既而年余无音，始议他图。临邑钱秀才，有女名荷生，艳名远播。年十六，未嫁而三丧其婿。遂媒定之，涓吉成礼。既入门，光艳绝代，旦视之则粉蝶也。惊问曩事，女茫乎不知。盖被逐时，即降生之辰也。每为之鼓《天女谪降》之操，辄支颐凝想，若有所会。

【译文】

阳日旦是琼州的一个读书人。一次，他返回来，乘船在海上的时候，遭遇到飓风的袭击，船眼看就要翻了。突然，海上飘来一只空船，他急忙一跃上去，等他回过头来一看，刚才的那条船和船上的人都已经沉没了，风越刮越狂，他闭上眼睛任凭风将船吹得到处漂荡。

不一会儿，风停了。他睁开眼睛一看，忽然看见一座岛屿，岛上房屋连成一片。他划着船靠近岸边，上岸一直走到村庄门口，村子里静悄悄的，他走走停停过了好久，连鸡犬的声音都没有听到。这时，眼前出现一个门朝北开的院子，院子里松竹茂密繁盛。此时已是初冬，墙内一种不知名的花，开得满树都是。阳日旦的心里十分喜爱，便慢慢地走进院子。只听远处传来琴声，他不由地停下了脚步。这时，一个丫环从内院走出来，大约十四五岁的年纪，飘逸洒脱，长得十分艳丽。她一看见阳日旦，就急忙转身回到内院，过了一会儿，琴声就停止了，一个年轻人走了出来，惊讶地问阳日旦是从哪里来的，阳日旦一五一十地告诉了他，年轻人又询问他的籍贯、姓氏，阳日旦也告诉了他。年轻人高兴地说："你是我的亲戚呀。"说完，就向阳日旦拱拱手，请他进内院。

阳日旦进了院子，只见院中的房屋极为华丽精美，这时又传来阵阵琴声，进到屋内，只见一位少妇正襟危坐，正在调拨琴弦。这位少妇大约十八九岁的样子，显得光彩照人。一见有客人进来，她推开琴就要走开。年轻人阻止她说："不要跑，他正是你家的亲戚。"于是代阳日旦介绍了他的一番情况。少妇说："你是我的侄子呀。"接着又问道："祖母还健在吗？父母今年多大了？"阳日旦回答道："父母四十多岁，都没有什么病，只是祖母已经年过六旬，病得很厉害，一举一动都要由人照顾。侄子实在不知道姑姑属于哪一房，希望您能明确地告诉我，回家以后好向家人述说。"少妇说："因为路途遥远，早已经不通音讯了，你回去以后，只要告诉你父亲，'十姑向你问好'，他自然就会明白了。"阳日旦问："姑父是哪里的人士呢？"年轻人说："我姓晏，名叫海屿。这里名叫神仙岛，离琼州三千里，我流落到这里的时间也不很长。"

十娘走到里面，让丫环端出酒菜来接待客人。阳日旦只觉得菜蔬的味道非常香美，但也不知道叫什么名字。吃完饭以后，晏海屿领着阳日旦到花园散步，只见园子里桃杏正含苞待放，阳日旦感到很奇陉。晏海屿说："这个地方夏天没有酷热，冬天没有严寒，鲜花四季盛开，从不间断。"阳日旦高兴地说："这可真是神仙住的地方呀，我回家禀告父母，就把家搬来跟你们做邻居。"晏海屿只是微笑着不说话。

他们回到书房，点上蜡烛，只见一张琴放在桌子上，阳日旦就请晏海屿弹奏曲子，以助雅兴。晏海屿便抚弦捻柱，准备弹奏。十娘从内室走出来，晏海屿便说："来，来！你为你侄子弹奏一曲吧。"十娘便坐了下来，问阳日旦道："你想听什么曲子？"阳日旦说："侄子平时没有读过《琴操》，不知道有什么曲子，实在说不出想听什么。"十娘说："你只管随意出题，我都可以给你演奏。"阳日旦笑着说："海风引导船儿前行，也可以弹出一曲来吗？"十娘说："当然可以。"

说完，十娘就手指挑拨琴弦，好像有现成的曲谱一样，意境奔腾豪迈，如同山崩海啸一般，静静地体会，就好比仍然坐在船上，在飓风中随着海涛摇摆颠簸。阳日旦惊叹不已，非常倾倒，便问："我可以学这琴吗！"十娘把琴递给他，让他试着勾拨，说："当然可以教你，你想学什么？"阳日旦说："你刚才演奏的这曲'飓风操'，不知要用几天才能学会呢？请先把曲谱抄录下来，我好吟诵它。"十娘说："这曲子没有曲谱，我是用心意来谱成的。"说完，她又取来一张琴，示范一些勾、剔的动作，让阳日旦效仿。阳日旦一直学习到一更天，大致也能使音节合拍了，十娘夫妇才告别而去。

阳日旦目注心凝，聚精会神地在灯下独自弹奏。过了好久，他突然得到了奇妙的领悟，不知不觉舞了起来。他一抬头，忽然看见丫环还站在灯下，便惊讶地问："你原来还没有走呀？"丫环笑着说："十姑让我侍候你睡觉，然后关门，拿走灯。"阳日旦仔细地打量她，只见她的眼睛如一汪秋水，澄静明亮，神态娇媚绝伦。阳日旦不由心动，微微地挑逗她，丫环只是低着头，脸上含着笑容。阳日旦越发被她迷惑，一下子站起来挽住她的脖子。丫环说："不要这样！现在已经四更天了，主人就要起床了，要是彼此都有心的话，明天晚上也不算晚呀。"

两人正亲热地拥抱时，就听见晏海屿喊"粉蝶"。丫环脸色大变，说："坏了！"便急忙跑了出去。阳日旦悄悄地跟过去探听动静，就听晏海屿说："我早就说过这丫头的尘缘未绝，你却非要收下她不可，现在怎么样呢？该罚她三百鞭子！"十娘说："这种心思一旦萌生，就不能够再使唤了。不如让我的侄子把她送走吧。"阳日旦心中又是惭愧又是害怕，返回书房关灯睡觉了。

第二天天亮，便有童子来侍候阳日旦洗漱，没有再看见粉蝶。阳日旦惴惴不安，恐怕被十娘责备，赶他走。不一会儿，晏海屿和十娘一起出来，似乎心里并没有什么不痛快的事情，而且考阳日旦的琴练得怎么样了。阳日旦弹奏了一曲，十娘说："虽然还没有达到出神入化的地步，但也学得八九不离十了，等弹熟了以后，就可以到达神妙的境界。"阳日旦又请求传授别的曲子。晏海屿就传授一曲"天女谪降"，演奏的手法非常难。阳日旦练了三天，才能弹成曲子。晏海屿说："曲子的大概你已经掌握了，以后只需要熟练地弹奏就行了。能把这两支曲子练娴熟了，就没有什么曲子不能弹奏了。"阳日旦很想家，告诉十娘说：

"我住在这里，承受姑姑抚养，很是快乐，只是怕家里会挂念我，这里离家三千里，什么时候才能够到家啊！"十娘说："这倒也不难，原来那条船还在，我会再助你一帆风的。你还没有家室，我已经派粉蝶先去了。"说完就把琴赠送给他，又交给他一种药，说："回去给祖母服下，这药不仅能治病，还可以延年益寿。"

于是，十娘将阳日旦送到海岸，让他上船。阳日旦找桨，十娘说："不要这个东西。"说着就解下裙子当作帆，替他系好。阳日旦担心会迷路，十娘说："你不必担心，只要听任风帆把船带着在海上漂荡就行了。"她系好帆，下了船。阳日旦心中凄凉，正要和姑姑道谢告别，竟然刮起了南飞，船一下子就离岸很远了。阳日旦一看，船上已经准备好干粮，但是只够一天的吃喝，阳日旦心中埋怨十娘未免太吝啬。他肚子饿了也不敢多吃，生怕一下子吃完了，只是吃了一块芝麻饼，觉得里外都很香甜，剩下的六七块，他当宝贝似的收藏起来，不过肚子也不再感到饿了。过了一会儿，只见夕阳就要西下，阳日旦正在后悔来的时候没有要灯烛，但转眼之间，就远远地看见了人烟，再仔细一看，原来已经到了琼州，他高兴极了。不一会儿，船就靠了岸，他解下裙子，裹上芝麻饼，就回家去了。

阳日旦一进家门，全家都十分惊喜。原来他离开家已经十六年了，他这才知道自己是遇上了神仙。阳日旦看祖母的老病更加严重了，便拿出药来给祖母服下，多年的老病一下子就好了。大家一齐奇怪地问阳日旦是怎么回事，他便把自己的经历述说了一遍，祖母流下眼泪，说："她确实是你的姑姑。"

原来，老夫人有一个小女儿，名叫十娘，生下来就有仙女的风姿，许配给晏家为妻，女婿十六岁的时候进山修炼，没有回来。十娘在家等到二十多岁时，忽然就无病而亡，埋葬她至今已经有三十多年了。听阳日旦这么一说，大家都怀疑十娘并没有死，他取出十娘的裙子，果然就是十娘原先在家时常穿的。阳日旦又把带回来的饼分给大家尝尝，只要吃一块就会整天不饿，而且精神倍增。老祖母命人打开十娘的坟墓查验，果然只剩下一口空棺材。

阳日旦起初聘的是吴家的闺女，还没有娶进门，阳日旦好几年不回来，姑娘已经另嫁他人了。大家都相信十娘的话，等着粉蝶的到来。但是过了一年多，没有一点音讯，便开始商议另娶他人。临县有个钱秀才，有个女儿名叫荷生，芳名四方远扬，今年十六岁，还没有出嫁就已经让三个未婚女婿死了，阳日旦便托媒人定了这门亲事，选择良辰吉日举行了婚礼。荷生进门以后，果然是光彩照人，美艳绝伦，阳日旦一看，原来她就是粉蝶。他惊讶地问她从前的事情，荷生却一点儿也不知道，原来当年粉蝶被逐的时候，就是荷生降生的日子。每当阳日旦给她弹奏"天女谪降"这支曲子时，荷生就会手托下巴，凝神思索，好像心领神会一般。

[何守奇]《海风引舟》，《天女谪降》，二琴操是其命意处，而文品若仙。

锦 瑟

【原文】

沂人王生，少孤，自为族。家清贫；然风标修洁，洒然裙履少年也。富翁兰氏，见而悦之，妻以女，许为起屋治产。娶未几而翁死。妻兄弟鄙不齿数，妇尤骄倨，常佣奴其夫；自享馐馔，生至则脱粟瓢饮，折梯为匕置其前。王悉隐忍之。年十九往应童子试，被黜。自郡中归，妇适不在室，釜中烹羊腥熟，就啖之。妇入不语，移釜去。生大惭，抵箸地上，曰："所遭如此，不如死！"妇恚，问死期，即授索为自经之具。生忿投羹碗，败妇颡。

生含愤出，自念良不如死，遂怀带入深壑。至丛树下，方择枝系带，忽见土崖间微露裙幅，瞬息一婢出，睹生急返，如影就灭，土壁亦无绽痕。固知妖异，然欲觅死，故无畏怖，释带坐觇之。少间复露半面，一窥即缩去。念此鬼物，从之必有死乐，因抓石叩壁曰："地如可入，幸示一途！我非求欢，乃求死者。"久之无声。王又言之，内云："求死请姑退，可以夜来。"音声清锐，细如游蜂。生曰："诺。"遂退以待夕。

未几星宿已繁，崖间忽成高第，静敞双扉。生拾级而入。才数武，有横流涌注，气类温泉。以手探之，热如沸汤，不知其深几许。疑即鬼神示以死所，遂踊身入。热透重衣，肤痛欲糜，幸浮不沉。泅没良久，热渐可忍，极力爬抓，始登南岸，一身幸不泡伤。行次，遥见厦屋中有灯火，趋之。有猛犬暴出，龁衣败袜。摸石以投，犬稍却。又有群犬要吠，皆大如犊。危急间婢出叱退，曰："求死郎来耶？吾家娘子悯君厄穷，使妾送君入安乐窝，从此无灾矣。"挑灯导之。启后门，黯然行去。

入一家，明烛射窗，曰："君自入，妾去矣。"生入室四瞻，盖已入己家矣。反奔而出，遇妇所役老妪曰："终日相觅，又焉往！"反曳入。妇帕裹伤处，下床笑逆，曰："夫妻年余，狎谑顾不识耶？我知罪矣。君受虚诮，我被实伤，怒亦可以少解。"乃于床头取巨金二铤置生怀，曰："以后衣食，一惟君命可乎？"生不语，抛金夺门而奔，仍将入堑，以叩高第之门。

既至野，则婢行缓弱，挑灯犹遥望之。生急奔且呼，灯乃止。既至，婢曰："君又来，负娘子苦心矣。"王曰："我求死，不谋与卿复求活。娘子巨家，地下亦应需人。我愿服役，实不以有生为乐。"婢曰："乐死不如苦生，君设想何左也！吾家无他务，惟淘河、粪除、饲犬、负尸；作不如程，则刵耳劓鼻、敲肘刭趾。君能之乎？"答曰："能之。"又入后门，生问："诸役何也？适言负尸，何处得如许死人？"婢曰："娘子慈悲，设'给孤园'，收养九幽横死无归之鬼。鬼以千计，日有死亡，须负瘗之耳。请一过观之。"移时入一门，署"给孤园"。入，见屋宇错杂，秽臭熏人。园中鬼见烛群集，皆断头缺足，不堪入目。回首欲行，见尸横墙下；近视之，肉血狼藉。曰："半日未负，已被狗咋。"即使生移去之。生有难色，婢曰："君如不能，请仍归享安乐。"生不得已，负置秘处。乃求婢缓颊，幸免尸污。婢诺。

行近一舍，曰："姑坐此，妾入言之。饲狗之役较轻，当代图之，庶几得当以报。"去少顷，奔出，曰："来，来！娘子出矣。"生从入。见堂上笼烛四悬，有女郎近户坐，乃二十许天人也。生伏阶下，女郎命曳起之，曰："此一儒生乌能饲犬？可使居西堂主簿。"生喜伏谢，女曰："汝以朴诚，可敬乃事。如有舛错，罪责不轻也！"生唯唯。婢导至西堂，见栋壁清洁，喜甚，谢婢。始问娘子官阀，婢曰："小字锦瑟，东海薛侯女也。妾名春燕。旦夕所需，幸相闻。"婢去，旋以衣履衾褥来，置床上。生喜得所。

黎明早起视事，录鬼籍。一门仆役尽来参谒，馈酒送脯甚多。生引嫌，悉却之。日两餐皆自内出。娘子察其廉谨，特赐儒巾鲜衣。凡有赉赍，皆遣春燕。婢颇风格，既熟，颇以眉目送情。生斤斤自守，不敢少致差跌，但伪作蠢钝。积二年余，赏给倍于常廪，而生谨抑如故。

一夜方寝，闻内第喊噪。急起捉刀出，见炬火光天。入窥之，则群盗充庭，厮仆骇窜。一仆促与偕遁，生不肯，涂面束腰杂盗中呼曰："勿惊薛娘子！但当分括财物，勿使遗漏。"时诸舍群贼方搜锦瑟不得，生知未为所获，潜入第后独觅之。遇一伏妪，始知女与春燕皆越墙矣。生亦过墙，见主婢伏于暗陬，生曰："此处乌可自匿？"女曰："吾不能复行矣！"生弃刀负之。奔二三里许，汗流竟体，始入深谷，释肩令坐。欻一虎来，生大骇，欲迎当之，虎已衔女。生急捉虎耳，极力伸臂入虎口，以代锦瑟。虎怒释女，嚼生臂，脆然有声。臂断落地，虎亦返去。女泣曰："苦汝矣！苦汝矣！"生忙遽未知痛楚，但觉血溢如水，使婢裂衿裹断处。女止之，俯觅断臂，自为续之；乃裹之。东方渐白，始缓步归，登堂如墟。天既明，仆媪始渐集。女亲诣西堂，问生所苦。解裹，则臂骨已续；又出药糁其创，始去。由此益重生，使一切享用悉与己等。

臂愈，女置酒内室以劳之。赐之坐，三让而后隅坐。女举爵如让宾客。久之，曰："妾身已附君体，意欲效楚王女之于臣建。但无媒，羞自荐耳。"生惶恐曰："某受恩重，杀身不足酬。所为非分，惧遭雷殛，不敢从命。苟怜无室，赐婢已过。"一日女长姊瑶台至，四十许佳人也。至夕招生入，瑶台命坐，曰："我千里来为妹主婚，今夕可配君子。"生又起辞。瑶台遽命酒，使两人易盏。生固辞，瑶台夺易之。生乃伏地谢罪，受饮之。瑶台出，女曰："实告君：妾乃仙姬，以罪被谪。自愿居地下收养冤魂，以赎帝谴。适遭天魔之劫，遂与君有附体之缘。远邀大姊来，固主婚嫁，亦使代摄家政，以便从君归耳。"生起敬曰："地下最乐！某家有悍妇；且屋宇隘陋，势不能容委曲以共其生。"女笑曰："不妨。"既醉，归寝，欢恋臻至。

过数日，谓生曰："冥会不可长，请郎归。君干理家事毕，妾当自至。"以马授生，启扉自出，壁复合矣。生骑马入村，村人尽骇。至家门，则高庐焕映矣。先是，生去，妻召两兄至，将箠楚报之；至暮不归，始去。或于沟中得生履，疑其已死。既而年余无耗。有陕中贾某，媒通兰氏，遂就生第与妇合。半年中，修建连亘。贾出经商，又买妾归，自此不安其室。贾亦恒数月不归。生讯得其故，怒，系马而入。见旧媪，媪惊伏地。生叱骂久，使导诣妇所，寻之已遁；既于舍后得之，已自经死。遂使人舁归兰氏。呼妾出，年十八九，风致亦佳，遂与寝处。贾托村人，求反其妾，妾哀号不肯去。生乃具状，将讼其霸产占妻之罪，贾不敢复言，收肆西去。

方疑锦瑟负约；一夕正与妾饮，则车马扣门而女至矣。女但留春燕，余即遣归。入室，妾朝拜之，女曰："此有宜男相，可以代妾苦矣。"即赐以锦裳珠饰。妾拜受，立侍之；女挽坐，言笑甚欢。久之，曰："我醉欲眠。"生亦解履登床，妾始出，入房则生卧榻上；异而反窥之，烛已灭矣。生无夜不宿妾室。一夜妾起，潜窥女所，则生及女方共笑语。大怪之。急反告生，则床上无人矣。天明阴告生；生亦不自知，但觉时留女所、时寄妾宿耳。生嘱隐其异。久之，婢亦私生，女若不知之。婢忽临蓐难产，但呼"娘子"。女入，胎即下；举之，男也。为断脐置婢怀，笑曰："婢子勿复尔！业多，则割爱难矣。"自此，婢不复产。妾出五男二女。居三十年，女时返其家，往来皆以夜。一日携婢去，不复来。生年八十，忽携老仆夜出，亦不返。

【译文】

沂水有一个王生，小时候就死了父亲，便自成一族。他的家境非常清贫，但他却是一位修身自好，品格高雅，风度翩翩的年轻人。一个姓蓝的富翁，见了他非常喜欢，把女儿嫁给了他，答应为他盖房子、治产业。媳妇娶过门不久，蓝老头就死了，他的妻兄弟们都对他鄙夷不屑，而他的妻子更加傲慢，常常把自己的丈夫当成佣人奴仆一般看待。她自己享受着珍馐美味，而王生回到家里，她却只给碗粗米饭、一瓢汤，再折两根树枝当筷子，放在他的面前，王生都忍受下来。

王生十九岁的时候，到郡县参加秀才考试，但没能考中，他从郡里回来，恰好媳妇不在屋里，他看锅里炖的羊肉汤已经熟了，就盛了吃起来。媳妇进了门，一句话不说，只是把锅端走了。王生非常羞惭，把筷子扔在地上，说："人生受到这样的待遇，我还不如死了算了！"媳妇也很气恼，就问他什么时候死，还马上递给他绳子，让他用作上吊的工具。王生气得把手中的汤碗扔了出去，一下子把媳妇的脑门给砸破了。

王生满含悲愤地出了家门，自己想确实是生不如死，便怀揣绳索进了深山。他来到树丛下，正要选根树枝来系绳子，忽然发现在土崖之间，微微地露出一点儿衣裙，转眼之间，一个丫环走出来，看见王生就急忙往回走，像影子似的一下子就没有了，土崖上也没有留下一点裂开的痕迹。王生当然知道是妖怪，但他本来就是来寻死的，所以并没有一点儿畏惧，而是解下绳子坐着观察动静。

过了一会儿，那个丫环又露出半张脸来，偷看了一下又缩回去了。王生想这样一个鬼怪，跟着她必然是个死，便抓起一块石头叩打土壁，说："如果可以进去，请指点我一条途径，我来不是为了求欢，而是来求一死的。"过了好久，也没有一点儿声音。王生又把刚才的话重复了一遍，就听里面说道："如果要求死，请暂且退后，可以晚上再来。"说话的声音非常清脆，细小得就像蜂子的叫声一般。王生说："好吧。"便退了回来，等待夜晚的到来。

不久，天上已是布满了星星，那土崖忽然变成一座高大的宅第，静静地敞开两扇门。王生沿着台阶走进去。刚走了几步，就发现有一条河横在面前，河水涌动，像温泉一样冒着热气。他用手一摸，觉得水热得像一锅沸腾的开水，只是不知道这条河能有多深。他疑心这就是鬼神指点给他的求死的地方，便一纵身跳了进去，只觉得一股热量穿透了他的层层衣服，皮肤疼得像腐烂了一样，幸而能浮在水面上不沉下去。他在水里游了好一阵子，渐渐地觉得可以忍受热了，便极力爬抓，好不容易才登上了南岸，幸好身上没有被烫伤。

王生又往前走，远远地看见一座高大的屋子里有灯光，他便跑了过去。突然，一条凶猛的狗冲了出来，咬破了他衣服、袜子。他捡起石头扔过去，狗稍稍往后退却。接着，又来了一群狗堵在面前，嗷嗷叫着，都长得有牛犊那么大。正在危急的时候，丫环出来将狗喝退，说："是求死郎来了吗？我家娘子怜悯你落到如此穷困的境地，让我送你到安乐窝去，从此以后就不会有灾了。"说完，就挑着灯引导他前去，打开后门，就在黑暗中走去。过了一会儿，来到一户人家，明亮的烛光照在窗户上。那丫环说："您自己进去吧，我走了。"

王生进了屋子，四下一看，发现已经到了自己的家，他转身就跑了出来。恰好遇到服侍他媳妇的老妇人，冲他说："整天都在找你，又想到哪里去！"说着就把他拉回屋里。他媳妇用手帕裹着头上的伤口，下床笑着迎上前，说："我们夫妻都一年多了，跟你开个玩笑你还看不出来吗？我已经知罪了。你受了些虚的讥笑，我的脑门儿可是被你实实在在地打伤了，你的怒气也可以稍稍缓解了吧。"说完，她又从床头取过两大锭银子放在王生的怀里，说："以后家里吃穿用的，全部听你的，可以吗？"王生不说话，抛下银子，夺门奔跑，还想再回到深山里去，敲那座宅第的门。

他来到野外，只见那个丫环因为体弱，走得很慢，而且时不时挑起灯笼遥遥地望着他。王生一边快速奔去，一边呼喊，那灯笼便停了下来。跑到眼前，丫环说："你又跟来了，可真辜负了我家娘子的一片苦心啊。"王生说："我是来求死的，不是来和你商量求活路的。你家娘子是大户人家，在地下也应该需要佣人，我愿意到你们那里服役，实在不认为活在世上有什么乐趣可言。"丫环说："好死不如赖活着，你的想法真是何等的荒谬啊！我的家也没有别的活儿，只有淘河、除粪、喂狗、背死人。如果做的不符合要求，还要割耳朵、割鼻子、砍胳膊、砍脚趾，你能做到吗？"王生答道："能。"

他们从后门进来，王生问道："什么差役都可以做，你刚才说的背死尸，哪里会有那么多的死人呢？"丫环说："娘子以慈悲为怀，专门设了一座'给孤园'，收养阴间横死无家可归的鬼魂。鬼以千计数，每天都有死亡，所以需要背出去埋葬，请一道去看一下。"

不一会儿，他们进了一道门，门上写着"给孤园"三个字。走到里面，只见房屋错杂凌乱，恶臭熏人。园里的鬼见到灯光便纷纷聚拢过来，都是断头缺脚的样子，不堪入目。他们转身刚要走，只见一具尸体横躺在墙下，走近一看，已经是血肉狼藉了。丫环说："就半天的工夫没有背，已经被狗给吃了。"说着就让王生马上把他搬出去。王生面有难色，丫环说："你如果不能背，就请你还是回去享受安乐的生活。"王生迫不得已，只好把尸体背到隐秘的地方放好。他于是求丫环代为说情，希望能够不干这种背死尸的脏活，丫环答应了他。

走到一处院落，丫环说："暂且在这里坐一会儿，我进去通报一下。养狗的活儿比较轻松，我自当代你去争取，如果弄成了，你可要想着报答我。"她去了一小会儿，就跑了出来，说道："来，来！娘子出来了。"王生跟着她走进去，只见堂上四处悬挂着灯笼，有一位女郎靠近门坐着，看上去是一位二十多岁的天仙。王生跪倒在阶下，女郎命人将他拉起来，说："这是一个书生，怎么能让他去养狗？可以让他到西堂，负责管理文书。"王生很高兴，连忙跪倒表示感谢。女郎说："你看上去是个朴直诚实的人，一定要认真做好你的工作。如果有一点儿差错，你的罪责可不轻啊！"王生连声答应。

丫环领他来到西堂，只见梁柱墙壁都很清洁。王生很高兴，向丫环道谢，然后又问起女郎的家世，丫环说："她名叫锦瑟，是东海薛侯的女儿。我名叫春燕，你生活上需要什么东西，尽管跟我说。"春燕去了一会儿，就抱来了衣服、鞋子、被褥，放在床上。王生很高兴有了这样一份工作。

第二天黎明，王生早早起来开始工作，登录鬼魂的名册，他手下的仆役，全都来拜见他，赠送给他许多酒肉。王生怕招人嫌疑，全都拒不接收。他的一日两餐，全都从府内送出。锦瑟观察到他廉洁严谨，特地赐给他儒巾和华丽的衣服。凡是有什么赏赐，全都派春燕送来。春燕很有风韵，两个人熟了以后，常常以眉目传情，但王生极为严谨，保持自己的操守，不敢有一点点差错，只是装出一副迟钝的样子。这样过了两年多，锦瑟给他的奖赏和供给比正常的俸禄要多出一倍，但王生还和从前一样谨慎自律。

一天晚上，王生刚刚睡下，就听到内宅传来一片喊叫声，他急忙起床，提着刀出来，只见那边的灯火照亮了天空。他进去偷偷一看，只见院子里全是强盗，小厮仆人们都吓得四处奔逃。一个仆人催促王生和他一起逃走，王生不肯，把脸上抹花了，又用带子束住腰，夹杂在强盗中间，大声喊道："不要惊动薛娘子！只管分财物，不要有遗漏的。"这时，强盗们在各间房里搜寻锦瑟，但没有找到。王生知道他们还没有找到锦瑟，便潜入宅子后面，独自寻找锦瑟，他遇到一个藏着的老妇，才知道锦瑟和春燕已经翻墙逃走了。

王生也翻过墙去，只见锦瑟和春燕正藏在一个黑暗的角落里。王生说："这里怎么可以藏身呢？"锦瑟说："我再也走不动了。"王生便仍下刀，背起锦瑟，奔跑了二三里地，王生全身已经大汗淋漓了，这才进了深谷。他把锦瑟从肩上放下来，让她坐下。突然，来了一只老虎。王生大为惊骇，就想迎上去拦住老虎，但老虎已经把锦瑟叼在嘴里，王生急忙捉住老虎的耳朵，极力把自己的胳膊伸进虎口，想代替锦瑟。老虎很恼怒，把锦瑟放掉，咬住王生的胳膊，咬得"咯吱"直响，胳膊被咬断了掉在地上，老虎也就走了，锦瑟哭着说："苦了你啦，真是苦了你啦！"王生在惊慌忙乱之中，一下子还没感到疼痛，只是觉得血像水一样流了出来，就让春燕撕下衣襟把伤口裹住。锦瑟连忙阻止，俯身找到断臂，亲自替王生接上，然后才给包扎好。

这时，东方已经露出鱼肚白，他们才慢慢地往回走，走进门一看，屋子已经被毁坏得像废墟一样。天亮以后，仆人老妈子们才渐渐地聚拢回来，锦瑟亲自来到西堂，慰问王生，解开包扎的东西一看，断了的臂骨已经接上。她又拿出药来抹在伤口上，才起身离去，从此以后，锦瑟更加看重王生，让他的一切享用，都和自己的一样。

王生的胳膊好了以后，锦瑟在内室摆上酒席慰劳王生。锦瑟让他坐下，王生谦让了三次以后才在桌子的侧面坐下。锦瑟像对待宾客一样，举起酒杯向他敬酒。过了很久，锦瑟说："我已经趴过你的身体上了，所以我想学楚平王的女儿因为被大臣钟建背过，就要嫁给他，但是没有媒人，我也不好意思给自己做媒。"

王生诚惶诚恐地说："我受到你的恩惠已经很重了，即使为你去死也不足以报答。如果我做了非分之事，只怕会遭天打雷劈，我实在不敢听从你的命令。如果可怜我没有老婆，把春燕赐给我就已经很过分了。"

一天，锦瑟的大姐瑶台来了，也是一位四十多岁的美女。到了晚上，把王生叫进来，瑶台让他坐下，说："我不远千里而来，是来为妹妹主持婚礼的，今天晚上你们就可以成亲。"王生又起身推辞。瑶台马上命人端上酒来，让锦瑟和王生交换酒杯，王生坚决推辞。瑶台夺过酒杯，替他们交换，王生于是趴在地上谢罪，接过酒杯喝了。

瑶台走了以后，锦瑟对王生说："实话对你说，我是天上的仙女，因为犯了罪被贬到人间。我自愿住在阴间，是想收养冤死的鬼魂，来赎我犯的罪，恰好遭到天魔的劫难，让我有缘能趴在你的身上，我远道请大姐前来，不只是让她主持婚姻大事，也是想请她代为管理家政，以便我能够跟你一起回家。"王生站起来恭敬地说："在地下最快乐了！我家有个凶悍的老婆，而且房屋狭小简陋，当然不能让你将就着和她一起过日子。"锦瑟笑着说："倒也不妨。"两个人喝醉以后，就回去睡觉，欢爱备至。

过了几天，锦瑟对王生说："在阴间住的日子不可太长，请郎君先回去。等你把家里的事务都处理完毕，我也就到了。"说完，就把马交给王生，打开门让他出去，土崖又合上了。王生骑马进了村子，村里的人都十分惊骇，他来到家门前一看，只见原来的家已变成一座高大明亮的宅院了。

原来，王生走了以后，妻子找来她的两个哥哥，打算把王生痛打一顿，作为报复。但一直等到晚上，王生也没有回来，他们这才离去。有人在沟里看见王生的鞋子，怀疑他已经死了，后来，过了一年多也没有王生的消息，有个陕西的商人，通过媒人和王生的妻子的娘家蓝氏勾搭上，便来到王生家和蓝氏苟合，半年的时间里，修建了许多屋子。商人外出经商，又买个小妾回来，从此，家里面就不太平了，商人也常常几个月不回家。

王生问明了这些情况，不由大怒，拴好马走进家门，只见原来的那个老妈子，老妈子吃惊地趴在地上，王生痛骂了她好一阵子，就让她带路去蓝氏的屋子。到屋里一看，蓝氏已经逃走了。不久，在屋后发现，她已经上吊自杀了。王生便让人把她的尸体抬回蓝家，他又把小妾叫出来，小妾十八九岁的年纪，长得也有些风韵，王生就和她住在了一起。商人托村里人向王生要求把小妾还给他，小妾放声痛哭，不肯离去。王生于是写好状子，准备告商人霸占产业妻子的罪名，商人不敢再罗嗦，只好关了店，回陕西去了，王生很怀疑锦瑟会负约不来。

一天晚上，王生正在和小妾饮酒，就听见有车马来到门前，开门一看，原来是锦瑟来了，锦瑟只留下春燕一个人，其他仆从都让他们回去了。进到屋里，小妾向锦瑟行礼拜见，锦瑟说："这姑娘从面相上看能生男孩，可以代替我受苦了。"便赐给锦绣衣服和珠宝首饰。小妾行礼后收下，站在一边侍候锦瑟。锦瑟拉她坐在身边，两个人谈笑得很开心。过了很久，锦瑟说："我喝醉了，想睡觉了。"王生也脱下鞋子上了床。小妾便退出来，回到自己房里，却发现王生躺在床上，她觉得很奇怪，又转身回去窥探，那屋的蜡烛已经灭了。从此，王生每天晚上都住在小妾的屋里。

一天夜里，小妾起床，悄悄地来到锦瑟的住处偷看，只听见里面传来王生和锦瑟的欢声笑语，她感到万分奇怪，急忙回去想告诉王生，但床上已经没有人了。天亮以后，小妾悄悄地把这件事告诉王生，王生自己也不知道，只是觉得有时留在锦瑟的屋里，有时睡在小妾的屋里，王生嘱咐小妾不要把这件怪事声张出去。

时间一长，春燕也和王生有了私情，锦瑟装出一副不知道的样子，春燕在临盆的时候忽然难产，便大声地呼唤"娘子"。锦瑟一进门，胎儿就生出来了，举起来一看，是个男孩。锦瑟为春燕剪断脐带，把孩子放在她的怀里，笑着说："丫头不要再生了，生得太多，只怕到时候难以割爱了。"从此以后，春燕不再生孩子了，小妾生下了五男二女。

这样过了三十年，锦瑟时常回家，往来都是在夜里。一天，她带着春燕离去，便没有再回来。王生八十岁那一年，忽然带着一个老仆晚上出去，也没有回来。

[何守奇]"乐死不如苦生"一语，现示微旨，试思之。

[但明伦]古人云："死生亦大矣。"是亦不可以思乎？

太 原 狱

【原文】

太原有民家，姑妇皆寡。姑中年不能自洁，村无赖频频就之。妇不善其行，阴于门户墙垣阻拒之。姑惭，借端出妇；妇不去，颇有勃豀。姑益恚，反相诬，告诸官。官问奸夫姓名，媪曰："夜来宵去，实不知其阿谁，鞫妇自知。"因唤妇。妇果知之，而以奸情归媪，苦相抵。拘无赖至，又哗辨："两无所私，彼姑妇不相能，故妄言相诋毁耳。"官曰："一村百人何独诬汝？"重笞之。无赖叩乞免责，自认与妇通。械妇，妇终不承，逐去之。妇忿告宪院，仍如前，久不决。

时淄邑孙进士柳下令临晋，推折狱才，遂下其案于临晋。人犯到，公略讯一过，寄监讫，便命隶人备砖石刀锥，质明听用。共疑曰："严刑自有桎梏，何将以非刑折狱耶？"不解其意，姑备之。明日升堂，问知诸具已备，命悉置堂上。乃唤犯者，又一一略鞫之。乃谓姑妇："此事亦不必甚求清析。淫妇虽未定，而奸夫则确。汝家本清门，不过一时为匪人所诱，罪全在某。堂上刀石具在，可自取击杀之。"姑妇趑趄，恐邂逅抵偿，公曰："无虑，有我在。"于是媪妇并起，掇石交投。妇衔恨已久，两手举巨石，恨不即立毙之；媪惟以小石击臀腿而已。又命用刀。妇把刀贯胸膺，媪犹逡巡未下。公止之曰："淫妇我知之矣。"命执媪严梏之，遂得其情。笞无赖三十，其案始结。

附记：公一日遣役催租，租户他出，妇应之。役不得贿，拘妇至。公怒曰："男子自有归时，何得扰人家室！"遂笞役，遣妇去。乃命匠多备手械，以备敲比。明日合邑传颂公仁。欠赋者闻之，皆使妻出应，公尽拘而械之。余尝谓：孙公才非所短，然如得其情，则喜而不暇哀矜矣。

【译文】

太原有一户人家，婆媳二人都是寡妇。婆婆人到中年，不能够洁身自好，村里的一个无赖经常去和她勾搭。媳妇不满婆婆的这种行为，就暗自在门口、墙边阻止那个无赖到家里来。婆婆很羞惭，找了个借口把媳妇轰出家门，媳妇不肯去，两人争吵起来。

婆婆更加恼怒，反而诬陷媳妇与人通奸，把她告到官府，县官询问奸夫的名字，婆婆说："夜里来夜里走的，实在不知道那人是谁，把我媳妇拘来一审，自然就会知道。"于是将媳妇传唤到堂。媳妇当然知道奸夫是谁，但她把奸情推到婆婆身上，死活不肯承认有奸情。县官又把那个无赖抓来，无赖又狡辩说："我和她们婆媳都没有奸情，是她们之间互不相容，所以编出这番谎话来互相诋毁。"县官说："一个村子上百号人，为什么独独诬陷你？"便下令重重地打他。无赖连忙磕头，乞求免掉罪责，自己承认和媳妇有奸情。县官便对媳妇用刑，媳妇始终不肯承认，县官就同意婆婆把她赶走了。

媳妇愤怒地告到省里，但还和县里一样，很久也不能裁决。这时，淄川人孙柳下进士在临晋县当县令，大家公认他是断案的高手。省里便把这个案子交临晋县审理。一干人犯押到，孙柳下略略问了一些情况，就命令将他们押进监狱。随后，他又命令衙役准备好砖石刀锥，天亮后听候使用。大家都很疑惑，说："要说严刑，自然有一大堆刑具，为什么要用这些不是刑具的东西来审案子呢？"众人虽然不明白他的意图，但也姑且准备妥当。

第二天，孙柳下升堂，问明砖石刀锥都已经准备好了，便命令把东西都搬到堂上来。然后，他叫人犯传上堂来，又是一一略微审问了一番。孙柳下于是对婆婆媳妇说："这件事情也不必要求审得太清楚。淫妇虽然还没有确定，但奸夫已

聊斋志异（图文版）

卷十二

一二二九

经是确凿无疑的了。你家本来是清白的家庭，只不过一时被坏人诱骗，罪恶全在他一个人身上，这堂上有刀，有石头，你们可以自己拿来杀死他。"婆媳二人听了，都有点儿犹豫，唯恐万一把他打死了要偿命，孙柳下说："不必担心，有我在呢。"于是，婆媳一齐起身，捡起石头扔向那无赖。媳妇心中已经恨了很久了，两手举起大石头，恨不能一下子就把他打死；而婆婆只是用小石子打无赖的屁股和腿。孙柳下命令用刀，媳妇握着刀刺向无赖的胸膛，而婆婆却畏畏缩缩不肯下手。

孙柳下看到这番情景，制止她们，说："我已经知道谁是淫妇了。"下令将婆婆抓起来严刑拷打，于是查明了案情的真相。又打了无赖三十大板，这件案子才结束了。

附记：孙柳下有一天派差役去催讨租子，租户出门去了，只有媳妇前来应门。差役因为没有收到贿赂，就把妇人拘到衙门。孙柳下愤怒地说："他家男人自会有回来的一天，怎么能骚扰他的家眷呢！"便下令责打差役，让妇人回家去。他又命令工匠多多准备手铐，用来催讨租税。第二天，全县都传颂孙柳下是个仁慈的县令。那些欠了租税的人听说以后，全都让自己的妻子出来应门，孙柳下便把他们全都抓来，带上了手铐。

我曾经说过：孙公并不是才智不足，而是要等到查明了实际情况以后，才会对犯法之徒毫不怜悯同情。

房 文 淑

【原文】

开封邓成德，游学至兖，寓败寺中，佣为造齿籍者缮写。岁暮，僚役各归家，邓独炊庙中。黎明，有少妇叩门而入，艳绝，至佛前焚香叩拜而去。次日又如之。至夜邓起挑灯，适有所作，女至益早。邓曰："来何早也？"女曰："明则人杂，故不如夜。太早，又恐扰君清睡。适望见灯光，知君已起，故至耳。"生戏曰："寺中无人，寄宿可免奔波。"女哂曰："寺中无人，君是鬼耶？"邓见其可狎，俟拜毕，曳坐求欢。女曰："佛前岂可作此。身无片椽，尚作妄想！"邓求不已。女曰："去此三十里某村，有六七童子延师未就。君往访李前川，可以得之。托言携有家室，令别给一舍，妾便为君执炊，此长策也。"邓虑事发获罪，女曰："无妨。妾房氏，小名文淑，并无亲属，恒终岁寄居舅家，有谁知？"邓喜。既别女，即至某村，谒见李前川，谋果遂。约岁前即携家至。既反，告女。女约候于途中。邓告别同党，借骑而去。女果待于半途，乃下骑，以辔授女，御之而行。至斋，相得甚欢。

积六七年，居然琴瑟，并无追捕逃者。女忽生一子。邓以妻不育，得之甚

聊斋志异（图文版）

喜，名曰"凫生"。女曰："伪配终难作真。妾将辞君而去，又生此累人物何为！"邓曰："命好，倘得余钱，拟与卿遁归乡里，何出此言？"女曰："多谢，多谢！我不能胁肩谄笑，仰大妇眉睫，为人作乳媪，呱呱者难堪也！"邓代妻明不妒，女亦不言。月余邓解馆，谋与前川子同出经商，告女曰："我思先生设帐，必无富有之期。今学负贩，庶有归时。"女亦不答。至夜，女忽抱子起。邓问："何作？"女曰："妾欲去。"邓急起追问之，门未启，而女已杳。骇极，始悟其非人也。邓以形迹可疑，故亦不敢告人，托之归宁而已。

初，邓离家，与妻娄约，年终必返；既而数年无音，传其已死。兄以其无子，欲改醮之。娄更以三年为期，日惟以纺绩自给。一日既暮，往扃外户，一女子掩入，怀中绷儿，曰："自母家归，适晚。知姊独居，故求寄宿。"娄内之。至房中，视之，二十余丽者也。喜与共榻，同弄其儿，儿白如瓠。

叹曰："未亡人遂无此物！"女曰："我正嫌其累人，即嗣为姊后，何如？"娄曰："无论娘子不忍割爱；即忍之，妾亦无乳能活之也。"女曰："不难。当儿生时，患无乳，服药半剂而效。今余药尚存，即以奉赠。"遂出一裹，置窗间。娄漫应之，未遽怪也。既寝，及醒呼之，则儿在而女已启门去矣。骇极。日向辰，儿啼饥，娄不得已，饵其药，移时湩流，遂哺儿。积年余，儿益丰肥，渐学语言，爱之不啻己出，由是再醮之心遂绝。但早起抱儿，不能操作谋衣食，益窘。

一日女忽至。娄恐其索儿，先问其不谋而去之罪，后叙其鞠养之苦。女笑曰："姊告诉艰难，我遂置儿不索耶？"遂招儿。儿啼入娄怀。女曰："犊子不认其母矣！此百金不能易，可将金来，署立券保。"娄以为真，颜作赪，女笑曰："姊勿惧，妾来正为儿也。别后虑姊无豢养之资，因多方措十余金来。"乃出金授娄。娄恐受其金，索儿有词，坚却之。女置床上，出门径去。抱子追之，其去已远，呼亦不顾。疑其意恶。然得金，少权子母，家以饶足。

又三年，邓贾有赢余，治装归。方共慰藉，睹儿问谁氏子。妻告以故，问：

"何名?"曰:"渠母呼之兖生。"邓惊曰:"此真吾子也!"问其时日,即夜别之日。邓乃历叙与房文淑离合之情,益共欣慰。犹望女至,而终渺矣。

【译文】

开封府的邓成德,游学来到山东兖州,寄居在一座破败的寺庙里,受雇于打造户口名册的官署,替人抄写。到了年底,那些官吏、差役都回家去了,邓成德一个人在庙里做饭。

这天黎明,有个少妇敲门进来,长得美艳绝伦。她来到佛像前点上香,叩头朝拜后就走了。第二天,她又和昨天一样,烧香叩头。到了夜里,邓成德起来点上灯,刚想写点东西,那少妇比平时来得更早了。邓成德问道:"今天怎么来得这么早?"少妇说:"天亮了以后人多眼杂,所以不如夜里清静,来得太早吧,又怕搅了你的好梦,刚才看见有灯光,知道你已经起床了,所以就来了。"邓成德调戏说:"寺里没有人,住在寺里可以免得来回奔波。"少妇笑着说:"寺里没有人,难道你是鬼吗?"

邓成德见她可以亲呢,等她拜完佛,就拉她坐下来求欢。少妇说:"在佛的面前怎么可以干这样的事情,你自己身无片瓦,还敢作这样的妄想!"邓成德坚决请求不止,少妇说:"离这里三十里地有个村子,村里有六七个童子,请老师没有请到,你可以前去拜访李前川,就能得到这份工作,再假称说自己带有妻室,请他们再给一间屋子,我就可以为你做饭了,这才是长久之计啊!"邓成德担心事情被人发现会被治罪。少妇说:"不碍事的。我姓房,名叫文淑,并没有亲属,常年寄居在舅舅家,有谁能知道呢?"邓成德听了很高兴。

和文淑分别以后,邓成德就来到那个村子,拜见了李前川,这个计划果然成功了。邓成德跟人约好年前就携带家眷前来。他回到庙里,把情况告诉文淑,文淑跟他约定在途中见面。邓成德便向同事们告别,借了匹坐骑就走了。文淑果然在半路上等着他,邓成德便下了马,把马缰绳交给她让她上马,然后自己在下面赶着马往前走。来到书馆,两个人相亲相爱,很是快乐。

就这样过了六七年,两个人像夫妻一样生活得很和谐,并没有人来追捕他们,文淑忽然生了一个儿子,邓成德因为妻子不育,现在得了一个儿子,简直高兴极了,给儿子取名叫"兖生"。文淑说:"假夫妻终究难以长久,我准备离开你而去,又生下这么一个累人的东西干什么!"邓成德说:"命好的话,如果再能有点儿余钱,我想带你回老家去,你怎么会说出这样的话呢?"文淑说:"多谢,多谢!我不能阿谀奉承,看着大老婆的脸色,替他人做奶妈,就是小孩子也觉得难堪!"邓成德替妻子表明她不是喜欢嫉妒的人,文淑也不肯说话。

过了一个多月,邓成德辞了书馆的工作,打算和李前川的儿子外出经商。他告诉文淑道:"我想,当教书先生,开办学馆,必然不会有富有起来的日子,现在我想学习如何经商,这样就不会没钱回家了。"文淑也不回答他的话。

到了夜里，文淑忽然抱着孩子起床。邓成德问道："你要干什么？"文淑回答道："我想走了。"邓成德急忙起身，追问文淑要到哪里去。房门还没有打开，文淑已经消失得无影无踪了。邓成德惊骇极了，这才醒悟过来，原来文淑不是人。他因为文淑的行迹可疑，所以也不敢告诉别人真相，假装说她回娘家去了。

当初，邓成德离开家时，曾经和妻子娄氏约好，年底一定回家。但是过了几年也没有一点儿音讯，人们传说他已经死了。兄长因为娄氏还没有生孩子，就想让她改嫁。娄氏就提出以三年为期限，每天只是靠纺线来维持生计。

一天，天已经黑了，娄氏去关大门，一个女子忽然走了进来，怀中还抱着一个婴儿。她对娄氏说："我从娘家回来，正好走到这儿天黑了，我知道姐姐是一个人住，所以前来求住一宿。"娄氏便请她进屋。来到屋里，只见女子是一位二十多岁的美丽女子。娄氏高兴地和她睡在一张床上，一同抚弄她的儿子，她儿子白胖胖的，像瓠瓜一样。

娄氏叹息着说："我这个寡妇就没有这么一个可爱的小东西！"女子说："我正嫌他累人呢，就把他过继给姐姐当后代吧，怎么样啊！"娄氏说："且不说娘子不忍心割爱，即使你忍心，我也没有奶水来养活他呀。"女子说："这倒不难。这孩子出生的时候，我也苦于没有奶水，服了半剂药就有了，如今剩下的药还在，我就奉送给姐姐吧。"说完，她取出一个小包，放在窗台上，娄氏随便地答应着，没有马上有所怀疑。然后她们就睡下了，等到娄氏一觉醒来叫那女子时，发现孩子还在，而女子已经开门走了，娄氏惊骇极了。

时间到了早晨，孩子饿得啼哭起来，娄氏没有办法，只好服用那女子留下的药，不一会儿，奶水就涌了出来，她便给孩子喂奶。这样过了一年多，孩子越来越丰满肥胖，渐渐地也学会了说话，娄氏喜爱不啻于自己的儿子。从此以后，她就断了再嫁的念头，只是早上起来就要抱儿子，不能再靠纺织来谋生，日子过得越发窘困起来。

一天，那女子忽然来了，娄氏唯恐她会要回孩子，就先责问她不商量就走掉的罪过，然后又叙述自己抚养孩子的辛苦。女子笑着说："姐姐告诉我抚养儿子的艰难，难道我就会放弃自己的儿子不要了吗？"说着，就招呼儿子，但孩子却哭着扑到娄氏的怀里，女子说："这小犊子不认自己的妈妈了！这可是一百两银子也换不来的，你想要这孩子，可以拿银子来，咱们立下字据把孩子过继给你。"娄氏信以为真，脸色马上变了，女子笑着说："姐姐不要害怕，我来正是为了儿子。分手以后，我担心姐姐没有钱抚养他，就多方设法筹措了十几两银子来。"说完，就拿出银子交给娄氏。娄氏唯恐收下她的银子，更有理由要回孩子，便坚决不肯接受。女子把银子放在床上，出门就径直走了。娄氏抱着孩子追出去，女子已经走得很远了，叫她也不回头，娄氏怀疑女子是用心不良，但是有了这些银子，总算可以生点利息，家境得以丰饶富足。

又过了三年，邓成德做生意挣了些钱，便收拾行装回到家乡，他正在和娄氏互相慰问，忽然看见那个孩子，便问是谁家的孩子。妻子告诉他事情的经过，邓成德就问："他叫什么名字？"娄氏答道："他母亲叫他兖生。"邓成德吃惊地说："这真是我的儿子呀！"问起孩子来的时间，正是邓成德和文淑夜晚分别的那一天。邓成德于是——叙述和房文淑悲欢离合的故事，夫妻俩都感到更加欣慰。邓成德还希望文淑能来，但终究没有音讯。

[何守奇] 此邓既有子，娄亦止其再醮之念，可谓一举两得者。

秦桧

【原文】

青州冯中堂家杀一豕，燔去毛鬣，肉内有字，云："秦桧七世身。"烹而啖之，其肉臭恶，因投诸犬。呜呼！桧之肉，恐犬亦不当食之矣！

闻益都人说：中堂之祖，前身在宋朝为桧所害，故生平最敬岳武穆。于青州城北通衢旁建岳王殿，秦桧、万俟卨伏跪地下。往来行人瞻礼岳王，则投石桧、卨，香火不绝。后大兵征于七之年。冯氏子孙毁岳王像。数里外有俗祠"子孙娘娘"，因异桧、卨离其中，使朝跪焉。百世下必有杜十姨、伍髭须之误，甚可笑也。

又青州城内旧有"淡台子羽祠"。当魏珰烜赫时，世家中有媚之者，就子羽毁冠去须，改作魏监。此亦骇人听闻者也。

【译文】

青州的冯中堂家里，有一次，杀了一头猪，烫去猪毛以后，发现肉上有字："秦桧七世身。"煮熟后一尝，肉的味道很臭，便把它扔给狗吃了。呜呼！秦桧的肉，恐怕连狗也不会吃的！

听益都人说，冯中堂的祖父，前身在宋朝时被秦桧害死，所以生平最敬重岳飞。他在青州城北的大路旁边建了一座岳王殿，秦桧、万俟卨的像跪倒在地，往来的行人前去瞻仰朝拜岳王时，都会用石头扔向秦桧、万俟卨，庙里的香火旺盛不绝。后来在清兵征讨于七的那一年，冯氏子孙把岳王像给毁掉了。几里地以外的地方，有座民间建的"子孙娘娘"祠，人们就把秦桧、万俟岗的像抬到祠里，让他们朝着子孙娘娘跪着。再过上百年，这件事肯定会像有人把杜拾遗写成杜十姨，伍子胥写成伍须一样，造成误会，真是太可笑了。

又，青州城里，原来有一座澹台子羽祠。在大太监魏忠贤声势显赫的时候，世家大族中有人想向他献媚，就把子羽像上的帽子、胡须去掉，改成魏忠贤的模样，这也是骇人听闻的一件事。

浙 东 生

聊斋志异（图文版）

【原文】

浙东生房某客于陕，教授生徒。尝以胆力自诩。一夜裸卧，忽有毛物从空堕下，击胸有声。觉大如犬，气咻咻然，四足挠动。大惧欲起，物以两足扑倒之，恐极而死。经一时许，觉有人以尖物穿鼻，大嚏乃苏。见室中灯火荧荧，床边坐一美人，笑曰："好男子！胆气固如此耶！"生知为狐，益惧。女渐与戏，胆始放，遂共狎昵。积半年，如琴瑟之好。一日女卧床头，生潜以猎网蒙之。女醒不敢动，但哀乞。生笑不前。女忽化白气从床下出，恚曰："终非好相识！可送我去。"以手曳之，身不觉自行。出门，凌空翕飞。食顷，女释手，生晕然坠落。

适世家园中有虎阱，揉木为圈，结绳作网，以覆其口。生坠网上，网为之侧；以腹受网，身半倒悬。下视，虎蹲阱中，仰见卧人，跃上，近不盈尺，心胆俱碎。园丁来饲虎，见而怪之，扶上，已死。移时渐苏，备言其故。其地乃浙界，离家已四百余里矣。主人赠以资遣归。归告人："虽得两次死，然非狐则贫不能归也。"

【译文】

浙东有个姓房的书生，客居在陕西，以教授学生为业，他常常自诩胆大有力。

一天夜里，他光着身子睡觉，忽然有个毛茸茸的东西从空中掉下来，"啪"的一声砸在他的胸上，只觉得这东西像狗一般大小，"呼呼"地喘着气，四只脚不停地挠动着。房生大为恐惧，就想起身，那东西用两只脚把他扑倒，房生惊恐到极点，一下子昏死过去。

过了一个时辰左右，房生就觉得有人用尖利的东西挠他的鼻孔，不由得打了个大喷嚏，一下子醒了过来，只见屋里灯火闪烁，床边坐着一个美人，笑着对他说："真是个好男人！胆量原来不过如此啊！"房生知道她是狐狸，心里更加害怕。女子渐渐地和他调情，房生的胆子也变得大了起来，便和女子一起亲热起来。就这样过了半年，两个人就像夫妻一样。

一天，女子卧在床头，房生悄悄地用猎网蒙住了她。女子醒过来，不敢乱动，只是苦苦地哀求，房生笑着不肯上前。女子忽然化作一股白气，从床底下走了出来，气恼地说："你到底不是个好相识！可以送我走吧。"说完，就伸手来拽，房生的身体不由自主地跟她走了。出了门，女子带着房生飞上了天空，一顿饭的工夫，女子松开手，房生晕乎乎地从天上掉了下来。

恰好某个世家的花园中有个关老虎的陷阱，用木头做成圆圈，用绳索织成网，覆盖在阱口。房生一下子砸在网上，网被砸得侧向一边。房生的肚子压在网上，身体的一半倒悬在半空中，他往下一看，一只老虎蹲在阱里。老虎抬头看见网上趴着一个人，就跳着往上扑，离房生还不到一尺的距离，把房生吓得心胆都碎了。园丁来喂老虎，见房生趴在网上觉得很奇怪，便把他扶了下来，发现他已经昏死过去了。

过了一段时间，房生才渐渐苏醒过来，详细地叙述了事情的经过。这个地方已经在浙江境内，离房生的家只有四百多里的路程，园主人送给他一些路费让他回家。

房生回家以后，对人们说："虽然吓死过去两次，但要不是狐狸，我可是穷得回不了家的。"

[何守奇] 生以胆力自诩，故狐叠试之。

博 兴 女

【原文】

博兴民王某，有女及笄。势豪某窥其姿，伺女出，掠去，无知者。至家逼淫，女号嘶撑拒，某缢杀之。门外故有深渊，遂以石系尸沉其中。王觅女不得，计无所施。天忽雨，雷电绕豪家，霹雳一声，龙下攫豪首去。天晴，渊中女尸浮出，一手捉人头，审视则豪头也。官知，鞫其家人，始得其情。龙其女之所化与？不然，何以能尔也？奇哉！

【译文】

博兴县的乡民王某，有个女儿已经十五岁了。当地一个恶霸看中王女的姿色，便趁他出门的时候，把她抢走，没有一个人发觉。恶霸将她带引家中，就要强奸。王女大声哭喊，拚死抵抗，恶霸就把她给勒死了。他家门外原来有一个深渊，恶霸就把石头绑在尸体上，沉到了深渊里。

王某到处寻找女儿，都没有找到，无计可施。忽然，天下起雨来，雷电围绕在恶霸家的上空，只听一声霹雳，一条龙飞下来，夺下恶霸的首级就飞走了。天空放晴以后，深渊中浮起一具女尸，一只手上还捉着一颗人头。仔细一看，正是恶霸的人头，官府知道这事以后，就拘来恶霸的家里人审问，这才查明了事情的真相。

那条龙难道是王女变成的吗？不然的话，怎么会这么做呢？太奇怪了啊！

[何守奇] 势豪稔恶已极，天道必诛，无俟龙女化身。

[但明伦] 每见有无头冤狱，有司仅以缉凶了事者，恨其不能为博兴女之自捉人头也。然必如博兴女而冤乃得雪，将焉用此有司？

一　员　官

【原文】

济南同知吴公，刚正不阿。时有陋规：凡贪墨者亏空犯赃罪，上官辄庇之，以赃分摊属僚，无敢梗者。以命公，不受，强之不得，怒加叱骂。公亦恶声还报之曰："某官虽微，亦受君命。可以参处，不可以骂詈也！要死便死，不能损朝廷之禄，代人偿枉法赃耳！"上官乃改颜温慰之。人皆言斯世不可以行直道，人自无直道耳，何反咎斯世之不可行哉！会高苑有穆情怀者，狐附之，辄慷慨与人谈论，音响在坐上，但不见其人。适至郡，宾客谈次，或诘之曰："仙固无不知，请问郡中官共几员？"应声答曰："一员。"共笑之。复诘其故。曰："通郡官僚虽七十有二，其实可称为官者，吴同知一人而已。"

是时泰安知州张公，人以其木强，号之"橛子"。凡贵官大僚登岱者，夫马兜舆之类，需索烦多，州民苦于供亿。公一切罢之。或索羊豕，公曰："我即一羊也，一豕也，请杀之以犒驺从。"大僚亦无奈之。公自远宦，别妻子者十二年。初莅泰安，夫人及公子自都中来省之，相见甚欢。逾六七日，夫人从容曰："君尘甑犹昔，何老悖不念子孙耶？"公怒大骂，呼杖，逼夫人伏受。公子覆母，号泣求代。公横施挞楚，乃已。夫人即偕公子命驾归，矢曰："渠即死于是，吾亦不复来矣！"逾年公卒。此不可谓非今之强项令也。然以久离之琴瑟，何至以一言而躁怒至此，岂人情哉！而威福能行于床第，事更奇于鬼神矣。

【译文】

济南府有一位姓吴的同知，生性刚正不阿。当时有一种恶习，凡是因为贪污而被罢官的官员，上司都会加以庇护，而他们造成的亏空，则要由下属官吏来平摊，代为偿还，没有人敢于抗拒。上司把这事分派到吴同知的头上时，他拒不接受；强迫他也不行时，上司就恼怒得加以叱骂。吴同知也狠声恶气地回嘴骂上司道："我的官职虽然卑微，但我也是朝廷的命官。我如果有罪，你可以弹劾处置我，但是不可以对我辱骂！要杀就杀，我是绝不会拿朝廷给的俸禄，代别人偿还那枉法的赃款！"上司见他这样，只好改变态度，对他和颜悦色地加以安慰。人们都说这个世界上不可以走正道，其实，是人自己不肯走正道，又怎么能反过来怪这世上没有正道呢！

当时，高苑县有个叫穆情怀的人，被狐仙附体，动不动慷慨激昂地和人高谈阔论，但是人们只能听到狐仙的声音，看不见狐仙的样子。一次，他正好来到济南，与宾朋一起聊天时，有人问他道："狐仙当然无所不知，请问济南府里共有多少官员？"他应声答道："一员。"大家一齐笑话他，又问他为什么这么说，他回答说："整个府里的官吏虽然有七十二个，但是真正可以称得上官的，只有吴同知一个人而已！"

当时，泰安州的知府张某，人们因为他性格强硬不随和，给他起了个绰号叫"橛子"。凡是达官显贵前来登临泰山，所需的民侠、车马、山轿等等，都要当地提供，需求征索过多，州民们苦于供应。张公便把这一切供应全废除了。有的官员向他索要猪羊，张公说："我就是一头羊、一头猪，请把我杀了犒赏你的随从吧。"那大官对他也无可奈何。

张公自从到远离京城的地方做官以来，和妻子儿女分别已有十二年了。他刚到泰安上任的时候，夫人和和儿子从京城来探望他，一家人见面，很是欢乐。过了六七天，夫人跟他聊天时随口说："你清寒了一辈子，难道是老糊涂了，不为自己的子孙着想?"张公很生气，大骂夫人，又叫手下拿来棍子，逼夫人趴在地上挨打。儿子趴在母亲身上，放声痛哭，请求代母亲受罚。张公狠狠地打了一顿，才罢手。夫人于是带着儿子乘车回去了，并且发誓说："他就是死在这里，我也不会再来了!"第二年，张公就死在任上。

张公不能不说是当今的董宣了，宁死也不肯改变自己的操守。但是，离别多年的夫妻，何至于因为一句话而暴躁发怒到如此地步，难道这符合人之常情吗！但是，张公能把威严行使在自己的妻子身上，就这一点来看，比起鬼神，还要神奇。

印绶累若，独许为一员官，吴公之刚正可想。

丐 仙

【原文】

高玉成，故家子，居金城之广里。善针灸，不择贫富辄医之。里中来一丐者，胫有废疮，卧于道。脓血狼籍，臭不可近。居人恐其死，日一饲之。高见而怜焉，遣人扶归，置于耳舍。家人恶其臭，掩鼻遥立。高出艾亲为之炙，日饷以蔬食。数日，丐者索汤饼，仆怒诃之。高闻，即命仆赐以汤饼。未几，又乞酒肉，仆走告曰："乞人可笑之甚！方其卧于道也，日求一餐不可得，今三饭犹嫌粗粝，既与汤饼，又乞酒肉。此等贪饕，只宜仍弃之道上耳。"高问其疮，曰："痂渐脱落，似能步履，故假呻嘎作呻楚状。"高曰："所费几何，即以酒肉馈之，待其健，或不吾仇也。"仆伪诺之而竟不与。且与诸曹喁语，共笑主人痴。次日，高亲诣视丐，丐跛而起，谢曰："蒙君高义，生死人而肉白骨，惠深覆载。但新瘥未健，妄思馋嚼耳。"高知前命不行，呼仆痛笞之，立命持酒炙饵丐者。仆衔之，夜分纵火焚耳舍，乃故呼号。高起视，舍已烬。叹曰："丐者休矣！"督众救灭。见丐者酣卧火中，鼾声雷动。唤之起，故惊曰："屋何往?"群始惊其异。高弥重之，卧以客舍，衣以新衣，日与同坐处。问其姓名，自言："陈九。"居数日，容益光泽。言论多风格，又善手谈。高与对局辄败。乃日从之学，颇得其奥秘。如此半年，丐者不言去，高亦一时少之不乐也。即有贵客来，亦必偕之同饮。或掷骰为令，陈每代高呼采，雉卢无不如意。高大奇之。每求作剧，辄辞不知。

一日，语高曰："我欲告别，向受君惠且深，今薄设相邀，勿以人从也。"高曰："相得甚欢，何遽决绝？且君杖头空虚，亦不敢烦作东道主。"陈固邀之曰："杯酒耳，亦无所费。"高曰："何处？"答云："园中。"时方严冬，高虑园亭苦寒，陈固言："不妨。"乃从至园中，觉气候顿暖似三月初旬。又至亭中，益暖，异鸟成群，乱哢清味，仿佛暮春景象。亭中几案皆镶以瑙玉。有一水晶屏莹澈可鉴，中有花树摇曳，开落不一，又有白禽似雪，往来勾辀于其上。以手抚之，殊无一物。高愕然良久。坐，见鹦鹆栖架上，呼曰："茶来！"俄见朝阳丹凤衔一赤玉盘，上有玻璃盏二，盛香茗，伸颈屹立。饮已，置盏其中，凤衔之振翼而去。鹦鹆又呼曰："酒来！"即有青鸾黄鹤翩翩自日中来，衔壶衔杯，纷置案上。顷之，则诸鸟进馔，往来无停翅，珍错杂陈，瞬息满案，肴香酒洌，都非常品。陈见高饮甚豪，乃曰："君宏量，是得大爵。"鹦鹆又呼曰："取大爵来！"忽见日边闪闪，有巨蝶攫鹦鹉杯，受斗许，翔集案间。高视蝶大于雁，两翼绰约，文采灿丽，亟加赞叹。陈唤曰："蝶子劝酒！"蝶展然一飞化为丽人，绣衣蹁跹，前而进酒。陈曰："不可无以佐觞。"女乃仙仙而舞，舞到酣际，足离于地者尺余，辄仰折其首，直与足齐，倒翻身而起立，身未尝着于尘埃。且歌曰："连翩笑语踏芳丛，低亚花枝拂面红。曲折不知金钿落，更随蝴蝶过篱东。"余音袅袅，不啻绕梁。高大喜，拉与同饮。陈命之坐，亦饮之酒。高酒后心摇意动，遽起狎抱，视之则变为夜叉：睛突于眦，牙出于喙，黑肉凹凸，怪恶不可言状。高惊释手，伏几战栗。陈以箸击其喙，呵曰："速去！"随击而化，又为蝴蝶，飘然飓去。高惊定，辞出。见月色如洗，漫语陈曰："君旨酒佳肴来自空中，君家当在天上，盍携故人一游？"陈曰："可。"即与携手跃起，遂觉身在空冥。渐与天近，见有高门口圆如井，入，则光明似昼，阶路皆苍石砌成，滑洁无纤翳。有大树一株高数丈，上开赤花大如莲，纷纭满树。下一女子，捣绛红之衣于砧上，艳丽无双。高木立睛停，竟忘行步。女子见之，怒曰："何处狂郎妄来此处！"辄以杵投之，中其背。陈急曳于虚所，切责之。高被杵，酒亦顿醒，殊觉汗愧，乃从陈出，有白云接于足下。陈曰："从此别矣，有所嘱，慎志勿忘：君寿不永，明日速避西山中，当可免。"高欲挽之，返身竟去。高觉云渐低，身落园中，则景物大非。

归与妻子言，共相骇异。视衣上着杵处，异红如锦，有奇香。早起，从陈言，裹粮入山。大雾障天，茫茫然不辨径路。蹑荒急奔，忽失足堕云窟中，觉深不可测，而身幸不损。定醒良久，仰见云气如笼。乃自叹曰："仙人令我逃避，大数终不能免。何时出此窟耶？"又坐移时，见深处隐隐有光，遂起而渐入，则别有天地。有三老方对弈，见高至，亦不顾问，弈不辍。高蹲而观焉。局终，敛子入盒，方问："客何得至此？"高言："迷堕失路。"老者曰："此非人间，不宜久淹，我送君归。"乃导至窟下。觉云气拥之以升，遂履平地，见山中树色深黄，萧萧木落，似是秋杪。大惊曰："我以冬来，何变暮秋？"奔赴家中，妻、子尽惊，相聚而泣。高讶问之，妻曰："君去三年不返，皆以为异物矣。"高曰："异哉，才顷刻耳。"于腰中出其糇粮，已若灰烬，相与诧异。妻曰："君行后，我梦二人，皂衣闪带，似谇赋者，汹汹然入室张顾曰：'彼何往？'我诃之曰：'彼已外出。尔即官差，何得入闺阃中？'二人乃出，且行且语，云'怪事怪事'而去。"高乃悟己所遇者仙也，妻所遇者鬼也。高每对客，袤枲衣于内，满座皆闻其香，非麝非兰，著汗弥盛。

【译文】

　　高玉成是世家大族的子弟，住在金城的广里。他擅长针灸，不管是富人还是穷人，他都予以医治。

　　一次，乡里来了一个乞丐，小腿上长了个难以医治的疮。他躺在路上，腿上流着脓血，又脏又臭，让人不敢接近他。周围的人们生怕他死在这里，每天给他一顿吃的。高玉成看见后，很同情他，便派人把他扶回自己家，安置在厢房里。家里人都嫌恶他身上的恶臭，捂着鼻子，远远地站着看。高玉成取出艾绒，亲自给他针灸，每天还给他送去饭菜。

　　几天以后，乞丐索要汤饼吃，仆人愤怒地呵责他。高玉成听说以后，就命令仆人给他汤饼吃。不久，乞丐又要求喝酒吃肉。仆人跑去报告高玉成说："这乞丐简直太可笑了！当他躺在路上的时候，每天要吃一顿饭都得不到；如今给他一日三餐，他还嫌粗糙；已经给了他汤饼，他还要吃肉喝酒。像他这样贪吃的人，就应该还把他扔到路上去！"高玉成问乞丐腿上的疮怎么样，仆人回答道："疮痂已经渐渐脱落了，好像能走路了，但他还是假装哼哼叽叽的，作出一副呻吟痛苦的样子。"高玉成说："能花多少钱呀！马上送给他酒肉，等他恢复健康以后，或许不会把我们当仇人。"仆人假装答应了，但实际上并没有给，而且还跟其他仆人小声地说起事，众人都笑话主人有点儿痴呆。

　　第二天，高玉成亲自前去看望乞丐，乞丐跛着腿站起来说："承蒙先生高尚的情义，让我这个快死的人复生，白骨上又长出新肉，您的恩慧就像天地一样深厚宽广。但是，我的身体还没有复原，所以就妄想吃点儿好的，过过馋瘾。"高玉成知道昨天仆人没有执行命令，就把那仆人叫来，痛打了一顿，并且命令马上端来酒菜给乞丐吃。

　　那仆人怀恨在心，到了半夜，放火烧了厢房，然后又故意大声喊救火。高玉成起来一看，厢房已经被烧成了灰烬，便叹气说："乞丐的命也完了！"他督促众人赶紧把火扑灭，却发现乞丐在火中"呼呼"大睡，鼾声像打雷一样。把他叫醒了，他还故意惊讶地问道："屋子到哪里去了？"众人这才惊讶地发现他不是寻常人。

　　高玉成更加尊重他，让他睡到客房去，又给新衣服穿，还每天都和他在一起相处。问起他的姓名，乞丐自称叫陈九。过了几天，乞丐的容颜越发显出光泽，言谈也很有风度。他又擅长下棋，高玉成和他对局，都输掉了。此后，高玉成就每天跟他学下棋，学到了不少奥妙的棋招。这样过了半年，乞丐不说要走，高玉成也一时半刻少不了他，否则就快乐不起来，即使有贵客前来，他也一定要带着乞丐一同饮酒。有时掷骰子行令，陈九常常代高玉成呼叫花色，每次他叫什么花色，没有不如意的。高玉成感到十分惊异。每次求他变戏法时，陈九就推辞说不会。

一天，陈九对高玉成说："我要跟你告别了，这一段时间得到你的恩惠实在是太多了，今天我想设薄宴请你参加，不要带随从来。"高玉成说："我们相处得十分快乐，为什么一下子就说要分别呢？再说你身上也没有钱，我也不敢烦你做东道主呀。"陈九坚决邀请他说："不过是一杯薄酒，也花不了多少钱。"高玉成问："在什么地方呢？"陈九答道："在花园里。"

这时正值隆冬，高玉成担心花园里太寒冷。陈九却坚持道："不妨。"高玉成便跟着他来到花园。他一进花园，就觉得气候一下子变得暖和起来，好像到了三月初一样。他们又来到亭子里，更加感到温暖。只见奇异的鸟儿成群结队，争相鸣叫，声音清脆，又好像到了暮春时节。亭子里的几案，都镶上了玛瑙玉石。有一座水晶屏，晶莹别透，可以照见人影，里面还有一株开满花儿的树，在风中摇摆，花朵有开有落，不一相同；又可以看见雪白的飞鸟，在树上跳来跳去，高声鸣叫。高玉成用手去摸，却没有任何东西，他不由得惊愕了许久。

两人入座以后，只见一只八哥站在鸟架上，喊道："来茶。"不一会儿就见一只朝阳丹凤，衔着一个赤玉盘，上面有两只玻璃盏，里面放着香茶，丹凤伸着脖子站在一边。高玉成喝完茶，把玻璃盏放在盘子上，丹凤又把它衔起来，拍拍翅膀飞走了。八哥又喊道："来酒！"就有几只青鸾、黄鹤，从太阳里翩翩飞来，口里衔着酒壶、酒杯，纷纷放在桌子上。不一会儿，又来了许多鸟敬献饭菜，来来往往，没有停住翅膀的。桌上杂陈着山珍海味，一眨眼的工夫就都摆满了。菜肴喷香，美酒清冽，都不是普通的东西。

陈九见高玉成饮酒十分豪爽，便说："你是海量，应该换大杯子。"八哥又喊道："取大杯来。"忽然，就见太阳边光芒闪烁，一只巨大的蝴蝶抱着一只可以装一斗米酒的鹦鹉杯，飞落在桌子上，高玉成一看那只蝴蝶比雁还要大，两只翅膀绰约，身上的花纹灿烂绚丽，不由地大加赞叹。陈九喊道："蝶子劝酒！"就看那蝴蝶展开翅膀一飞，就变成了一个美丽的女人，身上穿着锦绣的衣服，跳起了舞蹈，并上前向高玉成敬酒。陈九又说："不可以没有东西助兴。"美人于是轻盈地跳起舞来，舞到陶醉的时候，脚离开地面有一尺多高，不时地把头向后仰，简直都和双脚并齐了，倒翻身站起来，身体没有沾到一点点尘土。她一边跳舞，一边唱道：

连翩笑语踏芳丛，低亚花枝拂面红。曲折不知金钿落，更随蝴蝶过篱东。

余音袅袅，不亚于绕梁三日不绝的歌声。高玉成大喜，就把她拉过来一起饮酒，陈九命她坐下，也让她饮酒。

高玉成喝完酒后，不由得心摇意动，突然起身把她抱住要亲热。仔细一看，她变成了夜叉的模样，眼睛突在眼眶的外面，牙齿伸到了嘴外面，脸上的黑肉凹凸不平，又怪又丑，简直无法形容。高玉成惊慌地放开手，伏着桌子战战栗栗，陈九用筷子敲了一下他的嘴，呵斥道："快走！"这么一敲之下，夜叉又变化成蝴蝶，飘飘然地飞走了。

高玉成的惊魂安定下来，便向陈九告辞出来。只见月光十分清澈明亮，高玉成对陈九很随便地说："你的这些美酒佳肴，都是来自空中，你的家一定在天上。何不携带老朋友前往一游呢？"陈九说："当然可以。"说完，就和高玉成携手一跃而起。高玉成马上觉得身体腾起，渐渐地和天接近了。只见一座高大的门，门口像井一样的圆，走进去一看，就觉得光明如同白天一样。台阶道路都是用苍石砌成的，十分光滑清洁，没有一点儿灰尘。还有一棵几丈高的大树，树上开着红花，花有莲花一般大小，纷纷纭纭地开了一树。树下有一位女子，正在砧石上用木杆捣着绛红色的衣服，长得艳丽动人，举世无双。高玉成像木头一样站着，直勾勾地盯着她看，连走路都忘了。女子一看见他，便生气地说："哪里来的狂徒，竟敢乱跑到这里来！"说着就把手中的木杆扔过来，正打中他的后背。

陈九急忙把他拉到没有人的地方，狠狠地责备他。高玉成被木杆打中，酒一下子就醒了，心中觉得很惭愧。他跟着陈九走出来，马上就有两朵白云飘来，接在他们的脚下。陈九说："我们从此就要分别了，我有话要嘱咐你，千万记住，不要忘了：你的寿命已经不长了，明天赶忙到西山中躲避，就可免于一死了。"高玉成还想挽留他，他已经转身径直离去了。

高玉成觉得脚下的云在渐渐降低，身子落在花园里，眼前的景象已和刚才的大不相同。他回到家，把这件事和妻子一说，两个人都觉得很是惊异。再看衣服上被木杆打中的地方，有奇异的红印，像锦绣一般，散发出奇妙的香味。

第二天早上起来，高玉成按照陈九的吩咐，带着干粮进了山。只见大雾遮住了天空，雾茫茫的辨不清道路。高玉成踩着荒草急速奔跑，忽然一失足，掉进了云窟里，就觉得深不可测，所幸的是身体没有受到损伤。等他心定神清以后，抬头看见云气像笼子一样，不由得叹息道："仙人让我逃避灾难，但是天命终究还是不可避免，什么时候才能出这个云窟呀？"

又坐了一会儿，只见深处隐隐地有光，他便站起来，慢慢地走进去，发现原来别有一番天地。有三个老人正在下棋，看见高玉成过来，也不理睬询问，照样下棋不辍。高玉成就蹲在旁边观看棋局。一局下完，将棋子收入盒中，三老才问客人怎么会到这里来的。高玉成说："因为迷路掉进了这个云窟。"老人说："这里不是人间，不宜久留。我送你回去吧。"于是领着他来到窟底。高玉成只觉得云气拥着他冉冉上升，然后就到了平地。这时，只见山中的树叶已是深黄色，树叶纷纷落下，好像已经到了深秋。他大为惊讶地说："我是冬天来的，怎么会变成深秋的呢?"

　　他急忙奔回家中,妻子儿女都很吃惊,抱在一起哭泣。高玉成惊讶地问是怎么回事,妻子说:"你去了三年没有回来,我们都以为你早已不在人世了。"高玉成说:"奇怪呀,才一会儿工夫啊!"说着,就从腰里取出干粮,发现都已经化成了灰烬。大家相对而视,都感到很诧异。妻子说:"你走了以后,我梦见两个人,穿着皂衣,系着闪光的腰带,好像是来催收租税的,气势汹汹地闯进屋子,东张西望,然后问道:'他到哪里去了?'我斥责他们道:'他已经外出去了,你既然是官差,怎么能闯入女子的闺房!'两个人于是出门,一边走一边说什么'怪事怪事',然后就走了。"

　　高玉成这才意识到自己所遇到的,原来是神仙;妻子所梦到的,是鬼怪。高玉成每次接待客人时,都把被木杵击中的那件衣服穿在里面,满座都能闻到它散发出来的香味,这香味不是麝,也不是兰,流汗以后,香气更盛。

　　[坷守奇] 神仙变幻,指示处亦复神奇。

人　妖

【原文】

　　马生万宝者,东昌人,疏狂不羁。妻田氏亦放诞风流。伉俪甚敦。有女子来,寄居邻人某媪家,言为翁姑所虐,暂出亡。其缝纫绝巧,便为媪操作。媪喜而留之。逾数日,自言能于宵分按摩,愈女子瘵蛊。媪常至生家游扬其术,田亦未尝着意。生一日于墙隙窥见女,年十八九已来,颇风格,心窃好之。私与妻谋,托疾以招之。媪先来,就榻抚问已,言:"蒙娘子招,便将来。但渠畏见男子,请勿以郎君入。"妻曰:"家中无广舍,渠依时复出入,可复奈何?"已又沉思曰:"晚间西村阿舅家招渠饮,即嘱令勿归,亦大易。"媪诺而去。妻与生用拔赵帜易汉帜计,笑而行之。

　　日曛黑,媪引女子至,曰:"郎君晚回家否?"田曰:"不回矣。"女子喜曰:"如此方好。"数语,媪别去。田便燃烛展衾,让女先上床,己亦脱衣隐烛。忽曰:"几忘却厨舍门未关,防狗子偷吃也。"便下床启门易生。生塞窣入,上床与女共枕卧。女颤声曰:"我为娘子医清恙也。"间以昵词,生不语。女即抚生腹,渐至脐下,停手不摩,遽探其私,触腕崩腾。女惊怖之状,不啻误捉蛇蝎,急起欲遁。生沮之,以手入其股际。则擂垂盈掬,亦伟器也。大骇呼火。生妻谓事决裂,急燃灯至,欲为调停,则见女投地乞命。羞惧趋出。生诘之,云是谷城人王二喜。以兄大喜为桑冲门人,因得转传其术。又问:"玷几人矣?"曰:"身出行道不久,只得十六人耳。"生以其行可诛,思欲告郡;而怜其美,遂反接而宫之。血溢陨绝,食顷复苏。卧之榻,覆之衾,而嘱曰:"我以药医汝,创瘢平,从我终焉可也；不然，事发不赦！"王诺之。

明日媪来，生绐之曰："伊是我表侄女王二姐也。以天阉为夫家所逐，夜为我家言其由，始知之。忽小不康，将为市药饵，兼请诸其家，留与荆人作伴。"媪入室视王，见其面色败如尘土。即榻问之，曰："隐所暴肿，恐是恶疽。"媪信之去。生饵以汤，糁以散，日就平复。夜辄引与狎处；早起，则为田提汲补缀，洒扫执炊，如媵婢然。

居无何，桑冲伏诛，同恶者七人并弃市；惟二喜漏网，檄各属严缉。村人窃共疑之，集村媪隔裳而探其隐，群疑乃释。王自是德生，遂从马以终焉。后卒，即葬府西马氏墓侧，今依稀在焉。

异史氏曰："马万宝可云善于用人者矣。儿童喜蟹可把玩，而又畏其钳，因断其钳而畜之。呜呼！苟得此意，以治天下可也。"

【译文】

马万宝是东昌人，生性疏狂，放荡不羁，妻子田氏也是个放荡风流的女人，二人夫妻感情很好。一天，村子里来了一个女子，寄居在邻居老妇家，她自称是被公公婆婆虐待，暂时逃出来的。她的缝纫技术堪称绝巧，便替老妇干些活儿，老妇高兴地收留了她。过了几天，这女子又说她能在夜半时分替人按摩，专门医治女子的腹胀病。老妇常常到马万宝家串门，宣扬女子的医术高明，田氏倒也没有很在意。

一天，马万宝从墙缝里看见那个女子，见她有十八九岁的年纪，颇有几分风韵，心里不由暗暗喜欢，他私下里和妻子商量，假装生病，把她给招来。老妇先来到马家，坐在床前慰问了田氏一番，然后说："承蒙娘子招唤，她这就来，但是她害怕男子，请不要让你丈夫进来。"田氏说："我们家没有多少屋子，他总是要进进出出的，这可如何是好呢？"说完，她又沉思道："今天晚上西村的阿舅家请他去喝酒，我就告诉他晚上别回来了，倒也是个好办法。"老妇答应着去了。田氏便和丈夫商量用拔赵旗换汉旗的计策，来戏弄一番那个女子。

天色昏黑时分，老妇领着那女子来了，说："你丈夫晚上回家吗？"田氏说："不回来了。"那女子高兴地说："这样才好。"说了几句闲话，老妇告别走了。

田氏点上灯，铺开被子，让女子先上床，自己也脱了衣服，吹了蜡烛。田氏忽然说："我差点儿忘了，厨房的门没有关，得防着狗来偷吃。"说着，就下床开了门，换了马生，马生窸窸窣窣地走进来，上床和女子一起躺下来，女子声音颤抖着说："我来替娘子治病吧。"话里夹杂着一些亲昵的言词。

马万宝不说话。女子就抚摩他的腹部，渐渐地摸到脐下。女子停下手不再按摩，猛然把手伸到他的阴部，手触到的却是勃起的阳具。女子脸上惊慌恐怖的神色，不亚于误捉了蛇蝎，急忙起身就想跑。马万宝拦住了她，把手伸到她的两腿之间，不想垂垂累累，握个满把，也是男人的阴茎，马万宝大为惊骇，急忙喊人点灯。田氏以为是事情败露了，急忙点上灯过来，想替他们调停一下。一进门就看见那"女子"，光着身子跪在地上，请马万宝饶命，田氏又羞又怕，跑了出去。

马万宝盘问那"女子"，他说是谷城人，名叫王二喜，因为哥哥是擅长男扮女装的桑冲的徒弟，他就跟哥哥学会了这个方法。马万宝又问："你玷污过几个人了？"王二喜答道："我出道的时间还不长，只得手了十六个人。"马万宝认为他的这种卑劣行径实在可杀，想到府里去告发吧，又怜惜他长得美，于是将他反绑起来，把他给阉割了，血一下子涌了出来，王二喜昏迷过去，一顿饭的工夫，他又苏醒过来。马万宝把他放到床上躺下，给他盖好被子，然后嘱咐他说："我会用药替你治伤，等伤口长好以后，你就跟着我过一辈子吧，不然的话，你的事发了，可就是罪不可赦了。"王二喜答应了。

第二天，老妇来到马家。马万宝骗她说："她是我的表侄女王二姐，因为天生不会生孩子，被夫家赶了出来。昨天夜里对我家人说了这个情况，我才知道。今天忽然有点儿不舒服，正打算替她去买药。另外，我也要去她家，请求让她留下来和我妻子做个伴儿。"老妇进到屋里，看望王二喜，见他的脸色很难看，灰白得像尘土一样，就走近床前问候他。王二喜说："阴部突然肿起来了，恐怕是生了恶疽。"老妇相信了他的话，就走了。马万宝给他服汤药，在伤口上敷上散药，伤口一天天地平复起来。王二喜晚上就陪马万宝睡觉，早上起来就去为田氏打水，缝补，洒扫，做饭，像个婢女一样干活。

过了不久，桑冲被抓住了，他的七个同党也被抓住一齐斩首示众，唯独王二喜漏网了。官府发公文命令各地严加缉拿。村里的人暗地都怀疑王二喜，便叫来村妇隔着衣裳摸他的私处，没有什么异样，众人的疑惑才消除了。王二喜从此感激马万宝的恩德，便跟他过了一辈子。后来，他死了，就葬在府西马氏墓地的旁边，现在还依稀可见。

异史氏说：马万宝可以说是善于用人的人。儿童喜欢螃蟹，可以把玩，但又害怕它的钳子，就把它的钳子折断，养着玩。呜呼，如果能明白这个道理，用来治理天下也是可以的啊！

附录

聊斋志异

蛰蛇

【原文】

予邑郭生设帐于东山之和庄，童蒙五六人，皆初入馆者也。书室之南为厕所，乃一牛栏；靠山石壁，壁上多杂草蓁莽。童子入厕，多历时刻而后返。郭责之，则曰："予在厕中腾云。"郭疑之。童子入厕，从旁睨之，见其起空中二三尺，倏起倏坠，移时不动。郭进而细审，见壁缝中一蛇，昂首大于盆，吸气而上。遂遍告庄人，共视之，以炬火焚壁，蛇死壁裂。蛇不甚长，而粗则如巨桶。盖蛰于内而不能出，已历多年者也。

【译文】

我们县的郭生，在东山的和庄设馆授学，有五六个启蒙的童子，都是刚刚入馆的。书房的南面是一个厕所，原来是个牛栏，靠着山石壁，壁上长着很多茂盛的杂草。童子上厕所，大多花好长时间才回来。郭生责备他们，童子就说："我在厕所里腾云驾雾呢。"郭生很怀疑这件事。童子进入厕所，他就躲在一边偷看，见童子腾到空中有二三尺高，一会儿腾起，一会儿下落，过了一会儿就不动了。郭生进去仔细搜索，发现墙壁缝里有一条蛇，昂着比盆还要大的脑袋，吸着气往上游。郭生便叫来庄上的人一齐来看，用火炬焚烧石壁，蛇烧死了，石壁也裂开了。这条蛇不是很长，但像大桶一般粗。大概是蛰伏在里面出不来，已经有好多年了。

晋人

【原文】

晋人某有勇力，不屑格拒之术，而搏技家当之尽靡。过中州，有少林弟子受其辱，忿告其师，群谋设席相邀，将以困之。既至，先陈茗果。胡桃连壳，坚不可食。某取就案边，伸食指敲之，应手而碎。寺众大骇，优礼而散。

【译文】

有一个山西人，有勇气，有力量，不屑于格斗的技术，但那些擅长搏斗的人一跟他交手都被打倒。他路过中州时，有个少林寺的弟子被他欺侮，忿忿地告诉自己的师父。众人商量摆下酒席邀请山西人前来，打算把他困住。山西人来了以后，先端上香茶果品，胡桃带着壳，坚硬得无法下口。山西人就拿胡桃放在桌子边上，伸出食指一敲，壳就碎了。寺僧们大为惊骇，对他很是有礼，然后就散了。

龙

【原文】

博邑有乡民王茂才，早赴田，田畔拾一小儿，四五岁，貌丰美而言笑巧妙。归家子之，灵通非常。至四五年后，有一僧至其家，儿见之惊避无踪。僧告乡民曰："此儿乃华山池中五百小龙之一，窃逃于此。"遂出一钵，注水其中，宛一小白蛇游衍于内，袖钵而去。

【译文】

博兴县有个叫王茂才的乡民，早上起来到田里干活，在田边拾到一个小孩，四五岁的样子，相貌丰美，而且言谈很巧妙可爱。王茂才就把他带回家，当成自己的儿子抚养。这个孩子十分的灵通。四五年以后，一个和尚来到王家。儿子一见到他，就惊慌地躲避，不见了踪影。和尚告诉乡民说："这孩子是华山池中五百小龙之一，偷偷地逃到了这里。"说完，就拿出一只钵，往里面倒上水，只见一条小白蛇在里面游玩。和尚把钵放在袖子里就走了。

爱 才

【原文】

仕宦中有妹养宫中而字贵人者，有将官某代作启，中警句云："令弟从长，奕世近龙光，貂珥曾参于画室；舍妹夫人，十年陪凤辇，霓裳遂灿于朝霞。寒砧之杵可掬，不捣夜月之霜；御沟之水可托，无劳云英之咏。"当事者奇其才，遂以文阶换武阶，后至通政使。

【译文】

官员中有个人，他的妹妹被选到宫里，封为贵人。有位武官代他作启，其中有警句写道："你的弟弟跟随长辈，一代一代接近真龙天子的光泽，当上朝中的官员，在画室里等候皇上的接见；我的妹妹作为夫人，十年陪伴着皇上，穿的霓裳比朝霞还要灿烂。冰冷砧石上的木杵虽然可握，却不捣夜月的寒霜；御汤的水可以寄托思念，不劳云英咏叹。"当事者很惊叹他的文才，就把他从武官换成文官，后来一直做到通政使。